감사하며 걸은 길 2,900리

감사하며 걸은 길 2,900리

초판 1쇄 발행 2024년 03월 18일

지은이 권광호
펴낸이 류태연

펴낸곳 렛츠북
주소 서울시 마포구 양화로11길 42, 3층(서교동)
등록 2015년 05월 15일 제2018-000065호
전화 070-4786-4823 | **팩스** 070-7610-2823
이메일 letsbook2@naver.com | **홈페이지** http://www.letsbook21.co.kr
블로그 https://blog.naver.com/letsbook2 | **인스타그램** @letsbook2

ISBN 979-11-6054-689-7 (03810)

감사하며 걸은 길 2,900리

권광호 지음

충무공 이순신 백의종군로와
조선수군재건로 도보 순례기

내가 백의종군로와 조선수군재건로를 순례하게 된 것은 경상남도 남해에 있는 관음포 이충무공 전몰유허 여행이 동기가 되었다.

이충무공 전몰유허에는 충무공 이순신을 모신 사당인 이락사(李落祠)와 공(公)*의 순국 현장을 조망할 수 있는 누각인 첨망대가 있다. 이락사는 바다 위에서 운명하신 공을 육지에 처음 모셨던 자리에 지어졌고, 첨망대는 공이 순국하신 관음포 앞 바닷가 언덕 위에 세워져 있다.

이곳에서 1598년 12월 16일(음력 11월 19일) 임진왜란 마지막 해전인 노량해전이 있었다. 이 노량해전은 조명(朝明) 연합군과 왜군 간에 치러진 전투로, 전투의 결과는 조명 연합군의 대승이었다. 그러나 이 전투에서 공은 왜군의 유탄을 맞고 유명을 달리하셨다.

2015년 3월, 나는 이곳 공의 순국 현장을 돌아보면서 공이 이 나라를 지키기 위해 얼마나 많은 고뇌를 하고 얼마나 큰 고난과 고통을 감내하여야 했는지를 피부로 생생히 느끼게 되었고, 또 우리가 공께 얼마나 큰 은덕을 입고 있는지도 비로소 깨닫게 되었다.

나의 순례는 공의 그러한 은덕에 감사드리고자 하는 마음에서 시작되었다.

백의종군로는 공이 제2차 백의종군 때 가신 길이며, 조선수군재건로

---

* 충무공 이순신을 일반적으로 이순신 장군이라고 부르고 있으나, '장군' 호칭이 적절한가에 대하여 일부 논쟁이 있다. 여기서는 공경의 의미를 담아 '공(公)'이라 부르기로 한다.

는 삼도수군통제사를 재수임하신 후 칠천량 패전으로 궤멸된 조선 수
군을 재건하면서 가신 길이다.

나는 백의종군로와 조선수군재건로를 걸으며 『난중일기』에 기록된
내용을 되새기면서 공의 자취를 더듬어 보았고, 그때 내가 보고 느끼고
생각한 것을 여기에 적었다. 그러면서 필요한 경우 관련된 역사적 사실
도 내가 본 문헌들을 중심으로 간략히 정리하여 같이 적었다. 나름대로
주의를 기울이기는 했지만, 각 사실에 대한 견해가 다양한 데다가 나의
얕은 역사 지식 때문에 내가 쓴 내용이 일부 역사적 사실과 다르고 또
당시 상황에 대한 나의 추측이 틀렸을 수도 있을 것이다. 이에 대해 미
리 독자의 양해를 구한다.

이 책 발간을 오랫동안 망설였다. 나의 좁은 식견과 안목으로 쓴 글
이 혹 공의 숭고한 구국의 뜻에 누가 되고 공께 오만으로 비치는 건 아
닌지 두려웠고, 또 내가 백의종군로와 조선수군재건로를 순례하였다는
것을 떠들어 알리는 것이 내키지 않았기 때문이다. 그러다 많은 사람들
이 이 길을 걸으며 공의 뜻을 기리기를 바라는 마음에서 뒤늦게 용기를
내게 되었다. 초고를 쓴 후 묵혀두다 5년을 넘겨 지금에서야 책을 낸다.

이 책을 읽는 데 도움이 될까 하여 공의 백의종군에 대한 배경과 백
의종군로 및 조선수군재건로에 대해 간략히 정리하여 부록에 담았다.
본문을 읽기 전에 부록을 먼저 읽어보는 것이 내용 이해에 도움이 되지

않을까 생각한다.

이 지면을 빌어 어수선한 원고를 꼼꼼히 읽고 글의 완성도를 높일 수 있게 도움을 주신 남동균 전 대구 부시장님, 같이 길을 걷고 원고 교정에 도움을 주신 처남 김덕환과 여형동 고문, 책 발간에 좋은 의견을 준 친구 박경규, 성채기에게 감사드린다.

목 차

2부. 조선수군재건로 순례

부록

1부

백의종군로 순례

1. 순례길 신고,
인현동 생가터와 광화문 동상

청명절기라 날이 맑고 화창했다. 2016년 4월 5일, 그동안 1년여를 별러 오던 백의종군로 순례를 시작하려고 배낭을 메고 집을 나서는 내 마음은 긴장 반 설렘 반이었다. 나의 이 순례를 공이 혹 방자함으로 여기지 않으실까, 약간의 두려움도 있었다. 공이 백의종군의 명을 받고 의금부 옥문을 나오신 날인 4월 1일부터 순례를 시작하려고 준비해 왔으나, 사정이 생겨 며칠이 미루어졌다. 등에 진 배낭 속에는 국토지리정보원에서 발행한 1:25,000 축척의 지형도 도엽 2매와 나침반, 간식, 그리고 간단한 필요 용품을 챙겨 넣었다.

지형도는 걸으면서 수시로 꺼내 볼 수 있도록 등산용 지도케이스에 넣어 배낭 옆주머니에 꽂아 두었다. 지형도에는 내가 걸어야 할 길을 주홍색 형광펜으로 선을 그어 상세하게 표시해 두었다. 또 길 표시 외에 『난중일기』(노승석 옮김, 민음사) 등 몇 권의 책과 여기저기서 수집한 자료, 인터넷에서 검색한 정보 등을 종합하여 공의 유숙지와 휴식지, 관련 유적지 등 순례 중 들러 보아야 할 곳과 유의 깊게 살펴보아야 할 것들도 같이 표시해 두었다. 순례 기간 중 이 지도와 나침반이 나의 든든한 길잡이 역할을 해 줄 것이다.

백의종군로를 순례하기 위하여 내가 가장 먼저 해야 할 일은 공이 가셨던 옛길을 찾는 것이었다. 그러나 공의 백의종군 당시의 옛길이 대부분 사라져 내 개인의 능력으로 그 길을 찾는다는 것은 사실상 불가능했다. 만만한 인터넷을 열심히 검색해 보았지만 개념도 수준의 지도만 단

편적으로 보일 뿐, 내가 필요로 하는 상세 수준의 전체적인 옛길 정보
는 찾을 수가 없었다.

그러다가 백의종군로 순례를 마음먹은 지 1년이 지날 무렵, 해군역
사기록관리단에서 발간한 「충무공 이순신 백의종군로 고증」* 자료를
어렵게 구하게 되었다. 그 자료에는 서울에서 전라북도 남원시 운봉까
지의 옛길이 내가 바라는 대로 상세하게 정리되어 있었다. 더구나 없어
지거나 위험한 길은 대체로까지 제시되어 있어 그동안의 내 고민을 한
꺼번에 해소해 주었다.

그 자료를 구한 즉시 나는 국토지리정보원에서 발행한 1:25,000 축
척의 지형도를 사서, 그 지형도에 작은 골목길까지 놓치지 않고 상세히
옛길 정보를 옮겨 적었다. 서울에서 운봉까지의 지형도 도엽만 모두 26
매였다. 운봉에서 전라남도 순천을 거쳐 경상남도 합천군 초계**, 초계
에서 하동 노량까지의 나머지 구간의 도엽은 옛길을 확인하는 대로 뒤
에 추가로 구매하기로 했다.

내가 백의종군로 순례를 시작하게 된 것은 2015년 3월 공이 순국하
신 노량해전의 현장을 돌아보면서 느꼈던 생각 때문이었다. 나는 그곳
공의 순국현장을 돌아보면서 그동안 내가 미처 새겨 보지 못하고 있었
던 두 가지 사실을 깨닫게 되었다.

그 하나는 공의 숱한 해전의 승리 뒤에는 우리가 헤아리기 어려울 정
도로 수많은 고뇌와 고난과 고통이 숨어있다는 것이었다.

유허에는 "싸움이 한창 급하니 내 죽음을 알리지 말라(戰方急 愼勿言我

---

*   2015.1.20. 해군역사기록관리단 발행. 이하 '백의종군로 고증자료'라 한다.

**   공은 도원수 권율의 진에서 백의종군을 하라는 명을 받았는데, 권율의 진이 당시 초계(지금의 합천군
율곡면)에 있었다.

1부 백의종군로 순례 **13**

死)"는 공의 마지막 말씀이 새겨진 비와, 전투가 시작되기 전 "이 원수를 갚는다면 죽어도 여한이 없겠나이다(此讐若除 死卽無憾)"고 하늘에 빌었다는 안내판 글이 있었다. 공의 순국현장에서 새겨 본 그 말씀들은 공이 얼마나 철저한 사전준비와 결연한 마음으로 이 전투에 임했는지 내게 생생히 알려주었고, 그날의 전투현장을 바라보는 내 마음을 몹시 숙연하게 만들었다.

노량해전은 조명 연합 수군과 왜의 수군 간에 벌어진 전투였다. 공은 이 전투를 대비해 명량해전 후 혹한의 겨울을 나면서도 전선 건조와 병력 조달에 박차를 가해, 조선 수군을 불과 1년 만에 13척 규모에서 80여 척 규모의 대함대로 재건했다. 공은 7년 동안이나 우리나라를 무자비하게 유린한 철천지원수들을 그냥 살려서 돌려보낼 수는 없었고, 또 그들이 다시는 이 나라를 침략하지 못하도록 재침 의지도 완전히 꺾어 놓아야 했다.

그러나 당시 명의 도독 진린은 군령권을 행사하여 공을 사사건건 통제했다. 공은 이러한 난관을 뚫고 왜와의 전투를 피하려던 진린을 가까스로 설득하여 그와 합동작전을 펼쳤고, 바람을 등진 지리적 이점을 이용하여 화공전술을 펼침으로써 초전에 승기를 잡아 전투를 대승으로 이끌었다.

이 해전의 승리 뒤에는 이처럼 공의 죽음을 불사한 비장한 결의와 함께 수많은 고뇌와 고난과 노력이 숨어 있었고, 이는 공의 구국의 뜻이 얼마나 숭고한 것인지를 내게 다시 헤아리게 해주었다.

또 하나는 공이 계셨기에 오늘의 이 번영된 대한민국이 있을 수 있었다는 것이었다.

이락사를 지나 첨망대에 오르니, 공이 순국하신 바다와 그 바다 너머로 광양제철과 하동 화력발전소의 거대한 시설이 눈에 들어왔다. 나는 공이 순국하신 바다를 품은 그 거대한 시설들을 보자 공이 계셨기에 오늘의 이 대한민국이 존재할 수 있었다는 사실을 여실히 깨달을 수가 있었다. 그 바다를 품은 산업시설들은 우리가 누리고 있는 오늘의 이 번영이 공의 은덕 위에서 이루어졌다는 것을 상징적으로 보여주고 있었다. 공이 흘린 피는 역사에 흘린 피가 아니라 오늘의 이 대한민국과 우리를 위해 흘린 피였고, 그날의 공의 죽음은 오늘의 이 나라의 맥박을 뛸 수 있게 한 성스러운 희생이었다.

유허를 돌아 나오며 나는 우리가 공께 얼마나 큰 은덕을 입고 사는지 절실히 느꼈고, 공이 지키신 이 땅에 사는 우리는 항상 공의 그 숭고한 구국의 뜻을 기리고 그 은덕에 감사하며 살아야 한다는 것을 깨닫게 되었다.

나의 백의종군로 순례는 공에 대한 그러한 감사의 마음에서 시작되었다. 공이 백의종군을 하며 가졌던 그 길을 따라 걸으며 공의 자취를 더듬어 보고, 공의 나라 위한 충정과 고뇌도 생각해 보며, 또 공의 고난과 고통도 같이 헤아려 보리라 마음먹었다. 그게 지금의 내가 공의 은덕을 조금이라도 더 이해하고 또 공께 우선이나마 감사를 표할 수 있는 방법이라고 생각하였다.

순례를 시작하기 전에 먼저 공의 생가터를 찾아본 후 광화문에 있는 공의 동상에서 순례길 인사를 드리기로 했다.

출근 시간이 지나서인지 충무로역으로 가는 지하철 4호선 객실 안은 비교적 한산한 편이었다. 충무로역에서 내려 명보아트홀 방향으로 걸어가는데, 보도블록에 거북선 그림과 함께 "충무공 이순신 장군의 거리"라는 글귀가 새겨져 있는 것이 보였다. 거기엔 공이 치렀던 주요 해전들의 이름도 같이 표시되어 있었다.

그 보도블록을 많은 사람들이 무심히 밟고 지나갔다. 저 행인들 중 이곳이 공이 태어나 어린 시절을 보낸 곳이라는 것을 새기는 이들이 얼마나 있을까? 이제 임진왜란은 까마득한 역사 속의 한 사건일 뿐이고, 오늘을 사는 우리는 각자의 삶을 위해 이 길을 그냥 무심히 오가고 있을 뿐이다. 그게 어쩌면 백성들이 아무 걱정 없이 살아갈 수 있도록 하고자 하신 공의 진정한 바람일지도 모른다.

명보아트홀 앞에 생가터 표지석이 서 있었다. 표지석에는 "충무공 이순신 생가터"라는 제목과 함께 짧은 글귀가 새겨져 있었다.

> 이순신(1545~1598)은 조선중기의 명장이다. 선조 25년(1592) 임진왜란 당시 옥포, 한산도 등에서 해전을 승리로 이끌어 국가를 위기에서 건져 내었다. 선조 31년(1598) 노량에서 전사하였으며, 글에도 능하여 난중일기를 비롯하여 시조와 한시 등을 많이 남겼다.

이 작은 표지석 하나로 어찌 공이 하신 일을 다 말할 수 있으랴. 그래, 국가를 위기에서 건져내었다고 할 수밖에….

왜가 침략할 것이라는 걸 알고 있었으면서도 집안싸움으로 아무런 대비를 하지 않고 있다가 왜의 침략에 속수무책으로 당하던 나라, 육지 전투에서 연전연패하며 패망의 먹구름이 잔뜩 드리워져 있던 나라, 공은 그러한 풍전등화의 나라를 해전에서의 연이은 승리로 구해 내셨다.

영화를 보려고 여기 있는 극장을 셀 수 없이 드나들었는데도 나는 이 표지석을 한 번도 눈여겨보지 못했다. 나 역시도 그동안 이 거리를 그냥 무심히 지나는 행인의 한 사람에 불과하였던 것이다.

한글학회와 서울특별시사편찬위원회가 공의 생가터로 고증하였다는 곳인 '인현동 1가 31-2번지'로 발길을 옮겼다. 좁은 골목길을 따라 들어가니 그 지번에 3층 건물이 들어서 있었다. 그 건물에는 카드방과 인쇄소, 다방 등 여러 종류의 가게들의 간판이 달려 있었다. 인쇄업소가 줄지어 늘어선 좁은 골목에는 사람들이 분주히 오갔다. 공이 어린 시절을 보내신 그곳은 이제 열심히 생업에 종사하는 이들의 치열한 삶의 현장이 되어 있었다.

생가터를 떠나 공의 동상이 있는 광화문광장으로 발걸음을 옮겼다. 광화문광장 충무공 동상 앞에는 세월호 사고 진상조사를 요구하는 시민단체의 텐트가 들어서 있었다. 그 텐트 앞을 지나는데 갑자기 젊은이들 십여 명이 피켓을 들고 몰려오더니 공의 동상 앞에서 시위를 벌였다. 피켓에는 "2015년 한국 군사비 지출이 세계 10위라며?" 등 방위비 증액을 반대하는 구호들이 적혀 있었다.

언뜻 납득이 잘 가지 않는 두 시위가 공의 동상 앞에서 벌어지고 있으니 마음이 편치 않았다. 선공후사와 유비무환을 강조하신 공의 뜻과는 맞지 않는 시위라고 생각되었기 때문이었다.

시위자들이 물러나기를 기다려 공의 동상 앞에 섰다. 그리고 공을 잠시 우러러본 후 고개를 숙였다. 나의 순례길 신고식이었다.

"공께서 온갖 회한을 가슴에 안고 가셨던 그 길을 따라 걸으려고 합니다. 이는 공의 은덕에 감사하고, 또 공께서 겪으신 고통과 고뇌의 심중을 조금이라도 헤아려 보고자 하는 마음에서입니다. 공의 나라 구하신 뜻과 감사의 마음을 항상 가슴에 새기며 걷겠습니다."

2. 회한의 길, 종각 - 아산

▶▶ **회한의 마음으로 머무신 남대문**

공의 동상 앞에서 순례길 인사를 드린 지 엿새째 되던 날인 4월 11일, 다시 순례를 시작하려고 배낭을 꾸렸다. 4월 5일 시작하려고 했던 순례는, 그날 광화문광장으로 가는 도중 급한 연락을 받고 또 며칠 미루게 되었다.

아침에 일어나 거실 창을 여니 창문 앞 화단에 핀 라일락꽃 향기가 거실 안으로 가득 밀려들어 왔다. 해마다 피는 꽃이었지만 그동안 한 번도 눈여겨보지 못했는데, 은퇴 후 마음에 여유가 생겨서인지 처음으로 그 꽃을 관심 있게 바라다보았다. 라일락의 보라색 꽃빛이 아침 햇살을 받아 신비스러울 정도로 아름다웠다. 온몸을 감싸는 라일락의 은은한 향기에 취하며 순간 나는 편안한 행복감에 젖어들었다. '아, 꽃 하나가 내게 이런 행복감을 안겨 주는구나!', 라일락꽃에 감사했다.

라일락이 소환해 준 감사의 마음을 가슴에 담고 순례 출발지인 종각으로 가려고 집을 나섰다. 나의 순례 첫날을 지원한다면서 아내도 뒤따라 나섰다. 종각역 '의금부(義禁府)터' 표지석 앞에는 여느 날처럼 많은 사람들이 분주히 오가고 있었다.

1597년 정유년 4월 1일*, 공은 이 자리에 있던 의금부의 옥문을 나섰다. 임진왜란이 몇 년 동안 소강 상태에 있다가 정유재란이 시작되기 석 달 반 전이었다. 옥문을 나서기는 했지만 그동안의 압송과 취조, 한

---

* 음력 날짜이다. 앞으로 공의 일정과 관련하여서는 모두 『난중일기』상의 음력 날짜로 적는다.

달 가까운 옥고를 치르며 공의 몸과 마음은 만신창이가 되어 있었을 것이다.

종각 의금부터

표지석 앞에서 공이 참담한 마음을 안고 옥문을 나서던 모습을 그려보면서 다시 한번 심호흡을 하고 마음을 가다듬었다. 그리고 청계천 방향으로 길을 건너며 백의종군로 1천6백 리 순례길 첫발을 내디뎠다.

광통교를 건너며 청계천을 내려다보니 천변의 실버들에 봄빛이 완연했다. 한국은행과 남대문을 지나고 서울역으로 가는 길목에서 걸음을 멈추었다.

공은 출옥 후 이곳 남대문 밖에서 이틀을 머물렀다.

4월 1일 맑음
옥문을 나왔다. 남문 밖 윤간의 종의 집에 이르니… 지사 윤자신이 와서 위로하고 비변랑 이순지가 와서 만났다. 더하는 슬픈 마음을 이길 길이 없었다. … 이순신(李純信)이 술병째 가지고 와서 함께 취하고 위로해 주었다. … 술에 취하여 땀이 몸을 적셨다.

윤간의 종의 집이 어디쯤이었을까?

옛 지도를 보면 이곳 남대문 밖에는 '남지'라는 연못이 있었고, 길 건너편에 이문동이라는 마을이 있었다. 그 남지는 아마 지금 내가 서 있는 YTN 건물쯤에 있었을 것이고, 이문동은 길 건너편 연세세브란스빌딩과 대우재단빌딩 일대쯤이 아니었을까 짐작되었다. 윤간의 종의 집은 옛 이문동이었던 그쯤에 있었을 것이다.

공은 이곳에서 윤자신과 이순지 등 여러 지인들을 만났고, 더하는 슬픈 마음을 이길 길이 없다고 했다. 그 "더하는 슬픈 마음"을 어찌 가히 짐작이라도 할 수 있을 것인가. 오로지 나라를 구하겠다는 일념으로 매번 최선을 다해 전투에 임했고, 또 왜의 술수가 뻔히 보여 왕명대로 가토 기요마사(加藤淸正)를 잡으러 부산포 앞바다로 출전하면 그들의 함정에 빠지게 된다는 것을 아는 지혜를 가진 것밖에 없었는데, 죄라면 그게 죄였다.

흉중에 할 말은 많지만 어찌 다 말을 할 것인가. 주위의 위로를 고마워하며 그냥 술을 받아 마시고 취할 수밖에 없었을 것이고, 취조와 옥고에 쇠약해진 몸은 취하도록 마신 술을 견디기에 무척이나 힘이 들었을 것이다.

> 4월 2일
> 종일 비가 내렸다 … 필공을 불러 붓을 매게 했다. 어두울 무렵 성으로 들어가 영의정과 이야기하다가 닭이 울어서야 헤어져 나왔다.

공의 한스런 마음처럼 출옥 둘째 날은 종일 비가 내렸다. 그러나 공은 실의를 딛고 일어나며 나라를 지켜야 한다는 각오를 다졌다. 필공을 불러 붓을 매게 한 것은 비록 백의종군의 몸이더라도 나라를 위해 당신이 해야 할 일이 무엇인가를 찾고 해 나가겠다는 그런 각오 때문이었을 것이다.

밤에는 영의정 유성룡을 만나 밤새도록 같이 이야기를 나누었다. 이 자리에서는 아마 왜의 재침이 임박했던 때라 어떻게 하면 위기가 코앞에 닥친 이 나라를 구할 수 있을지에 대한 서로의 고민들이 오고 갔을 것이다. 그리고 어쩌면 왜 가토 기요마사를 잡으러 가라는 왕명을 거역할 수밖에 없었는지에 대한 공의 솔직한 해명이 있었을지도 모른다. 당신을 제대로 알아보아 주는 유일한 인물, 서애 유성룡 앞에서는 공도 답답한 그 흉중을 다소나마 털어놓을 수 있었을 것이다.

▶▶ **남으로 떠나신 길을 따라**

> 4월 3일 맑음
> 일찍 남쪽으로 길을 떠났다. 금오랑 이사빈, 서리 이수영, 나장 한언향은 먼저 수원부에 이르렀다. 나는 인덕원에서 말을 쉬게 하고 조용히 누워서 쉬다가…

남대문 밖 윤간의 종의 집에서 이틀을 머무신 공은 백의종군지인 도원수 권율의 진이 있는 남쪽을 향해 길을 떠났다. 전날 밤 영의정 유성룡과 이야기를 나누며 밤을 새워 몸이 몹시 피곤하였을 터인데도 아침 일찍 길을 나섰다. 왕명이 추상같고, 공을 호송하여 갈 관리들이 먼저 수원부로 떠났으니 더 이상 지체하기가 어려웠을 것이다.

도성을 떠나는 공의 마음은 참으로 착잡하고 참담하였을 것이다. 비

록 옥에서 나오기는 했지만 여전히 죄인의 몸이고, 그 죄가 언제 풀어
질 수 있을 것인지 기약도 없었다. 백의종군지인 권율의 진을 찾아간들
죄인의 몸이라 당신이 할 수 있는 일은 거의 없을 것이고, 어쩌면 하릴
없이 안타까운 시간만 보내야 할 것이다.

그러나 죄인으로 호송되는 당신 자신의 처지보다 더 걱정인 것은 나
라의 앞날이었다. 그동안 명과 왜 간에 진행되던 강화 교섭이 실패로
돌아가자 왜는 재침을 선언했고, 적장 가토 기요마사도 이미 바다를 건
너와 있었다. 언제 다시 왜가 대규모 공격을 감행해 올지 모르는데 이
제 누가 있어 이를 막아낼 것인가. 왜의 공격이 코앞에 닥쳐와 있어도
당신이 할 수 있는 것은 아무것도 없었다.

하지만 전날 필공이 맨 붓을 짐 속에 넣고 떠나며, 공은 당신이 할 수
있는 최선을 다하리라 다짐했다. 전날 밤 영의정과 나눈 대화들도 공이
좌절하지 않고 구국의 각오를 새로이 다지는 데 많은 도움이 되었을 것
이다.

나도 공이 떠나신 길을 따라 남쪽으로 발걸음을 옮겼다. 서울역사를
가로질러 청파로로 접어들었다. 청파로를 따라 삼각지로 가는 길은 철
로변이어서 그런지 재개발이 되지 않아 7~80년대 서울의 변두리 모습
을 간직하고 있었다. 고층건물이 즐비한 다른 곳들과는 달리 1~2층짜
리 낡은 건물에 철공소와 철물점 등 작은 가게들이 줄지어 들어서 있었
고, 거기서 소박한 사람들이 소박한 모습으로 자신의 일에 열중하고 있
었다.

삼각지를 지나고 서빙고길 미군기지 앞에 다다르니, 담장 아래 화단
의 싸리꽃이 진한 향내를 뿜으며 우리를 반겼다. 기지 샛문으로 보이는
작은 문 앞에 보초를 서고 있는 초병이 배낭을 메고 지나가는 우리를

무심히 쳐다보았다. 자기들의 나라가 아닌데도 이렇게 먼 낯선 곳까지
와 우리를 지켜 주고 있는 이들, 이들이 있기에 우리나라에 지금의 이
자유와 평화가 유지되고 있다. 우리 스스로의 힘으로 우리를 지키지 못
하는 것이 부끄럽지만, 그게 아직까지 우리가 안고 있는 슬픈 현실임을
부정할 수가 없다. 우리도 언젠가는 저들에게 의존하지 않고 우리 스스
로의 힘으로 우리를 지킬 수 있어야 할 것이며, 또한 그들에게 지고 있
는 지금의 이 빚도 갚아야 할 것이다.

동작대교로 올라섰다. 다리 위에 서서 유장하게 흐르는 한강 물을 굽
어보았다. 동작나루가 있었다는 이촌한강공원과 동작역을 번갈아 바
라보며 강을 건너는 공의 모습을 머릿속에 그려 보았다. 공은 넓디넓은
하얀 백사장을 지나와 맑은 물이 흐르는 이 강을, 배를 타고 그림처럼
건너가셨을 것이다. 그러나 그 그림은 한가로움과 평화가 깃든 그런 그
림이 아니라 비통과 고뇌를 잔뜩 머금고 있는 슬픈 그림이었다.

고개를 돌려 강 건너 남쪽을 바라보니 거기에는 또 우리가 감사해야
할 분들이 잠들어 있었다. 국립현충원이었다. 이곳 역시 평소 무심히 지
나치던 곳이었지만, 백의종군로 순례길에서 바라보니 그 의미가 무겁
게 가슴에 다가왔다. 그분들의 넋인 양 하얀 벚꽃이 피어 있는 현충원
을 향해 고개를 숙이며 호국영령들께 감사와 경의의 마음을 표했다.

4월 중순인데도 햇살이 따가웠다. 동작대로를 따라 사당역으로 가는
데, 서울역에서부터 조금씩 아프기 시작하던 무릎이 이수역을 지날 때
쯤부터 통증이 심해졌다. 그동안 아무런 문제가 없던 무릎이 얼마 걷지
도 않았는데 갑자기 통증이 오자, 순례를 무사히 마칠 수 있을지 걱정
이 먼저 들었다.

오늘 서울을 벗어나 인덕원까지 갈 계획이었지만, 사당역에서 순례

를 그쳤다. 이제 시작에 불과한데 무릎에 아무 문제가 없기를 바라며, 인근 버스정류장으로 무거운 발걸음을 옮겼다.

▶▶ 남쪽의 큰 고개 남태령

걱정했던 무릎은 며칠 쉬고 나니 통증이 깨끗이 사라졌다. 혹 무릎 고장이 심각해 순례를 못하게 되는 게 아닌가 걱정하기도 했지만, 감사하게도 그 걱정은 기우였다. 4월 22일, 다시 감사한 마음을 안고 지난번 순례의 끝 지점인 사당역으로 가서 남태령을 향해 걷기 시작했다.

남태령의 예전 이름은 여우고개였다. 여우가 많이 출몰해 붙여진 이름인데, 조선 정조 때부터 남태령으로 고쳐 불리었다고 한다.

남태령은 남쪽에 있는 큰 고개라는 뜻일 것이다. 남태령이라는 이름을 보거나 여우고개라는 이름을 볼 때 공이 이 고개를 넘어가실 때에는 꽤나 험한 고개였을 것이다. 그러나 그 험하던 남쪽의 큰 고개는 이제 넓은 도로로 변해 수많은 차량들이 쉴 새 없이 굉음과 매연을 내뿜으며 넘나들고 있었다.

남태령으로 오르는 길 중간에 수도방위사령부가 있었다. 그곳에는 잘 훈련된 정예병사들이 대한민국의 수도 서울을 지키고 있었다. 그들을 보자 '임진왜란 때 이런 정예부대가 한성을 지키고 있었더라면…' 하는 마음이 문득 들었다.

1592년 4월 13일, 왜가 부산으로 쳐들어오자 조선은 전투다운 전투도 한번 제대로 해보지 못한 채 불과 20일 만인 5월 3일, 수도 한성을 점령당했다. 지금의 경부고속도로 거리로만 계산하더라도 하루에 21km나 되는 진군 속도였다. 구불구불했던 옛길을 감안하면 하루 평균 30km에 가까운 속도로 진군하였다고 보아야 할 것이다. 이는 왜군의 진격에 조선군의 저항이 거의 없었다는 것을 말해 주고 있다.

너무도 치욕적인 전쟁이었다. 왜의 침략을 미리 알고 있었으면서도 위정자들은 권력다툼만 일삼다가 이에 대비도 하지 못했고, 왜가 침략해 오자 관리와 관군들은 나가서 맞서 싸우기보다 제 살길을 찾아 도망하기에 바빴다. 그러나 지금, 저 정예병사들이 우리의 수도 서울을 든든히 지키고 있다.

남태령 정상에 이르니 커다란 남태령 표지석이 나를 맞았다. 그동안 이 고개를 자동차로는 셀 수 없이 넘나들었는데도 남태령 표지석은 처음 보는 듯 생소했다. 자동차로 갈 때에는 무심히 넘던 고개였는데, 직접 발로 걸어 넘으니 많은 감회가 밀려 왔다. 이 고개도 무던히도 많은 사연들을 가지고 있을 것이다.

공은 이 고개를 넘어갈 때 무슨 생각을 하셨을까? 아마도 이 고개를 넘고 나면 한성 땅을 다시 밟기는 어려울 것이라고 생각하지 않으셨을까? 한성에는 임금이 있고 조정이 있고 당신이 태어나 어린 시절을 보낸 마을이 있었다. 가슴속에 온갖 회한이 밀려 왔을 것이다. 임금에 대한 야속함, 당신을 영어의 몸으로 만든 세력들에 대한 안타까움, 나라 앞날에 대한 걱정, 어린 시절에 대한 추억들…. 그래서 한성 땅이 바라다보이는 고갯길 어디쯤에서 공은 가시던 길을 멈추고 한동안 한성 쪽을 바라보았을지도 모른다.

고개를 넘어 도로를 벗어나 남태령 옛길로 들어섰다. 여기서부터 행정구역이 서울시에서 경기도로 바뀌었다.

남태령 옛길 입구에는 옛길 표지석이 삼남길 안내문과 함께 서 있었다. 삼남대로는 옛날 한성에서 충청도와 전라도, 경상도로 가던 주요 교통로로서, 현재 남태령에서 전라남도 해남까지 삼남길이란 이름으로 옛길이 복원되어 있다. 공은 한성을 떠나 운봉으로 가실 때 삼남대로와 통영별로*를 따라 가셨다.

　남태령 옛길은 시멘트로 포장되어 있었지만 옛길의 흔적이 역력했고, 도로와는 숲으로 차단되어 있어 조용하기까지 했다. 짧은 구간이긴 하지만, 남태령을 넘는 도로가 이 옛길을 피해 건설되었다는 것이 반갑고 고마운 일이었다. 옛길 냄새가 물씬 풍기는 길을 걸으니 비로소 공이 가셨던 길을 따라 걷고 있다는 느낌도 가질 수가 있었다.

남태령 옛길 표지석

　과천을 지나는데 밤부터 날아온다던 중국발 황사가 예보보다 일찍 누렇게 하늘을 뒤덮어 오고 있었다. 짙은 황사로 인해 불과 수백 미터 앞이 잘 보이지 않을 정도로 가시거리가 짧아졌다. 이 상황에서 더 걷는다는 것은 무리였다. 인덕원에서 순례를 멈추기로 하고, 서둘러 정부과천청사를 지나 47번국도로 들어섰다.

---

* 　한성과 삼도수군통제영을 오가던 통영로의 다른 길. 한성에서 전주 삼례역까지는 삼남대로와 같이 가며, 삼례역에서 갈라져 임실, 남원, 함양, 진주, 고성을 거쳐 통영으로 간다. 공이 누명을 쓰고 한성으로 압송될 때도 이 길이 이용되었다.

잰걸음으로 도착한 인덕원 옛터에는 '인덕원터' 표지석이 작은 화단 위에 동그마니 올려져 있었다. 인덕이라는 지명은 조선 시대 환관들이 이곳으로 내려와 주민들에게 덕을 베풀었다고 하여 붙여진 이름이라고 표지석에 설명되어 있었다. 지명 뒤에 원이 붙은 것은 물론 조선 시대에 출장을 가는 관리들의 숙소가 있었기 때문이었다.

내가 살고 있는 곳이 바로 인근인데도 나는 그동안 이곳에 인덕원 터 표지석이 있는지도 몰랐다. 물론 인덕원 지명의 유래에 대해서도 알지 못했다. 이곳은 단지 점심이나 저녁 식사를 하러 가끔씩 지나던 길목이었을 뿐이었다. 나도 참 무던히도 주변에 무심하게 살아왔구나 하는 생각이 들었다.

남대문을 출발한 공은 이곳 인덕원에 도착해 잠시 쉬어 가셨다.

나도 걷기를 중단하고 집이 있는 방향으로 발길을 돌렸다.

하지만 집으로 향하는 내 발길은 무겁기만 했다. 공에 대한 감사의 마음으로 끝까지 잘 마무리하리라 다짐하고 시작한 순례였지만, 시작부터 여의치 않게 일정에 계속 차질이 생겼다. 첫날은 급한 일이 생겼고, 두 번째 날은 무릎 통증 때문에, 또 오늘은 예보보다 훨씬 빨리 날아온 짙은 황사 때문에 이른 시각에 걷기를 중단하여야 했다.

나는 공이 내게 어떤 암시를 주시는 게 아닌가 하는 생각이 들었다. 나라를 왜로부터 지켜내고도 임금에게 오해를 받아 백의종군을 하러 가신 회한과 고뇌의 길, 그 길을 내가 혹시 교만한 마음으로 순례에 임하고 있는 게 아닌가 하여 마음자세를 다시 한번 가다듬어 보았다.

▶▶ 지지대고개와 프랑스군 참전 기념탑

다시 닷새 뒤인 4월 27일, 일주일 여를 지겹게 괴롭히던 미세먼지가 사라지고 날씨도 맑았다. 이런 기회를 그냥 지나치기가 아까워 순례를 이어가려고 집을 나섰다.

인덕원 옛길에서 연결되는 학의천 징검다리를 건너고 자동차 정비공장이 늘어선 이면도로를 지나 47번국도로 들어섰다. 길을 걷는데 눈에 익은 상호와 간판을 단 건물들이 줄줄이 지나갔다. 지난번 남태령과 과천 길도 그랬고, 자주 다녀서 몹시도 익숙한 이 길이 공이 백의종군을 떠나신 길일 것이라고는 생각조차 하지 못했다.

길은 계원대 입구를 지나 나오는 덕고개사거리에서 47번국도와 헤어져 의왕가구단지로 이어졌고, 의왕가구단지를 지나자 사그내길로 이어졌다. 사그내길은 이곳에 사근행궁이 있었기에 붙여진 이름으로 짐작되었다. 사근행궁은 정조가 현릉원 행차를 할 때 쉬어가던 행궁 중의 하나였다.

다시 47번국도로 들어서서 지지대고개를 오르니 왼편에 프랑스군 참전 기념탑이 보였다. 기념탑에는 태극기와 프랑스 국기, UN기 등 3개의 깃발이 펄럭이고 있었고, 길가 벽면에 "프랑스군 참전 기념탑"이 큰 글자로 새겨져 있어 길에서도 쉽게 눈에 띄었다.

기념탑은 총을 들고 사주경계를 하며 전진하는 병사들 조형물이 입구를 지키고 있었다. 조형물 기단에는 UN기와 프랑스, 우리나라 국기가 새겨져 있고, 그 아래에 "정의와 승리를 추구하며 불가능이 없다는 신념을 가진 나폴레옹의 후예들! 세계의 평화와 한국의 자유를 위해 몸바친 288명의 고귀한 이름위에 영세 무궁토록 영광 있으라"는 문구가 새겨져 있었다.

추모벽 왼편 벽면에 프랑스군의 한국전쟁 참전사가 새겨져 있었다.

프랑스군 참전 기념탑

프랑스군은 1950년 11월 29일, 부산에 상륙하여 미군 제2보병사단 23연대에 배속되었다. 다음 해 1월 7일 원주 전투를 시작으로 원주쌍터널 부근 전투, 지평리 전투, 단장의 능선 전투, 화살머리고지 전투 등의 주요 전투를 치렀다. 특히 지평리 전투(1951.2.13.~2.15)에서는 중공군 4개 사단의 공격을 받고도 미군과 함께 끝까지 진지를 사수하여 1.4후퇴 후 UN군이 중공군에게 첫 승리를 거두는데 결정적으로 기여하였다.

  오른편 담벼으로 발길을 옮겨 당시의 전장 사진을 보기 시작했다. 그러다가 세 번째 사진 앞에서 발길을 멈추었다. 하얀 눈 속에 파묻혀 적과 싸우고 있는 모습이 들어 있는 사진, 그 사진을 보자 가슴이 뭉클해짐과 동시에 가슴 한편이 아려 왔다. 혹한의 겨울에, 그것도 차디찬 눈 속에 엎디어 생사를 넘나드는 전투를 벌이고 있는 병사들, 이름도 잘 몰랐을 생소한 나라에 와 그 차가운 눈 속에서 얼마나 춥고 얼마나 공포스러웠을까? 고국의 따뜻한 집과 사랑하는 가족이 얼마나 그리웠을까? 참으로 미안하고, 참으로 감사했다.

프랑스군은 800여 명 규모의 1개 대대를 6.25에 파견하였으며, 연인원 3,400명이 참전하였다. 전사자는 262명*이었고, 18명이 실종되었다. 부상자는 818명이었다.

프랑스군 참전 기념탑을 보자 오래전 신문에서 읽었던 감동스러운 기사가 생각났다. 프랑스군 대대장으로 6.25에 참전한 몽클라르 장군에 관한 이야기였다.

몽클라르 장군은 제2차 세계대전이 끝나고 중장으로 예편한 예비역 장군이었다. 그런데 6.25가 발발하고 프랑스 정부가 대대급 병력을 파견하기로 결정하자, 그는 자진하여 중장에서 4계급이나 강등한 중령 계급장을 달고 대대장으로 6.25에 참전했다. 그는 제1, 2차 세계대전에서 얻은 풍부한 전투 경험으로 전투마다 승리를 거두었다. 특히 앞에서 언급된 지평리 전투는 프랑스군의 용맹성과 함께 장군의 탁월한 지휘력을 유감없이 보여 준 빛나는 전투로 평가받고 있다. 해병대와 공수부대, 외인부대로 구성된 프랑스군은 이 전투에서 인해전술로 물밀 듯 밀려오는 중공군에 맞서 절대적인 수적 열세에도 불구하고 육박전까지 벌여 끝까지 진지를 사수했다.

이 지평리 전투의 승리로 인하여 1.4후퇴 후 중공군에게 줄곧 밀리던 UN군은 전세를 역전시키고 다시 북으로 진격할 수 있었다. 이 전투에서 UN군이 승리하지 못하였다면, 어쩌면 휴전선은 현재의 위치보다 더 남쪽에 그어졌거나 아니면 12만 중공군의 인해전술의 위세를 막지 못해 남한 전역이 공산화되었을지도 모른다. 이 지평리 전투의 승리는 지

---

* 추모벽에 있는 전사자 288명은 프랑스군에 배속된 한국군 16명이 포함되어 있다.

금의 우리 대한민국에는 참으로 다행스럽고 고마운 승리였다.

몽클라르 장군은 프랑스로 돌아간 후에도 항상 한국을 잊지 않았고, 1964년 72세를 일기로 세상을 떠났다.

그의 외동딸 파비엔느 몽클라르*도 우리나라에 대한 관심이 각별했다. 그녀는 6.25에 참전한 프랑스 퇴역군인과 그 유족들을 찾아 위로하고 프랑스로 장군의 무덤을 찾은 한국인들을 안내하기도 했다. 또 우리나라의 통일을 기원하며 남북교류사업 기금조성에 참여하기도 하였다.

우리나라의 자유를 지키기 위해 4계급이나 강등하며 달려와 싸운 아버지, 그 아버지의 뜻을 이어 우리나라의 통일을 염원하고 지원한 딸, 우리는 그들에게 무엇으로 보답할 수 있을까?

전사자들의 이름이 새겨진 추모벽 앞에서 고개 숙여 그들에게 깊은 감사와 경의를 표했다. UN군의 이름으로 이역만리 먼 이 나라까지 와서 싸운 그들이 있었기에 지금의 우리 자유 대한민국이 존재할 수 있었다. 이 대한민국을 공산집단으로부터 지켜 주기 위해 목숨까지 바쳐 싸운 사람들, 우리는 그들을 결코 잊어서는 아니 될 것이다.

▶▶ 수원 도심에서 만난 옛길

프랑스군 참전 기념탑을 돌아 나오니 바로 효행공원이었다. 공원에는 조선 제22대 임금 정조의 동상이 서 있었고, 동상 주변에는 철쭉이 붉게 피어 있었다. 공이 회한의 가슴을 안고 이 고개를 넘어가신 190여 년 후, 정조대왕이 부모에 대한 지극한 효심을 가슴에 안고 이 고개를 넘어가셨다.

---

* 　2017년 66세를 일기로 세상을 떠났다. 2011년 그녀가 쓴 아버지의 전기 『한국을 지킨 자유의 전사-나의 아버지 몽클라르 장군』이 한국어로 번역되어 출간되었다.

수원의 상징인 이목동 노송지대를 지나고 정자동 성당 입구 사거리를 지나 서호천변 길로 들어섰다. 여기서부터 여기산 까지는 서호천변에 조성되어 있는 산책길을 따라갔다. 꽤 넓은 도로도 천변 산책길과 같이 가고 있었는데, 아파트가 밀집된 주택가라서 그런지 도로엔 차가 별로 다니지 않았다. 도로변의 인도를 따라 걷거나 그 아래 천변 산책길을 이용하거나 길이 모두 조용해 걷는 데는 아무런 불편이 없었다.

서호를 만나기 직전 천변 길과 헤어져 여기산로로 올라섰다. 여기산로도 여기산 아래 주택가를 지나는 길이라 서호천변 길처럼 조용하고 한적했다. 길이 차도이기는 했지만 차들도 한두 대씩 간간이 다녔고, 길거리엔 사람들의 모습도 별로 눈에 띄지 않았다.

조용하고 한적한 분위기를 즐기며 길을 걸었다. 그런데 무심코 길을 걷다 진행 방향 쪽을 바라보니 이 길은 완만한 곡선 선형을 그리고 있었다. 이 길과 교차되는 다른 길들은 좁은 골목길 외에는 대부분 직선화된 길이었다. 길 분위기가 다른 곳과는 다르다는 생각이 들어, 가던 길을 멈추고 지도를 들여다보았다. 지도상에 표시된 이 길은 내 생각대로 자연스런 곡선을 그리고 있었고, 그 곡선은 42번국도를 건너 이어지는 서둔로를 지나 고색동 고현초등학교가 나올 때까지 길게 이어지고 있었다. 지도상에 이어지고 있는 그 곡선을 보자 나는 이 길이 옛길이었음을 짐작할 수 있었다. 도로 정비를 하면서 이 길은 직선화하지 않고 옛길의 곡선을 그대로 살려 놓은 것이었다.

이 길이 옛길임을 알게 되자 와락 반가운 마음이 들었다. 그동안 공이 가신 옛길을 따라 걷는다고는 했지만, 그러나 그 옛길은 대부분 넓은 차도에 묻혀 흔적조차 보이지 않았다. 남태령에서 잠깐 옛길 흔적을 만나기는 했지만, 옛길 정취를 즐기기에는 길이 너무 짧았다. 그러다 뜻밖에 이 길을 만나니 그 반가움이 배가되었다. 시가지를 정비하면서 이

길을 그대로 살려 놓은 수원시에 감사했고, 이 옛길을 찾아낸 순천향대 이순신연구소 연구원들에게도 감사했다.

서둔로 중간 지점부터는 서울대학교 수목원길이었다. 길 양편으로 잘 보존된 울창한 숲이 이어졌다. 숲은 신록의 계절이라 더한층 싱그럽고 아름다웠다.

고색동을 지나고 고현초등학교를 돌아 서호천변 길을 다시 만났다. 부드러운 곡선을 그리며 나를 먼 옛날의 상상으로 이끌던 옛길도 고현초등학교를 만나면서 직교화된 인위적인 길 속으로 슬며시 사라져 버렸다.

그곳에 삼남길 표지목이 서 있었다. 그 표지목을 보며 서 있는데, 뒤에서 투박한 경상도 사투리로 "오데로 갈라꼬요?" 하고 묻는 소리가 들렸다. 고개를 돌려보니 60대 초반으로 보이는 남자 둘이 배낭을 메고 내 옆을 지나가고 있었다.

"우리는 삼남길 따라 올라가고 있어요."

그들은 자기들 말만 하고는 미처 내가 대답할 틈도 주지 않고 나를 지나쳐 서호천을 따라 난 길로 멀어져 갔다. 아마 그들도 나처럼 은퇴하고 도보여행을 하고 있는 모양이었다. 삼남길에 대해서도 물어보고 같이 얘기라도 나누고 싶었는데, 섭섭한 마음으로 그냥 지나쳐 가 버린 그들의 뒷모습을 물끄러미 쳐다보았다. 그들은 세상사를 다 잊기라도 한 듯 걷고 있는 뒷모습이 허허로웠고, 걸음걸이에도 아무런 미련이 묻어 있지 않았다. 그들이 사라져 가는 모습을 물끄러미 바라보다 나는 그들이 걸어간 반대 방향으로 다시 발길을 옮겼다.

▶▶ 정조의 효심이 어려 있는 곳 융건릉

다시 서호천 천변길을 따라가다가 배양교를 건너 배양동마을로 들어섰다. 마을 앞으로 제법 넓은 들판이 펼쳐져 있었다. 순례길에 들어서서 처음으로 만나는 농촌마을이었다. 도시의 시가지 길만 걷다가 농촌마을을 만나니 마음이 편안하고 한가로워졌다. 그 한가로워진 마음으로 모내기 준비가 끝난 들판길을 지나고 마을 안 언덕길을 넘었다.

봉담읍을 지나 만난 융건릉 숲은 신록이 한창이었다. 숲을 따라가며 길을 걷는데, 신록의 연둣빛이 너무도 고와 눈길이 자꾸 숲으로 갔다. 어떻게 이토록 아름다운 빛을 낼 수 있을까, 그 빛은 오직 자연만이 만들어 낼 수 있는 경이로운 빛이었다.

융건릉은 사도세자와 헌경왕후 혜경궁 홍씨가 합장된 융릉과 정조와 효의왕후 김씨가 합장된 건릉이 있어 붙여진 이름으로, 정조의 효심이 깊게 서려 있는 곳이다.

정조는 조선의 문예부흥기를 일군 조선 시대 최고의 현군이었다. 그러나 그의 가슴속에는 당쟁에 희생된 아버지 사도세자에 대한 애틋한 그리움과 한이 항상 자리하고 있었다.

그는 불과 열한 살의 나이에 아버지의 한 맺힌 죽음을 목격하여야 했다. 그는 뒤에 왕위에 오르자 위정자들의 고질병인 당쟁의 폐습을 일소하기 위해 탕평책을 펴는 한편, 아버지의 원혼 위로와 복권을 위해 많은 노력을 기울였다. 당시 양주 배봉산*에 있던 아버지의 묘를 이곳 화산으로 옮기고 능호를 융릉으로 하였고, 이후 해마다 몇 차례씩 이곳을 찾아 참배했다.

---

* 현 서울특별시 동대문구 휘경동 소재

효는 백행(百行)의 근본이라고 했다. 정조는 그토록 효심이 지극한 임금이었기에 백성들에 대한 사랑도 효심 못지않게 깊었다. 유네스코 세계문화유산으로 지정된 수원 화성의 모든 축조과정을 상세히 기록한 책인 『화성성역의궤』에는 성의 설계도 및 축조과정에서 사용했던 장비, 자재 등과 함께 공사에 참여한 인부들에게 지급한 노임내역이 상세히 기록되어 있다. 당시는 백성들을 강제로 노역에 동원하던 부역이 당연하던 때였고 신하들도 그렇게 할 것을 건의했다. 하지만 정조는 신하들의 그러한 건의를 받아들이지 않고 모든 인부들에게 빠트리지 않고 노임을 지급했다. 병든 인부에게는 노임을 지급하는 것은 물론, 그들을 치료해 주는 것도 잊지 않았다.

이러한 임금 정조는 공의 전공을 재평가하는 일에도 앞장섰다.

임진왜란 당시의 임금인 선조는 공의 전공 평가에 몹시 인색했다. 공의 전공에 대한 평가가 처음 이루어진 것은 전란이 끝나고 6년이나 지난 후였다. 이때 공은 선무1등공신에 봉해지고 좌의정에 추증되었다. 그런데 선조는 칠천량해전 패장인 원균도 같이 선무1등공신에 봉함으로써 공의 전공이 빛을 잃게 만들었다. 공을 시기하고 모함하여 나라의 운명을 풍전등화로 만든 장본인을 공과 같은 등급의 공신 반열에 올린 것은 지하에 계신 공으로서도 용인하기 힘든 치욕이었을 것이다.

하지만 현군 정조는 달랐다. 정조는 공의 크나큰 공로를 기리기 위해 1793년 7월 공을 영의정에 증직하고, 이듬해 10월 직접 비문을 지어 공의 묘소 앞에 신도비를 세웠다. 비문에는 "우리 왕조의 충무공 이순신 같은 이는 그 공로가 오직 비명(碑銘) 짓는 법에 맞으니, 내가 비명을 짓는데도 오히려 부끄러움이 없다"고 하고, 공의 주요 공로와 전사 당시의 상황을 기록했다.

또한 규장각에 공의 문집인 『이충무공전서』를 발간하도록 명했다.

문집은 1795년 9월에 완성되었는데, 이 문집에는 『난중일기』를 비롯해 공의 유고와 서신, 장계 등 공과 관련된 모든 기록들이 망라되었다. 이 『이충무공전서』는 총 14권 8책으로 후세들이 공을 연구하고 평가하는 데 핵심적인 자료가 되고 있으며, 노산 이은상 선생이 이를 국역하기도 하였다.

융건릉 매표소를 지나 숲을 돌아가면서 옛 수원부가 어디쯤 있었을까 고개를 돌려 그 흔적을 찾아보았다. 수원부는 원래 이곳 화성시 안영동 지역에 있었으나, 정조가 사도세자의 능을 이곳의 화산으로 이장하면서 지금의 화성 안으로 옮겼다고 한다.

수원부가 있었던 안영동 지역은 택지개발공사가 한창이었다. 융건릉에서 용주사로 가는 도로 오른편에는 길게 공사장 임시담장이 쳐져 있었고, 그 담장 너머에는 평평하게 조성된 택지가 넓게 펼쳐져 있었다. 일부 구역에서는 아파트 건축공사가 진행되고 있었다. 이곳도 곧 아파트 숲으로 뒤바뀔 것으로 보였다.

공은 한성부를 떠난 첫날, 이곳 수원부에 있는 경기 체찰사 홍이상 수하의 이름 모르는 군사의 집에서 유숙하셨다. 공의 백의종군길 첫 유숙지였다. 신복룡이 우연히 왔다가 공의 행색을 보고 술을 가지고 와서 위로해 주었다. 순천부사 유영건도 만났다.

길을 가다 멈춰 서서 도로를 따라 높게 서 있는 담장 틈새로 택지개발지구 안을 들여다보았다. 그러나 그 안은 중장비들이 밀어 놓은 허허벌판이라, 공이 유숙하였던 그 군사의 집은 물론이고 옛 수원부의 위치조차도 가늠할 수 없었다.

▶▶ 용주사와 독산성 아랫마을 양산동

다음날, 용주사는 아침 이른 시각인데도 찾아온 사람들이 많았다. 절 입구에는 60대 중반으로 보이는 단체 관광객들이 휴대전화기로 사진을 찍어가며 절 안으로 들어서고 있었다. 나도 그들을 따라 절 마당 안으로 들어섰다. 대웅전 앞마당에는 오색 연등이 바람에 깃을 나부끼며 보름여 남은 부처님오신날을 기다리고 있었다.

용주사는 정조가 아버지 사도세자의 무덤을 이곳으로 옮기면서, 아버지의 명복을 빌기 위해 신라 고찰 옛 갈양사 자리에 중창한 원찰이다. 정조는 이 절을 지을 때 단원 김홍도를 이곳에 보내어 사찰 중창 일을 돕게 하였고, 김홍도는 정조의 뜻에 따라 『부모은중경』을 그림으로 그려 목판에 새겼다. 『부모은중경』은 한량없는 부모님의 은혜에 보답해야 한다는 것을 가르친 불교경전으로, 김홍도의 그림이 새겨진 '부모은중경판'은 지금 이 절의 상징물이 되어 있다. 이처럼 용주사도 조선 시대 현군 정조의 효심이 깊게 서려 있는 곳이었다.

공도 효심이 깊었다. 공은 전란 중이었지만 전라좌수영 본영이 있던 여수에 어머니를 모셨고, 틈이 날 때마다 찾아뵙거나 사람을 보내 안부를 여쭈었다. 『난중일기』에는 어머니를 생각하고 걱정하고 그리는 대목들이 곳곳에 나온다.

계사년(1593년) 6월 12일
비가 오다가다 했다. 아침에 흰 머리카락 여남은 올을 뽑았다. 흰 머리카락이 난 것을 어찌 꺼리랴만 다만 위로 늙으신 어머님이 계시기 때문이다.

흰 머리가 많아진 것을 보고 혹 늙으신 어머님이 걱정을 하실까 염려되어 그 흰 머리카락을 뽑았다. 흰머리가 많아지면 자신의 나이 들었음을 한탄하며 인생무상을 먼저 생각하는 것이 인지상정일 텐데, 공은 어머니가 당신의 흰 머리카락을 보고 걱정을 하실까 그 염려가 앞섰다. 참으로 깊은 효심이 아니면 우러나올 수 없는 마음일 것이다.

법당 안으로 들어섰다. 법당에는 대여섯 명의 신도들이 부처님께 참배를 하거나 독경을 하며 기도하고 있었다. 나도 불전에 엎드려 지극한 마음으로 부처님께 삼배를 올렸다. 나의 그 삼배는 부처님께만 올린 삼배가 아닌 공과 정조의 지극한 효심에 대한 경배이기도 했으며, 또 백의종군로를 겸손과 감사의 마음으로 걷겠다는 나의 다짐이기도 했다.

용주사에서 나와 송산동마을을 지나가는데, 어느 길갓집 담장에 하천에서 물고기를 잡고 있는 그림이 그려져 있는 것이 보였다. 어릴 적 황구지천에서 천렵을 하던 추억을 그려 놓은 것이었다. 하천이 인근에 있는 마을에 살던 사람들은 저 그림 속 풍경과 같은 추억들을 가슴속에 안고 사는 사람들이 많을 것이다.

송산교를 걸어 그들의 아련한 추억이 잠겨 있는 황구지천을 건넜다. 다리 건너 황구지천을 따라 난 도로를 걸으면서 공이 가신 옛길을 가늠해 보았다. 백의종군로 고증자료는 당시의 길은 황구지천 서편 들판 가운데로 나 있었고, 양산동마을 앞에서 하천이 굽어지는 지점쯤에 황구지천을 건너는 다리가 있었을 것으로 보았다. 공은 그 길을 걸어 황구지천을 건너가셨을 것이다. 그 황구지천을 건너 독산성*이 있다.

---

* 임진왜란 때인 1593년(선조 26) 권율(權慄) 장군이 왜적을 물리쳤던 산성. 이곳에 있는 세마대에는 권율 장군이 왜군과 대치하고 있을 때, 성내에 물이 부족할 것으로 예측하고 있는 왜군에게 흰 쌀을 말에 끼얹어 목욕시키는 장면을 연출해 보임으로써 왜군들이 물이 풍부한 것으로 오판하고 물러갔다는 전설이 있다.

4월 4일 맑음
일찍 길을 떠나 독성(禿城) 아래에 이르니 반자(半刺) 조발(趙撥)이 술을
준비하여 장막을 치고 기다리고 있었다. 취하도록 마시고 길을 떠나 …

공은 백의종군을 하러 도원수 권율의 진을 찾아가는 도중에 많은 사람들의 위로와 정성 어린 대접을 받았다. 비록 임금은 도량이 좁아 하늘이 내리신 재목을 알아보지 못했지만, 건전한 양식을 가진 관리들과 순수한 백성들은 공의 인물됨을 잘 알았다. 그렇기에 그들은 공에 대한 임금의 처사가 부당하다는 것도 잘 알고 있었다. 그들은 공의 처지에 대한 안타까움과 걱정에, 그리고 공이 다시 한번 나라를 위해 싸울 수 있는 기회가 오기를 간절히 바라며 공을 극진히 대접했다. 조발은 독성의 수장과 수원판관을 겸하고 있었는데, 아마 그도 그런 양식 있는 관리들 중의 한 사람이었을 것이다.

독성은 지금의 독산성이니, 조발이 장막을 치고 기다리고 있던 '독성 아래'는 황구지천 옛 다리 건너쯤이었을 것이다. 공은 조발의 정성이 고마워 거기서 술을 취하도록 마셨다. 공이 술을 마셨을 지점을 바라보니 옛길은 흔적조차 보이지 않고, 황구지천 냇물만 유유히 안영들판을 휘감아 흐르고 있었다.

독산성이 있는 독산 기슭에 한신대학교가 있었다. 한신대 앞 사거리에서 왼편으로 돌아 동쪽으로 난 길을 따라 걷는데, 생맥줏집이 눈에 들어왔다. 걷느라 갈증이 났던 참에 생맥줏집을 보자 시원한 생맥주 한 잔의 유혹을 떨치기 어려웠다. 공이 독성 아래에서 술을 드셨으니 그 핑계로 나도 생맥주를 한 잔 마시고 갈 요량으로 술집 안을 들여다보았다. 그러나 아직 술집 문을 열기에는 이른 시각이라 문이 잠겨 있었다.

이 생맥줏집과 주변 술집은 한신대 학생들이 주 고객일 것이다, 그들 중에는 공이 420년 전 이곳에서 나라 걱정을 하면서 술을 드셨다는 걸 생각하는 이가 더러 있을 것이다. 그들도 이 독성 아래에서 술을 마시면서 나라 앞날을 설계하며 열띤 토론을 이어가기도 할 것이다. 이 나라를 더욱더 발전된 나라로 만들어 보겠다는 꿈과 용기를 가진 그런 젊은이들이 많아질수록 우리나라는 더욱더 희망찬 나라가 될 것이다.

▶▶ 궐리사와 오산천

오산시 세교동으로 들어서서 세마역 인근을 지나는 수목원로로 들어섰다. 그 길에 들어서자 눈앞에 잘 정돈된 마을의 모습이 펼쳐졌다. LH에서 개발한 휴먼시아 아파트 단지였다. 그 아파트 단지는 높은 건물들이 오밀조밀 들어서 있는 서울이나 그 위성도시들의 아파트 단지 모습과는 많이 달랐다. 아파트 건물 간의 간격이 넓어 답답한 느낌이 전혀 들지 않고, 조경도 건물들과 어우러지게 잘 다듬어져 있었다. 단지 안 곳곳에는 주민들이 산책을 하거나 쉴 수 있는 공원이 아름답게 조성되어 있어 한결 여유가 있어 보였다.

아파트 단지 끝자락에 있는 물향기마을 13단지 앞 연못가 쉼터에서 배낭을 내려놓았다. 쉼터는 연못을 바라보며 쉴 수 있도록 의자들이 여럿 놓여 있었고, 비를 가리거나 그늘을 만들 수 있도록 지붕까지 설치되어 있었다. 쉼터 주변은 희고 붉은 철쭉꽃이 활짝 피어 있었고, 연못가엔 실버들이 여기저기서 가지를 늘어뜨리고 서 있었다. 벤치에 앉아 배낭에서 꺼낸 물로 목을 축이며, 연못가 실버들이 바람에 하늘거리는 모습을 무심히 바라보며 잠시 여유를 즐겼다.

오산시 수청동 매홀초등학교를 지나니 '궐리사(闕里祠)' 표지판이 보였다. 궐리사라는 이름은 처음 들어보는 생소한 것이어서 호기심이 일었다. 어떤 곳인지는 모르지만, 일부러 보러 오기는 힘들 것 같아 찾아들어가 보았다.

궐리사는 공자를 모신 사당이었다. 안내판의 글을 읽어보니 궐리(闕里)는 중국 산동성 곡부현에 있는 지명으로, 공자의 고향이라고 했다. 외삼문을 들어서서 계단을 오르니 공자의 위패와 영정을 모신 성묘본당이 있고, 그 왼편으로 공자가 두 손을 모아 쥐고 서 있는 석조 입상인 성상(聖象)이 보였다. 석조 성상은 공자의 고향인 중국 곡부시에서 기증받았다고 했다.

본당으로 올라가 보았으나 문이 닫혀져 있어 공자의 영정은 볼 수가 없었다. 본당에서 내려와 동편에 있는 행단(杏壇)으로 가 보았다. 행단은 2층으로 지어져 있었는데, 정면 벽에 논어 글귀가 둘 걸려 있었다.

> · 세 사람이 길을 가면 그중에 반드시 나의 스승이 있다(三人行必有我師焉).
> · 자기 잘못을 책하는 것을 엄하게 하고 남을 책하는 것을 가볍게 하면 원망으로부터 멀어질 것이다(躬自厚而薄責於人 則遠怨矣).

『논어』「술이편(述而篇)」과 「위령공편(衛靈公篇)」에 있는 글인데, 많이 회자되는 글귀들이었다. 행단 앞에 서서 그 글귀들을 찬찬히 읽으며 뜻을 새겨 보았다. 그동안 살아오면서 낮은 자세로 살려고 노력했지만, 그렇지 못한 적이 많았다. 남을 탓하고 원망하지 않으려고 노력했지만, 불쑥불쑥 치미는 화와 서운함을 참지 못해 그러하지를 못했다. 지금에 와 지나온 날들을 되돌아보니 부끄러운 일들이 너무도 많았다. 행단에 걸린 가르침을 보며 더 겸손하고, 더 낮은 자세로 살아야 한다는 것을 다시 한번 부족한 내 마음속에 새겨보았다.

공은 인격적으로도 흠잡을 데 없는 완성된 인격자였다. 병법과 전술을 공부하면서도 부하들과 같이 자주 토론을 했고, 병사들의 작은 의견에도 귀를 기울였다. 왜의 침략에 제대로 대응하기는커녕 사사로운 이익만 좇는 대신과 관리들이 많아도, 공은 그들에 대한 원망보다는 당신이 해야 할 일만 묵묵히 해 나갔다. 백성들에게는 작은 피해라도 주지 않으려 노력했고, 그들의 어려움을 조금이라도 더 덜어 주려고 애썼다. 자신에게 없는 죄를 물은 임금에 대해서도 『난중일기』 어디에도 원망 한마디 적혀 있지 않았다. 자신에게는 몹시 엄격했고, 몸가짐도 항상 바르게 했다. 공은 행단에 걸린 논어의 가르침을 흐트러짐 없이 실천하셨던 것이다.

궐리사를 나서면서, 자신의 허물에는 한없이 관대하고 남의 허물은 침소봉대하여 서로 헐뜯는 게 일상사가 된 우리의 정치판이 떠올랐다. 그들은 자신들의 몸가짐은 바르게 하지 않으면서 남의 잘못은 과장 왜곡하여 비난하고 있다. 그들에게서 부끄러움이라곤 찾아볼 수가 없다. 아니, 부끄러움(수오지심, 羞惡之心)뿐 아니라 측은지심(惻隱之心)과 사양지심(辭讓之心), 시비지심(是非之心) 등 맹자가 말한 인간이 갖추어야 할 네 가지 품성 중 그 어느 것도 찾아보기가 어렵다. 그러한 그들의 행태를 지켜보는 국민들의 마음은 답답하고 암울하기만 하다.

우리 정치인들이 이 가르침에 따라 겸손하고 진실된 정치를 하려 노력한다면 이 나라가 얼마나 품격 높은 나라가 될 것인가, 부질없는 생각을 해 보았다.

궐리사를 나와 오산역으로 가기 위해 철도 굴다리를 지나 남쪽으로 길을 걸었다. 이곳에서 또다시 만난 삼남길은 궐리사 옆을 지나오고 있었다. 굴다리를 지나 조금 가니 오산천이었다. 천변에는 수양버들이 봄바람에 가지를 하늘거리며 서 있었다. 저만치 보이는 철교 위로 화물열차가 길게 꼬리를 달고 지나갔다.

4월 4일 맑음
… 취하도록 마시고 길을 나 바로 진위구로를 거쳐 냇가에서 말을 쉬게 했다. 오산에 이르러 황천상의 집에서 점심을 먹었다. 황은 내 짐이 무겁다고 말을 내어 실어 보내게 하니, 고맙기 그지없었다.

수원부에서 진위현에 이르는 옛길 이름이 진위구로(振威舊路)였을 것이다.* 공은 독산성 아래에서 길을 떠나 진위구로를 따라가다 냇가에서 말을 멈추고 쉬셨다. 공이 쉬셨던 그 내는 내가 지금 건너고 있는 이 오산천일 것이다. 오산천을 건너는 옛길은 어디쯤으로 나 있었을까? 아마 내가 서 있는 이 오산대교쯤이 아니었을까? 오산대교 상판까지 솟아오른 수양버들을 바라보며, 당시에도 저 수양버들이 있어 공도 저 아래에서 쉬지 않았을까 생각을 해 보았다.

공은 냇가에서 쉬신 후 오산천 건너 황천상의 집에서 점심을 드셨다. 황천상은 공의 짐이 무겁다고 말을 내어 짐을 실어 보내게 했다. 그는 공이 아산에 머무르고 있을 때도 술을 들고 아산까지 찾아오는 등 공에게 극진했다.

---

* 　진위구로를 옛 진위현이 있었던 평택시 진위면 봉남리로 보는 견해가 있으나 그곳은 수원부에서 갈 때 오산을 지난 지점에 위치하고 있으므로, "진위구로를 거쳐 오산 황천상의 집으로 갔다"는 일기 구절을 볼 때 수원부에서 진위현에 이르는 길로 보는 것이 맞지 않을까 생각된다.

오산천을 건너 오산역 방향으로 걸으면서, 찾지 못할 것을 뻔히 알면서도 황천상의 집을 찾아 사방으로 눈을 두리번거려 보았다. 공의 불편을 조금이라도 덜어 주려 애쓴 그가 고마웠기 때문이다. 옛길도, 황천상의 집도 어디쯤 있었을지 짐작도 할 수 없을 만큼 변해 버린 오산 시가의 길을 걸으며 420년 세월의 무상함을 생각했다. 오산역으로 가는 길은 420년 전 일을 알 리 없는 사람들과 차들만 분주히 오가고 있었다.

▶▶ 옛 진위구로를 따라

6월 25일 토요일, 오랜만에 다시 순례길에 올랐다. 오산역에서 순례를 멈춘 지 근 두 달 만이었다. 지난 5월 말부터 다시 직장생활을 하게 되었는데, 결혼철인 데다가 이런저런 휴일 일정들이 생겨 한동안 시간을 내기가 어려웠다.

아내가 동행하겠다고 하여 오전 6시에 같이 집을 나섰다. 전철에 올라 지난번 종착지인 오산역에 내려, 인근 식당에서 콩나물해장국으로 든든하게 배를 채웠다. 길을 걷는데 가장 큰 원군은 든든한 뱃속이다.

식당에서 나와 곧바로 오산역에서 롯데물류센터까지 이어진 이면도로를 따라 317번지방도 방향으로 걸었다. 그런데 조금 가다 보니 지금 걷고 있는 길이 주변의 다른 길들과 뭔가 다르다는 느낌을 받았다. 가다가 멈춰 서서 지도와 주위를 번갈아 살펴보니 역시 그랬다. 오산역 앞 도심의 길들은 대부분 동서와 남북으로 난 직교도로인데, 이 길은 이를 무시하고 동남 방향으로 사선으로 길게 벋어 있었다.

나는 이내 이 길이 옛길임을 알 수 있었다. 6.25 이후 전쟁으로 파괴된 시가를 재정비할 때, 도로를 동서와 남북으로 직교화하면서 이 길만은 옛길을 그대로 살려 두었다는 걸 짐작할 수 있었다. 그러면서 옛길이 이렇게 잘 보존되고 있다는 게 그렇게 고마울 수가 없었다. 더구나 이 길은 도심 한복판에 위치하고 있어 반가움이 더했다.

공은 황천상의 집에서 점심을 드신 후 이 길을 따라서 평택현으로 가셨을 것이다. 길 양옆으로 줄줄이 늘어선 가게들 사이로 저만치 공이 황천상이 내어 준 말에 짐을 싣고 가는 모습이 보였다. 갑자기 가슴이 뭉클해졌다.

오산 시내를 관통하는 1번국도를 건너 다시 이어지는 옛길로 들어서는데, 길 입구에 '밀머리길'이라 새겨진 비가 서 있었다. 역시 내 짐작대로 시가지 정비를 하면서 이 옛길은 그대로 살려 두었던 것이다. 이 길은 진위구로의 한 구간이었을 것이고, 이 지역 옛사람들은 이 구간을 밀머리길이라는 이름으로 따로 불렀을 것이다. 동남 방향으로 난 정겨운 이 옛길은 오산역 인근에서 시작되어 317번지방도를 만날 때까지 길게 이어지고 있었다.

오산GS아파트 앞에서 317번지방도로 접어들었다. 길은 그늘이 없어 아침나절인데도 햇볕이 따가웠다.

오산 시가를 벗어나 진위면으로 들어서니 산업단지 조성사업이 한창이었다. 옛길이었을 317번지방도는 산업단지부지로 편입되어 파헤쳐져 있었고, 이를 대체할 새 도로가 산업단지를 우회하여 나 있었다. 공사 때문에 흔적만 남은, 이미 도로의 기능을 상실한 317번지방도를 지나 진위면 소재지인 봉남리마을로 들어섰다.

봉남리는 조선 시대 때 진위현 관아가 있었던 읍치였다. 관아는 현 진위초등학교 자리에 있었다고 한다. 관아의 흔적은 찾아볼 수 없지만, 봉남리에는 향교말, 주막거리 등의 지명이 남아 있어 유서 깊은 마을이라는 것을 알 수 있었다.

봉남리마을을 떠나 마산리에 있는 와곡마을로 들어서는데 마을 입구에 정자나무 쉼터가 있었다. 쉬어가기에 안성맞춤이라 그냥 지나치기가 아까워 정자에 걸터앉았다. 시원한 바람을 맞으며 편안한 시간을 즐기고 있는데, 승용차가 한 대 다가와 쉼터 앞에서 멈춰 서더니 70대 중반으로 보이는 노인 한 분과 젊은 부부가 차에서 내렸다. 그 젊은 부부는 우리가 배낭을 메고 있는 것을 보고 이곳에 등산할 만한 산이 있느냐고 물었다. 내가 충무공 이순신이 백의종군 때 가셨던 길을 따라 걷고 있다고 했더니, 노인분이 갑자기 "아, 그래요?" 하며 매우 반가운 표정을 지었다. 그분은 공이 당신의 선조라고 했다.

나도 반가워 "덕수 이씨세요?" 하고 물었더니 고개를 끄덕이며 그렇다고 했다.

그분은 자신은 공의 후손인데도 백의종군에 대해서 잘 몰랐다고 하며 부끄러워하고, 또 우리를 대견하다는 듯 쳐다보며 고마워했다. 그분은 내게 공의 백의종군에 대해 궁금한 것을 물었고, 나는 성의껏 설명을 해 드렸다. 그분은 내 얘기를 귀담아들으며, 아들 부부를 보고도 내 말을 새겨들으라는 듯 눈짓을 했다.

▶▶ 원균 장군의 묘소

그들과 헤어져 자귀나무 꽃이 예쁘게 피어 있는 마을 어귀를 지나 다시 317번지방도로 나왔다. 조선 세종 때 재상을 지낸 맹사성의 공당문답 전설이 전해져오고 있는 염봉재와 큰흔치고개를 넘었다. 백의종군로는 큰흔치고개를 넘어 줄곧 317번지방도를 따라가지만, 우리는 원균 장군의 묘소로 가기 위해 큰흔치고개 마루에서 산길인 삼남길로 접어들었다. 이 구간의 삼남길 이름은 진위고을길이었다. 숲속으로 들어가니 햇볕이 나무에 가려져 시원하기도 했지만, 무엇보다도 자동차 소음이 사라져 조용해서 좋았다.

산길에는 산행하는 사람들이 많았다. 삼남길은 잠시 덕암산 등산로를 따라가다 정상으로 가는 갈림길에서 등산로와 헤어졌다.

삼남길을 따라 한 시간여를 내려가니 내리마을이 나왔다. 내리마을엔 원씨 성을 가진 이름의 문패가 많이 보였다. 이 마을이 원씨 집성촌임을 알 수 있었다.

마을 뒤로 난 길을 따라 돌아가니 언덕 너머로 원균 장군 사당이 보였다. 사당 주변은 잔디밭이 넓게 조성되어 있었고, 키 작은 아름다운 정원용 소나무가 곳곳에 심어져 있었다. 잔디밭은 잡초 한 포기 보이지 않게 잘 관리되고 있었다. 마을에서 관리에 몹시 정성을 쏟고 있다는 것을 한눈에 알 수 있었다.

사당은 문이 잠겨 있었다. 사당 앞 계단 위에 서서 사당 주위를 둘러보고 원균 장군 묘소 쪽으로 발길을 돌렸다. 묘소도 사당 주변처럼 잘 정돈되어 있었다. 묘소는 마을 가운데로 벋어 내린 작은 동산 위에 자리 잡고 있어 전망이 탁 트였고 주변 풍광도 아름다웠다.

원균 장군 묘소

원균 장군은 임진왜란 초기부터 공을 내내 못마땅해 하며 끝없이 갈등을 일으켰던 인물이다. 『난중일기』 곳곳에는 원균 장군에 관한 글들이 나온다.

1593년 5월 21일
… 원 수사가 거짓 내용으로 공문을 보내어 대군을 동요하게 했다. 군중에서 속임이 이러하니 그 흉포하고 패악함을 이루 말할 수가 없다.

1594년 4월 12일
… 술이 세 순배 돌자 원 수사가 거짓으로 술 취한 체하고 광기를 마구 부려 무리한 말을 해 대니, 순무어사가 그 괴이함을 이루 다 말하지 못했다. 원 수사가 의도하는 것이 매우 흉악했다.

1597년 5월 8일
… 원이 온갖 계략을 꾸며 나를 모함하려 하니 이 또한 운수로다. 뇌물을 실어 보내는 짐이 서울 길을 연잇고 나를 헐뜯는 것이 날로 심하니, 스스로 때를 못 만난 것을 한탄할 따름이다.

공은 계사년(1593년) 일기에서부터 원균 장군의 잘못된 언행을 자주 언급하기 시작했다. 그러한 잦은 언급은 다음 해 일기까지 계속되었고, 이후 몇 년간 뜸하다가 칠천량해전 패전 직전인 1597년 5월부터 다시 집중적으로 언급하고 있다.

이로 미루어보면, 공과 원균 장군 간의 갈등은 임진왜란이 발발된 이듬해인 1593년부터 깊어진 것이 아닌가 생각된다. 이때는 조선 수군이 한산대첩을 비롯한 여러 해전에서 연전연승을 거둔 다음 해로, 공이 그동안의 전공을 인정받아 조선 수군을 통할 지휘하는 삼도수군통제사에 임명된 해였다.

이러한 갈등은 상당 부분이 원균 장군의 공명심과 시기심 때문이었을 것으로 짐작된다. 관직 진출도 자신보다 늦은 데다가 나이도 몇 살 어린 공의 지휘를 받는 것이 못마땅했고, 무엇보다 임진년 해전 연전연승의 공(功)이 공(公)의 차지가 되는 게 그에게는 참을 수 없는 일이었을 것이다.

임진년 해전들은 경상우수사인 원균과 전라우수사 이억기 등이 모두 참전하였지만, 전라좌수사인 공의 통할 지휘 아래 치러진 전투였다. 당시 공만이 전쟁 대비를 철저히 하여 왔기에 전라좌수영의 전력은 원균의 경상우수영 등 다른 진영과는 비교되지 않을 정도로 강했고, 따라서 통합수군에 대한 공의 통할지휘는 당연한 것이었다.

그러나 원균 장군은 몇몇 해전 승리 후 공이 조정에 올린 공식적인 장계 외에 자신의 전공을 부풀린 장계를 따로 올리기도 했다. 그는 나라를 구하기 위해 사심 없이 전투에 임하기보다는 개인의 공명심과 사욕, 시기심을 떨쳐 버리지 못한 그런 인물이 아니었나 생각된다.

그러한 그의 시기심은 결국 공을 의금부에 갇히게 하는 데 일조하였고, 그 후 그는 그토록 바라던 삼도수군통제사가 되어 조선 수군 전체를 통할하게 되었다. 그러나 그는 1597년 정유년 7월 칠천량해전에서 제대로 싸워 보지도 못한 채 왜군에게 대패했고, 배를 버리고 육지로 도망가다 왜군의 칼에 살해당하는 참혹한 최후를 맞았다. 공이 그에게 넘겨 준 180여 척의 전선* 중 남은 배는 경상우수사 배설이 이끌고 도망친 10척을 비롯한 불과 12척뿐이었다.

묘소 입구에는 원균 장군에 대해 역사적 재평가가 필요하다는 삼남

---

* 당시 공이 원균에게 인계한 전선이 몇 척인지는 여러 견해가 있으나 여기서는 『이순신 평전』(이민웅, 책문)을 따랐다.

길 이야기 안내판이 서 있었다. 안내판에는 원균 장군이 여진족 토벌에서 공을 세우는 등 촉망받는 무관이었으며, 임진왜란 때 이순신 등과 연합함대를 구축하여 여러 해전에서 연전연승했고, 항상 선두에 서서 적과 맞서는 등 국가적 위기 상황에서 용감하게 싸웠다고 설명되어 있었다. 칠천량해전에서는 육군의 지원을 받지 못해 패전한 것으로 되어 있었다.

이 안내판이 설명하고 있는 내용이 역사적 사실과 부합하는 것인지, 아니면 원균 장군의 묘소에 있는 안내판이라 그의 공적을 과장한 것인지 나로서는 알기가 어렵다. 그러나 이러한 역사의 현장의 안내판은 현장을 찾는 이들이 우리의 역사를 바르게 이해할 수 있도록 철저한 고증을 거친 객관적 사실을 설명하고 있어야 할 것이다.

묘소 앞에 서서 그래도 나라를 위해 싸우다 목숨을 바친 분이기에 머리 숙여 참배했다. 참배 후 고개를 드니 푸른 하늘에 흰 구름이 한가로이 떠가고 있었고, 건너편 산 숲속에서는 뻐꾸기가 여름 한낮을 쉼 없이 울고 있었다.

▶▶ 다시 생각해 본 6.25

원균 장군의 묘소가 있는 내리마을에서 마을 앞 도로로 나오니 한옥 형태의 5층 건물이 있었고, 그 건물 1층에 음식점이 보였다. 마침 시간이 점심때여서 휴식도 취하고 더위도 식힐 겸 그 음식점으로 들어섰다. 갈비탕을 주문해 먹고 있는데, 옆자리의 손님들이 땅과 집을 사고판 이야기들을 나누고 있었다. 6~70대로 보이는 이들이었는데, 그들은 보통 사람들로서는 평생 만져보기도 어려울 정도로 큰 단위의 금액을 예사롭게 말하고 있었다. 돈을 많이 쓴 것을 자랑하기도 했다. 미군기지가 이곳으로 옮겨오고 산업단지가 들어서게 되면서 투기 바람이 불고 있는 것으로 짐작되었다.

미군은 6.25 참전으로 4만 명에 가까운 장병이 이 낯선 땅에서 전사하였다. 6.25가 끝난 이후 그들은 아직도 이 땅에 남아 우리 안보의 중요한 한 축을 담당하면서 우리를 외세의 위협으로부터 보호해 주고 있다. 그러한 고마운 그들의 기지 이전이 어떤 이들에게는 투기의 기회가 되었다. 그 이야기를 들으며 앉아 있기가 거북해 점심을 먹고 이내 바깥으로 나왔다. 밖은 여전히 6월 하순의 폭염이 기승을 부리고 있었다.

다시 317번지방도로 들어섰다. 평택시 칠원동 원칠원마을로 가는 길이었다. 길을 걷다 하늘을 바라보니 멀리 들판 건너 산머리 위로 뭉게구름이 피어나고 있었고, 그 뭉게구름은 푸른 산과 들과 조화를 이루어 한 폭의 멋진 풍경화를 그려 내고 있었다. 걸음을 멈춰 서서 그 멋진 풍경화를 잠시 감상했다. 마음속에 감동과 감상이 동시에 일었다. 그 풍경은 도보여행이 아니면 볼 수도 느낄 수도 없는, 여름의 서정을 물씬 풍기고 있는 풍경이었다. 조금 전 식당에서의 찜찜한 마음이 어느새 씻은 듯 사라졌다.

원칠원마을에 들어섰다. 이곳은 조선 시대 때 역원인 갈원이 있던 곳이다. 갈원은 삼남대로 평택 구간의 대표적인 역원으로, 한성과 삼남을 오가는 수많은 관료와 선비들이 이곳을 스쳐 지나갔다.

갈원주막의 숱한 사연을 안고 있는 원칠원마을은 인조가 물맛이 좋아 옥관자를 하사하였다는 샘터만 홀로 남아 옛날을 추억하고 있을 뿐, 지금은 거대한 쌍용자동차공장과 아파트 단지가 들어서서 옛 모습을 거의 잃어가고 있었다.

평택 시내로 접어들었다. 길은 통복시장 안으로 나 있었다. 시장은 지나가는 사람들의 수를 쉽게 셀 수 있을 정도로 한산했다. 혹 물건을 사러 왔나 하여 지나가는 나를 바라보는 상인들의 시선을 애써 피하며 통복시장 안길을 서둘러 빠져나왔다.

평택역에서 오늘의 순례를 마무리했다.

집으로 가는 전철 안은 휴일이어서 그런지 비교적 한산했다. 전철을 타고 가며 6.25를 상기해 보았다.

오늘은 6.25전쟁 제67주년이 되는 날이었다. 요즘에는 대부분의 국민들이 6월 25일을 무심히 지나고 있다. 그러나 이날은 우리 민족에게 역사상 가장 큰 아픔을 안겨 준 날로, 우리가 결코 잊어서는 안 되는 날이다.

이 전쟁은 1950년 6월 25일 새벽 북한 인민군의 전면적인 남침으로 시작되었다. 같은 민족끼리 서로의 가슴에 총부리를 겨누었던 이 전쟁은 수많은 우리 민족의 목숨을 앗아갔고, 소중한 우리의 국토를 성한데 한 곳 없이 처참한 잿더미로 만들었다.

국가기록원의 피해현황 통계를 보면 그 참상을 알 수 있다.

남한의 경우 13만 7천여 명의 국군이 전사하고 3만 2천여 명이 실종되거나 포로가 되었고, UN군은 5만여 명이 전사 또는 실종되거나 포로가 되었다. 부상자는 한국군 45만여 명, UN군 10만여 명이었다. 여기에다 민간인 피해자도 99만여 명이나 된다. 사망 및 학살이 37만여 명이고 부상자가 23만 명이며, 39만 명에 가까운 이들이 납치되거나 행방불명되었고, 전쟁고아도 10만여 명이 발생했다.

북한의 피해를 보면 북한군 및 중공군 전사자 65만여 명, 실종 및 포로 89만여 명, 민간인 사망자 150만 명으로 그 피해 규모가 크게 늘어난다.

거기에다 60만이 넘는 민간가옥과 학교, 행정기관 등이 파괴되었고,

사찰과 각종 문화재, 고서 등 수많은 문화유산도 불에 타 사라져 버렸다. 참으로 엄청난 피해와 엄청난 아픔을 우리에게 안겨 준 비극이었다.

전쟁통에 가족과 헤어진 이산가족도 1천만 명이나 발생했다. 그들은 전쟁의 폐허 속에서 이산의 아픔을 가슴에 안은 채 생존을 위한 처절한 삶을 이어가야 했다.

1980년대 중반, KBS에서 「이산가족을 찾습니다」라는 프로그램을 방영한 적이 있었다. 전쟁통에 가족을 잃어버린 수많은 이들이 이 프로그램에 나와서 헤어진 가족들을 애타게 찾았다. 운 좋게 꿈에도 그리던 가족을 만난 이들은 말을 잇지 못하고 서로 부둥켜안고 울기만 했고, 가족을 만나지 못한 이들은 혹시나 또 혹시나 하며 방송국 주변을 떠나지 못하고 애타게 가족의 연락을 기다렸다. 그렇게 그리던 가족을 지척에 두고도 서로 모르고 살았거나, 그동안 헤어진 세월이 너무도 길어 서로가 가지고 있는 기억의 조각들을 맞추어 가까스로 가족 여부를 확인하는 기막힌 장면도 수없이 연출되었다. 지켜보던 시청자들도 가족이 맞으면 그들과 같이 환호성을 질렀고, 가족이 아니면 같이 실망했다. 그 프로그램을 보면서 온 국민이 이산가족들과 함께 울고 웃었고, 온 나라가 연일 눈물바다가 되었다.

그때 가족을 찾지 못한 이들은 대부분 가족이 북한에 있는 이들이었을 것이다. 그들은 지금도 그렇게 가족을 애타게 그리워하며 만날 날을 간절히 염원하고 있다. 그러나 무심히 흐르는 세월에 연로해진 그들은 그렇게도 애타게 그리는 가족을 만나지 못한 채 한 사람 한 사람 한스런 생을 마감해가고 있다.

무엇이 우리를 이렇듯 상상할 수 없는 엄청난 비극 속으로 몰아넣었을까?

우리는 이러한 비극을 만든 장본인이 바로 우리의 머리맡에 있는 북한 공산 호전집단임을 한시도 잊어서는 안 된다. 그들은 지금도 남한에 대한 침략 야욕을 버리지 않고 핵과 미사일 등 가공할 위력을 가진 첨단 무기들을 개발하여 우리의 평화를 끊임없이 위협하고 있다. 6.25는 종전이 아닌 휴전 상태이며, 아직 끝나지 않고 있는 전쟁이다. 북한 공산집단은 언제 이 휴전협정을 깨고 6.25처럼 또다시 이 나라를 잿더미로 만들 무모한 짓을 벌일지 모른다. 따라서 우리는 이날을 그들이 다시는 침략 야욕을 드러낼 수 없도록 우리의 방위태세를 더욱 견고히 하는 그런 다짐의 날로 삼아야 할 것이다.

▶▶ 경기도 구간을 지나다

오산과 평택 구간을 걸은 지 3개월여가 지난 9월 3일, 아침 6시에 집을 나섰다. 그동안 하루빨리 순례에 나서야 한다는 압박감이 항상 마음 한구석을 짓누르고 있었지만, 이런저런 이유 반 게으름 반으로 순례가 계속 미루어졌다.

지난번 종착지인 평택역에 내리니 오전 7시 40분, 역 앞 식당에서 아침 식사를 해결하고 바로 순례를 시작했다. 평택역에 내릴 때까지만 해도 잔뜩 흐리던 날씨는, 순례를 시작할 즈음에 구름이 조금씩 벗겨지면서 구름 사이로 햇살이 이따금씩 비쳤다.

평택역에서 안성천으로 가는 골목길은 예전 흔적이 많이 남아 있어 왠지 모르게 정감이 가는 길이었다. 6~70년대 시골 이발소 모습을 고스란히 간직하고 있는 이발관도 골목 모퉁이에 보였다. 그 정겨운 골목길이 출발부터 내 발길을 가볍게 해주었다.

안성천 위에 놓인 군문교를 건너 팽성읍으로 가는 길목에 팽성읍 객사에서 망궐례 행사를 한다는 현수막이 붙어 있었다. 지방 축제로 기획

한 것일 테지만, 옛것을 재현하고 지키려는 정성이 느껴져 반가운 마음이 들었다. 옛길을 따라 걷다 보니 옛것을 찾고 보전하는 것이 얼마나 중요한 일인지 자연스럽게 이해하게 되고 또 관심도 갖게 되었다.

망궐례는 지방에서 근무하는 관리들이 음력 초하루와 보름에 근무지에서 대궐을 향해 절을 하는 행사였다. 왕과 왕비의 생일이나 설날, 추석 등 명절에도 왕과 왕비의 만수무강을 빌며 절을 올리기도 했다. 『난중일기』를 보면 공도 망궐례를 빠짐없이 행한 것을 알 수 있다.

팽성읍 객사리마을에 들어섰다.

4월 4일 맑음
… 수탄을 거쳐 평택현 이내은손(李內隱孫)의 집에 투숙했는데, 주인의 대접이 매우 친절했다. 자는 방이 몹시 좁은데 불까지 때서 땀이 흘렀다.

공이 주무셨던 이내은손의 집은 팽성읍 객사 인근 어딘가에 있었을 것이다. 백의종군의 벌을 받고 죄인의 몸으로 금부도사의 호송을 받으며 가고 있지만, 그래도 백성들은 공의 명망을 잘 알고 있었기에 공을 극진히 대접했다. 오산의 황천상도 그랬고 이곳 평택의 이내은손도 그랬다. 백성으로서 나라를 위기에서 구하신 공에 대한 진심 어린 감사의 표현이었으리라.

팽성 읍내를 벗어나서 벼가 누렇게 익어가고 있는 송화리 들판길을 지났다. 옛날 탁천주막이 있었다는 석근리를 지나고 군계천을 건너는 다리인 운선교를 지나자 행정구역이 경기도에서 충청남도로 바뀌었다. 여기서부터는 아산시 둔포면이었다.

34번국도 굴다리를 지나 오른편으로 돌아가니 운용2리 버스정류장이 있었다. 경기도 구간에 대한 결산도 할 겸 또 앞으로 갈 길을 지도에서 살펴보려고 그 버스정류장에서 잠시 쉬어가기로 했다. 정류장 의자에 앉아 쉬면서 능안말 들판을 바라보았다. 논마다 벼들이 고개를 숙이고 있었다. 아직 한낮의 햇볕은 식지 않았는데, 들판엔 어느덧 가을이 오고 있었다.

경기도 구간을 지나자 이제 한고비를 넘었다는 생각이 들었다. 그동안 지나온 길은 서울은 물론이고 경기도 구간의 길도 도시화의 진행으로 시가지 길이 많았다. 그러나 쉬고 있는 이곳 주변의 모습을 보니 앞으로 갈 길은 한적한 분위기의 길이 더 많을 것으로 예상되었고, 또 그러하기를 기대했다.

백의종군로 고증자료에 의하면, 서울 종각에서부터 경기도와 충청남도의 경계인 이곳 운선교까지의 거리가 88.5km였다. 백의종군로의 전체 거리(640km)*로 볼 때 8분의 1 남짓 걸은 셈이다. 하지만 아직 갈 길은 멀다.

▶▶ **길을 헤매다**

능안말삼거리를 지나고 다시 들판길을 지나니 아산테크노밸리 일반산업단지 건설현장이 나왔다. 단지의 기반시설 조성사업이 마무리되었는지 도로가 넓게 잘 정비되어 있었고, 여기저기서 입주업체들의 건축공사가 진행되고 있었다.

산업단지를 지나 길은 다시 들판길로 이어졌다. 생강이 심어진 밭 사

---

* 백의종군로 고증자료 기준

이로 난 붉은 황토길을 따라 둔포면 운교리마을을 지나고, 돌보마을 마을길을 걸어 벼락바위에 도착했다. 벼락바위는 지명만 지도에 남아 있을 뿐 바위는 없고 그 자리에 공장건물이 들어서 있었다.

벼락바위에서부터 하천제방과 산기슭으로 난 농로를 따라 걸었다. 농로는 들판 가를 따라 길게 이어졌다. 아침에 잔뜩 흐리던 하늘은 언제부터인가 구름이 말끔히 걷혀 있었고, 태양이 한여름 낮 못지않게 작열하고 있었다. 지난여름 유례없는 더위를 몰고 왔던 그 태양은 계절이 가을로 진입하는 9월에 들어섰는데도 한여름의 그 위세가 조금도 수그러들지 않았다. 그늘 한 점 없는 들판길을 지나는 내 몸에 뜨거운 햇볕이 사정없이 쏟아져 내렸다.

폭포수처럼 쏟아지는 햇살을 온몸으로 받으며 산전리 들판으로 들어서니 들판 가운데에 시멘트로 지은 정자 쉼터가 서 있는 것이 보였다. 농부들이 농사일을 하다가 쉬려고 만든 것이었다. 폭염에 숨이 턱턱 막히고 몸도 뜨거워질 대로 뜨거워진 참이라, 나는 미처 다른 생각을 할 틈도 없이 그 정자 쉼터 그늘로 찾아들었다. 정자가 만들어 주는 그늘 속에 털썩 주저앉아 뜨거운 몸의 열기를 식히고 물로 목을 축였다.

이 구간은 옛길이 경지정리로 인해 없어지거나 45번국도로 편입되어, 백의종군로 고증자료에서 이 농로를 대체로로 제시한 구간이었다. 대체로는 차도와 멀리 떨어져 있는 들판길이어서 농촌 풍경을 감상하면서 한가로이 걸을 수 있는 좋은 구간이었다. 그러나 햇볕이 뜨거운 여름철엔 쉴 그늘이 없는 것이 흠이었다.

들판길이 끝나고 둔포면 봉재리 봉오재마을을 지났다.

그런데 봉오재마을을 지나자마자 예상하지 못한 일이 벌어졌다.

봉오재마을에서 언덕 너머에 있는 ㈜두원공조를 향해 가는데 지도에 표시해 둔 길을 찾을 수가 없었다. 그곳에는 43번국도 개량공사가 진행되고 있어 높다란 흙무더기가 언덕 주변에 많이 쌓여 있었는데, 길 입구가 그 흙무더기 속에 묻힌 것으로 보였다.

별수 없이 뒤돌아서서 다른 길을 돌아 지도에 표시해 둔 산길로 들어섰다. 그 길을 따라올라 산마루 옆을 돌아가니 길이 거의 끝나는 지점에 콩밭이 있었다. 콩을 밟지 않으려고 조심하며 밭둑으로 다가가니, 바로 건너편 논 뒤로 ㈜두원공조 옆을 지나는 농로가 보였다. 농로는 시멘트로 말끔히 포장되어 있었다.

그런데 이게 웬일인가. 내가 서 있는 밭둑과 건너편 논 사이에는 짙은 가시덤불과 잡풀이 우거져 있는 깊은 고랑이 놓여 있었다. 그 고랑은 아무리 주변을 살펴보아도 마땅히 건너갈 수 있을 만한 곳을 찾기가 어려웠다. 지도에 표시한 대로라면 분명히 이 근처로 길이 나 있어야 하는데 그 길이 보이지 않았다. 백의종군로 고증자료의 지도가 선명하지 못해 내가 지형도에 길을 옮겨 적으면서 실수로 잘못 옮긴 것이 아닌가 생각되었다.*

어디든 저쪽으로 건너갈 수 있는 곳이 있겠지 생각하며 콩밭을 되돌아 나왔다. 주변을 왔다 갔다 하며 길을 찾아보았다. 그러나 길은 보이지 않았다. 나무나 풀숲을 헤치고 건너갈 마땅한 곳도 보이지 않았다. 밭 아래 숲 사이로 봉재저수지가 내려다보여 혹시 낚시꾼들이 다니는 저수지 둘레길이 있나 하여 내려가 보았으나 거기도 길은 없고 잡목과 가시덤불만 무성했다. 그렇게 길을 찾아 한참을 헤매다 결국 돌아설 수밖에 없었다.

되돌아 나오는 길은 논두렁길이었다. 풀이 키 높이까지 자란 논두렁길을 힘겹게 풀을 헤치고 다시 콩밭 입구로 되돌아 왔다. 그리고는 길

---

*   뒤에 확인해 보니 고증자료의 대체로 표시가 일부 잘못되지 않았나 생각되었다. 이 부분 재확인이 필요한 것으로 보인다.

가 그늘에 털썩 주저앉았다. 그때 몸은 이미 탈진 상태로 접어들고 있었다. 시계를 보니 오후 1시가 조금 넘은 시각이었다.

마침 배낭에는 간식도 남아 있지 않았다. 먹을 물도 떨어져 체력이 급격히 고갈되어 갔다. 폭염이 계속되는 데다 기력까지 떨어져 걷기가 매우 힘이 들었다. 지도를 보니 지금 헤매고 있는 둔포면 지역을 벗어나 음봉면 신정리마을까지 가야 점심 식사가 가능한 음식점이 있을 것으로 보였다. 어떻게든 거기까지 가는 게 급선무였다.

마지막 남은 힘을 쥐어짜 왔던 길을 다시 되돌아 올라갔다. 그러다 갈림길이 나오면 미련을 못 버리고 혹시나 하는 마음으로 그 길로 가보았지만 ㈜두원공조 쪽으로 가는 길은 끝내 보이지 않았다. 한 사료 공장에 외국인 노동자로 보이는 사람이 있어 그에게 길을 물으니 "못 가!"하는 짧은 대답이 되돌아 왔다.

길을 찾아 이리 돌고 저리 돌고 헤매다 보니 이젠 방향감각까지 상실하게 되었다. 휴대전화기를 꺼내 등산용 앱(트랭글)으로 내가 지나온 궤적을 살펴보았다. 나는 봉재저수지와 저수지 위 언덕 위에 있는 한 농장 사이에서 줄곧 길을 헤매고 있었다. 고집스럽게 그곳에서만 길을 찾다 보니 같은 곳을 계속 맴도는, 일종의 링반데룽(Ringwanderung) 현상을 겪고 있었던 것이다.

몸이 극도로 지치자, 있는지 없는지도 모르는 불확실한 길을 찾기보다는 어떻든 이곳을 벗어나야겠다는 생각이 들었다. 더 이상 헤맬 필요가 없는 확실한 길인 45번국도로 가려고 북쪽으로 난 길을 따라 지친 발걸음을 옮겼다. 그 길은 ㈜두원공조가 있는 곳과는 반대 방향이어서 많이 둘러가는 길이었지만, 내겐 더 이상 선택의 여지가 없었다.

봉재저수지 동편을 따라 난 도로를 1km 남짓 걸어가니 45번국도가 나왔다. 시계를 보니 오후 1시 30분이었다. 정상적으로 길을 잘 찾아갔으면 점심 식사를 하고 지금쯤 공의 묘소에 도착해 있을 시각이었다. 지도에 표시해 둔 길만 찾아서 가려는 꽉 막힌 고집 때문에 무려 2시간여 동안이나 길을 잃고 헤매고, 또 더위에 지쳐 힘까지 허비하게 되었다.

45번국도는 백의종군로 고증자료가 우려한 것처럼 교통량이 매우 많았다. 4차선으로 잘 다듬어진 도로 위를 차들이 요란한 소리를 내며 쉴 새 없이 오가고 있었다. 자동차 소음을 음악 삼아 뙤약볕 길을 20분 가량 걸어가니, 둔포면 끝자락인 오리골마을 입구 길가에 식당 간판이 보였다. 내 예상보다 더 빨리 나타난 그 식당은 허기에다 몸이 지칠 대로 지친 내겐 구세주와도 같았다.

식당 안에는 성능 좋은 에어컨이 가동되고 있었다. 시원한 에어컨 바람이 식당 안으로 들어서는 내 온몸을 휘감았다. 뙤약볕에 달구어진 뜨거운 몸에 와 닿는 에어컨의 차가운 바람이 숲속에서 불어오는 산바람처럼 청량감을 한가득 안겨 주었다. 쇠고기국밥을 주문해 놓고 음식을 기다리는 시간에 테이블 위에 있는 물병의 물을 순식간에 모두 비우고 또 한 병의 물을 가져다 달라고 부탁했다.

주문한 음식이 나오자 국물 한 방울 남기지 않고 허겁지겁 먹어치웠다. 반찬도 하나 남김없이 깨끗이 먹었다. 식당을 나서면서 또 물이 떨어질까 염려되어 배낭에서 수통을 꺼내 정수기의 물을 가득 채웠다.

식당을 나와 잠시 후 공의 묘소가 있는 음봉면에 들어섰다. 공의 묘소로 가려고 어르목고개를 향해 발길을 옮겼다. 그러나 점심 식사로 배를 채우고 시원한 에어컨 바람을 쐬며 휴식까지 취했는데도 몸은 여전히 기력을 회복하지 못하고 있었다. 발걸음도 천근만근 무거웠다. 약 20분을 걸어 요란삼거리를 지나는데, 가게가 보였다. 혹 기력 회복에 도움이 될까 하여 가게에 들어가 달콤한 식혜를 두 캔 사 마시고, 그래도 모자라 생수 1리터짜리를 하나 사서 단숨에 또 마셨다. 그리고 다시 어르목고개 쪽으로 걸음을 옮겼다.

그러나 불과 700m 정도 거리를 걸어 원남삼거리에 있는 버스정류장에 다다르니 더 이상 걸을 힘이 없었다. 버스정류장 의자에 앉아 쉬면서 계속 걸어야 할지 아니면 중단해야 할지 한참을 망설였다. 고개만 넘어가면 공의 묘소가 있는데, 마음은 가자고 하고 몸은 가지 말자고 했다. 오늘 아산까지 가려고 계획을 했는데, 중도에 포기하자니 마음이 잘 허락하지 않았다. 그러나 이 상태로는 아산까지 가는 게 무리일 것으로 보였고, 또 이런 지친 몸으로 공을 뵙는 것이 도리가 아니라는 생각이 들어 결국 공의 묘소 참배는 다음 기회로 미루기로 했다.

버스정류장에서 약 30분을 기다리니 아산으로 가는 시내버스가 왔다. 버스에 올라 충무공 묘소 입구 마을인 삼거리를 지나며, 나는 오늘의 이 일을 마음을 더 겸허히 하라는 공의 메시지로 받아들였다. 마음속에 아직도 교만의 마음이 남아 있는 것은 아닌지 내 내면을 다시 한번 찬찬히 들여다보았다.

▶▶ 어라산 충무공 묘소

해가 바뀐 2017년 3월 9일, 오랫동안 쉬었던 순례를 이어가려고 새벽에 집을 나섰다. 오늘 걷는 구간에 충무공 묘소와 현충사가 있다고 하니 아내도 동참하겠다고 하여 같이 나섰다. 아내는 중학교 시절 현충사로 소풍을 간 추억이 있었다.

날은 맑았으나 바람이 강하게 불고 있었다.

그동안에 내게 또 신분 변화가 있었다. 작년 5월부터 다니던 직장을

6개월만인 지난해 11월 사직했다. 내가 그 직장에 근무를 지원하게 된 것은 그곳에서 내가 하려고 했던 일이 있었기 때문이었다. 그러나 그곳에 근무하면서 내가 하고자 했던 과제를 추진하기에는 여러 가지 여건들이 여의치 않다는 것을 알게 되었고, 그 어려움을 내 노력으로 극복하기에는 한계가 있다고 판단되어 사임하게 되었다.

이제는 묶여 있던 직장에서 해방된 몸이라 내가 자유롭게 시간을 맞추어 순례할 수 있게 되었다.

이른 아침인데도 천안아산역으로 가는 신창행 전철은 사람들이 많았다. 주로 대학생들이 많이 타고 있었는데, 서울과 수도권의 집에서 천안과 아산에 있는 학교까지 통학하는 학생들이었다.

좌석에 앉아 있는 학생들은 아침 일찍 일어나 피곤한지 가방에 얼굴을 묻거나 창에 기대어 곤히 잠을 자고 있었다. 중고등학교 6년 동안 야간자율학습 하려네 학원 가려네 청춘을 즐길 틈을 잠시도 갖지 못한 그들이, 대학에 들어가서도 먼 길 통학한다고 파김치가 되어 있었다. 매일 이 먼 길을 다니느라 얼마나 고단할까?

어른들의 욕심과 무능 때문에 인생의 황금기인 청춘을 제대로 꽃피우고 누려 보지도 못하는 아이들, 그들에게 미안한 마음 때문에 자는 아이들에게 자꾸 눈길이 갔다. 좋은 학교에 가야 하고 좋은 직장에 가야 하고, 그러나 현실은 그들에게 너무도 냉혹하다. 이 세상에 그들이 들어설 자리가 많지 않다. 욕심 많은 어른들이 눈앞의 제 이익만 차리느라 그들에게 자리를 만들어 주지 못하고 있기 때문이다. 국회는 수많은 양질의 일자리를 만들어 낼 수 있는 여러 국가발전 법안들은 외면하고 내팽개쳐 두면서, 오히려 경제를 망가뜨리고 일자리를 없애는 온갖 규제법들만 쏟아 내고 있다. 정치화되고 기득권 세력화된 노조와 각종 이익단체는 자신들 밥그릇 챙기기에만 혈안이 되어 아이들의 일자리까지 희생시키고 있다. 이 못난 어른들은 장차 저 아이들에게 무슨 면목으로 자신들의 노후를 맡길 것인가.

전철은 8시 50분이 조금 지나 온양온천역에 도착했다. 역 앞 식당에서 아침 식사를 하고, 성환행 240번 시내버스에 올라 지난번 종착지인 원남삼거리에서 내렸다.

원남삼거리에도 집에서 나설 때처럼 바람이 강하게 불고 있었다. 버스에서 내리자마자 모자가 바람에 날아가지 않도록 턱 끈부터 먼저 바짝 조였다. 공의 묘소로 가는 길목인 어르목고개는 차들만 간간이 한두 대 지나갈 뿐, 사람이 보이지 않고 한적했다. 바람이 강하게 부니 황량하고 을씨년스러운 느낌마저 들었다.

고개를 넘어 태원전기산업㈜ 앞길에 이르니 길가에 이순신 백의종군보존회에서 세운 백의종군로 표지석이 서 있었다. 백의종군로를 순례하면서 처음 만나는 표지석으로, 내가 백의종군로를 걷고 있다는 사실을 비로소 눈으로 확인할 수 있는 순간이었다.

백의종군로 표지석

표지석은 1년 전인 2016년 1월 10일에 건립한 것이었다. 그 표지석을 보며 이렇듯 공을 잊지 않고 기리는 이들이 있다는 것이 반갑고 고마웠다. 정치인들처럼 자신들이 필요할 때만 얼토당토않게 공을 끌어들여 입에 올리지 않고, 이렇듯 가슴으로 공의 뜻을 새겨 기리고 공에 대한 감사와 존경을 묵묵히 실천하고 있는 이들이 진정한 애국자들일 것이다.

삼거리마을 안길을 돌아 음봉면사무소와 음봉초등학교 뒷길을 지나니 공의 묘소 입구가 보였다. 입구에 있는 작은 주차장은 차량이 한 대도 없이 비어 있었고, 효종 때 공의 외손자 홍우기가 세웠다는 신도비 비각만 홀로 입구를 지키고 서 있었다.

공은 남대문을 떠난 지 사흘째 되던 날 이곳 선산에 도착했다. 당시 선산인 이 어라산 묘역에는 공의 부친 이정(李貞)과 맏형 희신, 중형 요신의 묘소가 있었다.

숲이 무성히 우거져 있던 선산은 왜군의 거듭된 분탕질로 여러 차례 불이 나 수목이 말라 비틀어져 있었다. 만물에 생동감이 넘치는 신록의 계절이건만, 선산은 싱그러운 연둣빛 신록의 나무들 대신 불에 타 검게 변한 나무들만 앙상히 서 있어 차마 보기조차 민망할 정도로 참혹했다. 부친과 형님들의 묘소는 그 검게 탄 나무들 사이에 쓸쓸히 자리하고 있었다.

4월 5일 맑음
해가 뜰 때 길을 떠나 바로 선산에 이르렀다. 나무들은 두 번이나 불이 나서 불에 타 말라비틀어진 꼴을 차마 볼 수가 없었다. 무덤 아래에서 절하며 곡하는데 한참 동안 일어나지 못했다.

공은 묘소 앞에 엎드려 오열했다. 온갖 회한이 한꺼번에 북받쳐 올랐다. 왜적을 모두 물리쳐 나라를 구하고 자랑스러운 아들과 동생으로 찾아와 엎드려 절하고 싶었는데, 못난 나랏님은 그럴 기회를 빼앗아 버리는 것도 부족해 당신에게 오히려 죄인의 굴레까지 씌웠다. 부친께 못난 아들임을 죄스러워하며 용서를 빌고 또 빌었으리라. 또 부친과 형님들이 계시는 이 선산까지 불태워 참혹하게 만든 왜에 대해서도 반드시 복수하리라 다짐하고 또 다짐하였으리라.

가슴속 깊이 맺힌 한과 부친과 형님들에 대한 죄스러움에 공의 곡소리는 더욱 슬펐고, 그 슬픔에 공은 한참 동안을 묘소 앞에서 일어날 수가 없었다.

공의 묘소로 올라가는 길은 은행나무 가로수가 줄지어 서 있었고, 주변 산에는 소나무들이 우거져 있었다. 오름길 왼편 산 능선에는 공의 부친과 모친, 형님 등 가족들의 묘소가 있다고 했다.

관리사무소를 지나 묘역 안길 홍살문을 지나니 공의 묘소가 보였다. 묘소 아래 안내판에는 "공의 묘소는 처음 금성산*에 있었으나 16년 후인 1614년에 이곳으로 옮겨왔다"고 설명되어 있었다.

공의 묘소가 눈앞에 보이니 공을 뵙는다는 긴장감과 함께, 그동안 공의 은덕과 고뇌와 고통을 제대로 알지 못했던 데 대한 송구함이 교차되며 호흡이 가빠졌다. 묘소 계단을 떨리는 마음으로 한 계단 한 계단 호흡을 고르며 올랐다. 바람 앞의 등불처럼 꺼져가는 조선을 살리고 지금의 우리 대한민국을 있게 하신 위대한 영웅 충무공 이순신, 이제 곧 그분을 뵙는다.

---

* 　어라산과 함께 공의 집안의 선산으로, 어라산 인근에 있는 산이다.

묘소에 올라섰다. 맨 먼저 봉분 앞 상석 위에 놓여 있는 꽃다발이 눈에 들어 왔다. 세 다발이었다. 순간 아차, 백의종군로를 순례한다면서 공의 묘소에 꽃다발 하나 없이 빈손으로 오다니, 그제야 나의 불찰을 깨달았다. 공께 더없이 민망하고 송구스러웠다. 하지만 지금에 와서 어쩔 수 없는 일, 그 송구스러움을 덜기 위해 바람에 넘어져 흩어져 있는 상석 위의 꽃다발들을 다시 바구니에 담고 보기 좋게 정돈했다.

꽃다발을 정돈한 후 아내와 같이 봉분 앞에 엎드려 재배했다. 나의 온 정성을 담아 절하며 공께 깊은 감사의 마음을 드리고, 또 꽃다발 하나 없이 공을 뵙는 데 대한 용서를 같이 빌었다.

묘소 앞에 서서 주위를 둘러보니 묘역은 정남향으로 열린 작은 골짜기 안에 들어앉아 있어 아늑하고 포근한 느낌을 주었다. 풍치 있는 소나무숲이 묘역 주변을 빙 둘러 감싸고 있었고, 묘소 정면인 남쪽으로는 멀리 금북정맥으로 보이는 산줄기들이 아스라이 이어져 달리고 있었다. 동네 가운데 우뚝 솟아 시야가 사방 훤히 트인 원균 장군의 묘소와 비교되었지만, 공이 모든 시름을 내려놓고 편히 쉬기에는 이곳이 더 나으리라는 생각이 들었다.

충무공 이순신 묘소

공은 우리 민족에게는 위대한 영웅이지만, 개인적으로는 숱한 고난의 인생을 사신 분이었다. 비록 누명에 의한 것이기는 하지만 옥고까지 치렀고, 두 번에 걸쳐 백의종군의 벌도 받았다. 강직하고 곧은 성품 때문에 시기와 오해도 많이 받았고, 그로 인해 관직을 박탈당하거나 품계가 강등되기도 했다. 전장에서는 수많은 역경과 난관을 홀로 다 헤쳐나가야 했다. 하지만 공의 그러한 모든 고난은 모두 나라와 백성을 살리기 위한 거룩한 고난이었다.

그 위대한 분이 여기 잠들어 계셨다. 감사드리고 또 감사드려도 모자랄 분이 여기 잠들어 계셨다.

공의 무덤 위로 3월의 따스한 햇살이 내리고 있었다.

고개를 들어 하늘을 올려다보니, 하늘은 공의 사심 없는 마음인 양 구름 한 점 없이 맑았다.

▶▶ 현충사 가는 길

다시 삼거리마을로 내려와 좀 이른 시각이기는 하지만 가게에서 컵라면으로 점심을 해결했다. 지도에서 앞으로 지나갈 마을들을 살펴보니 작은 규모의 산골마을들만 이어지고 있어, 가다가 점심을 먹을 수 있는 음식점을 만나기가 어려울 것으로 보였다. 도보여행에서는 끼니를 해결해야 할 곳을 잘 판단하는 것도 무리 없이 여행을 할 수 있는 중요한 요소 중의 하나이다.

다시 현충사를 향해 길을 떠났다. 지도를 보니 현충사로 가는 길은 산 고갯길의 연속이었다. 넘어야 할 고개는 모두 다섯이었는데, 그 고갯길 양편에는 모두 작은 산골마을들이 자리하고 있었다. 공은 선산에 들러 성묘를 한 후 비통한 마음을 안고 이 고개들을 넘어가셨을 것이다.

그러나 공께는 송구스러웠지만, 그동안 걸었던 길이 주로 시가지 길과 차도였기에 산골마을들이 이어지는 그 산 고갯길은 왠지 모르게 마음을 설레게 하고 또 무언가를 기대하게 했다.

음봉천변 길을 따라 걷다가 점촌교를 건너 푸른들영농법인 공장 안으로 들어섰다. 공의 외가가 있던 시곡마을로 넘어가는 옛 고갯길이 이 공장 안을 지나고 있기 때문이었다.

공장 정문 왼편 쉼터에 여자들 세 사람이 모여서 쉬고 있었다. 그들에게 길을 물으니 "한국말 잘 몰라요." 하는 대답이 돌아왔다. 외국인 근로자들이었다. 다시 그 뒤 남자들이 모여 있는 곳으로 찾아가 공장 뒤 고개를 넘어가려 한다고 양해를 구하니 아무 거리낌 없이 허락해 주었다.

공장 안길을 지나 고갯길로 들어섰다. 길은 오랫동안 사람이 다니지 않아 잡목과 낙엽으로 뒤덮여 있었다. 하지만 고개가 그리 높지 않은 데다가 희미하게 길 흔적도 남아 있어 고개를 오르는 데 별 어려움은 없었다.

고개를 넘어서니 윤보선 전 대통령 묘소 입구였다. 입구에 서 있는 안내판을 보며 묘소에 들렀다가 갈지 그냥 지나칠지 잠시 망설이다 묘소로 가는 계단길을 올랐다.

계단 오름길 왼편으로 봉분이 여럿 줄지어 있었다. 해평 윤씨 선산으로 짐작되었다. 봉분군 상단부에 서재필, 이상재 등과 독립협회를 조직하고 독립협회장을 맡아 자주국권운동을 전개하였던 윤치호의 묘소도 보였다.

윤 전 대통령의 묘소는 봉분군 제일 위쪽에 있었다. 묘비에는 "大韓民國大統領 海葦 尹公潽善之墓(대한민국대통령 해위 윤공보선지묘)"가 새겨져 있었다. 해위는 윤 전 대통령의 호였다. 묘소 앞에 서니 어릴 적 대통령선거 후보자 포스터에서 보았던 마음씨 좋은 할아버지 같았던 윤전 대통령의 모습이 떠올랐다. 그는 4.19혁명 후 제4대 대통령이 되었으나 5.16군사정변으로 사임하는 등 격변의 시대를 살았던 분이었다.

윤 전 대통령의 묘소를 떠나 공의 외가가 있던 음봉면 동천리 시곡마을로 들어섰다. 공은 선산에서 저녁이 되어서야 이곳 시곡마을 외가로 내려와 사당에 절했다. 일기에 "해가 뜰 때 길을 떠나 바로 선산에 이르렀다"고 했으니, 공이 평택현을 떠나 선산에 도착하신 시각은 아마 오전 중이었을 것이다. 그런데 저녁 무렵에야 시곡마을 외가에 도착하셨다. 선산에서 이곳 시곡마을까지가 1시간이 채 걸리지 않는 거리이니, 공은 선산에서 상당히 긴 시간 머물렀던 것으로 보인다. 한나절이 넘는 시간을 선산을 떠나지 못하고 그곳에서 머무셨으니, 선산을 찾은 공의 마음이 어떠했는지 짐작이 갔다. 화마에 검게 탄 나무들 속에 쓸쓸히 있는 부친과 형님들의 묘소를 보고, 공은 차마 발길이 떨어지지 않았을 것이다.

시곡마을에서 갈월마을로 가려면 두 번째 고갯길을 넘어야 했다.

갈월마을로 가는 고갯길을 찾아 마을 앞쪽에 있는 사슴농장 앞을 지나는데, 농장 안에서 한 남자가 나오면서 어디를 가려고 하는지 물었다. 갈월마을로 간다고 대답하니, 우리가 가는 그쪽은 길이 없다고 하면서 갈월마을로 가는 길을 알려 주었다. 고갯길로 가는 지름길인 줄 알고 갔는데, 길을 잘못 든 것이었다.

그에게 감사하고 돌아서는데 그는 "갈월마을 가는 고갯길에는 사람을 공격하는 미친 들개가 있으니 알려는 드려요." 하고 말을 덧붙였다. 얼마 전에도 그 길로 넘어오던 사람이 들개에게 물렸다고도 했다. 그의 말을 듣고는 그가 가지 말라고 하는 건지 조심을 하라고 하는 건지 잘 이해가 가지 않았다. 아내도 충청도가 고향이지만, 경상도 출신인 내겐 충청도식 묘한 표현이 아직도 낯설기만 했다.

나는 프랑스의 기자 출신 베르나르 올리비에가 쓴 실크로드 도보여행기 『나는 걷는다』에서 저자가 터키의 양몰이 개 캉갈 때문에 위험에 처했던 장면이 생각났다. 그 캉갈만큼 위험하지야 않겠지만, 아내가 개를 워낙 무서워해 난감한 생각도 잠시 들었다. 하지만 이런 일로 다른 길을 택할 수가 없어 배낭에 묶어 두었던 등산스틱을 꺼내 손에 쥐고 그 사람이 알려 준 길로 들어섰다. 아무 생각 없이 무심코 오르다가 개가 갑자기 달려들면 낭패를 당할 수도 있겠다는 생각이 들어 그 사람에게 감사한 마음이었다. 시멘트로 포장된 고갯길을 오르면서 혹 불시에 들개가 달려들까 하여 잔뜩 경계를 하면서 걸었다. 뒤에 따라오는 아내를 뒤에서 공격할까 걱정도 되어 수시로 뒤도 돌아보았다.

고개 오름길 왼편 산에는 자작나무가 많이 심어져 있었다. 고갯길 중간쯤에 이르니 나뭇가지에 "충무공 이순신 백의종군로"라는 글귀가 인쇄된 표지기가 매달려 있었다. 들개를 경계하는 와중에서도 그 표지기를 보자 무척 반가운 마음이 들었다. 마치 함께 길을 걷는 동반자를 만난 느낌이었다. 잠시 길을 멈춰 서서 그 표지기를 바라보았다. 표지기는 세찬 봄바람에 춤을 추듯 쉴 새 없이 펄럭이고 있었다.

이곳 아산은 공이 어렸을 적에 이사를 와 무과급제 전까지 사시던 곳으로, 공에게는 사실상 고향과 같은 곳이었다. 그러다 보니 아산은 공을 기리는 것이 다른 지방과는 달랐다. 어르목고개에는 백의종군로 표지석이 있었고, 이곳 고갯길에는 길 안내 표지기가 있었다. 백의종군로 표지석과 표지기가 있다는 것은 이곳에 백의종군로를 순례하는 순례객들이 더러 있다는 것을 말해 주는 것이었다. 공의 고향 아산은 이렇게 공을 기리고 있었다.

갈월마을로 넘어가는 고개는 그다지 높지 않았다. 시곡마을을 떠난 지 20분이 채 되지 않아 고갯마루에 올라섰다. 고갯마루에서 갈월마을 도 멀지 않았다. 고갯마루를 넘어서자 이내 나뭇가지들 사이로 갈월마을이 눈 아래로 내려다보였다.

고갯길을 내려가는데, 마을 뒤 외딴집에서 갑자기 개가 요란하게 짖어 혹 그 들개인가 잠시 경계를 하며 지났다. 하지만 고개를 넘어와 갈월마을에 들어설 때까지도 그 들개는 우리 눈앞에 모습을 나타내지 않았다.

갈월마을은 10가구가 채 넘어 보이지 않는 작고 조용한 산중마을이었다. 시곡마을과 마찬가지로 사람 하나 보이지 않는 마을 안길을 지나 다음 마을인 쇠일마을로 가는 길을 찾아 걸었다.

갈월마을에서 쇠일마을로 가는 길은 나지막한 고개를 넘는 길이었다. 갈월마을을 지나자 좁은 아스팔트길이 잠시 나오더니 잠시 후 그 길은 시멘트 포장길로 바뀌었고, 곧이어 다시 비포장 내리막 산길로 바뀌었다. 아주 걷기 좋은 편안한 산길이었는데, 그런 길은 쇠일마을까지 계속 이어졌다.

쇠일마을에는 수령이 520년이나 되는 오래된 은행나무가 있었다. 가지 끝 높은 곳에 까치집이 있는 이 은행나무는 한눈에 보아도 그 연륜이 짐작될 정도로 거대한 고목이었다. 공이 이 마을을 지날 때 수령이 이미 100년이었으니, 공도 그때 아마 이 나무를 보셨을 것이다.

은행나무를 지나 쇠일마을 안길을 걷는데, 마을회관 2층 방에 모여 있던 동네 할머니들이 창문으로 우리를 물끄러미 내려다보고 있었다. 이곳 쇠일마을은 갈월마을보다는 규모가 약간 컸지만, 삼면이 산으로 둘러싸인 적막한 산골마을이었다. 평상시에는 이 마을을 찾는 이들이 거의 없을 것이니, 마을을 지나는 낯선 우리가 그들에겐 궁금증의 대상이 될 수도 있었을 것이다.

쉬일마을에서 다음 마을인 버랭이골로 가는 길은 마을 앞 들판 왼편에 있는 금병산 동편 고개를 넘어가는 우회길을 선택했다. 쉬일마을에서 버랭이골로 바로 넘어가는 산길이 있었지만, 백의종군로 고증자료에 그 길이 약 200m 정도가 잡풀로 단절되어 있다고 해 혹 가시덤불을 뚫고 나가야 하나 하는 우려가 있었기 때문이었다. 금병산 동편 고개를 넘는 길이 둘러가는 길이긴 했지만, 아내 때문에 안전한 길을 택했다.

금병산 고갯길은 잘 닦여진 시멘트 포장길이었다. 고개가 별 높지 않아 길이 대체로 완만했다. 호젓한 고갯길을 넘으니 고개 너머에 송곡마을이 있었고, 마을엔 요양원 건립공사가 한창 진행 중이었다.

그다음 마을인 버랭이골 역시 산중 깊숙이 자리하고 있는 마을이어서, 송곡마을에서 버랭이골로 가는 길도 인적이 없는 아주 호젓한 길이었다. 길을 걸으니 마치 산중 깊숙이 빨려 들어가는 듯한 느낌이 들었다. 버랭이골은 전부터 사람들이 살던 자연마을이 아니라 최근 들어 사람이 살기 시작한 곳으로 보였다. 지은 지 그리 오래되어 보이지 않는 전원주택들이 몇 가구 산 밑에 오붓하게 자리 잡고 있었다.

버랭이골에서 마을 뒤로 난 산길을 따라 현충사로 가는 마지막 고개인 서낭댕이 고갯길을 올랐다. 이 서낭댕이 고개는 삼거리마을에서 현충사 가는 길 다섯 고개 중에서 가장 짧고 낮은 고개였다. 마을 뒷길에 들어서서 금방 도착한 고갯마루에는 한 농부가 밭을 갈고 있었다. 그동안 다섯 고개를 넘으면서 고갯길에서는 처음 만나는 사람이었다. 그 농부를 보자 반갑기도 하고 또 왠지 그냥 지나쳐 가기가 미안하기도 하여, 그에게 현충사 가는 길을 물었다. 물론 그의 대답은 가던 길로 곧장 내려가면 된다는 것이었다. 바쁜 농부에게 괜한 질문을 한 것이 겸연쩍기도 해 그에게 상냥한 말투로 감사 인사를 하고 서낭댕이 고개를 내려섰다. 고개 아래 시멘트 포장길에 들어서자 현충사와 이웃하고 있는 충무교육원이 먼발치로 바라보였다.

공의 묘소마을인 삼거리마을에서 현충사로 가는 길은 이렇듯 호젓하고 걷기 좋은 산고갯길의 연속이었다. 번잡한 시가지길이나 시끄러운 차도와는 달리 한가하고 편안한 마음으로 걸을 수 있는 그런 길이었다. 그러나 이 길은 420년 전 공에게는 죄인의 굴레를 쓰고 고향마을을 찾아간 한 맺힌 길이었다.

▶▶ 공을 모신 사당 현충사

충무교육원을 지나 도착한 현충사 넓은 주차장은 주차한 차들이 몇 대밖에 없어 황량한 느낌을 주었다. 봄이 오는 것을 시샘하는 바람은 이곳에서도 황량한 주차장을 쉼 없이 훑고 지나갔다.

현충사 경내도 주차장과 마찬가지로 사람들의 모습이 별 눈에 뜨이지 않았다. 고교생으로 보이는 학생 둘과 나들이 나온 가족 등 몇몇 사람들만 간간이 우리를 스쳐 지나갔다.

현충사는 몇 번 다녀간 적이 있는 곳이었다.

경내를 차례대로 찬찬히 둘러보기 위해 먼저 입구 왼편에 있는 구 현충사부터 들렀다. 구 현충사는 조선 숙종 때 건립한 것으로, 현판은 숙종이 직접 내린 것이라고 했다. 안내판에는 조선조 말 대원군의 서원철폐령으로 철폐되었다가 1932년 민족성금으로 다시 건물을 세웠다고 설명되어 있었다. 아무리 서원의 폐단이 심했다고는 하나 공을 모신 사당까지 철폐하도록 한 것은 도가 지나쳤다는 생각이 들었다.

구 현충사는 박정희 전 대통령 때 새로 지은 현충사에 주인 자리를

내어주고 경내 한쪽에 숨은 듯이 자리하고 있었다. 그러나 위당 정인보
가 썼다는 주련의 글귀는 공의 위업을 다시 한번 새기기에 충분했다.

一誓海山立綱常於百代
바다와 산에 맹세하므로 강상을 후세에 이르도록 세웠으며
再造乾坤無伐矜於當時
천지를 구해 냈으되 내세워 자랑함이 없었네
成仁取義精忠光於檀聖
인을 이루고 의를 취하니 지극한 충성은 단군 이래 빛나고
補天浴日功德蓋於槿邦
크고 밝은 공덕은 온 나라를 덮었네

몇 줄의 글귀로 이만큼 공의 위업과 덕을 잘 표현하기도 어려울 것이
다.

공은 나라를 구하는 일이 당신의 소명임을 한시도 잊지 않았다. 그러
한 당신의 소명을 다하고자 바다에 서약하고 산에 맹세하였고, 원수를
모두 멸하기 위해서는 죽음도 불사하겠다 다짐했다.*

연이은 해전에서 연전연승을 거두면서도 교만하지 않고 부하들의 공
을 철저히 가려 치하했다. 공무를 행함에 있어 절대 사사로운 정을 개
입시키지 않았으며, 군사들을 훈련하고 기강을 세우는 데는 추상과 같
았다. 그러면서도 둔전을 가꾸는 등 직접 군량을 확보하여 병사들을 배
불리 먹이고, 병사들의 아픈 가족까지 보살펴 주는 등 군사들의 사기를
북돋워 주는데도 소홀하지 않았다. 또한 전쟁으로 집과 땅을 잃고 갈

---

* 공의 오언율시 '진중음(陣中吟)', 誓海魚龍動(서해어용동) 盟山草木知(맹산초목지) 讐夷如盡滅(수이
여진멸) 雖死不爲辭(수사불위사)

곳이 없어 떠도는 백성들을 진영 주변에 모아 보호하기도 했다. 주련의 시에는 그러한 공의 위업과 인품과 덕이 고스란히 담겨 있었다.

현충사 본관으로 발길을 옮겼다. 본관으로 가는 길은 길 양편에 소나무가 길 쪽으로 굽어 자라고 있어 소나무 터널을 이루고 있었다. 홍살문을 지나 사당으로 올라서니 잘 다듬어진 소나무 네 그루가 본당을 오르는 손을 맞고 있었다. 문이 열려 있는 본당 안에 눈에 익은 공의 영정이 보였다.

영정 앞에서 향을 피우고 고개를 숙였다. 그리고 이 나라를 지켜주신 데 대해 감사드리고 또 나의 이 순례를 허락해 주시기를 빌었다.

참배를 마치고 본당 계단을 내려오는데 마음은 가슴을 쇳덩이가 누르고 있는 것처럼 천근만근 무거웠다. 공이 지키신 이 땅에 살고 있는 우리가 과연 공의 후손으로서 부끄럽지 않게 살고 있는 것인지 깊이 반성해 보아야 할 것이라는 생각이 들었다.

현충사 본당

공의 옛집은 방화산 기슭 작은 봉우리 아래 자리 잡고 있었다. 집 앞 안내판에는 이 집이 공이 무과에 급제하기 전부터 살던 집이며, 종손이 대대로 살았다고 소개되어 있었다.

4월 5일 맑음
… 저물녘 본가에 이르러 장인, 장모님의 신위 앞에 절하고 작은형님과 아우 여필의 부인인 제수의 사당에도 갔다가 잠자리에 들었으나 마음이 편치 않았다.

4월 6일 맑음
멀고 가까운 친척들과 친구들이 모두 와서 모였다. 오랫동안 못 본 회포를 풀고 갔다.

4월 9일
동네 사람들이 술병 채로 가지고 와서 멀리 가는 이의 심정을 위로해 주기에 거절하지 못하고 몹시 취하도록 마시고 헤어졌다. 홍군우는 창을 하고 이별좌도 창을 하였다. 나는 창을 들어도 즐겁지 않았다.

공은 한성을 떠난 지 사흘째 되던 날인 4월 5일 저물녘에 이곳 본가에 도착했다. 장인과 장모 신위에 절하고 사당에 들렀다가 잠자리에 들었으나, 마음은 커다란 바윗덩어리가 가슴을 짓누르는 듯 무거웠다. 성한 나무 하나 없이 모두 불타버린 황량한 선산이며, 오랜 전란으로 피폐해진 고향마을이며, 낮에 본 모든 것들이 눈에 아른거려 잠을 이룰 수가 없었다.

그러나 무엇보다도 공의 심중을 무겁게 짓누른 것은 당시 공의 처지였을 것이다. 난중에 고향 집을 처음으로 찾아왔건만 죄인이 되어 호송

되는 몸으로 왔으니 얼마나 부끄럽고 참담하였으랴! 부친과 형님들, 장인, 장모와 제수의 영전에서 차마 고개를 들 수가 없었고, 자신을 위로하는 고향 사람들도 볼 면목이 없었다. 그렇다고 통탄스런 마음을 털어놓고 전할 수도 없으니 몹시 취하도록 술을 드실 수밖에 없었으리라.

옛집은 전체 구조가 한쪽이 약간 터진 'ㅁ자형'이었다. 대문을 들어서니 마당 건너 맞은편에 넓은 대청마루와 방이 하나 있었고, 그 좌우로 툇마루가 달린 방들과 부엌이 있었다. 부엌 뒤꼍에는 우물이 있었다. 집 마당과 방들을 둘러보는데, 백의종군길에 이곳 고향집을 들르셨던 공의 잔영이 아직 남아 있는 듯 잠시 환상이 들었다.

충무공 이순신 옛집

바깥으로 나오니 동편에 공이 계실 때부터 있었다는 커다란 은행나무 두 그루가 보였고, 그 뒤를 돌아가니 공의 삼남인 이면 공의 묘소가 있었다. 이면 공은 공을 많이 닮은 데다가 몹시 영특하여 공이 각별히 아끼시던 아들이었다.

이면 공의 묘소에 올라 참배하는데, 공이 그의 죽음을 전해 듣고 몹시 애통해 하시던 날의 일기가 떠올랐다.

정유년 10월 14일 맑음
… 하늘이 어찌 이다지도 인자하지 못하신고. 간담이 타고 찢어지는 듯
하다. 내가 죽고 네가 사는 게 이치에 마땅하거늘, 네가 죽고 내가 살았
으니 이런 어긋난 이치가 어디 있겠는가. 천지가 캄캄하고 해조차도 빛
이 변했구나. 슬프다, 내 아들아. 나를 버리고 어디로 갔느냐 …

그 절절한 마음이 전해져 가슴을 저몄다.

이면 공은 전장에 나간 형님들 대신 아산에서 어머니를 모시고 지내
던 중, 1597년 10월 마을에 쳐들어온 왜적과 싸우다 21세의 젊디젊은
나이로 전사하였다. 왜군들이 명량해전에서 대패한 데 대한 복수로 공
의 고향마을을 찾아와 분탕질을 한 것이었다.

공은 명량해전에서 나라를 구한 대신 사랑하는 셋째 아들을 가슴에
묻어야 했다. 명량해전이 있은 지 한 달이 채 지나지 않았을 무렵이었
다.

다시 들러본 현충사는 공의 위업을 기릴 수 있게 잘 관리되고 있었
다. 다만, 평일이기는 하지만 찾는 사람들이 너무 적다는 것이 아쉬움으
로 남았다. 이곳이 우리 국민들의 발길이 끊어지지 않는 국민적 성지가
되었으면 하는 마음이 간절했다.

정려각과 전시관을 거쳐 현충사 정문을 나서는데, 어느덧 해가 서산
으로 기울어져 길 위로 내 그림자가 길게 늘어지고 있었다.

3. 통곡의 길, 아산 - 순천

▶▶ **게바위 가는 길**

이 길은 현충사에서 게바위* 간의 구간으로, 공이 아산 본가에 잠시
머물던 중 어머니상을 당해 어머니의 시신을 집으로 운구해 오기 위해
왕복하셨던 길이다. 이 구간은 원남삼거리에서 현충사 구간을 걷기 10
여 일 전에 먼저 걸었다.

2017년 2월 27일, 온양온천역에서 현충사로 가는 시내버스는 현충
사가 휴관하는 월요일이라 손님이 예닐곱 명밖에 되지 않았다. 버스가
권곡동을 지나면서부터는 버스 안에 타고 있는 손님은 나밖에 없었다.

황송한 마음으로 넓은 버스를 혼자 타고 와 현충사 주차장에 내리
니, "필사즉생(必死卽生) 필생즉사(必生卽死)"라는 글귀가 새겨진 비가 눈
에 먼저 들어 왔다. "반드시 죽고자 하면 살 것이요, 반드시 살고자 하면
죽을 것이다.'라는 뜻이다. 이 말은 공이 명량해전 바로 전날인 1597년
9월 15일, 왜군과의 전투가 임박했음을 직감하고 벽파진에서 전라우
수영으로 진을 옮긴 후 그곳에서 휘하 장수들을 모아놓고 한 말이었다.
그 비를 보자 명량해전에 임했던 공의 비장한 마음이 느껴져 몸에 전율
이 일었다. 텅 빈 현충사 주차장은 시내버스 몇 대만 운행시간을 기다
리고 있을 뿐, 사람들의 모습은 보이지 않았다.

---

*   충청남도 아산시 인주면 해암2리마을 뒤편에 있는 바위. 예전에는 이곳까지 배가 드나들었다.

4월 13일 맑음

… 흥백의 집에 이르렀다. 얼마 후 종 순화가 배에서 와서 어머님의 부고를 전했다. 달려나가 가슴을 치고 뛰며 슬퍼하니 하늘의 해조차 캄캄해 보였다. 바로 해암으로 달려가니 …

공의 어머니는 그동안 전라좌수영이 있는 여수에서 지내시다 공이 본가에 도착해 머무르고 있다는 소식을 들었다. 그 소식을 들은 공의 어머니는 노쇠한 몸이지만 공을 만나기 위해 여수에서 배를 타고 아산으로 향했고, 오는 도중 험한 뱃길을 이기지 못해 배에서 돌아가셨다. 당시 나이는 83세였다.

공은 아산 본가에 머무르는 동안, 여수에 홀로 계시는 노쇠하신 어머니를 걱정하고 안부를 궁금해했다. 4월 11일에는 새벽 꿈이 몹시 심란해 종을 보내 어머니의 소식을 듣고 오게 했고, 그 다음 날에는 어머니가 거의 숨이 끊어지려 한다는 소식을 들었다. 4월 13일, 공은 어머니가 배편으로 곧 도착하신다는 소식을 듣고 마중하러 포구로 나가다가, 오산에서 황천상이 왔다는 소식을 듣고 그를 만나기 위해 같은 마을 흥백 변존서*의 집에 잠시 들렀다. 그런데 그곳에서 종 순화로부터 어머니의 부고를 전해 듣게 되었고, 부고를 전해 듣자마자 공은 가슴을 치고 슬퍼하며 배가 도착한다는 해암(게바위)으로 바로 달려가셨다.

현충사 주차장에서 배낭을 고쳐 멨다. 그리고는 공이 어머니의 시신을 맞으러 달려가신 그 길을 따라가려고 충무교육원 방향으로 발걸음

---

* 공과는 외사촌 간이다. 공의 휘하에 군관으로 있으면서 첫 해전인 옥포해전을 비롯해 모든 해전에서 활약했다. 활을 잘 쏘았고, 난중일기에도 그가 활쏘기 시합을 하는 장면이 가끔 등장하기도 한다.

을 옮겼다.

충무교육원은 교육을 받고 있는 이들이 없는지 적막감이 느껴질 정
도로 조용했다. 정문의 수위실도 비어 있었고, 교육원 안을 들여다보아
도 사람 그림자조차 보이지 않았다.

교육원 정문 앞에 서서 새터마을과 서원마을, 끝뱀말마을을 번갈아
바라보며 공이 모친의 부음을 들었던 변홍백의 집이 어디쯤 있었을까
짐작해 보았다. 전쟁 중이었지만 어머니를 전라좌수영이 있는 여수에
모셔다 놓고 수시로 문안을 드리거나 인편을 통해 안부를 물을 정도로
효심이 깊었던 공인데, 종 순화로부터 전해 들은 어머니의 부고는 공에
게 청천벽력과도 같았다. 하늘이 무너지는 듯한 슬픔을 느꼈고, 그래서
하늘의 해조차도 캄캄해 보였다.

공의 깊은 슬픔과 애절한 심정을 헤아려 보며 서원마을을 지났다. 저
만치 마을 어귀에 가슴을 치고 뛰며 슬퍼하면서 산모퉁이를 돌아가시
는 공의 뒷모습이 보이는 듯했다.

송곡리 들길을 지나 곡교천에 이르니 잘 조성된 은행나무 가로수의
천변 제방길이 나왔다. 은행나무는 심은 지 오래되었는지 둥지가 굵은
성목이었다. 가지가 촘촘해 잎이 무성할 것으로 보여 단풍이 들면 장관
일 것이라는 생각이 들었다. 이 제방길에서는 해마다 은행나무축제가
열린다고 했다.

제방길에 들어서서부터는 다른 길로 벗어나지 않고 계속 그 제방길
을 따라 걸었다. 백의종군로는 아산대교와 만나는 옥정리에서부터 제
방길을 벗어나 39번국도와 624번지방도를 따라가게 되어 있었으나, 시
끄러운 차도를 피하고 싶었다. 제방길은 게바위가 있는 해암2리마을까
지 이어졌는데, 제방 안쪽으로는 넓게 농경지가 조성되어 있었다. 이 곡
교천이 삽교호로 흘러들고 있으니, 이 들판은 삽교천방조제 축조공사

때 조성되었을 것으로 짐작되었다.

하류가 되자 곡교천은 제법 강폭이 넓어졌다. 제방 아래 강가에는 낚시꾼들이 봄바람으로 물결이 일렁이는 강물에 낚싯대를 담가 놓고 낚시에 열중하고 있었다. 산양제 제방길을 따라 강 하류 쪽으로 내려가니 개펄의 흔적이 보이기 시작했다. 개펄 흔적은 하류 쪽으로 내려갈수록 더욱 뚜렷해졌다. 그 개펄 흔적을 보니 예전에 이곳까지 배가 드나들었다는 것을 실감할 수가 있었다.

봄이 오고 있는 곡교천을 감상하며 제방길을 돌아가니 해암2리 마을이 저만치 들판 너머로 바라다보였다. 마을 뒤 들판 입구에 있는 게바위도 눈에 들어 왔다.

> 4월 13일 맑음
> … 바로 해암으로 달려가니 배는 벌써 와 있었다. 길에서 바라보며 가슴이 찢어지는 슬픔을 다 적을 수가 없다.

공이 어머니의 부음을 듣고 이곳으로 달려왔을 때 배는 이미 이 게바위에 와 있었다. 공은 가슴이 찢어지는 슬픔으로 싸늘한 주검으로 돌아온 어머니의 시신을 맞았다. 당신을 만나려고 팔순 노인이 노쇠한 몸으로 여수에서 그 먼 바닷길을 오다 돌아가셨으니 공은 죄스러움에 슬픔을 주체하기가 더 힘들었을 것이다. 더구나 자유로운 몸이 아니고 죄인 신세로 호송 중에 그러한 일을 당하셨으니, 그 한과 불효의 마음을 어찌 다 짐작이나 할 수 있을 것인가.

게바위

게바위는 간척사업 와중에서도 다행히 살아남아 제 모습을 지키고 있었다. 주변 농경지의 모양을 보니 간척사업을 하면서 이곳만 일부러 농경지에 편입시키지 않고 남겨 두었다는 것을 알 수 있었다. 게 형상을 한 바위 위에 게바위 표지석이 서 있었고, 소나무 두 그루를 비롯한 나무 몇 그루가 바위 주변에 심어져 있었다.

4월 15일 맑음
… 저녁나절에 입관하였다. 아버님의 친구 오종수가 정성을 다해 상을 치르게 해 주니 뼈가 가루가 되어도 잊지 못하겠다.

4월 16일 궂은비가 왔다.
배를 끌어 중방포 앞으로 옮겨대고, 영구를 상여에 올려 싣고 집으로 돌아왔다. 마을을 바라보니 찢어지는 아픔을 어찌 말로 다할 수가 있으랴. 집에 와서 빈소를 차렸다. 비가 크게 쏟아졌다.

어머니 시신을 맞은 다음날, 같은 마을에 사는 홍찰방, 이별좌가 해암으로 와서 관을 짰다. 관의 재목은 여수 본영에서 준비해 온 것인데, 나무의 결이 곱고 흠이 전혀 없어 공의 마음을 다소나마 가볍게 해 주었다. 관을 짠 다음날인 4월 15일 어머니의 시신을 입관하였고, 천안군수가 와서 행상을 준비해 주고 전경복이 상복을 만들어 주는 등 여러 사람들이 장례 준비를 도왔다.

입관 다음날인 16일, 공은 배를 게바위에서 본가가 가까운 중방포 앞으로 옮겨 영구를 상여에 올려 싣고 본가로 돌아와서 빈소를 차렸다. 본가로 오는 길에 공은 마을을 보자 말로 다할 수가 없는 찢어지는 아픔을 느꼈다. 온 가족이 함께 모여 오순도순 행복하게 살던 마을이었는데, 이제 부친과 형제들에 이어 어머니마저 세상을 떠나고 공만 홀로 남았다. 참으로 세월이 무상하고, 왜의 침략이 통분하며, 임금의 처사가 야속하였을 것이다.

그러나 공은 바로 남쪽으로 길을 떠나야 해 어머니의 장례도 치를 수 없는 몸이었다. 그래서 공의 슬픔은 더 깊었고, 그 깊은 슬픔에 어머니 영전에서 울고 또 울었다. 본가에 빈소를 차린 날, 하늘도 공의 비통한 마음을 알았는지 비가 크게 내렸다.

영구를 싣고 게바위를 떠나 곡교천을 거슬러 올라가는 배의 모습을 떠올리며, 나도 해암2리마을에서 온양온천역으로 가는 차에 올랐다. 공이 어머니의 영구를 배에서 내렸던 중방리(중방포)마을을 지나며 차창으로 마을을 무심히 바라보았다. 중방리마을은 인적도 없이 깊은 고요 속에 잠겨 있었다.

▶▶ 통곡하며 떠나신 길

원남삼거리에서 현충사 구간을 걸은 지 4일 뒤인 3월 13일, 다시 순례길에 올랐다. 지금 구간부터는 여러 가지 여건상 집에서 당일로 순례하기가 여의치 않아 며칠씩 이어서 걷기로 했다. 이번 일정은 2박 3일 일정으로 잡았다.

날씨는 맑았으나 미세먼지가 많아 공기 질은 좋지 않았다. 순례를 뒤로 미룰까도 생각했지만, 미세먼지 때문에 일정을 변경할 경우 순례가 계속 지연될 것으로 생각되어 그대로 출발하기로 했다. 올해 들어서는 미세먼지가 부쩍 심해져, 공기가 좋은 날보다 좋지 않은 날이 훨씬 많아졌다. 바람이 때때로 강하게 불고 있으니, 혹 바람이 미세먼지를 씻어갈 수도 있을 것이라는 기대를 하면서 전철에 올랐다.

현충사 주차장은 예상했던 대로 텅 비어 있었다. 오늘이 월요일이라 현충사가 휴관하는 날이었기 때문이다. 출발에 앞서 백암리마을을 다시 한번 찬찬히 둘러보고 마을 모습을 캠코더에 담았다.

> 4월 17일 맑음
> 금오랑의 서리 이수영이 공주에서 와서 갈 길을 재촉했다.

> 4월 19일 맑음
> 일찍 길을 떠나며 어머님 영전에 하직을 고하고 울부짖으며 곡하였다.
> 천지에 어찌 나와 같은 사정이 또 있겠는가. 어서 죽는 것만 같지 못하다.

공이 게바위에서 어머니의 시신을 모셔 와 본가에 빈소를 차린 다음

날인 4월 17일, 금오랑의 서리가 공주에서 와서 남으로 갈 길을 재촉했다. 당신을 백의종군지까지 무사히 호송하는 것이 금오랑의 임무이기는 하지만, 아직 장례도 치르지 못했는데 장례 준비와 슬픔을 추스를 시간조차 주지 않고 갈 길을 재촉하는 금오랑이 공은 야속하였을 것이다.

빈소를 차린 지 3일째 되던 4월 19일, 공은 아침 일찍 어머니 영전에 하직을 고했다. 어머니를 잃은 비통함에다 장례도 치르지 못하고 떠나는 씻을 수 없는 불효까지 저지르게 되어, 그 죄스러움까지 더해져 어머니 영전에서 울부짖으며 곡을 했다. "천지에 나 같은 사정이 또 있겠는가, 차라리 어서 죽는 것만 같지 못하다"고 애통해하고 또 애통해했다. 자식도 없는 빈소에 홀로 남으실 어머니를 생각하니 가슴이 더 찢어졌을 것이다. 이제 이 길을 떠나면 어머니의 상은 물론이고, 어머니를 모신 묘소도 언제 찾을 수 있을지 기약이 없었다. 부모형제가 모셔진 선산과 정든 이웃들이 있는 고향마을도 마찬가지였다. 그러나 어찌하랴, 술을 마셔도 자세 하나 흐트러지지 않고 자신의 임무에 충실한 금오랑이 갈 길을 재촉하고 있는 것을….

빈소에서 나와 다시 남으로 길을 떠났다. 어머니의 빈소는 자식들과 조카들에게 지키도록 하고 차마 떨어지지 않는 발걸음을 옮겼다. 며칠째 이어진 깊은 슬픔과 통곡으로 공은 기력이 많이 쇠진해 있었다. 떠나기 전날도 불편한 몸으로 빈소에서 곡을 하다가 종의 집으로 물러나 쉬시기도 했다. 통곡을 하며 떠나는 공의 슬픈 마음을 달래기라도 하려는 듯, 전날 종일 내리던 비는 맑게 개어 있었다.

아침 햇살을 등진 백암리마을은 평화롭고 고요했다. 배낭에서 황사용 마스크를 꺼내 쓰고, 나도 공의 뒤를 따라 남쪽으로 걸음을 옮겼다.

송곡리 은행나무길을 지나고 곡교천으로 내려가 사람만 통행 가능한 작은 다리 위로 곡교천을 건넜다. 곡교천을 지나 들어선 벌말마을은 아파트가 밀집한 개울 건너편 온천동 쪽과는 달리 여느 시골마을처럼 조용하고 한적했다. 마을 안을 굽어 돌고 신리초등학교를 지나 남쪽으로 향하는 길은 포장만 되어 있을 뿐, 옛길이라는 것을 금방 알 수 있을 정도로 구불구불 옛 모습을 그대로 간직하고 있었다. 그동안 옛길 흔적이 남아 있는 길을 몇 번 만나다 보니, 이젠 작은 흔적만 보아도 그 길이 옛길임을 쉽게 알아볼 수가 있었다. 옛길이 이렇게 정겨움을 준다는 걸 길을 걸으면서 비로소 알게 되었다.

배방읍 신흥리 감태기마을로 들어섰다. 이 마을은 『난중일기』에는 이름이 '금곡'으로 되어 있다. 마을 앞을 흐르는 내가 금곡천이라, 거기에 아직 옛 이름이 남아 있었다. 이곳에서 공은 강정과 강영수를 만나 조문을 받고 말에서 내려 곡을 했다. 빈소에서 조문을 받은 게 아니라 호송길 길거리에서 조문을 받은 것이다. 공의 일기 구절의 표현처럼, 공과 같이 벌을 받아 호송을 당해 가는 길목에서 조문을 받은 상주가 천지 사이에 또 있었을까? 참으로 기가 막히는 조문이었다.

곡교천을 건너 벌말마을을 지나면서부터 시작된 옛길은, 감태기마을을 지나 배방읍 수철리에서 623번지방도를 만날 때까지 약 10km 정도 계속되었다. 그 길은 산기슭에 자리 잡고 있는 마을과 마을을 이어 주는 길로, 조용하고 한적해 걷기에는 안성맞춤의 길이었다. 산기슭에 자리한 마을들도 자연부락들이라 보는 사람들에게 편안하고 평화로운 느낌을 주었다.

경기도에서 길을 걸을 때에는 길 주변 대부분이 도시화되어 있어 번잡스럽고 시끄러운 분위기의 길이 많았다. 그러나 충청남도에 들어서서, 특히 아산을 지나오면서부터는 길의 분위기가 완전히 달라졌다. 경기도 길처럼 직교화된 인위적인 길이 아니고, 구불구불 옛 자연로의 곡선을 그대로 따라가는 데다 조용하고 한적하기까지 했다. 충청남도 구간의 백의종군로는 아직 옛길의 원형이 많이 남아 있었다.

수철리에서 623번지방도로로 들어섰다. 이 도로도 차도이기는 하지만 교통량이 많지 않아 걷는 데 큰 불편은 없었다. 음달조피네라는 흔치 않은 이름의 마을을 지나고, 다시 넙치고개를 넘었다. 넙치고개마루와 고개 아래 내보마을 입구에 백의종군로 표지석이 서 있었다. 그 표지석은 다시 보아도 반갑기만 했다. 표지석을 세운 분들께 감사하며 천안시 광덕면 보산원리 외보마을로 들어섰다.

> 4월 19일
> … 보산원에 이르니 천안군수가 먼저 와 있어서, 말에서 내려 냇가에서 쉬고 갔다. 임천군수 한술은 한양에 가서 중시를 보고 오는데 앞길을 지나다 내가 간다는 말을 듣고 들어와 조문하고 갔다. 아들 회, 면, 울과 조카 해, 분, 완 및 변주부가 함께 천안까지 따라왔다.

이곳 외보마을에 옛 역원인 보산원이 있었다.

공이 본가를 떠나 이곳에 도착하니 천안군수가 먼저 와 있었다. 어머니의 시신을 운구할 행상을 준비해 주었던 그인지라 공은 말에서 내려 냇가에서 그와 함께 잠시 시간을 가졌다. 그 자리에서 공과 천안군수는 서로 감사의 말과 위로의 말을 주고받았을 것이다. 천안군수는 무슨 말로 공을 위로하였을까? 아마도 그도 공의 기막힌 처지를 보고 아무런 위로의 말을 찾지 못했던 것은 아닐까?

한양에서 중시(重試)를 보고 오던 임천군수 한술(韓述)도 이 앞을 지나다가 공의 소식을 듣고 와서 조문했다. 상주가 빈소를 지키지 못하니 길거리가 빈소가 되었다. 아들 셋과 조카들, 같은 마을에 사는 외사촌 변존서도 여기까지 따라왔다.

공은 이곳 냇가에서 그들과 작별하고 공주를 향해 다시 길을 떠났다. 자식들과 조카들만 어머니 곁에 남겨두고 멀리 백의종군지로 떠나는 공의 가슴속엔 깊은 슬픔과 함께 온갖 회한이 가득 차 있었을 것이다.

▶▶ 개치고개

외보마을은 입구에 있는 보산원초등학교에서 몇몇 아이들이 그네를 타고 있을 뿐, 마을 안은 조용하기만 했다. 마을 안길을 돌아 나가는데 사람들의 모습은 보이지 않았고, 강아지 한 마리만 지나가는 나그네가 궁금했던지 나를 빤히 쳐다보고 서 있었다.

외보마을 앞에는 풍세천이 마을을 휘감아 흐르고 있었다. 공이 천안군수를 만나 쉬신 곳이 아마 여기 어디쯤이었을 것이다. 공이 그들과 작별하고 풍세천을 건너가셨을 그곳에는 놓인 지 그리 오래되어 보이지 않는 왕승교가 들어서 있었다.

외보마을에 음식점이 있을 것으로 예상되어 그곳에서 점심을 먹을 계획이었다. 그러나 음식점은 있는데 문이 잠겨 있었다. 왕승교 건너편 왕승마을에 가게가 있어, 컵라면이나 빵으로 요기를 할까 하여 물으니 두 가지가 다 없었다. 음식점은 2km 가까이 떨어진 만복골마을 입구까지 가야 한다고 했다. 갔다가 되돌아오기엔 먼 거리라 가게에서 소시지를 4개 사서 나왔다. 식사대용으로 할 수 있는 게 소시지밖에 없었다. 2개는 걸으면서 점심으로 먹고, 나머지 2개는 비상용으로 배낭에 넣어

두었다.

왕승교부터는 산골마을로 들어가는 길이었다. 길은 한동안 왕복 2차선 차도를 유지하다가, 광덕면 지장리 영성마을 입구를 지나면서 차 1대만 지나갈 수 있을 정도로 폭이 좁아졌다. 그러나 길 폭이 좁아지자 오히려 호젓함이 더해져, 산골마을길의 호젓한 분위기를 한껏 즐기며 걸을 수가 있었다.

길은 산골 깊이 길게 이어졌다. 한적한 길을 걸어 빨려 들어가듯 산골 속으로 깊숙이 들어갔다. 인적이 없어 적막감이 도는 길을, 그 적막을 벗 삼아 걸으니 내가 마치 다른 세계에 와 있는 듯한 착각마저 들었다. 적막은 내게 외로움을 안겨 주는 게 아니라 즐거움과 행복을 한가득 안겨 주었다. 이런 길을 걸을 수 있다는 것이 참으로 감사했다.

적막한 산골길 분위기에 취해 걷다 보니 도인사라는 절이 나왔고, 거기서 길모퉁이를 돌아가니 저만치 석지골마을이 나무 사이로 바라다보였다. 석지골마을은 10여 가구 남짓 되어 보이는 심산유곡의 작은 마을이었다.

석지골마을 초입이 바라다보이는 곳에서 작은 개울을 건너 임도로 들어섰다. 이 길은 개치고개를 넘는 길이었다. 개치고개는 천안시와 공주시의 경계를 이루고 있는 고개로, 이 구간은 백의종군로 순례를 시작한 후 처음으로 만나는 산길 구간이었다.

길은 예상보다 잘 나 있었다. 도인사를 바라보며 돌아 오르는 임도는 시멘트 포장길로 되어 있었고, 잠시 후 산길로 바뀌기는 했지만 길은 뚜렷했다. 고개 오름길 왼편 골짜기에 사람이 살고 있는지 외딴집이 있었고, 그 집에서 개가 나를 보더니 오랜만에 제 일거리를 찾은 듯 요란하게 짖어댔다.

잠시 더 길을 오르니 컨테이너로 지은 집이 한 채 있었다. 그 집을 돌아 호두나무 농장 사잇길을 지나자, 개치고개가 바로 머리 위로 올려다 보였다. 의외로 빨리 나타난 개치고개였다. 집에서 출발할 때에는 이 고개를 넘는 길이 꽤 난코스일 것으로 생각했는데, 예상보다 훨씬 수월하게 고개를 넘을 수 있겠구나 하는 생각이 언뜻 들었다.

그런데 이때부터 문제가 생기기 시작했다.

개치고개 아래에 이르니 고갯마루로 오르는 길이 잡목과 가시덤불에 뒤덮여 사라지고 없었다. 주변을 살펴보니 오른편 작은 가지능선으로 오르는 길이 있었고, 개치고개로 갈 수 있는 길은 그 길밖에 없어 그 길을 따라 올랐다. 이내 능선 위에 올라섰고, 왼편으로 방향을 틀어 능선 길을 따라 걸었다.

그러나 250m 내외 정도만 가면 공주시 정안면으로 내려가는 갈림길이 있는 작은 봉우리가 나와야 했는데, 그 거리 이상을 지나온 것 같은데도 봉우리가 나타나지 않았다. 눈앞에 보이는 지형도 지도상의 지형과 많이 달랐다. 뭔가 잘못되었다는 생각이 들기는 했지만, 진행 방향 쪽에 봉우리가 하나 보여 거기에 올라 지형과 위치를 확인해 보자는 생각으로 그대로 전진했다.

그런데 지도는 거짓말을 하지 않았다. 낙엽에 덮인 얼음에 미끄러지며 오른 그 봉우리는 백의종군로상에 있는 봉우리가 아니라, 그 봉우리와 개치고개를 사이에 두고 마주보고 있는 421.4봉이었다. 그 봉우리에는 백의종군로 봉우리에는 있지 말아야 할 삼각점이 있었고, 정치된 지도 위의 나침반도 자침이 반대쪽을 가리키고 있었다. 개치고개 능선에 올라 동쪽으로 간다는 것이 반대 방향인 서쪽으로 가고 있었던 것이다.

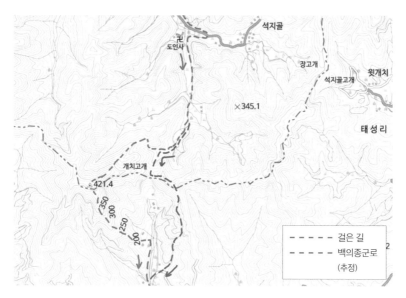

개치고개 백의종군로와 내가 간 길

백의종군로는 내가 올랐던 개치고개 오른편 작은 가지능선상에서 왼편으로 꺾은 후 잠시 걷다 주능선에서 다시 한번 더 왼편으로 꺾어야 갈 수 있었다. 그런데 나는 그 가지능선으로 오른 것을 잊어버리고 왼편으로 한 번만 꺾어 그대로 진행했다.

개치고개는 금북정맥을 넘는 산길 구간이라, 이번 순례를 떠나오기 전 집에서 지형도를 들여다보며 미리 길과 지형을 익혔었다. 그때는 당연히 개치고개로 바로 오르는 길이 있을 것으로 보았고, 따라서 능선에 올라가서 한 번만 왼편으로 방향을 꺾으면 백의종군로를 따라갈 수 있었다. 그 생각이 내 머릿속에 박혀 있다 보니, 개치고개가 아닌 옆 가지 능선을 오르고도 개치고개로 바로 오른 것으로 착각해 왼편으로 한 번만 방향을 꺾어 무심코 그대로 간 것이었다. 길을 쉽게 찾아가려고 인도어 클라이밍(Indoor climbing)을 한 것이 오히려 해가 되었다.

어쩌다 길을 이렇게 잘못 들어 버렸나, 자책감이 몰려 왔다. 중간에 나침반으로 한 번만 방향을 확인했더라도 금방 길을 바로잡을 수 있었을 텐데, 나의 안이함과 착각이 빚은 실수였다.

그러나 기왕에 여기까지 와 버린 것을 어쩔 것인가, 되돌아가기에는 길이 멀게 느껴졌다. 또 낙엽 속 얼음에 미끄러지며 올라왔던 길을 다시 되돌아 내려간다는 것도 내키지 않았다. 421.4봉에서 정안면 월산리 마을길로 바로 내려가는 것 외에 내가 선택할 수 있는 여지는 없었다.

월산리 마을길로 바로 내려가려면 421.4봉에서 남동쪽으로 흘러내린 짧은 가지능선을 따라가야 했다. 이 가지능선은 길이 없는 데다 경사가 급하고 낙엽도 층층이 쌓여 있었다. 낙엽에 빠지며 또 미끄러지며 내려가는데, 신발 속에 검불까지 들어가 발을 불편하게 했다. 이 능선은 지도와 나침반으로 위치와 방향을 수시로 확인하지 않은 내 안이함의 대가를 톡톡히 치르게 했다.

내가 스스로 만든 난코스 구간을 어렵게 지나 정안면 월산리로 내려섰다. 시멘트로 포장된 길을 따라 내려가는데 간간이 집들이 보였다. 그 집들을 지날 때마다 개 짖는 소리가 들렸다. 길이 없는 산속에서 한참을 헤매다 마을로 내려오니 개 짖는 소리도 반갑게 들렸다.

월산리 개치마을에서 604번지방도와 만나 그 길을 따라 정안면 소재지 마을인 광정리에 도착했다. 광정리 마을은 조선 시대 때 역원인 광정역이 있었던 곳으로, 면 소재지 단위의 마을인데도 중학교와 고등학교까지 있는 규모가 큰 마을이었다.

광정삼거리에 도착했을 때는 해도 어느덧 서산으로 기울고 있었다.

우선 가장 급한 것이 잠잘 곳을 알아보는 것이었다. 장터마을을 지나며 지나가는 주민에게 여관을 물으니, 다행히 정안천 건너편에 모텔이 하나 있다고 알려 주었다. 일단 잠잘 곳이 있다는 것을 확인하고 나니 안심이 되었다. 편안한 마음으로 인근에 있는 한 식당에 들어가 김치찌개를 주문했다. 원래 김치찌개를 좋아하는 데다 점심도 소시지 두 개로 때워 허기가 졌던 참이라, 김치찌개는 말 그대로 꿀맛이었다.

▶▶ 효행과 충절의 고장 고도 공주

다음날인 3월 14일, 새벽 6시에 일어나 배낭을 꾸리고 모텔을 나섰다. 날은 맑았고, 어제 그렇게 심하던 미세먼지가 사라져 새벽 공기도 상쾌했다. 하늘에는 아직 지지 못한 달이 서산머리 위에 떠 있었다. 보름을 하루 지난 둥근 달이었다. 잠을 푹 잘 자서인지 몸이 가뿐했다. 새벽 공기를 마시며 삽상한 기분으로 장터마을 안길을 걸어 아침 식사를 하려고 어제 갔던 식당으로 다시 들어갔다.

이른 새벽 시간인데도 식당 안에는 꽤 많은 사람들이 아침 식사를 하고 있었다. 대부분 일행으로 보였는데, 흙이 덕지덕지 묻은 낡은 신발과 먼지 묻은 옷차림새를 보니 인근에 일을 하러 온 건설 노동자들로 보였다. 새벽 일찍 일어나 일터로 나가기 위해 아침 식사를 하고 있는 그들의 때로 얼룩진 옷들을 보니 코끝이 찡해졌다. 가족들은 아빠가, 또 남편이 자신들을 위해 저렇게 힘들게 일하고 있다는 것을 알고 있을까? 어쩌면 철없는 아이들은 자신이 원하는 장난감을 사 들고 하루빨리 아빠가 돌아오기만을 기다리고 있을지도 모른다. 하루하루를 열심히 살고 있는 그들에게 고마운 마음이 들었고, 그들이 행복하기를 마음속으로 빌었다. 우리나라가 이렇게 발전하게 된 것은 저 사람들과 같이 곳곳에서 자신들이 맡은 일을 묵묵히 그리고 열심히 하는 사람들이 있었기 때문이었다.

아침 식사를 마치고 바로 길을 나섰다. 장터마을에서 정안천 다리를 건너 보물리로 들어섰다. 보물리 들판 사이로 이어지는 백의종군로는 조용하고 한적했다. 이 길 또한 어제 걷던 길처럼 옛길 흔적이 역력한 길이었다. 옛길 흔적을 즐기며 23번국도 아래 굴다리를 지나는데, 굴다리 입구 벽에 삼남길 표시가 그려져 있는 것이 보였다. 삼남길도 옛길을 따라가고 있다 보니 일부 대체로나 테마 구간을 제외하고는 이렇게 백의종군로와 같이 가고 있었다.

　보물리 들판길을 지나 다시 정안천을 건넜다. 정안천 건너에는 하천을 따라 길게 농로가 이어지고 있었다. 그 농로를 지나고 운궁리 아랫말마을로 들어섰다.

　이 마을은 논산천안고속도로 정안알밤휴게소 인근에 있는 마을이었다. 이 마을은 마을회관이 있는 윗말마을과 논을 사이에 두고 약간 떨어져 있었다. 마을 안 골목길을 돌아 나가는데, 마을엔 사람들의 모습이 보이지 않고 깊은 정적만 흘렀다. 가끔씩 개 짖는 소리만이 그 정적을 깰 뿐이었다.

　마을 앞에 효자 최익항의 정려각이 있었다. 정려각 안내판에는 병든 부모가 한겨울에 배가 먹고 싶다고 해 산으로 배를 구하러 갔는데, 산신령의 계시로 까치둥지 안에서 배를 구해 부모의 병을 낫게 했다는 최익항의 효행이 설명되어 있었다. 비현실적인 내용이기는 하지만, 그의 지극한 효행이 과장되어 전해지다 보니 그렇게 되었을 것이다.

　최익항은 영조와 정조 때 사람이었으나, 그의 사후인 순조 때 조정에서 그의 효행을 기려 그를 호조정랑에 증직하고 이 정려를 세웠다고 한다. 얼마나 효심이 깊었으면 조정이 정려를 세워 그 효행을 본받게 하였을까? 더구나 그의 네 아들까지 모두 효심이 깊어 일문오효(一門五孝)의 명가라 알려졌다니, 참으로 본받아야 할 만한 훌륭한 가문이었다.

운궁리 아랫말마을을 지나 차도로 올라섰다. 그 도로는 아스팔트로 포장되어 있기는 했지만, 길 양편으로 오래된 가로수들이 늘어서 있는 것을 보니 옛 신작로가 아니었나 하는 생각이 들었다.

나지막한 산 밑에 집들이 여기저기 자연스럽게 자리 잡고 있는 석송리 안말마을을 지나자 4차선으로 확장해 포장된 23번국도가 나타났다. 넓고 곧게 벋은 그 도로에는 수많은 차량들이 저마다 성능을 자랑하듯 엄청난 속력을 내며 달리고 있었다. 조용하고 한적한 길을 걷다가 4차선 차도에 드니, 요란한 차 엔진음과 달리는 차들이 일으키는 소용돌이 바람 때문에 마치 세찬 폭풍우 속을 걷고 있는 듯한 느낌이 들었다.

사람의 혼을 빼는 듯한 시끄러운 4차선 도로는 화봉리 하정안마을까지 약 3km 정도 이어졌다. 하정안마을에 다다라 마을길로 들어서고 나서야 비로소 그 시끄러운 도로에서 벗어날 수 있었다.

하정안마을에서부터 공주 시내 초입까지는 주로 농로와 제방길을 따라갔다. 그 길엔 다니는 차도 없고 또 사람도 거의 없어, 다시 혼자만의 조용한 시간을 가지며 길을 걸을 수 있었다.

공주 시내로 들어서서 옛 일신역이 있었다는 신관동 관골을 찾았다. 일신역은 공이 4월 19일 아산 본가를 떠난 날 밤 유숙하셨던 곳이다.

관골은 정안천이 금강으로 흘러드는 정안천 끝 지점 가까이에 있었다. 관골에는 지은 지 그리 오래되지 않아 보이는 휴먼시아아파트 단지가 들어서 있었다. 단지 옆 들판의 지명이 '역뒤들'인 것을 보니 이곳이 일신역이 있었던 곳임이 분명한데, 그러나 일신역이 있었던 곳은 모두 아파트 단지로 변해 있어 역은 흔적조차 찾기가 어려웠다. 최근 들어 이 관골 일대가 모두 아파트 단지로 개발된 것으로 보였다. 또다시 세월의 무상함을 생각하며, 길가에 멈춰선 채 눈앞에 우뚝 솟아 있는 아파트 건물들만 멍하니 바라보았다.

조선 시대의 역은 조정의 공문서와 변경의 군사정보 전달, 지방관 부임 때 마필 제공, 사신의 영송과 접대 등을 담당하던 곳으로, 이곳 일신역도 그중의 하나였다. 공이 이곳에 머무시던 날 저녁, 어머니를 잃은 공의 애통한 마음을 아는 듯 하늘에서 비가 내렸다.

공주대학교 앞을 지나 강변도로로 나가니 금강과 공산성이 한눈에 들어 왔다. 이곳은 고구려 장수왕의 남하정책에 밀린 백제가 수도 위례성을 버리고 황급히 떠나와 두 번째 도읍을 정했던 곳이다. 발아래로 금강이 유유히 흘러가고 있었고, 그 건너편에는 공산성이 1,500년 전 이야기를 가슴에 품은 채 그 금강을 굽어보고 있었다. 금강 건너편 동남쪽에는 울퉁불퉁 남성미를 자랑하는 계룡산이 높고 낮은 산군 너머로 불쑥 머리를 내밀고 있었다.

공주대교를 건너고 금강변을 따라가는 창벽로를 지나자 다시 23번 국도를 만났다. 하지만 그곳엔 국도 양편으로 시멘트로 포장된 멋진 농로도 같이 나 있어, 오전처럼 굳이 시끄럽고 위험한 국도로 들어설 필요가 없었다. 시끄러운 4차선 차도를 피해 조용한 농로를 따라 걸으니 마음이 한결 여유로워졌다. 공주시 소학동 참새골마을 앞에서부터 시작된 국도변 농로는 계룡면 봉명리까지 약 8km 가까이 계속되었고, 그 뒤로도 길은 줄곧 마을 도로를 따라가 시끄러운 4차선 국도 걱정에서 완전히 해방될 수 있었다.

참새골마을 입구부터는 길 상태를 보아가며 서편 전진배길과 동편 노루목길을 번갈아 가며 이용했다. 걷다 보니 가마울, 소정이, 달나을 같은 정겨운 이름을 가진 마을들과도 연이어 만날 수가 있었다. 그 마을들은 이름이 주는 정겨운 어감처럼 산기슭에, 또는 작은 골짜기 안에 포근하고 아늑하게 자리하고 있었다. 그 평화로운 마을들은 마을을 바라보며 길을 걷는 내 마음까지도 평화롭게 만들어 주었다.

　계룡면 소재지인 월암마을에 임진왜란 때 승병을 이끌고 싸웠던 영
규대사의 비각이 있었다.

　영규대사는 서산대사 휴정(休靜)의 제자로, 임진왜란 때 승려 약 8백
여 명을 이끌고 관군과 합세하여 싸워 청주성을 수복하는 데 큰 공을
세웠다. 또한 의병장 조헌과 함께 금산 연곤평 전투에 참가하여 왜군의
전라도 침공을 저지하기도 했다. 그는 그 금산 전투에서 크게 다쳐 숨
을 거두었는데, 그가 이끈 승병은 임진왜란 당시 최초의 승병으로서 전
국에서 승병이 일어나는 계기가 되었다고 한다.*

　임진왜란 때 서산대사 휴정과 사명대사 유정(惟政)이 승병을 이끌고
싸웠다는 것은 알고 있었지만, 영규대사가 처음 승병을 일으켰다는 것
은 이곳 비각의 안내문을 읽고서야 처음 알게 되었다.

영규대사 비각

* 　비각 안내판의 설명문

무엇이 불살생을 제일의 계율로 하며 수도에만 전념하는 스님들의 손에 칼을 들게 하고 그들을 피비린내 나는 전쟁터로 이끌었을까? 왜 스님들은 칼을 들고 전장에 나가지 않으면 안 되었을까?

그건 분명 중생을 구제하려는 보살행의 실천이었을 것이다. 나라가 있어야 중생들이 그 울안에서 안심하고 살아갈 수가 있다. 중생들이 왜군의 무자비한 칼날 아래 죽어 가고 있는데도 불살생의 계율을 앞세우며 산속에서 수도만 한다는 것은 한낱 위선에 불과하며, 보살행에도 어긋난다고 생각하였을 것이다. 비록 여러 억겁을 지나도 소멸하기 어려운 것이 살생의 업이라 할지라도, 그들은 나라와 중생을 구하기 위해 그들의 궁극적 목표인 성불을 수억 겁 뒤로 미뤄 놓고 분연히 전장에 뛰어들어 살생의 업을 짓는 길을 택했다.

금산 연곤평 전투는 1592년 8월 18일 조헌 휘하의 의병 약 700명과 영규대사가 이끄는 승병 약 600명 등 1천3백의 의병과 승병 연합부대가 금산에 주둔하고 있는 1만여 왜군을 공격하며 시작된 전투였다. 이 전투에서 의병과 승병은 왜군과 처절한 전투를 벌였으나, 결국 그들을 당해내지 못하고 모두 장렬히 전사하고 말았다.

영규대사는 청주성 전투에서 같이 싸우던 의병장 조헌이 금산의 왜군을 공격한다고 하자, 승산이 없는 싸움인 것을 알면서도 의병들만 죽게 내버려 둘 수 없다며 같이 전투에 참여했다고 한다. 그는 훌륭한 수도자이기도 하면서 또한 인간으로서의 의리를 저버리지 않는 훌륭한 성품의 장수이기도 했다.

영규대사 비각 서까래 사이에는 새들이 집을 지어 살고 있었다. 새들은 그 서까래 사이 집 속에 모여 앉아 무슨 할 말이 그리 많은지 쉴 새 없이 지저귀고 있었다. 새들의 그 쉴 새 없는 지저귐 소리는 마치 장렬했던 그 날의 전투를 서로 내게 일러 주고 있는 것 같았다.

월암마을을 지나 경천저수지 인근에 다다르니 저수지 제방 뒤로 계룡산 연봉들이 눈에 들어왔다. 앞쪽에 연천봉이 우뚝 솟아 있고, 그 뒤로 주봉인 천황봉과 삼불봉, 관음봉을 거느리고 있는 주능선이 병풍처럼 펼쳐지고 있었다.

월암마을을 지나서부터는 농로에 가까운 좁은 도로길이 이어졌다. 길은 산기슭을 따라 자연스런 곡선을 만들며 나 있었고, 그 길은 산기슭에 집들이 오붓이 모여 있는 자연마을들을 자연스럽게 연결시켜 주고 있었다. 여기서도 우리의 선조들이 자연에 순응하며 만든 옛길을 만나 정겨운 마음으로, 또 편안한 마음으로 걸을 수 있었다.

해거름녘이 되니 바람이 강하게 불고 바람 끝도 매서워졌다. 아직 농사철이 시작되지 않아 텅 비어 있는 들판은 해가 서쪽으로 기울자 을씨년스런 모습으로 바뀌었다. 산기슭을 따라온 길과 691번지방도가 만나는 지점에 논산시 상월면 지경터마을이 있었다. 걸으면서 몸을 계속 움직이고 있는데도 차갑고 세찬 바람에 추위가 엄습해 와서 마을 앞 버스정류장에서 배낭 속에 들어 있는 방풍의를 꺼내 입었다.

바람을 막아주는 방풍의를 입자 몸은 이내 따뜻해지고 컨디션도 회복되었다. 지경터마을에서 오늘의 목적지인 노성면 읍내리 방향으로 걷고 있는데 노성산 너머로 해가 지고 있었다. 저 읍내리에 가면 내가 잠잘 곳이 있을까, 해가 질 때면 항상 가장 먼저 떠오르는 정처 없는 나그네의 수심이었다. 그 수심을 가슴에 안고 찬바람이 온몸을 휘감는 노성천 제방길과 부라들 들길을 지났다.

읍내리마을로 들어서니 마을에 어둠이 내려앉고 있었다. 마침 마을 입구에 있는 어느 집 마당에서 일을 하고 있는 남자가 보였다. 그에게 잠잘 곳을 물었더니 논산까지 가야 한다고 했다. 그러면서 논산행 버스를 타는 곳과 모텔이 있는 곳의 위치를 상세히 알려 주었다. 그가 알려 준 잠자리를 찾아, 어둠이 짙게 깔린 읍내리 버스정류장에서 40여 분을 기다려 논산으로 가는 시내버스에 올랐다.

▸▸ 관촉사를 지나서

2박 3일 일정의 마지막 날인 3월 15일, 오늘 예정된 거리가 멀지 않아 느긋하게 잠자리에서 일어났다. 일어나 기온을 보니 영하 4℃, 서울보다 더 추웠다. 길 떠날 채비를 하고 모텔을 나가 인근에 있는 해장국집에서 아침 식사를 했다.

전날 종착지인 노성으로 가려고 시외버스터미널로 가니 8시 27분, 아쉽게도 2분 전에 버스가 출발해 버리고 없었다. 다음 버스는 40여 분 후인 9시 10분에 있었다. 시내버스 편을 알아보니 시외버스보다 오히려 더 긴 시간을 기다려야 했다. 아침에 일어나 너무 여유를 부린 것을 자책하며, 별수 없이 대합실에 앉아 다음 시외버스를 기다렸다. 버스를 기다리는 사람은 나를 포함해 네 사람, 몹시 한산했다.

9시 10분 논산에서 출발한 시외버스는 20분이 채 걸리지 않아 노성면 읍내리마을에 나를 내려 주었다. 20분의 거리를 오려고 그 배가 되는 40여 분을 기다렸다.

4월 20일 맑음
공주(公州) 정천동(定天洞)에서 아침을 먹고 저녁에 이산(尼山)에 가니, 고을 원이 극진히 대접했다. 관아 동헌에서 잤다. 김덕장(金德章)이 우연히 와서 만났고, 금부도사도 와서 만났다.

당시 이곳 노성면 읍내리에 이산현이 있었다. 4월 20일 공주 일신역을 떠나신 공은 이날 이산현에 도착해 관아 동헌에서 유숙했다. 다른 고을에서처럼 이곳 고을 원 또한 공을 극진히 대접했다. 의병활동을 하던 김덕장이 이곳을 지나다 찾아와 만나기도 했다. 아산 본가에서 오래 머물러 지체된 일정을 벌충하려고 재촉이라도 하려는 듯, 공의 호송을 책임지고 있는 금부도사도 동헌으로 와서 만났다.

공은 다음날 아침 일찍 남쪽으로 길을 떠났다.

읍내리마을은 아침나절이라 그런지 사람들의 모습이 거의 보이지 않았다. 공이 머물렀던 관아가 있던 곳인 면사무소로 가 보았다. 마을 안쪽 깊숙이 들어앉아 있는 면사무소는 역시 오가는 사람이 없어 적막감이 감돌았고, 입구 나뭇가지에 앉아 지저귀는 새들만 그 적막을 깨고 있었다.

나도 남쪽으로 발길을 돌렸다. 마을 앞 작은 들판을 건너 23번국도 굴다리를 지나니 왕복 2차선 차도가 나타났다. 노성들 옆 산자락을 따라가는 이 길은 어제 걷던 길처럼 한적하고 정겨웠다. 어제 길보다 폭이 넓기는 하나, 다니는 차가 거의 없기는 마찬가지였다. 이 길의 이름은 벼슬길, 길 이름의 유래가 궁금해졌다. 누가 벼슬한 길이었을까?

충청남도에 들어서서 걷는 길은 옛길의 모습을 간직하고 있는 길들이 많았다. 어제 걸었던 길도 그랬고, 오늘 걷는 길도 그랬다. 산기슭에 자리 잡고 있는 평화로운 마을들을 바라보며 한적한 산기슭 길을 걷는 것은 그 자체가 치유였다. 그 평화로운 마을들과 한적한 길은 길을 가는 내 마음마저 한없이 평화롭게 만들어 주었다.

나지막한 산 아래 아늑히 자리한 하도리 대추마루마을을 지나 무턱골마을 입구에서 지도케이스에 도엽을 '월암'에서 '연산'으로 갈아 끼웠다. 지도가 한 장씩 새로운 지도로 바뀔 때마다 마음이 조금씩 가벼워졌다. 그건 내가 그만큼 걸어 왔다는 것이고, 남은 거리가 또 그만큼 줄어들었다는 것이기 때문일 것이다.

새로 꺼낸 지도는 지금까지 그래 왔던 것처럼 지도케이스에 넣어 배낭끈 위 고리에 걸고, 바람에 날려 흔들거리지 않도록 카라비너로 아래쪽까지 고정시켰다. 남들이 보기에는 우스꽝스러운 모습일지 모르지만, 그렇게 해야 지도를 손에 들고 가는 수고를 덜 수 있을 뿐 아니라, 필요할 때마다 수시로 지도를 볼 수 있기 때문이었다.

부적면 새다리마을에서 논산천을 건너니 들판 너머로 관촉사가 보였다. 관촉사는 고려 초 혜명대사가 창건한 사찰로, 해발 96m의 반야산 중턱에 자리하고 있었다. 일주문을 지나 겹겹이 포개진 계단을 오르니 눈에 익은 거대한 석조불상이 보였다. 우리에게 너무도 많이 알려진 은진미륵이었다. 불상 앞에서 합장 삼배를 하고 불상을 올려다보았다. 불상은 알 듯 모를 듯 신비스러운 표정으로 나를 내려다보고 있었다. 어쩌면 웃는 듯 어쩌면 근엄한 듯, 그 표정은 마치 세상일을 다 알고 있다는 것 같기도 했다.

관촉사

절에 상주하고 있는 문화해설사가 다가와 해설해 주겠다고 했으나, 나 혼자만을 위해 그분이 수고하는 것이 미안해 정중히 사양하고 혼자서 찬찬히 사찰 경내를 둘러 보았다.

관촉사를 나와 연서들 들길을 걸어 연무읍 올목마을에 들어섰다. 올목마을은 은진현 남쪽 역원인 은원(恩院)이 있던 곳이다.[*] 공은 이곳에 이르러 우연히 김익을 만나고, 또 임달령이 곡식을 사러 은진포에 왔다는 소식을 들었다.

올목마을에서도 아름답고 정겨운 옛길을 만날 수 있었다. 마을 앞 작은 고개로 오르는 길은 아스팔트로 포장은 되어 있지만 옛 시골마을의 동구밖길 그대로였다. 금방이라도 분홍빛 한복을 곱게 차려입은 새색시가 신랑을 따라 고갯길을 내려올 것만 같았다.

올목마을 옛길의 여운을 안고 조금을 더 걸으니 연무읍 로터리가 나왔다. 로터리길에 들어서자 지금까지의 조용하고 한적하던 분위기는 사라지고, 도로를 부지런히 오가는 차들과 그 소음으로 부산한 분위기로 바뀌었다. 시계를 보니 오후 4시 55분, 또다시 하루해가 저물어가고 있었다.

▸▸ 논산 육군제2훈련소

다시 일주일이 지난 3월 22일, 연무읍으로 가는 첫 고속버스를 타려고 강남고속버스터미널로 나갔다. 터미널에 도착하니 오전 6시, 아직 이른 아침이라 터미널은 한산했다. 10여 명 남짓한 사람들만 대합실에서 TV를 보며 자신들이 타고 갈 버스를 기다리고 있었다. 승차권 자동

---

[*] 백의종군로 고증자료 p150

발매기에서 전날 예약한 승차권을 출력하고 나도 대합실로 가서 사람들 틈에 끼어 앉았다.

TV에서는 박근혜 전 대통령이 검찰 조사를 받고 나오는 모습을 중계하기 위해 검찰청사 앞에서 생방송이 진행되고 있었다. 박 전 대통령은 밤새 검찰 조사를 받고 현재 조서를 검토하고 있는 중이라고 했다. 불과 4개월 전만 하더라도 이 나라를 통치하던 그가 탄핵을 당하고 이제 형사 피의자가 되어 검찰의 조사를 받고 있다. 어쩌다가 나라 꼴이 이지경이 되었는지 참으로 마음이 답답했다.

버스는 정확하게 6시 30분에 출발했다.

28인이 정원인 이 버스의 승객은 나를 포함해 모두 7명뿐이었다. 혹아들이나 연인을 면회하러 가는 사람들인가 생각했는데, 내 예상과는 달리 나를 제외한 다른 승객들은 모두 논산에서 내렸다. 덕분에 나는 손님이 모두 내려 빈 버스를 혼자 연무읍까지 타고 가게 되었다.

연무읍에 내리니 8시 20분, 지난번 걸음을 멈추었던 연무사거리로 가서 주변을 한번 둘러보고는 곧바로 걷기 시작했다. 아침 식사는 집에서 가져온 햄버거로 버스에서 해결했다.

이번 순례는 1박 2일 일정이었다.

연무 시가지를 벗어날 무렵 "견훤왕릉 1.3km"라고 쓰여 있는 표지판이 보였다. 그냥 지나칠까 하고 잠시 망설였으나, 일부러 다시 보러오기는 힘들 것이라는 생각에 이끌려 들러서 가기로 했다. 왕릉으로 가는 길목에는 독립운동가 서재필 박사의 본가터 안내판도 보여 또 나를 유혹하기도 했다.

왕릉은 이른 아침이라 그런지 찾아온 사람이 아무도 없었다. 동네 할머니 한 분이 차 한 대 없는 빈 주차장을 쓸고 있었고, 그 옆에서 일은 거들지 않고 할머니를 보며 짓궂은 말로 장난을 걸고 있는 개구쟁이 할

아버지만이 텅 빈 주차장의 을씨년스러움을 덜어 주고 있었다.

돌계단을 따라 오르니 커다란 봉분이 눈에 들어 왔다. "후백제왕견훤능"이라고 쓰여 있는 비석과 그 옆에 선 배롱나무가 먼저 나를 맞았다. 화려했던 백제의 부활을 꿈꾸었던 왕, 그러나 그는 결국 뜻을 이루지 못한 채 생전에 그가 그리던 전주의 모악산이 보인다는 작은 언덕에 쓸쓸히 잠들어 있었다.

견훤왕릉

왕릉을 내려와 들판길을 걸어 금곡리 무동마을 안길을 지났다. 무동마을에는 연무대민박촌이 형성되어 있었고, 민박촌 안내소 앞에는 "면회가족 환영"이라고 적힌 현수막이 걸려 있었다. 이곳 연무는 육군제2훈련소가 있는 곳이었다. 병역의 의무를 다하기 위해 나라의 부름에 응한 이 나라의 젊은이들을 정예 육군 병사로 키워내는 곳이다.

무동마을을 지나 1번국도로 들어섰다. 1번국도를 따라 남쪽으로 조금 내려가니 황화정마을에 입영심사대가 있었고, 길 건너편으로 '안녕고개' 비가 서 있는 것이 보였다. 길을 멈춰 서서 그 비와 입영심사대 입구를 번갈아 보며, '여기에 얼마나 많은 사연들이 숨어 있을까?' 하는 생각을 해 보았다. 애지중지 키운 귀한 자식을 품에서 떠나보내야 하는 부모들, 사랑하는 사람과 이별을 못내 아쉬워하는 연인들, 정답던 친구가 무사히 훈련을 잘 받기를 바라는 사람들의 갖가지 사연들이 이 고갯길에 서리서리 맺혀 있으리라.

입소대 정문에 "호국요람"이 쓰여 있었다. 나는 그 글을 보며 '그래, 반드시 호국의 요람이 되어야 할 것이다. 다시는 이 땅에 임진왜란과 같이 아무런 대비 없이 있다가 나라가 풍전등화의 위기에 처하는 일은 없어야 할 것이다.' 하고 마음속으로 빌었다.

공은 전쟁을 치르면서 병력조달에 가장 큰 어려움을 겪었다.

전쟁이 일어난 다음 해인 1593년부터 2~3년간은 수많은 병사들이 전염병으로 죽었다. 조정의 무분별한 출전명령으로 병사들이 만성피로에 시달린 데다, 어려운 식량 사정에 따른 영양결핍으로 전염병이 창궐하자 병사들은 속수무책으로 죽어갔다. 1594년 3월에 2만 1,500여 명이던 병력은 다음 해 봄에는 80%가 사라진 4,100여 명으로 줄어들었다. 심지어 공도 전염병에 감염되어 20여 일간을 고열에 시달리기도 했다. 이때 전염병으로 죽은 병사는 전투에서 희생당한 병사의 수 보다 수십 배가 더 많았다.

공에게는 이들의 빈자리를 충원하는 것이 무엇보다도 시급한 과제였다. 또한 부족한 전력을 보강하기 위해 새로운 전선을 지속적으로 건조하였기에, 이에 따른 추가병력도 필요했다.

그런데 병력을 조달할 수 있는 곳은 전라도밖에 없었다. 당시 전라도만 유일하게 왜의 침략을 면했고, 다른 지역은 백성들이 왜군들에게 무자비하게 살육당하거나 살아남은 이들도 노인들과 어린아이들밖에 없어 징발할 인력이 거의 없었다. 그러나 전라도도 이미 5만 명의 근왕병이 차출된 데다 전라병사, 순찰사 등이 연이어 병력을 차출하면서 노약

자들만 남아 있는 실정이었으며, 또한 연이은 병력징발로 지역민심도 매우 악화되어 있었다. 거기에다 엎친 데 덮친 격으로 선조는 공에게 "사고자를 대신해 친족이나 이웃을 대신 징발하는 폐단을 금하라"는 왕명까지 내렸다.

이에 공은 전쟁 중이니 왕명을 거두어 주고, 수군에 소속된 지방에서는 수군 외에는 병력차출을 금지해 달라는 요청을 수차례 조정에 올리며 어렵게 병력을 조달했다. 그러면서도 공은 그러한 어려운 여건하에서도 조정의 명령에 따라, 또는 스스로의 판단에 따라 수시로 출정하여 남해의 제해권을 확고하게 유지하는 데는 추호도 빈틈이 없었다.*

그런데 지금, 우리 대한민국은 이렇듯 국가가 체계적으로 병력을 조달하고 있고 또 이들을 정예병력으로 키워 내고 있다. 공이 이를 보면 무슨 생각을 하실까? 아마 이 훈련병들의 훈련 모습을 지켜보며 흐뭇한 미소를 짓고 계실지도 모른다는 생각이 들었다. 공의 그 미소를 머릿속에 그리며 다시 남쪽을 향해 걸음을 옮겼다.

▸▸ 국가수성의 버팀목, 호남 땅으로 접어들다

황화정마을에서 새 1번국도와 헤어져 구 1번국도 길로 접어들었다. 구 국도는 국도로서의 임무를 새로 난 국도에게 내어 주고 한산한 모습으로 길손을 맞았다. 1톤 화물차가 적재함에 짐을 잔뜩 싣고 지나가고 난 이후로 구 국도는 차도 사람도 더 이상 보이지 않았다.

쟁목고개에 올라섰다. 쟁목고개는 충청남도와 전라북도의 경계를 이루고 있는 고개이다. 고갯마루 직전에 신양마을이 있었다. 이 마을도 지

---

* 　『이순신 평전』(이민웅 지음, 책문)의 내용을 중심으로 정리했다.

금까지 지나온 많은 여느 농촌마을들처럼 사람의 모습이 보이지 않고 적막감이 흘렀다. 마을회관 앞 게양대에서만 태극기를 비롯한 3개의 깃발이 바람에 펄럭이면서 아직 사람이 살고 있는 마을임을 알려 주었다. 젊은이들이 떠나고 노인들만 남아 날로 피폐해져 가고 있는 농촌의 현실을 가는 곳마다 보게 되어 마음이 아팠다.

고갯마루에는 고개 너머가 전라북도 익산시 여산면임을 알리는 도로 표지판이 서 있었다. 서울과 경기도를 지났고, 이제 충청남도도 지났다.

쟁목고개

쟁목고개를 넘어 전라북도 땅으로 들어섰다. 고개를 넘어서자마자 오른편으로 마을이 하나 보였다. 마을 입구에 서 있는 커다란 표지석에는 "호남의 첫 고을 월곡마을"이라고 새겨져 있었다. 월곡마을은 쟁목고개와 이어지는 나지막한 산기슭에 포근히 자리 잡고 있는 마을이었다. 그러나 이 포근하고 아늑해 보이는 마을도 신양마을처럼 사람 모습이 보이지 않고 조용하기만 했다.

호남 땅에 들어서니 공의 "약무호남시무국가(若無湖南是無國家)" 말씀이 생각났다. 공은 전라도를 전략적으로 매우 중요하게 생각했고, 나라를 지키기 위해서는 반드시 전라도부터 지켜야 한다는 생각을 확고하게 가지고 있었다. 공의 이러한 생각은 공이 사헌부 지평 현덕승에게 보낸 편지(1593. 7. 16) 구절에서 잘 드러나고 있다.

竊想湖南國家之保障
(절상호남국가지보장)
若無湖南是無國家
(약무호남시무국가)
是以昨日進陣于閑山島以爲遮海路之計
(시이작일진진우한산도이위차해로지계)

혼자서 가만히 생각해 보니 호남은 나라의 울타리이므로 만약 호남이 없으면 나라도 없을 것입니다. 이런 까닭에 어제 한산도에 진을 옮겨서 치고 이로써 바닷길을 차단할 계획을 세웠습니다.

전라도는 물산이 풍부할 뿐 아니라 왜의 수군이 한성으로 진격하는 바닷길 길목이었다. 왜의 육군이 물산이 풍부한 전라도를 점령하여 조선군의 보급선에 타격을 가하고, 거기에다 수군이 남해를 지나 서해로 진격하여 육군의 전투와 보급을 지원한다면 전쟁의 양상은 조선에게 매우 비관적으로 전개될 수 있었다. 이는 왜가 정유재란 때 조선을 재침하면서 '수륙병진'과 '전라도 우선공략'을 핵심전략으로 삼은 것을 보더라도 잘 알 수 있다. 왜는 임진왜란 초기 전략의 실패가 전라도를 점령하지 못하고 남해의 제해권을 장악하지 못한 데 있다고 보았던 것이다.

공은 전라도의 이러한 전략적 가치를 미리 내다보았다. 따라서 공은 남해의 전략적 요충지인 한산도에 수군통제영을 설치하고 남해의 제해권을 장악하여, 왜군이 전라도로 진격해 가는 바닷길을 철저히 차단하였던 것이다.

이러한 풍부한 물산을 가진 전라도가 왜의 침략에서 비켜나 있었기에, 전란 초기에 평양까지 침탈당하고도 후에 전열을 재정비하여 임진왜란을 승리로 이끌게 되는 전기를 마련할 수 있었다.

이곳 호남은 그렇듯 임진왜란 때 이 나라를 지켜 준 울타리였다.

쟁목고개에서 고갯길을 따라 내려가니 이내 여산이었다. 여산마을에 들어서서 여산동헌으로 가는 골목길 전봇대에는 삼남길 표지기가 달려 있었다. 삼남길은 남태령에서부터 이곳까지 백의종군길과 만났다 헤어지기를 수없이 반복하고 있었다.

골목길을 조금 걸어 들어가니 옛 동헌 건물이 보이고, 그 건물 아래편에 천주교 성지인 백지사(白紙死)터가 있었다. 이 백지사터는 대원군이 집정하고 있을 때인 1868년 천주교 신자들을 처형한 곳이었다. 당시 신자들을 처형할 때 얼굴에 물을 뿜고 백지를 여러 번 거듭하여 붙여 질식사하도록 하였기 때문에 백지사라 했다고 한다. 권력을 유지하기 위해 벌인 정당하지 못한 처형이었음에도 그 방법이 잔인하기 짝이 없었다. 일부 신자는 참수형이나 교수형을 당하기도 했다고 한다.

동헌 건물은 안내판을 보니 조선 말기에 건축한 것으로 추정된다고 했다. 전면 5칸, 측면 3칸의 팔작지붕으로, 전면에 서 있는 6개의 굵은 기둥 때문인지 건물은 장중한 느낌을 주었다. 건물 앞마당 오른편에는 수령이 600년 정도로 추정된다는 오래된 느티나무가 서 있었고, 동헌 뒤뜰에는 역대 수령들의 선정비로 보이는 비들이 늘어서 있었다. 그 선

정비들 맨 앞에는 대원군이 세운 척화비가 철제 울타리의 호위를 받으며 대장비인 양 서 있었다.

척화비를 보자 부질없는 줄은 알지만 또 가슴속에 진한 아쉬움이 밀려왔다. 대원군이 이 척화비를 세우고 쇄국정책을 편 것은 서구 열강으로부터 조선 왕조를 지키기 위한 것이었다. 그러나 "서양 오랑캐와 싸우지 않고 화평을 주장하는 자는 매국노"라며 나라의 문을 굳게 걸어잠근 결과는 결국은 망국의 길로 가는 것이었다. 그때 그러한 쇄국정책 대신 서구의 교역 요구와 선진 과학기술을 받아들여 나라의 발전을 도모하였더라면 우리의 근대사는 크게 달라졌을 것이다. 국가 최고 권력자의 사욕과 우물 안 개구리 식의 정책결정이 훗날 나라의 운명을 치욕의 길로 이끌고 말았다. 이를 상징하는 척화비가 유비무환과 선공후사를 강조하고 실천하신 공이 유숙하셨던 이곳 여산의 동헌에 서 있으니 왠지 마음이 편치 않았다.

공은 아산 본가를 떠난 지 이틀째 되는 날 밤을 이곳 여산 관노의 집에서 보냈다.

> 4월 21일 맑음
> … 저녁에 여산(礪山) 관노의 집에서 잤다. 한밤중에 홀로 앉았으니, 비통한 마음을 어찌 견딜 수 있으랴.

이곳에서 유숙하면서 공은 돌아가신 어머니 생각에 몹시 비통해했다. 당신을 보겠다고 멀고 험한 길 오다 운명하신 어머니인데, 그러한 어머니 곁을 지키지 못하는 당신의 처지가 얼마나 한탄스러웠을 것인가? 더구나 주위에 아무도 없이 한밤중에 홀로 앉아 있으니 끓어 오르는 비통한 마음을 견디기가 참으로 힘들었을 것이다.

지나가는 객이 당시 관노의 집이 어디쯤 있었을지 알 수는 없었고, 다만 동헌 앞 느티나무를 스치는 바람결에 공의 탄식 소리가 들려오는 듯하여 그 느티나무만 물끄러미 바라보았다.

여산 동헌

▸▸ **가람로와 보석테마관광지**

동헌 골목길을 내려오면서 시계를 보니 11시 10분을 지나고 있었다. 좀 이르기는 하지만 여기서 점심 식사를 하고 가려고 길모퉁이에 있는 소머리국밥집으로 들어섰다. 지도를 보니 이곳에서 점심을 해결하지 않으면 두 시간쯤은 더 걸어야 점심 식사가 가능할 것으로 보였다.

식당 안에는 아직 이른 시각인데도 손님들이 몇 팀 자리를 잡고 앉아 있었다. 식사를 주문하고 식당 안을 둘러보니, 식당 벽이 온통 낙서로 뒤범벅되어 있었다. 그동안 이 식당을 다녀간 사람들이 쓴 낙서들이었다. 군인들이 쓴 것도 있고, 성당을 다녀오던 사람, 연인들이 쓴 것도 있었다. 국밥이 맛있다는 글이 많았다. 무심코 찾은 식당이었는데 꽤 알려진 맛집인 모양이었다. 점심을 먹은 후 벽의 낙서를 캠코더에 담고 있으니 식당 주인아주머니가 내게 "예쁘게 찍어 주세요." 하고 말을 건넸다. 아마도 나를 인터넷에 맛집 기행 글을 올리는 식도락 블로거로 생각한 모양이었다.

멋쩍게 웃으며 식당을 나와 강경천을 따라 난 들길로 들어섰다. 길옆 들판에는 양파를 심은 논들이 늘어서 있었고, 그 논에서 마을 사람들이 둘씩 셋씩 짝을 지어 일에 열중하고 있었다.

들길을 걷는데, 논일을 하는 사람들이 고개를 돌려 나를 힐끔힐끔 쳐다보았다. 배낭을 멘 등산복 차림의 낯선 사람이 산이 아닌 들판길을 혼자 걸어가니 이상하게 보이는 모양이었다. 일을 하고 있는 그들에겐 미안했지만, 나는 그들의 시선을 모른 체하고 들녘의 봄기운을 온몸으로 한껏 느끼며 들길의 낭만을 즐겼다.

제남리 석교마을에서 들판 길을 빠져나와 799번지방도로 접어들었다. 마을길과 799번지방도가 만나는 지점에 가람 이병기(嘉藍 李秉岐) 선생 생가 표지판이 있었다. 그 표지판의 화살표는 내가 금방 지나온 마을 쪽을 향하고 있었다. 그의 생가가 있는 곳은 내가 지나온 마을인 석교마을과 이웃하고 있는 진사마을이었다.

마을길을 지나 들어선 799번지방도의 도로명은 가람로였다. 가람로는 이병기 선생을 기리기 위해 붙인 이름일 것이다. 가람로를 걸으며, 중학교 때 국어 교과서에 실려 있었던 그의 시조「별」을 떠올려 보았다. 그때 나는 고향집을 떠나 가족과는 떨어져 살고 있었고, 그의 시조「별」은 초정 김상옥 선생의「봉선화」와 함께 내가 가끔씩 고향집을 그릴 때 떠올리곤 하던 시조였다.

가람은 이곳 여산면 원수리에서 태어났고, 한때 여산공립보통학교에서 교편을 잡기도 했다고 한다. 그는 우리 고유의 시(詩)인 시조(時調) 중흥의 기틀을 마련하였다고 평가받고 있고, 많은 시조 작품을 남겼다.

길을 걸으니 참 많은 이들을 만난다. 그중에는 왕도 있고 독립운동가도 있고 또 시인도 있다. 길은 또한 그들의 수많은 이야기들을 같이 들려준다. 그 이야기에는 역사도 있고 전설도 있고 시도 있다. 또 기쁨도 있고 슬픔도 있고 애환도 있다. 그리고 그 이야기들은 지금처럼 까마득히 잊고 있던 오랜 기억까지 되살아나게 한다. 길은 참 알 수 없는 힘을 가지고 있다.

가람로를 걸으니, 길 오른편으로 가람의 생가마을이 1번국도 너머 용리산 기슭에 포근히 자리하고 있었다. 저 마을은 지금도 분명 밤이 되면 서산머리의 하늘은 구름을 벗어나고 산뜻한 초사흘달이 별과 함께 나올 것이다.

원수저수지가 있는 연명마을에서 그동안 몇 차례 숨바꼭질을 하던 1번국도와 완전히 헤어졌다. 이제 저 1번국도는 서해안의 끝 지점 목포를 향해 달려갈 것이고, 나는 또 다른 길로 남해에 연해 있는 순천을 향해 뚜벅뚜벅 걸어갈 것이다.

연명마을에서 작은 고개를 넘어서니 또 하나의 큰 저수지가 눈앞에 나타났다. 왕궁저수지였다. 저수지 상류 두리봉 쪽에서는 수변 개발공사를 하고 있는지 포클레인이 요란한 소리를 내며 부지런히 외팔을 좌우로 움직이고 있었다.

저수지 서편으로 난 799번지방도를 따라 저수지를 곁눈질하며 걷는데, 저수지 아래편으로 피라미드 모양의 커다란 건물이 보였다. 뾰족한 모양의 삼각뿔이 틀림없는 피라미드 건물이었다. 이런 곳에 왜 저런 모양의 건물이 지어져 있을까, 저 건물엔 어떤 기인이 살고 있는 건 아닐까, 가까이 다가가 그 건물이 보석박물관이라는 것을 알기 전까지 그 건물은 내 호기심을 붙들고 놓아 주지 않았다.

알고 보니 왕궁저수지가 있는 이 익산은 유명한 보석 생산지였다. 보석박물관은 11만여 점의 진귀한 보석과 원석 등이 소장되어 있는 세계적 수준의 보석박물관이라고 했다. 보석박물관 주변은 보석테마관광지로 조성되어 있었는데, 화석전시관과 공룡테마공원 등이 같이 들어서 있었다.

보석박물관 앞을 지나는데 저수지 변 언덕 위에 자리 잡고 서 있는 정자가 보였다. 함벽정이었다. 함벽정은 왕궁저수지가 완공된 것을 기념해 이 지방의 부호가 건립한 것이라고 했다. 다른 여느 정자에 비해 규모가 컸고, 주변 풍광도 아름다웠다.

그런 아름다운 풍광의 정자를 그냥 지나치려니 발길이 잘 떨어지지 않았다. 그 정자에서의 풍광이 궁금해 나도 모르게 눈길이 자꾸 그쪽으로 갔지만, 갈 길이 먼 나그네가 어찌 그런 호사까지 다 누릴 수 있을 것인가. 백의종군로 순례를 마치면 아무 목적지도 없이 그냥 발길 닿는 대로 다니는, 그런 도보여행을 떠나 보아야겠다는 생각으로 그 서운함을 달랬다.

▶▶ 통정마을에서 만난 원형 옛길

보석테마관광지를 벗어나 722번지방도 굴다리를 지나서 호남고속도로 진입로 옆 산길을 따라 올랐다. 광암리 송선동마을 뒤로 난 산길은 전에 차도로 사용되었는지 초입 부분에 아스팔트 포장도로 흔적이 희미하게 남아 있었다. 길은 나지막한 구릉 위로 나 있었다. 산길을 걷고 있는데 왼편 숲속에서 고라니가 한 마리 뛰어나오더니 나를 보자 황급히 오른편 송선동마을 뒤 숲속으로 사라졌다.

짧은 산길에서 내려오니 호남고속도로 굴다리가 나왔고, 거기서 길은 통정마을 입구 삼거리까지 약 2km 정도 고속도로를 따라갔다. 호남고속도로 굴다리를 지나니 행정구역이 익산시 왕궁면에서 완주군 봉동읍으로 바뀌었다.

봉동읍 장구리 신기마을 뒤 고속도로변 밭에는 보리가 자라고 있었다. 넓은 밭 전체를 파랗게 뒤덮고 있는 보리를 보니 문득 어릴 적 생각이 났다. 학교에서 단체로 나가 보리밟기를 하던 일, 방과 후 집으로 가면서 친구들과 보리피리를 만들어 불던 일, 밀서리를 해 먹던 일이 주마등처럼 머리를 스치고 지나갔다. 5월이 되어 보리가 피어 있는 들판 풍경은 몹시 서정적이었다.

보릿고개의 아픔도 떠올랐다. 보리가 팰 때쯤이면 먹을 양식이 다 떨어져 끼니를 제대로 잇지 못하는 집들이 많았다. 보리가 익어 보리쌀이 나올 때까지 배고픔을 견뎌야 해 보릿고개라고 했고, 또 먹을 것이 궁한 봄날이라 춘궁기라고도 했다. 그러나 지금 우리는 보릿고개나 춘궁기라는 말조차도 잊어버리고 살 정도로 풍요로운 나라가 되어 있다. 지구상 최빈국이던 이 나라가 이제는 세계 10위의 경제력을 가진 나라가 되었다. 보리밭 옆 호남고속도로를 힘차게 달리는 차량들을 바라보면서 '격세지감이란 말이 이럴 때 쓰는 말이구나!' 하는 생각이 들었다.

구암리 통정마을은 낮은 언덕 위에 자리 잡고 있었다. 통정마을의 옛 이름은 통새암인데, 이 옛 이름은 '통샘길'이라는 마을 안길의 이름에 남아 있었다. 길 이름에 마을의 옛 이름을 살려 놓으니 마을과 마을길이 한층 정겹게 다가왔다.

그러나 정겨운 것은 마을길의 옛 이름뿐이 아니었다. 통정마을에서 삼례읍 후동마을까지 약 10km 정도에 이르는 길은 한눈에 봐도 옛길임을 알 수 있을 정도로 그 흔적이 많이 남아 있었다. 비록 길이 포장되고 일부 구간이 직선화되어 있기는 했지만, 전체적으로 길은 산과 논과 밭을 피해 구불구불 모퉁이를 만들며 돌아갔고 또 소나무가 우거진 고개를 넘기도 했다.

옛길 흔적이 많이 남아 있는 만큼 그 길을 걷는 정취도 좋았다. 특히 소규모의 자연 촌락들만 가끔씩 보이는 통정마을과 삼례요금소 앞 사거리 간의 약 8km 길이의 우주로 길은 마치 옛 시골길을 걷는 듯 포근한 느낌을 받게 했다. 시멘트나 아스팔트로 포장만 되어 있지 않다면 옛길의 원형 그대로일 것이라는 생각이 들었다.

통정마을을 떠나 익산포항고속국도의 출발점이 있는 왕궁육교를 지나고 왕궁면 구덕리 신촌마을로 들어섰다. 신촌마을은 새만금호 수질 보전을 위해 국가가 집을 사들여 마을엔 사람이 살고 있지 않았고 집들은 모두 폐가가 되어 있었다. 국가나 지방자치단체가 이곳에 대한 정비계획을 가지고 있겠지만, 정비를 하더라도 이 길은 옛길 흔적을 지워버리지 말고 그대로 보전했으면 좋겠다는 생각이 들었다.

신촌마을과 온수리 남촌마을을 지날 때까지도 길은 한적함을 유지하고 있었고 옛길의 흔적도 계속되었다. 길 주변에 가끔씩 작은 공장들이 보였지만 사람들의 모습은 잘 보이지 않았다. '철산철강'을 지나 남촌으로 넘어가는 작은 고갯길은 적막감마저 느껴졌다.

삼례나들목 앞길을 건너 역참로로 들어섰다. 역참로는 조금 전 우주로와는 달리 대부분이 주택가였다. 그러나 주택가여도 길은 여전히 자연스런 곡선을 유지하고 있어 옛길의 흔적을 잃지 않고 있었다.

역참로를 따라가니 삼례동부교회가 나왔다. 이 교회 자리에 삼례역이 있었다고 한다.[*] 공은 3월 22일 아침 여산을 떠나 이곳을 지나면서 장리(長吏)의 집에 가셨다. 아마 그 장리의 집에서는 점심을 드셨을 것이다.

▶▶ 맛과 멋의 고장, 고도 전주

삼례읍 후동을 지나자 길이 번화가로 바뀌었다. 길 양편엔 휴대폰매장, 안경점, 치과, 헬스케어, 금은방 등 각종 가게들이 즐비하게 늘어서 있었고, 길에는 차들이 사람을 홀리듯 쉴 새 없이 지나갔다. 그동안 한적한 길에서 느슨해져 있던 마음에 긴장의 끈을 다시 조였다.

삼례교를 지나 만경강을 건너니 행정구역이 완주군 삼례읍에서 전주시 덕진구로 바뀌었다. 전주 시내에 접어들기는 했으나, 이곳은 시 외곽지역이라 길 양편에는 밀집한 건물들 대신 넓은 들판이 펼쳐져 있었다.

삼례읍과 전주 시가를 연결하는 길인 삼례로를 잠시 따라 걷다 새만금북로 나들목을 따라 난 왼편 농로로 들어섰다. 이 농로는 전주천변 서편의 고랑동 들판을 가로지르는 길로, 전주 제1일반산업단지가 시작되는 마을인 팔복동 감수리까지 이어지고 있었다.

전주천이 만경강과 합류하는 지점에 조용한 강변 마을인 고랑동 평리마을이 있었다. 평리마을을 지나 동산역을 바라보며 걷는데 고랑동 들판에 조금씩 땅거미가 내려앉고 있었다. 어두워지기 전에 잠잘 곳을 찾으려고 발걸음을 재촉했다. 지도를 보니 팔복동이 공장지대인 데다가 전주천을 따라서는 아파트 단지들이 들어서 있어 쉽게 잠자리를 찾기는 어려울 것으로 짐작되었다. 부지런히 전라선을 따라 난 들길을 지

---

[*]　백의종군로 고증자료 p228

나고 팔복동 1가 공장지대를 지났다. 추천대교를 건너는데 날이 어두워졌고, 어느덧 거리엔 불이 환히 밝혀져 있었다.

추천대교를 건너서부터 줄곧 전주천변 길을 따라 걸었다. 여관이 보이면 일정을 끝내기로 하고 어둠이 짙어진 전주천을 따라 걸으며 열심히 잠잘 곳을 찾아 두리번거렸다. 가연교와 사평교 등 두 개의 교량을 지나고 세 번째 교량인 백제교 가까이 이르니 그렇게 찾던 모텔이 전주천 건너편으로 바라다보였다. 시각이 오후 7시를 훌쩍 넘어서고 있었다. 새벽 6시 서울 강남고속버스터미널에서 시작된 긴 하루 일정이 드디어 마무리되는 순간이었다.

다음날, 새벽에 일찍 잠이 깨었으나 침대의 편안함을 즐기며 늑장을 좀 부렸다. 어제 잠잘 곳을 찾지 못해 뜻하지 않게 계획보다 많이 걸었기 때문이었다.

바깥으로 나오니 중국에서 날아온 미세먼지가 뿌옇게 하늘을 뒤덮고 있었다. TV의 일기예보는 미세먼지 농도가 종일 '나쁨' 수준을 유지할 것이라고 했다. 중국은 대한민국의 하늘에 이처럼 쉴 새 없이 미세먼지 폭탄을 쏟아 부어 놓으면서도 미안해하는 기색이 조금도 없다. 오히려 이 미세먼지가 중국에서 날아온 것이라는 근거를 대라고 윽박지르는 적반하장까지 보이고 있다. 그러면서도 북한의 미사일로부터 우리 국민의 생명을 지키기 위한 방어장비인 사드 배치에 대해서는 치졸하기 짝이 없을 정도로 공공연한 보복조치를 하고 있다. 덩칫값도 못하고, 낯두껍고 옹졸하기까지 하다. 중화사상에 도취해 자기들 중심으로만 세계를 바라보며, 이웃을 전혀 고려할 줄 모르는 참으로 염치없고 무례한 나라다.

중국은 임진왜란 당시 우리나라에 대해 소위 말하는 갑질이 심했다.

당시의 명은 왜와의 강화협상에 반대하는 체찰사 유성룡에게 무릎을 꿇리고 협박을 했으며, 왜군을 추격하려는 조선 장수에게 매질을 하기도 했다. 진린부대 군사는 고을 수령을 때리고 욕을 하며, 관리의 목에 밧줄을 매서 끌고 다녀 얼굴 한가득 피가 흘러내리게 하기도 했다.* 백성들에게도 횡포가 심했다. 자신들의 눈에 조금만 거슬려도 무참히 죽였고, 재산까지 약탈했다. 백성들 사이에선 "왜군은 얼레빗 명군은 참빗"이라는 말이 나돌 정도였다. 왜군보다 명군이 백성들에게 하는 짓이 훨씬 더 정도가 심하다는 말이었다.

역사상 우리나라에 대한 중국의 횡포 사례는 수없이 많다. 황제의 배경을 등에 입은 중국 사신들의 안하무인격 갑질, 구한말 청나라 위안스카이의 국정 간섭과 국부 강탈, 민간인 학살 등 일일이 열거하기조차 어렵다. 주변국에 대한 중국의 이러한 태도는 온 세계가 지구촌으로 하나가 된 지금도 변하지 않고 있다. 변하지 않는 것만이 아니라 오만하고 독선적인 행태는 오히려 더 심해지고 있다.

그런 중국이 아시아의 패권국가를 넘어 세계 패권국가까지 노리고 있다. 이런 나라가 아시아나 세계의 패권국가가 된다면 우리를 포함한 이웃 국가들과 세계의 약소국들이 어떤 신세가 될지 생각만 해도 마음이 불편해진다. 중국은 세계 패권국가를 노리기 이전에 세계 시민으로서의 양식부터 먼저 갖추는 것이 순서일 것이다.

걷다가 식당이 있으면 아침 식사를 하리라 생각하고 전주천 산책길을 따라 걸었다. 산책길은 대체로 한산했으나, 아침 산책을 나온 사람들과 출근을 하는 사람들이 간간이 오가고 있었다. 물 위에는 아침 식사

---

* 『징비록』, 유성룡이 직접 목격한 것을 기록했다.

를 하러 나온 철새들이 이리저리 떠다니며 먹잇감을 찾고 있었다.

제방 위 시끄러운 차도를 피해 어은교까지는 천변 산책길을 따라 걸었다. 어은교에서 시가지 쪽으로 올라와 진북초등학교와 숲정이성지를 지나고, 태평동의 주택가 골목길로 들어섰다.

그런데 골목길을 들어서자마자 뜻하지 않은 풍경을 만날 수 있었다.

좁은 골목길은 세월의 흔적이 켜켜이 쌓여 있었다. 한눈에 보아도 오륙십 년은 족히 넘어 보이는 오래된 집들이 좁은 골목 양쪽으로 줄지어 늘어서 있었다. 벽들은 색이 바랬고, 금이 가거나 땜질을 한 집이 많았다. 세월의 무게를 이기지 못해 다 쓰러져 가는 집도 보였다. 거기에 사시는 분들에게는 송구스런 말씀이지만, 순례를 하면서 이렇게 예전 흔적이 고스란히 남아 있는 풍경을 보는 것은 흔치 않은 일이었다. 이런 풍경들은 또다시 6~70년대의 먼 기억 속으로 나를 데리고 갔다.

좁은 골목을 돌고 돌아 4차선 도로인 태진로로 나섰고, 대동로사거리를 지나 전주객사1길로 들어섰다. 전주객사1길도 이어지는 전라감영길과 함께 이름에서 풍기는 것처럼 옛 정취가 물씬 풍기는 길이었다. 중간 중간 새 건물들이 들어서 있기는 했지만, 전체적으로 길 분위기는 세월이 비켜간 듯한 느낌을 주었다. 이 길이 넓은 차도로 확장되지 않고 차 한 대 정도만 지나다닐 수 있는 이면도로로 남아 있다는 것이 옛길을 걷는 내게는 고도 전주를 느낄 수 있어서 무엇보다도 반갑고 고마웠다.

출발한 지 두 시간이 가까워져 오는 오전 9시 반, 풍남문이 보이는 골목 모퉁이에서 아침 식사를 할 수 있는 작은 식당을 발견했다. 한시라도 빨리 아침 식사를 해결하는 것이 일정관리상 편하므로 망설이지 않고 그 식당으로 들어섰다. 된장찌개를 주문했는데, 된장찌개는 물론이고 함께 나온 반찬도 하나같이 깔끔하고 맛이 있었다. '역시 맛의 고장 전주답구나!' 하는 생각을 하며 기분 좋은 아침 식사를 했다.

전주는 우리나라의 대표적인 맛의 고장이다. 전주의 대표음식으로 꼽히는 것은 역시 비빔밥과 콩나물국밥일 것이다. 1990년대 초 지인의 안내로 찾아가 먹어 본 비빔밥은 음식이 아니라 오히려 예술이었다. 향그러운 고추장에다 콩나물을 비롯해 여러 가지 나물과 은행, 잣 등이 함께 어우러진 그 맛은 입속에서 울려 퍼지는 한 편의 교향곡이었다. 박정희 전 대통령이 전주에 올 때마다 즐겨 찾았다는 식당에서 먹어 본 콩나물국밥 또한 마찬가지였다. 달착지근한 모주와 함께 먹는 콩나물국밥은 아침 해장국으로는 그만이었다.

늦었지만 맛있는 아침 식사를 마치고 시장 골목을 지나니 풍남문이었다. 풍남문은 전주성의 남문으로, 유일하게 전주성의 흔적을 더듬어 볼 수 있는 곳이다. 일제는 1911년 시가지 확장을 핑계로 전주성의 사대문 중 풍남문을 제외한 세 곳의 대문과 성벽을 모두 허물어 버렸다. 지금은 성벽이 있던 자리에 도로 등이 나 있어 성의 흔적조차 찾기가 어렵지만, 그래도 풍남문은 도로 한가운데 우뚝 서서 그 위용과 아름다움을 자랑하고 있었다. 홀로선 풍남문의 위용이 저러할진대 전주성의 본래 모습은 얼마나 위풍당당한 모습이었을까?

사라져 버린 전주성이 못내 아쉬워 풍남문을 한참이나 바라보고 서 있었다.

풍남문

4월 22일 맑음
낮에는 삼례역 장리의 집에 가고 저녁에는 전주 남문 밖 이의신(李義
臣)의 집에서 잤다. 판관 박근(朴勤)이 와서 만났고 부윤(府尹)도 후하
게 대접해 주었다. 판관이 유둔과 생강 등을 보내 왔다.

공은 이곳 풍남문 밖에 있는 이의신의 집에서 유숙하면서 전주부윤
으로부터 후한 대접을 받았다. 공이 백의종군의 형을 받은 죄인의 몸이
지만, 이렇듯 가는 곳마다 고을 원이나 지역 유지들은 공을 정성스럽게
대접했다. 이것만으로도 공의 인품과 명망이 어떠했는지 짐작해 볼 수
있다. 온 백성이 알고, 온 지방관들이 아는데 왜 임금만 공을 몰랐던가?
　공이 유숙하신 이의신의 집이 어디쯤 있었는지 나로서는 알 수가 없
어 선 채로 그냥 사방을 둘러보았다. 풍남문 주변은 모두 시장이 들어
서 있었다.

풍남문에서 전주향교로 가는 길인 향교길에 들어섰다. 향교길은 고도 전주의 진면목을 보여 주는 길이었다. 이 길은 한옥거리로도 잘 알려져 있다. 길 양편으로 아름답고 멋스러운 우리의 한옥들이 줄지어 늘어서 있었다. 집도 가게도 공공시설도 모두 한옥이었다.

향교길을 지나 전주천을 건너는 남천교에서 걸음을 잠시 멈추고 뒤를 돌아보았다. 전주천변을 따라 집들이 멋진 지붕선을 그리며 겹겹이 포개져 있었다. 어쩌면 지붕의 선이 저토록 여유롭고 아름다울 수가 있을까, 새삼 우리 선조들의 건축 기술과 미적 감각이 놀랍기만 했다. 한옥 지붕이 그리는 그 부드러운 곡선들은 뒤편 산의 부드러운 스카이라인과 조화를 이루어 감동적인 풍경을 만들고 있었다. 향교길, 그곳은 시간이 초월되어 있는 공간이었다.

남천교 건너편에는 부채박물관이 자리 잡고 있었다. 부채박물관은 우리의 전통 부채와 장인이 직접 만든 부채가 전시되어 있는 곳이었다. 부채박물관을 지나고 전주교대를 지나니 국립무형유산원이 나왔다. 국립무형유산원은 우리 민속음악이나 놀이 등 우리의 소중한 무형문화유산을 보존하고 후손에 전승하기 위해 2013년에 설립되었다고 한다.

전주는 맛의 고장일 뿐만 아니라 멋의 고장이기도 했다. 전주 사람들은 우리 문화의 전통을 지킬 줄 알고 그 맥을 이어갈 줄 안다. 조금 전 지나왔던 한옥거리의 한옥들과 국립무형유산원, 부채박물관이 무언으로 이를 말해 주고 있었다. 해마다 성황리에 개최되고 있는 전주대사습놀이도 이곳 전주 사람들이 우리의 전통문화를 얼마나 아끼고 사랑하며 이를 이어가려 노력하고 있는지 잘 말해 주고 있다.

우리 문화의 전통을 지키고 그 맥을 이어간다는 것은 우리 민족의 정체성을 지켜나가는 것이기도 하다. 이렇듯 우리 문화의 전통을 지켜나가는 이들이 있기에, 국적 없는 천박한 저질문화들이 넘쳐나더라도 우리는 우리의 민족혼을 지켜나갈 수가 있는 것이다. 길을 걸으면서 보고 느낀 이곳 전주는 우리의 전통문화의 자존심을 지켜가고 있는 숭고한 현장이었다.

국립무형유산원을 지나니 이내 좁은목이었다. 좁은목은 전주천을 사이에 두고 서쪽으로는 남고산, 동쪽으로는 기린봉이 양쪽을 가로막고 있었다. 동과 서 양편이 가파른 산으로 가로막혀 있어 이름 그대로 좁은목을 이루고 있었다. 전주로 들어가는 길목이라 전주의 관문으로 불린다고 한다.

좁은목에는 약수터가 있었고, 그 옆에 좁은목의 유래가 적힌 비에는 "임진왜란 당시 의병장 이정란이 곰치를 넘어 공격해오는 왜군을 협공 작전으로 물리쳐 전주성을 지켜냈다"고 기록되어 있었다.

이정란은 임진왜란 당시 전주성을 지키는 수성장이었다. 임진왜란 때 호남 지방이 비교적 온전하게 지켜질 수 있었던 것은 조선으로서는 큰 다행이었다. 호남 지방이 이처럼 온전할 수 있었던 것은 이순신의 남해 해로 차단과 제1차 진주성 전투, 웅치 전투 등으로 왜군의 호남 진격을 저지한 이유도 있었지만, 또한 이정란과 같은 의병들의 목숨을 건 활약이 있었기 때문이었을 것이다. 전주는 남고산 서쪽 자락에 충경사를 세워 그의 공적을 기리고 있었다.

전주의 맛과 멋의 여운을 안은 채 다다른 좁은목에서 본 이 비는, 내게 다시 한번 공의 "약무호남시무국가" 말씀을 떠오르게 했다.

▸▸ **17번국도 춘향로**

좁은목부터 남원까지는 중간 중간 남아 있는 옛길 구간을 제외하고는 대부분 춘향로를 따라 걸었다. 춘향로는 전주와 남원을 이어 주는 주요 간선도로로, 전주-남원간 옛길이 상당 부분 이 도로로 편입되었다. 전주의 시작 지점과 남원의 도착 지점 등 일부를 제외하고는 춘향로는 거의 전 구간이 17번국도와 겹친다. 이 길은 공이 가신 길이기도 하지만, 춘향전에서 이몽룡이 과거에 장원급제하고 전라도 어사를 제수받은 후 사랑하는 춘향을 찾아 남원으로 간 길이기도 하다. 그래서 이 길을 춘향로라 이름 붙였을 것이다.

그리고 보니 백의종군로와 이몽룡이 지나간 길이 겹치는 곳이 이 춘향로만이 아니었다. 이몽룡은 한양에서 남원으로 내려가면서 남대문 밖을 나선 후 남태령과 수원, 진위읍, 공주, 은진, 황화정을 지나고 장애미고개를 넘었고, 여산읍에서 하룻밤을 묵었다. 여산은 이몽룡이 암행어사 임무를 수행하여야 할 전라도 지역의 초읍(初邑)이었다. 따라서 이몽룡은 다음날 여산에서 남원으로 길을 떠나면서, 서리와 중방 역졸, 종사를 불러 전라도 전 지역을 순행하여 민심을 두루 살핀 후 남원으로 모두 대령하도록 했다. 전라도 어사였으니 전라도 초읍인 여산에서부터 이몽룡의 임무수행이 본격적으로 시작된 것이었다. 그가 여산에 들어서기 전 넘은 장애미고개는 아마 충청도와 전라도의 경계인 쟁목고개일 것이다.

여산을 떠난 이몽룡은 통새암과 삼례, 숲정이, 임실 국화들을 지나 박석치에 올라서서 사면을 둘러보고 남원으로 들어섰다. 그랬으니 그동안 서울에서 내가 걸어온 길이 이몽룡이 간 길이었고, 앞으로 남원까지 가는 길도 역시 마찬가지일 것이다.

충무공 이순신의 자취를 좇아가고 있는데, 이 길에서 이몽룡도 같이 만나니 길을 걷는 재미가 더해졌다. 이처럼 우리 땅은 가는 곳곳마다 우리의 이야기가 숨어 있고 우리의 숨결이 묻어 있었다. 길을 걸으면 걸을수록 우리 땅에 대한 애정이 더 커졌고, 우리 땅과 우리 역사에 대한 관심도 커졌다.

춘향로로 들어서자 갑자기 교통량이 많아져 차량 소음이 심해졌다. 무엇이 그렇게 바쁜지 숨 가쁘게 달리는 차량들과 그 차량들이 내뿜는 소음은 내게 이몽룡과 춘향의 지고지순한 사랑을 생각하며 걸을 여유를 단숨에 앗아가 버렸다. 다행히 각시바위마을까지는 도로변에 인도가 설치되어 있어 걷기에 불편이 없었지만, 각시바위마을을 지나서부터는 인도가 없어져 조심해서 걸어야 했다.

각시바위마을 앞길을 지나면서, 각시바위라는 마을 이름이 정겨워 가던 길을 멈추고 마을을 바라보았다. 각시, 얼마나 정겨움이 듬뿍 담겨 있는 말인가. 각시라는 말에는 갓 시집온 새색시의 연한 분 냄새가 난다. 1970년대까지만 하더라도 아내나 갓 시집온 새색시를 흔히 각시라고 불렀다. 그러나 지금은 바다를 건너온 와이프라는 무미건조한 말이 각시라는 말을 몰아내고 그 자리를 주인처럼 차지하고 있다. 각시바위라는 마을 이름에 예쁜 각시에 관한 아름다운 이야기가 숨어 있기를 바라며 다시 남쪽으로 발길을 옮겼다.

원색장마을 입구를 지나는데 오래된 정미소가 눈에 들어 왔다. 한눈에 봐도 상당한 역사를 가진 정미소라는 것을 알 수 있었다. 정미소의 지붕은 6~70년대의 여느 정미소처럼 고동색 페인트를 칠한 함석으로 덮어져 있었고, 지붕 한쪽은 높이 솟은 도정시설 때문에 옥상에 옥탑방을 겹쳐 올린 것처럼 불쑥 솟아 있었다. 정미소 뒤로는 소나무숲이 늘어서 있었고, 그 뒤로 전주천이 흐르고 있었다. 마당에 왕겨더미로 보이는 무더기가 쌓여 있는 것으로 보아 지금도 가동을 하고 있는 것으로 짐작되었다. 각시바위도 그렇고 오래된 정미소도 그렇고, 정겨운 이름과 정겨운 풍경들이 길을 걷는 내 마음을 또 아련한 옛 시절로 데려다

주었다.

　원색장마을 입구를 지나 춘향로는 안적교 입구에서 전주역 방향에서 오는 17번국도와 만났다. 17번국도를 만나고 나서부터 교통량이 한층 더 많아졌다. 승용차와 화물차 등 차종을 가리지 않고 수많은 차량이 분주히 오가며 요란한 엔진음을 뱉어냈다. 경기도를 지나 충청남도에 들어서고부터는 길들이 대부분 한적하고 조용했는데, 이제부터는 국도를 지나야 할 구간이 많아 이 시끄러움을 피할 수가 없을 것이다. 지금까지도 그래 왔지만 진행차량과 마주보고 걷기 위해 좌측 갓길로 들어서서 길 언저리를 따라 걸었다. 인도가 없는데도 차들이 고속으로 달리고 있어 위험에 미리 대비할 수 있도록 긴장의 끈도 바짝 조였다.

　은석동마을로 건너가는 교량인 은석교를 지나자 전주천변 제방길이 나왔다. 지도를 보니 제방길은 끝 지점에서 백의종군로인 신리마을로 가는 길과 연결되고 있었다.

　차량소음에서 잠시라도 벗어나려고 제방길로 들어섰다.

　제방길 입구에는 길 가는 이들이 쉴 수 있는 작은 쉼터가 만들어져 있었다. 길 오른편에는 메타세쿼이아 숲이 있고, 왼편으로는 전주천이 갈대숲 사이를 헤치고 흐르고 있었다.

　걷다 보니 제방길은 자전거 전용도로였다. 그러나 다행히 자전거를 타는 사람들이 없어 미안해할 필요는 없었다. 시끄러운 차량소음의 고통에서 벗어나 조용한 길을 걷자 이내 마음에 여유가 생겼다. 바람에 흔들리는 전주천 갈대숲을 보며, 또 봄이 오고 있는 들녘을 바라보며 한가로이 걸었다. 갈대숲 뒤 전주천 건너편 전라선에서는 화물열차가 길게 꼬리를 달고 덜커덕거리며 지나가고 있었다.

▶▶ 정여립 생가터, 월암마을

제방길이 끝나는 지점에 전주천을 건너는 교량인 월암교가 있었다. 시끄러운 차도에서 해방되어 제방길에서 한적함을 즐기다 월암교에서 다시 도로 위로 올라섰다.

신리마을로 가려고 월암교를 건넜다. 그런데 월암교를 건너자마자 뜻밖의 인물을 만나게 되었다. 두 개의 전봇대 사이에 길 안내판이 매달려 있었는데, 그 안내판에는 "정여립 선생 생가터 순례길"이라고 표시되어 있었다. 이곳은 정여립이 태어난 마을인 월암마을로 들어가는 마을 입구였다.

정여립은 1589년(선조 22년) 기축옥사의 시발점이 된 '정여립 모반사건'의 중심인물이다. 나는 기축옥사에 대해 관심을 가지고 있었던 터라, 가던 길을 멈추고 서서 월암마을 쪽을 바라다보았다. 마을은 전주천과 연결되는 작은 골짜기 입구에 자리 잡고 있었는데, 마을 앞뒤를 전라선 전철과 순천완주고속국도가 지나가고 있었다.

기축옥사는 1589년(기축년) 10월 황해감사 한준 등이 "정여립이 대동계*를 이끌고 황해도와 전라도에서 군사를 일으켜 정권을 장악하려고 반란을 꾀하고 있다"는 내용의 장계를 선조에게 올려 시작된 옥사이다. 선조는 송강 정철을 책임자로 임명하여 모반사건을 조사하게 했고, 이후 임진왜란 발발 직전 해인 1591년까지 3년간에 걸쳐 정여립이 속한 동인세력에 대해 대대적인 숙청이 진행되었다. 이 과정에서 1천여 명에 이르는 엄청난 수의 동인이 희생되었다.

---

* 정여립이 낙향하여 진안 죽도에 만든 모임으로, 신분을 초월한 다양한 계층의 사람들이 모여 강학하는 학문 모임이었으며 무술도 같이 연마하였다. 이후 황해도 등으로 세력이 확산되었다.

정여립 모반사건은 임진왜란을 거치면서 관련 자료가 소실되어 아직까지 정확한 사실이 규명되지 않고 있다. 정여립이 모반을 꾀한 게 사실이라는 주장도 있고, 모반에 대한 확실한 물증이 없는 데다 정여립이 당시 권력을 쥐고 있던 동인세력에 속해 모반을 꾀할 이유가 없다는 점 등 여러 가지 정황을 고려할 때 서인세력에 의해 조작된 것이라는 등 여러 주장들이 분분하다.

하지만 모반의 사실 여부를 떠나 이 기축옥사는 조선의 앞날에 매우 부정적인 영향을 끼친 것으로 평가되고 있다.

첫째, 3년간에 걸친 옥사의 진행과 이에 따른 후유증으로 왜의 침략에 대한 대비를 거의 하지 못해 임진왜란 초기 패전의 결정적인 원인을 제공하게 되었다.

이 사건은 당시 서인의 거두였던 정철에 의해 정적인 동인세력을 숙청하는 기회로 이용되었다.* 동인 중 정여립과 조금이라도 관계가 있는 이들은 모두 숙청을 당했다. 증거가 없는데도 온갖 죄를 만들어 뒤집어 씌우기도 했다. 동인의 우두머리인 이발은 본인뿐 아니라 모친과 자식, 동생들까지 온 가족이 모두 죽임을 당했다. 우의정 정언신은 정여립과 9촌 간이라는 이유로 처형되었고, 진주 선비 최영경은 모주(謀主) 길삼봉으로 몰려 옥사를 당했다. 심지어 서산대사와 사명대사까지도 끌려가 고초를 당했다. 정철은 그러한 그의 가혹성 때문에 동인백정이라는 말까지 들었다.

이러한 무리한 조사와 정적에 대한 무분별한 숙청은 필연적으로 엄청난 후유증을 불러왔다. 이 후유증으로 인해 왜가 곧 침략해 오리라는 것을 알고 있었으면서도 이에 아무런 대비도 하지 못했고, 결국 다음

---

*   당시 세력이 커진 동인을 견제하려는 임금 선조가 배후에 있었다는 견해도 있다.

해 임진왜란이 일어나자 수도 한성이 불과 20일 만에 점령당하고 온 나라가 왜군의 발길에 무참히 짓밟히게 되었다.

둘째, 진보적이고 학문적 다양성을 가진 인재가 대부분 숙청되어 조선의 유학은 성리학 중심으로 경색되게 되었다.

정여립과 함께 교유했던 사람들은 대부분 남명 조식과 화담 서경덕의 문인들이었다. 따라서 기축옥사의 가장 큰 피해자도 이들이었다. 이에 따라 학문적 다양성과 실천중심의 민본사상에 기반을 둔 남명학파와 화담학파가 크게 위축되면서 우리나라의 유학은 교조적 성리학이 지배하게 되었으며, 이는 학문과 사상의 다양한 발전을 가로막고 사대모화사상을 강화하게 하여 조선의 발전을 저해하는 주요 원인으로 작용하게 되었다.

셋째, 당쟁이 더욱 격화되는 계기가 되었다.

앞에서 본 것처럼, 기축옥사는 모반에 대한 단죄가 아니라 정적에 대한 무자비한 숙청으로 진행되었다. 이러한 정적 숙청은 이후 보복이 보복을 부르는 악순환을 불러 왔고, 이에 따라 당쟁이 갈수록 더욱 격화되어 조선의 앞날에 부정적인 영향을 끼치게 되었다.

나라의 안위는 외면한 채 정권을 잡기 위한 파벌싸움에만 정신이 팔려 있었던 위정자들, 그러나 그러한 위정자들의 무책임으로 왜군에게 짓밟힌 나라에서 최대의 희생자는 그들이 아니라 백성들이었다. 위정자들은 임금을 따라 몽진을 가거나 왜군을 피해 도망 다니기에 급급했다. 관군도 왜군에 맞서 싸우기보다 도망 다니기에 바빴다.

임금과 위정자, 관군이 도망간 나라에서 백성들은 스스로 살길을 찾아야 했다. 먹을 것을 해결하기 위해 산적이 되거나 나라를 버리고 왜군의 무리에 가담하기도 했다. 그러지 못한 백성들은 왜군의 총칼에 무참히 살육당하거나 굶어 죽는 이들이 많았다.

이러한 아비규환의 나라에서 왜군을 격퇴하여 나라와 백성을 구하고자 나선 사람들은 위정자들이 아니라 의병들이었다. 전국 곳곳에서 의병들이 들고일어나 왜군의 후방을 교란하여 왜의 북진에 제동을 걸었다. 그런데 그러한 의병들을 이끈 의병장들은 역설적이게도 곽재우, 정인홍, 김면 등 기축옥사 때 가장 많은 희생자를 냈던 남명 조식의 문하들이 많았다.

지금 우리의 정치현실은 어떠한가?

가끔씩 당시의 정치현실과 너무 닮아 소름이 돋을 때가 있다. 지금도 매 5년 정권이 바뀔 때마다 공공연히 정적 소탕작전이 벌어지고 있다. 같은 당이 정권을 이었건, 다른 당으로 정권이 교체되었건 정도의 차이만 있을 뿐 복수혈전이 반복되고 있는 것은 마찬가지이다. 역사를 바로 세운다거나 적폐를 개혁한다는 미명하에 그동안 당한 것에 대한 분풀이부터 먼저 시작하고, 전 정권에서 추진하던 핵심정책들은 그 타당성도 따져보지 않은 채 대부분 폐기되고 만다. 이 과정에서 많은 인사들이 감옥에 가거나 고초를 겪게 되고, 또한 풍부한 정책 경험과 전문성을 가진 많은 우수한 인재들이 전 정권 사람이라는 낙인이 찍혀 아까운 능력을 사장시킨 채 정책일선에서 사라져 간다.

이러한 문제는 필연적으로 엄청난 국가적 비용을 수반하고 국가발전을 크게 저해하는 결과를 가져오게 된다. 국민들은 지지 정당이나 정치인에 따라 편이 나뉘고 이로 인해 수많은 갈등들이 생겨나고 있다. 폐기된 정책추진에 소요된 엄청난 예산은 모두 매몰비용이 되어 사라지고, 풍부한 정책 경험과 전문성을 갖춘 인재들이 배제된 채 반풍수들이 급조한 정책은 거듭된 실패를 불러와 나라를 퇴보의 길로 내몰고 있다. 기업과 국민은 조변석개의 국가정책에 불안감을 느껴 미래는 포기한 채 눈앞의 이익만 챙기게 되고, 헤어날 수 없는 이기주의의 늪으로 점점 더 깊이 빠져들고 있다.

복수는 복수를 낳는다. 정권을 쥔 자들은 다음의 복수가 두려워 정권 유지를 위해 온갖 무리수를 동원하게 된다. 표를 얻기 위해 갖은 감언이설로 국민들을 속이고 선동하고, 상대방을 비방하고, 나라 앞날을 망가뜨리는 포퓰리즘 정책을 남발한다.

우리는 이러한 악순환의 고리를 한시바삐 끊어야 한다. 이 악순환의 고리를 끊지 않고는 나라발전은 더 이상 기대하기가 어려우며, 언제 또 다시 나라가 위기에 빠지거나 나라를 잃게 될지도 모른다. 정권이 바뀌더라도 좋은 정책은 이어가 더 발전시키고, 풍부한 정책 경험과 전문성을 가진 인재들도 그들이 마음껏 역량을 발휘할 수 있도록 그들에게 정치의 때를 묻히지 말아야 한다.

그 악순환의 고리를 끊기 위해서는 우리나라에도 남아공의 만델라와 같은 포용과 화합의 리더십을 가진 지도자가 나타나야 할 것이다. 그런 지도자가 하루빨리 나와 우리의 이 극심한 정치갈등을 해소하고 국민통합을 이루어 주기를 간절히 바랄 뿐이다.

역사는 오늘을 사는 우리에게 많은 것들을 가르쳐 주고 있다. 그러나 우리는 역사 앞에서 겸손할 줄 모르고 그 진실을 배우려 하지 않는다. 역사의 진실을 외면하게 되면 오욕의 역사는 끝나지 않고 계속 되풀이될 뿐이다. 임진왜란이 끝나고 불과 38년 뒤 일어난 병자호란이 그랬고, 그 300여 년 후 한일합병이 그랬다.

▶▶ 사선대(四仙臺)와 의견(義犬)의 고장 임실

신리를 지나서도 길은 계속 전주천과 동행을 했다. 그 동행은 긴 오르막길을 걸어 올라야 하는 슬치재 마루 가까이까지 이어졌다. 슬치재는 호남정맥상에 있는 해발 250m의 고개이다. 이 고개는 만경강과 섬진강의 수계를 나누는 분수령이며, 완주군과 임실군의 경계를 이루고 있기도 하다. 슬치(瑟峙)라는 이름은 비파고개라는 뜻으로, 옛날 한 도인이 비파를 뜯으며 이 고개를 넘었다고 하여 붙여진 이름이라고 한다. 풍류의 고장답게 멋진 이름의 고개이다. 슬치재 마루에는 산정리마을이 있었고, 고갯마루를 넘으니 안슬치, 밖슬치마을이 산기슭에 자리하고 있었다.

슬치재에서 춘향로를 따라 내려가니 이내 임실군 관촌면 관촌리마을이 나왔다. 관촌리마을은 섬진강 상류에 자리 잡은 강변마을로, 네 명의 선녀가 내려와 놀았다는 국민관광지 사선대가 있는 곳이다. 이 마을에 조선 시대 역참인 오원역이 있었다.

> 4월 23일 맑음
> 일찍 출발하여 오원역에 이르러 역관에서 말을 쉬게 하고 아침밥을 먹었다. 얼마 후 금부도사가 왔다. 저물녘 임실현으로 가니…

전주 남문 밖 이의신의 집에서 4월 22일 밤을 유숙하신 공은 다음날 아침 일찍 전주에서 출발하여 이곳 오원역 역관에서 아침밥을 드셨다. 공은 아침 식사 후 역관으로 찾아온 금부도사를 만나고, 점심나절이 한참 지났을 무렵에야 이곳을 떠났을 것으로 짐작된다. 공이 이날 저물녘에 임실현에 도착하였다고 하니, 여기서 임실현까지의 거리가 약 10km 정도임을 감안하면 아마 오후 4시 전후쯤 출발하셨을 것이다.

그동안 사선대에 와 볼 기회가 없었기에, 사선대를 보고 갈까 잠시 망설이다 마음을 접었다. 길을 걷다 보면 발길을 붙드는 곳이 너무 많다. 그러나 그런 곳을 모두 들르게 되면 순례길이 고무줄처럼 늘어나 어쩔 수 없이 매번 포기할 수밖에 없다.

이곳 사선대도 그중 한 곳이었다. 임실 출신 지인의 자랑을 많이 들어 눈길이 자꾸 그쪽으로 갔지만, 두 눈 꼭 감고 다음 기회로 감상을 미루고 오원교를 건넜다. 오원교 위에서 바라보니 맑은 섬진강 물 위에 사선대 국민관광지가 떠 있고, 그 뒤 절벽 위에 운서정이 날아갈 듯 멋스러운 자태로 과객을 유혹하고 있었다.

관촌역 앞에서 17번국도를 건너 터지내 들판길로 접어들었다. 아직 농사철이 일러서인지 들판에는 사람들의 모습이 보이지 않았다. 입구 일부 논들만 봄갈이 준비가 되어 있었고, 다른 대부분의 논들은 아직 벼를 베어 낸 그루터기가 줄지어 남아 있는 황량한 모습이었다. 그러나 길가 논두렁에는 파릇파릇 봄풀들이 서로 경쟁하듯 돋아나고 있어 계절이 봄임을 알려 주었다.

길은 터지내들판 가운데를 관통해 멀리 산기슭마을 가까이까지 길게 뻗어있었다. 강나루 건너 밀밭 길은 아니지만, 봄이 내려앉은 섬진강변 넓은 들판길을 구름에 달 가듯이 걸었다. 들판 멀리에서는 금방이라도 아지랑이가 가물가물 피어오를 것만 같았고, 봄처녀가 예쁜 꽃바구니를 옆에 끼고 나물을 캐러 나올 것만 같았다. 오른편 섬진강에는 봄바람이 쉼 없이 갈대를 흔들고 지나갔고, 그 봄바람에 강물에 수많은 잔물결들이 일었다.

운수봉 기슭에 자리 잡은 창인마을과 예원예술대를 바라보며 긴 들길을 걸어 임실천을 건너고, 거기서 작은 산고갯길을 넘었다.

고개 너머 밤두실마을 동구 밖에서 다시 17번국도를 만났다. 그러나 시끄러운 국도길도 잠시, 길은 다시 국도와 헤어져 용요산 동편 줄기를 넘는 두곡리 고갯길로 이어졌다. 두곡리 고갯길은 두곡저수지를 따라 구비를 돌고 돌았다. 차도이기는 했지만 다니는 차와 사람이 거의 없어 적막감마저 느껴질 정도로 한적한 길이었다.

고갯마루를 넘어서도 그 한적함은 그대로였다. 그 한적함을 즐기며 유유히 고갯길을 내려가니 눈앞에 큰 마을이 나타났다. 임실읍이었다.

임실현청이 있었다는 곳에 임실동중학교가 들어서 있었다. 임실동중학교는 옛 현청의 모습을 모두 지운 채 용요산 기슭에 말끔한 모습으로 단장하여 자리하고 있었다. 공은 4월 23일 저물녘 이곳 임실현청에 도착하셨고, 현감 홍순각(洪純慤)의 예를 갖춘 대접을 받았다.

임실동중학교를 바라보며 서 있는데, 임실마을에도 어느덧 하루해가 끝나려 하고 있었다. 이곳에서 1박 2일 짧은 순례 일정을 마무리하고, 용산행 무궁화호 열차를 타려고 임실역으로 총총히 발걸음을 옮겼다.

연무에서 임실읍까지 순례를 마치고 돌아온 지 보름이 지난 4월 8일, 3박 4일 일정으로 다시 순례길에 올랐다. 이번에 순례할 계획 구간은 전라북도 임실에서 전라남도 순천까지의 구간이었다. 그동안 편한 날을 잡아 순례를 이어가다 보니 순례 기간이 너무 늘어지는 것 같아, 앞으로는 좀 더 집중하여 순례를 이어가기로 했다.

오전 6시 반, 서초동 남부터미널에서 임실행 첫 버스가 출발했다. 새벽 첫차인데도 버스는 빈 좌석이 없이 만원이었다. 토요일이라 자전거 여행을 즐기려는 이들이 7~8명 타고 있었는데, 부부도 두 쌍이나 되었다.

버스는 안개가 옅게 낀 고속도로와 국도를 달려 서울에서 출발한 지 4시간여가 지난 오전 10시 40분 임실에 도착했다. 3시간 정도면 넉넉히 도착할 것으로 예상했는데, 전주에서 버스가 예상보다 훨씬 오랜 시간을 쉬는 바람에 계획에 1시간여의 차질이 생겼다.

임실시외버스터미널에 버스가 도착하자 곧장 지난번 순례 끝 지점인 임실동중학교로 가서 남쪽을 향해 걷기 시작했다. 아침 식사는 남부터미널에서 산 샌드위치로 차 안에서 해결했다.

토요일 오전이어서 그런지 읍내 거리는 대체로 한산했다. 임실읍내는 임실천을 따라 동북에서 서남 방향으로 길게 마을이 형성되어 있었다. 그러다 보니 마을 폭이 그렇게 넓지 않아, 임실교를 건너 외곽 방향으로 조금 걸으니 금방 시가지를 벗어날 수 있었다.

임실읍내를 벗어나자 감성리 평다리마을에서부터 한적한 시골풍경이 펼쳐졌다. 평다리마을은 집들이 도로에 연해 줄지어 있었는데, 마치 사람이 살지 않는 빈 마을처럼 조용하고 쓸쓸했다. 한 길갓집 담장 너머에서 매화나무 한 그루가 꽃을 피워 마을의 쓸쓸함을 달래 주고 있었다.

평다리마을을 지나면서부터 말치로 오르는 고갯길이 시작되었다. 길 옆 밭에는 겨울을 이겨낸 보리가 파릇파릇 자라고 있었다. 도로에는 차가 거의 다니지 않아, 아무런 방해를 받지 않고 봄빛이 짙어져 가는 산과 들을 눈에 담으면서 한가한 마음으로 고갯길을 올랐다.

말치 고갯마루를 넘어서자 자줏빛 지붕의 예쁜 집이 한 채 있었고, 그 왼편 언덕 아래로 빈집과 빈 축사로 보이는 낡은 건물들이 몇 채 보였다. 백의종군로는 여기서부터 오수면 봉천리 봉산마을까지 약 1.5km 정도 산길로 연결된다. 봉산마을로 가는 산길은 그 낡은 건물들 사이로 나 있었다.

산길 입구 나뭇가지에 백의종군로 표지기가 매달려 바람에 휘날리고 있었다. 아산 외암마을 뒤 산길에서 본 이후 처음 보는 백의종군로 표지기였다. 지도만 몇 장 들고 혼자서 길을 찾아가는 내게는 표지기가 마치 아는 사람을 만난 듯 무척이나 반가웠다. 길을 몰라서라기보다 누군가와 동행을 하고 있다는 느낌을 받는 게 마음속으로 큰 위안이 되었다. 표지기를 단 누군가에게 감사하며 산길로 들어섰다.

산길은 양지바른 곳으로 나 있어, 길에는 파릇한 봄풀들이 돋아나고 있었다. 그 봄풀들을 감상하며 또 산속의 아늑함과 포근함을 즐기며 산길을 내려갔다. 길은 경운기가 다닐 수 있을 정도로 폭이 넓었다. 길바닥엔 잔디와 키 낮은 풀들이 잘 자라 부드러운 양탄자 위를 걷는 듯한 느낌을 주기도 했다.

이 산길을 걷다 문득 이 길이 어쩌면 옛길의 원형 그대로가 아닐까 하는 생각이 들었다. 이 구간이 도로에 편입되지 않고 남아 있다 보니, 이 길은 이곳 봉산마을 사람들이 말치를 오르는 지름길로 이용하고 있을 것이다.

이 길을 걸으니, 내가 마치 옛 조선 시대로 돌아가 그때의 길을 걷고 있다는 착각이 들었다. 비록 그리 길지는 않은 구간이었지만, 이 원형의 옛길은 내게 먼 옛날로 시간여행을 하도록 만들어 준, 예와 지금의 시간이 교차하고 있는 공간이었다.

새로 난 17번국도와 만나는 오암리 독뫼마을 끝자락에 오수 의견상(義犬像)이 있었다. 2m가량 되어 보이는 기단 위에 지팡이를 짚고 있는 사람이 개와 다정히 서 있었다. 잠시 걸음을 멈추고 동상 아래에 새겨져 있는 '오수 지명의 유래'를 찬찬히 읽어 보았다. 널리 알려져 있는 이야기지만, 술에 취해 잠이 든 주인을 때마침 일어난 들불로부터 자기의 몸을 희생해 구하고 지쳐 쓰러져 죽은 개의 이야기는 다시 보아도 잔잔한 감동을 안겨 주었다.

이곳의 지명인 오수는 개 獒(오) 나무 樹(수)인데, 주인이 개의 죽음을 슬퍼하며 무덤에 꽂아둔 지팡이에서 싹이 터 큰 나무로 자란데서 유래했다고 한다. 고려 시대 최현(1188~1260)의 『보한집』에 실린 이야기이다.

의견의 고장 오수에서 남원으로 가는 길은 구 17번국도로 짐작되었다. 길은 넓었으나 다니는 차는 거의 보이지 않았다. 오수를 떠난 지 40분 정도가 지나, 보리가 파릇파릇 자라는 보리밭을 바라보며 임실과 남원의 경계를 이루고 있는 작은 고개를 넘었다. 고갯길은 가파르지 않아 편안하게 넘어갈 수 있었다.

▶▶ 춘향골 남원

고개를 넘어서니 "춘향골 방문 환영"이라고 쓰인 안내판이 먼저 눈에 들어 왔다. 우리나라를 대표하는 러브스토리를 가진 고장, 춘향골 남원이었다.

남원골에 들어서서 곧 만난 덕과면 월평마을에 "독립만세함성의터"라고 새겨진 비가 있었다. 1919년 4월 3일, 이곳 덕과면 사율리에서 식수기념일 행사를 하다 이석기 면장 주도로 만세운동이 벌어졌다고 한다. 이 만세운동에는 1천여 명의 주민들이 참여해 일제의 만행을 규탄했고, 이석기 면장을 비롯해 38명이 희생을 당했다고 한다. 이렇듯 나라 곳곳에는 일본의 만행과 이에 항거한 흔적들이 남아 있어 이를 잊지 않고 되새기게 하고 있었다.

덕과면과 이웃하고 있는 사매면 오신리 마을들을 지나서 다시 17번 국도와 만났다. 17번국도에는 여전히 깔끔하게 포장된 도로 위를 차량들이 바쁘게 오가고 있었다. 그러나 이곳은 다행히 도로변에 넓은 인도가 잘 만들어져 있어 걷기에 불편이나 위험은 없었다.

17번국도를 따라 고갯마루에 올랐다. 춘향이고개였다. 고갯마루에는 구 도로 바로 옆에 선형과 경사도를 개량한 새 도로가 나 있고, 구 고갯마루 길은 폐도로 변해 있었다. 폐도로 변한 고갯마루는 새 도로 공사 때 파헤쳐진 곳들이 마무리가 제대로 되지 않아 공사가 중단된 공사장처럼 흉물스러운 모습이었다. 비록 소설 속의 이야기이기는 하나 이몽룡과 춘향의 애틋한 사연이 서려 있는 곳인데, 이렇게 폐허로 방치되고 있는 것이 왠지 마음이 편치 않았다. 교통효율을 높이기 위해 시행하는 정부의 토목공사이지만, 그 이면에는 이렇게 비정함을 낳기도 하는구나 하는 생각도 들었다.

고개를 넘어서니 "춘향이 버선밭"이라고 새겨진 표지석이 보였다. 버선밭은 춘향이가 한양으로 떠나는 이몽룡을 쫓아가다 버선을 벗어 집어 던지며 울었다는 곳이다. 버선밭은 새로 난 도로로 인해 일부러 찾아가지 않으면 보지 못할 정도로 사람들이 접근하기가 어려웠다. 인적이 없는 버선밭에는 적막감이 흐르고 있었고, 그 옆 새 국도에는 춘향의 애절한 마음도 모른 채 차량들이 전속력을 내어 달리고 있었다.

폐도를 외로이 지키고 있는 버선밭 표지석을 뒤로하고 고갯길을 내려가니 또 하나의 표지석이 보였다. '춘향이고개' 표지석이었다. "다시 만날 날짜의 기약도 없이 멀어져가는 이몽룡의 한양길을 춘향이가 하염없는 눈물로 바라보며 이별하던 고개", 표지석에 새겨진 글이었다. 춘향이고개를 이렇게 방치하지 말고 사람들이 많이 찾아올 수 있도록 새로 잘 단장해 주기를 바라며 고갯길을 내려섰다.

고개 아래 사거리에 오리정이 있었다. 오리정은 이몽룡과 춘향이가 거울과 옥지환으로 서로 정표를 주고받으며 울며불며 헤어진 곳이다. 오리정은 다른 정자들과는 달리 2층 누각인 독특한 형태로 지어져 있었다. 오리정 옆에 서서 춘향의 애절한 울음소리를 들으려 귀를 기울여

보았으나, 17번국도를 지나는 차량의 소음 때문에 춘향의 울음소리는 들을 수가 없었다. 17번국도가 기약 없이 떠나는 이몽룡을 향한 춘향의 애절한 마음을 무자비하게 외면해 버리고 있었다.

뒷밤재를 넘는 길은 차도이기는 했지만 차는 거의 다니지 않았다. 뒷밤재 길은 춘향터널이 뚫리기 전까지는 남원 사람들이 전주로 갈 때 반드시 지나가야 하는 주요 간선도로였다. 그러나 이 길은 춘향터널을 지나는 새 길에 밀려 세월의 뒤켠으로 물러나 있었다. 하지만 길 주변 경관이 좋은 데다가 분위기가 있고 조용하기도 해 매우 운치가 있는 길이었다. 마치 숨어 있는 보석을 찾아낸 기분이었다. 이 길이 훼손되거나 방치되지 않고 트레킹용 길로 잘 보전되었으면 하는 마음이었다.

굽이굽이 모퉁이를 돌고 돌아 뒷밤재길을 오르는데 도롯가에 서 있는 나무의 그림자 길이가 차츰 길어지고 있었다. 내 그림자의 길이도 덩달아 같이 길어지고 있었다.

뒷밤재 마루에는 휴게소로 쓰이던 건물로 보이는 집 두 채가 동그마니 서 있었다. 그 건물은 안이 텅 빈 채 폐가로 변해 가고 있었다. 춘향터널을 지나는 새 17번국도가 이렇게 만든 것이었다. 춘향이고개도 그렇고 버선밭도 그렇고, 경제적 효율성만 추구하는 방향으로 국토를 개발하다 보니 우리가 마음속에서 여유와 멋을 점점 잃어가고 있는 것은 아닌지 안타까운 생각이 들었다.

인적이 없이 조용한 길은 뒷밤재 아래 서남대까지 계속되었다. 내림길 중간에 벚꽃이 활짝 피어 있는 요양원이 있었으나, 고개를 넘어오는 동안 길을 걷는 사람은 없었고 승용차만 2대 만났을 뿐이었다.

4월 24일, 맑음

일찍 출발하여 남원 고을에서 시오 리쯤 되는 곳에서 정철 등을 만났다. 남원부 오 리 안까지 이르러서 우리 일행과 헤어지고, 나는 곧장 십리 밖의 동쪽 이희경의 종 집으로 갔다. 사무친 애통함을 어찌하리오.

아침 일찍 임실현을 떠나 남원부로 가시던 공은 남원부 15리 전에서 정철 일행을 만났다. 백의종군로 고증자료에 의하면 정철은 공의 우위장을 지냈으며, 공의 모친 변씨부인에게 거처를 제공하고 돌보기도 했다고 한다. 또한 공의 종사관이었던 정경달과 함께 공이 옥에 갇혀 있을 때 목숨을 걸고 구명활동을 하였던 사람이었다.

당신의 결백을 누구보다도 잘 알고 있고 또 뜻을 같이했던 사람을 만나 십 리 길을 같이 걸었으니, 길을 걷는 동안 회한에 찬 대화들이 많이 오고 갔을 것이다. 왜의 반간계에 넘어간 위정자들의 어리석음에, 원균의 음험함에 다시 한번 치를 떨었을지도 모른다.

공이 정철 일행을 만난 곳이 남원부 15리쯤 전이라고 했으니 아마 이 뒷밤재를 넘어와 내려오는 길 어디쯤이었을 것이다. 뒷밤재를 내려오면서 공과 정철이 대화를 나누면서 가졌을 답답한 심중을 헤아려 보며 남원 시내로 들어섰다. 시내 초입 구룡마을 입구에는 복숭아나무가 가지마다 분홍빛 꽃을 수북이 달고 있었다.

▶▶ **남원 만인의총(萬人義塚)**

서남대교차로에서 다시 만난 춘향로를 잠시 따라가다가 만인의총으로 가는 길로 들어섰다. 가는 길목에 남원향교가 있었고, 잠시 후 만인의총이 나왔다. 만인의총은 정유재란 때 남원성 전투에서 전사하거나 사망한 1만여 명의 군사들과 백성들을 합장한 무덤이다.

남원성 전투는 1597년 8월 13일부터 16일까지 나흘에 걸쳐 벌어진 전투였다. 왜는 임진년 침략의 주요 실패 원인 중의 하나가 한성으로 가는 바닷길 길목이자 곡창지대인 전라도를 점령하지 못한 것에 있다고 보았다. 따라서 1597년 7월 다시 조선을 침략한 왜군은 칠천량해전에서 조선 수군을 대파하여 남해의 제해권을 장악한 후 전주를 향해 총진격을 감행했다. 우군은 밀양과 창녕, 의령을 거쳐 함양으로 진격했고, 좌군은 사천과 하동, 구례를 거쳐 남원으로 진격했다.

남원으로 진격한 좌군은 대장 우키다 히데이에, 선봉장 고니시 유키나가 등이 이끄는 5만 6천 명의 대군이었으며, 여기에는 칠천량해전에서 대승을 거둔 왜의 수군까지 합세되어 있었다. 그러나 남원에 주둔하고 있던 조명 연합군은 부총병 양원이 이끄는 명나라 군사 3천여 명과 전라도 병마절도사 이복남과 남원부사 임현 등이 이끄는 조선 군사 1천여 명 등 모두 4천여 명에 불과했다.

양원은 지형이 험준하여 수성(守城)이 유리한 교룡산성에서 싸우자는 조선군의 건의를 묵살하고 평지에 쌓은 평성(平城)인 남원성에서 왜군을 맞아 싸웠다. 그러나 10배가 넘는 병력에 의한 중과부적과 평성의 수성 한계로 전투 나흘만인 8월 16일 남원성이 함락되었고, 성안에 있던 사람들은 군사들뿐 아니라 6천여 명의 민간인들까지 남녀노소 할 것 없이 한 사람도 남김없이 모두 왜군들에게 처참하게 죽임을 당했다.

이 남원성 전투가 그토록 참혹한 결과를 얻은 것은 인근의 교룡산성을 버리고 평성인 남원성에서 적을 맞아 싸운 명의 부총병 양원의 잘못된 선택이 일차적인 원인일 것이다. 그러나 보다 근본적인 원인은 칠천량 패전으로 인해 남해의 제해권이 왜군에게 완전히 넘어간 데 있었다.

만일 공이 삼도수군통제사로 그대로 있었더라면 이런 비극이 있었을까? 임진년 침략 때 공은 남해의 제해권을 장악해 전라도로 통하는 바닷길을 철저히 봉쇄하고 있었고, 이에 따라 전라도는 왜의 손아귀에서 벗어날 수 있었다. 따라서 공이 그대로 통제사로 있었더라면 칠천량의 대패는 없었을 것이고, 남해의 제해권도 왜에게 넘어가지 않았을 것이다. 그랬다면 왜가 수군까지 합세하여 이처럼 전라도에 대한 대규모 진격을 감히 감행할 수가 있었을까?

『선조실록』에 있는 한 사관이 공을 평가한 글을 보자.

조정에서 사람을 잘못 써서 순신으로 하여금 그 재능을 다 펴지 못하게 하였으니 참으로 애석하다. 만약 순신을 정유 연간에 통제사에서 체직시키지 않았더라면 어찌 한산(칠천량)의 패전이 있었겠으며 양호(兩湖)가 왜적의 소굴이 되었겠는가. 아, 애석하다.

흔히들 역사에는 가정이 필요 없다고들 말한다. 그러나 나는 역사의 가정에서 더 분명한 교훈을 얻을 수 있다고 생각한다. 한 나라의 최고 지도자의 잘못된 판단 하나가 이런 엄청난 비극을 초래할 수 있다는 것을 우리는 분명히 알고 있어야 한다. 국가 최고 의사결정권자의 잘못된 결정 하나가 온 국민에게 엄청난 희생과 고통을 안겨 주었고 국가의 존립마저 위태롭게 하고 말았다. 따라서 우리는 이러한 역사에서 그 진실을 배우고, 앞으로 다시는 그러한 역사가 반복되지 않도록 역사의 가르침을 마음에 깊이 새겨야 할 것이다.

만인의총에 어둠이 내려앉고 있었다. 늦은 시간이라 만인의총으로 들어가는 문인 충의문은 굳게 닫혀 있었다. 안으로 들어가 볼 수가 없어 만인의사 순의탑 앞에서 당시에 희생된 1만여 명의 군사와 백성들의 구국 항쟁에 감사하고 그들의 명복을 빌었다.

그 비극의 현장을 보려고 만인의총을 떠나 남원읍성으로 발걸음을 옮겼다. 거리는 어느덧 어둠에 덮이고, 시내 상가에 불들이 켜지고 있었다.

남원성은 만인의총에서 그리 멀지 않은 곳에 있었다. 성(城) 안내판에는 정유재란 당시의 간략한 전황과 함께 "성이 동학혁명과 전라선 철도 개설 등으로 많이 허물어졌는데, 최근에 일부를 복원하였다"고 설명되어 있었다. 성안을 들여다보니 420년 전 그 피비린내 나는 전투 현장은 주택가로 변해 있었고, 나이 든 할머니 두 분이 성곽길을 따라 어둠 속을 총총히 걸어가고 있었다.

남원성

어둠이 짙어진 남원읍성을 바라보며, 국가는 무엇보다도 안보가 최우선이라는 것을 다시 한번 뼈저리게 절감했다. 국가가 있어야 국민도 있다는 평범한 사실이 가슴속에 깊게 와 닿았다.

다시는 이 땅에 그 날과 같은 참혹한 일이 있어서는 안 될 것이다. 그러기 위해서는 첫째도 안보, 둘째도 안보이다. 안보는 절대 타협의 대상이 될 수 없다. 우리는 역사를 통해 동맹이나 조약 등 국가 간의 안보 협약이 상대방의 이해에 따라 숱하게 파기되는 것을 보았다. 따라서 다시는 아무도 감히 넘볼 수 없는 나라, 우리를 침략한 나라에는 그 열 배 백 배를 되갚아 줄 수 있는 강한 힘을 가진 나라, 우리는 그런 나라를 만들어 가야 한다.

시내 중심가는 도회지답게 휘황한 불빛들이 밝혀져 있었다. 도로에는 전조등을 켠 자동차들이 분주히 오갔고, 인도에는 친구들끼리 또는 연인끼리 불이 밝혀진 가게 앞을 다정히 오가고 있었다. 나도 잠잘 곳을 찾아 그 속으로 숨어들었다.

▶▶ 백두대간을 넘는 고개 여원재

다음날 아침, 예상하지 못한 황홀한 선물을 받았다. 아침에 일어나 모텔의 창문을 여니 환상적인 풍경이 눈앞에 펼쳐졌다. 눈부시도록 하얀 꽃이 만개한 벚나무가 요천변을 따라 줄지어 늘어서 있었고, 그 벚나무가 요천에 잠겨 냇물 속에서 다시 화사한 꽃을 피우고 있었다. 요천이 만들어내는 화사한 벚꽃 데칼코마니가 그 어느 예술 작품보다 아름다웠다. 한동안 창가에 서서 요천의 벚꽃을 감상했다.

모텔 인근에 있는 식당에서 아침 식사를 하고 길을 나섰다.

춘향교를 건너는데 휴대전화기의 벨 소리가 울렸다. 서울 남부시외버스터미널에서 남원행 버스를 타고 출발했다는 처남의 전화였다. 처남은 혼자 길을 걷고 있는 내가 걱정되어 그동안 몇 번인가 동행을 하겠다고 하여, 이번 순례 구간을 같이 걷기로 약속했었다. 혼자 걷더라도 아무 문제가 없다는 것을 확인시켜 주기 위해서는 같이 걷는 게 가장 좋은 방법이라고 생각했다.

처남과 운봉에서 만나기로 약속을 하고 춘향교를 건너는데, 요천변에 늘어선 벚꽃이 다시 나의 발길을 붙들었다. 벚나무는 가지마다 탐스럽게 핀 꽃송이들을 주렁주렁 달고 있었다. 아침 시간인데도 여기저기서 사진을 찍고 있는 사람들이 눈에 띄었다. 눈이 부시도록 희고 아름다운 꽃들을 감상하며, 벚꽃이 터널을 이루고 있는 강변길을 따라 꿈을 꾸듯이 걸었다.

도통초등학교를 지나자 요천은 지리산 계곡답게 다소 거친 경관을 보이고 물소리도 세차졌다. 제방길을 지나 월락삼거리에서 걸음을 멈추고 주변을 잠시 둘러보았다. 공이 유숙하셨던 이희경의 종의 집이 혹이 근처는 아니었을까 나름대로 짐작해 보았다. 남원부 10리 밖 동쪽이라고 했으니 이 일대 어디쯤이었을 것이다. 공은 이곳에 유숙하면서 어머니에 대한 사무친 그리움으로 애통해하셨다.

매번 느끼는 것이었지만, 공의 유숙지와 점심이나 휴식 등을 위해 잠시 들렀던 곳을 정확히 알 수 없다는 게 큰 아쉬움 중의 하나였다. 이 백의종군로는 앞으로 많은 우리 국민들이 찾는 우리의 성지순례길이 되어야 할 것이고, 그러기 위해서는 공이 머물렀던 곳을 고증하여 복원하는 게 꼭 필요할 것이라는 생각이 들었다. 그래야만 순례자들이 공이 그곳에서 무엇을 했는지 또 무슨 생각을 했는지를 알 수 있을 것이고, 공의 고뇌와 고충을 조금이라도 더 깊이 헤아려 볼 수 있을 것이다.

백암천이 요천과 만나는 지점에 있는 이백교를 건넜다. 이백교에서 이백면 소재지 마을까지는 백암천을 따라 나 있는 이백로를 따라갔다. 노송들이 운치 있게 어우러진 월척마을을 지나고 새로 조성된 전원마을로 보이는 이백문화마을을 지났다. 이백문화마을은 마을 안길이 반 듯반듯하게 잘 정비되어 있었다. 마을 한 편 잔디밭에는 주민들이 크리 켓을 즐기고 있었고, 그 옆 밭에는 거름을 나르는 등 몇몇 사람들이 부 지런히 봄갈이를 준비하고 있었다.

남원거점스포츠클럽 잔디축구장에서 축구동호인들의 열띤 축구경기 를 잠시 구경하다, 백암1교에서 이백로를 떠나 평촌마을로 가는 마을 길로 들어섰다. 백의종군로 고증자료는 평촌마을을 지나 양가제부터는 길이 분명하지 않으므로 운봉까지 이백로와 24번국도를 대체로로 이 용하도록 제시하고 있었다. 하지만 나는 조금이라도 더 원래 길에 가깝 게 가려고 그 길 대신 평촌마을 안길과 양가제 건너편 우마차길*을 통 해 24번국도로 올라서는 길을 택했다. 지도를 보니 양가제까지는 마을 길이 잘 나 있고, 거기서 북동쪽으로 난 우마차길을 따라가면 신곡저수 지 방향에서 올라오는 길을 만나 24번국도로 갈 수 있도록 길이 연결되 고 있었다.

평촌마을은 지금까지 지나온 다른 농촌마을들처럼 한가롭고 평화로 웠지만, 역시 사람들을 만나보기가 어려웠다. 이백초등학교를 지나고 평촌마을과 목가마을 안길을 지나 양가제까지 갈 동안 마을 사람들은 한 사람도 볼 수 없었다.

양가제에는 여수로 한쪽으로 물이 얇게 흘러내리고 있었고, 여수로 옆으로 저수지를 돌아 오르는 길이 보였다. 그 길로 하여 옛길이 있었 던 저수지 뒤편 계곡을 따라 오를까 하는 충동이 잠시 일기도 했으나, 당초 계획했던 길로 그대로 가기로 했다. 저수지를 지나서부터는 길이 없다고 하니, 우거진 잡목과 풀숲을 헤치며 계곡을 오를 경우 처남과

---

* 　국토지리정보원이 발행한 1:25000 지형도상의 기호로는 소형차로(폭 1.6m~3m)

만날 시간을 지키기 어려울 것으로 생각되었기 때문이었다.

그런데 이내 문제가 생겼다. 양가제에서 농로를 지나 들판 건너편 산기슭에 다다르자 산기슭과 골짜기를 따라 나 있어야 할 우마차길이 보이지 않았다. 지도에는 우마차길이 분명히 표시되어 있는데,[*] 그 길이 없었다. 잠시 나는 혼란에 빠졌다. 지금까지 순례길을 지나오면서 지도와 실제의 길이 다른 경우가 여러 번 있기는 하였지만, 포장도와 비포장도의 차이이거나 가로와 소형차로 또는 소로의 차이, 들판 가운데 있는 용수로를 길로 표시한 것, 새로 난 길이 반영되어 있지 않은 것, 소로 표시 오기 등[**]이었는데 이처럼 지도상에 뚜렷이 표시된 우마차길이 실제에 없는 경우는 처음이었다. 혹 내가 지도를 잘못 읽었나 하여 나침반으로 지도를 정치시켜 놓고 몇 번이고 주변 지형을 확인해 보았지만 독도(讀圖)에는 이상이 없었다. 길이 없는 것이 확실했다.

연재 오름길

내가 다다른 곳은 잘 정돈된 묘가 있는 작은 골짜기 입구였다.

지도를 보니, 그 골짜기를 따라 직선거리로 200m 남짓 오르면 능선 마루에 올라서게 되고, 그 능선마루에서 반대편인 북쪽 사면으로 조금만 내려가면 신곡저수지를 만날 수가 있었다. 지도에서와 같이 골짜기에 길은 나 있지 않았지만 나는 그 골짜기를 따라 오르기로 했다.

골짜기의 시작 지점은 경사가 완만하고 잡풀들이 별로 없어 오르기에 별 어려움이 없었다. 그러나 올라갈수록 경사가 점점 심해졌고 가시덤불과 작은 잡목들이 서로 얽혀 있어 헤쳐나가는 데 힘이 들었다. 조금이라도 통과하기 좋은 쪽을 찾아 잡목 숲을 헤치고 나갔다. 그렇게 능선마루에 올라서자 예상했던 대로 바로 아래편으로 신곡저수지에서 올라오는 시멘트 포장길이 보였다.

그런데 내려가야 할 북쪽 사면도 가시덤불과 잡목이 잔뜩 얽혀 있었다. 어느 쪽으로 내려가는 게 좋을지 고개를 돌려가며 지형을 살피고 있는데, 내려가려는 방향 아래쪽 덤불에서 씨익 씨익 하는 거친 숨소리가 들려 왔다. 그 숨소리는 전에 다른 산행길에서 들었던 멧돼지 소리와 같았고, 올라오는 골 입구에 있던 밭과 묘지에 멧돼지가 들어올 수 없도록 전선 울타리가 쳐져 있었던 것이 생각나 멧돼지가 틀림없다는 생각이 들었다. 잡목덤불 속에서 잠을 자고 있는 것으로 추정되었다.

'하필이면 내가 내려가려고 하는 쪽에 저놈이 있다니….' 나는 멧돼지를 원망하며 다시 지도를 펴고 지형을 살펴보았다. 다행히 내가 서 있는 곳에서 동북쪽으로 능선을 따라 계속 오르면 24번국도를 만날 수가 있었다. 그뿐 아니라 오히려 그리로 가는 게 신곡저수지 길을 이용하는 것보다 거리와 시간을 많이 줄일 수가 있을 것으로 보였다. 그놈의 멧돼지가 버티고 있던 것을 다행으로 여기며 능선을 따라 올랐다. 능선에는 곧 희미하게 길 흔적이 나타났고, 그 흔적은 올라갈수록 더 뚜렷해졌다. 그렇게 능선길을 오르니 나주 정씨 납골묘원이 나왔고, 잠시 후 24번국도에 내려설 수 있었다.

잡목 숲을 벗어나 홀가분한 마음으로 24번국도를 따라 연재를 향해 오르는데, 처남이 남원에서 버스를 타고 운봉으로 오고 있다고 전화를 했다. 운봉까지 남은 거리를 보니 처남이 운봉에 먼저 도착할 것 같아 만나는 장소를 운봉읍에서 연재 고갯마루로 바꾸었다.

24번국도에 들어서서도 연재까지는 거리가 한참이었다. 구불구불 모퉁이를 몇 번씩 돌고 돌았는데도 연재는 눈앞에 나타날 생각을 하지 않았다. 그제야 '아, 이 길이 백두대간을 넘는 길이지!' 하는 생각이 뒤늦게 들었다. 백두대간을 넘는 길을 내가 너무 만만히 보고 있었던 것이다.

처남이 먼저 와 기다릴까 봐 걷는 속도를 높였다. 그러고도 굽이굽이 몇 구비를 더 돌아서야 연재에 올라섰다. 고갯마루 직전에 양가제 계곡으로 내려가는 넓은 산길이 보였다. '저 길이 어디까지 저렇게 잘 나 있을까?' 그 옛길로 올라오지 못한 아쉬움이 진하게 밀려 왔다.

연재는 전라북도 남원시 이백면과 운봉읍의 경계를 이루는 고개로, 해발 고도가 477m이다. 백두대간상에 있으며, 여원치라고도 부른다. 조선 시대 때에는 남원부와 운봉현을 잇는 주요 길목이었으며, 운봉 사람들이 남원으로 장을 보러 가기 위해 넘나들던 고개이기도 했다.

이 연재길은 1597년 4월 공이 도원수 권율의 진을 찾아 넘어간 길이기도 하지만, 그 두 달 전인 2월에 공이 모함을 받아 한성으로 압송될 때 넘었던 길이기도 했다. 또한 임진왜란 때 조선과 명나라 군사 및 왜군이 군사작전을 위해 이 길을 수십 차례 오갔다고도 한다. 이를 증명하듯 고개 아래 계곡에는 명나라 장수 유정이 이곳을 지나갔다는 글이 새겨진 바위가 있다고 한다.

연재에는 또 다른 아픈 역사의 흔적이 남아 있었다. 이 고개는 동학혁명 당시 김개남 장군이 이끄는 동학군이 관군에게 처참하게 패한 곳이기도 했다. 연재마루에 서 있는 동학농민혁명유적지 표석에는, "1894년 11월 남원의 대접주 김홍기 등이 이끄는 농민군이 영남 지방으로 진출하려고 방아치에서 대규모 전투를 벌였으나, 민보군과 수성군에 의해 수많은 사상자를 내고 좌절하였다"는 글이 새겨져 있었다. 탐관오리의 학정을 견디다 못해 새로운 세상을 꿈꾸며 일어난 동학농민항쟁은 외세를 끌어들인 조정에 의해 수많은 희생자만 남긴 채 그 꿈이 좌절되고 말았다. 그런데 조정이 농민군을 제압하기 위해 끌어들인 그 외세는 역설적이게도 임진왜란 때 우리에게 엄청난 고통을 안겨 주었던 그 일본군이었다.

또한 이 고개는 고려 말에 이성계가 왜구를 물리치기 위해 넘었던 고개로, 그가 왜구에게 크게 승리를 거둔 황산대첩지가 인근에 있기도 하다. 이처럼 이 연재는 고려 시대 때부터 구한말까지 일본과의 숱한 사연이 얽혀 있는 고개였다.

연재와 일본의 기막힌 인연을 생각하며 고갯마루에서 쉬고 있는데, 남원 방향에서 버스가 숨을 헐떡이며 고갯길을 올라왔다. 버스가 연재마루에서 멈추고, 잠시 후 순천까지 같이 길을 걷기로 한 처남이 그 버스에서 내렸다.

▶▶ 백두대간 고원마을 운봉과 구룡계곡

처남과 서천리 들길을 지나 운봉읍내로 들어섰다. 서천리 들길을 걷는데 운봉마을 뒤를 병풍처럼 감싸 안고 있는 지리산 서북주능의 연봉들이 눈에 들어 왔다. 괜스레 가슴이 설 다. 지리산, 이름만 들어도 내겐 가슴이 설레는 산이다. 초등학교 시절 매일같이 웅장하게 솟아오른 천왕봉과 중봉을 바라보며 등교를 했고, 고등학교 시절 처음으로 천왕봉에 올랐다. 직장생활을 하면서는 틈만 나면 찾아가 산 구석구석을 누비며 다녔다. 지리산에 들면 항상 어머니의 품처럼 포근하고 아늑하고 편안했다. 운봉은 그 지리산의 연봉들이 감싸 안고 있는 고을이었다.

공은 남원 이희경의 종의 집에서 유숙하신 후, 이튿날 이곳 운봉에 도착했다.

> 4월 25일 비 올 징후가 많았다.
> 아침밥을 먹은 뒤 길을 떠나 운봉의 박롱(朴龓)의 집에 들어가니, 비가 몹시 퍼부어 머리를 내놓을 수 없었다. 여기서 들으니 원수가 이미 순천으로 떠났다고 한다. 즉시 사람을 금부도사에게 보내어 머물러 있게 했다. 운봉 현감(남간)은 병 때문에 나오지 않았다.

운봉 박롱*의 집에 들어서니 머리를 내놓을 수 없을 정도로 세찬 비가 내렸다. 지리산 고원에서 내리는 비이니 비바람도 거세게 몰아쳤으리라. 그런데 이곳에서 도원수 권율이 명의 부총병 양원을 만나러 초계에서 순천으로 떠났다는 소식을 들었다. 공은 당신을 호송해 온 금부도사에게 급히 사람을 보내 운봉을 떠나지 못하게 하고, 이곳에서 하루를 묵었다. 이곳에서 권율의 진이 있던 합천 초계로 가려고 하다가 순천으로 목적지를 변경한 것이었다.

---

* 『난중일기』(노승석 옮김, 민음사)'에는 박산취(朴山就)로 되어 있으나, 山就를 한 글자 롱(龓)으로 보고 있는 자료가 많아 여기서는 이를 따랐다.

운봉은 백두대간상에 넓게 펼쳐진 고원지대에 자리 잡고 있는 고을로, 해발 고도가 500m 가까이 되는 산간마을이다. 동쪽으로는 덕두산과 바래봉, 세걸산, 고리봉 등 1,000m가 넘는 지리산의 서북능 연봉들이 줄지어 있고, 서쪽으로는 수정봉과 고남산 등을 품고 있는 백두대간 줄기가 몸을 잔뜩 낮추어 고을을 휘감아 지난다. 고려 말 이성계가 아지발도의 왜구를 섬멸한 황산대첩의 현장이기도 하고, 동편제 판소리를 확립하여 동편제의 시조로 불리는 송흥록이 태어난 국악의 성지이기도 하다. 이렇듯 운봉은 역사적, 문화적으로도 매우 유서 깊은 고장이다. 구름에 쌓인 고봉들을 볼 수 있다 하여 구름 雲(운), 봉우리 峯(봉), 운봉이라는 멋진 이름이 붙었다.

박룡의 집이 어디쯤이었는지 과문한 길손이 알 수가 없어, 운봉현 관아가 있었다는 운봉초등학교를 선길에 들여다보고 주천으로 발길을 옮겼다. 주천은 내일 우리가 넘어가야 할 숙성재 아래에 있는 마을이었다.

주천으로 가는 길은 덕치리를 지나 구룡계곡을 거쳐 가는 길을 선택했다. 당시의 공의 행로를 알 수 있는 자료를 구하지 못해 공이 가셨을 길을 나름대로 세 길로 추정해 보았다.

첫째, 다시 연재를 넘어 이백면 평촌마을을 지나 서곡리 채곡삼거리에서 장백산로를 따라가는 길

둘째, 지리산둘레길을 따라가는 길

셋째, 덕치리를 지나 구룡계곡으로 가는 길

이 중 첫째 길은 오늘 왔던 길을 상당 부분 되돌아가야 했고, 둘째 길은 지리산둘레길을 걸을 때 이미 가 보았던 길이었다. 공이 가신 길은 첫째 길일 가능성이 높았지만, 나는 셋째 길을 선택했다. 구룡계곡은 차를 타고 몇 번 지나가 보기는 했지만, 계곡 안을 들어가 본 적이 없어

경관이 어떤지 궁금했고, 또 백의종군로가 순례길로 개발된다면 대체 길이 될 수 있을지도 확인해 보고 싶었다.

멋진 소나무가 어우러져 있는 산덕리 삼산마을을 지나고 덕산리 가장마을을 지나니, 오른편 들판 너머로 지리산둘레길을 걸을 때 지났던 노치마을이 바라다보였다. 노치마을은 백두대간 마루금에 있는 마을로, 점심때를 훌쩍 넘겨 배가 고프던 중 모판 작업을 하던 집에서 점심을 맛있게 얻어먹었던 적이 있는 고마운 마을이었다. 불과 1년만인데도 다시 그 마을을 보니 감회가 새로웠다.

남원 백두대간생태교육장 전시관에서 60번지방도와 헤어지고 덕치리 길로 들어섰다. 우리가 운봉에서부터 걸어왔던 60번지방도는 여기서 백두대간상의 마을인 고기리를 지나 오늘 우리의 목적지인 주천으로 연결된다. 그러나 구룡계곡 길을 따라가려면 여기서 60번지방도와 잠시 이별을 해야 했다.

덕치리 길로 들어서면서 60번지방도를 바라보았다. 60번지방도는 이곳 백두대간생태교육장 전시관에서 고기리까지 약 1.5km 정도 백두대간 마루금을 따라간다. 백두대간 위를 달리는 이 당당한 도로는 낙동강과 섬진강 수계를 가르는 분수령으로, 동편의 물은 낙동강으로 흘러들고 서편은 섬진강으로 흘러든다.

덕치리 도로를 따라가다 구룡계곡 상류를 건너는 다리인 구룡교 직전에서 구룡사로 가는 소로로 들어섰다.

고요 속에 묻혀 있는 천룡암과 구룡사를 지나 계곡으로 내려서는데 아래쪽에서 요란한 물소리가 들려 왔다. 아홉 마리의 용이 승천했다는 구룡폭포의 물소리였다. 눈길을 물소리가 나는 쪽으로 돌리니, 아직 잎이 돋아나지 않은 나뭇가지들 사이로 폭포의 흰 물줄기가 내려다보였다. 만복대에서 발원해 골골에서 모인 물이 절벽 사이로 암반을 타고 세차게 쏟아져 내리고 있었다. 그 아래쪽에는 폭포에서 떨어져 내린 물이 검푸른 빛으로 깊은 소를 만들어 놓고 있었다. 도로에서 불과 얼마 걸어 들어오지 않아 만난 거친 지리산 계곡의 모습이었다. 지리산 야성의 계곡을 보자 가슴속은 운봉에서 서북능 연봉들을 바라보았을 때처럼 다시 설렘으로 가득 찼다. 지리산은 항상 내게 알지 못할 향수와 감동을 안겨 주는 산이었다.

계곡을 건너는 출렁다리 위에 서서 폭포를 바라보았다. 폭포에서 생긴 물보라와 협곡을 따라 올라오는 골바람에 오싹 한기가 느껴졌다. 그러나 폭포의 세찬 물소리는 한편이 막혀 있는 듯하던 답답한 내 가슴을 일순간에 시원하게 뚫어 주었다. 다리 건너 쉼터에 앉아서 간식을 먹으며 한동안 폭포를 감상했다. 맑디맑은 물이 암반 사이를 휘돌고 또 부딪혀 흩어지며 흘러내렸다. 이 맑은 물이 섬진강으로 흘러드니 '섬진옥류'가 어찌 지리 10경에 아니 들 수가 있겠는가!

지형도를 보더라도 알 수 있지만 구룡계곡은 상당한 협곡이었다. 계곡 양편에 절벽들이 줄지어 늘어서 있고, 그 사이로 흘러내리는 계곡물은 곳곳에서 폭포와 소를 만들고 있었다. 계곡의 이미지가 천왕봉 아래 칠선계곡과 흡사했다.

길은 그 절벽들을 잘 이용해 사람들이 편히 다닐 수 있도록 나무계단 길로 만들어져 있었다. 중간 중간 경사가 심한 바윗길도 있었다.

절벽 사이로 흰 물줄기가 수렴처럼 떨어져 내리고 그 물이 다시 암반을 타고 흐르는 비폭동의 멋진 경관을 감상하고 내려가는데, 다름재에서 내려오는 가지계곡과 만나는 합수 지점에 수달 두 마리가 바위 위를 오가며 놀고 있었다. 한 놈이 가만히 서서 나를 한참 쳐다보더니 웬 귀찮은 훼방꾼이냐는 듯 다른 한 놈과 만나 계곡 바위 뒤로 숨어 버렸다.

합수골을 지나자 계곡이 순해지고 길도 완만해졌다. 길이 완만해지자 걸음이 여유로워져, 눈으로는 계곡의 수려한 경관과 길가에 지천으로 핀 진달래를 감상하고 귀로는 암반 위를 흐르는 물소리를 들으며 걸었다. 구룡계곡은 기대했던 대로 내 눈과 귀를 호강시켜 준 멋진 계곡이었다.

삼곡교에서 60번지방도와 다시 만났다. 계곡길을 나와 도로로 올라서니, 60번도로는 자기를 버리고 구룡계곡의 품으로 간 우리에게 복수라도 하는 듯 요란한 엔진음을 토해 내는 트럭을 한 대 획 스쳐 지나가게 하면서 내게서 구룡계곡에서의 환상을 일시에 앗아가 버렸다.

잠시 후 용호서원이 보이고, 이어서 춘향묘와 육모정이 보였다. 암행어사가 되어 돌아온 이몽룡과 해후하여 행복하게 살았을 춘향은, 육모정이 내려다보이는 산기슭에 누워 광한루에서 그네를 뛰던 그날을 추억하고 있었다.

육모정에서 벚꽃이 흐드러지게 피어 있는 벚꽃터널길을 걸어 내려가자 이내 주천마을이 나왔다. 마을 입구에 있는 민박집에 방을 얻어 짐을 풀었다.

▶▶ 정유재란 통한의 길 숙성재

다음날인 4월 10일, 아침 6시에 잠자리에서 일어났다. 식사 후 바로 출발할 수 있도록 배낭을 미리 정리하고, 아래층에 있는 식당으로 내려갔다. 계단을 내려와 문을 열고 민박집 마당으로 나서는데, 그 순간 상쾌한 아침 공기가 온몸을 휘감아 왔다. 고개를 올려보니 하늘은 구름 한 점 없이 맑았고, 공기도 아주 깨끗했다. 시야가 티 하나 없이 맑으니 주변의 산들이 손에 잡힐 듯 가까이 눈앞에 다가왔다. 그동안 지긋지긋하게 괴롭히던 미세먼지가 하룻밤 사이에 거짓말처럼 사라져 버린 것이다. 오랜만에 미세먼지 걱정에서 해방되자 상쾌한 아침 공기를 마음 놓고 실컷 들이마셨다. 맑은 공기가 폐부 한가득 들어차니 기분까지 날아갈 듯 가벼워졌다.

황태해장국으로 아침 식사를 하고 다시 길을 떠나려고 마당으로 나섰다. 마당에는 나이가 지긋한 민박집 주인이 빗자루로 마당을 쓸고 있었다. 그에게 다가가 숙성재를 알고 있는지, 또 길이 잘 나 있는지 물었다. 숙성재는 우리가 길을 나서서 곧바로 넘어가야 할 고개였다. 지리산둘레길을 걸을 때 얼핏 보니 사람들이 거의 다니지 않는 것으로 보여혹 길이 없어졌는지 우려되었기 때문이었다.

산장주인은 내게 숙성재를 어떻게 아느냐며 반색을 하면서 나를 쳐다보았다. 그러고는 "숙성재는 옛날에 구례에서 남원으로 오던 큰 고갯길이었다. 남원 장날에는 구례 사람들이 봇짐을 이고 지고, 또 소를 몰고 이 재를 넘어다니기도 했다. 정유재란 때는 수많은 왜군이 남원성을 공격하러 이 재를 넘었고, 조장군(의병장 조경남)이 활을 쏘아 왜군을 많이 죽였다. 남원 사람들이 이 재를 넘어온 왜군들에게 몰살당했다"고 길게 그리고 열정을 가지고 자세히 설명해 주었다. 요즘에는 사람들이 거의 다니지는 않지만 아직 길은 잘 나 있다고 했다. 숙성재는 그에게 추억의 고개였고 한의 고개였다.

우리는 그의 열정적인 설명에 감사하고 숙성재를 향해 발길을 옮겼다.

숙성재는 백두대간 만복대에서 서쪽으로 갈라져 나온 견두지맥상에 있는 고개이다. 해발고도가 518m인 높은 고개로, 숙성치라고도 한다. 전라북도 남원과 전라남도 구례의 경계를 이루고 있으며, 별이 자고 갈 정도로 높고 험하다고 하여 숙성(宿星)이라는 이름이 붙었다. 정유재란 때 하동과 구례를 거쳐 온 5만여 왜군이 이 고개를 넘어 남원성을 공격했고, 성을 지키던 4천여 군사를 비롯해 민간인 6천여 명 등 1만여 명이 그들에게 무참히 살해되었다. 정유재란 통한의 고개인 것이다.

지리산둘레길 주천안내센터가 있는 곳에서 마을 안길로 들어서려는데, 뒤편에서 "잘 다녀가세요!" 하는 인사말 소리가 들렸다. 뒤를 돌아보니 조금 전 우리에게 열정적으로 숙성재를 설명해 주었던 민박집 주인 아저씨였다. 그가 우리를 전송하려고 오토바이를 타고 뒤따라 온 것이었다. 정 많고 열정이 많은 그에게 다시 한번 고맙다고 인사를 하고 장안리마을로 들어섰다. 마을 안길을 지나면서 고개를 들어보니 숙성재는 자목련이 활짝 피어 있는 어느 집 지붕 너머로 선명하게 V자를 그리고 있었다.

장안리마을을 지나 장안제 쪽을 향해 걷는데, 길 왼편에 만개한 벚꽃에 뒤덮인 농암정(聾啞亭)이 있었다. 농암정은 옛날 한양에서 벼슬을 하던 선비가 난세를 피해 이곳으로 내려와 귀머거리와 벙어리 행세를 하며 살았다고 하여 붙여진 이름이라고 한다. 지리산둘레길을 걸을 때 마을 사람에게서 그 유래를 들었다. 장안제에서 흘러내리는 작은 개울가에 서 있는 정자인 농암정은, 모리배들이 설치는 어지러운 세상에서는 그들을 멀리하고 그들의 말을 듣지도 않고 하지도 않는 것이 최고의 처세라고 과객들에게 일러 주고 있었다.

장안제 아래 내룡교에서 저수지 서편 길로 들어섰다. 저수지 옆 산기슭을 따라 난 길은 아름다운 흙길이었다. 길바닥이 포장도로처럼 잘 다듬어져 있어 걷기도 편했다. 저수지 건너편에는 안용궁마을이 산기슭에 그림처럼 아름답게 자리하고 있었다.

양편 언저리에 봄풀들이 파릇파릇 자라난 흙길을 따라 기분 좋게 걷는데, 길가 나뭇가지에 붉은색 표지기가 매달려 바람에 휘날리고 있는 것이 눈에 띄었다. 표지기에는 "정유재란 왜적침략길", "숙성재길"과 함께 "잊어선 안 된다"라는 글귀가 인쇄되어 있었다. 표지기를 손에 붙들고 바라보며 이 표지기를 단 사람들은 어떤 사람들일까 궁금증이 들었다. 아마 그들은 1만여 명이 처참히 살해된 남원성 전투의 교훈을 되새기며, 다시는 그런 일이 되풀이되지 않도록 하자는데 뜻을 모은 이들일 것이다. 그런 뜻있는 분들이 전국 곳곳에서 이렇게 활동을 하고 있다는 게 얼마나 반가운 일인가. 그들은 나라 사랑을 말이 아닌 실천으로 보여 주고 있었다.

여기에 새겨져 있는 글처럼 우리는 그날의 치욕을 결코 잊어서는 아니 될 것이다. 그리고 다시는 그러한 치욕을 당하지 않도록 힘을 길러야 한다. 일본뿐 아니라 중국, 러시아 등 주변 어느 나라도 우리를 감히 건드릴 수 없도록 강한 힘을 가져야 한다. 그래야만 우리는 스스로 우리의 미래를 보장할 수 있게 될 것이다.

숙성재를 오르는 길은 사람들이 잘 다니지 않아 다소 거칠기는 했지만 넓게 잘 나 있었다. 인적이 끊긴 산길을 상쾌한 공기를 마시며, 또 적막감을 즐기며 올랐다. 오름길 중간 중간 정유재란 왜적침략길 표지기는 길을 걷는 우리에게 같이 길을 걷는 동반자가 되어 주었다.

숙성재 마루가 가까워지자 길이 더 거칠어지고 폭도 좁아졌다. 사람들이 거의 다니지 않다 보니 바닥이 다져지지 않아 길 면이 거칠어진 것이었다. 숙성재 바로 아래에 이르자 길은 숙성재가 아닌 오른편 사면으로 이어졌다. 숙성재로 바로 오르는 길은 무슨 이유 때문인지 가시덤불과 잡목에 뒤덮여 길이 사라지고 없었다.

숙성재로 바로 오를 수 없게 되자 진한 아쉬움이 밀려왔다. 혹 뚫고 지나가기 용이한 곳이 있나 몇 번이고 숙성재 오름길 쪽을 살펴보았지만, 거기엔 잡목과 가시덤불이 원망스러울 정도로 무성하게 자라 얽혀있었다. 아직 갈 길이 먼데 여기서 힘과 시간을 소비할 수가 없어 숙성재로 바로 오르는 것을 포기할 수밖에 없었다.

오른쪽 사면길을 따라 올랐다. 사면길을 오르면서도 숙성재 쪽으로 자꾸 눈이 갔다. 그 길은 숙성재 서편 자그마한 봉우리를 돌아 좁은 안부(鞍部)로 이어졌다. 숙성재 서편 작은 봉우리와 547.5봉 사이에 있는 작은 고개였다. 고개에 올라서니 이정표 표지목에 "가마바위"라고 적힌 지점 표지판이 부착되어 있었다. 그곳에 앉아 쉬면서 숙성골을 내려다보며 숙성재를 가지 못한 아쉬움을 달랬다.

가마바위 안부(鞍部)

이 가마바위 고개를 넘어서서부터는 행정구역이 전라북도 남원시에서 전라남도 구례군으로 바뀌었다. 처남이 숙성재를 거쳐 내려가자고 해 잠시 망설였으나, 숙성재에서 내림길이 나 있지 않으면 가시덤불과 잡목 숲을 뚫고 내려가야 하는 부담이 있어 아쉽지만 포기하기로 했다.

안부를 떠나 작은 규모의 편백나무 숲을 지나니 이내 밤재길이 나왔다.

밤재길은 지리산둘레길을 걸을 때 지났던 길이라 낯이 익었다. 밤재길에 들어서서 봄이 오고 있는 남도 풍경을 감상하며 숙성재 아래 첫 마을인 산동면 계척마을을 향해 걸었다.

▶▶ 산수유의 고장 구례 산동

계척마을로 가는 길은 봄 분위기가 물씬 풍기고 있어 길 가는 나그네의 마음을 설레게 했다. 북사면이라 아직 겨울잠에서 채 깨어나지 못하고 있는 숙성골과는 달리 구례 쪽 남사면은 봄빛이 완연했다. 분홍빛 진달래가 여기저기 흐드러지게 피어 있었고, 계곡의 물소리는 졸졸졸 속삭이듯 귓전을 간지럽혔다. 밤재터널 아래 독가촌에는 키가 큰 몇 그루의 포플러에서 황홀할 정도로 아름다운 연둣빛 잎들이 돋아나고 있었다. 길가 복숭아 과수원에는 연분홍 복사꽃이 봄을 유혹하고 있었고, 벌들이 이 꽃 저 꽃으로 윙윙거리고 날아다니며 열심히 꿀을 찾고 있었다.

계척마을에 들어섰다. 계척마을에는 신라 때 중국 산동성에서 시집온 처녀가 가져와 심었다는 산수유 시목(始木)이 있다. 계척마을이 속한 구례군 산동면은 여기서 이름이 유래되었다고 한다. 산동성 처녀가 가져온 산수유나무는 산동면 마을마다 수많은 자손들을 퍼뜨려, 해마다 3월이면 이곳 산동면에는 산수유축제가 성황리에 열린다. 1년여 만에 다시 본 산수유 시목은 축제 기간이 지났는데도 아직도 노란 꽃을 가지마다 가득 달고 있었다.

전라남도는 이 계척마을에 백의종군로 소공원을 조성해 놓았다. 소공원은 산수유 시목이 있는 곳 바로 아래쪽에 조성되어 있는데, 이순신

연보와 백의종군 때의 행적, 이순신 어록 등이 새겨진 시설물들이 설치되어 있었다.

이와 함께 전라남도는 도내의 백의종군로를 7개 구간으로 나누고, 도보순례가 가능하도록 길을 잘 정비해 놓았다. 갈림길마다 갈 방향과 거리를 표시한 이정표 표지목을 설치하여 지도가 없더라도 길을 쉽게 찾을 수 있게 하였다.

이처럼 백의종군로를 순례객들이 쉽게 걸을 수 있도록 정비한 곳은 전라남도가 유일했다. 그뿐 아니라 인터넷상에 7개 구간에 대한 지도 파일이 공개되어 있어 순례계획을 수립하는 데도 많은 도움이 되었다. 나는 그 지도 파일에 있는 구간별 백의종군로를 국토지리정보원 발행 1/25,000 축척의 지형도에 꼼꼼히 옮겨 적었다. 공이 백의종군을 하러 가신 길을 찾는 수고를 그 지도 파일 하나로 아무 어려움 없이 일시에 해결한 것이었다.

이곳 계척마을은 전라남도 백의종군로 제1구간 출발점이었다. 지난번 지리산둘레길 트레킹 때도 다녀가기는 했지만, 다시 한번 소공원의 시설물들을 찬찬히 둘러보고 마을을 떠났다.

계척마을에서부터는 백의종군로 안내 표지 덕분에 갈림길마다 일일이 지도를 보고 확인하여야 하는 수고를 덜었다. 백의종군로를 잘 정비한 전라남도와 구례군에 감사를 보내며 산동면 소재지인 원촌마을로 들어섰다.

점심을 먹으려고 들어선 산동면사무소 옆 식당은 테이블이 6~7개 정도 되는 작은 식당이었다. 다슬기수제비와 새알칼국수를 주문했다. 주문한 점심을 기다리는데, 옆 테이블에 있던 중년 여성 두 사람이 우리에게 지리산둘레길을 걷는 중이냐고 물었다. 자신들은 학교 교사라고 소개했다.

마침 대화를 나눌 시간적인 여유가 있어 백의종군로를 순례하고 있다고 대답하고, 공의 백의종군에 대하여 잘 모르고 있는 눈치여서 이에 대해서도 간단히 설명해 주었다. 그동안 몇 번 겪었던 일이기는 하지만, 그동안 만났던 사람들 중에 공의 백의종군에 관하여 알고 있는 사람들은 거의 없었다. 정치인들도 가끔씩 공을 들먹이고 또 백의종군을 하겠다는 말들을 하곤 했지만, 과연 그들 중 공의 백의종군에 대해 제대로 알고 있는 이들이 얼마나 있을까? 아이들을 가르치고 있는 교사들이 공을 잘 알고 있다면 매우 바람직하겠지만, 이를 잘 모르는 게 어찌 그 교사들만의 탓이랴? 이 모두 학교에서 역사교육을 제대로 하지 못하고 있는 우리 교육제도의 문제점 탓일 것이다.

주문한 점심이 나와 먹고 있는데, 주인아주머니가 수제비와 팥죽으로는 요기가 되지 않는다며 주문도 하지 않은 밥을 한 공기 갖다 주었다. 우리는 별미로 수제비와 팥죽을 주문했는데, 주인아주머니는 죽과 수제비만 먹고 먼 길을 가려는 우리가 걱정되었던 것이다. 주인아주머니의 따뜻한 인정이 고마워 배가 부른데도 밥을 남기지 않고 다 먹었다.

그곳에는 아직 우리의 훈훈한 옛 인심이 사라지지 않고 남아 있었다. 옆집에 사는 사람이 누구인지도 모르는 각박한 도시생활에 젖어 살다가 이렇듯 잊고 있었던 우리의 따뜻한 인정을 만나니 비로소 사람 사는 동네에 온 것 같았다.

원촌마을을 지나서부터 길은 주로 제방길로 이어졌다. 개울가 절벽 위에 멋스럽게 서 있는 운흥정을 지나고 외산리 마을들을 지나는데, 나의 고개는 앞보다는 자꾸 뒤를 향했다. 숙성재 때문이었다. 숙성재는 가마바위 안부를 내려선 후 그를 등지고 한참을 걸었는데도 도무지 내 시야에서 벗어날 줄을 몰랐다. 걷다가 뒤를 돌아보면 숙성재는 계속 선명한 V자를 그리며 그 자리에 버티고 서 있었다. 마치 자신을 외면하고 가버린 나를 원망하는 것 같았다.

숙성재의 따가운 시선을 뒤통수로 느끼며 걷다 보니 한 폭의 그림 같은 호수 풍경이 눈앞에 펼쳐졌다. 구만제였다. 넓은 호수 수면은 봄바람을 맞아 잔물결이 일고 있었고, 그 수면 너머로 하얀 꽃을 머리에 둘러쓴 벚나무가 호숫가를 따라 줄지어 서 있었다. 호수 오른편 언덕에는 멋진 자태의 소나무들이 숲을 이루어 호수의 풍치를 더하고 있었다.

호숫가 언덕 지리산치즈랜드 휴게소 커피점은 문이 잠겨 있었다. 휴게소 의자에 앉아 쉬면서 휴게소 뒤편을 보니 완만한 언덕 사면에 수선화 꽃밭이 조성되어 있었다. 넓은 밭에 줄지어 늘어선 수선화가 노란 꽃을 활짝 피워 장관을 이루고 있었고, 그 뒤편에 있는 푸른 잔디와 소나무가 수선화 무리와 어우러져 동화 속 풍경 같은 분위기를 연출하고 있었다.

수선화 꽃밭을 넋을 잃고 바라보고 있는데, 꽃밭 사잇길로 푸른 하늘을 배경으로 양산을 쓴 두 여인이 영화의 한 장면처럼 걸어오고 있었다. 그들은 모녀 사이였다. 딸이 자신이 결혼하고 난 후 허전해하는 친정엄마를 모시고 위로여행을 온 것이었다. 그 기특한 딸은, 직장에서 열심히 일을 하고 있을 남편에게 영상전화를 걸어 아름다운 수선화 꽃들을 보여 주었다. 전화기 속에서 남편의 감탄이 흘러나왔다. 남편의 그 감탄 속에는 아내가 친정엄마와 마음 편히 여행하도록 하려는 배려가 짙게 묻어 있었다. 엄마와 남편을 동시에 챙기고 아내가 엄마와의 여행을 마음 편히 즐길 수 있도록 배려하는 속 깊고 슬기로운 부부를 보며, 참 마음이 따뜻한 사람들이구나 하는 생각이 들었다. 저런 따뜻한 마음

을 가진 사람들이 이 세상을 얼마나 따뜻한 곳으로 만들고 있는 것인
가!

구만제를 가로질러 놓인 다리를 건너가니 백의종군 벽화가 있었다.
벽화는 이순신 연보와 구례에서의 공의 행적을 같이 담고 있었다.

빈집들만 있는 게 아닌가 싶을 정도로 조용한 구만마을 안길을 지나
서시천 제방길에 들어섰다. 길 양편으로 벚나무가 늘어서 있었고, 벚나
무 사이사이에 복숭아나무가 심어져 있었다. 벚나무는 꽃잎이 지고 있
었고 복숭아나무는 꽃이 한창이었다. 흰 벚꽃과 그 사이사이 분홍의 복
사꽃이 잘 어우러지기도 했지만, 활짝 핀 복사꽃은 지고 있는 벚꽃에
대한 아쉬움을 달래주는 역할도 톡톡히 했다.

눈을 돌려 동쪽을 바라보니 들판 건너 간미봉 능선 뒤로 차일봉 능선
이 구례를 향해 힘차게 뻗어 내리고 있었고, 그 위 푸른 하늘에는 새하
얀 구름들이 피어나 조각배처럼 떠가고 있었다. 차일봉 능선 너머에는
해마다 8월이면 원추리꽃이 지천으로 피어나는 노고단이 능선 위로 빼
꼼히 고개를 내밀고 있었다.

▸▸ 구례읍 손인필 비각과 백의종군바위

구례읍으로 가려고 서시천 제방길을 걷는데, 길바닥 가운데 쪽에 푹
신푹신한 우레탄이 깔려 있는 것을 볼 수 있었다. 아스팔트나 시멘트,
아스콘으로 포장된 표면이 딱딱한 길을 오래 걸으면 무릎과 다리에 부
담이 가고 쉽게 피로해지게 된다. 길바닥이 딱딱하고 평탄하다 보니 충
격 흡수가 잘되지 않는 데다 같은 부위의 근육만 계속 사용하게 되어
그런 것으로 보인다. 이 우레탄 길은 그러한 무릎과 다리의 부담과 피

로를 조금이라도 줄여 주려는 배려로 보였다. 비록 짧은 구간이기는 하지만, 이 길에서 길을 걷는 사람들이 조금이라도 더 편히 걸을 수 있도록 하려는 구례군 공무원들의 따뜻한 마음을 읽을 수가 있었다.

구례군의 도보여행자들에 대한 배려는 이것만이 아니었다. 지리산 둘레길을 걸을 때 느낀 것인데, 길을 걷다 경치가 좋다거나 피로를 느껴 쉬어 가고 싶다는 생각이 드는 곳쯤에는 거의 어김없이 쉼터가 만들어져 있었다. 또한 길도 가급적 옛 정취를 느낄 수 있는 자연로나 볼거리가 있는 곳으로 연결하여 길 걷는 이들이 지루함을 느끼지 않도록 했다. 무심히 지나치면 간과할 수 있는 것들이지만, 지리산둘레길 구례 구간은 곳곳에 구례군 공무원들의 진정성 있는 고민이 숨어 있었다. 혹자는 작은 일이라 치부할지 몰라도, 고객에 대한 이런 배려심이 배어 있는 행정은 길을 걷는 내게 잔잔한 감동을 안겨 주었다. 공무원들이 이러한 진정성을 가지고 일을 한다면 그 지방이나 그 나라의 앞날은 매우 밝을 것이다.

구례공설운동장 인근에 다다르자 길가 정자 쉼터에 텐트가 하나 쳐 있고, 정자 옆에 노란색 소형 승용차가 주차되어 있었다. 승용차는 꽃과 꽃다발, 태극기, 억새꽃 등으로 주렁주렁 장식되어 있었고, "자유영혼", "행복한 삶" 등 낙서에 가까운 여러 가지 글들이 쓰여 있었다. 그야말로 한 자유영혼이 자유를 만끽하고 있는 중으로 보였다.

공설운동장을 지나고 구례실내체육관을 돌아 구례 중심가로 들어서자 손인필비각이 눈에 들어왔다. 이곳은 공의 휘하에 있던 군관인 손인필의 집이 있던 곳이었다. 그는 공이 다시 삼도수군통제사가 되어 조선 수군을 재건할 때 공을 수행하며 수군 재건을 적극적으로 도운 인물이었다.

4월 26일 흐리고 개지 않았다.

일찍 밥을 먹고 길을 떠나 구례현에 이르니 금부도사가 먼저 와 있었다. 손인필(孫仁弼)의 집에 이르니, 고을의 현감이 급히 보러 나와서 매우 정성껏 대접하였다. 금부도사도 와서 만났다. 내가 현감을 시켜 금부도사에게 술을 권하게 하였더니, 현감이 성심을 다했다고 한다. 밤에 앉아 있으니 비통함을 어찌 말로 다하랴.

공은 도원수 권율이 있는 순천으로 가려고 아침 일찍 운봉을 떠났다. 전날 머리를 내놓을 수 없을 정도로 세차게 퍼붓던 비는 다행히 그쳤지만, 하늘은 잔뜩 흐렸다. 숙성골은 폭우에 계곡물이 불어 조심스레 물을 건너야 했고, 길도 질척거렸다. 힘들게 숙성재를 넘어 구례현에 도착하니 거기엔 공이 신뢰하던 군관 손인필의 집이 있었다. 공은 그 집에 하룻밤 잠자리를 마련했다.

공이 구례에 도착하였다는 소식을 듣고 구례현감 이원춘이 급히 달려와 공을 극진히 대접했다. 이원춘은 구례현감과 석주관만호를 겸하고 있었으며, 따라서 그는 구례 방어의 총책임을 맡고 있었다. 그는 인품이 훌륭할 뿐 아니라 투철한 사명감까지 가지고 있는 인물이었다. 구례현은 전라좌수영 관할인 5관 5포*에 들지 않아 공의 지휘를 받지는 않았지만, 구례가 바다에서 그리 멀지 않은 곳에 위치해 있어 그는 공의 출중한 능력과 인품을 익히 들어 알고 있었을 것이다. 그랬기에 그는 공을 극진히 대접했고, 공의 부탁을 받아 금부도사 이사빈에게도 성심을 다해 술을 권했다.

---

*   5관(수군이 편성되어 있는 속읍): 순천군, 보성군, 낙안군, 흥양현(고흥), 광양현
     5포(해안 방위의 임무를 맡고 있는 속진): 녹도진, 발포진, 사도진, 여도진, 방답진

손인필 비각은 손인필의 집이 있던 자리에 세워진 비각으로, 주변은 '조선수군재건출정공원'이라는 이름의 소공원으로 조성되어 있었다. 공원 입구 오른편에는 조선 수군을 재건하러 출정하는 내용의 부조로 된 벽화가 있었고, 공원 가운데에는 정자가 세워져 있었다. 정자 뒤쪽에 '이순신 장군 백의종군바위'라고 불리는 커다란 바위가 있고, 그 옆에 손인필 비각이 있었다.

조선수군재건출정공원 이순신 장군 백의종군바위

이곳 구례는 공과 매우 인연이 깊은 곳이다. 운봉에서 권율을 만나러 순천으로 갈 때에는 하루밖에 머물지 않았지만, 순천에서 다시 권율의 진이 있는 초계로 갈 때에는 12일간이나 머물렀다. 더욱이 삼도수군통제사로 다시 임명된 후에는, 교서를 받자마자 바로 이곳으로 달려와 조선 수군 재건을 위한 전략을 마무리하고 수군 재건의 첫발을 내디딘 곳이기도 하다. 이 소공원을 '조선수군재건출정공원'이라 이름을 붙인 것도 그러한 연유 때문일 것이다.

백의종군바위에 올라가 앉아 보았다. 정자 앞에 세워져 있는 비에는 공이 이 바위에 앉아 나라의 안위를 걱정하였다고 설명되어 있었다. 바위 위에 앉아 있으니 만감이 몰려 왔다. 공은 이 바위에 앉아 무슨 생각을 하셨을까?

왜는 이미 공언한 바와 같이 곧 대규모 침략을 감행하여 올 것이다. 그러나 새로 삼도수군통제사로 부임한 원균은 겁이 많고 지략이 부족한 데다가 전략과 전술에도 능하지 못했다. 더군다나 그는 유능하고 전투 경험이 풍부한 수군장수들을 공의 휘하에 있었다는 이유로 다른 곳으로 인사 조치를 하거나 함부로 다루고 그들과 갈등까지 빚고 있다. 전략과 전술에 능하지 못한데, 부하 장수들과 갈등까지 빚고 있다면 지휘체계가 제대로 작동하지 않아 전투에서의 패배는 불을 보듯 뻔했다. 수군의 사기도 말할 필요도 없이 땅에 떨어질 대로 떨어져 있을 것이다. 지휘체계도 망가지고 사기까지 떨어져 있는 조선 수군이 숱한 전투로 단련된 노련한 왜의 수군을 어떻게 감당할 수 있을 것인가. 그런데도 임금은 이를 헤아리지 못하고 원균을 철석같이 믿고 있다. 아, 바다에서조차 왜군을 막지 못한다면 장차 이 나라는 어떻게 될 것인가?

백의종군의 몸이라 할 수 있는 것은 아무것도 없었다. 만 가지 걱정이 다 떠오르지만, 공은 당신이 아무것도 할 수 없다는 그 무력감이 더 견디기 힘들었을 것이다.

소공원 앞 도로에 차들이 간간이 지나고 있었다. 구례공설운동장 인근 정자에서 보았던 갖가지 장식을 한 노란색의 자유영혼의 차도 그 앞을 무심히 지나갔다.

▶▶ **황전천 제방길**

다음날인 4월 11일, 아침에 일어나 바깥을 보니 비가 내리고 있었다.

빗방울이 제법 굵었다. 오늘 계획대로 순천까지 가야 다음 일정을 진행하는 게 쉬워지므로 난감해하고 있는데, 처남이 비가 오더라도 그대로 출발하자고 했다. 내심 듣고 싶었던 말이라 곧바로 배낭을 꾸려 모텔을 나섰다.

인근에 있는 식당에서 아침 식사를 하고 7시 20분경 식당 문을 나서는데, 빗방울이 가늘어지면서 비가 잦아들고 있었다. 곧 그치겠구나 하는 희망 섞인 마음으로 비옷을 꺼내지 않고 방수기능이 있는 바람막이 재킷만 입은 채 거리로 나섰다.

비 때문인지 구례의 아침거리는 한산했다. 차들만 간간이 물을 튀기며 지나갈 뿐 길 가는 사람들의 모습은 거의 보이지 않았다.

시가지 구간을 지나 섬진강을 건너는 다리인 구 문척교 위를 걷는데, 날씨는 내 바람과는 달리 빗방울이 다시 굵어지고 바람까지 거세졌다. 섬진강 강바람에 휘날린 빗방울이 얼굴을 사정없이 때렸다. 문척교를 건너서도 섬진강 제방길로 길이 이어져 세찬 비바람을 피할 수가 없었다. 오래 사용해 방수기능이 떨어진 바람막이 재킷까지 비에 젖어들자, 별수 없이 길옆 창고 처마 아래에서 배낭을 풀고 일회용 비옷을 꺼내 입었다. 따로 케이스에 넣어 매고 가던 캠코더도 빗물이 들어가지 않도록 배낭 속 비닐주머니 속에 집어넣었다.

비옷을 꺼내 입자 금방 마음에 여유가 생겼다. 오산 기슭에 평화롭게 자리 잡고 있는 각금마을도 보이고, 신월리마을을 휘감아 내려오는 섬진강 물길도 보였다. 몇 해 전 가려다가 마을 사람들이 길을 막아 놓아 되돌아서야 했던 사성암(四聖庵) 가는 길도 눈에 들어 왔다. 빗방울이 굵어지는 것도 더 이상 걱정되지 않았다.

그동안 길을 걸으며 내가 너무 호사스럽게 순례를 하는 게 아닌가 하는 송구스러운 마음이 가끔씩 들곤 했었다. 공이 백의종군지로 가실 때에는 길도 험했고, 식사와 잠자리도 험했고, 비가 내려도 피할 수가 없었다. 그러나 공이 가셨던 길을 따라 걷겠다는 나는 잘 정비된 길을 걷고, 따뜻한 밥을 먹고 푹신한 침대에서 잠을 자며, 비가 오는 날은 피하고 맑은 날만 택해 걸었다. 그러나 이렇게 비를 맞으며 걸으니 그동안 공에 대해 가지고 있었던 송구함에서 다소나마 벗어날 수 있었다.

문척면 죽마리 죽연마을에서 동해마을로 가는 길은 가로수가 전부 벚나무로 되어 있는 벚꽃길이었다. 벚나무가 하늘을 가려 터널을 이루고 있었는데, 그러나 어젯밤부터 찾아온 비바람에 꽃잎은 거의 떨어지고 없었다. 길 위에 떨어진 벚꽃잎들이 흡사 흰 눈이 내린 것 같았다.

동해마을을 지나 구례구역이 바라다보이는 곳에 이르니 행정구역이 구례군에서 순천시로 바뀌었다. 강 건너로 보이는 구례구역이 있는 곳도 순천시 황전면이었다. '구례구역(求禮口驛)'은 구례로 들어가는 입구역이라는 뜻이다. 행정구역상 순천시에 있는 역에 이런 이름을 붙인 것은 지리산 등산객들이 구례를 지나치지 않고 내릴 수 있도록 하기 위해서였다고 한다.

구례구역으로 건너가는 용문교 입구를 지나 금평리 용서마을 들길을 지날 무렵 감사하게도 비가 그쳤다. 아직도 먹구름은 물러가지 않고 하늘을 덮고 있었지만, 구름 사이로 푸른 하늘도 조금씩 보였다.

용서마을 이후부터 황전면 소재지인 괴목리마을까지는 줄곧 황전천을 따라 걸었다. 황전천은 호남정맥상에 있는 희아산에서 발원해 구례구역 인근에서 섬진강과 합류하는 섬진강의 한 지류이다. 황전천 천변 길에서는 가소와 선변, 외구, 발산 등 하천가 산기슭에 자리 잡은 여러 농촌마을들을 만날 수 있었다. 지금까지 지나온 농촌마을들도 그랬지만, 이 마을들도 한없이 포근하고 아늑한 전형적인 우리 농촌마을들이었다. 산기슭을 따라 맑은 시냇물이 흐르고 들판에는 보리가 파릇파릇 자라고 있었다. 마을 앞 복숭아 과수원에는 갓 시집온 새색시 치마폭처럼 곱디고운 연분홍빛 복사꽃이 피어 있었고, 길섶 풀밭에는 샛노란 민들레가 길을 따라 줄지어 피어 있었다. 가슴이 뭉클하도록 아름답고 평화로운 우리의 고향마을들이었다.

황전천 천변길은 차량 소음에서 벗어날 수 있는 데다 인적도 거의 없어 한가로이 생각하면서 걷기에는 그만이었다. 또한 도로에서 멀리 떨어져 있는 숨어 있는 자연마을들을 많이 볼 수 있어 소박한 우리 농촌마을들의 속살도 들여다볼 수 있었다.

그러나 약간의 아쉬움도 있었다.

어제 걸었던 구간도 그렇고, 전라남도 구간의 백의종군로는 대부분 천변 제방길을 이용하도록 되어 있었다. 이는 순례자들이 시끄럽고 위험한 차도를 피해 걸을 수 있도록 하려는 전라남도의 배려라는 것은 충분히 이해할 수 있었다. 그러나 제방길이 너무 길게 이어지니 다소 지루한 감이 있었고, 또한 걷는 길이 공이 가셨던 옛길이 맞는 것일까 하는 의구심 때문에 순례의 의미가 반감되는 듯한 느낌을 떨쳐 버리기가 어려웠다.

백의종군로 순례는 공이 가셨던 길을 따라가며 공의 행적을 더듬어 보고 공의 고통과 고뇌를 조금이라도 헤아려 보자는데 그 의미가 있을 것이다. 따라서 순례길은 가급적 옛길을 그대로 따라갈 수 있도록 하는 게 좋을 것이라는 생각이 들었다.

걷다 보니 옛길은 도로로 변한 곳이 가장 많았다. 교통량이 많지 않은 도로는 그 도로를 따라가도록 하되, 안전상 문제가 우려되는 곳은 인근 농로나 산길, 제방길 중 도로와 가장 가까운 길을 부분적으로 대체로로 활용하면 될 것이다. 재정여건이 허락된다면 도로변을 따라 데 크로드를 만드는 것도 하나의 방법이라는 생각이 들었다.

선변마을을 지나면서부터 날이 활짝 개었다. 비 온 뒤 드러난 하늘빛 은 더없이 푸르렀고, 공기도 한층 상큼하고 맑았다.

황학교를 건너서 괴목리마을까지는 17번국도 옆으로 나 있는 작은 길을 따라갔다. 괴목리는 황전면 소재지였다. 마을 이름인 괴목(槐木)은 회화나무를 뜻하는데, 이 마을에 홍수가 있을 때마다 회화나무가 홍수 를 막아 많은 사람들을 살렸다 하여 붙여진 이름이라고 했다.

괴목장의 국밥이 유명하다고 하여 점심 식사를 하고 가려고 장터 입 구에 있는 국밥집에 들었다. 시장이 반찬인지 소문이 반찬인지 회화나 무마을 장터에서 먹는 국밥은 순례길에서 맛본 또 하나의 별미였다.

▶▶ 송치재를 넘으며

괴목마을에서 점심을 해결한 후 다시 길을 나섰다. 점심 후 우리가 걸어가야 할 길은 송치재를 넘는 길이었다. 괴목리마을을 떠나 송치재 아랫마을인 월등면 계월리 상동마을로 가려고 백야교를 건넜다.

여기쯤이었을까? 구례현감 이원춘은 공이 순천으로 가기 위해 구례 현을 떠난 4월 27일, 송치재 아래로 사람을 보내 공의 점심을 짓게 했 다. 공은 그 점심을 드시고 이 송치재를 넘었다.

이원춘은 구례 방어라는 자신의 소임에 최선을 다하고 있는 책임감 이 강한 충신이기에, 나라의 유일한 버팀목인 공이 죄인의 몸이 되어 가시는 게 몹시 마음이 아프고 또 나라 앞날이 걱정되었을 것이다. 구 례현감 이원춘의 공에 대한 지극한 정성과 우국충정이 또 한 번 느껴져 가슴을 여몄다. 공도 그의 이런 정성과 우국충정을 얼마나 고맙게 여겼을까? 그건 진정으로 나라를 걱정하는 마음을 가지고 있는 이들 간에만 주고받을 수 있는 거룩한 교감이었을 것이다.

상동마을을 지나 계월천과 헤어지자 서서히 오르막길이 시작되었다.

송치재를 오르는 길도 남원의 뒷밤재처럼 구 17번국도로 짐작되었다. 이 길도 아래편으로 직선의 터널길이 새로 뚫리자 다니는 차량이 거의 없어 몹시 한적했다. 송치재를 넘어 다시 새 17번국도를 만날 때까지 단 두 대의 차량을 만났을 뿐이었다.

송치재는 호남정맥을 넘는 해발고도 280m의 고개이다. 호남정맥은 호남 지방의 뼈대를 이루고 있는 산줄기이다. 남덕유산 아래에 있는 영취산에서 백두대간으로부터 갈라져 나와, 광주를 지나며 무등산을 만들고 이곳을 지나 광양에서 백운산을 만든다.

송치재 오름길에도 봄이 어우러지고 있었다. 오름길 옆 산기슭 고로쇠나무 숲에는 고운 연둣빛 잎들이 바람에 하늘거리고 있었고, 아래편 골짜기 송치마을 길에는 하얀 벚꽃이 줄지어 피어 있었다.

공이 이 고개를 넘어가시던 날도 양력으로 6월 11일이라 아직은 신록이 한창이었을 것이다. 곱디고운 연둣빛 잎들은 생명력이 흘러넘쳤고, 갖가지 봄꽃들도 만발해 있었을 것이다. 전전날 폭우가 쏟아졌고 전날까지 흐렸지만, 이 송치재를 넘는 날은 날씨가 맑았다. 그야말로 만화방창 호시절이었으리라. 그러한 흐드러진 봄 풍경들을 보고 감성이 풍부하셨던 공의 마음에 어찌 봄의 흥취가 일지 않았으랴. 하지만 나라 걱정과 어머니 장례 걱정이 앞서고 금부도사의 호송하에 있는 죄인의 몸이라 그 흥취조차 죄라고 여겨 마음에서 지우셨을 것이다.

송치재 고갯마루에 교회로 사용되었던 것으로 보이는 빈 건물이 있었고, 그 옆 마당에는 기다란 기차 객실 2량이 있었다. 2014년 4월 발생된 세월호 사고의 책임자 유병언과 관련된 종교집단의 소유가 아니었나 짐작되었다. 유병언이 기차 수집에 관심이 많았고, 안성의 금수원과 남원의 연수원, 순천에 그가 수집한 기차가 있다는 기사를 신문에서 읽은 기억이 있다고 처남이 말했다. 이 일대에 그와 관련된 종교집단의 땅이 많았다고 했다.

유병언은 수사기관에 쫓기다 2014년 6월, 이 송치재 아래 인적이 드문 풀숲에서 부패된 시신으로 발견되었다. 헛된 욕심과 과대망상에 사로잡혀 선량한 사람들을 혹세무민하고, 부당한 방법으로 부를 축적하여 부귀영화를 누리려던 자가 맞은 허망한 최후였다.

송치재

세월호 사고는 인천에서 제주로 가던 여객선인 세월호(청해진해운 소속)가 2014년 4월 16일 진도 인근 해상에서 침몰하면서 타고 있던 승객 300여 명이 희생된 대형 참사였다. 이 배에는 승객 476명이 타고 있었고, 이 중 172명이 구조되고 나머지 304명은 사망하거나 실종되었다. 특히 세월호에는 제주도로 수학여행을 가던 안산 단원고 학생 324명이 타고 있어 어린 학생들의 희생이 커서 온 국민의 마음을 더욱 아프게 했다.

당시 검경합동수사본부의 발표에 따르면, 화물 과적과 고박 불량, 무리한 선체 증축, 조타수의 운전 미숙 등이 세월호의 침몰 원인이었다.

그러나 이 사고는 정부의 허술한 재난 대응체계와 남 탓 신드롬에 젖어 있는 우리 사회의 민낯을 고스란히 드러나게 했다.

사고가 난 후 선장과 선원들이 각자의 임무를 책임감 있게 수행하고, 정부가 보다 체계적이고 적극적으로 구조활동을 하였더라면 그렇게 많은 희생자가 나오지는 않았을 것이다. 그러나 선장과 선원들은 승객들에게는 객실에서 대기하라고 방송을 하고 자신들은 배에서 탈출하는 무책임의 극치를 보였다. 더구나 선장은 그런 엄청난 사고를 내고도 사고에 대한 반성도 없이 병원 입원실에서 물에 젖은 돈을 꺼내 말리는, 아무리 이해하려고 해도 이해할 수 없는 행동을 보여 온 국민의 공분을 사기도 했다.

재난에 신속히 대응하여야 할 책임이 있는 정부는 사고수습을 총괄하는 기관도 제대로 정하지 못한 채 우왕좌왕했고, 해양경찰은 뒤늦게 구조활동에 뛰어들어 구조 골든타임을 놓치는 우를 범했다.

이에 대하여 정부와 해당 사업자는 마땅히 질타를 받아야 하며, 응분의 책임을 져야 할 것이다.

그러나 세월호 사고는 정부와 사업자에게만 책임을 묻는 것으로 끝나서는 안 될 문제라고 생각한다. 이 사고는 무책임이 만연할 대로 만연해 있는 우리 사회가 총체적으로 안고 있는 문제점의 한 단면이 불거진 것에 불과하기 때문이다.

이 사고는 청해진해운이 관련 규정과 안전수칙을 잘 이행하고, 선장과 선원들이 각자 자신이 맡은 일을 책임감 있게 수행하였다면 결코 발생하지 않았을 사고였다. 그런데 지금 우리 사회에는 세월호 선사와 선장, 선원들처럼 자신의 책임을 방기하거나 소홀히 하는 이들이 너무도 많다. 즉, 무책임의 병이 우리 사회 전반에 만연해 있는 것이다.

이러한 무책임병의 만연으로 우리 사회 곳곳에는 제2, 제3, 아니 헤아릴 수 없을 정도의 수많은 세월호 사고가 잠복해 있으며, 이는 언제 터질지 모르는 시한폭탄들과도 같다. 따라서 우리 사회에 만연해 있는 이러한 무책임의 병을 고치지 않는다면, 그 병은 우리가 방심할 때마다 수시로 큰 재앙을 우리에게 안겨 주어 우리를 경악과 슬픔에 빠트리게 할 것이다.

이러한 부끄럽고 비극적인 사고를 근본적으로 예방하기 위해서는 우리 국민 모두가 자신의 직무를 진정성을 가지고 책임감 있게 수행하는 대대적인 의식개혁이 있어야 한다. 국민 개개인이 진정성을 가지고 각자 자신이 하는 일에 책임을 다함으로써 '책임을 다하는 사회', '책임을 지는 사회'를 만들어야 한다. 문제가 발생하면 남 탓을 하기 전에 먼저 자신부터 되돌아보고 자신의 잘못부터 스스로 고쳐 나가야 한다. 그렇게 한다면 우리 사회 곳곳에 잠복해 있는 수많은 위해요소들은 하나씩 하나씩 자연스럽게 해소될 것이며, 이는 우리나라가 명실상부한 선진국으로 올라서는 길도 한층 더 앞당겨 줄 것이다.

세월호 사고 직후 나는 어느 모임에서 "이 자리에 이준석 선장에 대해 떳떳하게 손가락질할 수 있는 사람이 과연 몇이나 있나?" 하고 말한 적이 있었다. 자신은 자신의 일에 책임을 다하지 않으면서 남의 무책임에 대하여는 신랄하게 비판하는 위선을 꼬집은 것이었다. 그러자 그 자리 참석자 상당수는 내게 "요새 그런 말 다른 자리에서 하면 맞아 죽으니 함부로 입 밖에 내지 말라"고 항의를 했다.

또 당시 내가 다니던 직장의 한 회의에서 "우리 직장에서부터라도 '내 마음속의 이준석 선장 몰아내기' 운동을 하자"고 제안했었다. 우리 직장의 임직원들이 가지고 있는 무책임한 자세부터 고쳐 나가자는 뜻이었다. 내 제안에 일부 수긍은 있었지만 대체로 뜬금없다는 분위기여서 그 제안은 추진력을 얻을 수 없었고, 더 이상 관심도 받지 못했다.

이 두 가지 사례는 책임을 다하는 사회 만들기가 결코 쉬운 일이 아니라는 걸 말해 주고 있다. 이 문제는 대대적인 국민의식개혁운동으로 추진해 나가야 할 성질의 사안이므로, 온 국민의 뜻을 한곳으로 결집시킬 수 있는 사회 지도층의 강력한 리더십이 필요했다.

그러나 시간이 흐르면서 안타깝게도 사고수습은 내 생각과는 많이 다른 방향으로 흘러갔다. 정부는 사고예방을 위한 근본적인 대책을 내놓기보다 사고의 직접적 책임자 처벌과 해양경찰청 해체라는 민심수습용 미봉책만 내놓았다. 어디 그 사고가 선사와 선원과 해양경찰청만의 잘못인가. 정부 전체가 솔선하여 무책임을 스스로 반성하고 책임지는 정부가 되도록 관련 시스템들을 정비하여야 했는데, 번지수를 한참 잘못짚은 참으로 미흡한 수습책이었다.

또 하나 이해하기 어려운 일들이 벌어졌다.

일부 불순한 정치인과 시민단체, 각종 이해집단들이 하이에나처럼 세월호 사고에 대하여 먹을 것을 찾으러 달려들었다. 그들은 사고를 부풀리고 각종 유언비어를 만들어 내고 사고 진상을 왜곡시켰다. 사고의 모든 문제를 정부의 책임으로 몰아가면서, 자신들만이 진정으로 희생자들을 위하는 것처럼 또 정의의 사도인 것처럼 떠들었다. 그러나 그들이 바라는 속내는 신속한 사고수습과 정확한 진상조사도, 희생자에 대한 정당한 보상도, 향후 사고 예방을 위한 근본대책도 아니었다. 그들은 자신들의 사사로운 이익을 챙기기 위해 희생자와 희생자 가족을 앞세우고 이용할 뿐이었다. 그러다 보니 세월호 사고는 그 본질을 잃고 정치 이슈로 변질되어 갔고, 오히려 우리 사회의 또 하나의 커다란 갈등 요소가 되고 말았다.

참으로 안타깝고 애석하다. 나는 세월호 사고를 우리 사회 깊숙이 박혀 있는 뿌리 깊은 무책임의 병을 근본적으로 고칠 수 있는 절호의 기회로 생각했다. 사고 며칠 뒤 가족과 함께 안산의 합동분향소를 찾은 나는 무거운 침묵 속에서 꿈틀대고 있는 거대한 반성의 물결을 보았다. 세찬 바람에 휘날리고 있는 노란색 리본에는 미안하다는 말이 가장 많았고, 나도 리본에 "나부터 고치겠습니다"라고 써서 달았다. 다시는 이런 비극이 일어나지 않도록 나부터 반성하고 고쳐 나가야 한다는 스스로의 다짐이었다. 그게 나만이 아니라 세월호 사고 희생자를 대하는 온 국민들의 진정한 마음이었을 것이다.

그러나 아쉽게도 우리는 이 사고에 대한 문제의 본질을 통찰하지 못하고 온 국민의 그러한 마음을 문제 해결로 결집시키지 못해 우리나라가 그동안 가지고 있던 악습을 일소하고 재도약의 기반을 다질 수 있는 절호의 기회를 놓치고 말았다. 그렇게 하는 것이 세월호 희생자들의 희생을 더욱 숭고하고 고귀하게 하는 것이었는데, 참으로 애석하고 참으로 미안한 일이다.

우리는 일이 터지면 모두 남 탓, 정부 탓으로 돌린다. 그러나 우리는 그 '남'이 언젠가는 '내'가 될 수 있다는 걸 알아야 하며, 정부는 만능의 해결사가 아니라 '정부는 정부가 해야 할 일만 해야 한다'는 것을 알아야 한다. 이제부터라도 그 남 탓 정부 탓 신드롬을 과감히 벗어던져 버리고 국민 스스로가 나부터 내 일에 책임을 다하는 자세를 가져야 하며, 모든 문제를 정부가 해결해 주기만 바라는 심각한 정부의존증에서도 하루빨리 벗어나야 한다. 또한 국가적인 비극에 대해 사실을 왜곡하고 호도하여 사익을 챙기려는 반인륜적인 무리들이 다시는 이 땅에서 머리를 들 수 없도록 그들을 응징하여야 한다. 그래야 공이 지켜 주신 이 나라가 더 발전되고 더 살기 좋은 나라가 될 수 있을 것이다.

송치재 마루에 있는 열차 객실은 녹색 도색을 볼 때 통일호 열차의 객실로 보였다. 열차 앞에는 열차를 올려놓을 레일을 깔기 위한 것으로 보이는 자갈이 한 무더기 쌓여 있었다. 제 자리도 잡지 못한 채 방치되어 있는 열차는 혹세무민으로 사욕을 채우고 영화를 누리려는 것이 얼마나 허황된 꿈인가를 송치재를 넘는 나에게 분명히 말해 주고 있었다.

4. 백의종군의 길, 순천 - 초계

▶▶ 우국과 비통으로 지내신 순천

송치재를 넘어서니 아늑한 산골짜기 풍경이 펼쳐졌다. 연둣빛으로 물들어 가고 있는 바랑산을 배경으로 깊은 골짜기가 부채꼴 모양으로 펼쳐져 있었고, 그 부채꼴 골짜기 안에 집과 농장들이 여기저기 드문드문 들어서 있었다. 아직 벚꽃도 지지 않아 연둣빛 신록과 흰 벚꽃이 어우러져 우리에게 화사한 봄 풍경을 선사했다.

송치재를 내려서서도 길은 시끄러운 17번국도를 피해 서천 제방길을 따라 나 있었다. 유병언 때문에 이름이 익숙해진 마을인 서면 학구 마을을 지나는데, 바로 옆 산기슭을 지나는 전라선에서 KTX 열차가 쏜살같이 지나갔다. 시간이 멈추어 선 조용하고 한적한 이 마을에 과객인 KTX 열차가 혼자 바빴다. 곧이어 만난 개운마을에서는 오래된 돌담을 구경할 수 있었다. 작은 돌들을 차곡차곡 쌓아 만든 담장은 지나온 세월을 말해 주듯 돌마다 이끼가 끼어 있었고, 그 이끼 낀 돌들 위로 담쟁이덩굴이 얼기설기 얽혀 담을 덮고 있었다. 세월의 무게가 힘들었는지 한쪽은 일부 무너진 곳도 있었다. 개울가 작은 집의 짧은 돌담이지만, 지나는 나그네에게 옛 고향길의 푸근함을 안겨 주기에 충분했다.

구만리 구만마을 입구에서 처남은 더 걷는 게 무리가 될 것 같아, 17번국도로 나가서 버스를 타고 순천으로 갔다. 아스팔트나 시멘트 포장길에 아직 적응되지 않아 그런 것으로 보였다.

나는 혼자 걷게 되자 걷는 속도를 높였다. 길은 계속 서천 제방을 따라 이어졌다. 이내 동운역이 나오고, 건너편에 운평리마을이 보였다. 공은 송치 아래에서 점심을 드시고 송치를 넘어와 순천 송원에서 이득종과 정선의 문안을 받았다. 송원은 지금의 운평으로 추정된다고 하니 공이 그들의 문안을 받은 곳은 아마 이 근처였을 것이다.

굽어진 제방길을 돌아 서순천교 아래를 지나니 순천 시가의 모습이 보이기 시작했다. 호남고속도로 서순천요금소를 지나서부터는 하천변 산책길을 따라 걸었다. 동천 천변주차장 입구에서 시가지 길로 올라서서 오후 6시, 행동우체국 앞에 있는 팔마비에 도착했다.

팔마비

4월 27일 맑음
… 저녁에 정원명(鄭元溟)의 집에 이르니, 원수는 내가 온 것을 알고 군관 권승경(權承慶)을 보내어 조문하고 또 안부를 물었는데, 위로하는 말이 매우 정성스러웠다. 저녁에 순천부사가 와서 만났다. 정사준도 와서 원공의 패악하고 망령되어 전도된 행태를 많이 말했다.

정원명은 임진왜란 때 훈련판관(訓練判官)으로 공의 휘하에 있었던 사람이다. 공은 4월 27일 순천에 도착하여 정원명의 집에 거처를 정했다. 도원수 권율이 군관을 보내 조문했고, 고을 수령도 만났다. 훈련주부(訓鍊主簿)로 공의 휘하에 있었던 정사준에게서 삼도수군통제사 원균의 잘못된 행동들에 대해 많은 말을 듣기도 했다.

공은 이곳 순천에서 5월 13일까지 17일간 머물렀다. 공이 순천에 머무르는 동안 도원수 권율은 공에게 많은 배려를 했다. 첫날 군관을 보내 조문한 데 이어 다음날 다시 군관 권승경을 보내 "상중에 몸이 피곤할 것이니 기운이 회복되는 대로 나오라"고 하고, 통제영에 있는 군관을 데려와 공을 간호하도록 조치하기도 했다. 공이 순천을 떠나는 날까지 일기에 도원수를 만난 기록이 없는 것을 보면, 도원수는 공이 상중이고 먼 길을 왔음을 고려해 당분간 편히 쉬도록 배려한 것으로 보인다.

이곳에 머무는 동안 많은 사람들이 공을 찾아 왔다. 전라도 순찰사 박홍로, 병사 이복남, 순천부사 우치적 등을 비롯해 공의 휘하에 있었던 방응원, 진흥국, 이원룡 등과 권율 휘하의 사람들, 승장 수인 등 다양한 사람들을 만났다. 일기에는 그들과 무슨 말들을 나누었는지 나와 있지 않지만 대화의 대부분은 왜의 동정과 조선 수군의 대비 상황, 그리고 나라 걱정이었을 것이다.

그러나 특기할만한 것은 이곳에서 원균에 대한 소식을 많이 들었다는 점이다. 순천에 도착한 첫날 정사준에게서 들은 것을 시작으로 집주인 정원명을 비롯해 충청 우후 원유남, 병사 이복남, 서산군수 안괄, 이경신, 진흥국, 전 광양현감 김성 등이 한산도와 전라좌수영 등에서 와서 원균에 대한 말을 많이 전했다. 이는 순천이 전라좌수영 관할에 속해 있는 데다 전라좌수영 본영이 있는 여수가 지척에 있어 수군의 소식을 접하기 쉬웠기 때문이었을 것이다. 공이 순천에서 머무른 17일간 중 무려 10일간의 일기에서 원균이 언급되고 있다.

5월 5일 맑음
… 저녁나절에 충청 우후 원유남이 한산도에서 와서 원공의 잘못된 짓을 많이 전하고, 또 진중의 장졸들이 군무를 이탈하여 반역하니, 장차 일이 어찌 될지 헤아리지 못하겠다.

5월 8일 흐림
음흉한 원이 편지를 보내어 조문했다. 이는 곧 원수의 명령에 따른 것이다. … 원이 온갖 계략을 꾸며 나를 모함하려 하니 이 또한 운수로다. 뇌물로 실어 보내는 짐이 서울 길을 연잇고 나를 헐뜯는 것이 날로 심하니, 스스로 때를 못 만난 것을 한탄할 따름이다.

5월 12일 맑음
… 신홍수가 와서 보고 원공의 점을 쳤는데, 첫 괘인 수뢰둔이 변하여 천풍구가 되니 용(用)이 체(體)를 이기는 것이라 크게 흉하였다.

원균에 대한 소식은 말할 필요도 없이 모두 걱정스러운 것들뿐이었다. 그중 충청 우후 원유남으로부터 들은 말은 믿고 싶지 않을 정도로 충격적인 것이었다. 원균이 휘하 장졸들을 잘못 지휘해 그들이 이탈하여 반역한다는 것이었다. 통제사와 휘하 장졸들이 일치단결하여 대응하더라도 왜군을 막아내기가 어려운데, 그런 지리멸렬한 수군으로 장차 어떻게 왜의 수군을 대적할 수 있을 것인가. 참으로 우려스러운 일이 아닐 수 없었다.

그동안에는 남해의 제해권을 장악해 바닷길과 곡창지대인 호남을 지켰기에 나라가 버틸 수 있었지만, 남해의 제해권마저 빼앗긴다면 나라가 적의 손아귀에 넘어가는 것은 시간문제라는 것을 공은 누구보다도 잘 알고 있었다. 그랬기에 공은 그 소식을 듣고 그 뒤에 벌어질 형세를 차마 헤아릴 수가 없었다.

하지만 나라 걱정을 도무지 떨쳐버릴 수가 없어 원균의 점을 쳤더니 점괘는 공의 걱정에서 하나도 벗어나지 않았다. 원균이 크게 흉하는 점괘가 나왔으니 이는 조선 수군의 대패를 의미하는 것이었다. 나라를 향한 공의 고뇌는 점점 더 깊어질 수밖에 없었다.

나라가 이러한 운명에 처해 있는데도 위정자들은 나라의 안위보다는 자신들의 눈앞의 이익만 챙기고 있었다. 원균은 뇌물로 대신들의 마음을 사려 했고, 대신들은 그의 뇌물에 양심을 팔았다. 당파와 뇌물로 한몸이 된 그들은 공의 충정을 왜곡시키고 헐뜯기만 했다. 공은 원균도 원균이지만, 눈앞의 이익만 먼저 생각하는 위정자들에 대한 걱정이 더 컸을 것이다. 비록 임금에 대한 공의 충성심은 끝까지 변함이 없었지만, 내심으로는 원균과 그를 지지하는 사람들을 두둔하는 임금을 원망했을지도 모른다.

공의 근심과 회한은 그것만이 아니었다. 순천에 머무르는 동안 어머니의 생신을 맞았고, 어머니에 대한 슬프고 애통한 마음으로 많은 시간을 보냈다. 어머니에 대한 공의 절절한 마음을 가늠조차 하기 어려워 일기 구절을 옮기는 것으로 대신한다.

5월 4일 비가 내렸다.
오늘은 어머님의 생신이다. 슬프고 애통함을 어찌 견디랴. 닭이 울 때 일어나 눈물만 흘릴 뿐이다.

5월 5일 맑음
… 오늘은 단오절인데, 천 리나 되는 천애의 땅에 멀리 와서 종군하여 어머님 영전에 예를 못하고 곡하고 우는 것도 마음대로 못하니, 무슨 죄로 이런 앙갚음을 받는 것인가. 나와 같은 사정은 고금에도 없을 터이니, 가슴이 찢어지는 듯 아프다.

5월 6일 맑음
꿈에 돌아가신 두 형님을 만났는데, 서로 붙들고 통곡하면서 하시는 말씀이 "장사를 지내기도 전에 천 리 밖으로 떠나와 종군하고 있으니, 누가 일을 주관한단 말인가. 통곡한들 어찌하리."라고 하셨다. 이것은 두 형님의 혼령이 천 리 밖까지 따라와서 근심하고 애달파 한 것이니 비통함이 더하다. 아침저녁으로 그립고 원통한 마음에 눈물이 엉겨 피가 되건마는, 하늘은 어찌 아득하기만 하고 내 사정을 살펴주지 못하는가.

백의종군의 벌을 받아 어머니의 장례도 치르지 못하고 왔으니 돌아가신 두 형님이 꿈속에서 통곡하고, 어머니에 대한 그립고 원통한 마음에 눈물이 엉겨 피가 되었다. 아무리 슬프고 애통해도 곡하는 것도 마음대로 할 수 없었다. 사정을 살펴 주지 못하는 하늘이 원망스러울 뿐이었다.

공은 이렇듯 이곳 순천에서 나라 걱정과 어머니에 대한 애통한 마음으로 대부분의 나날들을 보냈다. 그리고 순천에 머무신 지 17일째가 되던 날, 도원수 권율이 순천을 떠남에 따라 공도 권율의 진이 있는 초계로 가기 위해 5월 14일 아침 순천을 떠났다.

팔마비에서 순례를 멈추고 순천종합버스터미널에서 처남을 만나 서울행 고속버스에 올랐다. 버스가 순천완주고속도로에 올라 순천을 막 벗어나는데, 오늘 세월호 선체를 육지에 올려 거치해 인양 작업이 완전히 마무리되었다는 뉴스가 버스 안 TV에서 흘러나왔다. 유병언이 시신으로 발견되었던 송치재를 넘어온 날 세월호 인양을 마무리했다는 뉴스를 듣게 되니, 우연이기는 하지만 임진왜란과 세월호 사고가 머릿속에서 오버랩되면서 심중이 착잡해졌다.

양자는 국민의 안전에 대한 대비를 소홀히 한 채 방심하고 있다가, 일이 터지자 제대로 대응하지 못해 엄청난 피해를 당했다는 면에서 서로 닮았다.

공은 백의종군의 억울함도 묵묵히 감내하며, 또 온갖 고통과 슬픔과 원망과 회한을 홀로 가슴속에서 삭이며 임진왜란 7년 전쟁을 승리로 이끌어 꺼져가던 이 나라를 구하셨다. 그러나 그런 이 나라를 살아가는 지금의 우리는 아직도 안전대책 하나 제대로 갖추지 못해 300여 명의 희생자를 낸 참극을 빚고 있다. 그러고도 서로 남 탓만 하고 비난만 하고 있을 뿐, 앞으로의 참극을 막을 근본적인 대책을 강구하는 데는 힘을 모으지 못하고 있다. 소 잃고 외양간을 고칠 줄도 모르는 것이 습관이 된 나라가 되었다.

공이 그렇게 강조하셨던 '유비무환'의 뜻도 새기지 못하고 있는 지금의 우리, 그런 우리가 과연 공의 후손으로서 이 땅에서 살아갈 자격이 있는 것인지 참으로 부끄러웠다.

▶▶ 또다시 구례로

4월 중에 백의종군로 순례를 마치려고 순천에서 돌아온 후 2~3일만 쉬다 순례를 다시 이어가려고 했으나, 비가 자주 내리는 데다 미세먼지까지 심해 순례 일정을 잡기가 어려웠다. 아내도 6월에 있는 첫째 딸 결혼 준비를 한다고 이런저런 걱정이 많아, 나 혼자 백의종군로 순례에만 매달리는 것에 마음이 편치 못했다.

그러다 9일째가 되던 4월 20일, 더 이상 순례를 미룰 수가 없어 다음 날 전라남도 구례로 가는 시외버스표를 예매했다. 4박 5일 일정으로 구례에서 합천 초계까지 구간을 마무리할 계획이었다.

4월 21일 금요일, 날이 맑았다.

아침 6시 반 서초동 남부터미널에서 출발한 하동행 시외버스는 3시간여가 지난 9시 40분 구례공용버스터미널에 나를 내려 주었다. 고속도로를 달려오는 동안 중간 중간 안개가 짙게 끼어 있었는데, 구례도 아직 안개가 채 걷히지 않고 있었다.

1597년 정유년 5월 14일, 공은 17일간 머물렀던 순천을 떠나 날이 저물 때쯤 이곳 구례에 도착했다. 도원수 권율이 순천을 떠나 초계로 복귀한다고 하여, 공도 따로 일정을 잡아 초계로 가는 중이었다. 공은 운봉을 거쳐 초계로 가려는 도원수와는 달리, 하동을 거쳐 바닷가로 둘러가는 길을 택했다. 이는 남해안 지방의 전쟁대비상황과 수군의 대비태세를 조금이라도 더 파악하려는 뜻이 아니었나 짐작된다.

공은 구례에 도착해 순천으로 갈 때와 마찬가지로 손인필의 집에 유숙하셨다. 구례현감 이원춘이 공이 왔다는 소식을 듣고 바로 달려왔다.

공은 구례에서 5월 25일까지 12일간 머물렀다. 운봉을 거쳐 초계로 가기로 한 도원수가 명나라 부총병 양원을 영접한다고 완산(전주)으로 갔기 때문이었다. 공은 손인필의 집에서 하루 유숙하신 후 다음날 관아의 모정으로 거처를 옮겼다가, 나흘 뒤에 동문 밖 장세호의 집으로 다시 거처를 옮겼다.

공은 이곳에 머무는 동안 구례현감 이원춘과 수시로 만나 많은 이야기를 나누었다. 우국충정의 뜻이 잘 맞는 두 사람이었기에, 둘의 대화는 대부분이 나라 걱정과 왜적을 막을 방도에 관한 것이었을 것이다. 구례현감은 공이 미안할 정도로 풍성한 점심을 내는 등 공을 극진히 대접했다.

체찰사 이원익이 이곳을 지나다 공이 머물고 있다는 소식을 듣고 만나기를 청했다. 체찰사는 공이 상을 당했다는 것을 그제야 듣고 소복을 입고 기다리는 등 예의를 갖추었다. 그는 공이 삼도수군통제사로 있을 때 공과 함께 방어대책을 세웠는데, 그때 공의 빈틈없는 일 처리와 철저한 준비 상황을 보고 공을 깊이 신뢰하고 있었다. 그는 정유재란 직전 조정에서 전략을 논의할 때 공을 영남에서 가장 뛰어난 장수라고 말하고, 한산도에서 공을 이동시킬 경우 모든 일이 잘못될 것이라고 하면서 공을 삼도수군통제사 자리에 그대로 두도록 주장하기도 했다.

공 또한 체찰사 이원익의 애민정신에 감명을 받고 그에게 공경심을 갖고 있었다.

그런 두 사람이 만났으니 그들은 허심탄회하게 흉중을 털어놓고 나랏일에 대해 깊이 대화를 나누었을 것이다. 체찰사는 공에게 "원균의 기만함이 극심하건만 임금이 살피지 못하니 나랏일을 어찌할꼬." 하면서 걱정을 했다.

그들의 대화는 밤늦게까지 계속되었고, 3일 뒤에도 또 만나 나라를 구하기 위한 서로의 고민을 나누었다.

공은 구례현에서 반가운 또 한 사람을 만났다. 정운, 권준, 이순신, 어영담 등과 함께 가장 믿는 부하 장수 중 한사람이었던 배흥립이 공을 찾아 왔다. 배흥립은 공이 전라좌수사로 있을 때 전함을 많이 건조하여 공과 같이 전란에 대비하고 임진년 해전에 전부장(前部將)으로 참전하는 등 공이 몹시 신뢰하는 장수였다. 공은 배흥립이 온다는 편지를 받고 "그동안의 정회를 펼 수 있을 것이니 매우 다행이다."라고 일기에 적었다. 구례현감과 셋이서 만났다. 서로 뜻이 맞는 이들끼리 만났으니 모처럼 가슴이 뚫리는 허심탄회한 대화가 오고 갔을 것이다.

5월 21일 일기에는 과천의 좌수(座首) 안홍제가 억울하게 형장을 맞아 거의 죽게 되었다가 물건을 바치고서야 풀려났다는 소식을 듣고, 바치는 물건의 많고 적음에 따라 죄의 경중을 결정한다며 "백전의 돈으로 죽은 혼을 살게 한다"고 통탄했다. 전쟁 중이었는데도 탐관오리들의 탐욕은 때와 장소도 가리지 않았다. 지금도 삿된 위정자들의 탐욕과 '유전무죄 무전유죄', '유권무죄 무권유죄'가 횡행하고 있으니, 예나 지금이나 돈 없고 힘없는 백성만 세상 살기가 힘이 든다.

어느덧 장마철에 접어들어 큰비가 내리던 5월 26일, 공은 초계로 가기 위해 비를 맞으며 구례를 떠났다.

나도 구례공용버스터미널에 내려 공이 가신 길을 따라 걷기 시작했다.

서시교를 지나면서 길은 섬진강을 따라 난 제방길로 이어졌다. 하동쪽으로 가는 길도 순천으로 가는 길처럼 표지목이 잘 정비되어 있어 지도를 보지 않아도 길을 쉽게 찾을 수 있었다. 길 왼편으로는 노고단과 왕시루봉 등 지리산 웅봉들이 길을 걷고 있는 나를 내려다보며 순례를 응원해 주고 있었다.

마산천을 건너니 대나무숲과 잘 어우러진 멋진 데크로드가 나왔고, 데크로드를 지나서 좁다란 풀밭길을 따라 작은 언덕을 넘어서자 용호정이 보였다. 정자 뒤편으로는 운치 있는 소나무숲이 정자를 둘러싸고 있었고, 정자 앞으로는 섬진강이 유유히 남해를 향해 흐르고 있었다. 강과 정자와 소나무숲이 어우러져 만들어 내는 경관은 한 폭의 아름다운 그림이었다.

용호정은 1916년에 시 모임을 하기 위한 장소로 세운 정자였다. 구한말의 우국지사이자 유학자인 매천 황현의 문하생들이 시회를 조직하고 이곳 용호정을 근거지로 활동하였다고 한다. 정자 안내판에는 그들이 일제 때 국치의 한을 시 창작으로 달래며 민족혼을 길렀다는 글이 설명되어 있었다.

봄바람에 청보리 녹색 물결이 일렁이는 용두리 들판을 지나고 운조루가 있는 오미마을에서 지리산둘레길과 다시 만났다. 낯익은 지리산둘레길을 따라가다가 구례동중학교 뒤 산길에서 지리산둘레길과 헤어지고 학교 옆길을 통해 19번국도로 내려섰다.

전라남도가 정비한 백의종군로는 지리산둘레길과 계속 같이 가다가 석주관 뒤 계곡을 따라 내려와 19번국도와 만나는 것으로 되어 있었다. 그러나 주변 지형을 볼 때 그 길보다는 19번국도가 옛길이었을 가능성이 더 높았기 때문이었다. 또한 석주관 뒤 계곡길은 거리도 멀고 산길이라 시간상 오늘 하동까지 가려는 계획에 차질을 줄 가능성도 높았다.

19번국도는 우려했던 것과는 달리 차들이 많지 않았다. 가끔씩 지나가는 차량 소음이 귀찮기는 했지만, 섬진강을 바라보며 걷는 즐거움이 더 컸다. 오른편을 흐르고 있는 섬진강을 연신 곁눈질하면서 2km 정도를 걸어 산모퉁이를 돌아가니 석주관이 바로 눈앞에 나타났다.

석주관은 바닷가인 하동 쪽에서 전라도로 들어가는 길목으로, 주변의 산세가 험하고 높아 하동 쪽에서 공격해 오는 적을 방어하기에 매우 용이한 전략적 요충지였다. 정유재란 때 왜군은 '전라도 우선점령' 전략에 따라 남원성을 공격하기 위하여 하동을 거쳐 이곳으로 진격해 들어왔다. 당시 석주관 만호를 겸하고 있던 구례현감 이원춘은 수백의 군사로 물밀 듯 밀고 들어오는 수만의 왜군에 맞서 혼신의 힘을 다해 싸웠다. 그러나 아무리 석주관이 전략적 요충지라고 하더라도 수적 절대열세를 극복할 수는 없었다. 결국, 그는 남원성으로 후퇴했고, 남원성 전투에서 최후를 맞았다.

그 몇 달 후, 구례의 선비 왕득인과 그의 아들 왕의성 등은 의병을 모집하여 다시 구례를 침공해 온 왜군과 이곳에서 맞서 싸웠다. 화엄사와 연곡사의 승병들도 같이 전투에 참여했다. 그러나 의병들도 중과부적은 마찬가지였다. 결국, 의병들은 같이 전투에 참여했던 승병들과 함께 대부분 장렬히 전사하고 말았다.

석주관

지금 이곳 석주관에는 왕득인 부자 등 정유재란 때 순절한 7의사*의 묘와 함께 그들을 기리는 칠의각(七義閣)과 영모정(永慕亭)이 들어서 있다.

칠의각 계단을 올라 칠의사(七義祠) 앞에 서서 7의사와 또 함께 순국하신 의병, 승병 영령들께 고개 숙여 참배했다. 7의사 묘에도 올라 또다시 그들의 명복을 빌었다. 7의사 묘역에는 공과 같이 나랏일을 걱정했고 남원성 전투에서 순국한 구례현감 이원춘도 그들 옆에 같이 잠들어 있었다.

왜 일본은 이다지도 우리와 악연인가? 우리는 그들에게 한문과 불교를 전해 주고 선진 문물도 전수해 주는 등 베풀기만 했는데, 왜 그들은 우리를 끊임없이 괴롭히기만 하는가? 왜구가 그렇고, 임진왜란이 그렇고, 한일합병이 그랬다. 지금도 그들은 옛 만행에 대해 진심 어린 사과를 할 기색이 조금도 없다. 배은망덕이다. 우리와 일본이 자유민주주의의 가치를 공유하는 이웃으로서 같이 살아가기 위해서는, 서로의 양보와 이해를 통해 이처럼 긴 역사에 걸쳐 얽혀져 있는 실타래를 하나씩 풀어가는 슬기를 발휘해야 할 것이다.

오후 2시 50분, 피아골 입구 외곡삼거리에 있는 식당에서 늦은 점심을 먹었다. 서초동 남부터미널에서 샌드위치로 아침 식사를 간단히 한 터라 배가 고팠지만 중간에 식사를 할 수 있는 곳이 없었다. 중간 중간 간식과 물로 허기진 배를 달래며 여기까지 참고 올 수밖에 없었다.

식사를 하고 있는데, TV에서 대선 주자들의 토론회 소식이 흘러나왔다. 제발이지, 이번에는 진정으로 국가를 위해 제대로 일을 할 수 있는

---

* 　　왕득인, 이정익, 한호성, 양응록, 고정철, 오종, 왕의성

사람이 대통령이 되었으면 하는 마음이 간절했다. 조금 전 지나온 석주 관 순국 영령들께 더 이상 부끄럽지 않기 위해서라도 더욱 그랬다.

▶▶ 섬진강 100리 테마로드

경상남도로 접어들었다.

백의종군로 순례를 준비하면서 순례길 정보 수집에 가장 어려움을 겪었던 구간이 경상남도 구간이었다. 경상남도청에 문의해 보았으나 내가 원하는 상세 수준의 지도는 구할 수가 없었고, 인터넷에도 전라남 도처럼 상세 지도 파일이 올려져 있는 것이 없었다. 그러다 다행히 인 터넷에서 경남발전연구원에서 수행한「백의종군로 정비를 위한 기초연 구(2007. 10)」라는 제목의 용역보고서를 발견할 수 있었다. 그 보고서에 는 내가 기대했던 대로 경상남도 내에서의 공의 행로가 자세히 설명되 어 있었다. 나는 그 보고서에서 고증한 백의종군로를 국토정보지리원 에서 발행한 1/25,000 지형도에 옮겨 적었다. 일부 구간의 경우 그 보 고서의 지도가 불분명한 데다가 길 설명이 구체적이지 않아 길을 명확 히 확인하지 못한 곳이 있었지만, 더 이상 이를 확인할 수 있는 방법이 없어 현지에 가서 주민들에게 물어 부족한 정보를 보충하기로 했다.

하동군 화개마을에 들어서자 화개장터 지나 남도대교 앞에 백의종군 로 표지석이 서 있었다. 거북선을 형상화한 표지석에는, 앞면에 경상남 도 내의 백의종군로 구간인 화개에서 합천 율곡까지의 거리가 적혀 있 었고, 뒷면에는 다음 표지석까지의 구간 개념도가 새겨져 있었다. 그러 나 그 개념도는 출발지와 종착지를 연결하는 선만 구불구불 그어 놓았 을 뿐, 아무런 설명이나 지명 표기가 없어 이를 보고 길을 찾아가기는 불가능했다. 혹 상세한 길 안내가 되어 있나 기대를 하고 보았다가 실망만 하고 말았다. 이웃한 전라남도 구간의 친절한 표지목과는 차이가 컸다. 누구를 위해, 또 무슨 목적으로 표지석을 세워 놓았는지도 이해하기 어려웠다.

그러나 내겐 내가 갈 길을 미리 표시해 둔 든든한 지형도가 있었다. 화개에서부터는 다시 그 지형도를 보고 길을 찾아가기로 했다.

남도대교 입구에 섬진강 100리 테마로드 표지목이 보였다. 구례에서 오던 도중 하리마을 앞 길가 간이 휴게소에서 "화계에서 하동까지 걷기 좋은 길이 나 있다"는 말을 들었기에, 반가운 마음으로 표지목이 가리키는 곳을 따라 그 길로 내려섰다.

들은 대로 길이 잘 정비되어 있었고, 중간 중간 쉼터도 잘 마련되어 있었다. 길은 19번국도와 약간의 거리를 두고 나란히 가, 조용하기도 했지만 무엇보다도 섬진강을 바라보며 가는 경관 감상이 그만이었다. 차밭도 나오고 대나무숲도 나오고 백사장도 나오고, 그림 같은 길이었다. 차밭에는 마을 아낙들이 찻잎을 따고 있었고, 매실밭에는 매화나무가 콩알만 한 열매를 주렁주렁 달고 열심히 키워가고 있었다.

길 안내 표지목도 잘 설치되어 있었다. 주요 지점마다 이정표는 물론 그 지점의 유래를 설명하는 안내판까지 세워져 있었다. 백의종군로 표지석과 금방 비교가 되었다. 이런 게 현장행정과 탁상행정의 차이일 수도 있겠다는 생각이 들었다.

화개면 부춘리 신기마을 아래를 지나자 설대밭 사이로 백사장으로 내려가는 샛길이 눈에 들어 왔다. 표지목에 "은모래길"이라고 적혀 있었다. 나도 모르게 백사장으로 내려가 모래를 밟으며 강물 쪽으로 걸어갔다. 넓은 백사장 끝에는 바닥의 모래알이 보일 정도로 맑은 강물이 흐르고 있었다. 은빛 백사장과 맑은 물, 건너편 산의 신록이 어우러져 한 폭의 그림이 되었고, 나는 그 그림 속에 있었다.

　문득 중학교 시절 보았던 진주의 옛 남강이 생각났다. 넓디넓은 백사장의 모래알은 눈이 부시도록 희었고, 그 백사장을 한참을 걸어가 몸을 담갔던 강물은 티끌 하나 없이 맑았다. 강바닥의 모래알이 햇빛을 받아 반짝이기도 했다. 지금은 어디에서도 찾아보기가 힘든 우리 강의 원래 모습이었다. 그런데 섬진강이 이렇게 우리 강의 원형을 유지하고 있었다니 이 얼마나 고맙고 다행스러운 일인가. 마치 잃어버렸던 옛 추억의 사진을 되찾은 듯 감회가 깊었다. 무심코 섬진강변으로 내려섰다가 뜻하지 않게 섬진강에서 큰 위안을 받았다.

섬진강 백사장

　화개면 부춘리 검두나루 인근을 지나는데 반대편 숲길 속에서 무거운 군장을 등에 진 군인들이 나타났다. 군복에 달린 휘장을 보니 특전사였다. 반가운 마음으로 "어, 특전사네! 몇 여단이지요?" 하고 물으니 ○○여단이라고 했다. 내가 제대하고 난 후 창설된 부대였다. 나도 ○여단 출신이라고 말하니 그들도 반갑게 인사했다. 길게 이어지는 행군 행렬을 교차해 지나며 반갑고 안쓰러운 마음으로 계속 "수고 많습니다, 힘내세요." 하고 격려인사를 했다. 그들은 "선배님, 반갑습니다. 안녕히 가세요." 하며 살가운 인사를 잊지 않았다. 천리행군 중이라고 했다.

일기당천의 든든한 특전사! 안 되면 되게 하라, 최후의 1인까지 싸우는 강한 투지력, 그게 특전사 정신이었다. 공이 백의종군의 몸으로 한탄하며 가셨고, 또 칠천량해전에서 대패해 궤멸된 조선 수군을 재건하기 위해 온갖 고뇌를 가지고 가셨던 이 길을 420년이 지나 우리 국군의 최정예군이 가고 있었다. '아, 이걸 공이 보셔야 하는데….' 문득 그런 생각이 들고 가슴이 울컥해졌다. 공이 이들의 모습을 보시면 무슨 말을 하실까? 멀어져가는 행군 대열의 후미를 바라보면서, 그들이 유비무환의 정신을 잊지 말고 열심히 훈련하여 이 나라를 굳건히 지켜 주기를 마음속으로 빌었다.

곧이어 도착한 악양 평사리공원은 공사 중이었다. 테마로드도 폐쇄되어 있어 더 이상 그 길로 갈 수가 없어 다시 19번국도로 올라섰다. 국도 위로 올라서니 바로 눈앞에 소설 『토지』의 무대가 된 평사리 들판이 보였고, 그 들판 너머로 악양마을이 멀리 바라다보였다.

> 5월 26일 종일 큰비가 내렸다.
> … 그길로 석주관의 관문에 이르니 비가 퍼붓듯 쏟아졌다. 말을 쉬게 했어도 길을 가기 어려워 엎어지고 자빠지면서 악양 이정란(李廷鸞)의 집에 당도했는데, 문을 닫고 거절하는 것이었다. … 나는 아들 열을 시켜 억지로 청하게 하여 들어가 잤다. 행장이 다 젖었다.

공이 초계로 가기 위해 구례를 떠나 석주관에 이르니 비가 퍼붓듯이 내렸다. 이날은 양력으로 7월 10일, 한창 장마철이었다. 큰비가 쏟아지니 길도 질척거리고 미끄러워 길을 가기가 매우 어려웠다. 말이 엎어지고 자빠지기 일쑤일 정도였다. 그렇게 하여 겨우 악양 이정란*의 집에 다다랐는데, 그 집에 사는 사람은 문을 열어 주지 않았다. 당시 이정란의 집에는 의병장 김덕령**의 아우 김덕린이 살고 있었다. 주인이 출타 중이었을까, 아니면 형 김덕령을 억울한 누명을 씌워 처형한 조정에 대한 반감 때문이었을까? 아니면 또 다른 이유가 있었을까?

비록 백의종군 중이었지만 이런 일은 처음 겪는 것이었다. 행장도 다 젖었고, 더 이상 찾아갈 곳도 없었다. 둘째 아들 열을 시켜 억지로 청하여 들어가 잠을 잤으니, 밤새 잠자리가 편치는 않았을 것이다.

공은 다음날 젖은 옷을 말리고 오후 늦게야 악양을 출발하셨다.

시각이 오후 5시 40분을 넘어서고 있었다. 이정란의 집이 있었다는 악양면 정서리까지 들러서 가기에는 시간이 늦어 그대로 19번국도를 따라 걸었다. 새로 정비된 19번국도는 도로변에 튼튼한 가드레일이 설치된 인도가 있어 걷는 데 안전상의 문제는 없었다. 도로 옆을 흐르는 섬진강은 맑은 물과 하얀 백사장이 어우러져 아무리 바라보아도 싫증이 나지 않고 아름답기만 했다.

악양과 하동읍내의 중간 지점에 있는 흥룡리 호암마을을 지나는데 날이 어두워지고 있었다. 가급적이면 계획대로 하동읍까지 가야겠다는 생각으로 부지런히 발걸음을 옮겼다. 그동안 나의 좋은 길동무가 되어 주었던 섬진강에 대한 감상도 잠시 미뤄 두었다. 호암마을에서 1.5km

---

*   임진왜란 당시 수성장이 되어 전주성을 지켰던 의병장. 정유재란 때는 전주부윤이 되어 성을 지켰다.

**   임진왜란 때의 의병장으로, 권율의 휘하에서 곽재우와 협력하여 왜군을 격퇴하는 등 공을 세웠고, 1594년 선전관겸 충용장에 임명되었다. 이몽학의 난을 진압하러 가다가 난이 진압되었다는 소식을 듣고 회군하였으나, 이몽학과 내통하였다는 모함을 받고 고문을 받다가 옥사하였다.

정도를 더 걸어 하동읍 화심리 신지마을에 도착하니 오후 7시 15분, 날은 이미 많이 어두워져 있었다. 지도를 보니 하동읍내까지는 1시간 이상은 더 가야 할 것으로 보였다. 그대로 읍내까지 걸어가면 시간이 늦어 저녁 식사도 어려울 것으로 보여 신지마을에서 걷기를 마무리했다.

신지마을에 식당이 여럿 보였으나, 잠잘 곳이 있는 하동읍으로 가서 저녁 식사를 하기로 했다. 버스정류장에서 배낭을 정리하고, 백의종군로 표지석을 보고 있으니 20여 분 후 기다리던 시내버스가 왔다. 그 버스는 악양에서 출발한 것이었는데, 승객이 한 사람도 타고 있지 않았다. 손님이 나 혼자뿐인 그 버스는 전조등 불빛을 짙은 어둠 속으로 쏘아 보내며 하동읍내까지 쉬지 않고 달렸다.

▶▶ 섬진강 하류

다음날인 4월 22일, 새벽 5시에 일어나 오늘 걸을 구간의 지도 도엽을 순서대로 정리하고 배낭을 꾸려 모텔을 나섰다. 전날 저녁 식사를 한 24시 김밥집에서 순두부찌개로 아침밥을 먹었다.

옆 좌석에는 건설노동자로 보이는 사람들이 나보다 먼저 와 식사를 하고 있었다. 그 식당은 김밥과 표준화된 간단한 식사만을 파는 곳이라, 바쁘게 밥을 먹고 있는 그들의 모습을 보니 안쓰러운 마음이 들었다. 나는 길만 걸으면 되기에 그 정도의 식사로도 별문제가 없지만, 공사장에서 힘든 일을 해야 하는 그들에게는 양과 영양 면에서 많이 부족한 식사일 것이다. 새벽 일찍 밥을 먹을 수 있는 데다 밥값이 일반 식당보다 많이 싸니 그곳을 이용하는 것으로 짐작되었다. 먼지로 얼룩진 낡은 옷을 입고 부지런히 수저를 움직이고 있는 그들을 보며, 아내와 자식들을 위해 온갖 어려움을 감내하고 있는 가장의 무거운 짐의 무게가 느껴졌다. 그들의 가정에 행복이 있기를 마음속으로 빌며 식당 문을 나섰다.

전날 순례를 멈추었던 신지마을로 가려고 버스정류장을 찾아 걷다가 지나가는 택시에 올랐다. 어제의 계획 차질로 오늘 걸어야 할 거리가 멀기 때문에 시간을 낭비할 수가 없었기 때문이었다. 오전 7시가 조금 넘은 시각 신지마을에 도착했다.

신지마을은 아침 안개가 채 걷히지 않고 있었다. 마을 입구에 서 있는 백의종군로 표지석을 다시 한번 살펴보고 바로 걷기 시작했다. 배나무 과수원이 늘어선 선장마을 앞길을 지나는데, 섬진강 건너편 산등성이 뒤에서 광양의 백운산이 빼꼼히 머리를 내밀고 나를 넘겨다보고 있었다. 그 백운산은 어쩌면 나의 순례길을 응원해 주는 것 같기도 했고, 또 어쩌면 내가 순례를 제대로 하고 있는지 감시하는 것 같기도 했다.

길은 산기슭을 따라가 산모퉁이를 돌고 또 돌았다. 산모퉁이를 돌아가는 길이 어릴 적 걷던 옛 신작로를 생각나게 해, 걷기에 지루함을 주는 것이 아니라 오히려 정겨움을 주었다. 아침 공기도 상쾌했고, 여기저기서 새들의 노랫소리도 들려 왔다. 산과 들은 하루가 다르게 푸름을 더해 가고 있었고, 지나는 마을마다 집 담장과 마당에 핀 갖가지 꽃들이 나를 반겨 주고 있었다. 어제 계획대로 하동까지 가려고 밤길을 걸었다면 바쁜 마음에 전혀 느껴보지 못했을 아름다움이고 즐거움이고 여유였다.

하동병원을 지나 하동읍 시가지 입구인 읍내교차로에서 섬진강 100리 테마로드를 다시 만났다. 바다가 가까워져 강폭이 한층 넓어진 섬진강 건너편으로 강을 바라보고 늘어서 있는 전라남도 광양시 다압면 마을들이 보였다. 하동 쪽 마을들도 역시 섬진강을 바라보고 있었다. 섬진강을 사이에 두고 양안의 마을들이 서로를 부르는 듯 마주보고 있었다.

그런데 저 강을 사이로 서로 마주보고 사는 사람들은 그 정치적 성향이 너무도 많이 다르다. 지지하는 정당이 극명하게 갈리고, 국가 주요 정책에 대한 견해도 지지 정당에 따라 엇갈린다. 다 같이 대한민국에 사는 사람들인데 누가 우리 대한민국의 발전을 위해 더 진정성을 가지고 일을 할 것인지, 또 어느 정책이 우리의 삶의 질 향상에 진정하게 도움이 될 것인지가 선택의 기준이 되지 못하는 이 현실은 어디에서 연유된 것일까?

이는 그동안 위정자들이 정책으로 정정당당하게 경쟁하지 않고 비겁하게 편 가르기 정치를 해온 데 따른 시대적 산물일 것이다. 그동안 다수의 위정자들이 자신의 정치적 입지를 강화하고 권력욕을 채우기 위해 지역감정을 조장하고 이용했다. 순박하고 순수한 우리 국민은 자신도 모르게 그들의 감언이설에 세뇌되어 갔고, 시간이 흐를수록 지역감정은 점점 더 고착화되어 이제는 돌이키려 해도 돌이키기 어려운 지경까지 이르고 말았다.

국민들의 어느 한 편에 대한 그러한 무조건적인 지지는 전형적인 중우정치를 불러왔다. 정당과 정치인들은 겉으로는 국가와 국민을 위해 일한다며 번드레한 구호를 내세우지만, 안으로는 자신들의 이익 챙기기에 골몰한다. 국가발전을 위한 미래지향적 정책은 외면하고 당장의 표를 노린 포퓰리즘 정책을 남발하여 국민들의 이성을 마비시키고 국가 재정을 파탄으로 몰고 간다. 정부가 진정으로 고민해 제출한 민생법안들도 그들의 이익에 배치되면 법안을 폐기하거나 본인들 이익을 챙기기 위한 법률로 변질시킨다. 그리고는 이를 국가와 국민을 위한 것인 양 포장한다. 이런 정치인들과 정당을 지지하는 국민들은 그들의 거짓말과 선전선동을 여과 없이 받아들인다. 나라의 앞날을 너무도 위태롭게 하는 비극이 오늘의 이 나라에서 공공연히 벌어지고 있는 것이다.

지역감정과 편 가르기 정치는 지금 우리나라 발전의 가장 큰 걸림돌 중의 하나로 작용하고 있다. 이 문제를 해결하지 않으면 우리가 그렇게 고대하고 있는 진정한 선진국으로의 진입은 요원하게 될 것이다.

　　이러한 문제를 해소하기 위해서는 정치권 스스로가 대대적인 자기 혁신을 통해 비전과 정책으로 정정당당하게 경쟁하는 정도정치(正道政治) 풍토를 조성하여야 한다.

　　현재 우리 국회의원들은 국민들이 상상하지도 못할 정도의 엄청난 권한과 특혜를 누리고 있다. 국정에 대한 감사와 각종 조사권, 자료제출 요구권 등 국정 감시와 입법활동을 위한 권한뿐 아니라 불체포 특권, 고액의 연봉과 이에 버금가는 각종 지원비 등 무려 200가지에 이른다는 개인적 특혜까지 주어지고 있다.

　　이러한 엄청난 권한과 특혜는 국회의원들에게 특권의식을 심어 주어 국민의 눈높이와는 한참 괴리된 그들만의 눈으로 세상을 바라보게 한다. 그들은 국정감시권과 입법권을 남용하여 행정부뿐 아니라 사법부, 심지어 기업 등 민간에게까지 무소불위의 갑질 횡포를 일삼고 있고, 또 그 수많은 특혜를 으스대어 누리며 권력의 맛을 한껏 향유하고 있다. 그들 스스로가 '남자 직업으로서는 최고의 직업'이라고 하고 있으니 그들이 얼마나 이러한 권한과 특혜들을 즐기고 있는지 짐작이 간다.

　　국회의원들에 대한 이러한 엄청난 권한과 특혜는 권력 향유만을 노리는 모리배들을 정치판으로 불러 모으고 있다. 따라서 국회의원의 각종 권한은 국회의 기본 기능인 국정 감시와 입법활동을 위한 필요 최소한의 범위로 제한하고, 또 필요 이상으로 과다한 국회의원의 수와 고액의 세비 및 지원금, 보좌진 등에 대한 대폭 감축도 함께 이루어져야 한다. 이와 함께 불체포 특권과 그 외 차마 언급하기조차 민망한 각종 특혜들도 모두 폐지하고, 또 국민소환 등 의원들의 활동을 감시할 외부통제 장치도 마련하여야 한다. 그리고 국민 앞에 정도정치의 실현을 약속하고, 이를 어길 경우 의원직 사퇴와 제명 등 조치방안도 함께 제시하여야 한다. 그래야 공작정치로 사익만 챙기려는 모리배들이 정치판에 뛰어들고 또 정치판을 진흙탕으로 만드는 것을 막을 수 있다.

또 하나, 정부가 가지고 있는 모든 정책정보를 국민들에게 숨김없이 낱낱이 공개하는 것이다. 특히 법안이나 예산 등 국회의 심사를 거쳐야 하는 사안의 경우 각종 상임위 및 특위의 소위원회 회의를 포함한 국회 내의 모든 심사과정이 투명하게 공개되어야 한다.

우리 국민들이 의식 수준이 대단히 높은데도 정치인들의 감언이설에 속아 넘어가는 것은 정부 정책에 대한 정확하고 충분한 정보를 가지고 있지 못한 이유가 크다. 정치인들도 그렇고 정권의 사주를 받은 정부도 그렇고, 그들은 자신들에게 유리한 정보만 제한적으로 국민들에게 제공하고 있다. 이는 대부분 자신들이 원하는 방향으로 여론을 몰고 가기 위한 목적 때문일 것이다.

그러나 국민들에게 모든 정책정보를 투명하게 공개한다면, 국민들은 그 정보를 바탕으로 정치인들의 말을 비판적으로 받아들일 수 있게 될 것이다. 그렇게 된다면 그들은 국민의 감시의 눈이 무서워 거짓말을 하기 어려워질 것이고, 따라서 정당 간, 정치인들 간의 정책경쟁도 자연스럽게 유도될 수 있게 될 것이다.[*]

이런 점에서 볼 때 박근혜 정부 때 범정부적으로 추진하던 '정부 3.0 정책'이 폐기된 것은 몹시 아쉽고 안타까운 일이다. 그 정책은 정부가 가지고 있는 정책정보 중 개인정보나 국가이익을 해칠 우려가 있는 정

---

[*]   주인-대리인 이론(Michael C. Jensen, William Meckling)에서도 대리인(국회)이 주인(국민)의 이익보다 자신의 이익을 추구하는 것은 정보의 비대칭성에 근본 원인이 있다고 보았다. 이의 해소방안으로 정보공개 확대, 성과중심의 통제, 외부통제(국민소환 등) 등이 제시되고 있다.

보 이외에는 모두 공개하도록 하고, 정부기관 간에도 모든 정책정보를 서로 공유하게 하는 것이었다. 그 정책이 지속적으로, 또 성공적으로 추진되었다면 지금쯤 우리나라의 행정효율과 정책성공률, 정부생산성은 크게 높아져 있을 것이다.

정부는 국가의 안위와 경제발전, 국민의 삶의 질 향상에 무한한 책임을 져야 한다. 정권이 바뀌더라도 좋은 정책은 계승해 더 발전시키며, 잘못된 정책은 이를 엄정히 평가하여 최선의 정책으로 전환함으로써 나라를 조금이라도 더 살기 좋은 나라로 발전시켜 가야 한다. 그리고 국회는 정부가 그렇게 갈 수 있도록 지원하고 감시하고 통제하여야 한다. 그게 위정자들이 진정으로 국가와 국민을 위해 할 일이다.

섬진강 하류를 바라보며 생각에 젖어 걷다 보니 저만치 광양과 하동을 잇는 섬진대교가 바라다보였다. 섬진강을 사이로 한 양안 사람들이 저 다리처럼 흉금을 털어놓고 서로 어우러지는 그런 날이 하루빨리 오기를 마음으로 빌었다.

▸▸ 신월마을 뒤 산길

하동읍 두곡리마을에 소공원이 있었고, 소공원에 백의종군 유숙지 표지석이 서 있었다. 두곡리마을의 옛 이름은 두치였다.

5월 27일 흐리다 개었다.
아침에 젖은 옷을 바람에 걸어 말렸다. 저녁나절에 떠나 두치의 최춘룡(崔春龍)의 집에 이르자, 사량만호 이종호가 먼저 와 있었다. 유기룡이 와서 만났다.

공은 전날 폭우에 젖은 옷을 말리다 악양 이정란의 집에서 늦게 출발하였고, 이곳 두치 최춘룡의 집에서 유숙하게 되었다. 최춘룡의 집에 도착하니 전날 구례현에서 만났던 사량만호 이종호가 먼저 와 있었다. 진주의 선비 유기룡도 와서 만났다.

소공원에는 대하소설 『지리산』의 작가 이병주 문학비와 하동포구 노래비도 같이 서 있었다. 『지리산』은 일제강점기와 해방 이후 좌우 이념대립의 혼란기 속에서 파란만장한 삶을 살다간 지식인들의 이야기를 그린 소설이다. 주인공 중 한 사람인 박태영은 좌익에 가담하면서 공산주의의 허구성과 공산당의 위선을 간파하게 되었고, 이후 경솔하게 공산당에 몸을 맡긴 자신에 대한 자책감으로 지리산에서 빨치산으로 가학적인 삶을 살다가 자살로 생을 마감했다. 지리산은 박태영으로 대표되는 좌우 이념대립의 민족적 비극의 현장이었다.

소설 『지리산』에는 박태영, 하준규를 비롯한 실존 인물이 상당수 등장한다. 하준규는 실제 이름이 하준수였으며, 좌우 이념 대립과정에서 희생된 아까운 인재였다. 그는 일제의 학병을 피해 지리산 칠선골에 숨어들었다가 그의 인물됨을 알아본 이현상의 회유로 공산당에 입당하게 된다. 경남 함양의 대지주 집안의 아들이었던 그는 공산당에 입당만 했을 뿐 출신 성분이나 이념적으로는 공산당과 맞지 않는 사람이었다. 그는 천성적으로 정이 많고 의협심이 강했다. 자신의 집 토지를 소작인들에게 분배해 주기도 했고, 악덕 지주들의 창고를 열어 곡식을 소작인들에게 나누어 주거나 소작인들을 괴롭히는 악덕 지주들과 경찰, 관리들을 응징하기도 했다. 그는 이현상과의 의리 때문에 빨치산이 되었고, 6.25가 끝난 후 지명수배를 받던 그는 대구 시내를 걷다 체포되어 형장의 이슬로 사라졌다.

나는 어릴 적 동네 어른들로부터 그에 대한 많은 이야기들을 들었다.

그는 그 시대 민초들의 영웅이었다. 동네 어른들은 그에 대한 이야기를 할 때마다 목소리가 커지고 흥분을 했다. "그 사람은 빨갱이가 아니라 의인(義人)이고 대인(大人)이다."라는 말을 항상 이야기 말미에 빠트리지 않았다.

이병주는 소설 후기에 이렇게 적었다.

작중에 등장하는 대부분의 인물들은 실재 인물이다. 특히 하준규, 박태영은 세상을 제대로 만났더라면 대인물로서 성장할 자질이 있는데 그들에게 운명은 너무나 가혹했다. 작자의 미숙으로 등장인물의 진실된 모습을 왜곡한 부분이 있지 않을까 해서 두렵다.

이병주의 말처럼 그들은 때를 잘못 만나 가혹한 삶을 살았다. 이념 때문에 남북으로 갈라진 이 나라가, 하루빨리 그 이념의 굴레에서 벗어나 서로 얼싸안고 울고 웃으며 시대를 아프게 살다간 그 영혼들을 위로해 줄 수 있기를 바라는 마음 간절하다.

두곡리 소공원을 떠나자 곧 송림공원이 나왔다. 저마다 기품 있는 자태를 뽐내는 노송들이 한데 어우러져 강가에 운치 있는 소나무숲을 만들어 놓았다. 송림 옆 강변 백사장에는 조개껍질 형상의 큰 조각 작품이 있었고, 모래 조각을 한 흔적들도 곳곳에 남아 있었다.

주차장 가 커다란 플라타너스나무 아래에 있는 벤치에 중절모를 쓴 노신사가 섬진강을 하염없이 바라보며 앉아 있었다. 이 송림과 섬진강에 무슨 사연이 있는 것일까? 첫사랑과의 추억일까, 아니면 친구들과 이곳에서 놀았던 청춘의 기억을 떠올리고 있는 것일까? 그 노신사가 왠지 내 마음을 대변해 주고 있는 것 같아, 멋진 노송들이 어우러져 있는 소나무숲보다 그에게 더 눈길이 갔다.

송림을 떠나 하동읍 신기리 하동교육지원청 삼거리에 이르니 백의종군로 표지석이 서 있었다. 표지석은 동남쪽에 있는 궁항마을 방향으로 가도록 안내를 했는데, 내가 가지고 있는 지형도에는 동쪽인 하동공설운동장 방향으로 가도록 길 표시가 되어 있었다. 잠시 서서 어느 길로 갈지 지형도를 살펴보았다. 궁항마을 방향으로 갈 경우 횡천강을 건너야 하는데, 지도에는 궁항마을에서 횡천강을 건너는 길이 보이지 않았다. 강을 건너는 다리가 없으면 되돌아와야 할 가능성이 있어, 내가 지형도에 표시한 대로 하동공설운동장 방향으로 가는 길을 택했다.

대석교를 걸어 횡천강을 건넜다. 지리산 청학동마을 뒷산인 삼신봉에서 발원한 물이 하동호에서 잠시 머물다 섬진강을 찾아 흘러가고 있었다. 그래서인지 대석교 아래를 흐르는 물이 더 맑고 푸르렀다.

횡천강을 건너 약 30분 정도 가자 신월마을이 있었다. 신월마을에는 마을 사람들이 모여 공동으로 모판 작업을 하고 있었다. 기다란 레일이 있는 볍씨파종기를 중심으로 상토 작업과 볍씨 파종, 모판 나르기 등이 분업화되어 있었고, 사람들은 각각 제 위치에서 맡은 일을 열심히 하고 있었다. 집집이 따로 논에 직접 모판을 만들던 기억만 있는 내게 자동화되고 분업화된 모판 작업이 격세지감을 느끼게 했다. 하긴 그동안의 세월이 얼마인가. 더구나 지금의 농촌에는 거의 노인들밖에 남아 있지 않으니 이런 방법이 아니면 이제 벼농사를 짓기도 힘들 것이다.

신월마을 입구에 백의종군로 표지석이 서 있었다. 그 표지석에 그려져 있는 백의종군로 개념도는 마을 뒤 신하소류지를 지나 갈록치까지 산길로 가도록 길을 안내하고 있었다. 이 구간은 경남발전연구소 용역 보고서에서도 산길로 표시되어 있었다. 그러나 보고서에는 산길이 어디로 이어지는지에 대한 자세한 설명이 없어서 정확한 길을 확인하기가 어려웠고, 따라서 이 구간은 산길이 아니고 도로를 따라가는 것으로 내 지형도에 표시해 둔 구간이었다.

어느 길로 갈지 잠시 고민하다가 이번에는 표지석이 안내하는 산길로 따라가 보기로 했다. 도로가 아닌 산길로 가도록 표시한 것은 그 길이 분명한 옛길이거나 아니면 다른 이유가 있을 것이라고 생각했다. 또 길이 잘 나 있고 중간 중간 안내 표지가 설치되어 있을 것이라는 기대감도 있었다.

그러나 마을길로 들어서서 신하소류지로 가는 길을 찾아가다가 나는 당황하기 시작했다. 갈림길이 너무 많은 데다가 기대했던 안내 표지도 보이지 않았기 때문이었다. 갈림길마다 안내 표지목이 서 있던 전라남도와는 달리 경상남도 구간에는 어쩌다가 하나씩 서 있는 백의종군로 표지석 외에 다른 안내 표지가 전혀 없었다. 내가 가진 지형도는 이곳의 갈림길들이 많이 생략되어 있어 지도를 보고 길을 찾기도 어려웠다.

이리저리 지형을 살펴 신하소류지로 가는 길을 가까스로 찾았다. 그 길은 시멘트로 포장된 임도였다. 제 길을 찾아 들어서자 이내 마음은 안정을 되찾았다. 날로 푸르러가는 숲을 바라보면서 한적한 산길을 걸으니 발걸음도 절로 가벼워졌다. 안내 표지석대로 산길을 선택하기를 잘했다고 스스로를 칭찬하며 고갯마루를 향해 걸음을 옮겼다.

그런데 오른편 아래로 내려다보이는 신하소류지를 뒤로 하고 10분쯤을 더 오르니, 임도가 끝이 나고 더 이상 길이 보이지 않았다. 혹 백의종군로 표지기가 있나 하여 사방을 둘러보았지만 아무런 표지도 눈에 띄지 않았다.

길도 안내 표지도 없다는 것을 확인하자 거기서부터는 내가 스스로 길을 만들어서 가는 수밖에 없었다.

지형도를 보니 갈록치로 가는 방법은 두 가지였다. 하나는 소류지 계곡 위 안부(鞍部)까지 올라 반대편 계곡으로 넘어가서 고전면 성천리 지소마을 뒤 임도를 만나 따라가는 것, 또 하나는 안부에서 남쪽으로 나 있는 능선을 따라가는 것이었다.

그중 첫째 방법을 선택했다. 두 방법 다 소류지 계곡 위 안부까지는 올라가야 하므로, 거기까지 오르면 반대편 계곡으로 내려가는 것이 더 수월할 것으로 보였기 때문이었다.

안부로 오르기 위해 골짜기 풀숲으로 들어섰다. 처음엔 희미한 길 흔적이 보이더니 잠시 후 그 흔적이 사라졌다. 골짜기에는 잡목과 가시덤불이 우거져 있었다. 그 잡목과 가시덤불을 헤치며 약 30분을 오르자 안부에 올라설 수 있었다.

그런데 막 고갯마루에 올라서서 숨을 고르는데 하산길로 잡았던 지소마을 방향 골짜기 쪽에서 후다닥 짐승이 급히 달아나는 소리가 들렸다. 소리가 둔탁하고 큰 것으로 보아 멧돼지일 가능성이 크다는 생각이 들었다. 계획대로 그리로 내려갈지 잠시 고민에 빠졌다. 그 골도 길이 없기는 마찬가지였다. 만일 조금 전 그 소리의 주인공이 멧돼지라면 그리로 내려가는 것이 무리라는 생각이 들었다. 지금이 봄철이라 멧돼지가 새끼 보호 본능 때문에 공격성이 강해 자칫 위험한 상황에 처할 수 있기 때문이었다.

다른 길을 찾아보려고 다시 지형도를 보니 고개 바로 오른편 봉우리에서 동북쪽으로 난 작은 가지능선이 눈에 들어 왔다. 경사가 대체로 완만한 능선이었다. 능선 중간 이후 경사가 좀 가파르기는 하지만, 내려가는 길이니 크게 어렵지는 않으리라고 생각되어 그 능선을 따라 지소마을로 내려가기로 했다.

신월마을 뒤 산길

　오른편 봉우리에 올라 그 가지능선으로 들어섰다. 지형도에서 본대
로 경사가 아주 완만한 능선이었다. 그러나 그 능선은 길 흔적이 전혀
없었고, 잡목과 넘어진 나무, 가시덤불 등이 뒤엉켜 있어 진행하기가 매
우 불편했다. 잡목과 가시덤불에 걸음이 막히고 쌓인 낙엽과 넘어진 나
뭇가지 사이에 발이 빠져, 내림길이지만 진행 속도가 매우 더뎠다. 멧돼
지가 다닌 흔적이 있는 곳이 그나마 걷기가 편해 그 흔적이 보이면 거
기를 이용했다.

　그렇게 한참을 잡목숲과 씨름하며 내려가니 숲 사이로 시멘트로 포
장된 임도가 보였다. 지소소류지 상부 쪽 임도였다. 임도에 내려앉아 배
낭에서 간식을 꺼내 먹으며, 무성의한 경상남도의 행정을 탓했다. 뭔가
이유가 있을 것이라 생각하며 들어섰던 산길은, 들어서서 걸어보니 이
유를 전혀 찾을 수가 없었다. 마을 입구 표지석에서 산길로 가도록 안

내를 했다면 최소한 희미하게나마 길이 나 있어야 할 것이고, 안내 표지도 설치되어 있어야 할 것이다.

바로 이웃해 있는 전라남도는 지도가 필요 없을 정도로 갈림길마다 표지목을 잘 설치해 두었다. 옛길이 차도로 변해 걷기가 위험한 곳은 대체로를 만들어 그 길을 이용하도록 했다. 그게 백의종군로를 따라 걸으며 공의 뜻을 헤아려 보려는 순례자들에 대한 최소한의 배려일 것이다.

그러나 표지석에 구불구불 선만 그어 놓고 그냥 알아서 찾아가라는 식의 행로 안내는 표지석의 설치 목적을 의심하게 만들었다. 표지석은 규모도 크고 질 좋은 화강암으로 되어 있어 상당한 예산이 소요되었을 것으로 생각되었다. 경상남도가 조금만 더 순례자의 입장에서 생각해 주었으면 하는 아쉬운 마음을 떨칠 수가 없었다.

▶▶ 하동읍성

시계를 보니 오전 11시 45분이었다. 당초 내가 지도에 표시했던 대로 도로로 갔다면 이미 갈록치와 고전초등학교를 지나 하동읍성을 향해 가고 있을 시각이었다. 오늘의 목적지인 옥종까지 가려면 길을 서둘러야 했다. 배낭을 챙겨 일어서서 지소마을 안길로 들어섰다. 갈록치로 가려면 마을 뒤 임도를 따라가야 하지만, 그 길로 가지 않고 지소마을을 지나 고전초등학교 방향으로 바로 가는 길을 택했다. 갈록치로 가더라도 거기서 다시 고전초등학교 방향으로 가야 하는데, 내가 들어선 길은 고전초등학교로 가는 지름길이었다. 산길에서 허비한 시간을 조금이라도 회복하려면 그 길을 택할 수밖에 없었다.

고전초등학교에서 하동읍성으로 가는 도로의 이름은 하동읍성로였다. 하동읍성로를 따라 해국재를 넘어 무지개골 입구를 지나는데 갑자기 천둥소리가 들렸다. 처음에는 군부대에서 포사격 훈련을 하는 소리로 생각하고 인근에 포사격장이 있나 보다 하고 생각했다. 그런데 굵은 빗방울이 몇 방울 떨어져 고개를 올려 보니 동편 하늘에 시커먼 먹구름이 몰려와 있었다. 그러나 서편은 산머리에 흰 구름만 조금 걸려 있을 뿐 맑은 하늘이었다. 하늘을 거의 절반으로 나누어 동편은 짙은 먹구름, 서편은 푸른 하늘이었고, 내가 걷고 있는 곳은 그 경계선의 하늘 밑이었다. 난생처음 접하는 믿어지지 않는 광경이었다.

무지개골을 지나 고전면 고하리 홍평마을로 가는데 굵은 빗방울이 떨어지기 시작했다. 홍평마을에서 비를 피할까 하다가 일단 하동읍성 초입에 있는 주성마을까지 가기로 했다. 주성마을은 마을 규모가 큰 데다 하동읍성 아랫마을이라 음식점이 있을 것으로 짐작되었다. 그곳에서 점심을 먹으면서 비를 피하는 게 좋겠다는 생각이었다.

다행히 예상했던 대로 주성마을에 식당이 있었다. 감사한 마음으로 그 식당에 들어 갈비탕을 주문했다.

점심 후 식당 밖으로 나오니 언제 비가 왔느냐는 듯 날이 말끔히 개어 있었다. 하느님이, 아니 충무공께서 보우하사 이렇게 비를 피했구나 감사하며 하동읍성으로 가는 길을 올랐다.

하동읍성은 고전면 고하리 양경산(해발 135m) 아래 자리 잡고 있었다. 읍성 안으로 들어서니 성곽정비공사가 진행 중이었다. 성 입구 쪽에서는 석성을 보수하느라 포클레인이 부지런히 움직이고 있었고, 성 안은 곳곳이 파헤쳐져 있었다. 이 성은 임진왜란 당시 토성으로 된 외성과 석성인 내성으로 구조가 되어 있었다고 한다.

5월 28일 흐렸으나 비는 오지 않았다.

늦게 출발하여 하동현에 이르니, 하동현감이 만나 보기를 반기어 성 안의 별채로 맞아들여 매우 정성을 다하였다. 그리고 원(元)이 하는 짓에 미친 짓이 많다고 말했다. 날이 저물도록 이야기를 나누었다.

5월 29일 흐림

몸이 너무 불편하여 길을 떠날 수가 없었다. 그대로 머물러 몸조리를 했다. 현감은 정다운 말을 많이 했다.

공은 5월 28일과 29일 이틀을 이곳에서 유숙했다. 하룻밤만 묵고 출발하려고 했으나, 사흘 전 세찬 비를 맞고 구례에서 악양까지 간 것이 무리가 되었던지 몸이 불편해 길을 떠날 수가 없었다.

하동현에서도 현감 신진(申蓁)은 공을 정성을 다해 대접했다. 또한 원균의 잘못된 행태에 대해서도 말해 주었다. 하동현은 경상우수영 관할 지역이어서 현감은 원균이 하는 행태를 직접 보고 잘 알고 있었을 것이고, 따라서 그의 잘못된 행동을 소상히 전했을 것이다. 이렇듯 휘하 수장들까지 통제사 원균을 탓하니, 그 뒤 불과 한 달 반 후 치러질 칠천량 해전은 패배가 이미 예정된 것이나 마찬가지였다.

하동읍성 앞에는 성 내벽을 뒷담으로 한 민가가 한 채 있었고, 성 안에도 민가가 한 채 있었다. 공사장이 되어 있는 성 안과 요란한 중장비 소리에 성을 둘러볼 수가 없어, 성 북동쪽에 있는 불무곡소류지 방향으로 넘어가려고 성 안길을 올랐다. 양편에 대나무밭을 끼고 있는 언덕길을 오르니 외성인 토성이 나타났다. 아직도 토성임을 쉽게 알 수 있을 정도로 원형이 많이 남아 있었지만, 일부가 무너지고 무성하게 자란 풀이 성을 뒤덮고 있어 세월의 무상함을 느끼게 했다.

이곳에서 이틀을 보내신 다음날인 6월 1일, 공은 비가 내리는 궂은 날인데도 아침 일찍 산청 땅 단성을 향해 길을 떠났다.

나도 하동읍성의 외성이었던 토성의 동문을 지나, 오늘의 목적지인 옥종으로 가기 위해 고하마을 가는 길로 내려섰다.

▶▶ 살티재 넘는 길

하동읍성 동문 밖 고하마을에서 양보면 운암리 마을로 가는 길은 차도이기는 했지만 한적한 산골길 그대로였다. 차들도 거의 다니지 않아 안전을 걱정해야 할 필요도 없었다. 여유로운 마음으로 주변 봄 풍경을 감상하며 걸었다. 사람도 전혀 보이지 않아 적막감마저 드는 길이었지만, 주변 산의 싱그러운 신록과 길옆 논에서 파릇파릇 자라는 보리, 숲속에서 들려오는 새소리는 그 적막감을 희열로 바꿔 주었다. 이런 계절에 이런 길을 걷고 있다는 것이 가슴 벅차도록 행복하고 감사했다.

운암리 지내마을에 신라 말 대문장가 고운 최치원 선생을 모신 사당인 운암영당이 있었다. 최치원은 뛰어난 재능을 가진 인재였지만 자신이 가진 개혁의 뜻을 펴지 못하고 방랑으로 생을 마감한 비운의 인물이었다. 사당을 들러보고 싶은 마음이 컸지만, 시간 여유가 없어 먼발치에서 바라보기만 하는 것으로 만족하여야 했다.

여기서부터의 구간도 내가 사전에 공의 행로를 확인하는 데 어려움을 겪었던 구간 중의 하나였다. 경남발전연구원 용역보고서가 설명하고 있는 경유지 중 일부 경유지의 지명을 지형도상에서 찾을 수가 없었고, 나는 내 나름으로 경유지를 짐작하여 중단이재와 칼고개를 거쳐 통정리로 가도록 지형도에 길 표시를 해 두었다.

그러나 막상 이 구간에 들어선 나는 시간 절약을 위해 내가 지도상에 표시한 길과는 다른 길인 양보면 수척마을을 거쳐 통정리로 가는 길로 들어섰다. 두 길은 수척마을을 지나 나오는 성재 오름길에서 만나게 되는데, 지형도에 표시한 길이 많이 둘러가기 때문이었다. 시간 여유가 있으면 중단이재와 칼고개를 넘는 길이 산길이라 그 길로 가보고 싶었지만, 남은 길이 멀어 마음이 더 바빴다.

수척마을을 지나자 성재를 오르는 긴 오르막길이 시작되었다. 길은 차도이기는 했지만 분위기가 좋은 고갯길이었다. 길 양편은 숲이 우거져 있었고, 길을 걸으며 운암리 마을들을 내려다보는 조망도 좋았다.

긴 오름길을 걸어 성재마루에 올라서자 갑자기 넓은 고원지대가 눈앞에 펼쳐졌다. 성재 오름길을 오르면 당연히 내림길이 있을 것으로 생각하고 있었는데 뜻밖이었다. 뜻밖에 만난 고원지대는 흡사 다른 세계에라도 온 양 내게 무척 이채롭게 다가왔다. 산중에 펼쳐진 넓은 들판이 내 눈에 꽉 차게 들어 왔다. 들판 너머에는 구청마을과 신정마을, 안터마을 등 양보면 통정리 마을들이 여기저기 산 아래에 알맞게 흩어져 자리하고 있었다. 신록의 청산을 뒤로한 그 평화로운 산촌마을 모습들을 보자 여기가 바로 이백(李白)이 노래한 별유천지비인간(別有天地非人間)의 그 세상이 아닌가 생각이 들었다.

그 이색적인 고원 풍경을 눈에 담으며 걷고 있는데, 신정마을을 지날 무렵 또다시 먹구름이 몰려오고 굵은 빗방울이 떨어지기 시작했다. 오전처럼 비가 그쳐 주기를 바라며 걷는데, 그러나 내 바람과는 달리 신정소류지를 지날 즈음부터 천둥번개까지 치고 비도 점차 세차졌다. 오전의 비는 다행히 피했지만, 이 비는 먹구름이 밀려오는 기세로 보아 피하기는 어려울 것으로 보였다. 새벽에 본 TV 날씨예보에서 "일부 지역에서 천둥번개를 동반한 비가 내리겠다"고 했는데 그 일부 지역이 하필 여기라니, 그러나 어쩔 도리가 없었다. 마을은 이미 많이 지나왔고, 허허벌판을 돌아가는 도로 가운데라 비를 피할 수 있는 곳이 없었다.

'그냥 걷자. 공도 이 길을 종일 비를 맞으며 가셨는데, 나도 비를 맞아야지!' 하는 생각을 위안으로 삼았다.

목에 걸고 가던 캠코더를 벗어 배낭의 비닐주머니 속으로 집어넣었다. 배낭 안의 짐들은 집에서 짐을 꾸릴 때 비가 올 경우를 대비하여 모두 통비닐 속에 넣어 두어 젖을 염려는 없었다. 지도는 비닐로 된 지도 케이스에 들어 있어 아무 문제가 되지 않았다. 쏟아지는 비를 온몸으로 맞으며 걸으니 호사스런 순례에서 잠시나마 벗어나게 되어 마음이 오히려 홀가분해졌다.

비는 그칠 기미를 보이지 않고 세차게 내렸다. 입고 있는 옷은 순식간에 속옷까지 흠뻑 젖어들었다. 속옷까지 빗물에 젖어 더 이상 젖을 게 없게 되자, 이제는 오히려 비를 즐기는 마음이 되었다. 하늘에서 떨어지는 굵은 빗방울을 온몸으로 받으며 통정리 대내동마을을 지나 작은 고개를 넘었다.

고개를 넘어 우복리 대내마을 입구에 이르니 지붕이 씌워져 있는 버스정류장이 있었다. 그 버스정류장을 보자, 몸은 다 젖었더라도 그래도 숨쉬기조차도 어렵게 하는 이 세찬 비는 우선 피하고 보자는 생각이 들어 그 안으로 들어섰다.

정류장 의자 위에 배낭을 내리고 비가 그치기를 기다렸다. 그러나 비는 점점 더 거세게 내렸고, 잠시 후에는 우박까지 쏟아졌다. 굵은 빗방울과 우박이 아스팔트 바닥에 부딪혀 얼음 알갱이와 물방울이 도로 위로 쉴 새 없이 튀어 올랐다. 우박이 쏟아지기 전에 이렇게 비를 피할 수 있게 된 것이 다행이었지만, 비는 도무지 그칠 기미가 보이지 않았다.

이제 곧 살티재* 산길도 넘어야 하는데 오늘 중으로 옥종까지 갈 수 있을까 하는 걱정이 들었다.

쉬는 틈을 이용해 살티재 가는 길을 세심히 살펴보려고 지도를 보니, 버스정류장이 있는 이곳 지명이 귀신바위였다. 바위가 있나 하여 주변을 둘러 보았다. 왼편에 담장으로 둘러싸인 비가 있고, 그 뒤로 큰 바위가 놓여 있는 것이 보였다. 저 바위를 귀신바위라고 하나 보다 하는 생각이 들었다. 저 바위에 무슨 사연이 있을까? 버스정류장이지만 마을과는 거리가 다소 떨어져 있어, 밤길이었으면 지명 때문에 괜히 무서운 생각이 들뻔했다는 생각이 들었다.

고맙게도 버스정류장에서 비를 피한지 30분 정도가 지나자 비가 그치기 시작했다. 몇 방울씩 흩뿌리는 비를 맞으며 버스정류장을 나와, 지도에서 미리 길을 확인해둔 대로 동촌마을을 지나 살티재 방향으로 잰걸음으로 걸었다. 동촌마을회관을 지나면서부터 마을길과 들길을 따라갔는데, 지도에 표시되어 있지 않은 갈림길이 많아 주의를 기울이며 길을 찾아야 했다.

양보면 우복리 마을들인 몬당골을 지나 섬백마을에 들어섰고, 정적만 감돌고 있는 마을 안길을 구불구불 돌아 마을 뒤편으로 나섰다. 마침 마을 뒤편 밭에서 중년의 부부가 일을 하고 있었다. 그들에게 살티재를 물으니, 내가 가는 길로 그대로 가면 된다고 하면서 길 상태까지 자세히 일러 주었다.

살티재로 가는 산길은 그 부부의 말처럼 고갯마루 가까이까지 시멘트로 포장되어 있었다. 대내마을 버스정류장에서 지도로 살티재 길을

---

* 경남발전연구원 용역보고서에는 '살틔재'로 되어 있으나 여기서는 국토지리정보원 지형도상의 명칭에 따랐다.

살펴볼 땐, 또다시 오전에 지나온 신월마을 뒤 산길처럼 길이 없는 험한 고개를 넘어야 하는 것이 아닌가 하는 걱정이 들기도 했었다. 그러나 산길에 들어서서 길이 아주 잘 나 있다는 것을 확인하자 마음이 한결 가벼워졌다. 시간 여유가 많다면 모르겠지만, 이제 곧 어둠이 몰려올 텐데 길이 없을 경우 잠잘 곳이 있는 옥종까지 가는데 차질이 불가피할 것이었다. 오늘 가야 할 길이 먼 데다가 아직 채 물러가지 않은 먹구름에 날까지 어두우니 나도 모르게 마음이 많이 조급해져 있었다.

살티재는 포장길이 끝난 지점에서도 고갯마루까지 길이 뚜렷이 나 있어 쉽게 오를 수가 있었다. 고갯길을 오르다 뒤를 돌아보니 우복리 마을들이 한눈에 들어 왔다. 산과 들판을 사이에 두고 여기저기 마을이 흩어져 있는 산골 풍경은 한 폭의 그림을 보는 것처럼 아름답고 평화로웠다. 전형적인 지리산 기슭 산골 풍경이었다.

고갯마루에 다다를 즈음 누가 달았는지 백의종군로 표지기가 나뭇가지에 매달려 바람에 휘날리고 있었다. 표지기에는 "이순신 장군 백의종군로"라고 인쇄되어 있었는데, 그 표지기는 내림길 초입에도 달려 있었다. 아산 외암마을 뒤 산길과 임실 말티, 숙성재에 이어 네 번째 보는 백의종군로 표지기였다.

백의종군로 표지기는 언제 보아도 반가웠다. 더구나 이런 인적이 없는 산 고갯마루에서 보니 그 반가움이 더했다. 또다시 다른 곳에서 표지기를 보았을 때 느꼈던 것처럼 내가 이 길을 혼자 걷는 게 아니라 이 표지기를 단 사람들과 같이 걷고 있다는 느낌이 들었다. 이처럼 공의 뜻을 새겨 백의종군로를 걷고 있는 이들이 곳곳에 있다는 게 얼마나 감사한 일인지! 어디서 무엇을 하는 이들인지는 몰라도, 분명 그들은 공의 유비무환과 선공후사 정신을 새겨 자신들의 직분을 오늘도 충실히 수행하고 있으리라.

살티재

내림길 초입은 길이 뚜렷했다. 그러나 아래편으로 내려갈수록 길 흔적이 희미해졌다. 걷기 편한 쪽을 찾아가며 계곡을 따라 내려가니 머지않아 임도가 나왔다.

생각보다 쉽게 고개를 넘었다. 살티재 고개를 넘으니 거기엔 아름다운 노송들이 몇 그루 동구를 지키고 있는 북천면 사평리 배안골 마을이 자리하고 있었다.

▶▶ 머나먼 옥종마을

배안골에서 경전선 철도 건널목을 지나 산모퉁이를 돌아가니 사평마을이 있었다.

사평마을은 규모가 꽤 큰 마을이었다. 마을 안으로 들어서기 전 어귀에서 잠시 쉬면서 배낭 안에서 다음 도엽인 '청암'을 꺼내 배낭 등판에 끼웠다. 하동읍에서부터 보던 '하동' 도엽은 10여 분 거리인 모성마을을 지나면 곧 임무를 다하기 때문에, 지도 도엽을 쉽게 교체할 수 있도록 하기 위해서였다.

사평마을 안길로 들어서서 골목을 돌아가는데, 어느 한 집에 부자(父子)로 보이는 두 사람이 일을 하고 있는 모습이 담장 너머로 보였다. 마을 사람을 만난 것이 반가워 "안녕하세요?" 하고 인사를 했더니, 아버지로 보이는 사람이 어디로 가느냐고 물었다. 옥종까지 간다고 대답하니 왜 이런 길을 걸어 옥종까지 가느냐고 다시 물어, 결국 백의종군로를 순례하고 있다고 대답했다. 다행히 그는 백의종군로를 잘 알고 있었다.

그는 옥종으로 가는 길을 아주 상세히 또 친절하게 설명해 주었다. 그리고 마을 앞 2번국도 건너편 모성마을을 가리키며 "저 마을에 가면 백의종군로 표지석이 있다"고 하면서, "그 표지석에는 산길로 가도록 길이 표시되어 있는데, 산길로 가면 갈림길이 많아 길 찾기가 매우 어렵다. 길을 잘못 들면 산속에서 헤매게 되어 이 늦은 시간에 위험에 처하게 되니 꼭 차도(방화길)로 돌아가라"고 당부를 했다.

이미 신월마을 뒤 산길에서 고생한 터라 그 주민의 말에 신뢰가 갔다. 자상하고 친절한 그의 설명에 산골마을의 따뜻한 인정이 느껴졌다. 날도 곧 어두워질 것이고, 또 산길에서 헤매는 것보다 좀 둘러가더라도 확실한 길로 가는 게 좋을 것이다. 내 지도에도 이미 그 길로 가는 것으로 표시되어 있어 망설일 필요도 없었다.

그분에게 감사 인사를 하고, 어두워지기 전에 산 너머 마을인 북천면 화정리에 도착할 수 있도록 서둘러 사평마을 앞 2번국도를 건넜다. 모성마을에 서 있는 백의종군로 표지석은 그의 말대로 역시 산길로 가도록 안내하고 있었다. 이제는 산길에 더 이상 유혹당하지 않으리라 생각하며 미련 없이 모성마을을 지나 차도인 방화길로 들어섰다.

방화길은 중앙선은 없었지만 마주 오는 차가 서로 비켜갈 수 있을 정도로 길이 넓었다. 그 길에 들어서니 이제 험난한 길은 다 지나왔다는 안도감이 들면서 마음이 다시 여유로워졌다. 앞으로 산길은 더 이상 없으니, 어두워지더라도 옥종까지 가는 데는 별문제가 없을 것이다.

그런데 방화길을 오르는데 또다시 먹구름이 몰려오고 날이 어두워지더니 비가 내리기 시작했다. 빗방울이 통정리마을에서 만난 비처럼 굵지는 않았지만, 방수가 되지 않는 바지는 금방 비에 젖어들었다. 통정리에서 젖었던 바지가 이제 겨우 말랐는데, 그 바지는 다시 빗물을 잔뜩 머금고 다리에 달라붙었다.

고갯길을 오르며 지도 도엽을 바꾸려고 배낭 등판에 손을 넣으니 지도가 손에 잡히지 않았다. 불길한 생각에 얼른 배낭을 벗어 보니 등판 속에 있어야 할 지도가 보이지 않았다. 지도가 등판에서 흘러내려 길에 떨어져 버린 것이었다. 더 늦지 않게 옥종에 도착하려고 서둘러 길을 걷다 보니 지도가 땅에 떨어진 것도 몰랐다. 오던 길을 잠시 되돌아 내려가 보았으나 찾을 수가 없었다. '어떻게 소리도 없이 떨어졌을까? 좀 주의를 기울이며 걸을걸…' 하고 후회했지만 이미 소용이 없는 일이었다.

내게 길을 안내하던 지도가 없어지니 눈뜬장님이 되었다. 지금 걷고 있는 곳이 어디쯤인지 가늠이 어려웠고, 마을까지 남은 거리가 얼마인지도 알 수가 없었다. 내가 제대로 맞게 가고 있기는 한 것인가 하는 의구심도 들었다. 답답했다. 평화롭고 아름다운 산골마을 풍경도 눈에 잘 들어오지 않았다. 지도를 보지 못하니 금단현상이 온 것이었다.

그 답답함에서 빨리 벗어나려고 그냥 서둘러 걸었다. 배낭 속에 넣어 둔 휴대전화기를 꺼낼까도 생각했지만, 그러기에는 비가 너무 많이 내렸다. 가다가 갈림길이 나오면 그중 더 넓은 길을 선택했다.

그렇게 한참을 걸어 고갯마루에 이르니 세 갈래 갈림길이 나타났다. 그런데 그 세 길은 모두 길 폭이 비슷해 어느 길로 가야 할지 판단하기가 어려웠다. 어쩔 수 없이 배낭 속에서 휴대전화기를 꺼내 지도 앱을 구동시켰다.

휴대전화기 속의 지도는 내가 모성마을에서 화정마을로 넘어가는 고갯마루에 있으며, 또 앞에 보이는 세 길 중 내가 가야 할 길은 오른편 길이라고 알려 주었다. 그 지도로 내 위치와 갈 길을 확인하자 조금 전 답답했던 가슴과 머릿속이 뻥 뚫렸다. 길을 알고 가는 것과 모르고 가는 것의 차이가 바로 이런 것이구나. 나도 모르게 빙긋이 웃음이 나왔다. 세상사도 다 이럴 것이다. 길 확인이 끝나자 휴대전화기는 비에 젖지 않도록 다시 배낭 안 비닐주머니 속으로 집어넣었다.

화정마을로 가는 내림길은 경사가 꽤 심한 편이었다. 고갯길을 내려가는데 오른쪽 무릎이 조금씩 아파져 오기 시작했다. 조금이라도 빨리 옥종에 도착하려고 줄곧 속도를 내어 걸었더니 무리가 된 모양이었다. 날은 어두워져 오는데 무릎마저 고장이 난다면 옥종마을은 더 멀어질 것이다. 한밤중이 되어 옥종에 도착한다면 저녁도 그른 채 바깥에서 밤을 새워야 할지도 모른다. 무릎을 달래야 했다. 더 이상 통증이 악화되지 않도록 걷는 속도를 줄였다.

내림길은 경사가 급한 만큼 거리가 짧았다.

고갯길을 내려와 화정마을에 이르니 고갯길 내내 내리던 비가 그쳤고, 하늘을 덮었던 구름이 걷히자 어두워졌던 날도 다시 밝아졌다.

화정리마을 초입에서 백의종군로 표지석을 만났다. 표지석의 백의종군로 구간 개념도는 모성마을처럼 산길로 가도록 표시되어 있었다.

시계를 보니 오후 6시 반이었다. 잃어버린 도엽 구간의 길이 끝나 배낭 속에서 새 도엽 '대평'을 꺼내 지도케이스에 끼워 넣었다. 지도를 보니 이곳 화정리에서 옥종까지의 길이 한눈에 쏙 들어 왔다. 장님이 눈을 뜨면 이런 기분일까? 그동안 눈앞을 가로막고 있던 먹구름이 확 걷히는 기분이었다.

이제 옥종까지 거리는 얼마 남지 않았다. 길도 1003번지방도만 따라가면 되니 후미지고 위험한 구간은 없었다. 도로변에 서 있는 관광지 안내 이정표는 내가 갈 목적지 옥종불소유황온천이 4.2km 남았다고 알려 주었다.

옥종을 향해 배토재 오름길을 걷기 시작했다. 오른쪽 무릎의 통증은 계속되었지만, 걷는 속도만 빨리하지 않으면 걷는 데 크게 지장을 줄 정도는 아니었다.

배토재를 오르는데 어느새 하늘은 구름이 걷혀 있었고, 서산머리로 해가 넘어가고 있었다. 참 무던히도 변화가 많았던 날씨였다. 배토재 오름길에서 화정마을을 내려다보니 마을에 축제가 열리는지 보건진료소 뒤 넓은 공터에 만국기가 줄지어 펄럭이고 있었다. 마을 위 해가 지고 있는 하늘에는 애드벌룬이 하나 높이 떠 바람에 흔들리고 있었다.

배토재 고갯마루에 낙남정맥 표지목이 서 있었다. 1,600m가 넘는 지리산 영신봉에서 갈라져 나온 산줄기가 200m대로 몸을 잔뜩 낮추고 여기를 지나 진주와 창원, 김해를 향해 달려가고 있었다.

배토재를 넘어서는데 옥종면 정수리 들판에 어둠이 내려앉고 있었다. 옥종이 가까워지자 걷는 속도를 조금 더 늦추었다. 무릎 통증 때문이었다.

어둠이 시작될 무렵 청수역이 있었다는 청수교에 도착했다. 공은 비가 내리는데도 아침 일찍 하동읍성을 출발해, 이곳 청수역에 이르러 시냇가 정자에서 휴식을 취했다.

주변을 둘러보는데, 공이 쉬셨다는 정자는 어디에 있었는지 흔적조차 찾을 수 없고 멀리 이 마을 저 마을 불빛들만 하나 둘 켜지고 있었다.

길은 금방 어둠에 묻혔다. 배낭에서 헤드랜턴을 꺼냈다. 헤드랜턴 불빛에 의지해 20분 가까이 걸으니 그렇게 고대하던 오늘의 목적지 옥종 유황온천이 보였다.

다행히도 그곳 모텔에 방이 있어 들어가 짐을 풀었다. 잠잘 곳을 정하여 긴장이 풀려서인지, 인근 식당에서 저녁을 먹고 모텔로 돌아오는데 무릎에 극심한 통증이 느껴졌다. 잠시 걷는 것도 힘이 들 정도였다. 모텔에서 온수로 무릎을 마사지하며, 자고 나면 통증이 가라앉아 있기를 간절한 마음으로 빌었다.

▶▶ 옥종과 원계마을

다음날, 어제와 같이 새벽 5시에 잠자리에서 일어났다. 가급적 일찍 출발하는 것이 시간 관리상 편하므로 편안한 잠자리에서 뒤척거리며 시간을 허비하는 것은 곧 후회를 불러올 수 있는 사치였다. 다행히 어제 아팠던 무릎은 통증이 가라앉아 있어 길채비를 하는 내 마음을 가볍게 했다.

배낭을 꾸려 밖으로 나가니 안개가 짙게 끼어 있었다. 마침 잠을 잔 곳 인근에 있는 한 식당에 불이 켜져 있어 들어가 보니, 10여 명의 사람들이 아침 식사를 하고 있었다. 빈자리에 들어가 앉아 배를 든든히 채우고 수통에 물도 가득 채웠다.

길은 50여 m 앞이 잘 보이지 않을 정도로 짙은 안갯속에 덮여 있었다. 그러나 간간이 지나가는 차들은 짙은 안개를 아랑곳하지 않고 전력을 다해 질주했다. 목숨까지 걸고 달리는 우리의 용감한 교통문화가 지리산 아래 조용한 산골마을의 길이라고 해서 예외는 아니었다.

내 발걸음이 향하고 있는 곳은 이홍훈(李弘勳)의 집이 있는 청룡리 중촌마을이었다. 이홍훈은 홍의장군으로 불렸던 의병장 곽재우의 휘하에 있었던 사람으로, 공은 백의종군 기간 중 3일간 그의 집에서 유숙했다. 공이 이홍훈의 집에서 유숙하신 시기는 칠천량에서 조선 수군이 왜군에 대패하자 그 상황을 살피러 초계에서 남해로 갔다가 되돌아올 때였다.

골목길이 복잡해 지도를 세밀히 읽으며 중촌마을 안길로 들어섰다. 그런데 막상 마을 안으로 들어서고 보니, 지도상의 길이 실제와 많이 달라 지도를 보고 길을 찾아가기가 어려웠다. 지도 보기를 포기하고 두리번거리며 골목길을 걸어 들어가자 "이순신 백의종군로 유숙지 250m"라고 쓰여 있는 안내판이 보였다. 반가운 마음으로 그 안내판이 가리키는 방향으로 길을 따라갔다. 그러나 불과 2~30m를 더 가자 여러 갈래의 골목길이 나왔고, 거기서부터 다시 길을 헤매기 시작했다. 안내판을 찾아 이리저리 고개를 돌려보아도 더 이상 안내판이 보이지 않았다.

중촌마을은 규모가 꽤 큰 마을이었다. 사방으로 흩어지는 여러 갈래의 골목길을 보자 어디로 가야 할지 갈피를 잡을 수가 없었다. 이른 아침이라 그런지 마을 사람들도 눈에 띄지 않았다. 할 수 없이 이 골목 저 골목을 왔다 갔다 하다가 겨우 이홍훈의 집을 찾을 수가 있었다. 순례자들의 입장을 전혀 고려할 줄 모르는 경상남도의 공급자 위주의 무성의한 행정에 다시 한번 실망했다.

이홍훈의 집은 동네 가운데를 흐르는 개울가에 위치해 있었고, 한창 수리 중이었다. 집 앞 주차장에서는 한 사람이 초가지붕을 일 이엉을 엮고 있었고, 담장 안에서는 안채를 둘러 설치되어 있는 비계에 두세 사람이 올라서서 지붕 수리 작업을 하고 있었다. 집 안 마당에는 흙

무더기와 함께 건축자재가 어지럽게 널려 있었다. 인부들이 열심히 일을 하고 있는데 집을 돌아보기가 민망해, 집 안은 마당에서 선 채로 눈으로만 한 바퀴 둘러보았다. 주차장 한편에 있는 작은 초가에는 경상남도 내에서의 공의 행로와 행적자료가 전시되어 있었다.

이홍훈의 집을 떠나 진주시 수곡면 원계마을을 향해 다시 발길을 옮겼다. 원계마을은 공이 삼도수군통제사 재수임 교지를 받았던 손경례(孫景禮)의 집이 있는 마을이었다.

중촌마을을 떠나 호계천 건너 병천리 가덕마을 입구에 이르니 백의종군로 표지석이 안갯속에 홀로 서 있었다. 옛 청수역이 있었던 청수교와 옥산서원사거리에 이어 옥종에 들어서서 세 번째 보는 표지석이었다. 백의종군로 표지석은 길을 찾는 데는 별 도움이 되지 않았지만, 그래도 볼 때마다 혼자 길을 걷는 내게 반가운 길동무는 되어 주었다.

덕천강을 건너려고 강변 마을인 문암마을로 가는데, 어느샌가 짙게 끼었던 안개가 걷히고 파란 하늘이 드러나 있었다.

문암마을 끝자락에 있는 강정에서 걸음을 멈추었다. 강정은 남강의 지류인 덕천강 강변 언덕 위에 있는 작은 정자이다. 이 정자는 칠천량해전 패전 후 공이 권율의 당부로 남해에서 패전 상황을 파악하고 돌아와 진주목사 나정언, 도원수 종사관 황여일과 만나 대책을 숙의하였던 곳이다. 임진왜란 당시에는 송정으로 불렸으며, 지금의 정자는 정유재란 때 불탄 것을 뒤에 새로 지은 것이라고 했다.

정자에 앉아 쉬면서 덕천강을 내려다보았다. 덕천강은 대원사골과 중산리골, 거림골 등 지리산 동남부 골짜기의 물들이 한데 모여 진주의 진양호로 흘러드는 강이다.

강정

지금은 강의 모습과 물빛이 많이 변했지만, 내가 지리산을 처음 다니기 시작하던 1970년대 초반만 하더라도 원형 그대로의 강의 모습에다 물빛도 말 그대로 옥류였다. 강바닥과 강변에는 물과 세월에 닳은 둥근 강돌들이 즐비하게 늘려 있었고, 맑디맑은 물이 강돌 바닥 위를 흘렀다. 그 맑은 물은 가다가 바위가 나오면 바위를 굽어 돌았고, 때로는 여울이 되고 때로는 깊은 소(沼)가 되기도 했다.

그 아름다운 덕천강변 언덕의 정자에 공은 풍류의 흥취로 앉은 게 아니라 하늘이 무너지는 절망감과 태산이 앞을 가로막은 막막함으로 앉았다. 온갖 어려움을 겪어가며 임진년 이후 최대 규모인 180여 척의 대함대를 구축해 원균에게 넘겨 주었는데, 그는 불과 10여 척의 배만 남기고 하루아침에 이를 바다에 수장시켜 버렸다. 남해의 제해권도 왜에게 넘어갔다. 왜군의 전라도와 서해 진격을 막고 보급로를 차단하는 등 왜군에게 최대의 위협적 존재였던 조선 수군은 이제 궤멸되고 없었다.

조선의 유일한 희망이던 수군이 이 지경에 이르렀는데 아무리 숙의한들 마땅한 대책이 나올 수 있었을까? 정자 위에서는 깊은 한숨과 걱정만 무겁게 흘렀을지도 모른다. 그러나 무엇보다도 나라 구하는 것이 먼저인 공이었기에, 그 자리에선 원균에 대한 통탄과 원망과 분노는 묻어 둔 채 육지에서의 방어책과 함께 조선 수군 재건에 대한 대책들이 깊숙이 논의되었을 것이다.

무심히 흐르는 덕천강 물을 바라보며 문암교를 건넜다.

원계마을 입구에 "충무공 이순신 통제사 재수임 사적지 입구"라고 새겨진 비가 서 있었다. 그러나 손경례의 집도 마을 입구에만 안내비가 있을 뿐, 마을 안길로 들어가니 안내 표지가 없어 지나가는 주민들에게 물어서 집을 찾을 수밖에 없었다.

손경례의 집은 찾아오는 사람이 별로 없었는지 사람이 다닌 흔적이 거의 보이지 않았다. 관리를 제대로 하고 있지 않은 듯, 마당에는 잡초가 가득 자라고 있었고 마루에는 먼지가 쌓여 있었다. 우리 민족의 대영웅이 기거하시던 곳이고 또 삼도수군통제사 재임명 교서를 받은 역사적 현장이 이렇게 방치되고 있다는 게 믿어지지 않았다. 잡초가 자라고 있는 뜨락에 서 있는 '충무공 이순신 장군 삼도수군통제사 재수임 사적지' 비만이 이곳이 공이 계셨던 곳임을 안쓰럽게 알려 주고 있었다.

손경례의 집

방문 위에 달린 '우계서당' 현판 옆 눈에 잘 띄지 않는 곳에 공의 작은 초상화가 걸려 있었다. 집 기둥에는 도연명의「잡시」일부 구절이 주련으로 걸려 있었다. 뒤편에는 주인이 살고 있는 것으로 생각되는 살림집이 따로 있었고, 그 옆에는 공이 머무실 때부터 있었다는 오래된 은행나무가 서 있었다.

집을 둘러보는데 뒤편에서 강아지가 나와 낯선 객을 보고 쉴 새 없이 짖어댔다.

씁쓸한 마음을 안고 진배미유적지로 발길을 돌렸다. 진배미는 원계마을 앞에 있는 들판으로, 공이 이곳 손경례가에 머물면서 도원수 권율이 보낸 군사를 훈련하던 곳이었다. 『난중일기』에 "냇가로 나가 군사를 점검하고 말을 달렸다"고 되어 있는 것을 보면 당시에는 농경지가 아니라 덕천강 강변이었던 것으로 보인다. 유적지에는 '이충무공 군사훈련 유적비'가 서 있었고, 그 비에는 공이 이곳에 계실 때의 행적이 자세히 설명된 노산 이은상의 글이 새겨져 있었다.

노산의 글을 읽고 있는데, 그때 충격적인 일이 벌어졌다.

유적지는 딸기를 재배하는 비닐하우스 농장에 둘러싸여 있었다. 마침 고교생들로 보이는 학생들이 체험학습을 나왔는데, 인솔 교사가 학생들을 데리고 유적지 옆을 지나가고 있었다. 인솔 교사는 둘이었는데, 한 교사가 내가 유적지 비를 진지하게 보고 있는 것을 보더니 아는 체를 하면서 "아, 이게 그 비구나! 이게 뭐지?" 하니, 옆에 있던 교사가 "이충무공 유적지예요." 했다. 그런데 질문을 했던 그 교사가 "이충무공이 누구지?" 하고 다시 물었다. 다시 다른 교사가 말했다. "이순신…." 그리고 그들은 유적지에는 아무런 관심이 없다는 듯 학생들을 데리고 그냥 스쳐 지나가 버렸다.

'아니 이충무공이 누구지라니…. 그게 학생들을 가르치는 교사의 입에서 나올 말인가? 그러면 처음에 비에 대해 아는 체한 건 무언가?' 나는 내 귀와 눈을 의심했다.

내가 진배미유적지 입구에 다다를 무렵 그 학생들도 유적지 입구에서 차에서 내렸는데, 그때 나는 그들이 유적지 답사를 나온 것으로 생각했었다. 그리고 아이들을 인솔하고 온 그 교사들에 대해 고맙고 흐뭇한 마음을 가졌었다. 그러나 그들은 내가 생각했던 것처럼 진배미유적지로 가는 것이 아니고 딸기농장 주인의 안내로 딸기농장 안으로 들어갔다. 그때도 약간 실망을 했는데, 조금 전 그 교사의 말은 실망을 넘어 내게 큰 충격을 안겨 주었다.

설사 딸기농장 체험학습을 왔다고 하더라도 이곳이 충무공 유적지인 것을 알았으면, 적어도 학생들과 함께 유적지를 둘러보며 공의 뜻을 새겨 볼 시간을 잠시라도 갖는 게 교육자로서의 바른 자세일 것이다. 그런데 그렇게 무심히 지나쳐 버리다니, 이게 오늘의 우리 교육현실인가 싶어 참담한 심정을 금할 수 없었다. 그러면서 한편으로는 그래도 우리 세대가 훌륭한 스승들로부터 참교육을 받았던 무척 행복한 세대였구나 하는 생각이 들었다.

공의 체취가 남아있고 공의 기상이 살아 숨 쉬는 역사적 현장을 찾는다고 내내 설레고 두려운 마음으로 이곳으로 걸어왔던 나는, 방치되어 있는 손경례의 집과 진배미유적지에서의 충격적 교육현장을 보고 답답한 심정을 안고 원계마을을 떠났다.

단성을 향해 걸으며, 오늘을 사는 우리가 공께 너무도 부끄럽고 죄송했다.

▶▶ 지리산고등학교

원계마을에서 단성으로 가는 길도 다니는 차들이 많지 않았다. 원계마을을 떠나 작은 마을 두 곳을 지나니 행정구역이 진주시에서 산청군으로 바뀌었다. 그러나 행정구역은 바뀌었어도 들판에는 원계마을 진배미 들판처럼 비닐하우스 딸기농장이 즐비하게 늘어서 있었다.

곧이어 도착한 단성면 호리 저호마을에 지리산고등학교가 있었다.

작년 5월 지리산 종주산행을 했는데, 내가 가는 맞은편에서 역시 종주산행을 하는 한 무리의 고등학생들이 몰려 왔다. 나는 요즘 어떤 학교가 이렇게 아이들을 데리고 단체산행을 하나 싶어 궁금한 마음으로 그들을 바라보았다. 단체산행엔 많은 위험요소가 도사리고 있어, 여간한 책임감이 아니면 학생들을 데리고 오기가 힘들 것이기 때문이었다. 알고 보니 그들은 지리산고등학교 학생들이었다.

나는 그때 그 아이들에게서 깊은 인상을 받았다. 아이들이 모두 표정이 밝았고, 험한 산길을 걸으면서도 힘든 내색이나 불평이 전혀 없었다. 지나치는 모든 등산객들에게는 깍듯이 또 너무도 상냥히 인사를 했다. 등산객들이 물어보는 말에는 빠트리지 않고 대답도 잘해 주었다. 그 모습을 보면서 나는 '교육을 참 잘 받은 아이들이로구나!' 하는 생각을 했었다. 같이 가던 등산객들도 하나같이 그 아이들을 칭찬했다.

어디에 있는 학교인지 그동안 궁금했는데, 그 학교를 여기서 만났다.

아이들을 그렇듯 훌륭하게 가르치는 학교가 도대체 어떤 학교인가 궁금해 학교 안으로 들어가 보았다.

역시 학교는 내 추측과 기대에 조금도 어긋남이 없었다. 학교 안은 모든 시설들이 잘 정돈되어 있었고 청소도 깨끗이 되어 있었다. 운동장과 화단, 건물 주변 어디를 둘러봐도 휴짓조각 하나 떨어져 있지 않았다. 야외학습장의 집기와 책걸상들도 흐트러짐이 없이 제자리에 가지런히 정돈되어 있었다. 그것만 보고도 이 학교 교사들이 아이들을 어떻게 교육하고 있는지 알 수 있었다.

학교는 일요일이라 조용했다. 도서관과 기숙사를 겸하고 있는 것으로 보이는 한 건물에서만 아이들의 소리가 간간이 들렸다. 건물은 폐교된 초등학교를 빌어 사용하고 있었고, 교사(校舍)가 모자라는지 운동장가에 컨테이너로 만든 가교사가 몇 동 줄지어 있었다. 학교 건물 전광판에서 "진주라이온스클럽의 방문을 환영합니다!"라는 글귀가 흘렀다. 한눈에도 대안학교임을 알 수 있었다.

지리산고등학교

텅 빈 학교 운동장을 바라보며, 학생들이 훌륭한 인격체로 자랄 수 있도록 참교육을 하고 있는 교사들에게 운동장 한가득 감사와 존경의 마음을 보냈다. 이런 뜻있는 이들이 이렇게 촛불을 밝히고 있는 한 우리 대한민국의 앞날도 그만큼 밝아지리라.

다시 길을 걸으려고 뒤돌아서려는데, 뒤쪽에서 "안녕하세요? 저희 학교에 방문해 주셔서 감사합니다!" 하는 인사말이 들렸다. 뒤를 돌아보니 외출에서 돌아오는 듯 남학생 둘이 교문을 들어서고 있었다. "교장선생님께 안내해 드릴까요?" 하고 묻는 학생들에게 그럴 것까지 없다고 말하며, "지리산 산행 때 보았던 지리산고 학생들이 인사성도 밝고 교육을 잘 받은 것 같아, 도대체 어떤 학교인가 지나가다 궁금해서 들어와 봤다"고 학교에 온 이유를 설명해 주었다. 그리고는 그들에게 혹시 교육적으로 조금이나마 도움이 될까 하여 내가 백의종군로를 순례하고 있다는 것도 말해 주었다.

그들은 공의 백의종군을 잘 알고 있는 것은 물론이었고, 공이 백의종군 중 이웃 원계마을에 머무셨고 또 그곳에서 삼도수군통제사 재수임 교지를 받았다는 사실도 잘 알고 있었다. 공의 백의종군에 대하여 내가 말하는 것들을 쉽게 받아들이고 내가 묻는 말에도 막힘없이 바로 답하는 그들을 보며, 나는 지리산고등학교에 대해 다시 한번 감탄할 수밖에 없었다. 그들과 사진을 같이 찍고 헤어지며 그들에게 나라를 위해 뜻있는 일을 하는 인물이 되라고 격려해 주었다. 그러나 그건 그들에 대한 내 격려가 아니라 우리의 밝은 미래를 위한 내 바람이었다.

기분 좋게 지리산고등학교를 나와 다시 길을 재촉했다. 잠시 후 백의종군로는 1005번지방도와 만났고, 그 삼거리에 중국음식점이 있었다. 오전 11시 반 정도 된 시각이었다. 지도를 보니 이후 남사마을까지는 식당이 없을 것으로 보여 거기서 점심 식사를 하고 가려고 식당 문을 열었다.

식당에는 대여섯 명 정도의 여학생들이 막 식사를 마치고 일어서고 있었다. 하나같이 모두 내게 인사를 하는데 직감적으로 '지리산고 아이들이구나!' 하는 생각이 들었다. 학생들은 자신들이 식사하고 난 자리를 주인이 해야 할 몫만 남겨 놓은 채 깨끗이 정리하고 식당 문을 나갔다. 역시 하나 나무랄 데 없이 교육을 잘 받은 학생들이었다.

요즘 같은 세상에 아이들이 저렇게 바르게 살아갈 수 있도록 잘 가르치는 교사들이 있다니 얼마나 고맙고 다행한 일인가, 그 교사들은 도대체 어떤 사람들일까, 저 아이들은 그렇듯 진정한 스승에게서 교육을 받고 있으니 얼마나 행복한 아이들인가, 여러 가지 생각들이 줄을 이었다. 그리고 그들이 길러 낸 저 아이들이 우리 사회를 보다 더 건강한 사회로 만들어 나갈 것이라는 확신이 들어 마음이 뿌듯했다.

세상에는 이렇듯 시류에 휩쓸리지 않고 진정성을 가지고 뜻 있는 일을 하는 이들이 곳곳에 숨어 있다. 이런 이들이 있어 우리 사회가 이렇게 건강을 유지하고 있는 것이다.

점심을 먹고 남사마을로 향하는 내 발걸음이 한결 가벼웠다.

뒤에 인터넷에서 지리산고등학교를 검색해 보았다. 생각했던 대로 훌륭한 뜻을 가진 이들이 운영하는 대안학교였다. 한 학년이 20명으로 저소득층 위주로 학생들을 선발하고 있으며, 학비는 전액 무료이고 전교생이 기숙사에서 생활한다고 했다. "남명 조식의 경(敬)사상을 바탕으로 한 실천과 이순신의 선공후사(先公後私) 정신을 교육실천의 양대 축으로 삼고 있다."라는 학교장의 인사말이 있었다.

실제 지리산고등학교 학생들의 언행을 볼 때 학교장의 이러한 인사말은 요즘 난무하고 있는 포장적인 슬로건이 아니라, 진정으로 실천해 나가는 강력한 실천 강령이라는 것을 느낄 수 있었다. 경(敬)으로써 마음을 곧게 하고 의(義)로써 이를 실천하도록 한 남명사상과 항상 나라를 먼저 생각한 충무공의 선공후사 정신은, 사사로운 이익을 배제하고 진정성을 가지고 자신의 소임에 책임을 다하여야 한다는 측면에서 그 맥을 같이 한다고 생각된다. 공의 선공후사 정신도 철저한 절제를 통한 내적 수양과 강한 실천 의지가 없으면 실행이 불가능한 것이다.

이 인사말을 볼 때 이 학교를 운영하는 교사들이 학생들을 어떻게 가르칠 것인지에 대해 얼마나 많은 고민을 하고 있는지 짐작할 수 있었다. 또한 머지않은 곳에 남명이 후학을 양성했던 산천재가 있으니, 학교가 남명과 충무공의 정신을 동시에 피부로 느낄 수 있는 절묘한 위치에 자리 잡고 있어 교육의 효과도 더 클 것으로 생각되었다.

장기표 신문명정책연구원장이 지리산고등학교에 가서 강연을 한 후 쓴 글 "지리산고등학교야말로 참교육의 현장이다"의 마지막 문구가 지리산고등학교가 어떠한 학교인지 잘 말해 주고 있었다.

> 결국 나는 무언가를 가르치러 지리산고등학교에 갔다가 내가 가르친 것과는 비교도 할 수 없는 엄청난 가르침을 받고 왔으니, 나도 이날 크나큰 행운을 얻게 되었다. 지리산고등학교에 감사할 뿐이다.

▶▶ 남사마을

삼거리 중국음식점에서 흐뭇하게 점심 식사를 한 후 1005번지방도를 따라 걷다가, 단성면 창촌리 금만마을에서 마을 안길을 지나 산길로 접어들었다. 이 구간은 산길이기는 하지만 시멘트 포장길이 많고 표지판이 잘 설치되어 있어 길을 찾는 데는 아무런 불편이 없었다. 경상남도 구간 중 안내 표지가 잘 설치되어 있는 유일한 구간이었다. 옥종에서 남사까지의 이 구간은 순례객들이 더러 있는지 인터넷에 지도 파일도 올려져 있었다. 길 주변 경관이 아름다웠고, 길의 경사도 대체로 완만하여 걷기에 부담도 없었다.

인적 없는 산길의 고즈넉함을 즐기며 창촌리 고개를 넘었다. 그런데 원계마을에서부터 조금씩 아파져 오던 오른쪽 무릎 통증이 고개 내림 길에서부터 심해지기 시작했다. 아침에 일어나 통증이 사라져 다행이라고 안도했는데, 재발한 것이었다. 일단 걷는 데까지 걸어보자는 생각으로 고갯길을 조심스럽게 내려갔다.

남사마을은 몇 번 다녀간 마을이라 낯이 익은 곳이었다. 마을 서편 초입에 있는 예담교를 건너 이사재(尼泗齋) 방향으로 걸었다. 이사재로 가는 남사천 천변길을 걷는데 무릎 통증이 걸음을 옮기기가 힘들 정도로 심해졌다. 걸음을 한 걸음씩 옮길 때마다 극심한 통증이 느껴졌다. 불편한 자세로 겨우 한 걸음씩 내디디니 지척에 있는 이사재가 1,000리나 되는 것 같았다.

가까스로 도착한 이사재 앞에 백의종군로 표지석이 서 있었다. 이사재는 조선 중기의 문인으로 대사헌과 호조참판 등을 역임한 박호원의 재실이다.

> 6월 1일 비가 계속 내렸다.
> … 저물녘 단성 땅과 진주 땅의 경계에 있는 박호원(朴好元)의 농사짓는 종의 집에 투숙하였는데, 주인이 반갑게 대하기는 하나 잠자는 방이 좋지 못하여 간신히 밤을 지냈다. 밤새도록 비가 내렸다.

이곳의 행정구역은 산청군 단성면 남사리이다.

몸이 불편해 하동읍성에서 하루를 더 머무신 다음날인 6월 1일, 공은 아침 일찍 하동읍성을 출발하여 저물녘 이곳 남사마을에 도착했다.

장마철이라 이날도 종일 비가 내렸다. 하동읍성에서 몸도 채 회복이 안 된 상태로 출발하였을 텐데, 나흘 전에 이어 이날도 또 종일 비를 맞았다.

박호원의 종의 집에 잠자리를 얻어 들었는데, 잠자리까지 매우 옹색하여 불편했다. 죄도 없이 죄인의 몸이 되어 각지를 떠돌며 이렇듯 남의 집에, 그것도 잠을 자기조차 어려운 옹색한 방에 누워 잠을 청해야 했으니 공의 심중이 오죽했으랴. 내리는 비조차 밤새도록 그치지 않으니, 빗소리에 만 가지 회한이 들었으리라. 그 옹색한 방에서 밤새 내리는 빗소리를 들으며 공은 간신히 밤을 보냈다.

남사마을엔 일요일이라 관광객들이 많았다. 잠시 앉아서 쉬면 혹 나아질까 기대를 했지만, 무릎 통증은 내 기대를 냉정하게 외면했다. 어제의 무리한 일정이 후회됐지만, 아무 소용이 없는 일이었다. 어쩔 수 없이 초계까지 가려던 계획을 접을 수밖에 없었다. 교통편 연결이 좋은 원지마을까지라도 걸어 볼까 생각했으나, 그 생각도 이내 접었다. 잔뜩 악화된 무릎 통증을 견딜 자신도 없었지만, 그 욕심이 무릎을 더 상하게 하여 순례를 어렵게 할지도 모른다는 생각이 들었기 때문이었다.

무릎 통증 때문에 계획대로 일정을 마치지 못하고 집으로 돌아온 나는, 이튿날 바로 병원을 찾았다. 병원으로 가면서 백의종군로 순례를 하루라도 빨리 마무리할 수 있도록 가벼운 통증이기를 바랐다.

무릎 상태를 손으로 만져 진단해 보고 X-ray 사진을 판독하고 난 의사는, 무릎에 큰 문제는 없고 무리하게 걸어 생긴 통증이라고 하며 당분간 쉬면 회복될 것이라고 했다. 다만, 나이가 있으니 앞으로 절대 무리해서는 안 된다는 주의를 주었다.

무릎 회복을 위해 20일간을 쉬고 다시 순례길 떠날 준비를 했다. 쉬는 기간 동안 무릎 통증은 깨끗이 나아 있었다. 그렇지만 무리해서는 안 된다는 의사의 주의도 있고 하여, 남은 구간을 한꺼번에 다 걷기보다는 두 번에 나누어 걷기로 했다. 또, 산을 좋아하는 여형동 전 ㈜진로 고문의 끈질긴 요구에 못 이겨 남은 일정은 그와 동행하기로 했다. 그는 공무원 생활을 같이 시작한 직장 동료로, 내가 백의종군로를 순례하고 있다는 것을 알고 내게 몇 번인가 순례 동행을 요청했었다. 그러나 혼자 자유롭게 걷고 싶어 그동안 그의 요청을 못들은 체했는데, 그와의 37년의 우정을 생각할 때 그의 섭섭해하는 마음을 더 이상 외면하기가 어려웠다.

신록의 계절 5월도 어느덧 중반으로 접어든 2017년 5월 14일, 우리는 2박 3일 일정으로 남사마을에서 합천 초계까지 걷기로 하고 진주행 새벽 시외버스에 올랐다. 배낭에는 1/25,000 지형도 도엽 6매를 챙겨 넣었다. 이 지도에 있는 구간을 다 걷고 나면 이제 남은 지도 도엽은 하동 노량에서 진주 수곡 원계마을까지의 구간 도엽 3매만 남는다. 백의종군로 1,600리 대장정이 어느덧 끝을 보이고 있었다.

새벽 6시 30분 서초동 남부터미널에서 출발한 버스는 3시간 후인 오전 9시 30분 산청군 신안면 원지마을 버스정류장에 우리를 내려 주었다. 원지마을에서 20분을 기다려 남사마을로 가는 버스에 올랐고, 남사마을에 도착하니 10시가 조금 넘어 있었다. 남사마을 도착을 오전 11시경으로 예상했는데, 그보다 1시간 가까이 일찍 도착했다. 여유로운 마음으로 지난번 순례 종착지인 이사재로 갔다.

오늘도 지난번에 왔던 날처럼 일요일이라 남사마을은 관광객들로 붐볐다.

이사재

남사마을은 예부터 선비들을 많이 배출한 유서 깊은 마을이다. 세종 때 영의정을 지낸 하연도 이 마을 출신이었다. 18~20세기 초에 지어진 고택들이 40여 채나 들어서 있고, 토담과 돌담으로 된 옛 담장이 아름다워 휴일이면 많은 관광객들이 찾고 있다. 우리나라에서 가장 오래되었다는 감나무 등 수백 년 된 노거수들도 이 마을의 볼거리이다.

이사재를 둘러보고 나와 남사천 천변길을 따라 마을을 나서는데, 한 무리의 사람들이 길게 우리를 스쳐 지나갔다. 그중 한 사람이 우리에게 지리산둘레길을 걷느냐고 묻기에 그냥 "아니오." 하고 짧게 대답하고 지나쳤다. 그동안 여러 번 겪었던 일이지만, 백의종군로를 순례하고 있다고 말하면 그 뒤 많은 추가 설명이 필요했다. 스쳐 지나가는 짧은 시간에 그러한 설명을 하기가 어려웠기 때문이었다.

그런데 뒤이어 오는 그들 일행의 가슴에 달린 이름표를 보니 그들은 인문학 기행을 온 이들이었다. 그제야 조금 전 그 사람의 질문에 백의종군로를 순례하고 있다고 제대로 대답할 걸 그랬다는 생각이 들었다. 그들은 백의종군로 순례에 관심을 가질만한 이들이라는 생각이 들었고, 많은 사람들이 이 길에 관심을 가져 주었으면 하는 게 내 바람이었기 때문이었다.

인문학 기행을 온 이의 질문을 성의 없이 대답한 데 대한 미안함과
아쉬움을 함께 가슴에 담은 채, 마을 골목 골목을 돌고 있는 많은 관광
객들을 뒤로하고 남사마을을 떠났다.

▶▶ 단성과 단계마을

남사마을부터는 20번국도를 따라 걸었다. 20번국도는 저 멀리 동해
안 포항에서 출발해 지리산 천왕봉 아랫마을인 산청군 시천면 중산리
까지 이어진 도로이다. 우리가 걸어가고 있는 반대 방향으로 승용차로
30분 정도만 가면 20번국도의 끝, 그 지리산 산골마을 중산리에 이르
게 된다. 반만년의 역사를 지나며 우리 민족의 온갖 아픔을 넓은 가슴
에 품어 따뜻이 다독여 준 명산 지리산이 지척에 있었다.

중산리마을로 가는 도중에 시천면 소재지인 덕산이라는 마을이 있
다. 덕산마을에는 조선 중기 유학자로 퇴계 이황과 더불어 영남학파의
거두로 칭송받는 남명 조식 선생이 후학을 지도하던 학당 산천재가 있
다. 남명은 여러 차례에 걸쳐 조정의 부름을 받았으나 벼슬길에 나아가
지 아니하고 이곳에서 강학에만 전념했다. 그는 실천궁행(實踐躬行), 즉
말이 아닌 실천을 강조하며 불의와는 절대 타협을 하지 아니한 강직한
성격을 가진 선비였다. 임진왜란 때의 의병장들 중에 남명의 문인이 많
았다는 것은 이와 무관치 않을 것이다. '신구차(伸救箚)'*라는 상소를 올

---

*   우의정 정탁이 올린 상소. 이순신의 죄는 엄중하나 장수의 재질이 있고 백성들에게 촉망받으며 왜적
들도 무서워하니, 죄명이 엄중하다는 이유로 끝내 큰 벌을 내린다면 능력이 있는 자도 스스로 더 애쓰지 않을
것이라며 은혜로운 하명을 내려달라는 내용이었다. 이는 임금의 뜻이 옳다고 하여 선조의 체면을 세워 주면서
이순신을 방면할 수 있는 명분을 만들어 준 것으로, 정탁의 지혜가 돋보이는 매우 슬기로운 내용의 상소로 평가
받고 있다.

려 공을 처형하려던 선조의 마음을 돌린 우의정 정탁(鄭琢)도 남명의 문하였다. 정탁은 그 상소로 공을 살렸고, 결국은 나라를 살렸다.

지리산은 품이 넓은 만큼 그 속에 품고 있는 이야기들도 많다. 우리는 그 지리산을 뒤로하고 걸었다.

대전통영고속도로 굴다리를 지나니 문익점 목화시배지 배양마을이 나왔다. 이곳은 고려 말 문익점이 원나라에 사신으로 갔다가 돌아오면서 목화씨를 몰래 붓두껍에 숨겨 들여와 처음으로 재배했다는 곳이다. 그는 3년간에 걸친 노력 끝에 목화의 대량재배에 성공하였고, 이에 따라 많은 백성들이 따뜻한 면직물의 옷을 입을 수 있게 되었다. 이곳에도 백성들에 대한 따뜻한 마음을 가진 한 관리의 자취가 남아 있었다.

목화시배지에서 10여 분을 걸으니 옛 단성현의 현청이 있던 단성초등학교가 있었다. 공은 칠천량해전 패전 상황을 살피러 초계에서 남해로 가던 도중 이곳 단성현청에서 하룻밤 유숙하였다.

학교 강당인 몽학관 옆에 유숙지 표지석이 있었다. 몽학관은 원래 단성현청 객사의 이름이었는데, 학교는 강당에 그 이름을 남겼다.

7월 19일 종일 비가 내렸다.
오는 길에 단성(丹城)의 동산산성(東山山城)에 올라가 형세를 살펴보니,
매우 험하여 적이 엿볼 수 없을 것이다. 그대로 단성현에서 유숙했다.

공은 칠천량 패전에 대한 자세한 피해 상황과 적정을 살피기 위해 남해로 가면서, 비가 내리는 궂은 날씨임에도 불구하고 이곳 단성현 인근

에 있는 동산산성*에 올라 주변 형세를 살펴보았다. 동산산성은 지형이 험준한 곳에 자리 잡고 있어 왜적을 막아내기가 유리하다고 보았다.

공은 이처럼 백의종군 중이라도 항상 왜군과의 전투를 염두에 두고 곳곳의 지형을 유심히 살펴보는 등 한시도 마음속에서 나라를 구하기 위한 근심을 놓지 않았다. 임진년 이후 공이 모든 해전에서 승리할 수 있었던 것은 모두 이러한 유비무환의 정신에 의한 철두철미한 사전대비가 있었기 때문이었을 것이다.

실제로 공은 거의 모든 해전에서 지형과 조류, 바람 등 자연 여건을 고려하여 전투에 임하였으며, 이러한 자연 여건의 전술 활용은 전투를 승리로 이끈 주요 요인 중의 하나였다. 공은 구례에서 머물던 중인 정유년 5월 24일, 체찰사 이원익이 공에게 경상우도의 연해안 지도를 그려 보내 달라고 하자 그 자리에서 이를 즉시 그려 보내 주었다. 이를 보더라도 공이 남해 연안의 지형들을 얼마나 잘 파악하고 있었는지 알 수 있다. 공의 투철한 사명감과 책임감, 치밀한 준비성은 참으로 감탄스러울 뿐이다.

남강 상류인 경호강을 건너는 단성교와 적벽산 아래 강변길을 지나 신안면 중촌리 가는 길로 들어섰다. 갈전천을 끼고 난 그 도로는 둔철산 산골마을 갈전리로 가는 길이라 차량이 거의 다니지 않았다. 하늘이 쾌청한 데다가 바람도 선들선들 불고 공기까지 맑아 걷기에는 최적의 날씨였다. 5월의 신록이 만들어 주는 상쾌한 공기를 한껏 호흡하며 걷는데, 길 왼편으로 동산산성이 있던 백마산이 눈에 들어 왔다. 백마산은 작고 낮은 산이기는 하지만 산세가 험했다. 공은 저 동산산성에 올라 어떤 작전을 구상하셨을까? 삼면이 절벽이니 요새화를 생각하셨던 것

---

* 산청군 신안면 백마산에 있는 산성으로, 지금은 백마산성이라 부른다.

은 아닐까? 백마산은 420년 전 공이 올랐던 그 날을 기억하는지, 공이 가셨던 길을 따라가고 있는 우리를 묵묵히 내려다보며 지켜보고 서 있었다.

신안면 중촌리 창안마을 앞 갈림길에 백의종군로 표지석이 서 있었다. 그 표지석은 공의 백의종군지 합천 율곡마을이 56.2km 남았음을 알려 주고 있었다. 창안마을 앞 갈림길에서 동쪽 고개를 넘으니 문대리 마을이 나왔고, 문대리를 지나서부터는 1006번지방도를 따라 걸었다.

지금까지 지나온 길도 그랬지만, 걷는 길 주변 마을과 산야에는 봄의 생명력이 넘쳐 나고 있었다. 길갓집 담장 너머로 보이는 감나무는 감꽃이 피어나고 있었고, 들판에는 사료용 청보리가 봄바람에 녹색 물결을 일렁이고 있었다. 청보리가 심어져 있지 않은 논은 모내기 준비를 하고 있는 듯 물을 가득 담고 있었고, 그 들판 너머 산들은 가슴 설레는 연둣빛 신록으로 뒤덮여 있었다. 5월 산야가 몹시 싱그럽고 아름다워 걷는 발걸음도 절로 가벼웠다.

신안면 외고리를 지나 작은 고개를 넘어 신등면 단계마을로 들어서는데, 오른편 언덕으로 오르는 소로 입구에 '이순신 장군 백의종군 행로 유적지' 안내판이 서 있는 것이 보였다. 공이 남사에서 아침 일찍 출발해 이곳 단계 시냇가에서 아침밥을 드셨으니, 그와 관련된 유적지일 것으로 생각되었다. 안내판의 화살표 방향을 따라 언덕길을 올랐다. 그러나 길은 곧 끊어졌고, 안내 표지도 더 이상 보이지 않았다. 풀밭을 헤치고 언덕 마루에 올라 사방을 둘러보았지만 유적지를 찾을 수는 없었다.

허탈한 마음으로 되돌아 내려와 여 고문을 보고 "낚였네!" 하고 서로 멋쩍게 씩 웃었다. 경상남도는 유적지 입구는 표지가 잘 설치되어 있으나, 막상 찾아가려면 다음 표지가 없어 찾기가 힘든 경우가 많았다. 옥종의 이홍훈의 집도 그랬고, 원계의 손경례의 집도 그랬다. 그런데 단계마을 입구의 이 표지판은 위치조차 잘못되어 있는 것으로 보였다.

단계마을 안으로 들어섰다. 단계마을도 남사마을과 같이 옛 전통을 잘 간직하고 있는 한옥마을이었다. 안동 권씨 고가와 박씨 고가 등 오래된 고택들이 많이 있고, 돌담과 토석담 등 아름다운 담장도 잘 보존되고 있는 곳이었다.

마을 입구에 있는 단계루 옆 단계초등학교 정문도 한옥 구조로 되어 있었다. 담장은 기와를 인 돌담으로 되어 있었고, 세 칸 솟을대문에는 '삭비문(數飛門)'이 새겨진 현판이 걸려 있었다. 초등학교 정문까지 이렇듯 한옥 형태로 만든 것을 보니, 이곳이 가히 선비의 고장답다는 생각이 들었다.

단계루에 올라 잠시 쉬어가기로 했다. 단계루에는 단계마을의 유래와 함께 단계초등학교 정문인 삭비문의 의미를 설명한 현액이 걸려 있었다. '삭비(數飛)'는 '어린 새가 날기 위해 자꾸 날갯짓을 한다'는 의미라고 했다. 초등학교 정문의 이름으로 이처럼 적절한 이름이 있을까? 아이들이 더 큰 세상으로 나갈 수 있는 지혜를 기르는 배움터가 되자는 의미일 텐데, 참으로 기막힌 착제어(着題語)라는 생각이 들었다.

그 글을 보며, 단계초등학교 학생들뿐만이 아니라 전국의 모든 초등학교의 학생들이 삭비를 열심히 하여 세상을 건강하게 잘 살아갈 수 있기를 바랐다. 바람이 선선히 불어오는 단계루에서 삭비의 의미를 새겨보며 꿀맛 같은 휴식을 가졌다.

▶▶ 잘못 찾은 농산재

단계루를 떠난 우리는 안동 권씨 고택 담장 길을 지나 합천군 가회면으로 가는 길인 1089번지방도로 들어섰다. 당초 계획은 오늘 이곳 단계까지만 걸을 계획이었다. 그러나 시계를 보니 오후 3시 10분, 해지기까지 시간 여유가 있어 삼가까지 가기로 했다. 가는 중간에 아직 행로를 명확히 확인하지 못한 산길 구간이 있기는 했지만, 주민들에게 길만 잘 확인한다면 어둡기 전에 충분히 삼가까지 넘어갈 수 있는 시각이었다. 남사마을에 예상보다 1시간 정도 일찍 도착한 덕을 본 것이다.

단계마을을 벗어나 만난 가술리 들판에 보리가 익어 가고 있었다. 줄기는 아직 푸른빛이 남아 있었지만, 머리 부분은 이미 누런빛으로 물들어 있었다. 아직 신록의 계절이긴 하지만, 계절은 여름을 향해 달려가고 있었다.

가술리 월평마을에서 1089번지방도를 떠나 간공리 가는 길로 들어섰다. 이 길은 차도이기는 하지만, 교통이 불편한 산간마을들을 연결하는 도로여서 차가 거의 다니지 않았다. 사방이 온통 산으로 둘러싸여 있는 데다 적막감이 도는 길 분위기를 보더라도 이 도로가 산간마을 도로임을 쉽게 짐작할 수 있었다. 인적이 끊어진 호젓한 산골 도로를 우리 둘만이 걸어가고 있었다.

연산마을 가는 갈림길에 백의종군로 표지석이 서 있었다.

여기서부터 앞으로 걸어갈 구간도 자세한 정보를 얻지 못해 공의 행로를 확인하는 데 어려움을 겪었던 구간 중 하나였다. 경남발전연구원 용역보고서에는 백의종군로가 이곳에서 연산마을을 지나고 농산재를 넘어서 농밭골로 가는 산길 구간으로 되어 있었다. 그러나 내가 가지고 있는 지형도에는 농산재가 어딘지 표시되어 있지 않아 공의 행로를 확인할 수가 없었다. 따라서 나는 지형도의 지형을 보고 길이 있을 만한 곳을 추정해 3가지 길을 지형도에 표시해 두었다. 그 3가지 추정 길은 모두 연산마을에서 임도를 따라 마을 동편에 있는 313봉 북능으로 오르되, 그 능선에서 바로 동편 계곡으로 내려가거나 313봉을 넘어 능선을 따라 농밭골로 내려가는 것이었다. 그 중 어느 길을 선택할 것인지는 연산마을 주민들에게 물어보고 결정할 생각이었다.

연산마을 뒤 산길

백의종군로 표지석에는 현재 위치에서 삼가면 덕진리까지 산길 7.0km라고 표시되어 있었다. 갓골을 경유하는 것으로 되어 있었지만, 내 지형도에는 갓골 지명도 표기되어 있지 않아 지형도상에서 공의 행로를 확인하기가 어려웠다. 나는 표지석에 표시된 길이 내가 추정했던 3가지 길 중의 하나일 것이라고 생각하고 연산마을을 향해 발걸음을 옮겼다. 지난번 하동 신월마을 뒤 산길 구간에서 고생했기 때문에 농산재에는 길이 잘 나 있기를 바랐다.

연산마을은 조용한 산중마을이었다. 마을 입구 왼편에 마을회관이 있었고, 마을회관과 100여 m 정도의 거리를 두고 10여 가구의 집들이 산기슭에 들어서 있었다. 우리가 가야 할 길은 마을 앞을 지나 동남쪽 산기슭으로 연결되고 있었다.

연산마을 앞길을 지나 산기슭 길을 따라 오르니 길옆 비닐하우스 농장에서 서너 사람이 일을 하고 있는 모습이 보였다. 그 사람들에게 길을 물으니, 농산재는 잘 모르겠다고 하면서 농밭골 가는 산길을 자세히 설명해 주었다. 오름길은 내가 추정한 대로 313봉 북쪽 능선으로 오르되, 내림길은 북쪽으로 능선을 잠시 따라가다가 오른편(동쪽)으로 난 능선을 따라가면 된다고 했다. 길은 희미하지만 찾아갈 수 있을 정도로 나 있다고 했다.

마을 주민의 설명과 지도상의 지형이 잘 연결되지 않아 조금은 찜찜했지만, 가면 길을 찾을 수 있겠지 하는 마음으로 313봉 능선으로 가는 임도로 접어들었다.

임도는 풀이 무성하게 자라 있었고, 사람이 다닌 흔적이 거의 없었다. 주민의 설명대로 임도를 따라 오르다 313봉 북쪽 능선으로 연결되는 짧은 가지능선에서 그 능선을 따라 올랐다. 희미하게 길 흔적이 있었고, 무덤도 하나 있었다.

313봉 북쪽 능선에 올라선 후 북쪽 방향으로 능선길을 따라 하산을 시작했다. 길은 희미하지만 쉽게 찾을 수 있을 정도로 흔적이 뚜렷했다. 생각보다 어렵지 않게 능선길에 올라섰다고 안도하며, 농밭골로 가는 갈림길을 놓치지 않으려고 주의를 기울이며 걸었다. 길은 오랫동안 사람의 발길이 닿지 않아 거칠었지만, 산을 즐기는 우리에겐 이런 길이 오히려 반가운 길이었다. 비교적 경사도 완만해 여유 있게 둘이서 두런두런 이야기를 나누며 호젓한 산길 분위기를 즐겼다.

그러나 지도상으로 볼 때 길어야 200m 정도만 가면 나와야 할 갈림길이 그보다 더 많이 걸은 것으로 생각되었는데도 나오지 않았다. 우리가 가고 있는 길은 희미하기는 했지만 분명히 갈림길이 없는 외길이었다. 여 고문에게 혹 갈림길을 보았느냐고 물으니 그도 보지 못했다고 했다. 그러나 나침반으로 우리가 가고 있는 길의 방향을 확인해 보니 우리는 농밭골이 있는 동쪽이 아닌 동북 방향으로 가고 있었다. 숲이 우거져 지형을 자세히 확인하기는 어려웠지만, 그대로 가면 우리가 가려는 농밭골과는 능선을 하나 사이에 두고 있는 송곡마을로 내려가게 될 것으로 짐작되었다. 우리가 갈림길을 놓쳤든지 아니면 연산마을 주민의 설명을 내가 잘못 이해했든지 그 둘 중 하나였다.

그렇다고 되돌아가는 것은 마음이 내키지 않았다. 되돌아가더라도 농밭골로 가는 길이 있을 지도 의문이었고, 또 송곡마을로 내려가더라도 얼마 가지 않아 백의종군로를 다시 만날 수 있어 굳이 다시 농밭골을 찾아 내려갈 필요는 없었다.

능선길이 20여 분 정도 계속되더니 길은 오른편 계곡으로 떨어졌다.

계곡에 내려서도 길은 한동안 희미하게 이어졌다. 사람이 다니지 않아 풀이 무릎 위까지 자라 있었다. 그렇게 4~500m를 내려가니 시멘트로 포장된 농로가 나왔고, 그 길을 따라 잠시 내려가니 예상했던 대로 송곡마을이 나왔다.

나중에 집에 돌아온 후 간공리 갈림길에 있는 백의종군로 표지석상의 행로선형과 지형도를 자세히 대조해 보니, 백의종군로는 우리가 간 쪽이 아니고 전혀 다른 쪽 길이었다. 표지석상의 백의종군로는 W자를 그리고 있었다. 이 길을 지형도와 비교해 맞추어 보니 농산재는 연산마을 동남쪽 산길 생비량면으로 넘어가는 고개로 추정되었고, 그 고개를 넘어 동쪽으로 다시 산길을 돌고 돌아 농밭골로 가도록 되어 있었다. 그러나 그 길은 지형도상으로는 길이 잘 연결되지 않았고 고개도 2~3개를 넘어야 하며, 연산마을에서 농밭골로 가기에는 많이 둘러가는 길이라 나의 추정 길 대상에서는 아예 제외되어 있었다.

송곡마을을 지나 잠시 후 60번지방도를 만났다. 두모리마을을 지나 삼가마을로 들어서는데 날이 어두워지고 있었다. 우선 저녁 식사를 해결할 식당을 찾는 게 급선무였다. 어둠이 내린 길거리에서 식당을 찾아 헤매다 가까스로 시장 골목에서 저녁 식사가 되는 집을 찾아 거기에 들어 자리를 잡았다.

우리 옆 좌석에 40대로 보이는 사람들이 식사를 하고 있었는데, 그들과 자연스럽게 대화를 나누게 되었다. 저녁 식사를 해결한 우리에게 남은 문제는 잠잘 곳을 찾는 것이었다. 그들에게 혹 잠잘 만한 곳이 있는지 물었더니 민박집이 하나 있다고 했다. 그러면서 그 집에 전화를 걸어 우리가 갈 것이니 방을 준비해 두라고 부탁까지 해 주었다. 삼가에는 여관이 없었고 버스까지 끊어진 늦은 시각이라, 택시를 타고 잠잘 곳을 찾아가려고 생각하고 있던 우리에게 그들의 민박집 소개는 뜻밖의 행운이었다. 그들은 우리가 백의종군로를 순례하고 있다는 말을 듣고, 공이 단계에서 삼가로 오면서 쉬셨던 홰나무 정자가 인근의 두모리에 있다고도 알려 주었다. 홰나무 정자는 6월 2일 일기에도 나와 있는데, 날이 어두워지고 있어 바삐 오느라 지나쳐 버린 곳이었다.

그들에게 고맙다고 인사를 하고, 어둠 속을 헤쳐 민박집을 찾아갔다. 민박집은 한옥이었는데 삼가마을이 잘 내려다보이는 곳에 위치해 있었고, 규모가 의외로 크고 정원도 잘 가꾸어져 있었다. 우연히 찾아 들어간 식당에서 옆 좌석 손님들을 잘 만난 덕분에 좋은 집에서 편히 하룻밤을 보낼 수 있었다.

▶▶ 백의종군지 율곡마을 가는 길

다음 날 아침 6시에 잠자리에서 일어났다. 휴대전화 알람을 6시에 맞춰 놓았으나 미리 잠이 깨었는데, 여 고문의 권유로 일어나기 전 약 20분간 발끝 치기 운동을 했다. 여 고문은 이 운동을 하면 혈액순환이 원활해져 건강관리에 도움이 되며, 특히 자신이 직접 경험을 했다고 하며 나빠졌던 시력이 회복된다고도 했다. 그도 그동안 돋보기 없이는 책을 보기가 어려웠는데, 이 운동을 한 지 몇 달이 지나자 안경을 벗을 정도로 시력이 좋아졌다고 했다. 마침 나도 시력 저하로 책을 볼 때는 안경을 써야 해 여러 가지로 불편했는데, 밑져야 본전이라는 생각으로 한번 시도해 보기로 했다.

시장통에 있는 돼지국밥집이 아침 7시부터 문을 연다고 하여 6시 50분에 민박집을 나왔다. 민박집 주차장에서 마을을 내려다보니 삼가마을은 옅은 안개에 덮여 있었다.

돼지국밥으로 길을 걷는 데 필요한 에너지원을 충분히 보충한 후 삼가현청이 있었던 곳인 면사무소로 갔다. 면사무소 앞 등나무 등걸 쉼터에 "충무공 이순신 백의종군 행로지"라고 쓰인 표지석이 있었다.

6월 2일 비가 오다 개다 했다.
… 저녁나절에 삼가에 이르니, 삼가 현감은 이미 산성으로 가고 없어서 빈 관사에서 잤다. 고을 사람들이 밥을 지어 와서 먹으라고 하나, 먹지 말라고 종들에게 타일렀다.

6월 3일 비가 계속 내렸다.

아침에 출발하려다가 비가 이토록 오니 쭈그리고 앉아 어떻게 할까 생각하고 있을 적에 도원수의 군관 유홍(柳泓)이 흥양에서 왔다. 그에게 길을 물어보니 출발할 수 없을 정도라고 하여 그대로 묵었다. 아침에 고을 사람들의 밥을 얻어먹었다는 말을 들었기에 종들에게 매를 때리고 밥한 쌀을 돌려 주었다.

공이 6월 2일 늦게 삼가현청에 도착하니 마을 사람들이 공에게 대접하려고 밥을 지어서 가지고 왔다. 공은 그 밥을 먹지 않았고 종들에게도 먹지 말도록 타일렀다.

오랜 전란에서 가장 고생하는 이들은 백성들이었다. 피난으로 오랫동안 버려두었던 농토는 황폐해질 대로 황폐해졌고, 겨우 농사를 짓는다고 하더라도 식량이 턱없이 부족해 백성들은 가까스로 연명하고 있는 실정이었다. 길거리엔 굶어 죽은 자의 시신이 여기저기 널려 있었고, 어린아이가 죽은 어미의 젖을 빨고 있기도 했다. 그런 어려움을 겪고 있는 백성들이 공에게 드리려고 밥을 지어가지고 왔으니 공은 마음이 얼마나 아팠을 것인가.

백성들의 정성은 고맙기 한이 없었으나, 공은 그 밥을 먹으면 백성들이 굶어야 한다는 것을 잘 알고 있었다. 공은 백성들의 어려움을 조금이라도 덜어 주려고 종들에게도 그 밥을 먹지 말도록 타일렀다. 그러나 종들인들 얼마나 배가 고팠으랴. 공이 그토록 타일렀음에도 마을 사람들이 가지고 온 밥을 몰래 먹고 말았고, 이를 안 공은 종들을 벌할 수밖에 없었다. 종들에게 매질을 하면서도 공은 종들이 몹시 배가 고팠다는 것을 알고 있었기에 마음이 편치 않았을 것이다. 그러나 군사들을 지휘할 때도 병영을 이탈한 병사는 가차 없이 목을 베는 등 군기를 흐트러뜨리는 행위는 추호도 용서하지 않았던 공이었다. 도망간 병사들도 나름대로 딱한 사정이 있었지만, 그러나 사사로운 정보다도 나라의 이익이 먼저였기에 아픔을 마음속으로 감추고 병사들의 잘못에 대해서는 단호하게 처벌하였던 것이다.

이러한 공이었기에, 아무리 어렵더라도 절대 백성들에게는 조그마한 폐라도 끼쳐서는 안 된다는 것을 종들에게 분명히 깨우쳐 주려고 했던 것이다. 공의 이러한 백성을 사랑하는 마음과 선공후사의 정신은 범인의 마음으로는 참으로 헤아리기 어렵고, 이를 따르기는 더욱 어렵다.

공은 이곳에서 이틀을 유숙하신 후 초계로 떠났고, 한 달 보름 후인 7월 18일 다시 이곳에 유숙하셨다. 칠천량 패전 소식을 듣고 남해로 가는 도중에 들른 것이었다.

등나무 등걸 아래의 표지석에는 이날 공이 수행원들과 밤이 깊도록 나라의 장래를 걱정했다는 글이 새겨져 있었다.

삼가고등학교를 지나 산기슭 길을 돌아가니 주막거리라는 이름의 마을이 나왔다. 거기서 약 2km를 더 가니 평구주막이라는 이름을 가진 곳이 있었다. 혹시 하고 지도를 들여다보니 이후 긴밭골주막, 먹실주막, 함지주막 등 주막이 들어있는 지명들을 잇달아 발견할 수 있었다. 이는 이 길이 옛날에 나라의 주요 간선로였음을 말해 주는 게 아닌가 생각되었다. 정다운 옛 이름이 아직도 남아 있다는 게 반가웠다. 괴나리봇짐을 걸머지고 길을 가다 주막에 들러 요기를 하거나 대폿잔을 기울이는 옛사람들의 모습이 눈앞에 그려졌다. 나도 과거 속 어느 한때로 들어가 여기에 있었을 주막에서 그들과 같이 앉아 대폿잔을 기울이고 싶다는 생각이 문득 들었다.

주막거리마을을 지나자 새로 정비된 33번국도가 합천읍내까지 이어지고 있었다. 그 33번국도는 4차선으로 확장된 도로로, 교통량이 많은 데다 차량 소음까지 심해 도보여행을 하는 사람들에게는 그다지 반갑지 않은 길이었다. 그러나 다행히 33번국도 옆에는 국도를 따라가는 농로나 마을도로가 나 있거나 구 국도로 보이는 길이 있었다. 당연히 우리는 그 길을 선택했고, 따라서 일부 구간을 제외하고는 시끄러운 33번국도를 걸어야 하는 수고를 피할 수가 있었다.

우리가 걷는 길은 다니는 차량이 거의 없었고, 산골길의 호젓함까지 느끼게 할 정도로 한적한 분위기의 길이었다. 길가 산기슭에 하얗게 핀 아까시나무 꽃향기를 맡으며, 또 아름다운 5월의 신록을 감상하며 한껏 여유로움에 젖어 걸었다. 길가 곳곳에는 찔레꽃도 피어 진한 향기를 풍기며 아득한 향수를 불러일으키고 있었다. 오늘따라 하늘도 한결 푸르기만 했다.

대양면 덕정리 삼거리에서 만난 백의종군로 표지석은 합천 율곡까지 18.2km가 남았다고 알려 주었다. 종착지가 가까워지고 있었다.

아천리 한원마을 입구에 도착했다. 경남발전연구원 용역보고서는 이곳에서 산길로 3.5km를 걸어 신기마을까지 가도록 되어 있었다. 그러나 우리는 아천교를 건너 정양저수지 서편 길을 따라 걸었다. 국토지리정보원 지형도에는 신기마을이 표기되어 있지 않아 그 마을이 어디에 있는지 알 수가 없었다. 또 신기마을을 지나면 합천읍 입구 정양리까지는 다시 33번 국도로 가도록 되어 있어, 이를 감안할 때 지형도상에서 3.5km 산길이 있을 만한 곳을 찾기가 어려웠다.

정양저수지는 수많은 수초들로 뒤덮인 늪지대였다. 저수지를 가득 메우고 있는 갖가지 수초들을 감상하며 정양저수지를 지나 24번국도로 들어섰다. 피암터널을 지나 모퉁이를 돌아가니 '율곡면' 표지판이 눈에 들어 왔다. 목적지가 코앞에 있음을 알려 주는 반가운 표지판이었다.

그러나 그 표지판을 보자 내 마음속에는 긴장감이 조금씩 커지기 시작했다. 공을 뵙는다는 데 대한 긴장감이었다. 공을 뵈면 나는 무슨 말씀부터 먼저 드려야 하나? 감사하다는 말씀? 아니면 부끄럽고 죄송하다는 말씀? 무슨 말씀을 먼저 드리는 게 순서일까?

땅고개를 넘어 문림마을을 지나니 눈앞에 절벽지대가 나타났다. 개벼리(개연)였다. 서너 개의 깎아지른 듯한 천인단애가 하늘을 떠받칠 듯 버티고 서 있고, 그 아래로 황강이 크게 휘돌아 흐르고 있었다. 공은 이곳을 보고 6월 4일 일기에 이렇게 적었다.

> 개연으로 걸어오는데 기암절벽이 천 길이나 되고 강물은 굽어 흐르고 깊었으며, 길에는 또한 건너지른 다리가 높았다. 만일 이 험요한 곳을 눌러 지킨다면, 만 명의 군사도 지나가기 어려울 것이다. 이곳이 모여곡이다.

개벼리(개연)

이곳을 지나가면서 공은 왜군을 막을 방책을 생각하셨다. 백의종군의 벌이 언제 풀릴 것인지, 아니 풀리긴 할지 기약도 없는 길이었는데, 그래도 공의 머릿속에는 왜군을 막아 나라를 구해야 한다는 일념뿐이었다. 하루하루가 막막하기만 할 백의종군지를 코앞에 두고도 원망과 한탄보다는 나라 구할 생각만 하셨으니 고개가 절로 수그러졌다.

개벼리에서 조금을 더 걸어 모퉁이를 돌아가니 도원수 권율의 진이 있던 낙민리 들판이 바라다보였다. 일기에 "(합천고을로 가는 갈림길에서) 강을 건너지 않고 십 리 남짓 가니 원수의 진이 바라보였다."라고 했는데, 아마 이곳쯤이었을 것이다. 이곳이 합천으로 들어가는 갈림길에서 약 4km 정도의 거리가 되는 곳이었다.

그 자리에 서서 낙민리 들판을 바라보았다. 그날 군사들의 진이 있었던 낙민리 들판에는 이곳 합천의 특산물인 양파가 들판 한가득 재배되고 있었다. 경지정리가 된 장방형의 논에서 양파들이 잘 훈련된 병사들처럼 반듯반듯 줄을 지어 자라고 있었다.

점촌마을을 지나 낙민마을을 향해 가는데, 매실마을 뒷산이 눈앞으로 조금씩 다가왔다. 공이 기거하시던 집이 있는 매실마을은 마을 남쪽 산자락에 가려 보이지 않았지만, 마을이 가시권 안에 들어오니 마음속 긴장감이 점점 더 고조되기 시작했다.

낙민마을을 지나 24번국도에서 빠져나와 매실마을로 가는 농로로 들어섰다. 매실마을이 가까워지자 가슴이 두근거리고 긴장 반 설렘 반으로 알 수 없는 심중이 되었다. 여기를 오기 위해 서울의 종각에서부터 경기도, 충청도, 전라도를 돌고 돌아 1,500리 길을 걸었다. 이제 저 모퉁이만 돌아가면 공의 체취가 남아 있는 곳에, 아니 공의 웅혼의 기상이 서려 있는 곳에 다다를 것이다. 어떤 마음으로, 어떤 자세로 나는 공을 뵈어야 하나?

매실마을 앞 농로에서 가던 길을 괜히 멈추고 배낭을 내리고 길섶에 주저앉아 두근거리는 마음을 진정시켰다.

▸▸ 백의종군 거처지 매실마을

산자락 끝을 따라 흐르는 실개천인 낙민천 둑길을 따라가니 매실마을이 눈 안에 들어왔다. 마을은 황강이 크게 구비를 돌아 만들어 놓은 매화산 자락에 포근히 안겨 있었다. 매실마을은 매화산이 열매를 맺어 만들어 놓은 아늑한 마을이었다.

'아, 공이 계셨던 곳이 저 마을이구나!' 그 마을을 보자, 만 가지 감회가 가슴속에 밀려 왔다. 나랏일에 대한 근심과 막막함, 돌아가신 어머니에 대한 그리움과 슬픔, 임금과 모리배들에 대한 섭섭함과 안타까움, 당신의 처지에 대한 회한 등 공의 복잡하고 답답하던 심중이 아직 마을 뒤 산자락에 응어리가 되어 맺혀 있는 것 같았다.

낙민천 다리를 건너니 오른편에 오래된 느티나무가 서 있는 쉼터가 있었다. 느티나무 앞에는 '충무공 이순신 백의종군 거처지' 표지석이 서 있고, 그 옆 정자 기둥에 "忠武賢公從駐村(충무현공종주촌)", "權慄將軍統率陳(권율장군통솔진)"이 새겨진 판자가 주련처럼 걸려 있었다. 그 글을 보자 가슴이 부르르 떨렸다. 420년 전 이 들판에 휘날리고 있던 깃발들이 보이고, 군사들의 함성이 들리는 것 같았다. 그리고 도원수와 함께 공이 진지한 모습으로 전략을 숙의하고 있는 모습이 보였다.

매실마을 앞 논에도 청보리가 심어져 있었다. 바람에 일렁이는 청보리의 녹색 물결을 바라보며 마을을 향해 조심스럽게 한 발자국씩 걸음을 옮겼다. 마을이 조금씩 눈앞으로 다가오자 나의 긴장감과 설렘은 점점 더 커졌다. 마을 앞 정자나무 가지를 세차게 흔들고 지나가는 바람 소리가 마치 두근거리는 내 마음을 대변해 주는 것 같았다.

마을 입구로 들어서자 백의종군로 표지석이 먼저 눈에 들어 왔다. 표지석에는 경상남도 내에서의 공의 행로가 요약되어 있었다. 표지석 옆에는 공이 기거하시던 이어해(李漁海)의 집과 이곳에서의 공의 행적을 간략히 설명한 안내판도 있었다.

그러나 이 마을에도 이 표지석과 안내판 외에는 더 이상 아무런 안내 표지가 없어 공이 머물렀던 이어해의 집을 찾아가는 데 어려움을 겪어야 했다. 마을에 사람이 보이지 않아 물어볼 수도 없었다. 어느 쪽으로 가야 할지 몰라 마을길을 두리번거리다가 표지석 인근에 있는 마을회관의 문을 두드렸다. 한 아주머니가 문을 열고 내다보기에 공이 계시던 집을 물으니, "우리 큰집인데요."라며 안내해 주겠다고 밖으로 나왔다.

아주머니의 안내를 받아 찾아간 이어해의 집은 폐가에 가까운 퇴락해 가는 집이었다. 방문은 모두 열어젖혀 있었고, 문종이는 다 찢어져 성한 곳이 하나 없었다. 문짝도 덜렁거렸다. 집은 창고로 사용되고 있는지 방 안에는 농사용 자재와 농기구, 종이박스 기타 잡다한 물건들이 먼지를 잔뜩 뒤집어쓴 채 쌓여 있었고, 마루에도 비료 포대와 천막용 비닐 등 여러 물건들이 어지럽게 널려 있었다. 좁은 마룻바닥도 사람의 손길이 언제 닿았는지 먼지가 뿌옇게 쌓여 있었다.

세상에 이럴 수가 있나, 탄식이 절로 들었다. 당연히 말끔히 정비되어 있고 공의 영정과 함께 유품들이 전시되어 있을 것으로 생각하고 왔는데, 내 생각과는 너무도 달랐다. 공을 뵙는다는 생각에 가슴속 한가득 긴장과 설렘을 안고 여기까지 왔지만, 그 긴장과 설렘은 공이 계시던 집을 보는 순간 일순간에 달아나 버리고 말았다. 걱정되는 마음에 아주머니에게 이곳을 찾아오는 사람들이 있느냐고 묻자, 가끔씩 오는데 주로 학생들이라고 했다. 그 학생들이 와서 보고 도대체 무슨 생각을 할 것인가, 참으로 기가 막혔다. 아이들의 모범이 되어야 할 어른의 한 사람으로서 부끄럽기 짝이 없었다.

공의 백의종군 거처지 이어해의 집

바로 옆집에서 일흔 살 전후로 보이는 한 남자분이 나와서 저간의 사정을 이야기해 주었다. 합천군수가 관심이 없어서 그렇다고 하면서, 군수가 초계면 출신이라 관련 예산을 초계면으로 다 끌어다 썼다는 것이었다. 더구나 더 충격적인 것은, 도원수 권율의 진이 이곳 마을 앞 들판 황강변에 있었고 현재의 초계는 충무공과는 전혀 관계가 없는데 초계에다 도원수부를 재현하는 등 충무공공원을 만들었다고 했다. 이 마을은 임진왜란 당시 초계군에 속해 있었고, 일제강점기 때 행정구역을 개편하면서 초계면에서 떨어져 나와 율곡면이 되었다고 했다.

현재의 초계에 도원수가 있었던 것으로 생각하고 있던 나는 혼란에 빠졌다. 아주머니는 마을 앞 들판 권율의 진이 있던 곳엔 들주막이라는 지명이 아직 남아 있으며, 황강 건너편에는 둔전이라는 지명을 가진 동네가 있다고 했다. 도원수 권율이 초계가 아니라 이곳에 있었다는 것은 이미 다 고증이 되었다는 것이었다. 가지고 있는 지도를 보니 아주머니의 말처럼 마을 앞 들판과 강 건너에 들주막과 둔전골이란 지명이 명확히 표기되어 있었다.

그제야 내가 순례준비를 하면서 가졌던 의문이 다시 떠올랐다.

해군역사기록관리단과 경상남도의 고증자료에서 백의종군로는 현재의 초계면까지로 되어 있었다. 그렇다면 도원수 권율은 그 초계면에 있었을 것이다. 그런데 왜 공은 도원수 권율이 있는 초계면까지 가지 않고 5km나 떨어진 이곳 율곡면 매실마을에 거처를 정했을까? 또 『난중일기』를 보더라도 권율의 진이 이 낙민리 들판에 있었던 것이 분명한데, 왜 권율은 병사들과 같이 이곳에 있지 않고 초계에 있었을까?

그러한 의문에도 나는 내가 모르는 당시의 사정이 있었을 것이라 생각하고 도원수가 초계에 있었다는 것은 조금도 의심하지 않았다. 해군역사기록관리단과 경상남도의 고증자료가 제시한 백의종군로에 오류가 있을 것이라고는 전혀 생각하지 않았기 때문이었다.*

그런데 마을 사람들의 말이 사실이라면 그 의문은 자연스럽게 풀릴 수 있었다.

> 6월 4일 흐리다가 맑음
> … 강을 건너지 않고 곧바로 십 리 남짓 가니 원수의 진이 바라보였다.
> 문보가 살고 있는 집에 들어가서 잤다.

공은 6월 4일 이곳에 도착해 7월 18일까지 44일간 머물렀다. 그 기간 동안 공은 도원수 권율을 다섯 차례 만났고, 도원수 종사관 황여일을 비롯하여 많은 사람들과 만나 여러 가지 의견들을 나누었다. 전라우

---

* 해군역사기록관리단 고증자료는 서울~운봉까지의 옛길을 고증한 자료로서 경상남도 구간의 백의종군로까지 고증한 것은 아니며, 백의종군로 전체 거리를 합산하면서 경상남도의 고증결과를 그대로 인용했다.

수사 이억기, 충청수사 최호, 경상수사 배설, 순천부사 우치적 등에게 편지를 보내는 등 수군 장수들과도 연락을 주고받았다. 또한 병사들의 식량 조달을 위해 둔전에 무를 심도록 하는 등 둔전도 관리했다.

그러나 공에게는 무엇보다도 나라의 안위가 항상 가장 큰 걱정이었다. 여러 경로를 통해 수시로 전황을 파악하려 애썼으며, 특히 수군에 대해서는 사람을 보내는 등 항상 사정을 소상히 챙겼다. 7월 15일 중군 이덕필에게서 우리 수군 20여 척이 왜군에게 패했다는 소식을 들었고, "백의종군의 몸이라 제어할 방책이 없는 것"을 한스러워했다. 또 다음날 사노(私奴) 세남으로부터 우리 수군이 왜군과 싸우다 배를 제어하지 못해 7척의 배가 표류하다 모두 살육당했다는 말을 듣고, "우리나라에서 믿는 바는 오직 수군에 있었는데 수군이 이와 같으니 또다시 가망이 없을 것"이라고 탄식을 했고, 수군이 무너지는 것을 지켜만 볼 수밖에 없어 "간담이 찢어지는" 아픔을 느끼기도 했다. 수군은 공에게는 단순한 군대가 아니라 당신의 분신이었던 것이다.

공은 이곳에서 어머니 생각에 비통해하고 가슴 아파할 때도 많았다. 달빛이 밝으면 어머니를 그리며 슬피 우느라 밤늦도록 잠을 이루지 못했고, 홀로 빈집에 앉아 있어도 어머니에 대한 그리움이 사무쳤다. 다행히 아들 열과 또 공의 외사촌이자 휘하에 있었던 변존서가 가끔씩 찾아와 같이 지내 많은 위로를 받았던 것으로 보인다. 그러나 그들을 떠나보낼 때에는 "정을 스스로 억누르지 못하여 통곡하며" 떠나보냈고, "내가 무슨 죄를 지었기에 이 지경에 이르렀는가!" 하고 신세를 한탄하기도 했다.

7월 18일 맑음

새벽에 이덕필, 변흥달이 와서 전하기를, "16일 새벽에 수군이 기습을 받아 통제사 원균과 전라 우수사 이억기, 충청수사 및 여러 장수들이 피해를 입고 수군이 크게 패했다"는 것이었다. 듣자하니 통곡함을 참지 못했다. 얼마 뒤 원수가 와서 말하되, "일이 이미 여기까지 이르렀으니 어쩔 수 없다"고 하면서 사시까지 이야기를 나누었으나 마음을 정하지 못했다. 나는 "내가 직접 해안 지방으로 가서 듣고 본 뒤에 방책을 정하겠다"고 말했더니 원수가 기뻐하기를 마지않았다.

나랏일에 대한 걱정과 어머니에 대한 슬픔으로 날을 지새우던 어느 날, 공은 칠천량해전에서 원균이 대패했다는 충격적인 소식을 들었다. 그동안 줄곧 걱정해 왔는데, 드디어 올 것이 오고야 만 것이었다.

이 소식은 공에게는 그야말로 청천벽력 그대로였다. 공은 삼도수군 통제사로 수군을 통합하는 동안, 수많은 해전을 치르는 와중에서도 온갖 어려움을 극복해 가며 꾸준히 배를 건조하여 180여 척의 전선을 확보했다. 또 전염병의 창궐로 사망하는 병사가 속출하는 데다 지속되는 전란으로 징병인력이 절대적으로 모자라는 어려운 여건 속에서도 어렵게 병력을 조달하여 임진년 이후 가장 큰 규모의 함대를 구축했다. 그런데 이를 물려받은 원균은 공이 그렇듯 피나게 쌓아 놓은 공든 탑을 하루아침에 무너뜨려 버렸다. 공에게는 하늘이 무너지는 충격이었다. 조선이 오로지 믿는 것은 수군밖에 없었는데, 그 수군이 궤멸되었으니 장차 이 나라는 어찌해야 한다는 말인가!

공은 탄식하며 대책을 찾지 못해 막막해하는 도원수 권율에게 직접 남해로 가서 상황을 알아보고 대책을 강구하겠다고 하고, 송대립, 유황, 윤선각, 방응원 등 군관들을 데리고 남해로 가기 위해 1597년 7월 18

일 이 매실마을을 떠났다.

6월 4일 이곳 모여곡으로 와 인보의 집에서 거처한 지 44일째 되는 날이었다.

▶▶ 백의종군지 유감

우리도 초계로 가기 위해 매실마을을 떠났다. 초계로 가는 산길은 우리를 이어해의 집까지 안내한 아주머니가 자세히 알려 주었다.

초계를 향해 걷는 내 귓전에는 조금 전 마을 사람들에게서 들은 말들이 계속 맴돌고 있었다. 그 말이 사실이라면 초계까지의 길은 의미가 없는 길이 될 것이다. 그러나 사안이 역사적 사실에 관한 것이고, 더구나 우리 민족 최고의 영웅과 관련된 것이라 마을 사람들의 말만 듣고 섣불리 판단할 문제는 아니었다. 집으로 돌아가 자세히 확인해 보리라 생각하며 아주머니가 알려 준 대로 마을 앞 산길을 넘었다.

산길 몇몇 곳에 백의종군로 안내판이 보였는데, 관리가 잘되지 않고 있었다. 안내판은 대부분 무성히 자란 나무나 풀숲에 가려져 있었고, 또 쓰러져 있기도 했다. 흡사 율곡마을과 초계마을 사람들의 분쟁 잔해를 보는 것 같은 생각이 들었다. 산길을 넘어 방동마을 앞을 지나고, 거기서 다시 산기슭으로 난 농로를 따라가다 24번국도로 들어섰다.

대야현 고개를 넘어가자 초계마을 앞 들판이 바라다보였다.

초계마을은 사방이 산으로 감싸고 있는 넓은 분지 북쪽 단봉산 자락에 자리 잡고 있었다. 마을 앞으로는 넓은 들판이 펼쳐져 있고, 그 들판을 대암산, 천황산, 미타산 등 5~600m급 산들이 원형으로 둘러 감싸고 있었다.

경남발전연구원이 백의종군로 종착점으로 지정한 초계향교는 초계초등학교 뒤편에 위치해 있었다. 율곡 매실마을을 떠난 지 한 시간 정도 지난 오후 3시 25분, 초계향교에 도착했다. 향교는 정문인 팔덕문이 굳게 잠겨 있어 안으로 들어가 볼 수는 없었으나, 규모가 꽤 커 보였다. 향교 앞에는 오래된 은행나무 두 그루와 느티나무로 보이는 고목이 서 있어 향교의 풍치를 더해 주고 있었다.

혹 초계향교에 도원수 권율이 머물렀다는 안내 표지가 있나 찾아보았으나 찾을 수 없었다. 왜 여기를 백의종군로 종착점으로 했을까 풀리지 않은 의문을 가지고 다시 초계면사무소로 가 보았다. 하지만 역시 거기서도 백의종군로와 관련된 표지는 아무것도 발견할 수가 없었다.

충무공공원을 조성했다는 곳을 찾아가 볼까도 생각했지만, 시간이 여의치 않았다. 일정이 예정보다 빨리 끝나 합천에서 오후 5시에 출발하는 서울행 마지막 버스를 타기로 했기 때문이었다. 공원을 찾는 것은 다음 기회로 미루고 급히 택시를 타고 합천읍으로 향했다.

다행히 늦지 않게 버스에 오를 수 있었다. 우리가 버스에 오르자 버스는 기다렸다는 듯이 서울을 향해 달리기 시작했다. 달리고 있는 버스 안에서 주민들이 한 말이 머릿속에서 맴돌아 인터넷을 검색해 보았다. 인터넷에는 도원수의 진과 도원수부가 어디에 있었는지 의견이 분분했다. 그토록 갈망하던 초계까지의 순례를 마무리했는데도 마음이 가볍지 않았다. 폐가가 되어 가고 있는 이어해의 집의 퇴락한 모습과 마을 주민들의 말이 버스를 타고 가는 내 마음을 계속 짓누르고 있었다.

집으로 돌아와 경남발전연구원의 용역보고서를 다시 한번 찬찬히 읽어 보았다. 보고서에는 도원수의 진이 낙민리 북쪽 들녘인 적포들에 있었다고 명기되어 있었다. 마을 사람들이 주장하던 곳이었다. 도원수의 진이 적포들에 있었다고 하면 『난중일기』의 기록과도 일치하게 된다.

공이 초계에 도착하던 날인 6월 4일 일기에 "(괴목정에서 오 리쯤 더 간 갈림길에서) 강을 건너지 않고 곧바로 십 리 남짓 가니 원수의 진이 바라보였다."라고 되어 있다. 괴목정이 지금의 마정마을에 있었으니, 거기서 5리쯤 더 가서 합천으로 가는 길과 초계로 가는 갈림길이 있었고, 그 갈림길에서 초계로 가는 길로 10리 남짓 가면 개연을 지나게 되니, 그 어디쯤인가에서 황강변 적포들에 있는 도원수의 진을 볼 수 있었을 것이다.

그러나 문제는 도원수부의 실재 여부 및 위치였다. 용역보고서에는 여러 곳에 '초계의 권율 도원수부' 또는 '초계의 권율 도원수의 관아'라는 문구가 있었는데, 그 문구로 볼 때 현재의 초계마을에 도원수부가 있었다고 보고 있는 입장인 것으로 보였다. 그러나 인터넷상에는 당시 여러 가지 여건을 고려할 때 도원수부 자체가 없었다고 하는 주장도 있었고, 도원수의 진 자체가 낙민리 들판이 아니라 지금의 초계에 있었다는 주장 등 여러 주장들이 분분했다.

어느 주장이 옳은지 역사에 과문한 나로서는 판단하기가 어렵다. 그러나 상식적으로 생각해 볼 때, 도원수부가 실제 있었다고 하더라도 군사들과 5km 이상이나 떨어진 곳에 있었다는 것은 쉽게 납득이 가지 않는다. 지휘부(CP, Command Post)는 군사들과 같이 있어야 비상시 신속한 대처가 가능할 것이며, 또 지휘관의 안전도 보장될 수 있을 것이다. 하물며 전쟁 중이라면 더욱 그러할 것이다. 또한 난중일기에도 공이 도원수를 만나러 갈 때 항상 도원수의 진으로 간 것으로 기록되어 있는 점을 본다면, 도원수부가 과연 따로 있었을지에 대해 상당한 의문이 들 수밖에 없다.

논쟁이 벌어지고 있는 이 점에 대하여는 경상남도나 학계에서 조속히 철저한 고증을 통해 의혹을 해소하여야 할 것이다. 이 문제는 우리 국민이 가장 존경하는 분 중의 한 분인 충무공 이순신에 관한 문제로,

나라의 자존심이 걸린 중대한 사안이다. 민족의 대영웅에 관한 사실들이 왜곡되어 있다면 이는 국가적인 수치일 것이다.

또한 공이 머무셨던 집인 율곡면 낙민리 매실마을에 있는 이어해의 집도 신속히 정비하여야 할 것이다. 공은 그곳에서 44일이란 긴 기간 머무셨다. 거기에서 공은 나라에 대한 근심과 걱정, 나랏일을 해결하지 못하는 데 대한 안타까움과 한스러움, 당신의 신세에 대한 한탄과 회한, 어머니에 대한 그리움, 자식에 대한 애틋함으로 거의 모든 시간을 보냈다. 그곳은 나라와 어머니와 자식에 대한 공의 근심과 눈물과 한숨과 한이 배어 있는 곳이다. 그런 곳을 성지화하지 않고 폐가가 되어 가도록 방치한다는 것은 이 역시 국가적인 수치일 것이다. 공의 뜻을 새기려고 매실마을을 찾는 이들이 더 이상 눈살을 찌푸리는 일이 없도록 경상남도와 합천군이 이어해의 집의 성지화를 위한 조속하고도 적절한 대책을 강구할 것을 바라는 마음이다.

5. 통한의 길, 노량 - 원계

▶▶ 통곡 소리로 뒤덮였던 노량

초계에서 돌아온 지 열흘째 되던 날인 5월 25일, 백의종군로 마지막 구간 순례길에 올랐다. 순례를 마무리하는 구간이라 혼자 조용히 생각하면서 걷고 싶은 마음도 있었지만, 여형동 고문이 꼭 같이 가자고 했고 처남도 동참 의사가 있어 셋이서 같이 걷기로 했다. 순례 구간은 하동 노량에서 진주 수곡 원계마을까지 약 50km, 1박 2일 일정이었다.

실제 공이 가신 구간은 합천 율곡면 매실마을에서 하동 노량까지와 또 노량에서 원계마을까지이지만, 왕복 구간은 편도만 걷기로 했다.

새벽 6시, 집을 나서는데 갑자기 한기가 느껴졌다. 비가 온 후라서 그런지 며칠 동안 30℃에 육박하던 기온이 많이 내려갔다. 이번 순례 구간은 교통편이 불편해 차를 가지고 가기로 했다. 이른 아침부터 부지런한 차들로 붐비는 경부고속도로와 대전통영고속도로를 달려 오전 10시 50분 원계마을에 도착했다. 중간에 타이어가 펑크나 교체하느라 계획보다 1시간 가까이 시간이 지체되었다.

마을 사람들의 허락을 얻어 원계마을 입구 농산물 집하장에 타고 간 차를 주차하고, 예약해둔 택시를 타고 노량으로 출발했다. 우리가 탄 택시는 인근 옥종마을에서 운행하는 택시였다. 택시에서 집이 옥종이었던 중학교 시절의 친구가 생각나 기사에게 물었더니, 잘 안다고 하면서 그의 소식을 자세히 전해 주었다. 고교 졸업 후 육군사관학교에 응시해 합격하였으나 신원 부적격으로 입학하지 못했고, 그게 평생의 응어리가 되어 순탄치 못한 삶을 살았다고 했다. 6.25를 전후해 빨치산의 주활동무대였던 이 지리산 아래 마을에서 태어난 게 죄였다. 빨치산이 들이대는 총부리에 어쩔 수 없이 그들에게 협조한 가족이나 친지를 둔 많은 이들이 짊어져야 했던 연좌제의 멍에가 그에게도 씌워져 있었다. 그는 지금 마을 이장을 맡고 있다고 했다.

택시는 양귀비꽃축제가 열리고 있는 하동군 북천마을을 지나고 진교마을을 거쳐 오전 11시 40분 노량에 도착했다. 택시에서 내리니 남해대교가 먼저 눈에 들어 왔고, 푸른 바다 건너편으로 남해의 노량리마을이 지척으로 바라다보였다. 구 노량나루도 아래쪽으로 내려다보였다.

원균의 패전 소식을 듣고 상황을 파악하기 위해 7월 18일 매실마을을 떠나신 공은 삼가와 단성, 굴동(옥종)을 거쳐 사흘 뒤인 7월 21일 이곳 노량에 도착했다.

7월 21일 맑음
… 점심을 먹은 뒤 노량에 이르니, 거제 현령 안위와 영등포만호 조계종 등 여남은 명이 와서 통곡하고, 피해 나온 군사와 백성들도 울부짖으며 곡하지 않는 이가 없었다. 경상수사는 도망가 보이지 않았다. 우후 이의득이 보러 왔기에 패한 상황을 물었더니, 사람들이 모두 울면서 말하되 "대장 원균이 적을 보고 먼저 뭍으로 달아나고 여러 장수들도 모두 그를 따라 뭍으로 올라가서 이 지경에 이르렀다"는 것이었다. 그들이 대장의 잘못을 말한 것을 입으로는 다 말할 수 없고 그 살점이라도 뜯어먹고 싶다고들 하였다. 거제의 배 위에서 자면서 거제 현령과 사경까지 이야기를 나누었다. 잠시도 눈을 붙이지 못해 눈병을 얻었다.

이 짧은 일기 구절 속에 참으로 많은 사연들이 들어 있다. 칠천량 대참패와 그 이후의 상황을 어찌 필설로 다 설명할 수 있을 것인가.

공이 노량에 도착하니 수군 장수들이 와서 통곡하고, 살아남은 병사와 백성들도 울부짖으며 곡을 했다. 노량포구는 이들의 통곡 소리로 뒤덮였다. 이 기가 막힌 현실을 어떻게 받아들여야 하나. 패전 소식을 듣고 남해로 오면서도 현실이 아니길 바랐는데, 아니 현실이라고 하더라도 피해가 조금이라도 적길 바랐는데, 현실은 생각했던 것보다도 훨씬 더 심각하고 비참했다. 최고 지휘관이 먼저 도망을 가니 휘하 장수들도 도망을 갈 수밖에 없었다. 하물며 병사들이야 더 말할 필요도 없을 것이다. 못난 지휘관 때문에 제대로 한번 싸워 보지도 못하고 궤멸되어 버린 조선 수군, 당신께서 온갖 어려움 속에서도 왜의 재침을 대비해 구축해 둔 180여 척 전선의 대함대가 아침 햇볕에 풀이슬처럼 한순간에 사라져 버렸다.

　이를 어찌할 것인가, 사경까지 잠자리에 들지도 못하고 거제 현령과
이야기를 나누었다. 그러나 나라에서 오로지 하나 믿을 수 있었던 수군
이 궤멸되었으니 무슨 방책이 있을 것인가? 허망함과 통분함과 막막함
으로 밤새 잠을 못 이루고 깊은 시름으로 밤을 새웠으니 기어이 눈병이
나고 말았다.

　남해대교 앞에 혹시 백의종군로 출발지 표지석이 있나 찾아보았으나
보이지 않았다. 배에서 하룻밤을 지내고 다음 날 배에서 내렸으니, 표지
석은 구 노량나루에 있을 것으로 짐작되었다. 노량나루까지 내려가기
보다 그냥 남해대교에서부터 걷기로 했다.

노량해협과 노량나루

　날씨는 맑았으나 햇볕은 뜨거웠다. 다행히 전날 비가 와서 그런지,
기온이 다른 날보다 2~3℃ 정도 낮았고, 바닷가라서 바람도 시원했다.
노량마을을 막 벗어나려는 지점에 "노량 0.7km"가 새겨진 백의종군로
표지석이 보였다. 구 노량나루에 혼자 서 있을 출발지 표지석에게 미안
한 마음이 들었다.

▶▶ 정기룡 장군 사당 경충사

대치리를 지나니 해룡휴게소가 있었고, 거기에 점심 식사할 수 있는 식당이 있었다. 진교까지 가야 점심을 먹을 수 있을 것으로 생각하고, 적은 간식으로 어떻게 버티나 걱정을 했는데 반가웠다.

휴게소 식당은 간단한 한식 뷔페였다. 그러나 길을 걷는, 끼니가 일정하지 않은 우리에겐 몇 가지뿐인 반찬이더라도 진수성찬이었다. 뭔가 일이 잘 풀리는구나 하는 생각을 하며, 감사한 마음으로 점심을 맛있게 먹었다.

이곳 해룡휴게소에서 머지않은 중평리 상촌마을에 경충사가 있었다. 경충사에는 우리가 잊지 말아야 할 또 한 분의 임진왜란 영웅이 모셔져 있었다. 경충사는 정기룡 장군의 유허였다. 정기룡 장군은 어렸을 때 라디오 연속극으로 접해 내 머릿속에 각인되어 있던 인물이었다.

장군은 이 마을 출신으로, 임진왜란 때 육지 곳곳에서 왜군과 전투를 벌여 혁혁한 공을 세운 인물이다. 장군은 임진왜란이 일어나자 인근의 곤양성 수성장(守城將)이 되어 왜군의 전라도 진출을 막았으며, 상주판관으로 있으면서 상주를 탈환하기도 했다. 1597년 정유재란 때는 토왜대장으로 고령에서 왜군을 대파하고 적장을 생포하기도 했고, 이어 성주, 합천, 초계, 의령 등 여러 성을 탈환하고 경주와 울산을 수복하는 등 수많은 전과를 올렸다.

그러나 전쟁이 끝난 후 공신을 책봉할 때 선무공신교서(宣武功臣敎書)에 그의 이름은 없었다. 그 교서에는 칠천량의 패장 원균도 1등 공신으로 이름이 올려져 있었다. 당시 무슨 사정이 있었는지는 모르나, 예나 지금이나 논공의 기준은 이해하기가 참으로 어렵다.

하지만 더 안타까운 것은 그가 주로 전투를 치렀던 경상북도 상주나

성주, 그가 태어난 고장인 하동 등 일부 지역 주민들 이외에는 그를 기억하는 이들이 거의 없다는 점이다. 그가 이처럼 잊혀져 가도 되는 인물인지 우리의 역사를 연구하고 가르치는 이들이 한 번쯤 생각해 보아야 할 문제가 아닌가 싶다.

그는 지력과 담력을 겸비한 뛰어난 장수로서, 60여 회의 크고 작은 전투에서 한 번도 패한 적이 없이 모두 승리하였으며, '뭍의 이순신'이라고 불렸다고 한다. 광해군 때인 1617년 삼도수군통제사 겸 경상우도 수군절도사에 올랐다.

경충사 입구 안내판에는 "일제강점기인 1938년에 장군을 흠모하는 이들이 모충계(慕忠契)를 만들어 어릴 적 서당 자리에 이 경충사를 지었다"고 설명되어 있었다. 일제의 서슬이 퍼렇던 시절, 모충계 계원들의 용기와 그 뜻이 놀라웠다.

경충사는 문이 잠겨 있었다. 담장 너머로 안을 들여다보니 사당으로 올라가는 계단 위의 문도 역시 잠겨 있었다. 훔쳐보듯 담장 너머로만 사당 안을 힐끔 들여다보고 발길을 생가터로 돌렸다.

초가로 복원되어 있는 생가 역시 문이 잠겨 있었다. 찾는 사람들이 거의 없으니 관리 편의상 문을 모두 잠가 두었을 것이다. 하지만 굳게 잠긴 문이 그가 잊혀져 가고 있는 현실을 대변하는 것 같아 마음이 안타까웠다. 사람이 없어 적막감이 흐르는 경충사 주변 숲에서는 철없는 새들만 무심히 재잘거리고 있었다.

▸▸ 도보여행을 꿈꾸는 사람들

노량에서 진교로 가는 1002번지방도는 선형개량공사가 진행되고 있었다. 도로공사 때문에 중간 중간 지나기에 불편한 구간들이 있었다. 그러나 날씨도 좋은 데다 바다에 연해 있는 길이라 주변 풍광을 즐기면서 걷기엔 아주 좋은 길이었다. 오른편으로는 남해 푸른 바다를 보며, 왼편으로는 금오산 푸른 숲을 보며 걸었다. 마을이 나오면 지도에서 마을 이름을 확인해보고, 가끔씩은 그 이름의 유래를 궁금해하기도 했다.

진교면 양포리를 지나 진교리로 들어섰다. 진교리는 면 소재지 마을 치고는 규모가 꽤 큰 편이었다. 아파트도 보이고 상가가 늘어서 있는 등 도시화가 많이 진행된 마을이었다. 고층아파트도 새로 들어서고 있었다. 진교리마을 구경도 할 겸 마을 앞을 흐르는 관곡천변 산책로 벤치에서 잠시 휴식을 가졌다. 관곡천을 따라 시원한 산바람이 불어 왔다. 우리에게 그늘을 만들어 주고 있는 벚나무의 가지들이 그 바람에 쉴 새 없이 하늘거렸다.

다시 걸음을 재촉해 남해고속도로 진교나들목 입구에 도착했다. 경남발전연구원 용역보고서는 이곳에서 진교터널 입구를 지나 사천시 곤양면 성내리까지 5.5km 구간을 고속도로를 따라가는 것으로 설명되어 있었다. 그러나 이 구간은 지도를 보니 고속도로를 따라가는 도보가 가능한 길이 없어, 순례 계획을 세울 때 1002번지방도를 대체로로 이용하기로 했던 구간이었다.

당초 계획한 대로 1002번지방도를 그대로 따라갔다. 송원리 송외마을을 지나 송원저수지 상단에 있는 다리를 건너니 오른편 길가에 백의종군로 표지석이 서 있었다. 그런데 그 표지석은 생뚱맞게도 고속도로가 있는 방향이 아니고 그 반대편 방향의 산길로 가도록 길을 안내하고 있었다.* 표지석에는 "산길 구간 3.4km"라고 표시되어 있었고, 화살표

---

* 　순례에서 돌아온 후 다시 확인해 보니 표지석은 산길로 가도록 안내한 것이 아니고 내가 가려고 했던 1002번지방도로 가도록 안내를 한 것이었다. 표지석의 백의종군로 선형과 지형도의 1002번지방도 선형이 일치했다. 그러나 표지석은 1002번지방도를 '산길 구간'으로 표시했고, 화살표가 1002번지방도 진행 방향이 아닌 그 반대 방향의 임도로 가도록 표시되어 있어 오해의 소지가 충분했다. 표지석이 현재 위치가 아니고 건너편 길

는 표지석 옆 임도 입구를 가리키고 있었다. 왜 경남발전연구원 용역보고서와는 달리 고속도로 진교터널이 있는 이곡마을 쪽이 아니고 그 반대편 산길로 가라고 하는지 어리둥절했지만, 뭔가 있으니 그렇겠지 하는 호기심이 또 작동했다. 산길 표시 중간에 밤티재가 있어 산길은 밤티재에서 1002번지방도와 만나는 것으로 이해되었다.

그동안 몇 번 낭패를 당한 경험을 생각하며 잠시 망설이기는 했지만, 다시 한번 경상남도를 믿어보기로 하고 산길로 들어섰다. 임도를 따라 잠시 오르다, 처음 만난 작은 능선에서 왼편 능선길로 들어섰다. 지도를 보니 밤티재로 가려면 거기서 계속 능선을 따라가는 게 좋을 것 같다는 판단 때문이었다.

길은 끊어졌다 이어지기를 반복했다. 삼각점이 있는 작은 봉우리(140.7봉)에서 북쪽으로 방향을 틀었다. 그 봉우리는 짧기는 하지만 여러 갈래 능선이 만나는 곳이라 거기서부터는 길이 선명해질 것으로 생각했는데, 오히려 길 흔적이 더 희미해졌다. 길은 사람들이 거의 다니지 않아 나무와 풀숲에 덮여 있었고, 주의를 기울이지 않으면 찾기가 어려웠다. 나는 여 고문에게 "또 낚였네!" 하며 멋쩍게 웃었다. '뭔가'가 있을 것이라고 기대를 하고 왔는데, 그 '뭔가'는 없고 자연화되어 가고 있는 오래된 숲길 흔적만 남아 있었다. 그래도 시끄러운 찻길보다는 훨씬 낫다고 위안하며 풀숲 길을 걸었다.

밤티재를 만나 다시 1002번지방도로 들어섰다. 1002번지방도는 차도라기보다는 임도에 가까운 길이었다. 차도 인적도 다 끊겨 있었고, 차가 다녔는지 흔적조차 찾기도 어려웠다. 도로 표지판이 서 있었지만 낡아 가고 있는 것을 보니 폐도가 아닌가 생각되었다. 이 길은 하동군 진

가에 설치되어 있어야 하는데, 그 위치가 잘못된 것이었다.

교마을에서 사천시 곤양마을로 가는 길인데, 그곳을 오가는 차들은 주로 남해고속도로를 이용할 것으로 보였다. 그 길이 훨씬 지름길이기도 하고 길 상태도 좋기 때문이었다.

그러나 주변 경관이 좋고 숲이 우거져 있어 길은 매우 운치가 있었다. 남원의 뒷밤재와 순천의 송치재에 이어 또 하나의 숨은 보석을 발견한 느낌이었다. 이 길도 더 이상 개발하지 말고 그대로 잘 보존해 백의종군로 순례길로 활용하였으면 하는 마음이었다.

사천시 곤양면 성내리마을에 들어섰다.

성내리는 곤양면 소재지 마을로, 옛날 이곳에 곤양현 현청이 있었다. 공은 거제현령과 배에서 밤을 보내고 이튿날인 7월 22일 이곳 곤양객사에 도착하셨고, 몸이 불편하여 바로 잠자리에 들었다. 전날 밤 공은 거제 현령과 사경(四更)까지 이야기를 나누느라 잠을 거의 자지 못했고, 날이 새고 나서 경상수사 배설과 남해현감 박대남을 잇따라 만나 몸이 몹시 고단했다.

주민들에게 곤양객사를 물었으나 찾기가 어려워 현청이 있었다는 곤양면사무소로 갔다. 나지막한 산기슭에 자리 잡고 있는 면사무소는 드나드는 사람도 보이지 않고 정적에 싸여 있었다. 면사무소 입구에 백의종군로 표지석이 있고, 그 뒤에 오래된 비자나무가 두 그루 서 있었다.

성내리에서부터 58번지방도를 따라갔다. 도로 주변 들판에는 밀이 누렇게 익어 가고 있었고, 그 옆 논에서는 모내기를 준비하는지 한 농부가 트랙터로 논을 갈고 있었다. 농사철이기는 하지만, 기계화되어서 그런지 들판에 사람들 모습은 그다지 눈에 띄지 않았다.

다솔사 입구 곤명면 추천리 신산마을에 이르니 어느덧 서산마루로 해가 뉘엿뉘엿 넘어가고 있었다. 마침 불이 켜져 있는 음식점이 있어

들어가 자리를 잡았다. 다솔사 입구에 있는 마을이라 관광객을 상대로 한 음식점이 있을 것이라고 예상은 했지만, 그래도 실제로 식사를 할 수 있는 곳을 만나니 지원군을 만난 듯 반가웠다. 이렇게 한적한 시골길을 걸으며 제때에 밥을 얻어먹을 수 있다는 건 걸어 본 사람만이 느낄 수 있는 행운이고 행복이었다.

오리주물럭을 안주로 막걸리를 몇 잔 마시고 밥을 볶아 저녁 식사를 했다. 식당에 손님이 거의 없어 여유가 있었던지, 젊은 여사장이 직접 고기를 구워 주며 우리에게 어디를 다녀오는지 물었다. 우리가 도보여행을 하고 있다고 하니, 우리에게 멋있고 또 부럽다고 말했다. 자신도 도보여행의 꿈을 가지고 있는데, 지금은 식당일에 몸이 묶여 엄두를 내지 못하고 있다고 했다. 그러면서 여유가 생기고 기회가 되면 언젠가는 도보여행을 할 생각이라고 했다.

오늘 낮에도 비슷한 일이 있었다. 노량을 출발해 인근의 대치리마을로 가고 있는데, 맞은편에서 오던 하동군 청소차량이 우리를 보고는 멈춰 섰다. 그러더니 운전기사 옆 좌석에 앉은 사람이 차창 밖으로 얼굴을 내밀고 우리에게 어디로 가느냐고 물었다. 여 고문이 백의종군길을 순례하고 있다고 말하니, 그는 그 말을 듣고 몹시 부러워하면서 자신도 꿈이 도보여행이라고 했다. 그러면서 "아, 나도 빨리해야 할 텐데…." 하며, 우리에게 "여행 잘하세요!" 하고 인사를 하며 떠났다. 떠나면서 우리를 돌아보는 그의 얼굴에는 도보여행을 당장 떠나지 못하는 데 대한 아쉬움이 잔뜩 묻어 있었다.

그 여사장의 말을 들으며, 낮에 만났던 하동군청 직원도 그렇고 도보여행은 많은 사람들이 꿈꾸고 있는 여행이라는 걸 알 수 있었다. 우리가 이렇게 도보여행을 하고 있다는 게 얼마나 큰 행복이고 얼마나 감사한 일인지 다시 한번 느끼게 되는 기회가 되었다.

저녁 식사를 마치고 나오니 도로엔 짙은 어둠이 깔려 있었다. 잠잘 곳을 찾아 길을 걷는데 길가 논에서 개구리가 요란한 소리로 울었다. 어둠 속에서 들려 오는 수많은 개구리의 합창 소리는 우리의 마음을 한 없이 편안한 원시의 세계로 안내해 주었다.

그렇게 10여 분을 걸으니 인터넷에서 찾아 숙박지로 예정해 두었던 모텔의 불빛이 보였다. 짙은 어둠 속에 홀로 비치는 그 불빛은 마치 우리가 올 것을 알고 기다리고 있는 것 같았다. 그 모텔은 순례 중 들었던 모텔 중 가장 가격이 쌌지만, 시설과 침구는 깨끗했고 주인도 친절했다. 사람이 셋인 걸 보더니 추가요금도 받지 않고 이불을 더 가져다주었다. 주인에게 감사하며, 또 도보여행을 할 수 있음에 감사하며 어느새 깊은 잠속에 스르르 빠져들었다.

▸▸ 옥종으로 가는 길

순례 마지막 날, 5월 24일 아침이 밝았다.

새벽 5시 반에 일어나 먼저 다솔사를 찾았다. 다솔사는 백의종군로 상에 있는 절은 아니었지만, 내겐 고등학교 시절 몇 번 다녀간 추억이 있는 절이라 잠깐 들렀다 가기로 한 것이었다.

다솔사는 사천시 곤명면 봉명산에 있는 사찰로, 신라 진흥왕 때의 고승인 연기조사가 창건한 신라 고찰이다. 만해 한용운이 한때 수도했고, 소설가 김동리가 단편소설『등신불』을 쓴 곳이기도 하다.

이른 시각이라 절은 사람 그림자도 없이 고요 속에 잠겨 있었다. 아침 산사의 고즈넉함은 절을 둘러보는 우리의 발길까지도 조심스럽게 만들었다. 절 마당에 있는 샘에서 물을 한 모금 떠서 들이키니 오장육부가 씻어져 내려가는 듯 몸과 마음이 쇄락해졌다.

수통에 그 샘물을 가득 채우고 다시 신산마을로 내려와 순례를 이어 갔다. 하늘은 구름 한 점 없이 맑았고 아침 공기도 유난히 상쾌했다. 공기 속엔 먼지 하나 없는 듯 시야도 그렇게 깨끗할 수가 없었다. 전날 밤, 자다가 일어나 창밖을 보니 시리도록 찬 달빛이 산야를 환하게 비추고 있었다. 그 밝은 달빛을 보며 '내일 날씨가 이랬으면….' 하고 생각했는데, 나의 그 바람이 이루어진 것이었다.

신산마을에서 30분 정도 걸으니 곤명면 봉계리 원전마을이 나왔다.

공은 곤양객사에서 유숙하신 다음 날인 7월 23일 아침, 노량에서부터 작성한 공문을 군관 송대립에게 주어 먼저 도원수 권율에게 보냈다. 그리고 송대립을 뒤따라 출발해 진주 운곡*으로 말을 몰았다. 이곳은 공이 운곡으로 가면서 말에서 내려 잠시 쉬었다 가신 곳이다.

원전마을 입구 삼거리에 아침 식사가 가능한 식당이 있었다. 밥때가 되었을 때 제시간에 만나는 식당은 항상 반갑고 고마웠다.

그 식당에 들어 된장찌개를 주문했다. 식사가 나오기를 기다리면서 지도를 펴고 이곳 원전마을 주변을 살펴보았다. 이곳은 경전선 다솔사역이 있는 곳이어서, 그 역이 어디쯤 있는지 궁금했다. 다솔사역은 전에 이곳 다솔사를 찾을 때마다 이용하던 추억의 역이었다.

다시 길을 나서 원전마을 안길을 지나며 아침 식사 때 지도에서 본 다솔사역을 찾아보았다. 그런데 어찌 된 일인지 그 역의 모습이 보이지 않았다. 그뿐 아니라 우리가 지나는 길에 있어야 할 철로까지도 보이지 않았다. 무엇이 잘못되었나 곰곰이 생각해 보니 경전선 철로가 새로 건설되었다는 사실이 생각났다. 새 경전선이 건설되면서 다솔사역이 없어진 것이었다. 내가 가지고 있는 지형도에는 옛 경전선과 다솔사역이

---

* 　하동군 옥종면 청룡리 중촌마을

표기되어 있고, 새로 건설된 경전선은 아직 반영되어 있지 않았다.

다솔사역을 보지 못해 아쉬운 마음을 안은 채 원전마을을 지났다. 마을을 벗어나 마곡리로 넘어가는 고갯길을 오르는데 우리 뒤편으로 새로 건설된 경전선 철로가 보였다. 그 철로는 다솔사역이 있던 원전마을을 정차하지 않고 그냥 지나쳐 가고 있었다.

중학교 때 사천과 하동 등지에서 열차로 통학하던 친구들이 생각났다. 차비가 없어 검표원을 피해 도망 다니고 숨고 하는 이야기를, 그들은 무용담처럼 흥미진진하게 들려주었다. 가난하던 시절, 그때의 친구들을 실어 나르던 열차와 철로는 그날의 우리의 가난을 싣고 이제 먼 추억 속으로 사라지고 없었다.

마곡마을로 가는 도로는 차도 사람도 보이지 않았다. 이 도로는 낙남정맥을 넘는 고갯길이었다. 왕복 2차선 도로를 마치 우리의 길인 양 휘저으며, 또 산골길의 한적함을 즐기며 고갯길을 올랐다. 고갯마루 가까이에 이르자 오른편 숲속에서 커다란 새가 한 마리 티 한 점 없는 청명한 하늘로 날아올랐다. 고개를 들어 그 새를 바라보는 내 얼굴을 상쾌한 산바람이 핥고 지나갔다. 고갯마루에서 불어오는 그 바람엔 싱그러운 신록의 내음이 잔뜩 묻어 있었다.

근래에 보기 드문 깨끗한 날씨였다. 하늘색은 푸르다 못해 검은빛마저 띠었다. 한동안 계속되던 중국발 미세먼지 때문에 숨을 쉬는 게 고통이었는데, 그 보상이라도 받는 듯 마음 놓고 숨을 크게 쉬며 맑은 공기를 실컷 들이마셨다. 다디단 공기가 폐부 깊숙이 스며들었다. 이게 우리나라 산골 본래의 공기였는데, 이웃을 잘못 둔 죄로 언젠가부터 우리는 이런 공기를 잃어버렸다. 아니 이런 공기만 잃어버린 것이 아니라 봄의 화창함까지도 같이 잃어버렸다. 무지막지한 미세먼지 폭탄을 우

리 하늘에 퍼부어 우리의 청량한 공기와 화창한 봄을 앗아가 버렸으면
서도 조금도 미안해하는 기색도 없는 몰염치한 이웃 중국이 또다시 괘
씸해지기도 했다.

마곡마을 입구에서 백의종군로 마지막 도엽인 '대평'을 배낭에서 꺼
내 지도케이스 속에 끼워 넣었다. 이 도엽엔 현재 우리가 위치한 마곡
마을과 백의종군로 종착지인 원계마을이 같이 표기되어 있었다. 이 지
도는 백의종군로 1,600리 대장정이 드디어 끝나가고 있음을 우리에게
소리 없이 말해 주고 있었다.

마곡마을을 지난 삼거리에서 백의종군로 표지석이 안내하는 대로 은
사리마을 가는 길로 들어섰다. 이 도로도 차가 간간이 한 대씩 다녀 걷
기에 별 위험이나 불편이 없었다. 그러나 도로 왼편에 도로를 따라 농
로가 나 있어, 우리는 좀 더 한적한 길을 가기 위해 그 농로로 내려섰다.

마곡마을 삼거리 백의종군로 표지석

은사리마을에 세종대왕과 단종의 태실지가 있었다. 세종대왕의 태실
지가 있는 산은 큰태봉산이었고, 단종의 태실지가 있는 산은 작은태봉
산이었다. 우리는 세종대왕의 태실지만 들렀다 가기로 했다. 세종대왕

의 태실지는 우리가 가는 길목에 있었지만, 단종의 태실지는 일부러 마을 안쪽으로 한참을 찾아 들어가야 했다. 단종은 이렇듯 사후에도 길손에게조차 외면을 당하는 설움을 받는구나 생각하니 미안한 마음이 들기도 했다.

세종의 태실지는 옥종으로 가는 도로가 바라다보이는 큰태봉산 기슭에 자리 잡고 있었다. 세월의 때가 덕지덕지 묻어 검은색으로 변한 돌계단을 오르니, 태실비를 중심으로 서 있는 여러 개의 석물들이 보였다. 안내판에는 "정유재란 때 왜적에 의해 크게 훼손되었는데 뒤에 대대적으로 수리하였다. 일제강점기 때 일제가 조선왕조의 정기를 끊기 위해 태실을 모두 양주로 옮길 때 세종대왕의 태실도 같이 옮겨 지금은 터만 남아 있다"고 설명되어 있었다.

일제의 만행을 여기서 또다시 확인해야만 했다. 그 글을 읽으며 우리는 "나라가 힘이 없어 저런 치욕을 당했다"며, "어떻든 나라의 힘을 길러야 한다. 그래야 다시는 저런 치욕을 당하지 않는다"고 입을 모았다.

세종대왕 태실지를 떠나며 "오늘은 초등학교 운동장에 서 있는 동상의 주인공 두 분을 다 만난다", "매우 뜻깊은 날"이라고 농담 반 진담 반 대화를 주고받았다. 국민들이 가장 존경하는 세종대왕과 충무공 이순신, 우리는 이날 길을 걸으며 그 두 분을 모두 만나 뵙는 영광을 얻었다.

곤명면 삼정리 탑동마을을 향해 걷는데, 멀리 지리산 천왕봉의 모습이 눈에 들어 왔다. 중봉과 제석봉, 장터목의 모습도 같이 보였다. 조금 더 걸으니 연하봉과 촛대봉, 세석평전, 영신봉까지 연이어 그 모습이 나타났다. 모두 눈에 익은 모습의 봉우리들, 눈을 감아도 눈앞에 선히 떠오르는 가슴 설레는 곳들이었다.

사천시 곤명면과 하동군 옥종면의 경계를 이루는 작은 고개를 넘었다. 고갯길 왼편에는 작은 메타세쿼이아 숲이 조성되어 있었다. 고개를 넘으면서 바라보는 주변 숲의 연둣빛 신록이 황홀할 정도로 아름다웠다. 5월의 신록은 보고 또 보아도 그 빛이 참으로 경이로웠다.

옥종면 청룡리에 들어섰다. 곧바로 중촌마을 이홍훈의 집을 찾았다.

> 7월 24일 비가 그치지 않고 내렸다.
> … 식후에 이홍훈의 집으로 옮겼다. 방응원이 정개산성에서 와서 전하기를 "황종사관이 산성에 와서 연해안의 사정을 보고 들은 대로 전했다"는 것이다.

공은 7월 23일 이곳 운곡에 도착하여 이희만의 집에서 유숙하신 후, 다음 날 이홍훈의 집으로 거처를 옮겨 26일까지 3일간 머물렀다. 25일에는 조방장 김언공과 배수립, 집주인 이홍훈이 찾아와 만나고, 도원수 종사관 황여일이 사람을 보내어 문안했다. 저녁에는 임진년 해전 때 전부장(前部將)으로 참전했고 공의 신임이 컸던 배흥립(裵興立)이 병이나 문병을 했는데, 그의 고통이 극도로 심해 걱정을 많이 하기도 했다. 26일에는 정개산성 밑에 있는 송정(松亭)*에서 도원수 종사관 황여일, 진주목사 나정언과 함께 칠천량 패전에 따른 대책을 숙의하는 등 이곳에 머무는 3일 동안 공은 쉴 틈 없이 바쁜 시간을 보냈다.

---

* 옥종면 문암리 덕천강변에 있는 정자로, 지금은 강정으로 불린다.

이홍훈의 집

　지난번 초계행 길에 이어 다시 들른 이홍훈의 집은 정비공사가 끝나 말끔히 단장되어 있었다. 남은 거리가 그리 멀지 않아 안채 마루에 앉아 쉬면서 셋이서 공에 대한 이야기를 나누었다. 개울 건너편으로 이 마을의 상징인 600살짜리 청룡리 은행나무도 보이고, 아래채 지붕 너머로 옥산도 바라다보였다. 공도 이 마루에 앉아 저 은행나무와 옥산을 바라보며 고뇌에 젖었을 것이다.

　마루에 앉아 있으니 불어오는 바람이 시원하고 맑았다. 그러나 사위는 너무도 조용해 마치 시간이 멈춘 듯한 고요가 우리 주위를 감싸고 있었다. 그 고요를 좀 더 즐기고 싶었으나, 그 마음을 억누르고 일어나 순례길 종착지 원계마을을 향해 다시 길을 떠났다.

▶▶ 백의종군로 순례의 종착지 원계마을

　원계마을로 가는 길은 지난번 초계행 때와는 달리 덕천강 제방길을 이용했다.

　제방길에는 모자를 쓸 수 없을 정도로 바람이 강하게 불고 있었다.

제방 아래 덕천강을 내려다보니, 덕천강 물도 그 바람을 받아 수많은 잔물결들이 일고 있었다. 강 건너로 진배미 들판이 보이고, 그 들판 너머로 원계마을이 보였다.

제방길을 걸어 문암교 옆 강정에 다시 올랐다.

공은 칠천량 패전 상황을 알아보러 남해로 가는 도중인 7월 20일과 남해에서 돌아와 이홍훈의 집에 머물던 7월 26일, 이 정자에서 도원수 종사관, 진주목사와 만나 칠천량 패전에 대한 대책을 숙의했다. 특히 26일엔 나눌 의견들이 많았는지 아침 일찍 이곳으로 와서 해가 저물어서야 숙소로 돌아갔다. 이 자리에서는 아마 수군의 궤멸로 풍전등화에 놓인 나라 걱정과 함께 왜군의 내륙 침공에 대한 방비책, 조선 수군의 재건 전략에 관한 이야기들이 오갔을 것이다.

이충무공 군사훈련유적비

문암교를 건너 진배미유적지로 갔다.

7월 29일 비가 오다 개다 했다.
… 저녁나절에 냇가로 나가 군사를 점검하고 말을 달렸는데, 원수가 보낸 군사는 모두 말이 없고 활과 화살도 없어 쓸모가 없었다. 매우 한탄스러웠다.

이틀 동안 계속 내리던 비가 내리다 그치다를 반복하던 7월 29일, 공은 원계마을 앞 덕천강변으로 나가 군사를 점검하고 말을 달리는 등 훈련을 했다. 그러나 도원수 권율이 보낸 군사들은 말이 없어 기동력이 떨어졌고, 더구나 개인 군장인 활과 화살조차 없어 군사로써 아무런 쓸모가 없었다. 요즘 같으면 총과 총탄조차 없는 격이니 어떻게 훈련을 하며 또 무기조차 없는 군사를 전투에 투입한들 무슨 소용이 있겠는가? 공의 한탄이 참으로 안쓰럽고 민망하고 안타깝기만 했다. 노산 이은상은 이곳 '이충무공 군사훈련유적비'에서 "덕천강 언덕머리 지금도 들리는 호령 소리"라고 했는데, 내게는 공의 호령 소리보다 안타까운 탄식 소리가 더 크게 들리니 웬일인가? 유적비 앞에 서서 다시는 이 땅에 공과 같은 그런 탄식의 소리가 들리지 않기를 바랐다.

손경례의 집으로 발길을 돌렸다.

손경례의 집은 초계행 때 보았던 그 모습으로 나를 맞았다.

잡초가 무성한 마당과 섬돌, 문종이가 낡아 구멍이 여기저기 뚫린 방문이 마음을 아프게 했지만, 그래도 합천 매실마을 이어해의 집보다는 관리 상태가 훨씬 나았다.

공은 옥종의 이홍훈의 집에서 7월 26일까지 머물다 다음날인 27일 덕천강 건너 이곳 원계마을 손경례의 집으로 옮겨 왔다. 이곳에 머물면서 공은 권율이 보낸 군사를 훈련시키는 한편으로, 동지 이천과 진주목사 나정언, 소촌 찰방 이시경 등과 만나 삼경이 넘도록 "계책하여 응전한 일"을 논하는 등, 어떻게 하면 궤멸된 조선 수군을 재건하고 왜군을 물리칠 수 있을 것인지에 대해 밤늦도록 대책을 숙의하고 고민을 이어가고 있었다. 그러던 어느 날, 꺼져 가던 나라의 운명을 되살리게 될 역사적 사건이 이곳에서 일어났다.

8월 3일 맑음
이른 아침에 선전관 양호가 뜻밖에 들어와 교서(敎書)와 유서(諭書)를
가지고 왔는데, 그 내용은 곧 삼도통제사를 겸하라는 명이었다. 숙배를
한 뒤 삼가 받았다는 서장(書狀)을 써서 봉해 올리고, 바로 길을 떠나
곧장 두치 가는 길에 들어섰다.

　1597년 8월 3일, 이른 아침에 공은 선전관 양호로부터 선조의 교서
를 받았다. 공을 다시 삼도수군통제사로 임명한다는 교서였다. 교서에
서 선조는 공을 백의종군하도록 하였던 것에 대해 자신의 잘못을 인정
하고, 다시 충의의 마음을 굳건히 하여 나라를 지켜 달라고 공에게 간
곡히 부탁했다.

　교서를 내린 날짜는 7월 22일, 칠천량 패전이 있은 지 엿새만의 일이
었다. 교서는 조정을 떠나 11일 만에 공에게 전달되었다. 교서를 받자
공은 임금이 있는 곳을 향해 숙배하고 정처도 없는 임지를 향해 바로
길을 떠났다. 바람 앞의 등불처럼 위기에 처해 있는 나라를 구하기 위
해서는 한시도 지체할 수가 없었다.

　공의 백의종군은 이곳 원계마을에서 임금의 교서를 받으면서 끝이
났다. 그동안 1년여를 이어오던 나의 백의종군로 순례도 여기서 같이
끝났다. 2017년 정유년 5월 27일, 공이 백의종군을 하신 1597년 정유
년으로부터 꼭 420년째가 되는 해였다.

　나는 이곳 손경례의 집에서 백의종군로 순례를 마무리하면서 공의
선공후사 정신이 얼마나 훌륭하고 거룩한 정신이었나를 다시 한번 되
새겨 볼 수 있었다.

공은 당시 시점에서 삼도수군통제사의 직을 다시 수임한다는 것이 얼마나 무겁고 큰 짐인지 누구보다도 잘 알았다. 칠천량해전의 대패로 수군이 궤멸되고, 일부 살아남은 장졸들마저 모두 흩어져버렸다. 왜가 이미 대규모 공격을 감행해 오고 있는 상황에서 수군을 재건한다는 것은 사실상 불가능에 가까웠다. 거기에다 부모의 상을 당하면 관직에 있던 자도 그 직을 내려놓고 3년 동안 시묘살이를 하는 것이 관례이던 때라, 모친상 중인 당신의 입장에서는 다시 직을 받들라는 임금의 명을 받아들이는 것이 매우 주저될 수밖에 없었다.

그러나 공은 임금의 교서를 받자 한순간의 주저도 없이 즉시 명을 받들고 바로 수군 재건의 길에 나섰다. 공에게는 당신 자신의 안위와 입장보다 나라와 백성을 구하는 일이 먼저였다. 참으로 거룩하고 고귀한 희생이었고, 선공후사 정신의 실천이었다.

그러한 공의 선공후사의 정신이 이 나라를 살렸다.

공이 아니었으면 지금 우리나라는 일본이나 중국의 일부가 되어 있을지도 모른다. 많은 이들이 설마 그랬기야 했겠느냐고 치부할지 모르지만, 임진왜란 당시 명과 왜 간의 강화협상 내용을 보면 충분히 그러했을 소지가 있다고 생각된다. 명과 왜는 하삼도 즉, 충청과 경상, 전라도를 왜에 넘기는 협상안을 깊숙이 논의하였으며, 왜가 정유재란 때 다시 조선을 침공한 것도 하삼도를 탈취해 자국의 통일에 공을 세운 공신들에게 녹지를 나눠 주기 위한 목적이었다. 선조는 임진왜란 초기 왜에게 평양까지 점령당하자 자신의 목숨을 보전하려고 명 황제에게 명의 속국이 되겠다고 간청하기도 했다.

다행히 공이 선공후사의 정신으로 삼도수군통제사의 직을 다시 받들었기에 조선은 왜를 물리칠 수 있었고 나라가 온전할 수 있었다. 그리고 오늘의 이 대한민국도 존재할 수 있었다.

공이 기거하시던 방의 방문 위 벽에 걸려있는 공의 작은 영정을 향해 고개를 숙였다. 그리고 이 나라를 지켜주신 데 대해 깊이 감사드렸다.

2부

조선수군재건로 순례

1. 고뇌의 길, 원계 - 순천

▶▶ **정처 없는 임지로 떠나신 길을 따라**

2018년 9월 16일, 아침 6시에 출발하는 진주행 첫 시외버스를 타고 서울 남부시외버스터미널을 떠났다. 내가 가고 있는 곳은 진주시 수곡면 원계마을, 조선수군재건로 순례길 출발지였다. 내 옆자리엔 백의종군로 마지막 구간 순례를 동행했던 여형동 전 ㈜진로 고문이 앉아 있었다. 조선수군재건로 순례는 전 구간을 그와 함께하기로 했다.

혼자 걷는 것이 마음이 편하고 자유롭기는 하지만, 그러나 둘이 걷는 것도 여러 가지 장점이 있었다. 그중 하나가 짐을 분담할 수 있다는 점이었다. 그동안 백의종군로를 순례하면서 가장 어려움을 느꼈던 것이 식사와 잠자리에 관한 문제였다. 식사는 주로 매식을 했고 잠은 주로 모텔을 이용했다. 따라서 제시간에 식사를 하고 숙소를 잡기가 쉽지 않았다. 이번 순례 때에는 식사는 가급적 매식을 하되 음식점이 없을 경우 취사를 하고, 잠은 텐트에서 자기로 했다. 내가 야영 장비를, 여 고문이 취사도구를 준비했다.

서울을 떠날 때 잔뜩 흐려 있던 날씨는 천안 인근을 지날 무렵 옥색 하늘이 차츰 드러나면서 햇살이 비치기 시작했다. 아직은 푸른빛을 잃지 않고 있는 도로변 산야의 숲들이 차창 밖을 내다보고 있는 내게 막바지 싱그러움을 선사해 주었다.

차창 밖으로 펼쳐지는 푸른 산야를 바라보면서 상념에 젖었다.

나는 어려서부터 한동안 우리나라를 '삼천리 금수강산'이라고 하는 데 대해 줄곧 의문을 가지고 있었다. 그동안 내가 본 우리나라 산야의 모습은 금수강산이라 하기엔 뭔가 잘 납득이 가지 않았기 때문이었다.

그러나 예전의 그 헐벗었던 산야에 나무가 무성하게 자라고 숲이 우거진 지금에 와서야 나는 '우리의 땅이 정말로 금수강산이 맞는구나!' 하는 생각을 비로소 하게 되었다. 숲이 우거진 지금의 우리 산야는 가는 데마다 아름답지 않은 곳이 없다. 긴 안목을 가지고 과감한 산림녹화와 입산금지 정책으로 온 국토를 푸른 숲으로 뒤덮이게 한 산림 당국의 진정성 있는 노력에 새삼 감사의 마음이 들었다. 그들의 그러한 혜안과 결단 덕분에 지금의 우리는 우리의 아름다운 자연을 마음껏 누리고 있는 것이다. 차창 밖으로는 숲으로 뒤덮여 금수강산이 된 우리 산야의 변화무쌍한 자태들이 뽐내듯 파노라마가 되어 스쳐 지나갔다.

조선수군재건로 순례는 백의종군로 순례를 준비하고 있던 내게 새로 주어진 과제였다. 당초 백의종군로만 알고 있던 나는 백의종군로 순례를 준비하면서 조선수군재건로가 정비되어 있다는 것을 알게 되었고, 이후 조선수군재건로는 자연스럽게 내 순례길 대상에 추가되었다. 백의종군로만 순례하는 것은 미완의 순례로 생각되었기 때문이었다.

지난해 백의종군로 순례를 마치고 일상생활에 젖어 있던 나는 가슴 속에 항상 무언가에 대한 부담감을 떨쳐 버리지 못하고 있었다. 조선수군재건로 순례를 시작하지 못하고 있다는 데 대한 부담감이었다.

기상관측 이래 가장 더웠다는 2018년 여름이 끝나고 9월에 접어들 무렵이었다. 이제는 더 이상 미루어서는 안 되겠다는 생각이 들어 순례를 준비하기 시작했다.

그러던 어느 날, 인터넷을 검색하다 2015년 2월에 전라남도에서 조선수군재건로 안내책자인 『명량으로 가는 길』이 발간되었다는 것을 알게 되었다. 반가운 마음에 전라남도청 민원실에 그 자료를 구할 수 있는지 문의했다. 그랬더니 며칠 후 관광과에 근무하는 직원이 책자는 소진되어 없다고 하며 대신 파일자료를 전자우편으로 보내 주었다. 그러면서 그는 더 도와주고 싶지만 명량대첩축제 준비 중이라 바빠서 어렵다고 양해를 구했다. 전라남도청의 그 공무원의 친절과 배려에 감사하며, 그가 보내준 파일자료를 휴대전화기에 소중하게 입력했다. 그 자료는 휴대전화기에 담아서 가지고 다니며 언제 어디서든 필요할 때마다 꺼내 볼 수가 있어 아주 유용하게 활용할 수 있을 것이다.

우리가 탄 버스는 3시간여가 지난 9시 10분경 산청군 신안면 원지마을에 도착했다. 우리는 버스에서 내리자 바로 인근에 있는 택시승강장으로 가서 택시에 올랐다. 원지마을에서 원계마을까지 직접 가는 버스편이 없기 때문이었다.

원계마을 손경례의 집은 무성하던 잡초만 베어져 있을 뿐 관리 상태는 이전에 보던 모습과 별반 다름이 없었다. 이웃 옥종의 이홍훈의 집은 새 단장을 하여 당시의 상황을 이해할 수 있는 여러 가지 설명자료들과 함께 깔끔한 모습으로 순례객들을 맞고 있는데, 그곳보다 더 의미 있는 장소인 이곳은 관할 행정관청에서 정비와 관리에 별 관심이 없는 것처럼 보여 아쉬운 마음이 들었다.

공은 이곳에서 1597년 정유년 8월 3일 이른 새벽에 선전관 양호로부터 삼도수군통제사로 다시 임명한다는 선조의 교서와 유서를 받았다. 교서는 당시 선조의 마음이 얼마나 다급했는지를 충분히 짐작하고도 남을 정도로 내용이 절절했다.

선조는 "지난번에 그대의 직함을 갈고 그대로 하여금 백의종군하도록 하였던 것은 역시 사람의 모책이 어질지 못함에서 생긴 일이었거니와, 그리하여 오늘 이같이 패전의 욕됨을 만나게 된 것이라 무슨 할 말이 있으리오." 하며 지난날 과오를 인정하고 사과했다. 공을 처형하려고까지 했던 선조가 자신의 잘못을 인정하기는 쉽지 않았을 것이다. 그러나 자신의 체면보다 더 중요한 일은 나라를 살리는 것이었다. 그러면서 "부하들을 어루만지고 도망간 자들을 찾아 단결시켜 수군의 진영을 만들고 요해지를 지켜 달라"고 당부했다. 혹 공이 상중이라 이를 핑계로 직을 받지 않을까 저어하여 "충의의 마음을 더욱 굳건히 하여 나라 건져 주기를 구하는 소원을 풀어 주기 바란다"고 간곡히 부탁했다.

교서와 유서를 읽으며 공의 마음은 참으로 착잡했을 것이다. 죄도 없는 자신을 옥에 가두고 처형하려다가 여의치 않자 백의종군을 하도록 한 임금인데, 그 임금에 대한 서운한 마음이야 오죽했으랴. "눈썹이 타는 듯한 위급"한 상황이 닥친 지금에 와서야 "이 일에 책임질 사람이야말로 위엄과 은혜와 지혜와 능력이 있어 평소에 안팎으로 존경을 받던 이가 아니면 어찌 능히 이 책임을 이겨낼 수 있을 것이랴."라고 한 말이 공의 울화를 더 치밀도록 했을지도 모른다.

공은 그 시점에서 다시 삼도수군통제사의 직을 맡는다는 것이 얼마나 힘겹고 무거운 짐인지를 누구보다도 잘 알았다. 조선 수군은 궤멸되었고, 전선은 불과 십여 척밖에 남지 않았다. 전투에서 가까스로 살아남은 소수의 군사들마저 제 살길을 찾아 이리저리 모두 흩어져 버렸다. 왜는 공언한 대로 이미 대규모 침략을 감행했고 또 임진년 해전의 패배를 되풀이하지 않기 위해 대형전함인 아타케부네를 집중적으로 보강하는 등 수군 전력을 크게 강화했는데, 이런 상황에서 무슨 수로 조선 수군을 재건하고 왜의 수군을 대적할 수 있을 것인가.

그러나 공은 못난 임금보다는 긴 전쟁으로 고통받는 나라와 백성들을 먼저 생각하였을 것이다. 무엇보다 나라를 구하는 것이 먼저였다.

공은 교서를 받자마자 북쪽을 향해 임금께 숙배하고 정처도 없는 임지를 향해 바로 길을 떠났다. 바람 앞의 등불이 되어 있는 나라를 구하기 위해서는 궤멸된 조선 수군을 재건하는 것이 급선무였고, 이를 위해 한시도 지체할 여유가 없었다.

삼도수군통제사 재수임 사적지 비 앞에서 공의 뜻을 다시 한번 가슴에 되새기고, 우리도 공의 뒤를 따라 바로 원계마을을 떠났다.

▸▸ 모성마을 가는 산길

문암교를 걸어 덕천강을 건넜다. 덕천강을 건너서 왼편 강 언덕에 서 있는 강정에 다시 올랐다. 비록 정유재란 때 불타 다시 지은 것이기는 하지만, 그러나 이곳은 공의 자취가 많이 남아 있는 곳이었다. 정자엔 근심 어린 모습으로 패전 대책에 골몰하시던 공의 잔영이 아직도 남아 있는 것 같았다.

강정

공은 이 정자에 앉아 얼마나 깊은 고뇌를 하셨을까? 공의 나라와 백성을 살리기 위한 그 깊은 고뇌가 420년의 세월이 지나 이곳을 찾은 내 가슴에 전해져 마음이 숙연해졌다. 어쩌면 이 정자는 조선 수군 재건 전략의 산실이었을 것이다. 공은 수군의 사정에 능통하고 전라도 지방 사정에도 밝았다. 따라서 공은 어떻게 하면 궤멸된 수군을 가장 신속하게 재건할 수 있을지 잘 알고 있었을 것이고, 이곳에서 칠천량 패전 대책을 숙의하던 당시 공의 머릿속에는 이미 조선 수군 재건에 대한 전략이 서 있었을 것이다. 공이 임금의 교서를 받자마자 바로 구례로 떠났다는 것이 이를 말해 주는 것이 아닐까?

공의 깊은 고뇌가 스며 있는 강정을 떠나 본격적인 조선수군재건로 순례길에 들어섰다. 잔뜩 흐리던 날씨는 어느새 회색 구름이 완전히 걷혀 있었고, 옥빛 하늘에는 흰 구름이 한가로이 떠다니고 있었다.

문암교를 건너서부터는 행정구역이 진주시에서 하동군으로 바뀌었다. 배롱나무가 이곳저곳에서 붉은 꽃을 피우고 있는 문암마을을 지나고, 공이 닷새 동안이나 머물렀던 옥종마을을 지났다. 옥종마을부터는 1005번지방도를 따라 걸었다. 배토재를 넘어 북천면 화정리마을에 들어서는데, 도로변 집 담장에 늙은 호박이 두세 개 매달려 가을이 코앞에 와 있음을 알려 주었다.

1005번지방도는 별주부전의 무대인 사천시 비토섬까지 이어지는 길이었다. 그러나 우리는 자라와 토끼를 만나러 가지 못하고, 화정마을 입구에서 1005번지방도를 떠나 서황리 중촌마을로 가는 농로로 들어섰다. 이곳 화정마을에서 모성마을까지 옛길은 농로와 산길로 이어진다. 지난번 백의종군로 순례 때에는 산 너머 모성마을에서 차도인 방화길을 따라 이곳 화정마을로 넘어왔다. 그러나 공의 원래 행로는 이 산길이기 때문에, 이번에는 산길을 따라 모성마을로 넘어가기로 했다.

화정마을에서 농로를 걸어 들어가 만난 중촌마을은 차도에서 한참 떨어진 조용한 산촌마을이었다. 마을 입구에 작은 저수지가 있었고, 집들이 논과 언덕을 사이에 두고 몇 가구씩 여기저기 흩어져 있었다. 마을 앞길을 지나는데, 한 길갓집 나뭇가지에 "충무공이순신백의종군길"이라고 인쇄된 붉은색 표지기가 매달려 있는 것이 보였다. 가던 길을 잠시 멈추고 서서 표지기를 반가운 마음으로 바라보았다.

백의종군로는 마을 앞길을 지나 산길로 오르도록 나 있었다. 산길에 들어서니 사람이 거의 다니지 않았는지 풀이 무릎까지 자라 있었다. 하지만 희미하게나마 길 흔적이 이어지고 있어 길을 찾는 데는 별 어려움이 없었다.

능선 위에도 길은 뚜렷했다.

능선에 올라선 후에는 능선으로 난 길을 따라 걸었다. 능선길은 대체로 완만한 경사를 이루고 있어 별 힘들지 않게 걸을 수가 있었다. 오름길에는 갈림길이 많아 능선에 올라서기 전까지는 길 찾기에 잔뜩 주의를 기울였지만, 그러나 능선길에 들어서서부터는 갈림길이 별 보이지 않아 더 이상 길 찾기에 주의를 기울일 필요가 없었다. 가끔씩 능선길과 교차되는 임도가 나오기는 했지만, 능선길만 그대로 따라가면 되니 별문제가 되지 않았다. 지난번 초계행 때에 걸었던 차도인 방화길보다 훨씬 걷기가 좋다고 생각하며, 편안한 마음으로 능선길을 걸었다.

그렇게 20여 분을 걸으니 산 아래로 붉고 푸른 지붕의 집들이 모여 있는 마을들이 보였다. 나는 당연히 그 마을들이 우리가 지나갈 모성마을과 그 건너편 사평마을일 것이라 생각하고 지도를 보며 확인해 보았다. 그런데 무슨 일인지 지도와 실제 지형이 전혀 맞지 않았다. 이상한 생각이 들어 나침반을 꺼내 지도를 정치시켜 보니 나침반의 바늘은 내가 생각했던 것과는 정반대 방향을 가리키고 있었다. 분명 중촌마을에서 능선을 향해 오를 때 수시로 지도와 나침반으로 방향을 확인하며 올랐는데 방향이 반대라니, 이해가 되지 않았다.

그러나 나침반이 거짓말을 할 리 없었다. 잠시 마음을 가다듬은 나는 우리가 능선에 올라선 후 모성마을이 있는 남쪽으로 가지 않고 북쪽으로 진행해 다시 중촌마을 쪽으로 내려가고 있다는 것을 깨달았다. 주변의 지형도 지형도상의 중촌마을 주변 지형과 일치하여 그게 맞는다는 것을 확인시켜 주었다. 어디서 길이 잘못되었을까, 앞서서 걷던 여 고문도 갈림길을 보지 못했다고 했다. 그러나 아무리 생각해 보아도 능선에 올라선 후 갈림길이 분명 있었을 텐데, 그걸 보지 못하고 무심코 지나쳐온 게 틀림없었다.

별수 없이 오던 길을 다시 되돌아갔다. 한참을 되돌아 오르니 예상했던 대로 역시 갈림길이 나왔다. 우리가 가야 할 모성마을 가는 길은 우리가 간 반대 방향으로 난 길이었다. 그런데 그 길은 시작 지점이 진행 방향에서는 잘 보이지 않아 주의를 기울이지 않으면 찾기가 어려운 길이었다. 북쪽으로 가는 길이 진행 방향이라, 무심코 가다가는 우리가 갔던 길로 갈 수밖에 없는 구조였다. 능선에 올라선 후로는 당연히 능선길만 따라가면 될 것으로 생각하고, 한 번도 나침반으로 방향을 확인해 보지 않은 내 부주의가 불러온 실수였다.

길을 바로잡아 모성마을로 가는 능선길을 걸으면서, 백의종군로 순례 때 만났던 사평마을 주민이 했던 말을 떠올렸다. 그는 "건너편 모성마을 뒤 산길은 갈림길이 많아 길을 잃고 헤맬 가능성이 크니, 절대 그길로 가지 말고 꼭 차도로 가라"고 몇 번씩이나 다짐받듯 말했다. 그때 비가 내리고 있었고 날도 어두워지려 하고 있었기 때문에, 산길로 들어섰으면 낭패를 볼 가능성이 컸다는 걸 이 길을 걸어 보니 비로소 알 수 있었다. 길은 그 뒤에도 갈림길이 여러 번 나타났고, 그때마다 그분의 말을 생각하며 그분에게 감사했다.

능선길이 끝나자 내림길은 밤나무 농장 안으로 이어졌다. 밤나무마다 입을 벌린 탐스런 밤송이들이 주렁주렁 매달려 있었고, 길바닥에도 잘 익은 밤들이 떨어져 풀숲에 숨어 있었다. 마침 밤을 수확하고 있던 농장 주인이 우리의 말소리를 듣고 우리를 불렀다. 농장 안길이라 밤을 따가는 것으로 오해할 소지가 충분히 있었다.

내가 "밤나무는 쳐다보지도 않고 가니 걱정하지 마세요." 하고 말하니, 우리의 차림새를 본 주인은 안심한 듯 "아, 배낭이랑 보니 산을 많이 다니시는 분들이네요. 저도 산을 좋아합니다." 하고 밝은 소리로 답했다. 길에 떨어진 밤은 조금씩 주워 먹어도 괜찮다고 하며, 잘 가라고 인사를 했다. 우리를 부르기에 깐깐한 사람인 줄 알았더니 상냥하고 친절한 사람이었다.

모성마을 안길로 내려섰다.

마을 입구 백의종군로 표지석 옆 팔각정 쉼터에 마을 주민 두 사람이 쉬고 있었다. 우리도 같이 쉴 수 있겠느냐고 허락을 구하니, 정자에 걸터앉을 수 있도록 자리를 비켜 주었다. 내가 가지고 있는 지도에는 이곳이 모동으로 표기되어 있어 그들에게 이 마을 이름을 물었더니, 모동에서 모성으로 최근에 이름이 바뀌었다고 했다.

모성마을을 떠나기에 앞서 팔각정 옆 백의종군로 표지석이 안내하고 있는 길을 다시 한번 들여다보았다. 그 표지석은 아무리 자세히 들여다보아도 어디로 가라고 하는 것인지 도무지 알기가 어려운 곡선만 구불구불 그려놓고 있었다.

▶▶ 황토재를 넘어

모성마을 쉼터에서 잠시 휴식을 취한 우리는 황토재를 향해 다시 발길을 옮겼다. 2번국도를 따라갈까 하다가 조금이라도 지름길로 가자는 생각에 확장공사 중인 새 2번국도를 가로질러 건넜다. 파헤쳐진 공사장 옆을 따라가다 시금욱마을에서 다시 2번국도로 올라섰는데, 그러나 황토재로 가기 위해서는 국도를 따라 잠시 되돌아 내려가야 했다. 조금 지름길로 가려다 별 덕도 보지 못하고 거친 공사장 길을 걷느라고 괜히 애만 먹었다.

황토재 초입을 찾아 2번국도를 따라 내려가는데, 왼편에 황룡사가 보이고 그 입구에 백의종군로 표지석이 서 있었다. 이 표지석은 경상남도가 처음에 고증한 백의종군로가 여기를 지나고 있어 이 자리에 서 있는 것이었다.* 마침 목이 몹시 말라 황룡사 공양주 보살에게 물을 좀 달라고 했더니, 감사하게도 시원한 물과 함께 비닐봉지에 바나나와 과자까지 담아 주었다.

황룡사에서 잠시 걸으니 황토재 초입이 나왔고, 우리는 거기서 잠시 쉬었다 가기로 했다. 배가 고팠던 참이라 길가 바닥에 주저앉아 황룡사 공양주 보살이 준 바나나와 과자를 먹고 있는데, 황토재 쪽에서 한 노인이 지게에 짐을 지고 내려왔다. 그분에게 황토재 가는 길을 확인 겸 물었는데, 지게를 세워 놓고 우리 옆에 앉더니 황토재에 대한 이야기를 우리에게 들려주었다. 이 길은 옛날 하동 사람들이 서울로 가기 위해 넘던 길이었고, 6.25 때는 온통 피난민으로 뒤덮이기도 했다고 했다. 그분은 부산 국제신문사에서 기자를 하다가 제5공화국 시절 언론 통폐합

---

* 경남발전연구원 용역보고서는 백의종군로에 대한 2차 고증으로, 이 구간을 개정 구간으로 하여 이 길 대신 살티재를 넘는 길을 제시하고 있다. 나는 백의종군로 순례 때 살티재 길을 이용해 이 길은 걷지 않았다.

때 기자생활을 접고 귀향했다고 자신을 소개했다. 우리의 어두운 과거의 그림자가 하동의 그 산골에도 드리워져 있었다.

황토재 오름길은 가팔랐다. 숨을 쌕쌕거리며 시멘트로 포장된 길을 오르면서, 살림살이를 이고지고 이 황토재를 넘어가던 6.25 때의 피난민들의 모습을 그려 보았다. 같은 민족이지만 남과 북의 정치이념이 서로 달라 벌어진 동족상잔의 비극에서 최대의 피해자는 이념이 무엇인지조차도 모르는 바로 그들 민초들이었다. 이념이란 권력을 탐하는 위정자들에게나 필요한 한낱 권력쟁취의 명분일 뿐, 그들 민초들에게는 아무 필요가 없는 것이었다. 그들이 바라는 것은 그런 거창한 이상들로 포장된 이념이 아니라 단지 남의 간섭을 받지 않고 그냥 열심히 일하며 가족들과 오손도손 살아갈 수 있도록 해달라는 것, 그것뿐이었다. 그러나 허황된 이념을 앞세운 북한 공산집단은 민초들의 그 소박한 바람을 무참하게 짓밟아 버렸고, 그것도 모자라 민족 최대의 비극 6.25까지 일으키고 말았다. 6.25가 일어난 지 70년이 지났으나, 그 아픔은 아직도 아물지 못하고 계속되고 있고, 이제는 탈북 이산가족이라는 새로운 비극까지 만들어 내고 있다.

황토재 마루에 가까이 오르니, 누군가 길섶의 풀을 갓 베고 갔는지 풀 향기가 진하게 코를 찔렀다. 향수를 자극하는 향그러운 풀냄새를 맡으며 황토재에 올라섰다. 황토재 마루에 독가촌이 있었고, 내림길은 그 집 앞으로 나 있었다. 사람을 자주 보지 못해서인지 낯선 손님을 잔뜩 경계하는 듯 그 집에서 개가 요란하게 짖어댔다.

황토재를 내려서 횡천면 여의리에서 다시 2번국도를 만났다. 여의리 대덕마을 앞 삼거리에 버스정류장이 있었다. 피곤한 몸도 쉬게 하고 앞으로 갈 노정도 확인할 겸 버스정류장에서 배낭을 내려놓았다. 종일 무거운 배낭에 짓눌린 어깨에서는 뻐근한 통증이 느껴졌고, 몸은 천근만근 무거웠다. 서황리 중촌마을에서 모성마을로 가면서 산길에서 헤맨 게 체력을 많이 소모했던 것으로 생각되었다.

황토재. 아래로 보이는 마을이 여의리이다.

이곳 여의리에 행보역이 있었다. 삼도수군통제사 재임명 교서를 받자마자 원계마을을 떠나신 공은 초경에 이곳 행보역에 도착해 휴식을 취하고, 삼경 말에 다시 길을 떠났다.

버스정류장 의자에 앉아 어둠이 내리고 있는 여의리 마을들을 바라보았다. 나지막한 산 밑에 집들이 몇 채 들어서 있는 대덕마을 뒤편으로 59번국도가 지리산 깊은 골 속으로 숨어 들어가고 있었고, 그 오른편 개울 건너 산기슭 여의리 마을들에서는 여기저기 저녁연기가 피어오르고 있었다.

나는 이곳에서 『난중일기』를 읽으면서 가졌던 의문을 다시 떠올려보았다.

공은 8월 3일 이른 아침에 선전관에게서 교서를 받고 바로 길을 떠났다. 그런데 이곳 행보역 도착이 초경*이었고, 행보역을 떠난 시각이 삼경** 말이었으며, 두치에 이르니 날이 새려고 했고 저물녘 구례현에 도착했다. 그대로 시간을 계산하면 이틀이 된다. 진주 원계마을에서 행보역까지 하루, 행보역에서 구례까지 또 하루… 그런데 『난중일기』엔 이 이틀이 하루 일로 기록되어 있다.

관련된 몇 가지 의문점이 또 있다. 공이 교서를 이른 아침에 받았다고 했는데 그 시각을 오전 7시로 가정한다고 하더라도 원계마을에서 여기 행보역까지 20여 km를 오는데 12시간이 넘게 걸렸다. 우리가 여기까지 걸어서 오는데 8시간 남짓 걸렸는데, 말을 타고 온 공이 훨씬 더 많은 시간이 걸렸다. 물론 일부 수행원들은 말이 없어 걷기도 했을 수도 있을 것이다. 그러나 우리는 중간에 점심 식사를 했고 또 길을 잘못 들어 되돌아오기까지 했는데, 공이 시간이 더 많이 걸렸다는 것은 납득이 잘 가지 않는다. 또한 공은 조선 수군 재건이라는 촌각을 다투는 임무 때문에 한시라도 빨리 구례에 도착해야 한다는 생각으로 마음이 몹시 바빴을 텐데, 이곳 도착 후 5시간 내외나 머물렀다는 것도 잘 납득이 되지 않는다.

공은 아마 8월 2일 이른 밤, 즉 초경쯤에 교서를 받으신 게 아닐까? 그리고 바삐 20여 km를 말을 달려 삼경 초쯤 행보역에 도착했고, 약 2시간 정도 쉬다 삼경 말에 행보역을 떠나신 게 아닐까? 그래야 시간 계산이 맞다. 그렇다면 『난중일기』에서 교서를 받은 날짜와 행보역 도착 시각에 착각이 있었다는 말이 된다. 아니면 일기가 초서로 기록되어 있어 해독이나 번역과정에서 오류가 있었을 수도 있을 것이다. 이 부분은 학자들이 연구하여 밝힐 일이다.

---

*   저녁 7시에서 9시 사이
**   밤 11시에서 새벽 1시 사이

날은 이미 어두워지고 있었다. 공이 삼경 말에 떠나신 길을 우리도 지친 몸을 일으켜 시각이 초경에 들어설 무렵 뒤따라 떠났다.

▶▶ 친구의 고향마을 남산리

횡천면 소재지인 횡천리마을에 들어서니 사거리에 작은 식당이 있었다. 우선 주린 배를 달래기 위해 그 식당으로 들어섰다. 옆 테이블에 앉은 사람들이 돼지고기 두루치기를 먹고 있었는데, 맛있게 보이기에 우리도 같은 것을 주문했다. 잠시 후 나온 두루치기는 기대했던 것처럼 맛이 있었고 양도 많았다. 배도 많이 고팠던 터라 그 두루치기는 물론이고 같이 나온 반찬들도 남김없이 다 먹었다.

저녁 식사를 마치고 횡천교를 건너 남산리마을로 향했다. 날은 이미 칠흑같이 어두워져 헤드랜턴을 밝혀야만 길을 찾을 수가 있었다. 남산리로 가는 길가 풀숲에서는 가을이 오고 있다는 것을 알려 주기라도 하듯 풀벌레가 요란하게 울었다. 수많은 풀벌레 울음들이 어우러진 그 소리는 그야말로 자연의 장엄한 합창이었다. 산골의 어두운 밤길을 걸으며 풀벌레들의 합창을 들으니 마음속에 끝없는 감상이 밀려왔다.

약 20분쯤 후 도착한 남산리 원동마을 앞 사거리는 가로등 불빛이 밝았다. 사거리에서 오른편 마을길로 들어섰다. 마을 안으로 들어가니 정자나무 아래에 쉼터가 보였다. 쉼터는 사면이 섀시 창으로 되어 있어 텐트를 치지 않고도 이슬을 피해 잠을 잘 수가 있었다.

마침 근처에 마을 사람이 보여 그 쉼터에서 잠을 자도 괜찮은지 물으니, 그는 흔쾌히 그렇게 하라고 허락해 주었다. 마을 이장께 말씀을 드려야 하지 않겠느냐고 재차 확인하자, 자신이 새마을지도자이니 걱정하지 않아도 된다고 했다.

이 마을을 지나 나오는 공드림재를 오르다 적당한 곳에 텐트를 칠 생각이었는데, 뜻밖에 텐트를 칠 필요조차 없는 편안한 잠자리를 얻었다. 텐트를 칠만한 장소가 있을지, 식수는 어디서 떠가야 할지 등을 궁리하며 걷고 있었는데, 그런 걱정이 한꺼번에 해소되었다. 쉼터 바로 옆에는 맑은 물이 솟아오르는 샘터까지 있어 하룻밤 묵어가기에는 최상의 장소였다.

사실 이 마을은 서울에서 가끔씩 만나는 친구의 고향마을이기도 하다. 순례를 떠나오기 전 만난 그 친구는 고향마을에 형님이 살고 계신다고 했다. 혹시나 하여 새마을지도자에게 친구의 형님을 물었더니 집을 알려 주었다. 친구의 형님댁은 우리가 든 쉼터 맞은편 골목 안쪽에 있었는데, 쉼터에서도 잘 보였다. 새마을지도자는 우리에게 마을회관이 더 편하니 그곳으로 옮기라고 권했으나, 우리는 더 이상 폐를 끼치는 것이 미안해 사양했다. 마을회관이 화장실도 있고 여러 면에서 편하기는 하겠지만, 그래도 마음은 이 쉼터가 더 편했다.

쉼터 안에 들어와 바닥에 매트리스를 깔고 침낭 속에 들어 지친 몸을 뉘었다. 무거운 배낭을 내려놓은 데다 드러눕기까지 하니 몸이 그렇게 편안할 수가 없었다. 순례길 첫날밤에 얻은 뜻밖의 잠자리 행운에 감사하며, 우리는 누가 먼저랄 것도 없이 이내 깊은 잠 속으로 빠져들었다.

이튿날 새벽 5시, 따뜻한 침낭 속에서 잠시 뒤척거리다 세수를 하려고 일어나 우물가로 나갔다. 우물가에는 이른 새벽인데도 한 아주머니가 빨래를 하고 있었다. 인사를 하니 전혀 보지 못한 낯선 사람인데도 별 개의하지 않고 인사를 받았다. 나는 조심스럽게 그 아주머니 옆에서 세수와 양치를 하고 머리까지 감았다. 순례길 시작부터 아침에 머리까지 감는 호사를 누렸다.

쉼터에서 라면으로 아침 식사를 하려고 물을 끓이고 있는데, 마을 방송이 흘러나왔다. "추석맞이 마을 대청소를 하는 날이니, 마을 주민들은 지금 바로 나와 집 앞 골목길을 청소해 달라"는 동네 이장의 당부 방송이었다. 우리는 동네 사람들이 나오기 전에 길을 떠나려고 라면 끓이는 것을 중단하고 부랴부랴 짐을 챙겼다. 아침 식사는 가다가 적당한 곳에서 하기로 했다.

짐을 꾸려서 나서며 인사를 하고 떠나려고 친구 형님댁으로 갔다. 친구 형님은 진주와 울산 등지에서 교편생활을 하다가 퇴임하고 귀향하신 분이었는데, 고교 선배이기도 했다. 집 마당에 들어서서 불러 보았으나 인기척이 없었다. 아침 일찍 일어나 산책하러 나가셨나 보다 생각하고 되돌아 나오며, 마침 청소를 하러 바깥으로 나오는 앞집 아주머니에게 대신 인사를 전해 달라고 부탁했다.

뒤에 안 일이지만, 친구 형님은 우리가 마을회관에서 자는 것으로 알고 술을 들고 마을회관으로 우리를 찾아오셨다고 했다. 몇 번 불러도 대답이 없어 깊이 잠이 든 것으로 생각하고 그냥 되돌아가셨다고 했다. 친구의 그 말을 전해 듣고, 친구 형님께 죄송스럽기도 하면서 한편으로는 기회를 만들기가 쉽지 않은 산골 마을 술자리 하나를 놓친 것이 몹시 아쉽기도 했다.

원동마을을 벗어나며 뒤를 돌아보니, 그새 마을 사람들이 골목으로 쏟아져 나와 여기저기서 풀을 뽑고 길바닥을 쓰는 등 골목 청소에 열중하고 있었다.

▶▶ 섬진강 100리 테마로드

마을 청소를 한다고 부산한 원동마을을 뒤로하고 이웃 마을인 월매

재마을로 들어섰다. 마을은 아침의 고요 속에 잠겨 있었다. 마을 입구의 길갓집 담장 너머에는 석류가 빨갛게 익어 가고 있었고, 마을 뒤편산 아래 집에서는 아침 짓는 연기가 하얗게 피어오르고 있었다. 멀리서까치 소리만 간간이 들려 올 뿐, 그러나 그 소리도 곧 고요 속에 묻혔다.참으로 평화로운 산골마을 아침 정경이었다.

명천마을에서 맑은 물이 흐르는 남산천을 건너 공드림재 가는 길로들어섰다. 공드림재길은 임도일 것으로 생각했는데, 의외로 차도였다.그 차도는 지리산둘레길을 걸을 때 지났던 마을인 삼화실마을과 하동읍을 이어 주는 도로였다. 삼화실이란 이름은 봄이면 매화와 배꽃, 복사꽃 등 세 가지 꽃이 많이 핀다고 하여 붙여진 이름이라고 했다. 그야말로 '꽃피는 산골'인 '나의 살던 고향'과 같은 마을이었다.

상쾌한 아침 공기를 폐부 깊숙이 들이마시며 가파른 고갯길을 오르는데, 아래쪽 명천마을에서 닭 우는 소리가 들려 왔다. 유일하게 산골마을의 아침 적막을 깨트리는 소리였다. 길바닥에는 도로변 산기슭의 밤나무에서 떨어진 밤톨들이 여기저기서 나뒹굴고 있었다. 밤을 몇 톨 주워 까서 먹으며 공드림재 고갯마루에 올라섰다.

고갯마루에 백의종군로 표지석이 서 있었다. 표지석에는 "이순신 백의종군로, 합천율곡 103.9km, 화개 32.0km"라고 새겨져 있었다. 언제만나도 그 표지석은 반가웠다. 이제 백의종군로 표지석은 내게 아주 반갑고 친근한 길동무가 되어 있었다.

그런데 이 길은 엄격히 말하면 백의종군로는 아니었다. 공이 이 길을가셨을 때에는 '전라좌수사 겸 충청전라경상 등 삼도수군통제사'라는직책을 가지고 있었고, 왕의 명령에 따라 조선 수군을 재건하려고 가던중이었다. 따라서 이 길은 전라남도 구간과 이름을 통일하여 '조선수군재건로'라고 하는 게 맞을 것이며, 기점도 합천 율곡이 아니라 진주 수곡 원계마을이 되어야 할 것이다. 경상남도가 표지석의 표기에 조금만 더 성의를 가져 주기를 바라며 공드림재를 넘었다.

고개 너머 도롯가에 넓은 공터가 있어 맨바닥에 주저앉아 라면과 햇반으로 아침밥을 먹었다. 혼자서 밥을 사 먹고 걸을 때에는 식당이 나와야만 식사를 할 수 있어 밥 시간이 늦거나 이르기가 일쑤였다. 그러나 먹을 것을 사서 가지고 다니니 제때 식사를 할 수 있어 여간 편리한 게 아니었다. 또한 역마살이 있어서 그런지 길가에 앉아서 밥을 먹으니 길을 걷는 맛도 더했다.

공드림재를 내려서서 적량면 관리 죽치마을에 들어서니 오전 7시 50분, 이 마을도 사람들의 모습이 보이지 않고 아직 산골의 아침 고요 속에 잠겨 있었다.

죽치마을을 지나 2번국도를 다시 만났다. 하동읍내로 가는 이 길은 산 구비를 돌고 돌았다. 이 길도 그동안 지나온 많은 길들처럼 현재 진행 중인 2번국도 개량공사가 끝나면 국도로서의 지위를 잃을 것이다. 하지만 길은 더 한적해져 걷기에는 오히려 더 좋은 길이 될 것이다. 계성마을을 지나 고개를 넘어서니 발아래로 넓은 들판이 펼쳐지고 그 뒤로 하동읍내가 바라다보였다. 하늘색 지붕을 한 하동역도 그 들판 가운데에 서 있었다.

하동읍내로 들어서서 화산마을 앞을 지나는데 어느 가게 앞에 서 있던 한 주민이 "나도 이리로 갈라꼬 하는데요." 하면서 내 앞을 가로막았다. 나는 짓궂게 웃고 있는 그의 얼굴을 보며 이내 장난이라는 것을 알았다. 나도 웃으며 "아, 그러면 비켜드려야지요." 하고 대답하며 약간 옆으로 비켜서는 흉내를 냈다. 어디서 왔느냐 물으며, 여행 잘하라고 격려하는 그를 뒤로하고 송림공원을 향해 걸었다. 아무런 격의도 없는 성격을 가진 그는, 길을 걷는 길손의 피로를 단숨에 즐거움으로 바꿔 주는 가뭄에 단비와 같은 사람이었다.

곧이어 도착한 송림공원은 주차장에 차만 10여 대 정도 주차되어 있을 뿐, 사람들의 모습은 보이지 않았다. 섬진강 하구 백사장에는 모래조각축제를 했는지 무너진 모래더미 사이사이에 용의 머리와 비늘이 섬세하게 조각된 몸통 일부의 모습이 남아 있었다.

송림공원부터 백의종군로 순례 때와 같이 섬진강 100리 테마로드를 따라 걸었다. 이 길은 송림공원에서 화개장터까지 섬진강변을 따라가는 20.9km의 길로, 무엇보다도 섬진강의 수려한 경관을 감상하며 걷는 즐거움이 큰 길이었다.

테마로드에 들어선 지 얼마 되지 않아 옛 두치마을이 있던 두곡리 소공원에 도착했다. 소공원에 들어서자 백의종군로 순례 때 만났던 백의종군로 표지석이 다시 반갑게 나를 맞았다. 그 옆 하동포구 80리를 노래한 하동포구 노래비와 나림(那林) 이병주(李炳注) 문학비도 역시 전과 같은 모습으로 나를 맞았다. 공이 삼경 말에 행보역을 떠나 이곳에 다다랐을 때에는 날이 새려고 했다. 아마 행보역에서 출발해 네 시간 내외 정도의 시간이 소요되지 않았나 짐작된다. 밤새 길을 달려와 몸이 몹시 피곤하셨을 텐데, 공은 쉬지도 않고 구례를 향해 다시 말고삐를 당겼다. 우리도 소공원 주변을 잠시 둘러 본 후 오늘의 목적지 화개장터를 향해 다시 길을 떠났다.

그런데 두곡리 소공원을 떠난 지 얼마 되지 않아 인근의 읍내교차로를 지날 무렵부터 발바닥이 아프기 시작했다. 야영 장비가 들어 있어 짐이 무거운 데다 아스팔트길과 시멘트길을 계속하여 걷다 보니 발바닥에 탈이 난 것이었다. 혹 나아지려나 하고 참고 걸었지만, 때마침 걷고 있는 곳이 시멘트 제방길이라 걸을수록 통증이 더 심해졌다. 할 수 없이 걸음을 멈추고 신발을 벗어 보니 발바닥 앞쪽 가운데에 넓게 물집이 고여 있었다. 시멘트나 아스팔트길을 걸을 때 지속적으로 길바닥에 닿는 부위였다. 여 고문도 신발을 벗어 보니 발가락 세 곳에 혹처럼 커다란 물집이 고여 있었다.

순례에 차질이 생기는 게 아닐까 걱정이 되었지만, 일단 걷는 데까지 걸어 보기로 했다. 통증을 조금이라도 덜 느끼게 하려고 다리를 약간 절면서 걸었다. 길섶에 풀이나 흙이 있으면 걷기가 조금 불편하더라도 길섶을 따라 걸었다. 흙으로 된 숲길이 나오면 그렇게 고마울 수가 없었다.

섬진강변을 따라 데크로드와 시멘트 제방길, 흙길이 번갈아 이어졌다.

섬진강은 아직 강의 원형을 많이 간직하고 있었다. 강물이 굽이지는 곳마다 널따란 모래톱이 만들어져 있었고, 강 가운데 생겨난 작은 섬에는 갈대와 나무가 무성히 자라고 있었다. 강변 곳곳도 우거진 숲이 강물과 한데 어우러져 아름다운 경관을 보여 주고 있었다.

악양 평사리공원을 지나자 잘 다듬어진 섬진강 테마길이 시작되었다. 하동에서 악양까지의 길은 관리를 잘 하지 않는지 풀이 무릎까지 자라 걷기가 불편한 곳도 있었고 길을 찾기가 어려운 곳도 있었다. 그러나 악양에서부터 화개까지는 곳곳에 쉼터가 마련되어 있고 이정표와 안내판도 잘 설치되어 있었다. 중간 중간 대나무밭과 녹차밭, 배나무과수원, 매실밭 등이 들어서 있어 길을 한층 운치 있게 만들어 주었고, 곳곳에 강변 백사장으로 가는 샛길도 나 있었다.

화개장터 가까이에 이르자 섬진강 조망이 좋은 곳에 넓은 데크 쉼터가 있었다. 그곳에서 야영할까 했으나, 그러나 우리 배낭 속에는 저녁거리가 들어 있지 않았다. 화개장터까지 가서 저녁거리를 구해 오려니 지친 우리에겐 그 거리가 너무 멀었다. 아쉽지만 그곳에서의 야영을 포기하고 화개를 향해 다시 걸음을 옮길 수밖에 없었다.

길게 이어지던 데크로드를 지나고 천국에서의 야영을 포기한 아쉬움도 어느덧 잊은 채 멋스런 길을 걷고 있는데, 저만치 남도대교의 붉은색 아치가 눈에 들어 왔다. 남도대교는 하동군 화개면 탑리와 구례군 간전면 하천마을을 연결하는 다리였다. 그 다리를 이정표 삼아 걸으니 눈앞에 낯익은 모습의 화개장터가 나타났다. 시계를 보니 오후 6시 30분, 해는 서산으로 이미 넘어가고 장터 마당에는 어둠이 내리고 있었다.

목적지에 도착하자 마음이 느긋해졌다. 우선 끼니부터 해결할 요량으로 화개장터의 한 식당을 찾아들었다. 느긋한 마음으로 식사를 즐기고 있는데, 장터 한가운데에 서 있는 팔각정이 눈에 띄었다. 순간, 머릿속 계산기가 빠르게 돌았다. 계산 결과는 이 시각에 이만한 잠자리를 찾기가 쉽지 않으리라는 것이었다. 식당 아주머니에게 물었더니, "아무 문제 없으니 걱정하지 말고 자도 된다"는 대답이 돌아왔다. 저녁을 먹는 자리에서 잠자리까지 한꺼번에 해결되었다.

팔각정은 지붕만 있고 사방이 개방되어 있기는 하지만 이슬은 피할 수 있는 곳이었다. 어제에 이어 또다시 쉽게 얻은 잠자리 행운이었다.

팔각정에 올라서 보니 화개장터의 가게들이 하나 둘 문을 닫고 일과를 마무리하고 있었다. 불이 하나씩 꺼져가는 화개장터를 내려다보며 우리도 텐트를 치고 잠자리에 들었다. 여 고문은 시원한 곳에서 자겠다며, 텐트 안으로 들어오지 않고 팔각정 바닥에 매트리스만 깔고 누웠다. 텐트 안에 누워 '이슬을 피할 수 있는 곳에서 잠을 자는 것도 행복이구나!' 하는 생각을 하다 어느새 꿈나라로 여행을 떠났다.

▶▶ 석주관, 7의사와 이원춘의 묘

이튿날, 새벽 5시경 잠이 깨었다. 텐트 바깥에서 자고 있는 여 고문이 잠을 깰까 봐 침낭 속에서 몸을 뒤척이고 있는데 바깥에서 부스럭거리는 소리가 들렸다. 여 고문도 이미 잠에서 깨어 있었다.

6시에 짐을 꾸려 팔각정을 내려왔다. 어제 물집이 고이고 통증이 심했던 발바닥은 감사하게도 말짱하게 나아 있었다. 그 통증이 심하던 발바닥이 하룻밤 새에 이렇게 말짱하게 낫는다는 것이 신기하기만 했다.

아침 식사는 피아골 입구 쪽에 있는 식당에서 하기로 하고 화개천을 건넜다. 공은 이 화개천을 건널 때 "어지러운 암석들이 뾰족하게 솟아 있고 갓 내린 비에 물이 넘쳐흘러 간신히 건넜다."라고 했는데, 우리는 튼튼하게 놓인 콘크리트 다리 위를 걸어 편하게 건넜다. 화개천을 건너자 잠시 후 행정구역이 경상남도 하동군에서 전라남도 구례군으로 바뀌었다.

구례로 가는 19번 국도는 새벽이라 차들도 거의 다니지 않고 조용했다. 강변인 데다 지리산 자락이라 새벽 공기도 상쾌했다. 새벽안개를 머리에 이고 있는 산들과 유유한 섬진강이 만들어 내는 멋진 풍경을 감상하며 유유자적한 마음으로 길을 걸었다.

화개장터를 떠난 지 40분이 지날 무렵 피아골 입구인 외곡삼거리가 보였다. 피아골은 지리산 삼도봉과 노고단에서 발원한 물이 연곡사를 지나 이곳 섬진강으로 흘러드는 20km에 이르는 긴 계곡이다. 이 피아골도 많은 이야기들을 가슴에 품고 있다. 임진왜란과 6.25 때 격전의 현장이기도 했고, 죽음을 앞둔 빨치산들이 마지막 광란의 축제를 벌였던 현장이기도 했고, 또 소설 『토지』에서 서희가 할머니를 따라 연곡사를 찾던 곳이기도 했다. 가을이면 단풍이 고와 피아골 단풍은 지리 10

경의 하나로 꼽힌다. 지리산을 좋아하는 사람들에겐 이름만 들어도 가슴이 설레는, 그런 계곡 중의 하나이다.

외곡삼거리에 다다르자 길가에 줄지어 늘어서서 꽃을 피우고 있는 배롱나무가 우리를 먼저 반겼다. 피아골 안으로 들지 못하고 그냥 지나쳐 가야만 하는 미안함 때문에 애써 계곡 쪽을 외면하면서, 아침 식사를 해결할 식당으로 발걸음을 옮겼다. 그런데 아침 식사를 기대했던 그 식당은 아직 문을 열지 않고 있었다. 그동안 몇 번이나 다녀가 아침 식사가 가능하다는 것을 기억하고 있었는데, 그 식당 앞에는 "아침 식사됩니다"라고 쓰인 입간판만 서 있을 뿐 식당 문은 닫혀 있었다.

난감한 생각이 들었지만, 그러나 우리에겐 배낭 속에 든든한 예비군인 라면이 들어 있었다. 그곳에서 20분 정도를 더 걸어가서 만난 하리마을 앞 간이매점의 야외테이블에서 라면을 끓여 아침 식사를 해결했다. 새삼 취사도구를 가지고 다니는 게 얼마나 편리한 것인가를 절감하는 기회가 되었다.

화개를 출발한 지 2시간이 지날 무렵 석주관에 도착했다.

공은 이곳을 지날 때 구례현감 이원춘을 만났다. 이원춘은 왜군이 침공해 온다는 정보를 듣고 구례를 지키기 위해 왜의 침공 길목이자 천혜의 요새인 이곳을 지키고 있던 중이었다.

당시 칠천량해전의 대승으로 남해의 제해권을 장악한 왜군은 자신들의 전략에 따라 전라도를 점령하기 위해 육군과 수군이 연합작전을 펴고 있었다. 좌군 대장 우키타 히데이에(宇喜多秀家)가 이끄는 육군은 경상도 고성과 사천 쪽에 상륙한 뒤 하동으로 진격해 오고 있었고, 수군은 바닷길을 따라 섬진강 하류를 향해 오는 중이었다. 이들은 섬진강 하류 두치진에서 합류해 구례를 지나 남원성을 공격할 계획이었다.

이원춘은 공을 보자, 왜군을 토벌할 일에 대하여 많은 이야기를 했다. 이원춘은 공이 백의종군 중 구례에 잠시 머무르고 있을 때, 공을 극진히 대접하고 공과 나랏일에 대하여 많은 이야기들을 나누기도 했다.

공은 그를 만나자 반가운 마음이 들기도 했겠지만, 그러나 불과 수백에 지나지 않는 소수의 병력을 이끌고 왜군과의 싸움에 대비하고 있는 그를 보면서 걱정스럽고 안타까운 마음이 훨씬 더 컸을 것이다. 왜군의 군사는 필시 수만에 이를 것인데, 이원춘의 군사들이 아무리 용맹한들 어찌 수백으로 수만의 군사들을 당할 수 있을 것인가. 더구나 왜군의 상당수는 신무기인 조총으로 무장하고 있었다.

이원춘과 그의 군사들의 안위가 걱정되기도 했지만, 공에게는 조선 수군 재건이라는 절체절명의 임무가 주어져 있어 여기서 지체할 수는 없었다.

공이 이곳을 지나가신 바로 다음 날인 1597년 8월 4일, 왜군은 두치진에서 육군과 수군이 합세하여 구례를 향해 진격해 왔다. 이 석주관성을 지키던 구례현감 이원춘은 왜군에 대항하여 사력을 다해 싸웠지만 중과부적은 어쩔 수가 없었다. 거기에다 왜군은 오랜 내전으로 풍부한 실전 경험까지 가지고 있는 정예병들이었다. 결국 이원춘은 8월 6일 남원으로 퇴각할 수밖에 없었고, 그곳 남원성 전투에서 장렬한 최후를 맞았다.

7의사 영령들께 참배하려고 7의사 사당으로 올라갔으나, 백의종군로 순례 때와 마찬가지로 문이 잠겨 있었다. 바깥에서나마 고개 숙여 나라를 위해 싸우다 장렬히 산화하신 그분들께 다시 한번 감사의 마음을 표했다. 나라를 지키기 위해 목숨까지 바쳐 싸운다는 것은 얼마나 숭고한 일인가! 만일 내가 그 시대에 살고 있었다면 나는 그들처럼 행동할 수 있었을까? 내게 자문해 보았지만 내 마음속에선 선뜻 대답이 나오지 못했다. 그들은 자신의 안위보다는 나라와 이웃의 안위를 더 먼저 생각한 참으로 위대한 우리의 영웅들이었다.

사당에서 내려와 7의사묘에 올랐다. 석주관성을 끝까지 지키다 순절한 일곱 의사와 구례현감 이원춘이 거기에 잠들어 있었다. 다시 그들에게 감사의 묵념을 올리고 또 명복을 빌었다.

묘소 앞에는 오래된 배롱나무가 묘소를 지키고 있었다. 그러나 잔디도 없이 잡초와 이끼로 덮여있고 흙이 듬성듬성 드러나 있는 여덟 기의 작고 초라한 무덤들을 보면서, 혹 관리가 소홀한 건가 하는 염려의 마음이 들었다. 나라를 지키다 산화하신 영웅들의 묘소인데, 좀 더 크게 만들지는 못하더라도 잔디라도 곱게 입혔으면 하는 마음이었다.

석주관 7의사묘

▶▶ 조선 수군 재건의 출발점 구례

전라남도가 정비한 조선수군재건로는 백의종군로와 마찬가지로 석주관에서 석주관성 뒤편 골짜기를 따라올라 지리산둘레길과 만나고,

거기서 토지면 파도리 방향으로 가는 것으로 되어 있었다. 그러나 우리는 그 길을 따라가지 않고 토지면 구산리 구만마을 입구까지 그대로 19번 국도를 따라갔다. 백의종군로 순례 때도 그랬지만, 지형상으로 볼 때 국도가 오히려 옛길에 더 가깝지 않나 하는 생각이 들었기 때문이었다.

토지면 구만마을 입구에서 토지천을 따라 난 마을길로 들어섰다. 그 길을 따라 토지초등학교 담장을 돌아가니 눈앞에 멋진 소나무숲이 나타났다. 그 숲은 몸을 이리저리 비틀고 서 있는 갖가지 형상의 소나무들이 서로 한데 어우러져 아름다운 풍치림을 이루고 있었다. 동네 가운데에 이런 멋진 소나무숲이 있다는 것이 부러웠다.

숲속에는 앉아서 쉴 수 있는 의자들이 곳곳에 놓여 있었다. 우리는 누가 먼저랄 것도 없이 자연스럽게 배낭을 내려놓고 쉼터 의자에 걸터앉았다. 소나무숲 사이로 솔 향기가 가득 묻은 청량한 바람이 불어 왔다. 그 바람은 땀과 피로에 찌든 우리의 몸과 마음을 시원하게 씻어 주었고, 순간 우리는 한없는 행복감에 젖어들었다. 도보여행이 아니면 맛보기 힘든, 말로는 표현하기 어려운 행복감이었다.

더 쉬고 싶은 마음을 가까스로 억누른 채 구만마을을 지나니 곧 오미리 오미마을이 우리 앞으로 다가왔다. 오미마을에 들어서서 운조루 앞길을 지나며 '타인능해(他人能解)'에 깃들어 있는 감동적인 이야기를 다시 한번 되새겨 보았다. 뒤주를 가난한 마을 사람들에게 개방하여 노블레스 오블리주를 대대로 실천한 류이주 가문의 훌륭한 정신도 본받을 만하지만, 자신의 어려움만 생각하지 않고 다른 사람들의 어려움까지 헤아려 그 뒤주에서 자신들이 먹을 양 만큼만 쌀을 가져간 마을 사람들의 이웃에 대한 배려도 그에 못지않게 훌륭했다. 류이주 가문과 마을 사람들이 만들어 낸 이 따스하고 감동적인 이야기는 자신의 욕심만 앞세우고 살아가는 오늘의 우리들이 깊이 새겨 보아야 할 교훈일 것이다.

오미마을 앞 들판을 지나 섬진강 제방길에 올라서니 멀리 구례읍이 바라다보였다. 섬진강 제방길과 서시천 제방길을 거쳐 구례읍내로 들어섰다.

8월 3일 맑음
… 저물녘 구례현에 이르니, 일대가 온통 쓸쓸했다. 성 북문 밖 전날 묵었던 주인집에서 잤는데, 주인은 이미 산골로 피난 갔다고 했다. 손인필이 바로 와서 만났는데, 곡식까지 지고 왔으며 손응남은 올감을 바쳤다.

『난중일기』를 보면 공은 원계마을을 떠나 구례까지 오는 동안 잠을 한숨도 자지 못했다. 만일 잠을 잤다면 행보역에서 쉴 때 잠시 눈을 붙였을 것이다. 그렇다고 하더라도 눈을 붙인 시간은 길어야 서너 시간이었을 것이다. 하지만 『난중일기』상의 잘 맞지 않는 시간 계산을 바로 잡는다면 공은 밤을 꼬빡 새며 두치까지 왔을 것이고, 두치에서도 잠시도 지체하지 않고 바로 길을 떠나 이곳 구례에 저물녘에 도착하셨을 것이다.

이 길은 공이 권율의 진이 있는 초계로 가실 때는 나흘이 걸린 길이었다. 물론 경유지가 다르고 또 하동읍성에서 하루를 더 머무르기도 했지만, 그래도 그런 길을 하루 만에 왔으니 그야말로 단숨에 달려왔다고 보아야 할 것이다.

이는 공이 조선 수군의 재건을 얼마나 바삐 서둘렀는지 잘 말해 주고 있다. 공의 머릿속에는 왜의 수군이 서해로 진격하기 전에 서둘러 그들을 저지해야 한다는 생각밖에 없었을 것이다. 왜의 수군이 그들의 전략대로 수륙병진작전에 따라 서해로 나가 한성으로 진격하게 되면 나라는 더 이상 버티지 못하게 될 것이다. 나라의 운명이 풍전등화가 되어 있다는 것을 공은 너무도 잘 알고 있었다. 공의 사명감과 책임감이 얼마나 투철했는지, 또 공의 구국에 대한 결의가 얼마나 비장했는지 절로 머리를 숙이지 않을 수가 없었다.

그런데 공은 삼도수군통제사의 직을 재수임하고 왜 구례로 즉시 달려왔을까?

공은 전라좌수사와 정읍현감 등을 지내 전라도에 대하여는 이미 사정을 잘 알고 있었다. 전라도는 물산이 풍부해 군량과 병기 등 병참 물자를 조달하기가 쉬운 데다 무엇보다 칠천량 패전에서 살아남은 수군의 장수들과 군관들 상당수가 전라도에 연고를 두고 있어 흩어진 조선 수군을 다시 모이게 하는 데 유리했다. 또한 전쟁으로 인한 희생자가 다른 지방에 비해 적은 편이라 추가병력을 조달하기에도 여건이 나았다. 거기에다 경상도 지방과는 달리 전라도는 아직 왜군에게 점령을 당하지 않고 있었다. 따라서 이러한 점들이 공을 망설이지 않고 바로 구례로 향하도록 한 가장 큰 이유였을 것이다.

공은 저물녘이 되어 구례현에 도착했다. 그러나 구례현은 사람들이 모두 피난을 가고 비어 있어 쓸쓸하기 짝이 없었다. 이미 경상도를 점령한 왜군이 자기들의 전략적 목표인 전라도를 점령하기 위해 구례로 향하고 있기 때문이었다. 공은 텅 빈 구례현을 보며 왜의 재침을 다시 한번 피부로 느꼈고, 한시바삐 조선 수군을 재건하여야겠다는 각오를 굳게 다졌을 것이다.

공은 성문 밖 장세호의 집에 잠자리를 정했다. 공이 왔다는 소식을 듣고 손인필이 곡식을 가지고 와서 인사했다. 구례 사람으로 현지 사정에 밝은 손인필인지라, 공은 피곤한 몸임에도 불구하고 밤늦도록 머리를 맞대고 조선 수군을 재건하기 위한 전략을 설명하고 그와 의견을 나누었을 것이다.

조선수군재건출정공원(손인필 비각)

다시 찾은 손인필 비각에는 사람들의 모습은 보이지 않고 9월 한낮의 따가운 햇볕만 쏟아지고 있었다. 손인필과 또 그와 함께 공에게 올감을 가지고 왔던 그의 아들은 조선 수군 재건과정에서 궂은일도 마다치 않고 헌신적으로 공을 보필하였으며, 정유재란 마지막 전투인 노량해전에서 왜적과 싸우다 장렬히 전사했다. 그들 부자의 나라를 향한 충성을 마음에 새기며 숙연한 마음으로 비각을 둘러 보았다.

옛 구례현청이 있었던 구례읍사무소로 발길을 돌렸다. 점심때가 지나 배가 고팠는데, 마침 읍사무소 앞에 식당이 있어 그 식당에 들었다. 식당 주인아저씨가 우리의 커다란 배낭을 보더니 어디를 다녀오는지 물었다. 더 먹으라며 반찬을 더 가져다준 인상 좋은 주인아저씨는 이곳으로 귀향한 지 7년이 지났다고 했다. 그러나 아직 자신의 고향 구례의 이곳저곳을 발로 걸어 다녀보지는 못했다며, 우리 이야기를 듣고 대단하다고 거듭 격려해 주었다. 우리가 점심을 먹은 후 걸어갈 길에 대해서도 길 상태를 차근차근히 잘 설명해 주었다.

점심 식사 후 읍사무소에 들렀다. 옛 구례읍성의 흔적은 아쉽게도 찾아볼 수가 없었지만, 읍사무소 건물 앞에 공과 구례현감 이원춘이 나라를 걱정하며 대화했던 정자인 모정(명협정)이 복원되어 있어 당시의 자취를 더듬어 볼 수 있게 해 주었다. 명협정 옆에는 500년 된 왕버들이 밑동이 뒤틀리고 이끼가 덕지덕지 끼어 오랜 연륜을 숨기지 않고 보여주며 421년 전 그날의 이야기를 우리에게 생생히 들려주고 있었다.

▶▶ 섬진강 물길 따라

삼도수군통제사 재수임 후 첫 밤을 구례에서 보내신 공은 이튿날 아침 식사를 하자마자 바로 곡성을 향해 길을 떠났다. 상황이 상황이니만큼 촌각도 지체할 수가 없었다. 우리도 공의 뒤를 따라 구례를 떠났다.

구 문척교를 건너서부터 섬진강변을 따라 길이 이어졌다. 섬진강 제방 위로 난 이 길은 백의종군로 순례 때 이미 걸었던 길이라 눈에 익었다. 유유히 흐르는 섬진강을 감상하면서 강변길을 걸어 문척면 죽마리 마고마을에 이르자, 섬진강 위로 낯선 다리가 놓여 있는 것이 보였다. 마고마을에서 강 건너 구례읍 원방리 병방마을로 연결되는 다리였는데, 백의종군로를 걸을 때는 없었던 것이었다. 사람만 지나다닐 수 있는 폭 좁은 현수교였는데, 다리의 외관이 독특하고 아름다워 사람들의 눈길을 끌고 있었다. 우리가 마고마을에 도착했을 때도 몇몇 관광객들이 다리 위를 걸으며 섬진강 경관을 감상하고 있었다.

우리는 당초 구례구역(求禮口驛)에서 구례교를 건너 신월리마을로 가려던 계획을 바꾸어, 이 새 다리를 건너 신월리마을로 가기로 했다. 이 길이 신월리마을로 가는 지름길이기도 했지만, 그것보다도 새로 놓인 아름다운 다리에 대한 호기심이 더 컸다.

새 다리의 이름은 두꺼비다리였다. 섬진강의 '섬(蟾)'이 두꺼비를 뜻하니, 다리 이름도 강 이름에 맞춘 것이다. 마고마을에서 두꺼비다리를 걸어 섬진강을 다시 건넜다. 그 덕분에 우리는 예정에 없던 병방마을과 신월마을 안길을 걸으며 마을 구경을 할 수 있었다.

신월리마을을 지나 섬진강 북쪽 강변길인 섬진강로에 들어서자, 강 건너로 수많은 지리산 산꾼들이 거쳐 간 구례구역이 바라다보였다. 구례구역 오른편으로는 전라선 철길과 17번국도가 섬진강을 따라 끝 간 데 없이 이어지고 있었다.

우리는 신월리마을부터 줄곧 섬진강로를 따라갔다. 강 건너로 보이는 17번국도는 차들이 분주히 오가고 있었지만, 우리가 걷는 섬진강로는 차량 통행이 거의 없는 길이었다. 이 길은 계속 섬진강을 끼고 이어졌고, 강 쪽 시야를 가리는 장애물이 별로 없어 섬진강의 아름다운 경관을 감상하며 걷기에는 안성맞춤의 길이었다. 섬진강 감상이 지루해질 때쯤이면 가끔씩 강 건너 전라선에서 철커덕거리며 기차가 지나가 지루함을 달래 주기도 했다.

구례읍 계산리 평화산기도원 입구를 지나는데, 어느덧 산기슭에 땅거미가 내려앉고 있었다. 기도원 입구를 지나 독자동마을 가까이에 이르러 농사일을 마치고 가는 마을 사람을 만났다. 이틀 동안 편안한 잠자리 맛에 길든 우리는 그에게 근처에 팔각정 같은 쉼터가 있는지 물었다. 그랬더니 마을 입구 강변에 팔각정이 있다고 말하면서, 거기서 잠을 자도 된다고 알려 주었다. 별 기대를 하지 않았는데, 기대 밖의 반가운 대답을 듣게 되었다. 그에게 팔각정이 있는지 물었던 여 고문의 입이 히죽 벌어졌다. 사흘간이나 연달아 이어지는 잠자리 행운이었다.

팔각정 쉼터는 독자동마을 입구를 약간 지난 지점 도로 왼편에 위치해 있었다. 쉼터는 신발을 벗고 올라가야 할 정도로 깨끗하게 관리되고 있었고, 마을에서도 거리가 좀 떨어져 있어 마을 사람들의 시선을 의식할 필요도 없었다. 더구나 쉼터 바로 옆에는 상수도 시설까지 갖추어져 있어 식수 걱정까지 덜어 주었다.

팔각정에 배낭을 내리고 서둘러 저녁 식사를 준비했다. 저녁 식사라야 햇반을 데운 밥에다 동결건조식품으로 끓인 황탯국이 전부지만, 그래도 진수성찬이 부럽지 않았다. 수려한 섬진강을 끼고 있는 조용한 강변 정자에 앉아 밥을 먹으니 이보다 호사스런 식사가 또 있으랴.

저녁 식사를 마치고 나니 주위는 완전히 어둠에 잠겨 있었다. 하늘을 올려다보니 하늘 한가득 별이 총총했다. 오랜만에 감상 어린 마음으로 별을 보았다. 북쪽 하늘에 북극성이 보이고, 그 북극성을 지키듯 북두칠성과 카시오페이아자리가 나란히 북극성을 바라보고 있었다.

우리는 텐트를 치지 않고 팔각정 바닥에 매트리스만 깔고 침낭 속에 들었다. 어두워지기는 했지만 아직 잠을 자기에는 이른 시각이라 잘 오지 않는 잠을 청하고 있는데, 강 건너 칠안마을에서 개 짖는 소리가 들려 왔다. 전라선 열차 지나가는 소리도 들렸다. 팔각정 옆 풀숲과 감나무 과수원에서는 풀벌레들의 요란한 울음소리가 끊임없이 이어졌다. 그 개 짖는 소리와 열차 지나가는 소리, 풀벌레 소리를 자장가 삼아 우리는 어느새 깊은 잠 속으로 빠져들었다.

새벽이 되자 몸에 한기가 느껴졌다. 침낭이 동계용이 아니어서 보온력이 약했던 것이다. 벗어두었던 바람막이 재킷을 입고 다시 침낭에 들어가 온몸을 따뜻하게 감싸 오는 온기를 즐겼다.

새벽 5시 반, 일어나 배낭을 다시 꾸렸다. 강 건너 칠안마을의 몇몇 집 불빛들만 깜빡이고 있을 뿐, 사위는 아직 어둠 속에 묻혀 있었다. 새벽 6시에 짐을 챙겨 다시 길을 떠났다.

새벽의 도로는 아직 잠에서 깨어나지 않고 있었다. 여명은 서서히 밝아 왔지만, 사위는 쥐죽은 듯 너무도 고요했다. 부지런한 농부 한 사람이 분무기를 지고 산기슭 밭으로 올라가는 모습만 보았을 뿐, 더 이상 사람도 차도 보이지 않았다. 새벽 공기는 상쾌했다. 몸도 차츰 걷기에 적응되어 가는지 발걸음도 가벼웠다.

길을 걷다 잠시 멈춰 서서 하늘을 올려다보니, 아침노을에 붉게 물든 조각구름들이 동쪽 하늘에 넓게 흩어져 떠 있었다. 말과 글로는 표현하기 힘든 아름다운 풍경이었다. 아침노을이 이토록 아름답다는 것을 지금까지 까맣게 잊고 있었다. 그 아름다운 아침노을은 어릴 적 고향마을의 아침노을을 떠올리게 했고, 내가 잊고 있었던 먼 옛날의 기억까지 되살아나게 했다. 왼편 아래 섬진강에서는 끊임없이 물안개가 피어올랐다. 그 물안개는 강과 산과 어우러져 한 폭의 거대한 수묵화를 그리고 있었다. 이런 아침 정경을 본 적이 실로 얼마 만이던가? 이른 아침 자연으로부터 받은 참으로 과분한 선물이었다.

계산리 하유마을 앞을 지나는데, 길갓집 개가 우리를 보고 요란하게 짖었다. 우리가 장난삼아 눈을 부라리며 쳐다보자 그 개는 고개를 돌려 다른 데를 보고 짖었다. "짜식, 그러려면 차라리 짖지를 말지…." 우리는 그 모습을 보고 빙긋 웃음을 지었다.

아침노을과 새벽 섬진강이 주는 몽환적인 정경에 취해, 또 어느 길갓집 개와 장난을 하며 걷다 보니 어느새 강 건너로 압록마을이 우리에게 다가와 있었다. 우리가 걷는 길은 압록마을과 예성교 교량으로 연결되어 있었다.

압록마을에 다슬기수제비를 주메뉴로 하는 식당이 있었다. 식당 주인아주머니는 섬진강에서 잡은 맛있는 다슬기라고 자랑하며, 많이 먹고 길을 잘 걸으라고 일부러 우리 식사의 양을 푸짐하게 했다. 주인아주머니의 넉넉한 인심에 감사하며, 우리는 큰 양푼에 가득 담긴 수제비 한 그릇을 모두 비웠다.

압록에서부터는 전라남도 홍보자료에 제시된 섬진강 서편 자전거길을 따라 걸을 계획이었다. 그러나 식당 주인아주머니가 그 길은 17번국도를 따라 4km 정도 더 가야 나온다고 하여 다시 예성교를 건넜다. 새벽에 걸어 왔던 것처럼 조용하고 한적한 길이 계속되었다. 섬진강은 길가 나무들 사이로 숨었다 나타났다를 반복하면서 다양한 강 풍경을 우리에게 보여 주었다. 바람이 불어 강물 위에 이는 잔물결들도 주위 경관과 어우러져 색다른 아름다움을 우리에게 선사해 주었다. 길 중간 곳곳에 조선수군재건로 안내판이 설치되어 있어, 길 걷는 우리를 반가이 맞아 주기도 했다.

섬진강천문대를 지나니 섬진강구름다리가 나오고, 강 건너편에 관광용 증기기관차가 운행되고 있는 가정역이 보였다. 이곳에서부터 행정구역이 구례군에서 곡성군으로 바뀌었다.

섬진강구름다리를 지나면서부터 그동안 왕복 2차선을 유지해 오던 길은 차량 한 대만 지나갈 수 있을 정도의 좁은 길로 바뀌었다. 동시에 길은 더 호젓해지고 길을 걷는 분위기는 더 좋아졌다.

섬진강구름다리에서 약 2km 정도를 더 가자, 고달면 두가리 두계마을 입구를 지나면서부터 길 폭은 더욱 좁아졌다. 그동안 차도로서의 기능을 겨우 유지하고 있던 길이 거기서부터는 임도 수준의 길로 바뀌었다. 길의 포장재도 아스팔트에서 시멘트로 바뀌었다. 길이 좁아지니 강도 숲도 우리에게 한층 더 가까이 다가와, 자신들의 아름다움을 더 적극적으로 우리에게 보여 주었다. 바람에 이는 섬진강 잔물결들도 더욱 감동적인 아름다움으로 다가왔다.

호곡리 호곡나루터를 지나 산모퉁이를 돌아가는데, 강 건너로 관광용 증기기관차가 느릿느릿 숲 사이를 뚫고 지나가는 모습이 보였다. 멀리 곡성읍도 보였다. 그곳에 마침 강을 건널 수 있는 보가 있어 그 보를 따라 섬진강을 건넜다. 보를 건너면서 위쪽을 바라보니 곡성읍과 그 뒤 동악산이 맑은 강물에 어리어 한 폭의 데칼코마니 작품을 만들고 있었다. 보 아래쪽으로 고개를 돌리니 강물이 갈대숲 사이로 완만한 여울을 이루면서 햇빛을 받아 반짝이며 흘러내려 가고 있었다. 눈에 보이는 어느 하나도 버릴 수 없는 아름다운 풍경들이었다.

보를 건너 풀숲길을 헤치고 잠시 오르니 섬진강 자전거길이 나왔다. 그 자전거길을 따라 곡성역을 향해 걸었다. 오후부터 비가 온다는 예보가 있어, 곡성역에서 3박 4일간의 이번 순례 일정을 마무리하기로 했다. 우리를 실은 무궁화호 열차는 오후 1시 10분, 종착역인 용산을 향해 떠났다.

섬진강 보에서 바라본 곡성읍

▶▶ 안갯속에 잠긴 곡성

그로부터 한 달여가 지난 2018년 10월 22일, 우리는 수원역에서 만나 밤 11시 16분에 출발하는 여수행 무궁화호 열차에 올랐다. 목적지는 지난번 순례 종착지인 곡성이었다. 이번 순례는 날씨 등 여건이 허락하는 한, 가급적 긴 기간 동안 걷기로 했다. 짐을 줄인다고 줄였지만, 2인용 텐트와 동계용 침낭, 캠코더, 장기 순례를 대비한 여벌 옷과 지도 등 기본적인 준비물이 많아 배낭의 무게를 달아 보니 16kg 가까이 되었다. 여기다 식수와 먹거리 등을 추가하면 1~2kg 정도는 더 늘어날 것이다. 그 무게의 짐을 지고 무난히 걸을 수 있을지 다소 걱정이 되기는 했지만, 짐을 더 줄일 수 있는 여지가 없었다. 젊을 때는 전혀 문제가 되지 않는 무게였지만, 나이가 드니 짐 무게에 가중치가 붙었다. 또한 실제 걸으면서 느껴 보니, 짐 무게는 산길보다는 아스팔트나 시멘트 포장길에서 훨씬 더 몸에 부담을 많이 주었다. 산길은 바닥이 고르지 않아 짐의 하중이 분산되지만, 포장길은 바닥이 고르기 때문에 걸을 때 특정 부위에만 하중이 집중되어 그럴 것이다.

순례를 하지 않은 지난 한 달 기간 동안에는 지리산과 설악산을 다녀왔다. 지리산은 사전예약제로 운영되는 칠선계곡 등반이었고, 설악산은 구곡담계곡과 공룡능 단풍산행이었다. 둘 다 해가 가기 전에 때맞춰 다녀오려고 벼르던 산행이기에 순례 일정을 뒤로 미룰 수밖에 없었다.

열차가 곡성까지 가는 시간 동안 열차에서 잠을 잘 생각이었는데, 그건 오랫동안 밤 무궁화호 열차를 타보지 않은 데 따른 아주 순진한 생각이었다. 열차는 가다가 20분 내외의 간격으로 수시로 역에 정차하였으며, 그때마다 스피커에서는 높은 볼륨의 안내방송이 흘러나왔다. 거기에다 타고 내리는 사람들의 부산한 소리까지 더해져 잠을 자기가 매우 어려웠다. 별수 없이 잠이 들어 주기만 바라면서 좌석 등받이에 기대어 그냥 눈만 감고 앉아 있었다.

열차는 2시 50분 곡성역에 도착했다. 새벽이라고 하기에는 많이 이른 시각이었다. 곡성역 대합실에서 캠코더와 지도를 배낭에서 꺼내, 사용하기 쉽도록 캠코더는 목에 걸고 지도케이스는 배낭 고리에 매달았다. 배낭 정리를 마치고 옛 곡성현청이 있던 곳인 곡성군청을 향해 걷기 시작했다. 거리는 가로등들만 듬성듬성 줄을 서서 불을 밝히고 있을 뿐, 적막에 잠겨 있었다. 하늘에는 보름을 하루 앞둔 둥근 달이 한밤중에 길을 떠도는 우리를 어이없는 듯 조소하며 내려다보고 있었다.

곡성군 청사는 짙은 어둠과 안갯속에 묻혀 있었다. 혹 옛 현청의 흔적이 있나 찾아보려 했으나, 어둠 속이어서 그런지 찾기가 어려웠다. 군청 건물에 달린 LED 시계는 어둠 속을 머쓱하게 서 있는 우리에게 현재 시각이 3시 22분임을 알려 주고 있었다.

8월 4일 맑음
… 오후에 곡성에 이르니 관청과 마을이 온통 비어 있고 사람 사는 기척이 끊어져 있었다. 말 먹일 풀도 구하기 어려웠다. 현청에서 잤다. 남해현령 박대남은 곧장 남원으로 갔다.

공이 곡성에 도착하자 현청은 비어 있었고, 현감 최충겸(崔忠儉)도 보이지 않았다. 뿐만 아니라 마을까지 온통 비어 있었다. 구례에 이어 여기도 왜군이 쳐들어온다는 소식을 듣고 모두 피난을 간 것이었다. 병력과 병기 등 병참을 조금이라도 확보할 수 있기를 기대했던 공은 첫 방문지부터 기대가 어그러져 실망과 걱정이 컸을 것이다. 진주에서부터 줄곧 공을 수행해 오던 남해 현령 박대남은 남원으로 갔다. 왜군이 구례를 지나 남원성을 향해 진격해 가고 있으니, 아마 그는 공의 지시로 왜의 동정과 남원성의 전투대비 상황을 살피러 갔을 것이다. 공은 다음날 아침 식사를 마치고 바로 옥과를 향해 길을 떠났다.

우리도 군청사거리와 곡성경찰서를 지나 옥과로 가는 길인 840번지방도에 들어섰다. 길은 섬진강이 가까이 있어서 그런지 안개가 짙게 끼어 있었다. 안개는 불과 20~30m 앞이 보이지 않을 정도로 짙었다.

칠흑 같은 어둠인 데다 안개까지 짙게 끼어 있어 길을 찾는데 상당한 주의를 기울여야 했다. 헤드랜턴 불빛에 의지해 가까스로 길을 찾아 걸었다. 길을 걸어도 어디가 어딘지 지척을 분간할 수가 없어, 걷다가 현재 위치를 확인할 수 있는 지점이 나오면 지도를 보며 길을 맞게 가고 있는지 확인했다. 한밤중이라 다니는 차들이 거의 없다는 것이 그나마 다행이었다.

그렇게 짙은 안갯속을 20분 남짓 걸어 장선교차로를 지나니 왼편으로 들판을 향해 벋어 있는 좁은 도로가 눈에 들어 왔다. 짙은 안갯속이기는 했지만, 그 도로는 길 방향이 우리가 가는 방향과 같은 것으로 보였다. 혹시나 하여 지도를 들여다보니, 내 예상대로 그 길은 들판을 가로지르고 곡성읍 신기마을을 지나 다시 840번지방도와 만나도록 되어 있었다. 그 길이 약간 지름길이기도 하면서 들판길이라 더 한적하고 안전할 것으로 보였다.

망설임 없이 840번지방도를 벗어나 들판길로 들어섰다. 생각보다 길이 넓었다. 840번지방도에서 볼 때에는 농로 정도로 보였는데, 차량도 아무런 불편 없이 다닐 수 있을 정도의 길이었다. 들판길에 들어서자 위험한 안갯속 차도에서 벗어났다는 안도감으로 마음이 편안해졌고,

거기에다 들길을 걷는 낭만까지 느낄 수가 있었다. 한 가지 아쉬운 점은 짙은 안개로 주변 경관을 눈에 담지 못한다는 것이었다.

들판길을 지나 만난 신기마을에는 몇몇 집들에 불이 밝혀져 있었다. 불이 밝혀진 집들을 보자 그 집들이 몹시 따스하고 아늑해 보였다. 갑자기 그 집 따뜻한 아랫목에 들어 몸을 누이고 싶다는 생각이 들었다. 사람의 심리란 참 묘했다. 집에 있을 때에는 배낭을 메고 어디론가 훌쩍 떠나고 싶고, 길을 떠나면 또 이렇듯 따뜻한 집을 그리워한다. 사람도 종잡을 수가 없는 것이 사람의 마음인 모양이다.

신기마을 앞길을 지나 다시 840번지방도에 들어섰다. 길은 여전히 짙은 안갯속에 묻혀 있었다. 전라남도의 홍보자료를 읽으며 경관이 얼마나 좋을지 궁금증이 들었던 청계동계곡을 짙은 안개와 어둠 때문에 계곡의 형체조차도 보지 못하고 그냥 지났다. 중간 중간 "경관 좋은 곳"이라고 적힌 안내판이 길가에 서 있었지만, 그 안내판은 우리에겐 아무 소용이 없었다. 혹시나 하고 내려다본 섬진강은 짙은 안개와 어둠에 뒤덮여 강인지 들판인지 분간조차 할 수가 없었다. 도대체 얼마나 경관이 좋기에 이런 표지판을 세워 두었을까, 그 경관을 궁금해할수록 보지 못하는 데 대한 아쉬움만 더 커졌다.

그렇게 짙은 어둠과 안갯속을 걸어 곡성읍과 입면의 경계에 다다르니 날이 조금씩 밝아오기 시작했다.

입면 제월리 평촌마을을 지나 산모퉁이를 돌아가니 다시 오른편 길가에 '전망 좋은 곳' 표지판이 보였다. 조망 지점은 '함허정'이었다. 전라남도의 홍보자료에서 함허정은 "중종 38년 당대의 문사 심광형이 지역의 유림들과 시단을 논하기 위해 세운 정자"라고 되어 있었다. 풍광이 얼마나 아름다운지 궁금해 꼭 들르려 했던 곳 중 하나였다. 그러나 함허정 역시 짙은 안갯속에 묻혀 있어 그 형체를 가늠하기도 어려웠다.

표지판을 바라보고 서서 잠시 망설이다가 그냥 가던 길을 재촉했다. 가까이 가 봐도 경관 감상이 어려울 것이었다. 함허정을 뒤로 하고 길을 걷는데, 그곳을 들르지 못한 아쉬움이 컸던지 자꾸 뒤쪽이 돌아다 보였다. 그러나 아무리 뒤를 돌아보아도 함허정은 짙은 안갯속에 자신을 꼭꼭 숨기고 그 모습을 보여 주지 않았다. 그 짙은 안개는 840번지 방도를 걸으며 섬진강변 절경을 감상할 기대로 부풀었던 내 마음을 마지막까지 야속하리만큼 외면하고 있었다.

▶▶ 수군 재건의 빛이 보인 옥과마을

입면 서봉리 서봉마을 앞에 다다르니 잔디로 덮인 넓은 운동장이 보였고, 운동장 주변 나무 아래에 야외용 테이블이 여럿 놓여 있었다. 우리는 여 고문의 아내가 만들어 준 주먹밥으로 아침 식사를 하려고 길가 쪽 테이블에 자리를 잡고 앉았다. 날씨가 좀 쌀쌀하기는 했지만, 나무가 있고 잔디가 있고 안개가 있는 낭만적인 식당이었다.

그런데 여 고문은 내게만 주먹밥을 넘겨 주고 자신은 식사를 하지 않고 딴 데만 바라보고 앉아 있었다. 평소 때 아침 식사를 잘하지 않는 그인지라, 별생각 없이 "먹어야 걸을 수 있다"며 식사를 권했다. 그러나 그는 단감 한두 조각만 집어 먹고 주먹밥에는 거의 입을 대지 않았다. 알고 보니 그는 컨디션이 매우 좋지 않은 상태였다. 몸이 몹시 힘든데도 그는 내가 걱정할까 봐 걸어오면서 아무런 내색도 하지 않았다. 다른 사람에게 절대로 피해를 끼치지 않으려는 그의 결벽증에 가까운 성격이 여기서도 유감없이 발휘되고 있었다.

혼자 주먹밥을 먹으며 지도를 펴고 앞으로 갈 길을 보고 있는데, 취로사업을 하러 나온 것으로 보이는 서봉마을 아낙들이 한 무리 우리 인근에 모여 앉았다. 그들은 이런 곳에서 밥을 먹고 있는 우리가 이상했던지 우리를 힐끔힐끔 쳐다보며 수근거렸다.

옥과면으로 들어섰다.

> 8월 5일 맑음
> 아침 식사 후 길에 올라 옥과 땅에 이르니 순천과 낙안의 피난민들이 길에 가득 찼다. 남녀가 서로 부축하며 가는 것이 그 참혹한 모습을 차마 볼 수 없었다. 그들은 울면서 말하기를 "사또가 오셨으니 이제는 우리가 살았다"고 하였다. 길옆에 큰 홰나무 정자가 있기에 내려 앉아서 말을 쉬게 하였다.

공은 옥과땅에 이르렀을 때 순천과 낙안에서 온 피난민들을 만났다. 그들은 피난 봇짐을 이고지고 제대로 먹지도 못한 채 200리가 넘는 길을 걸어와 지칠 대로 지쳐 있었다. 지쳐 쓰러져 있는 이들이 길바닥에 가득했다. 제 혼자 몸도 지탱하기 힘이 드는데 아이를 등에 업거나 손을 잡고 온 이들도 있었다. 길바닥에 쓰러져 일어날 힘이 없는데도 그들은 살기 위해 서로 부축하고 의지하며 갔다. 공의 눈에 피눈물이 맺혔다. 도대체 이 참혹한 현실을 어떻게 받아들여야 한다는 말인가?

공이 삼도수군통제사로 있을 때에는 조선 수군이 남해의 제해권을 장악하고 있어 순천과 낙안은 안전지대였다. 그러나 원균이 칠천량에서 대패하고 남해의 제해권을 상실하자 그곳은 무방비 상태가 되어 버렸다. 그들은 전라도로 진격해 오는 왜군을 피해 피난을 갈 수밖에 없었다. 더구나 왜는 백성들에 대한 살육을 자제했던 임진왜란 초기 때와는 달리, 하삼도를 왜의 영지로 삼기 위해 점령지 백성들은 남녀노소 할 것 없이 모조리 처참하게 살육하고 있었다. 언제 왜군에게 잡혀 죽을지 몰라 그들은 극도의 불안감과 공포감에 사로잡혀 있었을 것이다.

공은 말에서 내려 그들을 위로했다. 그들은 공포와 고통에 울부짖다 공을 알아보고는 안도의 한숨을 내쉬었다. 백성들은 공을 만난 것이 지옥에서 구세주를 만난 것처럼 반가웠을 것이다.

공이 그들을 위해 할 수 있는 일은 하루빨리 조선 수군을 재건하는 일이었다. 그들을 보며 공은 조선 수군의 재건이 촌각도 지체해서는 안 되는 너무도 화급한 과제임을 다시 한번 뼈저리게 느꼈을 것이다.

옥과마을과 옥과천을 사이에 두고 마주보고 있는 마을인 무창리마을을 향해 가는데 2~300m 정도 거리의 물체는 희미하게나마 윤곽을 알아볼 수 있을 정도로 가시거리가 좋아졌다. 길 주변 마을의 멋진 소나무숲도 보이고, 들판가 억새밭도 보였다. 안개를 여백으로 한 그 풍경들은 그대로 한 폭의 동양화였다. 그러나 무창마을을 지나 옥과천을 건너는 무창교에서 바라본 옥과마을은 여전히 짙은 안갯속에서 그 모습을 드러내지 않고 있었다.

옥과천을 건너 옥과현청터에 도착하니 제일 먼저 조선수군재건로 안내판이 우리를 맞았다. 안내판에는 "옥과에서 전라병사 이복남이 거느리던 병사들과 피난민 중 젊은 장정들이 자원입대하는 등 공이 이곳에서 다수의 병력을 확보하였다"고 설명되어 있었다.

8월 5일
… 옥과현에 들어갈 때 이기남 부자를 만나 함께 현에 이르니, 정사립, 정사준이 마중 나와서 함께 이야기했다. 옥과현감은 처음에는 병을 핑계 삼아 나오지 않더니, 붙잡아다가 처벌하려고 하니 그제야 나왔다.

옥과현에서 공은 전에 당신의 휘하에 있던 장수들을 여럿 만났다. 현에 들어갈 때 거북선 돌격대장이었던 이기남 부자를 만나 같이 갔고, 현청에 도착하니 훈련주부(訓鍊主簿)로 공의 휘하에 있었던 정사준과 그의 동생 정사립이 마중을 나왔다. 정사준은 소형대포인 화승총을 고안했고 정사립은 문장이 좋아 공의 장계 작성을 도운 이로, 이들은 옥포와 한산해전 등 거의 모든 해전에 참전한 풍부한 경험을 가진 장수들이었다. 이들은 공이 삼도수군통제사로 다시 임명되었다는 소식을 듣고 순천에서 이곳으로 공을 찾아온 것이었다.

이들이 합류하자 공은 천군만마를 얻은 듯 마음이 든든했을 것이다. 아무리 공의 능력이 출중하다고 하더라도 궤멸된 수군의 재건 임무를 홀로 감당한다는 것은 공에게도 그 짐이 너무도 무거웠다. 그러나 여기서 이런 충성스럽고 출중한 장수들을 다시 만났으니 그들이 공에게는 얼마나 큰 힘이 되었을 것인가.

그러나 정작 군량과 병기 확보를 위해 필요한 정보를 가지고 있는 이곳 옥과현감 홍요좌는 눈앞에 보이지 않았다. 공이 그를 잡아다 곤장을 치려 하자 그제야 그는 급히 달려 나왔다. 나라가 이토록 위급한 상황인데도 일부 관리들은 나라를 구하러 나서기보다 자신의 안위를 먼저 생각하고 있었다. 하지만 옥과에서는 이기남과 정사준, 정사립 형제 등 경험 있고 유능한 장수들이 수군에 합류하였고, 병사 이복남의 잔류 병력 등 다수의 병사들도 합류해 공의 수군 재건을 위한 발판이 조금씩 마련되기 시작했다. 조선 수군 재건에 대한 희망의 빛이 비치기 시작한 것이었다. 공은 옥과에서 9월 5일과 6일 이틀을 머물렀다.

옥과현청터에는 '영세불망비', '거은비', '선정비' 등 관찰사와 옥과현감의 선정을 기리는 많은 비들이 서 있었다. 물론 저 비의 인물들 중 상당수는 지방관으로서 맡은 바 소임을 잘 수행하였을 것이다. 그러나 여기 옥과 뿐 아니라 고을마다 저렇게 비를 세워 그 덕을 기릴 정도로 선정을 베풀고 고을을 잘 다스린 관리들이 많았는데, 왜 조선은 왜의 침략에 속수무책으로 당했고 수없는 민란이 발생했고 또 한일합병의 국치까지 겪어야 했을까? 그 비들을 보자, 예나 지금이나 자신의 소임은 다하지 않으면서 이름만 내세우기 좋아하는 관리나 위정자들이 득세하는 세상이 아닌가 하여 씁쓸한 마음이 드는 것을 숨길 수가 없었다.

▶▶ 고마운 사람들

옥과에서부터 27번국도를 따라갔다. 옥과를 떠난 지 1시간가량이 지난 오전 11시경, 겸면 남양리 구일정마을 앞을 지나는데 빗방울이 하나둘 머리 위로 떨어졌다. 어제 집을 떠나오기 전 확인한 일기예보에는 비가 온다는 소식이 없었기에, 이러다 그냥 그치겠지 생각하며 걱정 없이 가던 길을 재촉했다. 그런데 겸면 소재지인 남양리마을 가까이에 이르니 비가 쏟아지기 시작했다. 일기예보를 믿었는데, 예상하지 못했던 비가 쏟아지니 순례 일정에 차질이 생기는 게 아닌가 하는 생각이 먼저 뇌리를 스쳤다. 이번 조선수군재건로 순례는 백의종군로 순례 때와는 달리 단기간에 마무리할 계획을 가지고 있었기 때문이었다.

다행히 옷이 많이 젖기 전에 남양리마을에 도착했고, 마침 점심때도 가까이 되고 하여 비도 피할 겸 겸면사무소 인근에 있는 중국음식점으로 들어섰다.

점심때가 아직은 약간 이른 시각이라 식당에는 우리보다 먼저 온 손님이 한 사람밖에 없었다. 매트리스가 매달린 커다란 배낭을 식당 한편에 무겁게 내려놓으니, 그 손님이 어느 산을 다녀오느냐고 물었다. 그에게 그냥 길 따라 도보여행을 하고 있다고 대답했는데, 잠시 후 음식점

주인아저씨가 끼어들면서 대화 분위기가 달라졌다.

그는 호기심이 많은 사람이었다. 그는 우리가 앉아 있는 테이블 옆으로 다가오더니 우리에게 궁금한 것이 많았는지 이것저것 물었고, 결국 우리는 조선수군재건로를 걷고 있다고 사실대로 말해 주었다. 백의종군로를 순례할 때도 그랬지만, 사람들이 어딜 다녀오느냐고 물을 때 선뜻 조선수군재건로를 걷고 있다고 대답하기가 어려웠다. 이는 대부분의 사람들이 조선수군재건로를 잘 모르고 있어 그에 대한 추가설명이 필요하기도 했고, 또 어떤 이들은 이 길을 걷는다는 것을 이상한 눈으로 바라보기도 했기 때문이었다.

그런데 주인아저씨의 반응은 그와는 많이 달랐다.

그는 상당히 선한 인상을 가지고 있었는데, 우리에게 뜻있는 일을 한다고 하면서 힘내라고 진심으로 격려해 주었다. 자신도 도보여행에 관심을 가지고 있었으나 다리를 다쳐 포기했다고 했다. 먼저 와 있던 옆 테이블의 손님도 주인아저씨의 격려를 거들었다. 모두들 우리의 순례를 진심으로 응원하고 격려해 주었다.

그런데 오늘 우리가 받은 응원과 격려는 이뿐만이 아니었다. 조금 전 옥과에서 남양리로 오는 도중 구일정마을에서도 한 사람이 길을 걷는 우리를 보고 "힘내세요!" 하며 손을 흔들어 주었었다. 그는 도로가 바라다보이는 길갓집 담장 앞에서 우리를 향해 손을 흔들고 있었다. 그런데 이렇듯 점심 식사를 하러 들어온 식당에서 연이어 이런 격려를 받으니 한편으로 송구스럽기도 하면서 또한 그들의 진정 어린 응원이 몹시 고마웠다. 참으로 정이 많은 사람들이었다. 그들의 그러한 격려는 우리에게 새로운 힘을 돋게 해 주었다.

우리는 자장면을 주문해 먹었다. 그런데 음식값이 4천 원이었다. 그것도 얼마 전에 올려서 그렇다는 것이었다. 다른 곳에 비해 절반 정도에 불과한 가격이라 그 돈만 내려니 미안한 마음이 들었다. 돈을 주며 미안해하는 우리에게 주인아저씨는 명함 크기의 종이에 식당 이름이 새겨진 스탬프를 찍어 내게 주었다. 우리의 순례를 응원하고 또 무사 순례를 기원한다는 무언의 메시지였다. 나는 주인아저씨의 정성과 격려가 고마워 그 종이를 내 지갑 속에 고이 끼워 넣었다.

점심 후 식당 문을 나서니 다행히 비는 개어 있었다. 하늘엔 구름이 조금씩 걷히고 파란색 하늘이 군데군데 드러났다. 하늘이 기상청의 체면을 세워 주고 있었다.

도로 옆 들판에는 벼가 누렇게 익어 말 그대로 황금 들녘을 이루고 있었다. 식당에서 고마운 격려를 받은 데다 비 걱정도 덜었고 또 풍성한 가을 들판을 보며 걸으니 발걸음이 한결 가벼웠다.

곡성 IC와 만나는 삼기면 농소리에서 27번국도와 헤어져 마을 안길로 들어섰다. 여기서부터 근촌리까지 약 6km 구간은 내가 지형도를 보고 임의로 길을 설정한 구간이었다. 이 길은 농로를 지나 산기슭 마을들을 지나는 길로, 근촌리에서 다시 27번국도와 만나게 되어 있었다. 순례를 떠나오기 전 집에서 이 구간의 지도를 살펴보니, 이곳 산기슭의 마을들이 왠지 정겨워 보여 이 길을 대체로로 이용하기로 한 것이었다.

예상했던 대로 이 길은 내 기대를 충분히 충족시켜 주었다. 농소리 마을길로 들어서면서부터 길은 한결 한적해졌고 주변 분위기도 좋아졌다. 정겨운 마을 안길도 있었고, 황금 들판 사이를 걷는 들길도 있었고, 산모퉁이를 돌아가는 산길도 있었다. 벼가 누렇게 익어 가고 하얀 억새가 하늘거리는, 그 들길과 산길에는 깊은 가을이 내려앉아 있었다.

대명산 기슭에 자리한 마을들인 오리골과 용수막마을을 지나고 대명마을 안길을 지나는데, 문득 이 마을에서 마을 사람들과 어울려 막걸릿

잔을 기울이며 하룻밤을 지내고 싶다는 생각이 들었다. 이 산골마을에서 마을 사람들과 나누는 막걸릿잔에는 얼마나 정이 흘러넘칠 것인가. 이 마을들은 내게 까마득히 잊고 있던 옛 고향마을을 떠올리게 하는 한없이 평화롭고 아늑하고 포근한 마을이었다.

대명마을을 지나 다시 27번국도로 접어들 무렵, 거울같이 맑은 물이 담겨 있는 근촌저수지가 있었다. 그 근촌저수지를 지나니, 멀리 들판 너머로 정자 쉼터가 있는 마을이 눈 안에 들어 왔다. 삼기면 근촌리 수석동마을이었다. 마을 입구에 오래된 정자나무가 서 있고, 그 나무 아래 잘 지은 쉼터가 단아하게 들어서 있었다.

오후 3시 반 정도밖에 되지 않은 이른 시각이었지만, 한밤중인 3시부터 12시간여를 걸었기에 우리는 이곳에서 하룻밤을 묵어가기로 했다. 열차에서부터 몸 상태가 좋지 않았던 여 고문은, 잠도 못 자고 긴 시간을 걸어 컨디션이 최악이었다. 워낙 산행을 즐기는 데다 건강한 체질이라 그런 컨디션으로 먼 길을 걸으면서도 근근이 버틸 수 있었던 것이었다.

마을 초입에 있는 마을회관으로 가서 동네 분들에게 쉼터에서 자도 되는지 허락을 구했다. 때마침 마을회관에 들른 이 마을 이장은 흔쾌히 허락해 주면서, 추워서 잘 수 있겠느냐고 오히려 우리를 걱정해 주었다. 이장은 낮에 차를 운전하고 가다가 우리가 걸어오는 것을 보았다고 했다.

이장의 허락을 받으니 마치 고급 호텔방을 얻은 기분이었다. 이슬이 내리는 들판이나 길거리에 텐트를 치지 않아도 되니 이 얼마나 다행인가. 텐트에서 자는 것까지는 좋지만, 문제는 이튿날 아침 이슬에 흠뻑 젖어 있을 무거운 텐트였다. 그 무거운 텐트를 지고 가지 않으려면 해가 뜨기를 기다려 텐트를 말려야 해 출발 시각이 늦어질 수밖에 없었다. 마을 이장에게 고맙다고 몇 번이나 인사를 하고 쉼터에 들었다.

쉼터는 여름 이후 거의 사용하지 않았는지 바닥에 먼지가 많이 쌓여 있어 청소를 먼저 해야 했다.

여 고문은 쉼터에서 짐을 풀자마자 매트리스를 깔고 침낭에 들어가더니 저녁도 먹지 않고 바로 잠이 들었다. 종일 컨디션이 좋지 않아 힘들어하더니, 몹시 고단했던 모양이었다. 오늘 걸은 거리는 39.5km였다. 걸은 시간에 비해 무리하게 많이 걸은 거리는 아니지만, 전날 밤 기차에서 잠을 한숨도 자지 못한 데다 배낭도 무거워 몸은 파김치가 되어 있었다.

여 고문이 잠이 든 것을 보고 나는 아침에 먹다 남은 주먹밥과 또 비상식으로 챙겨 온 죽으로 혼자 저녁밥을 먹었다. 점심 한 끼밖에 먹지 않고 잠을 자는 여 고문이 걱정스럽기는 했지만, 너무 고단히 자고 있어 깨우지 않고 그대로 자도록 내버려 두었다.

저녁 식사를 마쳤지만 잠을 자기에는 이른 시각이라 수첩을 꺼내 하루 일을 기록하고 다음 날 걸을 길 지도를 순서대로 챙겼다. 그런데 그때 마을 이장이 쉼터로 찾아왔다. 이장은 불편한 게 없는지 묻고, 날이 추우니 마을회관에서 자라고 권했다. 나는 정자나무 쉼터만 해도 충분하다고 말하고 거듭되는 그의 권유를 사양했다. 마을에 더 이상 폐를 끼쳐서는 안 된다는 생각 때문이었다. 낯선 사람들에게 잠자리를 내어 준 것만 해도 감사한데, 찾아와 진심으로 걱정해 주니 그렇게 고마울 수가 없었다. 그의 깊은 마음 씀씀이와 배려에 황송한 마음마저 들었다. 그에게 거듭 감사하다는 인사를 했다.

어디를 다니러 가는지 그는 승용차를 운전하고 마을을 떠났다. 동구 밖으로 사라져 가는 그의 승용차를 바라보며, 문득 "이 땅에 사는 우리는 모두 한 이웃이구나!" 하는 생각이 들었다. 그러면서 나는 그동안 내가 얼마나 폐쇄된 사회에서 살아왔는지를 되돌아보게 되었다.

그동안 살아오면서 많은 사람들을 만났다. 그런데 그 사람들은 거의 이해관계 때문에 만난 사람들이었다. 따라서 이해관계가 사라지면 인간관계도 대부분 사라졌다. 그동안 나는 철저한 이익사회 속에서만 살아온 것이었다. 그런데 이렇게 길을 걸으니 새로운 사람들을 만났고, 그들은 아무런 대가도 바라지 않고 다정스럽게 이야기해 주고 걱정해 주고 또 아낌없이 베풀어 주었다.

길을 걸으니 또 다른 사회가 있었다. 그 사회는 이렇듯 인정이 흘러 넘치는 한민족이라는 공동사회였다. 이 대한민국에 사는 우리는 모두가 한 이웃이었는데, 나는 그동안 그걸 잊고 살았다. 세상은 나를 향해 문을 열고 있었는데, 나는 세상을 향해 문을 닫고 살고 있었다.

잠시 후 수석동마을에 어둠이 찾아 왔다. 쉼터 바깥으로 나가니 하늘에 휘영청 둥근 보름달이 떠 수석동마을과 근촌리 넓은 들판을 비추고 있었다. 교교한 달빛이 산과 마을과 들판을 따라 흘렀다. 그 달빛을 보고 앉아 그냥 밤을 지새우고 싶었다.

그러나 나도 침낭 속에 들어 잠을 청했다. 우리에겐 내일 또 걸어야 할 길이 있기 때문이었다. 쉼터 창으로 밝은 달빛이 새어 들어와 자꾸 나를 유혹했지만 그것도 잠시, 나도 이내 깊은 잠 속에 빠져들었다.

▶▶ **따뜻한 아침밥의 행복**

이튿날, 새벽 5시경 잠이 깨었다. 싸늘한 새벽 공기가 침낭에서 빠져 나온 내 어깨에 와 닿았다. 일어나기가 귀찮은 데다 여 고문이 아직 잠에서 깨지 않은 것 같아 나는 침낭을 잡아당겨 얼굴까지 끌어올렸다.

금세 어깨가 따뜻해졌다. 온몸을 감싸는 침낭 속 따스한 온기에 행복감을 느끼며 한동안 누워 게으름을 피웠다.

휴대전화기의 알람이 6시를 알리자 우리는 마지못해 일어나 배낭을 꾸렸다. 침낭에서 나오자 차가운 아침 공기가 온몸을 엄습해 와 오싹 한기가 느껴졌다. 여 고문이 휴대전화기를 들여다보더니 현재 기온이 3℃라고 했다.

6시 반경 배낭을 메고 쉼터를 떠났다. 하룻밤을 잘 보낼 수 있게 배려해 준 마을 이장에게 인사를 못 하고 가는 게 마음에 걸렸다. 그제야 어젯밤 이장을 만났을 때 미리 인사를 해둘 걸 하는 후회가 들었다.

길을 나서는데 어제부터 조금씩 아프던 왼쪽 고관절 부분에 다시 통증이 느껴졌다. 무거운 배낭을 메고 계속 아스팔트 포장길만 이어 걸으니 고관절에 무리가 온 모양이었다. 젊었을 적에는 이 무게보다 훨씬 더 무거운 걸 지고도 가뿐히 다녔었는데, 어느새 이 정도의 무게도 이기지 못하는 나이가 되었나 하는 서글픈 생각도 들었다.

몸이 풀리기를 바라며 가급적 속도를 줄여 걸었다. 그러나 약간의 고관절 통증만 제외하면 모든 게 최상이었다. 국도를 걷고 있기는 했지만, 새벽이라 다니는 차량도 많지 않았고 공기도 상쾌했다. 또 중간 중간 짙은 안개가 낀 구간이 있었지만, 전날과는 달리 안개가 심하지 않아 시야도 그런대로 좋았다. 오히려 안개가 옅게 낀 산촌 풍경이 한 폭의 수묵화가 되어 우리의 눈을 즐겁게 해 주었다. 도로 옆을 따라 흐르는 석곡천에서는 물안개가 피어오르고 있었고, 그 물안개 속에서 물오리 가족이 유유히 유영을 즐기고 있었다. 걱정했던 여 고문의 컨디션도 자고 나니 완전히 회복되어 있었다.

석곡면 연반리 전기마을 입구 삼거리에 비(碑)가 여럿 서 있는 소공원이 있었다. 소공원 앞에는 "마천목 좌명공신녹권", "곡성연운당고문서"라고 쓰인 이정표가 있었고, 그 옆에는 칠언절구 한시가 새겨진 비가 둘 서 있었다. 소공원의 그 비들을 보니 마을 이름이 새겨진 비만 서있는 다른 마을들과는 달리, 조상이 남긴 유품 보존과 함께 조상의 얼을 새기고 전통 가치를 지켜 가고 있다는 마을의 강한 자존심이 느껴졌다. 뒤에 인터넷을 검색해 보고 안 것이지만, 마천목 좌명공신녹권과 연운당고문서는 학술적 가치가 매우 큰 사료들이며, 마천목 좌명공신녹권은 보물로도 지정되어 있었다. 좌명공신은 조선 초 제2차 왕자의 난을 평정하고 방원을 왕위에 오르게 하는 데 공을 세운 이들을 녹훈한 공신이었다. 연운당은 선산 류씨가 곡성으로 입향한 본가로서, 교지와 상소, 경연일기초, 미암일기초 등 140여 건의 고문서를 소장하고 있었다. 오랜 세월 동안 여러 전란을 겪으면서도 이를 잘 보전해 왔다는 것은 참으로 대단한 노력과 정성이 아닐 수 없으며, 이는 존경받아 마땅하고 또 자랑하여 마땅할 것이다.

석곡천을 건너는 호남고속도로 아래를 지나 능파리로 들어서는데 동편 예봉 능선 위로 아침 해가 떠오르고 있었다.

석곡이 가까워지니 보성강 때문인지 안개가 짙어졌다. 석곡초등학교엔 부지런한 아이들이 하나 둘 등교를 하고 있었다. 석곡면주민복지센터 길 건너편에 "아침 식사 됩니다"라고 쓰여 있는 식당이 있어 문을 열고 들어갔다. 식당은 우리가 첫 손님이었다. 추어탕이 빨리 된다고 하여 추어탕을 주문했다. 반찬은 콩나물과 가지무침 등 7가지가 나왔는데, 진수성찬을 받은 느낌이었다. 겨우 어제 하루 차가운 주먹밥과 자장면으로 식사를 해결했을 뿐인데 마치 오랫동안 따뜻한 밥을 먹어 보지 못한 것 같았다. 따뜻한 국물에 따뜻한 밥을 여러 가지 반찬과 곁들여 먹는 것도 큰 행복이라는 걸 알았다.

배를 든든히 채우려고 부지런히 밥을 먹고 있는데, 이웃에서 놀러 온 아주머니들이 우리의 배낭을 보면서 "왜 그리 힘들게 저 무거운 짐을 지고 다니느냐?" 하고 물었다. 우리는 농담으로 "은퇴하고 집에 있으니 마누라가 하도 눈치를 줘서 그냥 이 마을 저 마을 떠돌아다닌다." 하고 답했다. 그런데 그 아주머니들은 이를 진담으로 알아듣고 우리를 보며 몹시 안쓰러워했다. 그러고는 "우리 같으면 그동안 열심히 일하고 돈 벌어다 주고 해서 떠받들고 살 텐데, 도시 여자들은 참 알 수가 없어." 하며 자기들끼리 대화를 주고받았다.

내심으로는 그들에게 농담을 한 것이 조금 미안하기도 했지만, 그들의 대화를 들으니 그들의 따뜻한 마음과 순박한 인간미가 느껴졌다. 사실 직장에 다닐 때에는 오직 가족만 생각하고 온갖 수모를 견뎌가며 열심히 일했는데 은퇴 후 가족에서 소외되는 남편들이 얼마나 많은가? 회사에서 쫓겨나지 않으려고 오로지 일에만 매달려야 했던 그들은, 정년이 되자 아무런 마음의 준비도 하지 못한 채 갑작스럽게 가정으로 돌아와 가족과 어떻게 어울려야 할지조차 잘 모른다. 도회지의 아내들이 그러한 남편들의 소외감과 외로움을 이해하고, 그 아주머니들의 말처럼 남편들을 가정의 품 안으로 따스하게 감싸 안아 주면 이 세상이 훨씬 더 따뜻해지지 않을까?

8월 7일 맑음
··· 도중에 선전관 원집(元潗)을 만나 임금의 유지를 받았다. 병마사가 거느렸던 군사들이 모두 패하여 돌아가는 것이 길에 줄을 이었으므로 말 세 필과 활, 화살을 빼앗아 왔다. 곡성의 강정에서 잤다.

공은 옥과를 떠나 이곳 석곡으로 오는 도중 임금의 편지를 받았다. 임금의 편지에는 무슨 말이 들어 있었을까?

임금은 애가 닳았을 것이다. 공에게 다시 삼도수군통제사의 임무를 맡기고 궤멸된 수군의 재건을 명하기는 했지만, 그게 얼마나 어려운 일인지는 임금 스스로도 잘 알고 있었다. 하지만 왜는 우군이 창녕을 거쳐 의령과 함양으로, 좌군은 구례를 거쳐 남원으로 전라도를 점령하기 위해 총진격을 감행하고 있었다. 바닷길까지 이젠 훤히 뚫려 있으니, 그들의 전략대로 육군이 전라도를 점령한 후 한성으로 진격해 오고 수군이 서해를 통해 한성으로 바로 진격해 와서 육군을 지원한다면 임금은 또 한성을 버리고 떠나 명나라에 속국이 되겠다고 애걸복걸해야 할 것이다. 임금은 이러한 일이 벌어지기 전에 공이 한시바삐 수군을 재건해 서해로 올라올 왜의 수군을 막아 주기를 간절히 바랐을 것이다. 그 편지에는 임금의 그러한 걱정과 바람이 담겨 있었을지도 모른다.

하지만 선조의 마음도 다급했지만 공의 마음은 더했다. 공은 이곳으로 오는 도중 패해 돌아가는 병사 이복남의 군사들을 보자 그들에게서 말 세 필과 활, 화살 약간을 빼앗았다. 한시바삐 수군을 재건해야 하는 공은 활 하나, 화살 한 촉이 아쉬웠던 것이다. 참으로 기가 막히고 가슴 아픈 장면이 이곳에서 있었다.

식당의 아주머니들이 알려 준 길을 따라 공이 유숙하셨던 능파정을 찾았다. 능파정은 보성강 가 길모퉁이에 복원되어 있었다. 공은 8월 7일 밤 강정(능파정)에서 오랜 친구인 신대년을 만났다. 능파정은 신대년이 학문을 위해 지은 집이었다.* 그와는 흉허물이 없는 막역한 사이라 밤늦도록 나라 걱정과 수군 재건에 관한 이야기들을 나누었을 것이다.

---

* 『명량으로 가는 길』 p46

잠시 능파정에 앉아 능파정 아래를 흐르는 보성강을 바라보았다. 아직 안개가 채 걷히지 않은 보성강은 그날의 이야기를 안갯속으로 감추고 섬진강을 향해 소리 없이 흘러가고 있었다.

▶▶ 부유창이 있던 창촌마을

주암면 소재지인 광천리로 가는 27번국도변에는 억새가 많았다. 도로변 곳곳에 활짝 핀 하얀 억새꽃이 가을바람에 하늘거리고 있었다. 그 억새꽃 뒤로 보이는 들판은 가을걷이가 반쯤 끝나 있었고, 그 들판 너머로는 밤실산, 운월산, 모후산으로 이어지는 통명지맥 끝자락이 주암호를 향해 달려가고 있었다.

광천리는 규모가 꽤 큰 마을이었다. 보성강을 사이에 두고 양편에 마을들이 넓게 형성되어 있었다. 광주와 전라남도 일원에 생활용수를 공급하고 있는 주암다목적댐도 인근에 있었다.

광천리에서 부유창이 있던 창촌마을까지 22번국도를 따라갔다. 보성강 위에 놓인 광천교를 건너는데 오른편으로 주암댐이 지척으로 바라다보였다. 다리 아래의 강물은 능파정 앞의 보 때문에 물의 흐름이 잠시 멈춰 있었고, 흐름을 멈춘 그 강물엔 소슬바람에 수많은 잔물결들이 일고 있었다.

창촌리에 들어서자 은행나무 가로수가 먼저 눈에 들어 왔다. 노랗게 단풍이 든 은행나무들이 길을 따라 길게 줄지어 늘어서 있었다. 가을햇살을 받은 샛노란 은행잎들은 구름 한 점 없는 파란 하늘을 배경으로 원색의 멋진 콘트라스트를 우리에게 선사하고 있었다.

창촌리도 생각보다 규모가 큰 마을이었다. 22번국도를 중심으로 좌우에 마을들이 길게 들어서 있었고, 초등학교와 중학교도 있었다. 지도상에 창촌마을로 표기되어 있는 마을에 부유창터가 있을 것으로 짐작되어, 창촌초등학교 앞을 지나 창촌마을로 곧장 향했다. 그러나 창촌마을로 알고 찾아간 그 마을은 감성마을이었고, 그 마을에서는 부유창터를 찾을 수가 없었다. 지도상의 마을명 표기가 잘못된 것이었다.

창촌마을은 감성마을과 주암천을 사이에 두고 있었다. 주암천을 다시 건너서 마을 안길을 돌아 들어가니 마을회관 근처에 부유창터가 있었다.

8월 8일
새벽에 출발하여… 부유창에 이르니 병사 이복남이 이미 부하들을 시켜 불을 질렀는데, 다만 타다 남은 재만 있어서 보기에도 처참하였다.

부유창은 세금으로 거둬들인 곡식, 즉 세곡을 보관하는 창고였다. 부유창터에 있는 안내판은 부유창이 "정유재란 때 전라도 후방전선에 있는 가장 큰 병참 창고"라고 설명하고 있었다. 공이 부유창에 이르렀을 때 조정의 청야전술에 따라 병사 이복남이 이미 부하들을 시켜 불을 질러 창고 안의 곡식들은 모두 불타 버리고 없었다. 부유창에서 병사들에게 먹일 군량을 확보할 수 있을 것으로 기대했던 공은 재만 남은 창고를 보고 큰 허탈감을 느껴야 했다. 더구나 안내판의 설명처럼 부유창이 전라도 후방전선에 있는 가장 큰 병참 창고였다면, 군량 확보에 대한 공의 기대는 그만큼 더 컸을 것이다. 그런데 그러한 창고의 곡식들이 모두 불타고 없었으니 공의 허탈감이 얼마나 컸을 것인가? "타다 남은 재만 있어서 보기에도 처참하였다."라고 한 일기 구절이 공의 마음이 얼마나 참담했는지를 짐작하게 하고 있다.

조정의 청야전술은 병력을 비롯해 모든 병참을 직접 다 조달하여야 하는 공의 계획을 계속 꼬이게 만들었고, 그에 따라 공의 초조한 마음도 그만큼 커졌을 것이다. 곡식이 다 타고 재만 남았던 그 날의 부유창터에는, 공이 이곳 부유창을 들렀던 날의 일기가 적힌 벽화와 조선수군 재건로 안내판만 우두커니 서서 우리에게 그날의 이야기를 들려주고 있었다.

부유창터

부유창터를 보고 되돌아서니 점심때가 이미 지나 있었다. 점심은 창촌마을 개울 건너 팔각정 쉼터에서 라면으로 해결하기로 했다. 밥을 사 먹을 수 있는 음식점은 창촌초등학교가 있는 곳까지 1km 가까이 되돌아가야 했다. 비록 짧은 구간이긴 하지만 왔던 길을 되돌아간다는 것은 우리에겐 고문이나 마찬가지였다.

라면을 끓일 물을 구하려고 마을의 인기척을 살피는데, 한 아주머니가 골목길을 지나 집으로 들어가는 모습이 보였다. 재빨리 그 집으로 달려가 아주머니에게 물을 좀 얻을 수 없느냐고 하니, 놀란 얼굴로 "어디서 갑자기 나타났어요?" 하고 물었다. 인적이 드문 조용한 마을에서 갑자기 외지 사람이 나타나니 놀랄 만도 하다는 생각이 들었다. 지나가다가 물이 떨어져 들어 왔다고 말하니 물주머니에 물을 가득 채워 주었다.

점심을 마친 후 오성산 기슭을 따라 이어지는 길을 따라갔다. 그 길은 접치를 향해 오르는 길로, 새 22번국도가 생기기 전에 이용되던 구 국도로 짐작되었다. 골프장 입구를 지나 만난 행정저수지를 지나면서부터 오르막길이 시작되었다. 고갯길을 오르는데, 눈앞으로 단풍을 머리에 이고 있는 조계산 연봉들이 바라다보였다.

구불구불 오름길을 돌고 돌아 접치 마루에 올라섰다.

> 8월 8일
> … 광양현감 구덕령, 나주 판관 원동의, 옥구 현감 등이 창고 바닥에 숨어 있다가 내가 왔다는 소식을 듣고 급히 달려가 배경남과 함께 구치에 이르렀다. 내가 말에서 내려 명령을 내렸더니 한꺼번에 와서 인사하였다. 내가 피해 다니는 것을 들추어 꾸짖었더니, 모두 그 죄를 병사 이복남에게로 돌렸다.

접치는 호남정맥상에 있는 해발 260m의 고개로, 『난중일기』에는 '구치'로 되어 있다. 공은 이곳에서 부유창 창고 바닥에 숨어 있다가 공이 오자 도망을 갔던 광양현감 구덕령, 나주판관 원종의, 옥구현감 김희온을 붙들어 수군에 편입시켰다. 공은 그들을 보고 도망 다니는 것을 꾸짖었다. 지방관들이 백성을 지킬 생각은 하지 않고 제 살길만 찾으니, 그런 것을 공이 그냥 두고 볼 수는 없었을 것이다. 그러나 공의 꾸짖음을 들은 그들은 자신들의 잘못을 인정하기보다는 모두 병사 이복남의 핑계를 댔다. 책임감이라고는 찾아보려야 찾아볼 수가 없는, 참으로 비겁한 관리들이었다. 백성을 지켜야 할 관리들이 제 할 일을 하지 않고 자신의 안위만 좇으니 백성들은 누구를 믿고 살아야 할 것인가. 관리들에게는 무엇보다도 사명감과 책임감이 최우선의 덕목인데, 그들에게서 그런 것들은 눈을 씻고도 찾아볼 수가 없었다.

접치에서는 우리가 걸어 올라왔던 길과 완주순천간고속도로, 22번 국도 등 세 도로가 같이 만나고 있었다. 우리는 접치 마루에서도 우리가 올라왔던 길인 구 도로를 그대로 따라 내려갔다. 접치로 오르는 오름길은 골프장 때문인지 차도 형태를 유지하고 차들도 간간이 한 대씩 다녔다. 그런데 반대편 내림길은 차가 다니지 않고 거의 임도처럼 변해 있었다. 하지만 그 덕분에 호젓한 주변 분위기를 즐기며 고개를 내려갈 수 있었다.

접치 내림길을 지나서 만난 승주읍은 여느 읍과는 분위기가 달랐다. 읍 소재지라 당연히 도시형 시가지가 형성되어 있을 것으로 생각했는데, 읍내에 들어섰는데도 그런 시가지의 모습은 보이지 않았다. 오히려 작은 면 소재지 마을에 가까운 분위기의 소박한 마을 모습이었다.

읍내 서평삼거리를 지나는데 해가 뉘엿뉘엿 지고 있었다. 저녁 식사를 하려고 길가에 식당이 있나 찾아보았으나 보이지 않았다. 식당을 찾으려고 계속 고개를 두리번거리면서 걷는데, 그때 식당 대신 치킨집이 눈에 띄었다. 읍내 거리도 거의 끝나가고 있는 지점이라 더 이상 식당을 찾기가 어려울 것으로 보여 그 치킨집으로 들어섰다.

저녁 식사로 프라이드치킨을 주문해 먹으며 생맥주를 곁들였는데, 오랜 갈증 끝에 마시는 시원한 생맥주라 청량감과 맛이 일품이었다. 술을 마시지 못해 생맥주 대신 콜라를 마시는 여 고문에게는 미안했지만, 치킨과 생맥주는 내겐 다른 식사보다도 오히려 더 맛 나는 저녁 식사였다.

치킨집을 나오니 날이 어두워져 있었다. 헤드랜턴을 켜고 정자 쉼터가 있는 마을을 찾아 걸었다. 지난밤을 정자 쉼터에서 보내고 나니, 이제 잠자리는 당연히 마을 앞 정자 쉼터에 마련해야 한다는 생각이 굳어져 있었다. 정자 쉼터는 잠을 자기에도 편하지만 근처 집에서 식수까지 쉽게 구할 수 있어 금상첨화의 잠자리였다.

다행히 30분 정도 걸으니 커다란 정자나무 아래에 쉼터가 있는 마을이 보였다. 승주읍 월계리 용계마을이었다. 마침 마을 사람이 보여 그에게 이장댁을 물어 찾아가 허락을 구했다. 이장은 아무런 망설임도 없이 흔쾌히 그렇게 하라고 허락해 주었다. 이장의 시원스런 허락을 받자 또 하룻밤 편안한 잠자리가 마련되었다는 데 대한 희열감과 안도감이 동시에 마음속에서 솟아올랐다.

이곳 정자나무 쉼터도 한동안 사용하지 않아 바닥에 먼지가 쌓이고 낙엽이 많이 뒹굴고 있었다. 쉼터에 있는 걸레를 이용해 간단히 청소하고 열려 있는 창들을 모두 닫은 후 바닥에 매트리스를 깔았다.

침낭에 들어가 누우니 창밖 정자나무 가지 사이로 둥근 달이 바라보였다. 하늘이 맑으니 달빛도 시리도록 밝았다. 아직 잠자리에 들기엔 이른 시각이어서인지 아니면 객회 때문인지 잠이 잘 오지 않았다. 눈을 감았다 떴다를 반복하면서 정자나무 가지 사이를 비집고 들어 오는 달빛을 몇 번이고 바라보았다.

2. 희망의 길, 순천 - 보성

▸▸ 조선 수군 재건의 발판이 마련된 곳 순천

이튿날 새벽, 용계마을은 옅은 안개에 덮여 있었다. 부지런한 몇몇 집에는 벌써 불이 밝혀져 있었다. 따스하고 아늑해 보이는 그 집 불빛들을 바라보며, 일어나 짐을 챙겼다.

쉼터는 사면이 섀시 창으로 되어 있어 잠을 잔 곳이 실내이기는 하지만, 그러나 부실공사로 창틀과 창 사이에 틈이 많이 벌어져 있어 바깥이나 다름없었다. 침낭에서 나와 짐을 챙기는데 오싹한 새벽 한기가 느껴졌다. 배낭을 메고 마을을 나서며, 하룻밤 잠자리를 제공해 준 마을 사람들과 이장에게 마음속으로 감사의 마음을 전했다.

마을 입구엔 이 마을에서 효부가 많이 났는지 효부비가 둘이나 서 있었다. 기온은 전날과 같이 3℃였다. 길을 나서는 우리 얼굴에 차가운 새벽 공기가 와 닿았다.

마을을 떠나 산모퉁이를 돌아가자 지도에 없는 사거리가 갑자기 눈앞에 나타났다. 구 22번국도와 새 22번국도가 만나는 곳이었다. 내가 가진 지도에는 새 국도가 표기되어 있지 않아, 전혀 예상하지 못했던 낯선 도로가 갑자기 나타나자 일시적으로 혼란이 일었다. 나침반을 꺼내 방향을 확인한 후 수리치 오름길로 들어섰다. 전국 곳곳에 새 도로가 많이 생겨나고 있으나, 지도 수정이 바로 뒤따라가지 못하다 보니 가끔씩 겪게 되는 일이었다.

수리치 고갯길은 올라갈수록 안개가 점점 짙어졌다. 새 국도 사거리를 지나 5분여를 오르니, 왼편으로 월내마을이 안갯속에서 희미하게 모습을 나타냈다. 추수를 끝낸 들판 뒤편으로 마을의 집들이 희미한 윤곽을 그리고 있었고, 마을 뒷산은 짙은 안갯속에 묻혀 있었다. 안갯속으로 바라보이는 마을 풍경은 한 폭의 멋진 수묵화였다. 어떤 화가가 이런 풍경을 제대로 화폭에 담아낼 수 있을까? 자연만이 그릴 수 있는 경이로운 풍경의 그림이었다.

수리치 고갯마루에 이르니 안개가 걷혔다. 고개 너머 골짜기에 자리한 대구리마을도 열은 안개가 남아 있기는 했지만 집들의 형체는 뚜렷이 알아볼 수 있었다. 수리치 고개 긴 내리막길을 걸어 학구삼거리에 도착했다.

우선 아침 식사부터 해결하여야 했다. 마을 입구에 식당 간판이 보여 혹 아침 식사가 되는지 가 보았으나 문이 닫혀 있었다. 그런데 마침 그 옆에 가게가 있었고, 가게 앞에는 야외용 테이블이 몇 개 놓여 있었다. 우리는 그 테이블에 배낭을 내려놓고 라면을 사서 끓였다. 둘 다 배가 고팠던 참이라 허겁지겁 라면을 먹고 있는데, 지나가던 사람이 "라면을 아주 맛있게 드십니다." 하고 웃으며 친근하게 인사를 했다. "예, 맛있네요." 우리도 웃으며 대답했다. 그 사람은 하동에서 만났던 사람처럼 격의 없는 말 한마디로 길손의 여행길 여독을 단숨에 풀어 주는 오랜 친구 같은 사람이었다.

학구삼거리부터 순천 팔마비까지는 백의종군로와 중복된 구간이었다. 구만리 개운마을의 정겨운 돌담집도 다시 만나고, 키위농장도 다시 지났다. 한 번밖에 지나가지 않은 길인데도 오래전부터 알던 길처럼 낯이 익었다. 하늬바람에 잔물결이 이는 서강도 낯이 익었다. 서강은 물이 맑았고, 곳곳에서 여인들이 민물새우를 잡고 있었다. 전라도에서는 가을 토하젓을 최고로 친다던 목포가 고향인 전 직장 선배의 말이 생각났다. 아마 저 여인들은 저 새우로 사랑하는 가족들에게 줄 토하젓을 담글 것이다.

하늘은 쾌청했고 공기도 맑았다. 기온도 적당했다. 걷기엔 최상의 날씨였다. 서강변 둑에는 가을이 깊었음을 알리는 구절초가 곳곳에 피어 있었다.

백의종군로 끝 지점 팔마비에 도착했다.

> 8월 8일
> … 곧 길을 떠나 순천에 이르니, 성 안팎은 인적도 없이 적막했다. 오직 승려 혜희가 와서 알현하므로 의병장의 직첩을 주었다. 관사와 곳간의 곡식 및 군기는 그대로 있었다. 총통 등은 옮겨 묻게 했다. 장전과 편전은 군관들에게 나누어 소지하게 하고, 운반하기 어려운 것들은 깊이 묻고 표를 세웠다.

지금은 흔적도 없지만, 팔마비 인근에 순천부 읍성이 있었다.

공은 8월 8일 저물녘 순천에 도착했다. 순천은 사람들이 모두 피난을 가고 인적도 없이 적막감만 감돌았다. 그러나 관사와 창고의 곡식, 군기고는 불타지 않고 온전했다. 병사 이복남이 청야전술을 제대로 이행하지 않고 서둘러 순천을 떠난 것이었다. 그러나 역설적이게도 병사의 실수가 공에게는 참으로 다행스러운 일이었다. 그토록 바라던 무기와 식량을 일부라도 확보할 수 있게 되었기 때문이었다.

공은 무게가 많이 나가지 않는 장전과 편전 등의 화살은 곧바로 군관들에게 나누어 주어 소지하도록 했고, 총통과 운반하기 어려운 것들은 땅에 깊이 묻고 후에 사용할 수 있도록 표를 세워 두었다. 또 승려 혜희를 의병장으로 임명하여 승병들을 지휘할 수 있도록 했다.

곡성과 옥과, 부유창을 거쳐 오는 동안 수군을 재건하기에는 턱없이 부족한 수이기는 하지만 몇몇 장수들이 합류하고 병력도 일부 조달하였다. 그러나 병력과 함께 가장 중요한 병참인 무기와 군량은 전혀 확보하지 못하고 있었다. 따라서 공은 많은 걱정을 가슴에 안은 채 접치와 수리치재를 넘었을 것이다.

그러다 이곳 순천에서 다량의 병기와 식량을 확보하게 되자 공은 그동안의 걱정을 크게 덜 수 있었다. 이제 주요 지역들을 좀 더 돌아보면 부족한 병참들도 상당 부분 보충할 수 있으리라. 비로소 조선 수군 재건에 대한 희망의 빛이 보였다. 장전과 편전을 군관들에게 나눠주는 공의 목소리엔 오랜만에 힘이 들어 있었고 얼굴엔 활기가 돌았을 것이다.

공은 백의종군을 하실 때 이곳 순천에서 17일간 머물렀다. 그때 공은 원균의 지휘 잘못으로 휘하 장졸이 이탈하거나 반역한다는 수군의 소식을 듣고 나라 앞날이 걱정되어 깊은 고뇌에 잠기기도 했다. 그런데 순천은 그때의 공의 고뇌를 잊지 않고 있다가 공에게 많은 무기와 식량을 안겨 주어 공의 마음을 위로해 주었다.

▶▶ 감나무농장 노부부와 쌍지마을 사람들

공은 순천에서 다량의 무기와 식량을 확보한 뒤, 한결 가벼워진 마음으로 이튿날 아침 일찍 낙안을 향해 길을 떠났다. 우리도 낙안으로 가기 위해 시내 중심가 길을 따라 남쪽으로 다시 발걸음을 옮겼다. 일기예보는 내일 비가 온다고 하여 당초 계획은 순천에서 하루를 머물고 비가 그치면 낙안으로 떠날 계획이었다. 그러나 예상보다 순천에 빨리 도착해 그대로 순천에서 머물기에는 남은 시간이 너무 아까웠다. 일단 걷는 데까지 걸어 보기로 했다. 내일 걷다가 비가 오면 다시 순천으로 되돌아와, 고니시 유키나가가 임진왜란 종전 직전까지 진을 치고 있었던 순천왜성을 둘러보기로 했다.

순천고등학교 앞에 다다랐다. 순천고 정문을 보더니 여 고문은 사위가 순천고 출신이라고 자랑하며 정문 사진을 찍어 사위에게 보냈다. 그러자 그에게 곧바로 사위와 딸의 격려 글이 오고 그들의 성금까지 답지했다. SNS로 보낸 글자 몇 자와 사진 하나로 딸과 사위의 사랑이 듬뿍 깃든 성금까지 받게 되자 여 고문의 입이 벌어졌다.

마침 점심때가 되어 인근에 있는 식당에 들어 꼬막회비빔밥을 주문했다. 맛있기로 이름난 벌교 꼬막이 나오는 여자만이 지척이니 메뉴를 길게 고민할 필요가 없었다. 맛있게 식사를 하고 있는 우리를 본 식당 여주인은 요구하지도 않은 반찬을 더 가져다주며, "길을 걸으려면 많이 먹어야 한다"면서 우리를 격려해 주었다. 가는 곳마다 이렇듯 우리를 응원해 주니, "우리가 허튼짓을 하고 있는 건 아닌 모양이다." 하며 둘이 멋쩍게 웃었다. 꼬막회비빔밥은 물론이고 반찬도 모두 맛이 있어, 밥과 함께 더 가져다준 반찬까지 남김없이 먹고 식당 문을 나섰다.

순천고에서 우석로를 따라가다가 덕흥교삼거리에서 오른편 길로 접어들었다. 10월 하순인데도 한낮의 태양은 아직 지난여름의 무시무시한 위력을 다 잃지 않고 있었다. 내가 쓴 모자는 차양이 짧은 것이었는데, 햇살이 얼굴에 따갑게 와 닿았다.

이틀 전 곡성에서 이번 순례를 시작한 이후 세수나 양치를 한 번도 하지 못했고, 옷도 역시 한 번도 갈아입지 못했다. 며칠째 입은 옷은 땀에 절어 있었다. 거기에다 줄어들지 않는 배낭의 무게도 점점 더 어깨를 짓눌러 왔다. 몸에 피로가 누적되어 가고 있다는 걸 느낄 수 있었다. 날씨나 다른 여건이 괜찮으면 열흘 정도 걸으려고 계획하고 있었기에, 몸 컨디션 관리를 잘해야겠다고 스스로 주의를 환기시켰다.

여 고문은 발가락 여러 개에 물집이 생겨 걸을 때 통증이 심하다고 했다. 그런데도 그는 자신 때문에 순례가 중단될까 봐 아프다는 내색은 전혀 하지 않았다. 워낙 산을 좋아하는 그인지라, 아무리 발에 물집이 고여 터지고 통증이 심하더라도 그에게는 걷는 것이 더 좋았다.

순천시가를 벗어나 낙안읍성으로 가는 58번지방도로 접어들었다. 58번지방도의 도로명은 민속마을길이었다. 우리나라 옛 읍성의 모습을 고스란히 간직하고 있는 낙안읍성으로 가는 길이니, 그에 걸맞은 이름이 붙었다.

순천시 상사면 마륜마을을 지났다. 마을을 지나며 왜 마을 이름이 마륜일까 그 유래가 궁금했다. 낙안에서 충무공이 마차 바퀴를 수리했다고 하는데, 혹시 그와 연관이 있는 것일까? 길을 걷다 보면 궁금한 것도 많아진다. 마을의 이름이 특이할 경우도 그렇다.

마륜마을에서 한 구비를 돌아가니 산비탈에 아름다운 집들이 들어서 있는 전원마을이 보였다. 마을의 구조를 보니 자연마을이 아니라 전원마을로 새로 조성되었다는 것을 쉽게 알 수 있었다. 대부분이 현대적 감각이 돋보이는 독특한 디자인의 집들이라 예사롭지 않은 마을이라는 생각이 들었다. 더구나 마을 입구에 다가가서 보니 마을 이름조차 예사롭지 않은 '화수목마을'이었다. 왜 화수목마을일까, 또 잔뜩 궁금증이 들었다. 필시 어떤 연유나 깊은 뜻이 있을 것이다. '이 마을엔 멋을 아는 멋쟁이들이 모여 사는 모양이구나!' 나도 모르게 그런 생각이 들었다.

그 궁금증을 간직한 채 또 한 구비를 돌아 상사면 용암마을 입구에 다다랐다. 용암마을은 도로에서 100여 m 정도 들어간 산기슭에 자리 잡고 있는 마을이었다. 마을 입구 버스정류장에서 지친 몸을 쉬고 있는데, 마을 초입에 잘 지어진 정자나무 쉼터가 서 있는 것이 눈에 들어 왔다. 마을과도 조금 거리가 떨어져 있어 우리가 쉬기에는 안성맞춤이라는 생각이 들었다. 또한 쉼터의 위치도 앞이 탁 트인 언덕 위에 자리하고 있어 전망도 좋을 것으로 보였다.

지도를 보니 다음 쉼터는 4km 남짓 떨어진 쌍지마을에나 가야 있을 것으로 짐작되었다. 거기까지 가려면 날이 어두워질 것으로 보여 여 고문에게 여기서 오늘 걷기를 마무리하자고 했다. 그랬더니, 역시 그의 대답은 내 예상대로였다. 아직 날이 밝으니 조금이라도 더 가자는 것이었다. 그의 고집은 소문난 고집이라 꺾일 고집이 아니라는 걸 알기에, 그의 말대로 그대로 계속 걷기로 했다. 무거운 짐을 다시 등에 걸머지면서 '이 고집쟁이 때문에 오늘도 날이 어두워야 잠자리를 얻을 수 있겠구나!' 하는 생각을 하며, 짐보다도 더 무거운 발걸음을 다시 옮겼다.

다시 길에 들어 인근의 동부원마을을 지나는데, 누군가 우리를 부르는 소리가 들렸다. 소리가 나는 쪽으로 고개를 돌려 보니, 길가 감나무 농장에서 노부부가 감을 손에 들고 우리를 보며 들어 오라고 손짓을 하고 있었다. 날이 곧 저물 시각이지만, 그들의 그런 모습을 보니 그냥 지나칠 수가 없었다. 우리는 농장으로 들어가 배낭을 내려놓고 그 노부부를 마주보고 앉았다. 그들은 잘 익은 단감을 한 광주리 내어 주며 우리에게 먹으라고 권했다.

노부부는 나이가 일흔 초반쯤 되어 보였다. 우리가 도보여행을 하고 있다고 간단히 소개하자, 잠시 후 할아버지의 고교 시절 겨울 지리산 등반 이야기가 시작되었다. 할머니는 할아버지가 이야기를 시작하자 또 그 얘기냐는 듯 시큰둥한 표정이었다.

할아버지의 이야기를 들으며 그분이 등반한 시기를 짚어 보니 1960년대 중반쯤일 것으로 생각되었다. 그때는 지리산에 등산객이 매우 드물 때였다. 내가 처음 지리산을 찾았던 1970년대 초반만 하더라도, 여름방학과 휴가철 기간이었는데도 2박 3일 산행 기간에 단 두 팀만 만났을 뿐이었다. 그런데 그보다 훨씬 더 전이고 더구나 눈이 많은 겨울이었으니, 사람도 없었을 뿐만 아니라 상당한 악조건의 등반이었을 것이다. 물론 장비도 허술하기 짝이 없었을 것이다. 조난당하지 않고 무사히 살아서 돌아온 것이 다행일 정도로 매우 무모한 등반이었음이 틀림없었다.

할아버지의 이야기를 들으며 "참 대단하셨네요." 하며 감탄하니, 할아버지는 이야기에 점점 더 신명이 났다.

우리는 할아버지의 무용담이 모두 끝나고 나서야 그 감나무농장을 떠날 수 있었다. 그분들은 일어서는 우리의 배낭 속에 단감을 자꾸 자꾸 눌러 넣어 주었다. 그들의 넉넉한 인정에 감나무농장을 나서는 우리의 몸도 어느 사이엔가 피로가 모두 풀려 있었다.

감나무농장 노부부

동부원마을에서부터 쌍지삼거리까지 긴 오름길이 시작되었다. 그러나 조금 전 감나무농장의 여운 덕분에 그 긴 오름길을 가벼운 마음으로 오를 수 있었다. 여 고문은 자신의 말대로 더 걸으니 이런 재미있는 일이 생겼다며 싱글거렸다.

오름길을 오르는데 날이 어두워지고 있었다. 상사호 갈림길이 있는 쌍지삼거리를 지나 고갯길을 잠시 내려가니 집집마다 불이 밝혀진 쌍지마을이 나왔다. 그 마을에는 내 예상대로 정자나무 아래에 반가운 쉼터가 있었다.

잠자리 허락을 얻기 위해 마을 안으로 들어가니, 마침 노부부가 마당에서 일을 하고 있는 집이 보였다. 그분들에게 쉼터에서 잠을 자도 되느냐고 물으니, 자는 것은 아무 문제가 없지만 추워서 잘 수 있겠느냐고 걱정을 했다. 그러면서 자신들의 집 아랫방이 비어 있으니 거기서 자라고 권했다.

예상치도 못한 그 말을 듣자 가슴이 뭉클해졌다. 낯선 과객에게 이렇듯 선뜻 방을 내어 준다는 것이 그동안 우리가 살아온 도시에서는 가당키나 한 일인가. 감사했다. 그분들의 그 말 한마디에 먼 길 노독이 일시에 녹아내렸다. '아, 우리의 옛 인정이 사라지지 않고 아직 이렇게 남아 있구나!' 하는 생각이 들며 마음속에 진한 감동이 밀려왔다.

우리는 정자나무 쉼터만 해도 감지덕지라며 거듭 감사를 표하고 그 쉼터에 들었다. 이장에게 허락을 받으러 가겠다고 하니, 그럴 필요가 없다고 하며 그것도 그분들이 대신해 주었다.

쌍지마을의 정자나무 쉼터도 여름 이후 별로 사용하지 않았는지 바닥에 먼지가 많았다. 먼저 청소를 간단히 하고, 순천에서 산 컵국수로 저녁 식사를 했다. 컵국수는 컵라면처럼 뜨거운 물만 부어 잠시 익힌 후 먹으면 되는 간편식이었다. 식수는 여 고문이 쉼터 위쪽에 있는 집에 가서 얻어 왔는데, 그 집 할머니 역시 추워서 어떻게 자겠느냐며 걱정을 하더라고 했다. 모두들 자신들의 일처럼 걱정해 주었다. 이처럼 가는 곳마다 따뜻하고 인정이 넘치는 사람들을 만나니, 모든 것이 감사하고 행복했다. 정말로 "우리 대한민국 만세!"였다.

저녁 식사를 마치고 오늘 하루 있었던 일을 간단히 기록하고 바로 잠자리에 들었다. 쉽게 잠이 들지 않아 눈을 떠 보니 어제와 그제 밤처럼 또 정자나무 가지 사이로 밝은 달빛이 창 안으로 비쳐들었다. 별도 총총했다. 또 지난밤처럼 눈을 감았다 떴다를 몇 번씩이나 반복하며 달과 별을 바라보았다. 내일 비가 온다는데, 하늘이 왜 저리도 맑을까?

밝은 달빛과 총총한 별 때문에 도저히 잠이 올 것 같지 않았는데, 어느 순간엔가 나는 나도 모르게 스르르 깊은 잠 속에 빠져들었다.

▶▶ 낙안읍성

새벽 빗소리에 잠이 깼다. 4시 반이었다. 어젯밤 달빛이 그렇게 밝았는데 설마 새벽부터 비가 내리겠느냐고 생각하며 헤드랜턴 불빛을 창밖으로 비추어 보았다. 빗줄기는 보이지 않았다. 그러면 그렇지 하고 다시 잠을 청했다.

6시쯤 잠이 깨었는데 다시 빗소리가 들렸다. 바깥으로 나가 보니 역시 비였다. 새벽에는 정자나무 잎에 비가 가려져 보지 못했던 모양이었다. 휴대전화기 일기예보 앱은 낮 12시경부터 비가 온다고 했는데, 비는 예보보다 훨씬 빨랐다.

예상하지 못했던 비에 다소 당혹스럽기도 했지만, 쉼터 안으로 들어가 서둘러 배낭을 꾸렸다. 비가 많이 오면 버스를 타고 순천으로 되돌아갈 생각이었다. 배낭을 꾸려 쉼터를 나서자 다행히 조금 전보다 빗방울이 가늘어져 있었다. 가다가 빗방울이 다시 굵어지면 순천으로 가기로 하고 일단 낙안을 향해 걷기 시작했다. 매번 떠날 때가 되어서야 마을 분들에게 미리 인사를 하지 못한 게 생각이 나, 인사 없이 그냥 떠나는 것이 항상 미안했다. 대신 아직 어둠이 채 걷히지 않은 마을과 정자나무 쉼터를 바라보며 감사의 마음을 전했다.

낙안으로 가는 길은 대체로 편안했다. 비는 상사면과 낙안면의 경계를 넘어서까지 이어지더니 낙안면 창녕리마을을 지날 때쯤 그쳤다. 창녕리에서 불재를 넘어 고갯길을 내려가니 솔 향기를 진하게 풍기고 있는 낙안민속자연휴양림이 나왔고, 이어 동교제 저수지를 돌아가자 낙안마을이 보였다.

낙안마을은 아침 식사가 가능한 식당이 많아 식당을 찾아 헤맬 필요가 없었다. 먹고 싶은 메뉴가 있는 식당을 골라 들어가 아침 식사를 하고 나니 또다시 비가 내리고 있었다. 식당에는 우리 외에는 손님이 없었기에, 주인에게 양해를 구하고 비가 그칠 때까지 식당 안에서 기다리기로 했다. 기다리는 시간에 식당 뒤편 수돗가로 가서 양치를 했다. 이번 순례 시작 후 나흘 만에 처음으로 하는 양치였다.

양치를 하고 나니 입안이 아니라 머릿속까지 개운해지는 느낌이었다. 모처럼 마음 놓고 입 벌려 말하며 웃을 수가 있었다.

낙안읍성

8월 9일 맑음
일찍 출발하여 낙안에 이르니, 오 리의 길에까지 사람들이 많이 나와 인사하였다. 백성들이 달아나고 흩어진 까닭을 물으니 모두들 말하기를 "병사가 적이 쳐들어온다고 떠들면서 창고에 불을 지르고 달아나니 이런 까닭에 백성들도 흩어져 도망갔다"고 하였다. 관사에 이르니 적막하여 인기척도 없었다.

공이 낙안으로 온다고 하니 백성들이 오 리 밖까지 마중을 나왔다. 오 리 밖이라면 아마 지금의 낙안민속자연휴양림을 지나 나오는 불재 고갯마루쯤이었을 것이다. 공이 온다는 것이 얼마나 반가웠으면 많은 사람들이 그 고갯마루까지 마중을 나갔을까?

낙안읍성 백성들에게 공은 잠시도 더 못 기다릴 만치 반가운 구세주였다. 왜적이 쳐들어온다는 소식을 듣고도 미처 피난을 가지 못하고 불안에 떨고 있던 백성들은 공이 온다고 하자 "이제 살았구나!" 비로소 안도하였을 것이다. 그랬기에 관리들과 백성들은 공을 보자 모두 눈물을 흘렸다.

그런데 여기서도 창고의 곡식과 병기는 모두 불에 타버리고 없었다. 백성들이 피난을 떠난 것은 전라병사 이복남이 적이 쳐들어온다고 떠들며 창고에 불을 지르고 달아났기 때문이라고 했다. 옥과의 길바닥에 쓰러져 있던 낙안 피난민들은 전라병사의 행동 때문에 겁을 먹고 피난을 떠난 사람들이었다. 얼마 뒤 순천부사 우치적과 김제군수 고봉상이 산에서 내려와 전라병사의 잘못된 행태를 자세히 전했다. 그러나 그게 어디 전라병사만의 탓이랴. 어쩌면 그의 잘못은 조정의 청야전술을 융통성 없이 잘 따른 것밖에 없을지도 모른다. 많은 사람들의 원망 대상이 되었던 전라도병마절도사 이복남은 그 며칠 후 남원성 전투에서 왜군과 싸우다 장렬히 전사했다.

낙안읍성은 인조 때 임경업 장군이 낙안군수로 부임해 축조한 석성이었다. 성 안에는 우리 전통마을이 옛 모습 그대로 보전되어 있고, 사람들도 마을에 직접 살고 있었다. 돌담과 초가집, 기와집이 어우러진 마을은 우리의 옛 농촌마을 모습이 어떠했는지를 잘 보여 주고 있었다.

공은 이곳에서 점심을 드신 후 군량을 확보하기 위해 보성의 조양창으로 서둘러 길을 떠났다. 살려 달라 애원하는 낙안마을 백성들을 보더라도 수군의 재건은 한 시도 지체할 수가 없었다. 비가 오기 전에 빨리 벌교로 가자는 여 고문의 재촉에 우리도 서둘러 낙안읍성을 떠났다.

낙안읍성을 나서는데 다시 비가 조금씩 내리기 시작했다. 하지만 내리는 비의 양이 많지 않아 곧장 857번지방도로 들어서서 벌교를 향해 걸었다. 금계동을 지나고, 넓은 들판을 가로질러 일직선으로 난 길을 따라 30여 분을 걸으니 낙안면 이곡리마을이 나왔다.

··· 점심 후에 길에 올라 십 리쯤 되는 곳에 이르니 길가에 노인들이 늘어서서 다투어 술병을 바치는데, 받지 않으면 울면서 억지로 권했다.

낙안에서 십 리쯤이면 지금의 이 이곡리마을쯤이 아니었을까. 길가에 노인들이 늘어서서 공에게 다투어 술을 바쳤다.

나라는 왜적이 쳐들어온다고 하면서 백성들을 지켜 줄 방책은 내놓지 않고 피난을 가라고만 했고, 이에 아무 의지할 곳도 없는 백성들은 알아서 각자 살길을 찾아야 했다. 전쟁과 피난에 대한 아무런 정보도 또 지식도 없는 백성들은 무엇을 어떻게 해야 할지 참으로 막막했을 것이다. 그럴 때 바다에서 왜군을 막아 그동안 그들을 안심하고 살 수 있게 해 주었던 공을 만났으니, 공을 바라보는 그들의 기대가 얼마나 크고 절박했을 것인가.

백성들이 공에게 할 수 있는 최고의 마음 표현은 술을 바치는 것이었다. 끼니조차 잇지 못해 굶어 죽는 사람이 속출하던 당시였기에, 술은 백성들에게 피보다도 더 귀한 것이었다. 공은 이를 잘 알고 있었기에 그 술을 받을 수가 없었다. 그런데 백성들은 울면서 억지로 술을 권했다. 그들이 목숨을 의지할 데는 곳은 오로지 공밖에 없었고, 공만은 자신들은 살려 줄 수 있을 것이라고 믿었다. 백성들의 술을 권하는 그 울음은 자신들을 살려 달라는 절박한 애원이었다.

백성들의 그 마음을 차마 외면할 수가 없어 공은 찢어지는 마음으로 술을 받았다. 그러나 목에 걸려 그 술을 쉬이 넘길 수가 없었다.

지금부터 421년 전, 낙안에서 십 리쯤 떨어진 이 이곡리마을에서 있었던 가슴 미어지는 장면이었다.

이곡리마을을 떠나 보성군 벌교읍 봉림리마을을 지나니 벌교천 너머로 벌교읍내가 바라다보였다. 벌교읍내에 들어서서 중심가 길을 따라 걷다가 감자탕집이 보여, 점심을 먹으려고 그곳을 찾아들었다. 마음씨 좋은 주인아주머니는 감자탕을 맛있게 먹고 있는 우리를 지켜보다 배낭을 보며 "저 무거운 걸 지고 어떻게 그 먼 길을 다니나? 내가 다 마음이 심란하다."라고 하면서 두세 번이나 걱정스러워 했다. 우리 옆에서 식사하던 남자 둘도 우리의 순례에 관심을 가지며 이것저것 묻고, 우리의 여행을 응원해 주었다. 식당을 나올 때 주인아주머니는 가면서 먹으라고 비닐봉지에 단감을 가득 담아 우리 손에 꼭 쥐어 주었다. 우리 옆 테이블에서 식사하던 두 남자도 좋은 여행 하라고 진심을 담아 우리를 격려해 주었다. 그들은 또다시 나에게 뭉클한 감동을 안겨 준 다정하고 따뜻한 이웃들이었다.

낙안을 출발하고 잠시 후 그쳤던 비는, 벌교에 도착할 때까지 더 이상 내리지 않았다. 하지만 하늘이 잔뜩 흐리고 언제 비가 내릴지 몰라 벌교에서 오늘 순례를 멈추기로 했다.

인터넷으로 미리 검색해 둔 찜질방은 벌교고등학교를 조금 지난 곳에 자리하고 있었다. 목욕탕을 겸하고 있었는데, 먼저 목욕탕에서 며칠 동안 묵은 때와 땀을 깨끗이 씻어냈다. 땀에 전 옷도 벗어 버리고 새 옷으로 갈아입었다. 몸이 날아갈 듯 개운하고 가벼워졌다.

목욕 후 3층에 있는 찜질방으로 올라가니 우리가 첫 손님이었다. 텅 빈 넓은 방에서 편한 곳을 골라 자리를 잡았다. 콘센트가 많이 설치되어 있어 휴대전화기와 보조배터리, 캠코더 충전기를 한꺼번에 콘센트에 꽂았다. 그리고는 배낭에서 지도를 모두 꺼내 이미 사용한 지도와 앞으로 사용할 지도를 구분하여 정리했다.

저녁 식사를 나갔다가 돌아오니, 찜질방 손님은 우리까지 합쳐 모두 다섯이 되었다. 우리 다섯은 이 구석 저 구석 서로 멀찌감치 떨어져 자리를 잡고 잠을 청했다. 며칠 만에 온기 가득한 따뜻한 방에서 깊은 잠에 빠졌다.

▶▶ **득량(得糧)의 마을 고내와 박실**

다음날인 10월 27일, 아침 7시경 찜질방을 나와 인근 식당에서 아침 식사를 한 후 2번국도를 따라 보성 쪽을 향해 걸었다. 기온은 약간 쌀쌀한 기운이 느껴질 정도였으나 하늘은 맑았다.

그런데 출발한 지 약 30여 분 정도 지나자 갑자기 서쪽 하늘에서 먹구름이 몰려오더니 비가 흩뿌리기 시작했다. 바람까지 세차게 불었다. 그 비바람을 맞으며 걷기가 힘들어 마침 나타난 버스정류장에 들어가 비를 피했다.

비는 다행히 10여 분쯤 후에 그쳤다. 하지만 바람은 위세가 수그러들지 않고 계속 강하게 불었다. 길을 걷고 있는데도 추위에 몸이 움츠러져, 배낭 속에 접어 넣었던 바람막이 재킷을 다시 꺼내 입었다.

다시 보성을 향해 길을 걷는데, 눈앞에 저만치 보이는 옥전리 마화마을 뒷산 위에 무지개가 높게 떠 있었다. 언제 무지개를 보았는지 기억조차 없었는데, 갑자기 만난 무지개는 신비감과 함께 우리의 기분까지 들뜨게 만들어 주었다. 마치 우리의 장도를 환영하고 격려해 주는 것 같기도 했다. 조금 전 맑던 하늘에 갑자기 비가 쏟아진 것은 우리에게 저 무지개를 선사하기 위해서였을까?

벌교에서 조성면으로 넘어가는 고개인 여하치까지 긴 오르막길이 이어졌다. 2번국도는 4차선으로 확장이 되어 교통량이 많은 데다 차량의 속도가 빨라 소음이 심했다. 여하치를 넘어 조성면 신월삼거리에 이르자 국도 옆을 따라가는 농로가 보였다. 우리는 차량 소음을 피하려고 그 농로로 들어섰다. 농로는 조성면 축내리 석장마을을 지나고 대곡제 아래 들판길을 지나 우천리 고내마을로 우리를 데려다주었다.

8월 9일
··· 저녁에 보성 조양창에 이르니, 사람은 한 명도 없고 창고의 곡식은 봉해 둔 채 그대로였다. 군관 네 명을 시켜 맡아서 지키게 하고 나는 김안도의 집에서 잤다. 그 집 주인은 이미 피난 가고 없었다.

고내마을은 옛 조양현의 현청이 있던 마을로, 당시 세곡을 보관하던 창고가 이곳에 있었다. 다행히 이곳 조양창의 곡식은 불에 타지 않고 그대로 남아 있었다. 그동안 군량을 제대로 확보하지 못해 걱정을 거듭 하시던 공은, 이렇듯 불에 타지 않고 고스란히 보관되어 있는 조양창의 곡식을 보자 얼마나 반가웠을까. 그동안 옥과와 순천 등을 거쳐 오면서 병력과 무기를 다소 확보하였고, 이제 이곳 조양창에서 군사들에게 먹일 식량까지 다량 확보하였으니 공은 한결 마음의 부담을 덜 수 있었을 것이다. 조금씩이나마 다시 바다로 출정할 수 있는 여건이 갖추어져 가는 상황을 지켜보면서, 공은 수군 재건에 대한 자신감을 한층 더 얻었으리라.

그러나 공은 그동안 병참 확보를 위해 강행군을 한데다가 큰 걱정거리 중의 하나였던 식량을 어느 정도 확보하자, 긴장이 풀려서인지 몸이 아파 이곳 고내마을 김안도의 집에서 이틀간을 머물러야만 했다.

고내(庫內)마을은 이름으로 옛 역사를 간직하고 있었다. 마을 이름에 창고를 뜻하는 '곳집 고(庫)' 자를 쓰고 있었다.

고내마을

마을 안으로 들어서서 창고가 있었던 곳을 찾아보았다. 그러나 마을 앞에 서 있는 조선수군재건로 안내판에는 창고가 있던 위치가 안내되어 있지 않았다. 어디로 가야 할지 알 수가 없어 주위를 둘러보았지만 사람들의 모습이 보이지 않았다. 마을회관으로 찾아가 보니 그곳도 문이 잠겨 있었다. 골목길 안으로 들어가 겨우 만난 할머니가 이장댁을 알려 주어 찾아가 보았으나 이장댁도 집이 비어 있었다.

다시 골목을 이리저리 돌다 결국 창고터를 찾는 것을 포기하고 되돌아섰다. 전라남도에서 조선수군재건로 안내판을 설치한 것은 감사하지만, 이곳을 찾는 사람들이 역사의 현장을 쉽게 찾아갈 수 있도록 좀 더 세심하게 배려하지 못한 점이 아쉬웠다.*

공의 다음 유숙지인 송곡리 박실마을로 가기 위해 다시 2번국도로 들어섰다. 도로 왼편으로 끝이 보이지 않는 넓은 들판이 펼쳐졌다. 득량만 끝 지점 보성 쪽과 고흥 쪽을 방조제로 연결하여 조성한 간척평야였다. 고개를 오른편으로 돌려보니, 주월산과 관수산을 품은 호남정맥이 넓은 간척지 들판을 내려다보며 조계산을 향해 달려가고 있었다. 왼편으로는 넓은 간척지 들판을, 오른편으로는 힘차게 달리고 있는 호남정맥을 감상하며 길을 걸었다.

2번국도를 따라 3km 남짓 걸으니 득량면 예당리마을로 가는 갈림길이 있었다. 우리는 시끄러운 2번국도를 잠시 피하려고 예당리마을 가는 길로 들어섰다.

이 길에서 만난 예당리마을은 면 소재지가 아닌데도 상당한 마을 규모를 가지고 있었다. 경전선 예당역이 있었고, 학교도 초등학교와 중학교, 고등학교가 모두 있었다. 예전엔 이 지역의 중심마을 역할을 한 것

---

* 　뒤에 『명량으로 가는 길』을 읽어 보니 창고가 있던 위치가 잘 설명되어 있었다. 내가 사전에 이를 제대로 읽어 보지 않아 일어난 실수였다.

이 아닌가 짐작되었다. 마을엔 이발소와 음식점 등 작은 가게들이 들어 있는 낡은 1, 2층 건물이 길을 따라 늘어서 있었는데, 마을 분위기가 흡사 6~70년대의 작은 도회지 거리 같은 느낌을 주었다. 우연히 들어섰는데 정감이 가는 마을이었다.

예당리 마을을 지나 덕산제에서 다시 2번국도로 들어섰다. 길 왼편으로 넓게 펼쳐진 덕산제를 곁눈질하며 걷는데 맞은편에서 승용차가 한 대 달려오고 있었다. 그런데 그 승용차가 우리 가까이 다가올 무렵 승용차의 차창이 갑자기 열렸다. 그러더니 여고생들로 보이는 세 아이가 한꺼번에 창밖으로 손을 흔들며 "힘내세요!" 하고 외쳤다. "하나, 둘, 셋!" 하고 동시에 외치는 것이 미리 약속한 것으로 보였다. 그 아이들의 뜻밖의 응원을 받고 우리도 그들을 향해 힘껏 손을 흔들어 주었다.

그들의 눈엔 우리가 국토를 순례하는 대단히 뜻 있는 사람들로 보였을까? 이유야 어떠하든 그들의 응원을 받으니 또다시 새로운 힘이 돋았다. 운동선수들이 응원석으로부터 열광적인 응원을 받았을 때 이런 기분일까? 그들의 응원에 고마움과 감동의 마음이 한꺼번에 솟아올랐다. 그러면서 한편으로는 거의 매일 이렇듯 여러 사람들로부터 격려를 받으니 너무 과분한 대접을 받는 게 아닌가 하는 생각까지 들었다. 그들은 길을 걷다 만난 우리의 또 다른 예쁜 이웃이었다.

공의 다음 유숙지인 양산항*의 집이 있던 박실(박곡)마을은 고내마을에서 8km 남짓 떨어진 곳에 있었다.

---

* 일부 자료에는 양산원(梁山沅)으로 표기되어 있다. 여기서는 『난중일기』(노승석 옮김, 민음사)와 전라남도의 조선수군재건로 표지판에서 표기한 이름을 따랐다.

8월 11일 맑음

아침에 박곡 양산항의 집으로 옮겼다. 이 집 주인도 이미 바다로 피난
을 갔고, 곡식은 가득히 쌓여 있었다. 늦게 송희립과 최대성이 와서 만
났다.

조양창 김안도의 집에서 이틀을 머무신 공은 8월 11일 이곳 송곡리
박실마을 양산항의 집으로 거처를 옮겼다. 양산항은 이미 피난을 가고
없었지만 창고에 곡식은 가득히 쌓여 있었다. 공은 양산항과는 잘 아는
사이였기 때문에 개인의 것이지만 창고에 쌓여 있는 곡식을 군량으로
거둬들였다. 조양창에서 거둔 곡식과 이곳 양산항의 집에서 거둔 곡식
으로 공은 상당한 양의 군량을 확보하게 되었다. 이곳의 행정구역은 보
성군 득량면인데, 이 득량(得糧)이라는 지명은 공이 이곳에서 군량을 확
보한 데서 유래되었다고 한다.

양산항의 집에서도 여러 장수들이 합류했다. 송희립, 최대성 등 적에
대한 정보를 수집하러 나갔던 측근들이 돌아왔고, 보성군수와 거제현
령 안위, 발포만호 소계남, 하동현감 신진 등이 명령을 받아 찾아왔다.
이곳에서 많은 식량을 확보한 데다 옥과에 이어 또다시 충성스럽고 전
투 경험이 풍부한 여러 장수들이 합류하였으니 공의 마음은 한결 가벼
워졌으리라. 여기에다 칠천량해전에서 살아남은 전선들을 거느리고 있
는 배설의 소재도 파악하였으니, 공의 수군 재건에 대한 계획은 한층
더 구체화 될 수 있었을 것이다. 이제 남은 문제는 턱없이 부족한 병력
과 이들이 사용할 무기를 더 확보하는 일이었다.

공은 이곳에서 8월 13일까지 3일간 머물렀다.

박실마을에 도착하니 갓 준설을 했는지 바닥이 파헤쳐진 연못이 있었고, 그 옆에 오매정이라 쓰여진 정자와 함께 조선수군재건로 안내판이 서 있었다. 혹시 양산항의 집이 안내되어 있나 찾아보았지만 보이지 않았다. 주변을 두리번거리다 한참 후 노인 한 분을 만날 수 있었다. 그분께 양산항의 집을 물으니 마을 안 골목길을 가리키면서 그 안으로 들어가라고 알려 주었다.

그분이 알려 준 대로 골목길 안으로 들어가니 고색창연한 담과 소나무, 배롱나무가 우거진, 한눈에 보아도 역사가 오래된 집임을 알 수 있는 커다란 고택이 있었다. 혹시 집으로 들어가 볼 수 있으려나 하여 대문을 찾아보았으나 보이지 않았다. 집 안이라도 들여다보려고 담장을 따라 사방을 돌아보았지만 담장이 높아 안이 보이지 않았다. 결국 담장을 돌며 집 외관만 살펴볼 수밖에 없었는데, 그 집은 외관만으로도 아름다운 집이었다.

박실마을

그러나 골목을 나오면서 왠지 찜찜한 생각이 들었다. 그 집이 양산항의 집이 맞는지 확신이 들지 않았다. 다시 한번 확인해 볼 생각으로 사람들을 찾아보았지만, 더 이상 사람들을 만날 수가 없었다. 후에 전라남도의 자료를 보니 양산항의 집은 우리가 보았던 그 집이 아니고 안내판이 있는 연못 건너편에 있던 집이었다. 이 역시 사전에 내가 좀 더 주의를 기울이지 못해 발생한 문제였다. 우리에게 골목길 안 고택을 알려준 그 노인은 우리의 말을 잘못 알아들은 것으로 생각되었다.

다시 길을 떠나려고 마을 어귀로 나갔다. 마을 어귀에는 "으뜸박실"이라고 새겨진 비가 서 있었다. 그 비에는 박실마을을 노래한 4연으로 된 연시조가 새겨져 있었는데, 구절구절마다 박실마을 고향에 대한 애향심이 절절히 배어 있었다. 공이 이곳에서 확보한 군량으로 병사들을 배불리 먹여 한 달여 후 명량에서 왜를 크게 쳐부술 수 있었으니 이 마을 사람들은 자신들의 마을이 얼마나 자랑스러우랴. 마을 비에 새겨진 시를 읽으며, '전라도에는 멋을 알고 즐기는 이들이 곳곳마다 살고 있구나!' 하는 생각이 들었다.

▶▶ 상유십이(尙有十二)의 현장 보성 열선루

박실마을에서 다시 2번국도를 걸어 득량면 삼정리 신전마을 앞 그럭재를 올랐다. 그럭재 오름길 쇠실 쉼터에 '백범 김구 선생 은거추모비'가 서 있었다. 비 옆 안내판에는 "김구 선생이 명성황후를 살해한 일본군 장교를 살해하고 옥고를 치르던 중 탈옥해 이곳 쇠실마을 김광언의 집에서 달포 여를 은거하였으며, 해방 후에도 이곳을 다시 찾아 마을 사람들과 정담을 나누었고 집집마다 친필 휘호를 써서 보냈다"고 적혀 있었다. 지도를 보니 쇠실마을에 김구 선생 은거기념관이 건립되어 관리되고 있었다. 이 마을 사람들은 우리 민족의 큰 지도자가 잠시나마 머물렀다는 것을 매우 자랑스럽게 생각하며 이를 기리고 있었다.

쇠실마을을 들러보나 하는 생각을 잠시 했으나, 다음을 기약하고 그냥 지나쳤다.

길을 걷다 보면 이런 경우에 매번 갈등이 생긴다. 일부러 찾아오기가 어려울 것이니 이 기회에 들어가 보자는 생각과 여기저기 다 들르려면 순례가 하시절이라는 생각이 충돌하기 때문이다. 결국은 그냥 지나치는 경우가 많았지만, 그냥 가면서도 항상 마음은 아쉬움이 많았다.

그럭재를 넘어 내림길을 조금 걸으니 보성읍내가 바라다보였다.

> 8월 15일 비가 오다가 늦게 맑게 갰다.
> 식후에 열선루에 나가 앉아 있으니 선전관 박천봉이 유지를 가지고 왔다. 그것은 8월 7일에 성첩한 공문이었다. 영의정은 경기 지방으로 나가 순행 중이라고 했다. 곧 잘 받들어 받았다는 장계를 썼다. 보성의 군기를 검열하여 네 마리 말에 나누어 실었다. 저녁에 밝은 달이 수루 위를 비추니 심회가 매우 편치 않았다. 술을 많이 마셔 잠을 자지 못했다.

공은 8월 14일 어사 임몽정을 만나려고 박실마을을 떠나 이곳 보성읍성으로 왔다. 보성읍성에 도착한 날 밤 큰비가 내렸고, 이날 밤 공은 읍성 열선루에서 머물렀다. 다음 날, 공은 선전관 박천봉으로부터 임금의 유지를 받았다. 유지는 "지난 해전에서 패한 결과로 전함이 적고 군사가 약하니 군사를 옮겨 육지에서 원수를 도우라"는 내용이었다.

유지를 본 순간 공은 가슴이 철렁 내려앉았다. 바다를 포기하고 육지에 올라 도원수 권율을 도우라니? 그동안 수많은 고을을 돌며 병력과 무기와 식량을 어렵게 어렵게 확보해 이제 수군 재건을 코앞에 두었는데, 이제 와서 수군 재건을 포기하라니?

물론 임금은 칠천량해전의 패배가 너무도 참혹해, 그 패잔병들을 수습하여 수군을 재건한다고 하더라도 왜의 수군을 상대하기에는 역부족일 것이라는 사실을 잘 알고 있었을 것이다. 그랬기에 패배가 뻔한 바다에서 싸우는 것보다 차라리 육지에서 도원수 권율을 도와 싸우는 게 더 나으리라 판단했을 것이다.

그러나 임금의 그러한 생각은 하나만 알고 둘은 모르는 데 따른 것이었다. 바다를 비운다는 것은 왜에게 바닷길을 열어 준다는 뜻이다. 그럴 경우 왜의 수군이 마음 놓고 서해를 통해 한성으로 진격할 수 있게 되어 결과적으로 왜의 핵심전략인 수륙병진작전을 도와주는 꼴이 될 수밖에 없을 것이다. 그렇게 된다면 나라는 순식간에 적의 손아귀에 들어가고 만다. 임금과 조정이 상황판단에 어두워도 이렇게 어두울 수가 있는 것인가?

공은 결연한 마음으로 즉시 장계를 썼다. 그 장계 내용은 다음과 같다.

저 임진년으로부터 오륙년 동안 적들이 감히 전라도와 충청도로 바로 쳐들어오지 못한 것은 수군이 그 길목을 누르고 있었기 때문입니다. 지금 신에게는 아직도 12척의 배가 남아 있습니다(今臣戰船尚有十二). 죽을힘을 다해 싸운다면 오히려 해볼 만합니다. 지금 만일 수군을 전부 없애 버린다면 이는 곧 적들이 크게 다행으로 여기는 것으로 호남을 거쳐 한강까지 곧바로 쳐들어갈 터인데, 신이 걱정하는 바는 바로 이것입니다. 전선의 수는 비록 적지만 신이 죽지 않는 한 적은 감히 우리를 업신여기지 못할 것입니다.

임금에게 수군을 포기할 수 없다는 의사를 분명히 했다. 수군을 포기하는 것은 왜가 가장 바라는 것이고, 또 그렇게 할 경우 이 전쟁에서 반드시 패할 수밖에 없다는 것을 공은 너무도 잘 알고 있었다. 임금의 유지가 작성되던 8월 7일, 영의정 유성룡은 경기 지방을 순행 중이었다. 유성룡이 그 자리에 있었다면 선조는 그런 유지를 보내지 못했을 것이다. 하필 그때 영의정이 지방 순행을 하다니, 수군 재건도 혼자 힘에 몹시 벅찬데 임금과 조정은 도와주는 것이 아니라 일을 오히려 어렵게 만들기만 했다.

장계를 올리고 열선루에 앉은 공의 마음은 심란하기 짝이 없었다. 임금의 명을 거역한다는 것은 곧 목숨을 거는 일이었기에, 임금의 뜻을 거스른 데 대한 공의 부담감은 매우 컸을 것이다. 그러나 한편으로는 상황판단이 어둡고 경솔한 임금에 대한 답답함이 더 가슴을 짓눌렀을 것이다. 하지만 공에게는 당신의 목숨보다도 나라와 백성을 구하는 것이 우선이었다. 이미 죽음까지도 각오하고 있는 공이었기에, 나라와 백성을 구할 수만 있다면 당신의 죽음은 언제든지 받아들일 수가 있었다.

공은 수군 재건에 대한 결연한 의지를 스스로에게 다지듯 보성의 군기고에서 군기를 검열하여 네 마리 말에 나누어 실었다. 하늘도 공을 도우려는 듯 보성의 군기고에는 무기들이 불타지 않고 고스란히 보관되어 있었다.

비가 오던 날씨는 맑게 개어 밝은 달이 수루 위를 비추고 있었다. 이날은 8월 보름, 우리 민족의 대명절 추석날이었다. 공은 착잡한 심중을 이기지 못해 술을 많이 마셨고, 과음으로 인해 이날 밤 잠을 잘 이루지 못하였다.

보성읍내에 이르자 우리는 곧바로 보성군청으로 갔다. 너무도 유명한, 그야말로 인구에 회자되는 '今臣戰船尙有十二'의 장계를 올린 역사적 현장 열선루를 보기 위한 것이었다. 전날 벌교의 찜질방에서 머물 때 보성이 고향인 지인과 통화를 하면서 얼마 전 열선루 복원사업이 추진되었다는 소식을 들었기에, 군청으로 향하는 내 마음은 흥분과 기대가 뒤섞여 있었다.

군청 청사는 현대식으로 잘 지어져 있었다. 그런데 웬일인가, 청사 옆에 있어야 할 열선루의 모습이 보이지 않았다. 열선루가 있어야 할 군청 마당에는 돌과 잔디만 곱게 깔려 있었다. 혹시나 하고 군청 옆 보성초등학교 주변도 살펴보았으나 찾을 수가 없었다. 그러다 청사 남쪽 신흥동 언덕에 산뜻한 모양의 잘 지어진 누각이 서 있는 것이 보였다. 만일 복원이 되었다면 아마 저곳인가 보다 하는 생각이 들었다.

보성군청(오른편)과 신흥동 언덕의 열선루

그러나 사실이 그렇다면 몹시 아쉽다는 생각이 들었다. 공이 임금의 뜻을 거역하면서까지 나라를 지키기 위해 결연한 의지를 다졌던 역사적 현장을 원래의 위치가 아닌 다른 곳에 복원하였다는 것은 이해가 잘 가지 않았다.

물론 군청 청사를 건립하면서 고려하여야 할 요소가 많았을 것이다. 하지만 열선루는 역사적으로나 교육적으로 그 의미가 각별한 곳이기 때문에, 청사 신축을 열선루 복원과 잘 조화시켜 추진할 수도 있지 않았을까 하는 아쉬운 마음을 지울 수가 없었다.

3. 출정의 길, 보성 - 이진

▶▶ 찜질방에서 만난 사람

거리에 이미 조금씩 어둠이 내리고 있었다. 지친 몸이었기에 열선루 확인을 위해 신흥동 언덕까지 가는 것을 포기하고 잠잘 곳을 찾아 걸음을 옮겼다. 895번지방도를 따라 군청에서 북동쪽으로 약 2km 정도 걸어가니 우리가 찾는 찜질방이 있었다. 그 찜질방은 내일 우리가 가야 할 방향과는 반대쪽에 있었지만, 어제 따끈따끈한 찜질방 잠자리의 맛을 본 여 고문의 강력한 희망에 따라 우리의 오늘 잠자리로 선택한 곳이었다.

그곳 찜질방은 전날 벌교의 찜질방보다 이용하는 고객이 훨씬 많았다. 주로 마을 사람들로 보였지만 여행객으로 보이는 사람들도 더러 있었다. 샤워를 마친 후 지도를 보며 다음날 일정을 구상하고 있는데, 한 사람이 "지도가 참 좋습니다." 하고 말을 걸어 왔다. 고개를 들어 보니 60세 전후의 점잖아 보이는 남자였다. 나도 반가이 인사를 하고 그와 같이 앉아 이야기를 나누었다.

그는 혼자서 해안선을 따라 자전거여행을 하고 있다고 했다. 직장에서 은퇴하고 마음을 정리하고 싶어 길을 떠났다고 했다. 집은 춘천이고, 강원도 고성에서 출발해 동해안과 남해안 길을 따라 보성까지 왔으며, 서해안을 따라 올라가 전국의 해안길을 완주할 계획이라고 했다.

"자전거여행을 참 잘 떠나왔다고 생각해요. 여행을 하면서 생각이 많이 정리가 됐어요."

무슨 사연이 있었는지, 또 그가 어떻게 살아왔는지는 모르지만 그의 얼굴은 참 편안해 보였다. 사람마다 갖가지 사연을 안고 살아가고 있다. 더구나 은퇴자들은 앞으로 남은 인생을 어떻게 살아가야 할지에 대해 많은 고민을 하게 된다. 그동안 자식들 뒷바라지만 하느라 자신의 노후는 전혀 준비하지 못한 이들이 대부분이기에, 어느 날 갑자기 자신 앞에 닥친 은퇴생활은 막막하고 두렵다는 생각조차 하게 된다. 나 역시도 그중의 한 사람이었다. 그런데 그는 자전거여행을 하면서 마음속의 여러 가지 번잡한 생각들을 정리하고 앞으로 어떻게 살아가야 할지에 대해 답을 얻은 것으로 보였다.

나도 내 여행의 취지를 말해 주고, 그동안의 걸었던 길과 앞으로 갈 길에 대해 간략히 설명해 주었다. 그는 내게 대단하다고 말했고, 나는 그에게 혼자서 해안선을 일주하는 용기가 더 대단하다고 말했다. 더 이야기를 나누고 싶었지만, 우리의 다음 날 일정을 방해하지 않으려고 그는 자신의 자리로 되돌아갔다. 길 위에서 만난 잊지 못할 소중한 인연이었다. 여 고문이 있는 곳을 쳐다보니 그도 찜질방 주인과 뜨끈뜨끈한 벽에 나란히 기대어 앉아 히죽히죽 웃으며 열심히 이야기를 주고받고 있었다.

다음 날 아침, 7시를 조금 넘긴 시각에 찜질방을 나섰다. 하늘은 구름 한 점 없이 맑았고, 공기도 더없이 깨끗했다. 동녘 하늘에 뜬 해는 유난히 찬란한 빛으로 주변 마을과 산야를 비추고 있었다. 전날 밤 따뜻한 방에서 잠을 자 몸이 가뿐한 데다 날씨까지 이렇듯 좋으니 길을 나서는 발걸음이 가벼웠다.

일요일이고 아침 이른 시각이어서인지 다시 찾은 군청 앞길은 한산했다. 군청 주변을 다시 한번 선 채로 둘러본 후 중앙로를 따라 걷기 시작했다. 아침 식사는 가다가 문을 연 식당이 있으면 할 요량이었다.

보성여자중학교와 보성중학교 앞을 지나자 집들이 뜨문뜨문 서 있어 우리가 시가지를 벗어나고 있다는 것을 알 수 있었다. 읍내 시가지 길을 지나는 도중 아침 식사를 할 수 있는 식당을 찾을 수 있을 것이라는 예상은 보기 좋게 빗나갔다. 다향고교 앞에 이르러 더 이상 식당을 찾기 어려울 것이라 생각되어 배낭 속에 있는 빵과 초콜릿을 꺼내 아침 식사를 대신했다. 빵 하나를 둘이서 나눠 먹어 양은 충분하지 않았지만, 그래도 먹고 나니 우선 허기는 면할 수가 있었다.

도로는 아직 다니는 차들이 많지 않아 한산했고, 읍내를 벗어나니 공기도 더 상쾌해졌다. 다향고교를 지나 닭재 쪽으로 걷고 있는데 갑자기 뒤에서 "수고하십니다." 하는 소리가 들렸다. 돌아보니 어제 찜질방에서 만났던 사람이 자전거를 타고 우리 옆을 지나고 있었다. 나도 반가워 손을 흔들며 조심해서 가시라고 인사를 했다. 시야에서 멀리 사라져 가는 그를 바라보며, 그가 안전하게 자전거여행을 마치고 집으로 돌아가 편안하고 행복한 노후를 보낼 수 있기를 빌었다.

▶▶ **자꾸 만나는 따뜻한 이웃들**

보성읍내를 벗어나서부터는 18번국도를 따라 걸었다. 읍내를 벗어날 때까지 길은 대체로 한가했으나, 18번국도에 들어서자 시간이 지날 수록 차량이 점점 늘어났다. 이 길은 관광지로 이름난 보성녹차밭으로 가는 길이라, 차량은 상당수가 관광객들의 것으로 보였다. 우리는 좀 더 조용한 길로 가려고 봉산리 온수동마을에서 18번국도를 벗어나 노산 마을로 가는 농로로 들어섰다. 지도를 보니 이곳에서 녹차밭이 있는 봇 재까지 농로와 소로가 연결되고 있었다.

들 가운데를 흐르는 개울을 따라 난 농로에는 억새가 하얗게 피어 바람에 흔들거리고 있었다. 길가 논들은 대부분 이미 추수가 끝나 있었다. 깊어가는 가을을 호흡하며 빈 들길을 지나 산기슭을 돌아가니, 저만치 봇재휴게소가 머리 위로 올려다보였다. 왜 이름이 봇재일까, 울진의 금 강소나무길처럼 보부상들이 봇짐을 지고 고개를 넘어 봇재라고 불렀을 까, 봇재 이름의 유래를 궁금해하며 오름길을 올랐다.

봇재휴게소에 올라서니 봇재차박물관이 먼저 눈에 들어오고 그 아래 로 주유소와 휴게소 매장이 보였다. 아침 식사를 제대로 하지 못해 늦 었지만 식사를 하려고 먼저 식당부터 찾아보았다. 그런데 유명 관광지 의 휴게소라 당연히 있을 것으로 생각했던 식당은 보이지 않았다. 식당 을 찾는다고 두리번거리고 있는데 바로 앞 주유소에서 한 아주머니가 나오더니 어디를 찾는지 물었다. 식당을 찾으려고 두리번거리고 있는 우리를 보고 일부러 바깥으로 나온 것이었다. 아침 식사를 할 수 있는 곳을 찾는다고 했더니, 되돌아 내려가 대한다원 입구에 가면 문을 연 식당이 있을 것이라고 알려 주었다. 그러면서 직접 식당으로 전화를 걸 어 아침 식사를 할 수 있는지 확인해 주었다.

낯선 과객한테 이렇듯 친절을 베풀어 주다니, 몹시 감사했다. 그 아 주머니의 상냥하고 따뜻한 마음에 감동이 일었다. 도회지라면 아무리 고개를 두리번거려도 아무도 관심을 두지 않았을 것이다. 그런데 여기 서는 아니었다. 잠시 두리번거리자 바로 나와서 우리가 찾는 곳을 친절히 안내해 주었다.

그 아주머니의 따뜻한 마음을 보자 그동안 지금까지 우리에게 친절을 베풀었던 사람들이 한꺼번에 머릿속에 떠올랐다. 그들은 하나같이 모두 마음이 따뜻하고 정이 많은 사람들이었다. 그제야 나는 그들이 보여 준 따뜻함과 다정함이 우리 민족 본래의 모습이었음을 내 가슴속 깊은 기억 속에서 비로소 끄집어낼 수 있었다. 어쭙잖은 도회지 생활을 하면서 까맣게 잊고 있었던 우리네 인정이었다. 아무리 자신이 어려워도 서로 나누며 배려하며 살아가던 사람들, 이웃의 어려움에 내 일 같이 발 벗고 나서던 사람들, 그게 우리 한민족이었다. 우리 민족의 그 아름다운 정이 아직도 사라지지 않고 살아 있다는 것을 깨닫게 되자 가슴이 벅차올랐다. 갑자기 사람이 좋아졌다. 우리는 서로 조금만 마음을 열면 우리 모두가 한 이웃이라는 것을 다시 한번 생각하게 되었다.

그 아주머니에게 감사 인사를 하고 식당을 찾아서 왔던 길을 되돌아 내려갔다.

대한다원으로 가는 길은 오래된 메타세쿼이아가 줄지어 늘어서 있는 운치 있는 길이었다. 많은 사람들이 차밭을 구경하고 내려오고 있었다. 그들은 하나같이 흐뭇한 표정으로 녹차밭과 메타세쿼이아 길의 아름다움에 대해 찬탄을 늘어놓으며 우리 옆을 지나갔다. 식당 안에 들어 창밖 메타세쿼이아 길과 지나가는 사람들을 구경하면서 나는 녹차비빔밥을, 여 고문은 떡국을 주문해 늦은 아침 식사를 했다.

다시 봇재로 올라가 회천면 영천리 양동마을로 가는 길인 녹차밭 사잇길로 들어섰다. 길 입구에 들어서니 양편 산비탈을 가득 메우고 있는 넓은 녹차밭 풍경이 눈앞에 펼쳐졌다. 그 풍경이 너무도 아름다워 나도 모르게 걸음을 멈추었다. 전에 와보기도 했고 사진으로도 많이 본 풍경이지만, 다시 보아도 처음 보는 것처럼 풍경이 새로웠다.

봇재에서 양동마을로 내려가는 길은 차도 사람도 없어 적막감이 들 정도로 한적했다. 녹차밭 구경을 오는 관광객들은 대부분 봇재 너머 대한다원으로 가고, 우리가 가는 길 쪽 차밭은 위쪽 전망대에서만 잠시 바라보고 갈 뿐 아래쪽으로 내려오는 이들은 거의 없었다. 길 양편으로 펼쳐지는 환상적인 녹차밭 풍경을 여유롭게 감상하면서 고갯길을 내려 갔다.

고갯길 중턱에 있는 양동마을에서 마을 뒤 산길로 들어섰다. 이 길은 지도상에 좁은 폭의 포장도로로 표시되어 있어 차가 다닐 수 있는 길일 것으로 예상하고 있었다. 그런데 정작 길은 임도 수준의 길인 데다 오랫동안 사람이 다니지 않아 일부 구간은 길로서의 기능을 거의 잃어가고 있었다. 처음에는 시멘트 포장길이 이어졌으나 잠시 후 길은 비포장 길로 바뀌었고, 그 비포장길은 또 잠시 후 키가 큰 풀들과 작은 나무들이 길 전체를 뒤덮어 걷기조차 힘든 길로 바뀌었다.

그러나 그러한 구간은 그리 길지 않았다. 풀숲을 5분여 정도 헤치고 나가자 다시 솔 향기가 은은히 풍기는 시멘트 포장길이 나타났다. 다시 나타난 길도 사람이 다닌 자취는 보이지는 않았지만, 소나무숲 사이로 영천저수지가 내려다보이는 멋진 풍광의 길이었다.

숲길이 끝나고 이어진 845번지방도를 따라 회천면 율포마을로 들어섰다. 시계를 보니 점심때가 약간 지난 시각인 오후 1시 10분이었다. 아침 식사를 한 지 2시간 반이 채 지나지 않았지만, 지도를 보니 이후로 마땅히 점심을 먹을 만한 마을이 없을 것으로 보여 이곳에서 식사하고 가기로 했다.

길가에 돈가스 전문집이 있었다.

주인아저씨는 고향이 수원이라고 했다. 마침 손님도 우리밖에 없어 우리는 그와 같이 앉아 자연스레 대화를 나누게 되었다. 우리가 도보여행을 하고 있다고 하니, 자신도 이곳으로 여행을 왔다가 풍광이 하도 좋아 눌러앉아 살게 되었다고 했다.

그가 내어 온 돈가스의 양은 푸짐했다. 배를 든든하게 채우고 길을 걸으라는 주인아저씨의 따뜻한 배려였다. 그는 일부러 양을 많게 했다고 했다. 봇재에서 받았던 감동이 아직도 마음속에 생생하게 남아 있는데 또다시 받은 따뜻한 인정이었다. 아직 아침밥을 먹은 배가 채 꺼지지 않았지만, 먼 길을 걷는 우리를 걱정하고 응원하는 주인아저씨의 마음을 생각하며 남김없이 그릇을 다 비웠다. 뱃속이 꽉 차 더 이상 들어갈 자리가 없었지만 내색하지 않고 감사의 마음으로 먹고 또 먹었다.

점심 식사를 마치고 다시 길을 나섰다. 하지만 다음 목적지인 명교마을을 향해 가면서, 한동안은 과식으로 인해 더부룩해진 뱃속을 미안해하며 달래주어야 했다. 봇재에서 만난 아주머니와 이곳 율포마을 돈가스집 아저씨는 또다시 만난 우리의 따뜻한 이웃이었다.

▶▶ 군학마을에서 흘린 눈물

율포마을에서 다시 길을 나서니 얼마 가지 않아 회천면 벽교리 명교마을이 나왔다. 이 명교마을은 『난중일기』에는 백사정으로 나온다.* 명교마을 해변에 조선수군재건로 안내판이 서 있었고, "공이 이곳에 이르러 군사를 도열하고 군기를 점검하였다"고 설명되어 있었다.

공은 보성에서 3일간 머무신 후 8월 17일 새벽 일찍 길을 떠났다. 이

---

* 전라남도의 홍보자료는 백사정을 보성군 회천면 벽교1리로 보고 있고, 『난중일기』(노승석 옮김, 민음사)는 장흥군 장흥읍 원도리로 추정하고 있다. 여기서는 전라남도 자료를 따랐다. 『난중일기』에는 '長興地白沙汀(장흥땅 백사정)'이라고 하고 있으니, 확실한 고증이 필요해 보인다.

번 길은 지금까지와는 달리 병참을 조달하기 위한 길이 아니라 바다로 출정하기 위한 길이었다.

공은 그동안 구례에서 출발해 곡성과 순천, 보성 등지를 거치면서 지속해 오던 병참활동을 마무리하고, 삼도수군통제사 임무를 본격적으로 수행하기 위하여 바다로 떠날 계획이었다. 순천에서 60여 명이던 병력은 보성에서 120여 명으로 늘어나 있었다. 공이 옥과를 거쳐 이곳으로 오는 동안 전에 공의 휘하에 있던 장수들이 군관들과 병졸들을 데리고 속속 합류하였고, 공이 지나는 길목에서 만난 피난민들 중에서 자발적으로 수군에 지원한 이들도 있었다. 또한 순천과 보성에서 병기를, 조양창과 양산항의 집에서 군량을 다수 확보하였다. 보성에서는 궁장들도 여럿 합류해 부족한 무기를 보충할 수 있는 기반도 갖추었다. 이 병력과 무기로 우선 소규모의 함대를 꾸려 왜군의 해상진격을 저지하고, 부족한 병력과 무기, 전선은 지속적으로 확충해 나갈 생각이었다. 또한 남원성이 함락됨에 따라 그 전투에 투입되었던 왜의 수군이 다시 바다로 나와 서해로 진격해 올 것이므로, 더 이상 바다를 무방비 상태로 비워둘 수 없다는 판단도 공이 바다출정을 서두른 이유 중의 하나였을 것이다.

공은 이곳 백사정에 이르러 점심을 지어 군사들에게 먹이고, 곧바로 배설의 전단이 기다리고 있을 군영구미*를 향해 군사들을 이끌고 떠났다.

---

*　　　전라남도의 자료에는 보성군 회천면 전일2리 군학마을로 보고 있고, 「충무공유사」(현충사관리소)와 「난중일기」(노승석 옮김, 민음사)는 강진군 대구면 구수리로 추정하고 있다. 여기서는 전라남도 자료를 따랐다. 조선수군재건로 안내판은 이곳 군학마을의 지형이 거북을 닮아 옛날에 '구미'라고 불렸으며, 이 마을에 군영이 설치되어 있어 군영구미(軍營龜尾)로 불렸다고 설명하고 있다. 그런데 「난중일기」에는 지명을 '軍營龜尾'가 아닌 '軍營仇未'로 표기하고 있어, 이 또한 정확한 위치에 대한 확실한 고증이 필요한 것으로 보인다. 장흥군 안양면 해창리로 보는 견해도 있다.

마을이 총총히 심어진 들판 너머로 득량만의 푸른 바다가 바라다보이는 해안도로를 따라 우리도 군영구미 군학마을을 향해 다시 발길을 옮겼다.

　　군학마을은 명교마을 조선수군재건로 안내판에서 4km 정도 거리에 자리 잡고 있었다. 마을은 바닷가 언덕에 자리하고 있었고, 마을 앞으로 백사장이 길게 뻗어 있었다. 마을 입구에는 "群鶴마을"이 새겨진 마을비가 서 있었고, 그 뒤에 오래된 느티나무가 수백 년의 세월을 이겨내고 잎을 무성하게 피우고 있었다.

> 8월 17일 맑음
> … 점심 후에 군영구미(軍營仇未)로 가니 온 경내가 이미 무인지경이 되었다. 수사 배설은 내가 탈 배를 보내지 않았다. 장흥의 군량 감색이 군량을 모두 훔쳐 관리들이 나누어 가져갈 적에 마침 와서 붙잡게 되어 중장을 내렸다. 그대로 여기서 잤다.

　　군영구미에 도착하니 이곳 역시 사람들이 모두 피난을 가고 없었다. 그런데 마을 사람들만 피난을 가고 없는 것이 아니라 포구에 있어야 할 전선들도 보이지 않았다. 경상우수사 배설에게 이곳으로 배를 가지고 오라고 지시를 내렸는데도 배설이 오지 않았던 것이다. 배설이 거느리고 있는 배는 10척으로, 칠천량해전에서 살아남은 전선의 대부분을 차지하는 조선 수군의 주력함대였다.

　　공은 바다로 나가려는 시작 단계부터 계획에 차질이 생겨 무척이나 난감했을 것이다. 상황은 한시가 급한데, 임금과 조정만이 아니라 부하 장수까지 말을 듣지 않아 일을 계속 꼬이게 만들었다.

공은 배설이 권세가에 아첨해 경상우수사에 올랐기에 평소 그에 대해 좋지 않은 인상을 가지고 있었다. 더구나 칠천량해전에서 자신만 살려고 도망쳤던 자가 아닌가. 그런 자가 당신의 명령까지 거역한 것이다. 그동안 수많은 어려움을 겪으며 가까스로 병력과 군량과 무기를 확보하고 이제 바다를 지키기 위해 출정하려는데, 첫 단계부터 배설의 명령 불복종 때문에 일이 꼬여 버린 것이다.

남원성 전투에 투입되었던 적의 수군은 이제 곧 다시 바다로 나올 것이다. 왜의 수군이 남해의 제해권을 완전히 장악하기 전에 이에 대한 대비책을 강구하는 것이 시간을 다투는 문제였다. 공의 마음은 몹시도 초조했을 것이고, 배를 가지고 오지 않은 배설이 매우 괘씸하고 원망스러웠을 것이다. 그런 공의 마음은 아랑곳없이 장흥의 관리들은 애써 확보한 군량을 훔쳐 달아나기까지 했다.

그러나 공은 여기서 더 이상 머뭇거릴 여유가 없어 이 마을 출신 김명립 등에게 어선의 동원을 부탁했고, 이튿날 공은 그들이 몰고 온 10척의 어선에 군사와 군량, 병기를 싣고 배설이 가 있다는 회령포를 향해 출항할 수 있었다.

군학마을에 도착한 우리는 조선수군재건로 안내판이 서 있는 쉼터에 배낭을 내려놓고 바닷가로 나갔다. 득량만 푸른 바다가 눈에 가득 들어왔다. 바다 건너편에 득량도가 봉긋이 떠 있고, 그 뒤로 운암산과 천등산 연봉들이 솟아 있는 고흥반도가 역시 섬처럼 바다 위에 떠 있었다. 멀리 남쪽으로는 득량만 입구를 지키고 있는 거금도와 금당도로 추정되는 섬들이 보였다. 바닷가 백사장 끝으로는 작은 파도가 쉼 없이 밀려 왔다.

군학마을 앞바다

바닷가에 서서 공이 떠나가셨을 바다 남쪽 수평선을 하염없이 바라 보는데, 문득 가슴 속에서 주체 못 할 감정이 북받쳐 올라왔다. 그러면 서 눈에 눈물이 맺혔다. 전선도 아니고 그 작은 어선에 군사들과 병참 물자를 싣고 가는 공의 마음은 어떠했을까? 불과 여섯 달 전 원균에게 물려 준 그 180여 척의 대함대는 허망하게 사라져 버렸고, 도망쳐 겨우 살아남은 배설의 10척 전선들마저도 오늘 오지 않았다. 조선의 삼도수 군통제사, 아니 일국의 해군 참모총장이 작은 어선 몇 척에 불과 백여 명의 병력과 물자를 싣고 나라를 구하겠다고 저 바다 위로 떠났다.

멀리 수평선 너머로 사라져 가는 공의 초라한 선단의 모습이 자꾸 눈 에 어른거렸다. 가슴이 미어졌다. 눈에 맺혔던 눈물이 가슴속으로 흘러 내렸다. 누가 공을 이렇게 초라하게 만들었는가? 누가 조선이라는 나 라를 이렇게 초라하게 만들었는가? 누가 이런 기막힌 현실을 만들었는 가? 그건 두말할 필요도 없이 심각한 상황판단 장애를 가지고 있는 임 금과 나라와 국민의 이익보다는 계파의 이익만 좇는 한심한 위정자들 이 만든 합작품이었다.

회령포를 향해 떠나는 공의 심중은 한없이 복잡했을 것이다. 이제 시작 단계에 불과한 수군 재건에 대한 막막함과 왜군의 제해권 장악을 한시바삐 막아야 한다는 초조함, 자신의 명령을 어긴 배설에 대한 괘씸함, 육군을 도와 싸우라는 임금의 명을 거역한 부담감 등이 겹겹이 겹쳐 가슴을 짓눌러 왔을 것이다. 회령포에 가 있다는 배설이 거기에 있을지도 또한 걱정이었을 것이다.

정상적인 나라라면 병력조달과 병참물자 지원은 전적으로 국가의 몫이고, 야전 지휘관은 오직 전투에서 승리하기 위한 전략전술에 골몰하여야 할 것이다. 그러나 임금과 조정은 공에게 삼도수군통제사라는 직책만 부여한 채 병력과 병참지원은 생각하지도 않고 뒷짐만 지고 있었다. 하지만 공은 나라의 운명이 자신의 두 어깨에 매달려 있다는 걸 잘 알고 있기에, 그러한 험난한 현실을 탓하지 않고 받아들이며 혼자 외롭게 그 모든 문제를 해결해 나갔다.

421년 전 공이 떠나가셨을 바다를 바라보고 또 바라보았다. 또다시 길을 떠나야 하나, 그곳을 떠나기가 공께 미안해 차마 발길을 돌릴 수가 없었다. 길 떠나기에 마음이 바쁜 여 고문에게 조금만 더 있다가 가자고 양해를 구했다. 공의 숭고한 희생 덕분에 오늘의 이 대한민국이 있었고, 오늘을 사는 우리는 이 대한민국에서 단군 이래 최대의 번영을 누리며 풍요롭게 살고 있다. 그런데 우리는 공의 그 은덕을, 공의 그 고뇌를, 공의 그 고통을 얼마나 헤아리고 있을까? 바다를 향해 '감사합니다'라는 말을 가슴 속으로 수없이 되뇌고 또 되뇌었다.

공이 가신 바다는 421년 전의 그 날처럼 가을 햇살이 내려와 수많은 조각으로 부서지고 있었고, 바닷가 백사장에는 그 날을 알 리 없는 몇몇 낚시꾼들이 무심히 바다를 향해 낚싯대를 던지고 있었다.

군학마을에서 해남군 북평면 소재지까지는 전라남도가 정비한 조선
수군재건로를 따라가지 않고 가급적 해안선을 따라 걷기로 했다. 전라
남도의 조선수군재건로는 대부분의 구간이 차도를 따라가도록 되어 있
어 차량 소음이 심하고 위험해 걷기에 불편한 점이 다소 있었다. 그러
나 해안선을 따라가면 공이 가신 바닷길을 가까이에서 볼 수 있는 데다
조용해서 걷기도 좋고 또 어촌마을들의 속살도 볼 수 있어 도보여행의
맛을 한층 더할 수 있을 것으로 생각했기 때문이었다.*

군학마을을 떠난 우리는 바닷가로 난 길을 따라 걸었다. 길을 걸으면
서 내 눈은 자꾸 바다를 향했고, 바다를 볼 때마다 공의 초라한 선단의
모습이 떠올라 가슴이 미어졌다. 혼자 너무도 큰 짐을 지고 가시는 공
께 미안했다. 그 421년이나 지난 세월에서 살고 있는 내가 공께 할 수
있는 일이 무엇일까? 내가 할 수 있는 것은 그저 공에 대한 감사, 그뿐
이었다. 고개가 바다를 향할 때마다 가슴속으로 '감사합니다', '그 은덕,
잊지 않겠습니다'를 반복하여 되뇌며 길을 걸었다.

30여 분을 걸어 산모퉁이를 돌아가니 수문해수욕장이 보였다. 수문
해수욕장은 바닷가를 따라 초승달 모양의 하얀 백사장이 길게 이어져
있었고, 그 백사장을 향해 득량만 잔물결들이 쉴 새 없이 밀려오고 있
었다. 햇빛을 받아 잔물결이 반짝이는 윤슬의 바다 뒤로는 성바위산과
승주봉, 소산봉 등의 봉우리들이 봉긋봉긋 솟아 있었고, 그 봉우리들 뒤
로는 천관산이 듬직한 모습으로 버티고 앉아 우리를 넘겨다 보며 빨리

---

* 당초 순례 계획을 세울 때 전라남도의 조선수군재건로를 그대로 따라가는 방안도 고려해 보았으나
공이 가신 바닷길을 조금이라도 더 보기 위해서는 이 길이 더 의미가 있다고 보았다. 조선수군재건로의 노선을
임의로 변경하여 순례한 데 대해 이의 관리청인 전라남도에 양해를 구한다.

오라고 손짓하고 있었다.

　수문마을은 생각보다 꽤 큰 마을이었다. 마을이 백사장 뒤를 따라 길게 형성되어 있었고, 리조트 시설도 보였다. 수문리에 들어서면서부터 행정구역이 보성군 회천면에서 장흥군 안양면으로 바뀌었다. 우리는 수문터널 직전 갈림길에서 수문리 마을길로 들어섰다. 마을 입구에 있는 리조트 앞을 지나는데 "임진왜란 시기 장흥의 역할"이란 제목의 인문학 문화강좌를 알리는 현수막이 걸려 있었다. 장흥군이 주최하는 것이었는데, 『난중일기』에 입각한 이순신 조선수군재건로 현장답사도 겸하고 있었다. 시기를 보니 한 달 전에 개최된 것이었다. 비록 철 지난 현수막이지만, 공이 가신 길을 순례하고 있는 내게는 그 문화강좌 현수막이 친구를 보는 듯 반가웠다. 이렇듯 알게 모르게 곳곳에서는 많은 사람들이 공의 뜻을 잊지 않고 기리고 있었다.

　굄꽹이라는 재미있는 이름의 마을과 수문마을을 지나 바닷가 길을 따라 걷는데, 물이 빠진 개펄에서 조개를 캐고 있는 아낙의 모습이 보였다. 아직 물이 고여 있는 물길이 구불구불 남아 있는 개펄과 조개를 캐는 아낙, 득량만의 푸른 바다, 그 뒤 고흥반도 산들의 푸른 빛 실루엣이 한데 어우러져 한 폭의 그림으로 내게 다가왔다. 참으로 아름답고 평화로운 바닷가 풍정이었다.

　작은 어촌마을인 사촌마을을 지나 소촌제방길로 들어서는데, 어느덧 해가 서산머리로 뉘엿뉘엿 지고 있었다. 저녁이 되니 바람의 세기가 더욱 강해지고 바람 끝도 매서워졌다. 제방길 양편에 가득 핀 억새꽃이 불어오는 바닷바람에 격렬하게 춤을 추었다. 바닷가 작은 언덕에 자리 잡은 해창마을 안길을 지나고 해창제방길을 지나는데 주위가 어두워지기 시작했다. 길 오른편으로 보이는 가을걷이가 끝난 어스름 녘의 황량한 들판은 매서운 바람에 스산함마저 느껴졌다. 들판 너머로 보이는 지천마을에 집들이 하나 둘 불이 켜지고 있었다. 아무도 반길 이가 없는 낯선 마을의 길을 걷고 있는 나그네에게는 가슴속에 객회가 가장 크게 밀려오는 시간이었다.

어둠이 짙어져서야 장흥군 용산면 덕암리 원등마을에 도착했다. 오면서 지도를 보니 마을의 규모가 약간 큰 편이라 식당이 있을 것으로 기대하며 왔는데, 원등마을은 그 기대를 저버리지 않았다. 길가에 작은 간판이 달린 식당이 있었다. 창 안으로 손님들이 앉아 있는 것이 보여 '오늘 저녁은 제대로 먹을 수 있겠구나!' 하는 생각이 먼저 들었다.

식당 안에 들어서니 그 식당은 뜻밖에도 파스타를 주메뉴로 하는 곳이었는데, 여느 시골마을 식당과는 분위기가 많이 달랐다. 주방은 손님들이 볼 수 있도록 개방되어 있었고, 인테리어도 세련미가 있었다. 주방용품과 장식용 소품 하나하나가 허투루 자리 잡고 있는 것이 없었다. 상당히 세련된 감각이 느껴지는 인테리어였다. 이런 곳에 어떻게 이런 식당이 있을까 조금은 의아해하며 크림파스타에 생맥주를 곁들여 식사를 주문했다. 먼 길 걸어온 갈증 탓도 있었겠지만, 파스타와 함께 나온 생맥주의 맛이 내게 그렇게 청량감을 안겨 줄 수가 없었다.

맛있게, 그리고 편안한 마음으로 저녁 식사를 했다. 식사를 마치고 나오면서 잘 곳을 찾기 위해 팔각정 쉼터가 있는지 물었더니, 조금 가면 나오는 하천변 공원에 쉼터가 있다고 자세히 알려 주었다. 고맙다고 인사를 하고 나오는데, 고맙게도 주인아주머니가 걸으면서 먹으라고 단감을 비닐봉지에 가득 담아 주었다.

식당을 나와 어둠이 짙어진 길을 걸으며 팔각정을 찾는데, 정자나무 쉼터가 나오고 그 옆에 마을회관이 있는 것이 보였다. 이틀간 찜질방에서 연달아 자서 따뜻한 방 맛을 본 여 고문은 마을회관을 보자 그곳에서 자자고 강하게 의견을 제시했다. 그 옆 정자나무 쉼터에서 자자는 내 의견은 아예 들으려고 하지도 않았다. 결국 우리는 공원 팔각정에서 마을회관으로 잠자리를 바꾸기로 하고, 허락을 받으려고 마을 이장 댁을 찾아 골목 안으로 들어갔다. 골목길을 따라 불이 켜진 집을 찾아 걷다 보니 조금 전 저녁 식사를 했던 식당 옆집까지 가게 되었다.

마침 그 집 주인 할머니가 방 안에 있다가 우리가 부르는 소리를 듣고 문밖으로 나왔다. 인상이 아주 편안해 보이는 분이었다. 할머니에게 마을회관에서 잘 수 있는지 묻자, 할머니는 마을 이장에게 전화를 걸더니 바람이 불어 날이 쌀쌀한데도 우리의 만류를 뿌리치고 이장과 만나기로 한 장소까지 우리를 안내해 주었다. 친동생처럼 걱정하며 챙겨 주시는 할머니의 따뜻한 마음이 너무도 고마워 거듭 감사의 인사를 드렸다.

어두운 골목길에서 우리를 기다리고 있던 마을 이장은 낯선 객인데도 꺼리는 마음 없이 흔쾌히 마을회관의 문을 열어 주었고, 또 따뜻하게 자라며 난방 스위치까지 켜 주고 집으로 돌아갔다. 송구스러울 정도로 감사한 마음이었다.

난방 스위치를 켠 마을회관의 방은 금방 온기가 돌았다. 따뜻한 방에 자리를 펴고 누우니 온몸의 피로가 사르르 녹아내리는 것 같았다. 그러나 우리가 이렇게 낯선 마을에 신세를 져가며 순례를 해도 되는 것인지, 또 우리 때문에 혹 마을회관 난방비가 모자라게 되는 것은 아닌지 여러 가지 생각들이 미안한 마음과 뒤엉켜 잠이 잘 오지 않았다.

마을회관을 흔쾌히 내어 준 이장과 추운 밤인데도 길을 안내해 준 할머니, 그리고 단감이 가득 든 봉지를 우리 손에 쥐여 준 식당 주인아주머니, 이곳 원등마을에도 또 고마운 이웃들이 살고 있었다.

▸▸ 정남진으로 가는 길

할머니와 마을 이장의 배려로 따뜻한 방에서 하룻밤을 보내고 이튿날 아침 6시, 헤드랜턴을 켜고 아직 어둠이 가시지 않은 원등마을을 떠났다. 마을회관을 나서기 전 메모장을 뜯어 마을 이장과 마을 사람들에게 감사 인사를 남겼다. 아침 식사는 배낭 속에 아침거리가 들어 있지 않아 가다가 가게가 나오면 라면을 사서 해결할 생각이었다.

용산면 풍길리 두암마을 앞길에 다다르니 동녘 하늘에 해가 떠오르기 시작했다. 이른 아침 바닷가 마을들은 고요하고 평화로웠다. 득량만의 잔잔하고 푸른 바다를 바라보며 솔개재를 넘었다. 솔개재에서 아래로 내려다보이는 작은 바닷가 마을 정경이 가슴이 뭉클할 정도로 아름답게 다가왔다.

그러나 아름답고 평화로운 바닷가 풍경에 대한 여유로운 감상은 여기까지였다.

조금만 가면 당연히 나올 것으로 생각했던 마을 가게는 아무리 가도 나타나지 않았다. 아침 식사 때가 지나니 배가 고파져 전날 식당에서 얻은 단감과 초콜릿으로 우선 허기를 달랬다. 전날 저녁 식사 때 생맥주를 마시지 말고 파스타를 좀 더 배불리 먹을 걸 그랬다는 뒤늦은 후회도 들었다. 앞으로 갈 길 지도를 보니, 관산읍 죽청리 신월마을이 마을 규모가 컸다. 그곳에 가면 가게가 있을 것으로 짐작되어, 이를 위안 삼아 그곳까지 참고 가 보기로 했다. 허기를 잊으려고 아침 바다 감상에 집중하며 길을 걸었다.

그러나 한참을 걸어 도착한 신월마을에도 기대했던 가게는 없었다. 신월마을 주민에게 가게를 물으니, 1km 정도 떨어진 죽청마을까지 가야 한다고 했다. 하지만 죽청마을은 우리가 가는 방향에 있는 마을이 아니었다. 라면을 사기 위해 1km를 갔다가 되돌아온다는 것은 가야 할 길이 먼 우리로서는 선택할 수 있는 방안이 아니었다. 지도를 보고 우리가 가는 길목에 있는 마을들 중 큰 마을들의 이름을 들먹이니, 그중 장관도에는 가게가 있을지 모르겠다는 대답이 돌아왔다. 장관도는 신월마을에서 3km 가까이 더 가야 하는 마을이었다. 그리로 가 보기로 하고 신월마을을 떠났다.

다시 허기를 잊으려고 주변 경관 감상에 집중했다. 이럴 때 아무리 바라보아도 눈이 질리지 않는 푸른 바다가 옆에 있다는 것이 다행이었다. 득량만 푸른 바다를 마냥 바라보며 걸었다. 허기가 심해진다 싶으면 물을 마시며 허기를 속였다.

그렇게 걸어 장관도 입구로 들어서다 마을 입구 버스정류장에서 한 아주머니를 만났다. 그런데 그 아주머니는 장관도에도 가게가 없다고 했다. 아니 이럴 수가… 또다시 우리의 기대가 와르르 무너지는 순간이었다.

그 아주머니의 말을 듣자 맥이 풀렸지만 어쩔 수가 있나, 이는 아침 거리를 미리 준비하지 않은 우리의 업보였다. 지도를 보니 정남진전망대까지는 가게가 있을 만한 큰 마을이 더 이상 없었다. 별수 없이 아침 식사는 포기하고, 대신 정남진전망대에서 점심을 푸짐히 먹자고 우리 스스로를 달랬다.

다시 819번지방도를 따라 걸었다. 그런데 허기가 점점 심해지는 데다 수통에 물까지 바닥이 났다. 거기에다 왼발 발가락 쪽에서 심한 통증까지 느껴졌다. 괜찮아지겠지 생각하고 그대로 걸었으나, 통증은 나아질 기미가 보이지 않고 점점 더 심해져 갔다.

길을 멈추고 길가에 주저앉아 신발을 벗어 보니 왼쪽 가운뎃발가락 두 개가 피부 껍질이 벗겨져 피가 나고 있었고, 그 피가 양말에 엉겨 붙어 있었다. 알고 보니 여 고문도 마찬가지였다. 그도 발가락에 여러 곳 물집이 고였다가 터지고 껍질이 벗겨져 있었다. 달리 조치할 뾰족한 방법이 없어 신발 끈을 약간 풀어 느슨하게 하고 다시 걸었다. 허기와 발가락 통증, 이번 순례길 들어 이레 만에 겪는 겹고통이었다.

관산읍 신동리 사금마을에서 다시 조선수군재건로를 만났다. 조선수군재건로는 수문마을에서 우리와 헤어진 이후 줄곧 77번국도를 따라가다, 관산읍 평촌마을에서 국도를 떠나 이곳 사금마을로 방향을 틀었다. 삼산방조제와 정남진전망대를 거쳐 가도록 하기 위한 것으로 생각되었다. 사금마을 버스정류장 옆에 조선수군재건로 안내판이 서 있었다.

사금마을에서 햇빛이 잔물결에 부서지고 있는 바다를 바라보며 동부선착장 모퉁이를 돌아가니 정남진전망대가 우리 눈 안에 들어 왔다. 우리가 그토록 고대하던 그 전망대는 바다 너머 우산도 산봉우리 위에 우뚝 서 있었다. 전망대 아래로는 사금마을과 우산도를 연결하는 삼산방조제가 길게 이어져 있었다. 방조제를 향해 걷는데, 우리 앞으로 억새와 암봉으로 이름이 알려진 천관산이 어느새 눈앞에 성큼 다가와 있었다. 수문마을을 걸을 때부터 우리를 바라보며 기다리고 있던 산이었다.

삼산방조제는 길이가 3km가 넘는 긴 방조제로, 우산도 남쪽에 있는 관덕방조제와 함께 우산도와 덕도를 섬에서 육지로 바꾸어 놓았다. 그 두 방조제에 의해 천관산 동편에 넓은 들판이 생기고, 그 들판에 농업용수를 공급하는 담수호들도 여럿 만들어졌다.

임진왜란 당시에는 저 들판이 바다였을 것이다. 그렇다면 공이 타신 배는 관덕방조제가 놓인 곳을 통과해 덕도 북쪽을 돌아 회령포로 진입했을 수도 있었겠다는 생각이 들었다. 만조로 수심만 확보되었다면 그 길이 회령포로 가는 지름길이었을 것이다. 공이 어디를 지나 회령포로 가셨는지는 저 들판 너머에 우뚝 서서 우리를 내려다보고 있는 천관산만 알고 있을 것이다.

허기가 지고 발가락 통증이 심해서인지 방조제길은 유난히 길고 멀었다. 자연히 걷는 속도도 늦어졌다. 정남진전망대는 저만치 눈앞에 있는데, 거리는 마음만큼 잘 줄어들지 않았다.

긴 방조제길 끝자락을 걷는데, 먼저 우산도에 도착한 여 고문이 식당이 있다고 큰소리로 내게 말했다. 그 말을 듣자 귀가 번쩍 뜨였다. 서둘러 방조제 끝 부분에 있는 배수갑문을 건너자 왼편으로 횟집 간판을 단 식당이 보였다.

생선매운탕과 식사가 된다고 하여 안으로 들어가 배낭을 벗어 내려놓고 식당 한편에 자리를 잡았다. 어깨를 짓누르던 무거운 배낭을 벗고 나니 몸이 하늘로 떠오르는 것 같았다. 오전 11시 35분이었다.

우리는 순식간에 매운탕과 함께 밥 한 그릇씩을 뚝딱 해치웠다. 시장 때문인지 요리 솜씨 때문인지 매운탕 맛은 훌륭했다. 식사를 마치고 나서도 입안에는 달콤짭짤한 매운탕 맛이 한동안 여운으로 남아 있었다.

꿀맛 같은 휴식과 꿀맛 같은 점심 식사를 마치고 정남진전망대가 있는 산마루로 올랐다. 그런데 가는 날이 장날, 마침 월요일이라 전망대는 휴관이었다. 전망대에서 득량만과 천관산을 감상하리라 기대를 잔뜩 안고 산마루에 올랐는데, 그 호사는 다음 기회로 미룰 수밖에 없었다.

하지만 전망대에 오르지 않고 지상에서 감상하는 득량만과 천관산의 조망도 훌륭했다. 공이 가셨던 그 바다는 아름다운 옥빛을 띠고 있었고, 고흥반도와 소록도, 거금도, 금당도 등 다도해의 여러 섬들이 부드러운 스카이라인을 그리며 그 옥빛 바다 위에 떠 있었다. 공이 가시던 날도 바다 빛이 저런 옥빛이었을까, 문득 그런 생각이 드니 옥빛 바다의 환상적인 아름다움이 처연한 아름다움으로 바뀌어 내 가슴속을 파고들었다.

▶▶ 삼도수군통제사 군령권 행사를 시작한 회령포

정남진 전망대에서 내려와 다시 관덕방조제를 건넜다. 방조제 건너 덕도에는 신상리 마을이 득량만이 바라다보이는 바닷가 언덕 위에 자리 잡고 있었다. 마을은 819번지방도를 따라 길게 이어져 있었고, 집들은 바다를 향해 부드럽게 흘러내리는 언덕과 조화를 이루며 편안하게 자리하고 있었다. 이 마을은 『아제아제 바라아제』의 소설가 한승원이 태어난 고향이었다. 이런 마을에서 태어났기에 바다를 향한 끝없는 향수와 향토색 짙은 작품들이 나올 수 있었을 것이라는 생각이 들었다.

마을을 구경하며 고개를 넘어가니 신상1구마을에 독립자금헌성기념비가 서 있었고, 조금 더 가니 6.25 때 전사한 이 마을 출신 전사자를 기리는 호국영령기념비가 세워져 있었다. 모두 나라를 지키기 위해 앞장선 이들을 기리는 비였다. 3.1 만세운동 기념비는 더러 본 적이 있지만 독립자금헌성기념비는 처음 본 비였고, 마을 출신 6.25 전사자를 기리는 비 또한 다른 지역에서는 보지 못했던, 덕도에서 처음 본 비였다.

그 비들을 보면서 신상리 마을 주민들이 자신들의 마을에 대해 상당한 자부심을 가지고 있다는 것을 느낄 수 있었다. 후에 인터넷을 검색해 보니, 덕도가 동학농민전쟁 때 주민들이 농민군을 도왔고 일제강점기 때 항일운동에 앞장섰던 곳이라는 글들을 읽어 볼 수 있었다. 그제야 덕도 주민들이 강한 국가의식과 민족의식을 가지고 있다는 것을 알수 있었고, 따라서 그 비들을 보면서 느꼈던 주민들의 그 자부심을 이해할 수가 있었다.

마을 출신 6.25 전사자를 기리는 비는 우리나라가 아닌 미국에서 유일하게 본 적이 있었다. 미국 동부 버지니아주에 세계 최대 석회암동굴인 로레이동굴이 있는데, 그 동굴 안에 인근 마을 주민들이 건립한 6.25 전사자를 기리는 비가 있었다. 당시 나는 생각하지도 못했던 그 비를 보고 큰 감명을 받았었다. 그들은 자신들의 마을 청년들이 이역만리 먼 낯선 나라의 자유를 지키기 위해 가서 싸운 것을 매우 자랑스럽게 생각했고, 그들을 기억하기 위해 전사자들의 이름을 한 사람 한 사람 그 비에 고이 새겨 두었다. 나는 그 비를 보며 수많은 희생을 치르면서 우리 자유 대한민국을 지켜 준 미국에 대해 새삼 감사하는 마음이 들었고, 그 희생을 자랑스럽게 여기고 기억하려는 마을 주민들에게도 깊은 존경심을 느꼈었다. 그런데 그러한 비가 이곳 덕도에 있었다. 나는 로레이동굴에서 그랬던 것처럼 그 비 앞에서 또다시 잔잔한 감동을 받았다.

뜻밖의 비를 보고 나서 신선한 감동의 여운을 안고 걷다 보니 어느새 노력도 갈림길 삼거리에 다다랐다. 눈앞에 회진항 입구 바다가 펼쳐져 있었다. 잔잔한 바다는 늦은 오후의 햇살이 잘게 부서지고 있었고, 그 위에 탱자섬과 소마리도, 대마리도 등 작은 섬 세 개가 나란히 떠 있었다. 노력도 쪽으로 고개를 돌리니 덕도와 노력도를 잇는 회진대교가 보였다. 군영구미를 떠난 배는 지금은 들판으로 변한 덕도 북쪽 바닷길로 가지 않았다면 저 회진대교 아래를 지나 회진포구로 들어왔을 것이다. 군사와 병참물자를 싣고 포구를 들어서는 선단의 모습을 떠올리며, 우리도 덕도와 회진을 연결하는 다리인 회진1교를 건너 회진항에 들어섰다.

8월 18일 맑음

회령포에 갔더니, 경상수사 배설이 뱃멀미를 핑계 대므로 만나지 않았다. 다른 장수들은 보았다. 회령포 관사에서 잤다.

8월 19일 맑음

여러 장수들이 교서에 숙배하는데, 배설은 받들어 숙배하지 않았다. 그 능멸하고 오만한 태도가 이루 말할 수 없기에 이방과 그의 영리에게 곤장을 쳤다. 회령포 만호 민정붕이 그 전선에서 받은 물건을 사사로이 피란민 위덕의 등에게 준 죄로 곤장 스무 대를 쳤다.

회진의 옛 이름은 회령포였다.

8월 18일 군영구미를 떠난 공은 늦은 아침 무렵 이곳 회령포에 도착했다. 다소 우려했던 것과는 달리 배설은 이곳에 와 있었다. 그러나 다른 장수들은 다 나왔는데도 그는 뱃멀미를 핑계로 나와 복명하지 않았다. 군영구미로 전선을 가지고 오라는 지시까지 어긴 자가 자신의 직속 지휘관이 왔는데도 나오지 않은 것이다.

이튿날 공은 모든 군사들을 모아놓고 교서에 숙배하는 의식을 거행했다. 숙배는 임금의 교서에 절을 하는 것으로, 숙배를 한다는 것은 임금의 명을 따르고 충성을 맹세한다는 것이었다. 따라서 이 숙배 의식을 시작으로 공도 삼도수군통제사에 공식적으로 취임하고 조선 수군에 대한 군령권을 행사하게 되는 것이었다.

그런데 모든 장수들이 교서에 숙배하는데도 배설은 그러한 숙배의식까지 거부했다. 교서에 숙배하지 않는다는 것은 공의 지휘를 받지 않겠다는 것이나 마찬가지였다. 공은 더 이상 배설의 오만함을 두고 볼 수 없어 배설의 영리에게 곤장을 쳤다. 신상필벌에 몹시 엄격했던 공인지라 임금과 자신의 명령에 불복종하는 배설을 직접 엄히 다스릴 수도 있었겠지만, 당장 장수 한 사람, 병사 한 사람이 아쉬운 상황이었기 때문에 부득불 영리에 대한 곤장으로 이를 대신하였을 것이다.

영리가 곤장을 맞는다는 것은 곧 자신이 곤장을 맞는 것이기 때문에 배설은 그제야 어쩔 수 없이 공의 명령을 따르는 시늉이라도 낼 수밖에 없었다. 조정의 지원이라곤 전혀 없이 병력과 병참물자 조달 등 모든 문제를 혼자 스스로 힘들게 해결해 나가고 있는데, 사령관급 장수가 지휘까지 잘 따르지 않았다. 거기에다 회령포 만호까지 병참물자를 사사로이 사용하니, 그 사려 깊지 못한 부하들의 행동을 보며 공의 심중은 참으로 답답하고 무거웠을 것이다.

하지만 회령포는 공이 그동안 조달한 병력과 물자에다 경상우수사 배설, 발포만호 송여종이 가져온 12척의 전선으로 함대를 구축하여 비로소 수군으로서의 면모를 갖추었고, 또 공이 제3대 삼도수군통제사로서의 지휘권을 행사하기 시작한 매우 의미 있는 곳이었다. 조선 수군은 사실상 이곳에서부터 재건되기 시작하였으며, 이는 곧 세계 해전사에 길이 남는 위대한 해전 명량대첩의 출발점이기도 했다.

공은 이곳 회령포에서 8월 18일과 19일 이틀을 머무신 후, 이곳은 포구가 매우 좁아 왜의 공격에 대비하기가 어렵다고 보고 진을 옮기려고 이진을 향해 다시 바닷길을 떠났다.

회진마을 안으로 들어가자 작은 가게가 보였다. 갈증도 해소하고 쉬어가기도 할 겸 가게 앞에 배낭을 벗어 놓고 음료수로 목을 축였다. 가게 아주머니에게 회령진성에 대해 물었더니 가는 길을 자세히 알려 주었다. 또 우리가 조선수군재건로를 순례하고 있다는 것을 알고, 지난 9월에 공의 회령포 입성을 기리는 회령포문화축제가 개최되었다는 사실도 알려 주었다. 인터넷으로 축제를 검색해 보니 축제의 주제는 '회령포에서 시작된 12척의 기적'이었고, 주요 행사는 삼도수군통제사 입성식, 12척 해상 퍼레이드, 강강술래 등이었다. 주제도 잘 잡았고 주요 행사 내용도 잘 선정했다고 생각되었다. 매우 의미 있는 축제이니만큼 전국적인 축제로 잘 발전시켜 나갔으면 하는 마음이었다.

가게 아주머니가 일러 준 대로 길을 찾아가니 시외버스터미널 건너편에 조선수군재건로 안내판이 서 있고 그 옆에 성으로 오르는 계단이 보였다. 계단을 따라 오르니 잘 정비된 성벽이 나왔다. 성벽은 최근에 새로 복원된 것으로 보였고, 옛 성의 흔적은 일부만 남아 있었다.

회령진성에서 본 회진항

성벽 위에 올라서니 회진항이 한눈에 들어 왔다. 저 포구 어디쯤인가에 공이 병력과 물자를 싣고 들어온 어선과 여기서 인수한 전함들이 정박해 있었을 것이다. 오로지 잔학무도한 왜로부터 나라와 백성을 구해야 한다는 사명감 하나로 공은 그 절망적인 상황에서도 좌절하지 않고 수군 재건의 첫 단추를 끼웠다. 유사 이래 이 세상 어느 나라에서 국가의 지원이 전혀 없이 병력도 병참물자도 전선도 직접 조달한 해군 총사

령관이 있었을까? 그러나 생각할수록 기가 막힌 그 일이 지금부터 421년 전 이곳 회진마을에서 실제 벌어지고 있었다. 그것이 무능한 데다 의심까지 많았던 임금 선조가 다스리고 있던 나라 조선의 현실이었다.

성곽 위에서 바라본 회진항은 전면인 동쪽으로 덕도가 가로막혀 있고 북쪽으로는 넓은 들판이 펼쳐져 있어 남쪽으로만 바닷길이 열려 있었다. 임진왜란 당시는 북쪽의 들판도 바다였을 것이다. 그러나 회령포는 남북의 포구만 봉쇄한다면 그 안의 군사들은 독 안에 든 쥐가 될 수밖에 없는 그런 지형적 특성을 가지고 있었다. 공이 서둘러 함대를 이진으로 이동한 이유가 성곽 위에서 바라보니 쉽게 이해가 갔다.

해는 어느덧 서산으로 기울고 있었다. 하지만 회진 앞바다는 아직도 곱디고운 옥빛을 그대로 지키며 나그네의 눈길을 자꾸 붙들고 있었다.

▶▶ 선학동 나그네

회령진성에서 골목길을 돌고 돌아 다시 아랫마을로 내려왔다. 일단 저녁 식사부터 해결하려고 식당을 찾다가 치킨집이 먼저 눈에 띄어 그리로 찾아들었다. 성 위에서 당시의 숙배의식 장면을 그려보다 착잡해진 마음을 생맥주로 다스리고 싶은 유혹 때문이었다. 술을 마시지 못하는 여 고문은 승주읍에 이어 이곳에서도 나 때문에 저녁을 치킨으로 때우는 고역을 치러야 했다.

치킨집에서 나오니 회진항은 어둠 속에 잠겨 있었다. 선창가 공원에 쉼터가 여럿 보여 거기서 텐트를 치고 잘까 하다가, 좀 더 가다가 적당한 곳을 다시 찾아보기로 하고 헤드랜턴 불빛을 밝히고 길을 나섰다. 회덕중학교를 지나니 마을이 끝나고 적막한 시골길이 시작되었다. 짙은 어둠 속에 묻힌 도로를 간간이 지나가는 차들이 한 번씩 환히 밝혀

주었다. 우리가 바닷가 언덕 위로 난 길을 따라 어둠 속으로 깊이 들어갈수록 회진항의 불빛도 조금씩 멀어져 갔다.

회진항을 떠나 1시간 가까이 걸으니 소설가 이청준의 고향마을인 진목마을 가는 삼거리가 나왔다. 그 삼거리엔 '이청준 선생 묘소 가는 길' 표지판이 서 있었다. 거기서 조금을 더 가니 왼편 언덕 위로 영화 「천년학」의 세트장이 보였다. 세트장이라고는 하지만 달랑 집 한 채가 전부였는데, 그 집은 영화에서 주막으로 나온 집이었다.

세트장 인근에 소나무가 몇 그루 서 있어 혹 쉼터나 텐트를 칠만한 곳이 있는지 올라가 찾아보았다. 그러나 쉼터도 없었고 텐트를 칠만한 마땅한 장소도 없었다. 너무 늦은 시각이라 길을 더 걷기도 마땅치 않아 잠시 궁리하다 세트장 툇마루에서 하룻밤 신세를 지기로 했다. 툇마루가 좁기는 했지만 플라이가 없는 2인용 텐트를 치기엔 충분한 공간이었고, 무엇보다 이슬을 피할 수가 있었다.

영화 「천년학」을 보지는 못했지만 세트장은 낯이 많이 익었다. 영화 「서편제」에서 본 주막집과 모양이 매우 흡사했다. 「천년학」이 이청준의 소설 『선학동 나그네』가 원작이지만, 「서편제」 후편으로 제작되어서 주막집도 「서편제」에서와 같은 모양으로 지은 게 아닌가 생각되었다.

텐트 안에 누워 잠을 청하는데 세찬 바닷바람이 소나무 가지를 스치며 지나가는 소리가 들렸다. 그 바닷바람에 낡은 세트장 문들도 계속 삐걱거렸다. 도보여행을 하다 보니 참 별스런 데서도 다 자는구나 하는 생각을 하다 스르르 잠 속에 빠져들었다.

이튿날, 여명이 밝아올 무렵 일어나 다시 길 떠날 채비를 했다. 원래 전날을 회진항에서 보낼 계획이었는데, 계획보다 길을 더 걸어 따뜻한 침낭 속에서 시간을 계산하며 게으름을 잠시 피웠다. 배낭을 꾸린 후 회진포구를 바라보니 간조 때라 물이 빠져 개펄이 넓게 드러나 있었다. 포구 자체도 좁았지만 간조 시간이 되자 포구 가운데에만 좁은 물길이 나 있을 뿐이어서 전선을 기동시키기에는 매우 부적합할 것으로 생각되었다. 임진왜란 당시도 포구 여건이 지금과 같았다면, 간조 때 왜의 공격을 받을 경우 상당한 위험에 처할 수밖에 없겠다는 생각이 들었다. 공이 이진으로 함대를 이동한 이유가 더 쉽게 납득이 갔다.

세트장을 나서자 '선학동' 마을 비가 눈에 들어 왔다. 그 비에는 이청준의 소설 『선학동 나그네』의 일부 구절이 적혀 있었다.

> 하늘로 치솟아 오른 고깔 모양의 주봉은 힘찬 비상을 시작하고 있는 학의 머리요, 길게 굽이쳐 내린 양쪽 산줄기는 그 날개의 형상이 완연했다.
>
> 포구에 물이 차오르면 관음봉은 그래 한 마리 학으로 물 위를 떠돌았다. 선학동은 그 날아오르는 학의 품 안에 안겨진 마을인 셈이었다. 동네 이름이 선학동이라 불리게 된 연유였다.

그 글을 읽고 오른편으로 고개를 돌리니 들판 너머로 길게 날개를 펼친 학의 형상을 한 산줄기와 그 품에 아늑히 안겨 있는 마을의 모습이 보였다. 소설에서 묘사된 모습 그대로였다. 뾰족한 고깔 모양의 주봉을 중심으로 양편에 산줄기들이 길게 우아한 날개를 펴고 있었고, 그 품 안에 마을이 포근히 들어앉아 있었다. 마을 앞 포구에 물이 차오른다면 그 산은 바다 위를 나는 영락없는 한 마리 학의 모습일 것이었다.

하지만 마을 앞 포구는 간척사업으로 물이 더 이상 차오를 수가 없었다. 가을걷이가 끝난 마을 앞 휑한 들판은, 바다를 막은 탓으로 포구가 들판으로 변해 선학을 더 이상 날지 못하게 한 그 들판이었다.

지도를 보니 산 아래 마을의 이름이 '산저'와 '연동'으로 되어 있고, 선학동이라는 이름은 보이지 않았다. 실제로 선학동이라 불렸는지 아니면 소설 때문에 붙여진 이름인지는 알 수 없었으나, 산줄기의 모습이 날개를 편 학의 모양과 너무도 흡사해 선학동이라 이름 불리기에 손색이 없는 마을이었다. 마을 앞 포구가 간척되지 않고 그대로 바다로 남아 그 바닷물에 선학동마을과 뒷산이 어리었다면 참으로 아름답고 신비로웠을 것이라 생각되었다.

영화 속 선학동 나그네가 묵었던 그 주막에서 하룻밤을 보낸 우리는 또 다른 선학동 나그네가 되어 선학동 마을을 떠났다.

산저마을과 이웃해 있는 선자마을을 지나는데, 동편 노력도 너머로 다시 하루의 시작을 알리는 아침 해가 떠오르고 있었다. 아침 햇살이 어리는 바다를 바라보며 바닷가 길을 돌아가니 진목리 삭금마을이 나왔다. 길가 공터에는 마을 사람들이 어구를 정리하고 있었고, 물이 빠져나간 선착장 배 위에서는 출어준비를 하는지 부부로 보이는 두 사람이 부지런히 그물을 손질하고 있었다.

삭금마을에 식당이 있었으나 아침 식사가 되지 않는다고 하여, 라면을 끓여 아침 식사를 하기로 했다. 식당에서 식수를 얻어 삭금선착장 방파제 끝 부분으로 가서 자리를 잡았다. 사방이 탁 트인 바다 가운데 주저앉아 라면을 끓여 먹으니 세상에 이런 호사가 있나 싶었다. 장소가 장소이니만큼 라면의 맛도 별미였지만, 도보여행의 참맛이 이런 것이로구나 하는 생각마저 들었다. 이 도보여행은 공의 자취를 따라가는 순례길로 나선 것이기는 하지만, 또 나의 역마살 살풀이기도 했다.

삭금마을을 지나서 다시 긴 방조제길이 이어졌다. 삭금마을과 덕촌마을을 잇는 덕촌방조제였다. 이 방조제도 길이가 3km가 넘는 긴 방조제였다. 방조제 왼편으로는 넓은 개펄이 펼쳐져 있고, 오른편 수로에는 갈대가 우거져 장관을 이루고 있었다. 수로 너머 들판에는 말 두 마리가 풀을 뜯고 있었다. 하늘은 구름 한 점 없이 맑았다.

방조제가 끝나고 대덕읍 잠두리 덕촌마을 뒤편 원무덤재에 올라서서부터는 77번국도를 따라갔다.

마량항을 향해 길을 걷는데, 좀 나아지는 듯하던 발가락 통증이 다시 심해지기 시작했다. 걸음을 내디딜 때마다 발가락 끝에서 칼로 베는 듯한 통증이 느껴졌다. 등산화 끈을 너무 조여 맨 것이 원인으로 생각되었다. 그러나 끈을 느슨하게 하고 다시 걸었지만, 이미 발가락은 껍질이 벗겨지고 맨살이 드러나 있었다. 통증이 심해져 오자 계속 걸어야 할지 아니면 여기서 멈추어야 할지 갈등이 일기 시작했다. 멈추자니 왠지 모를 아쉬움이 밀려왔고, 더 가자니 발가락이 너무 아팠다.

그렇게 걸으며 한참을 고민하다 결국 마량에서 이번 순례를 멈추기로 했다. 오늘로 여드레째, 배낭 속에는 완도까지 갈 수 있는 지도가 들어 있었는데 그 지도를 다 사용하지 못하고 가는 것이 아쉬웠다. 하지만 공이 가신 길을 제대로 더듬어 뒤따르려면 여유로운 마음으로 다시 순례길에 오르는 게 맞을 것이라고 스스로에게 변명했다.

선학동 나그네가 되어 선학동마을을 떠난 우리는, 마량항에서 점심으로 장어탕을 주문해 그동안의 부족한 영양을 한꺼번에 보충했다. 그리고는 식당을 나와 강진읍으로 가는 시내버스에 무거운 몸을 실었다.

▶▶ 임진왜란 마지막 통제영, 고금도

2018년이 어느덧 저물어가는 12월 12일 아침, 우리는 서울 강남고속버스터미널에서 첫 버스를 타고 다시 강진으로 떠났다. 고속도로변의 산야엔 전날 내린 눈이 녹지 않고 쌓여 있어 계절이 겨울로 접어들었음을 알려 주었다. 고속버스가 강진에 도착하자 운 좋게도 마량행 시내버스가 바로 연결되었다. 마량으로 가는 강진 시내버스는 우리의 바쁜 마음을 아는 듯, 중간에 타고내리는 손님이 없어 마량까지 쉬지 않고 달렸다.

마량에서 오후 1시경부터 고금도를 향해 걷기 시작했다. 이번 순례는 추운 겨울이라 숙소는 모텔이나 민박집을 이용하기로 하여 짐이 많이 가벼워졌다. 대신 하루에 걷는 거리를 늘려 잡아 전 구간 순례를 모두 마무리하기로 했다.

전라남도가 정비한 조선수군재건로는 마량항에서 강진만을 끼고 돌아 해남 북평으로 가도록 되어 있었다. 그러나 우리는 그 길 대신 고금도와 완도를 거쳐 북평으로 가는 길을 택했다. 강진을 돌아가는 길은 가우도와 다산초당 등 볼거리가 다수 있기는 하나, 조선 수군의 재건과 직접적인 관련이 있는 곳들은 아니었다. 그러나 고금도는 임진왜란 마지막 통제영이 있었던 곳으로 조선 수군의 재건이 사실상 완성된 곳이며, 또 공이 노량해전에서 유명을 달리하신 뒤 공의 시신을 처음으로 안장한 곳이기도 하여 매우 의미가 깊은 곳이었다.

마량항에서 바라보는 고금도는 손에 잡힐 듯 가까웠다. 마량항과 고금도를 잇는 고금대교 위에서 잠시 바다를 내려다보았다. 바다는 서럽도록 푸른 옥빛을 띠고 있었다. 회령포를 출발한 공의 함대는 저 옥빛 바다 위를 지나갔을 것이다. 비록 전선이 12척밖에 되지 않는 초라한 규모의 함대였지만, 그러나 그 전함에 타고 있는 군사들의 구국에 대한 결의와 각오는 남달랐을 것이다. 사랑하는 가족을 지키기 위해, 또 자신들과 후손이 살아갈 나라를 지키기 위해 결사항전의 결의를 다지며 이 바다를 지났으리라. 고금대교 아래로 그날의 조선 수군이 지나간 그 바다를 녹십자 표시가 선명한 병원선이 무심히 지나가고 있었다.

고금도로 들어서서 교성리마을에서 77번국도를 떠나 남동쪽으로 난 샛길로 들어섰다. 샛길은 나지막한 고개를 넘는 농로였다. 고갯길 길가 밭에는 아직 뽑지 않은 배추들이 줄지어 늘어서 있었다. 위쪽 지방은 김장을 한 지가 벌써 오랜데, 이곳은 아직 밭에 있는 배추가 얼지도 않고 싱싱한 푸른빛을 그대로 유지하고 있었다.

고개를 넘어서부터 한동안 바닷가로 난 길을 따라갔다. 길 왼편으로는 호수처럼 잔잔한 다도해 푸른 바다가 펼쳐져 있고, 오른편으론 언덕 위에서 억새가 바닷바람에 춤을 추고 있었다. 가끔씩 나타나는 작은 섬마을들은 섬집 아기가 잠을 곤히 자고 있는 듯 한없이 평화로운 모습이었고, 그 평화로운 모습의 마을들은 길 걷는 우리의 마음까지 평화롭게 만들어 주었다.

한적한 섬마을 길을 돌고 돌아 묘당도 이충무공유적이 있는 충무리에 도착했다. 유적에는 "정유재란 때 공이 이곳에 본영을 설치했고, 노량해전에서 순국하자 유해를 일시 봉안하였다"는 안내판이 서 있었다.

공은 1597년(정유년) 9월 명량해전에서 빛나는 승리를 거둔 후 전라북도 군산 앞바다인 고군산군도까지 일시 후퇴했다. 그러다 다시 남하하여 목포 인근 보화도(고하도)에서 그해 겨울을 보냈다. 보화도에서 매서운 겨울을 난 공은 임진왜란 마지막 해인 1598년(무술년) 2월 17일, 이곳 고금도로 통제영을 옮겼다. 공은 조정에 올린 보고서에서 "고금도는 호남 좌우도의 내외양(內外洋)을 제어할 수 있는 요충지로, 산봉우리가 중첩되어 있고 망볼 곳도 잇달아 있어 형세가 한산도보다 배나 좋다"고 통제영을 이곳으로 옮긴 이유를 설명했다. 또 "농장도 많고 이미 들어와 거주하는 인구도 거의 1,500여 호나 되기에 그들로 하여금 농사를 짓게 했다"고도 했다.

공은 통제영을 이곳으로 옮긴 후 조선 수군의 재건에 막바지 박차를 가했다. 먼저 수군에게 가장 중요한 전선 건조에 힘을 쏟아 명량해전을 치를 때 13척*에 불과하던 전선은 보화도에서 40여 척으로, 이곳에서 80여 척으로 늘어났다. 또한 수백 명에 불과하던 수군 병력 또한 1만을 훨씬 넘게 되었고, 둔전을 경영하는 한편으로 해로통행증을 발행하여 지나는 배들로부터 통행세를 받아 군사들에게 먹일 식량도 직접 조달했다. 따라서 이곳 고금도는 조선 수군의 재건이 사실상 완성된 곳이라는 각별한 의미를 가지고 있는 곳이었다.

거기에다 1598년 7월에 명의 수군 도독 진린의 함대가 이곳에서 조선 수군과 합류해 조명 연합함대를 구성함으로써 임진왜란 마지막 해전인 노량해전의 발진기지 역할을 하였고, 이와 함께 공이 노량해전에서 유명을 달리하신 후 유해를 일시적으로 안장하였던 곳이기도 해 고금도는 이래저래 공과는 깊은 인연을 가지고 있는 곳이었다.

충무리마을은 충무사가 있는 나지막한 언덕을 등에 지고 길게 집들이 들어서 있었다. 묘당도는 지금은 고금도와 붙어 있지만, 이름에서 보는 것처럼 옛날에는 따로 떨어진 작은 섬이었던 것으로 보였다. 지도를 보니 묘당도 북서쪽과 남쪽에 고금도와 연결된 제방이 있어 이를 뒷받침하고 있었다. 바다를 막아 새로 생긴 땅은 농경지로 이용되고 있었고, 그 일부에 기념관으로 보이는 건물이 들어서 있었다.

마을 안길을 지나 바닷가 쪽으로 고개를 넘어가니 오른편 언덕 위로

---

* 당초 회령포에서 인수한 전선은 12척이었으나, 후에 1척이 추가되었다. 명량해전 당시에도 전선이 모두 12척이라는 견해도 있다.

충무사가 보였다. 충무사 입구에는 다음과 같은 유래가 설명된 안내판이 서 있었다.

충무사는 본래 진린 장군이 건립한 관왕묘였으며, 관우 장군을 사당에 모시고 전쟁의 승리를 기원했던 곳이다. 진린 장군은 이순신 장군이 노량해전에서 순국하자 이곳(월송대)에 장군의 유해를 안장하고 장례를 치러주었다. (중략) 일제강점시기에 유물이 훼손되고 제사가 중단되었으며, 사당이 황폐화되었다. 1947년 11월 19일 사당에 이순신 장군만을 모시고 다시 제향하기 시작했다. (중략) 사당 내에는 숙종 39년에 건립한 관왕묘비가 있으며, 이순신 장군이 전사한 후 진린 장군이 혈서로 애도문을 쓰고 명나라로 돌아갔다.

충무사로 가려고 언덕길로 들어서려는데 먼저 하마비가 눈에 들어왔다. 바닷바람에 깎여 무수한 세월을 느끼게 하는 그 비를 보며 나는 옷매무새를 고쳤다. 타고 온 말이 없으니 옷차림이라도 단정히 하고 공을 뵙는 게 마땅할 것이다.

충무사

홍살문을 지나 안으로 들어가 '충무사' 편액이 걸려 있는 사당 앞 계단을 올랐다. 사당 안에는 붉은 옷을 입은 공의 영정이 모셔져 있었다. 사당 앞에 서서 공의 영정을 대하니 순간 온몸에 긴장감이 엄습해 왔다. 옷매무새를 다시 바로잡고 공의 영정 앞에 서서 참배를 올렸다. 그리고 "감사하는 마음 잊지 않겠습니다"라고 방명록에 적었다. 그건 공께 드린 약속이 아니라 나 스스로에게 하는 다짐이었다.

▶▶ 섬마을의 불빛을 등대 삼아

묘당도 충무사를 떠나 고금면 소재지인 덕암리에 도착하니 오후 4시 30분이었다. 서울에서부터 마량까지 교통편 연결이 잘된 데다 배낭이 가벼워진 탓으로 걸음이 빨라져 예상보다 한 시간가량 일찍 도착했다. 하늘을 보니 해가 기울고 있기는 했으나 아직 서산머리와는 꽤 거리를 두고 있었다. 당초 계획은 이곳 덕암리에서 머무를 생각이었는데, 그러기에는 시각이 너무 일렀다. 지금 다시 길을 떠날 경우 중간에 잠을 잘 수 있는 곳이 없어 완도까지 가야 했다. 그러나 지도를 보고 완도까지의 거리를 개략적으로 가늠해 보니 20km 가까이 되어 보였다. 쉬지 않고 걷더라도 4시간 정도는 가야 하는 거리였다.

어떻게 할까 잠시 망설이고 있는데, 아니나 다를까 걷기 좋아하는 여고문이 더 가자고 재촉을 했다. 가는 게 다소 무리일 것으로 생각되기는 했지만 황소고집이 말을 꺼냈기에 일단 출발하기로 했다. 가다가 혹 민박집이 있으면 거기에 들고, 없으면 완도까지 갈 요량이었다. 완도까지 가게 되더라도, 가다가 중간에 식당이 있으면 저녁 식사를 하고 느긋하게 밤바다를 보면서 걷는 것도 운치가 있으리라는 생각도 들었다.

덕암리마을 안길을 지나 77번국도로 들어섰다. 가야 할 거리가 만만치 않아 바닷가 마을 버스정류장에서 쉬면서 간식으로 에너지원도 충분히 보충했다. 고금도 남단 상정리마을을 지날 무렵 해가 서산으로 기울고 있었다.

상정리마을을 지나 산모퉁이를 돌아가니 밝은 불빛을 받고 우뚝 서 있는 장보고대교 주탑이 눈에 들어 왔다. 날은 이미 어두워져 있었다. 장보고대교는 고금도와 신지도를 잇는 교량으로, 최근에 공사가 마무리되어 내가 가지고 있는 지도에는 "공사 중"이라고 표기되어 있었다. 교량 구간만 1.3km 정도 되는데, 교량에 들어서 보니 인도가 차도와 잘 분리되어 있어서 걸어 건너기에 전혀 불편이 없었다.

장보고대교를 건너는데, 맞은편에서 바다 건너 신지도 섬마을의 불빛들이 별빛처럼 반짝이고 있었다. 오른편 완도 쪽으로 눈을 돌리니 신지도와 완도를 연결하는 신지대교의 불빛이 도열하듯 늘어서 있었고, 작은 섬 송도 뒤편으로 완도의 바닷가 마을 불빛들이 해안선을 따라 바다와 육지의 경계선을 긋고 있었다. 바다 건너 바라보이는 섬마을의 불빛들은 차가운 해풍을 맞으며 바다 위를 걷는 내 마음속에 아릿한 감상과 향수를 불러일으켰다. 어느샌가 그 섬마을의 불빛들은 내게 먼 옛날 추억의 불빛이 되어 있었다.

장보고대교를 건너 짙은 어둠 속에 묻혀 있는 신지도 송곡마을을 지났다. 마을 규모가 커서 식당이 있을 것으로 생각되었으나, 우리가 걷고 있는 새로 개통된 77번국도가 마을을 떨어져서 지나가 마을로 들어가지 않고 그냥 지나쳤다.

송곡마을 뒤 산기슭으로 난 77번국도는 주위를 전혀 가늠할 수 없을 정도로 칠흑 같은 어둠 속에 묻혀 있었다. 헤드랜턴 불빛으로 몇 발자국 앞만 밝히고 가다가, 가끔씩 차량이 지나갈 때만 주변을 잠시 살필 수가 있었다. 주위를 제대로 살필 수가 없으니 가지고 있는 지도도 별소용이 없었다. 그러다 가끔씩 나타나는 갈림길과 바다 건너 장보고대교의 불빛이 우리가 어디쯤 걷고 있는지 등대 같은 역할을 해 주었다.

어둠 속에서 아무것도 보이지 않으니 배도 고파져 오기 시작했다. 식당들이 문을 닫기 전에 완도에 도착해야 한다는 생각 때문에 자연히 걸음이 빨라졌다.

신지도 서쪽 끝 마을인 강독마을을 지나 신지대교에 들어섰다. 신지대교도 차도와 인도가 구분되어 있어서 걷는데 위험은 없었다. 오른편 앞으로 보이는 완도농공단지의 불빛을 바라보며, 불빛 속에서 식당과 모텔의 간판을 찾으려 신경을 집중하며 걸었다. 신지대교 끝 부분 가까이에 이르자, 여 고문이 농공단지 가운데에 무인모텔이 보인다고 말했다. 잠자리를 찾아 완도읍내까지 가야 하는 게 아닌가 은근히 걱정하고 있던 참이었는데, 여 고문의 그 소리는 내 귀를 번쩍 뜨이게 했다. 완도읍내까지 가게 되면 내일 다시 간만큼 되돌아 나와야 하기 때문에 갈길이 먼 우리에게는 전혀 달갑지 않은 일이었다.

농공단지의 공장들은 거의 직원들이 퇴근하고 문이 닫혀 있었다. 무인모텔을 찾아가면서 골목길을 이리저리 돌며 식당을 찾아보았으나, 식당은 우리의 간절한 바람을 외면하며 그 모습을 보여 주지 않았다.

결국 식사할 곳을 찾지 못한 채 무인모텔에 도착했다. 체크인하는 방법을 몰라 한참을 헤매다 겨우 문을 열고 들어간 객실은 의외로 깨끗하고 욕실도 넓었다. 시계를 보니 오후 8시 반, 걸은 거리는 32.2km였다. 하루에 걸으면 적당한 거리를 오후 한나절에 걸은 것이었다.

짐을 풀고 난 후 저녁 식사를 주문하려고 완도읍 소재의 식당을 찾아 몇 곳에 전화를 걸어 보았으나 시간이 늦어서 그런지 받지 않았다. 그러다 치킨집에 전화가 연결되어 치킨과 생맥주를 저녁 식사로 주문했다. 모텔까지 배달된다고 하니 그렇게 고마울 수가 없었다. 굶지 않고 치킨으로라도 저녁 식사를 할 수 있다는 게 얼마나 다행이고 감사한 일인가. 여 고문에게는 미안한 일이지만, 생맥주를 즐기는 내겐 치킨집만 배달이 가능한 것이 오히려 잘됐다는 생각도 들었다. 먼 거리를 바삐 달려온 내게 시원한 생맥주는 다른 무엇보다도 더 효과가 큰 피로회복제였다.

▶▶ 장보고의 길 청해진로를 따라

다음 날, 아침 6시에 일어나 길 떠날 채비를 했다. 아침 식사는 어제 먹다 남은 치킨으로 대신했다. 주먹밥과 세트로 판다고 하여 매운 불닭을 주문해 먹었는데, 어젯밤에는 생맥주를 곁들여서 그런지 맛이 있더니 아침에 식사대용으로 먹기에는 좀 매웠다. 평소 아침 식사를 잘하지 않는 여 고문은 불닭을 거의 입에 대지 않았다.

모텔을 나와 농공단지 안길 사거리를 지나는데, 왼편 언덕 위에 바다를 굽어보고 우뚝 서 있는 장보고동상이 눈에 들어 왔다.

이곳 완도는 해상왕 장보고의 활동 근거지였다. 장보고는 1,200년 전 이곳 완도에 청해진을 설치하고, 한반도 서남부 해안의 해상권을 장악하여 신라와 당나라, 일본을 잇는 해상무역을 주도한 풍운아였다.

그는 젊어서 일찍이 당나라로 건너가 활동했다. 그러다 당나라 해적들이 신라인을 잡아가 노예로 팔아넘기는 것을 보고, 그 해적들의 노략질을 막고자 귀국해 이곳에 청해진을 설치했다. 청해진을 설치한 뜻을 보나 해상권을 장악하고 국제무역을 주도한 점을 보나, 그는 대단한 기개의 사나이였음이 틀림없다.

이 바다 위에 떨치던 그의 기개를 떠올리니, 공이 남해의 제해권을 장악하고 왜와의 전투에서 백전백승한 일과 오버랩되면서 우리 민족에겐 바다를 호령하는 웅혼의 DNA가 있는 게 아닌가 하는 생각이 들었다. 현재 우리의 조선 산업이 세계를 지배하고 있는 것도 결코 우연이 아닐 것이라는 생각도 들었다.

그렇다. 삼면이 바다로 둘러싸여 있는 우리 대한민국이 더 기운차게 세계로 뻗어나가기 위해서는 바다를 호령하는 그 웅혼의 DNA를 현시대 상황에 맞게 되살려 내어야 할 것이다. 그러기 위해서는 조선업과 함께 한때의 잘못된 정책 판단으로 크게 위축된 해운업을 보다 적극적으로 육성하여 해상무역의 주도권을 회복해 나가야 할 것이며, 이와 함께 우리의 해군력도 이웃의 일본과 중국을 능가하는 막강 해군으로 키워 나가야 할 것이다. 그래야 이 바다를 주름잡던 해상왕 장보고와 거북선을 창제하여 전투마다 승리를 거둔 충무공 이순신의 후예로서 아무런 부끄러움이 없을 것이다.

농공단지를 벗어나서 죽청리부터는 구 국도로 보이는 길을 따라 걸었다. 구 국도의 도로명은 청해진로였다.

청해진로는 다른 구 국도와 마찬가지로 새로 난 국도에 차들을 거의 내어 주고 매우 한산했다. 하지만 그 한산함은 청해진로가 길을 걷는 우리에게 베푸는 큰 배려였다. 그 한산함 덕분에 우리는 자동차 소음을 걱정하지 않고 오른편으로 보이는 다도해 아침 풍경을 여유로운 마음으로 감상하며 걸을 수가 있었다.

완도자연휴양림으로 가는 입구 마을인 대야리마을에 다다르니 동녘에서 해가 떠오르고 있었다. 하늘은 전체적으로 구름이 많이 끼어 흐린데, 운이 좋게도 해가 뜨는 곳만 구름이 없어 멋진 일출을 볼 수 있었다. 불덩이 같은 붉은 태양이 건너편 고금도와 신지도 너머로 머리를 서서히 내밀고 있었다. 그러나 해는 아쉽게도 뜨자마자 곧 구름 속으로 몸을 숨겼다.

짧은 일출 감상을 마치고, 다시 해남 땅을 향해 걸음을 옮겼다. 길 오른편으로 보이는 바다는 몹시 잔잔했다. 완도읍과 군외면의 경계를 이루는 고개에 '전망 좋은 곳' 안내판이 서 있어, 그곳에서 잠시 배낭을 내려놓고 다도해 풍경을 감상했다. 바다 바로 건너편에 고금도의 봉황산이 봉긋하게 솟아 있고, 그 오른편으로 양쪽에 우뚝 솟은 주탑이 버티고 서 있는 장보고대교가 보였다. 고금도 남단에 길게 벋은 상정리 뒤편으로는 푸른빛 실루엣의 조약도의 모습도 보였다. 고금도와 신지도, 완도로 둘러싸인 잔잔한 바다는 바다라기보다는 차라리 호수였다.

완도읍을 지나서 군외면으로 들어서니 해남 땅이 보이기 시작했다. 바다 건너편으로 하얀 암벽들이 드러난 두륜산과 대둔산이 보이고, 그 오른편 끝으로 멀리 주작산의 모습도 보였다. 그 산군들이 이루는 웅장한 산세는 마치 다도해 바다 위에 떠 있는 수많은 섬들을 사열하고 있는 장수의 모습 같았다.

완도의 첫 마을 원동마을에서 완도대교로 올라섰다. 완도대교를 건너며, 다리 아래 푸른 바다를 내려다보았다. 1597년 정유년 8월 20일, 급조한 조선 수군을 거느리고 회령포를 출발한 공은 이 바다를 지나 이진으로 가셨을 것이다. 비록 전선이 12척에 지나지 않는 초라한 규모의 함대였지만, 그러나 그 함대엔 조선의 운명이 달려 있었다. 421년 전 이 바다를 지나던 조선 수군의 함대를 그려 보자, 나는 또다시 가슴이 뭉클해졌다.

완도대교를 건너면 바로 해남 땅일 것이라 생각하고 무심코 다리를 건넜다. 그런데 완도대교 건너편에는 뜻밖에도 달도라는 작은 섬이 있었다. 그 섬에 들어서자 나지막한 언덕을 따라 작은 집들이 옹기종기 들어서 있는 달도마을이 눈에 들어 왔다. 우리는 잠시 청해진로를 벗어나 달도마을로 가는 마을길로 들어섰다.

달도마을은 마치 외부세계와 단절된 곳인 듯, 소박한 옛 시골마을 모습을 그대로 간직하고 있었다. 동구에서 바라보는 마을의 모습은 한 폭의 오래된 풍경화를 보는 것처럼 편안하고 정겨웠다. 달도마을 안길을 지나며 나는 또 먼 추억 여행을 떠났다.

다시 청해진로로 들어섰다. 청해진로는 달도 섬 중앙을 관통하고 있었고, 그 길 끝에는 달도를 해남 땅과 연결시켜 주고 있는 남창교가 바다 위에 놓여 있었다.

남창교 가까이에 이르니, 마치 소싸움장의 성난 황소들이 내뱉는 숨소리처럼 씨익 씨익 거친 숨소리가 들렸다. 남창교 아래를 흐르고 있는 조류가 만들어 내는 소리였다. 조류는 달도와 육지 사이의 좁은 바다를 세차게 흐르고 있었다. 크게 소용돌이가 치는 곳도 있었다. 다리 위에서 내려다보는데 현기증이 날 정도로 조류는 빠르고 거칠었다. 청해진로의 끝에서 듣는 조류의 그 거친 숨소리는 1,200년 전 이 바다를 호령하던 장보고 장군의 거친 숨소리를 듣는 것 같았다.

4. 구국의 길, 이진 - 벽파진

▶▶ **천우신조의 마을 이진포**

오전 11시, 남창교를 건너 해남 땅 남창리 마을로 들어섰다. 마량에서 우리와 헤어져 강진만을 돌아온 전라남도의 조선수군재건로를 여기서 다시 만났다. 남창리에서부터는 조선수군재건로인 77번국도를 따라갔다. 남창리마을을 떠나 30분 정도 걸으니 빈 들판 건너편으로 높은 성벽이 감싸고 있는 이진마을이 보였다.

8월 20일 맑음
앞 포구가 매우 좁아서 이진으로 진을 옮겼다. 몸이 몹시 불편해 음식도 먹지 않고 앓았다.

8월 21일 맑음
날이 새기 전에 곽란이 나서 심하게 앓았다. 몸을 차게 해서 그런가 하여 소주를 마셨더니 얼마 뒤 인사불성이 되어 깨어나지 못할 뻔했다. 토하기를 십여 차례나 하고, 앉아서 밤을 새웠다.

8월 22일 맑음
곽란이 점점 심해져 일어나 움직일 수가 없었다.

8월 23일 맑음
통증이 매우 심해져 배에 머무르기가 불편하여 배 타는 것을 포기하고 바다에서 나와 뭍에서 잤다.

공은 회령포의 포구가 너무 좁아 적이 공격해 오면 대응하기가 어려울 것으로 보아 8월 20일 이곳 이진으로 진을 일시 옮겼다. 그런데 이곳에 도착한 날부터 몸이 아프기 시작해 다음 날 토사곽란에 시달리는 등 내리 나흘 동안을 심하게 앓았다. 심지어 몸을 덥히면 좀 나아질까 하여 소주를 마셨다가 인사불성에 이르기까지 했다. 그런 극심한 고통에 시달리면서도 공은 백성들에게 폐를 끼치지 않으려고 배에서 내리지 않고 불편한 배 안에서 병을 이겨내려 안간힘을 다했다. 그러나 시간이 지나도 곽란이 진정되지 않고 더 심해지자 어쩔 수 없이 배에서 내려 잠자리를 이진마을로 옮겼고, 다행히 그다음 날 몸이 회복되어 이 마을을 떠날 수 있었다.

삼도수군통제사 재수임 후 공은 바로 수군 재건을 위해 길을 나섰지만, 당신의 고뇌는 깊고 깊었다. 나라가 바람 앞의 등불이 되어 있어 수군의 재건은 촌각을 다투는 문제였다. 그러나 재건을 위한 모든 것은 공이 오롯이 혼자서 해결해 나가야 할 무겁고도 무거운 짐이었다. 6년간의 긴 전쟁에 나라가 피폐해질 대로 피폐해진 데다 왜적들까지 다시 대규모 침공을 감행했고, 여기에 조정의 청야전술까지 더해져 수군 재건의 길은 악조건의 연속이었다.

그럼에도 공은 구국의 일념 하나로 그 무거운 짐을 혼자 감당하며 어렵게 수군 재건을 위한 발판을 하나씩 다져갔다. 하지만 공을 적극적으로 지원해 주어야 할 임금은 오히려 수군 폐지령을 내려 공에게 왕명 거역의 대역죄를 범할 수밖에 없는 크나큰 부담을 안겨 주었고, 부하 장수 배설은 명령조차 순순히 따르지 않아 수군 재건의 길을 더 힘들게 만들었다. 이제 머지않아 왜와의 전투가 곧 벌어질 것이고 그에 대비해야 할 일도 태산 같은데, 현실은 고난과 중압감의 연속이었다. 세상에 아무리 강철 같은 체력과 정신력을 가진 사람이라도 어느 누가 이러한 복합적인 중압감에서 오는 스트레스를 이겨 낼 수 있을 것인가. 공이 이렇듯 토사곽란으로 극심한 고통을 받으신 것은 그러한 중압감에서 온 극심한 스트레스 때문이 아니었을까? 공의 고통이 참으로 안타깝고 마음 아프고 송구할 뿐이다.

여기서 8월 21일의 일기를 다시 한번 되새겨 보았다. 공은 몸을 덥히려고 소주를 마셨다가 인사불성이 되어 깨어나지 못할 뻔했다. 그런데 만일 그때 공이 깨어나지 못했더라면 조선은 어떻게 되었을까?

그랬다면 임진왜란의 전쟁 결과는 크게 달라졌을 것이다. 그리고 오늘의 이 대한민국은 존재할 수 없었을지도 모른다. 공이 인사불성에서 깨어나 몸이 회복된 것은 오늘의 우리 대한민국이 존재할 수 있도록 하늘이 배려한 천우신조의 순간이었다.

이진마을은 도로에서 조금 들어간 바닷가 언덕에 자리하고 있었다. 이 마을에는 옛 수군의 방어시설이었던 이진진성이 있었다.

77번국도에서 마을로 들어가는 입구는 이진진성의 서문이었다. 서문에는 성문을 보호하기 위해 쌓은 옹성의 흔적이 남아 있었다. 성벽 밖에는 해자가 있었다고 하나 오랜 세월에 묻혀 흔적도 보이지 않았다.

서문에서 마을 안길을 따라 조금 걸어 들어가니 마을회관이 있었고, 회관 앞마당에 "이진마을과 이순신"이라는 제목의 안내판이 서 있었다.

… 토사곽란으로 몸을 가누기 힘들었던 이순신이 이진에 내려 머물면서 마을 주민들의 극진한 도움을 받으며 몸을 회복하고 해상작전을 넓혀나갔다. 1597년 명량대첩을 승리로 이끈 이순신 장군의 뒤에는 이진마을 주민들의 정성이 깃들어 있다.

그 안내판의 글귀에는 공의 병을 낫게 하여 나라를 살리는 데 일조를 하였다는 마을 주민들의 자부심이 가득 들어 있었다. 이러한 자부심은 이 마을 사람들로서는 당연한 자부심일 것이다.

마을회관에서 마을 안쪽으로 더 들어가자 장군샘이 있었다. 샘은 석재를 이용해 장방형으로 만들어져 있었으며, 모서리마다 기둥석이 서 있었다. 석재는 세월의 흔적이 역력해 한눈에도 오래된 샘임을 알 수 있었다. 공이 이 샘물을 마시고 토사곽란을 치료한 것으로 전해진다고 안내판에 설명되어 있었다.

이진마을

마을 안길을 지나 바닷가로 나가니, 바다 건너편에 우리가 오전에 지나왔던 달도가 소리 지르면 들릴 듯 가까이 자리하고 있었다. 공이 토사곽란으로 그토록 고통스러워하면서도 내리지 않았던 그 배는 여기 어디쯤인가에 정박하고 있었을 것이다. 마을 앞 푸른 바다를 바라보며, 공이 그 고통을 이겨 내신 것이 얼마나 다행스럽고 감사한 일이었나를 다시 한번 안도의 마음으로 되새겨 보았다.

허물어진 성벽의 흔적이 뚜렷이 남아 있는 남문터를 지나 이진마을을 나섰다. 허물어지고 남은 남문 성벽은 어느 집의 담으로, 또 밭두렁으로 이용되고 있어 세월의 무상함을 일러 주었다.

이진마을을 나서는데 마늘이 파랗게 자라고 있는 들판 너머로 달마

산과 도솔봉, 연포산으로 이어지는 암릉이 남해를 바라보며 힘차게 뻗어 내리고 있었다. 넘치는 힘을 주체하지 못하는 그 암릉을 보며, 어쩌면 이진마을 사람들의 지극한 정성과 함께 저 땅끝기맥의 힘찬 기운이 공을 기적적으로 회복시키지 않았을까 하는 생각이 들었다.

▶▶ 육지의 끝 땅끝마을

이진마을을 떠난 우리는 약 20분 후 만난 갈림길에서 그동안 걸어오던 77번국도를 떠나 바닷가 쪽으로 난 마을도로로 들어섰다. 이 길은 약 6km 정도의 짧은 구간이기는 하지만, 길이 북평리 서홍마을과 묵동마을 안을 지나고 있어 바닷가 마을들의 속살을 들여다볼 수 있는 데다 한적한 시골길의 정취까지 느낄 수 있는 길이었다. 길 주변 들판에는 배추와 마늘이 가득 심어져 있었고, 그 들판 너머로는 가끔씩 푸른 바다가 바라다보였다. 주변 풍광이 아름다운 데다 길이 한적하니 우리가 그림 속 길을 걷고 있는 것이 아닌가 하는 착각까지 들었다. 이런 길을 이렇게 걸을 수 있다는 것이 감사하고 행복했다.

북평리 영전마을에서 다시 77번국도와 만났다. 영전마을에는 아직 거두지 않은 배추가 들판 한가득 들어차 있었다. 그 배추들은 겨울인데도 생기를 잃지 않고 있었고, 도로변 넓은 황토들에서 마치 잘 훈련된 군사들처럼 밭마다 길게 줄을 맞춰 늘어서 있었다. 알고 보니 이곳 해남은 배추의 주산지였다.

영전마을을 지나자 길은 줄곧 바닷가를 따라 이어졌다. 이 길은 땅끝기맥이 만든 마지막 가지능선인 윤도산 자락을 따라 난 길이었다. 여기서도 길은 가면서 중간 중간 우리에게 멋진 풍광들을 선사해 주었다. 소나무와 동백나무가 우거진 숲 사이로 바라다보이는 다도해의 풍경은 말 그대로 한 폭의 그림이었다. 바다 빛은 여전히 옥빛이었고, 그 바다 위에 떠 있는 섬들은 제주해협의 파도를 감싸 안아 옥빛 바다를 옥빛 호수로 만들어 놓았다. 멀리 바다 끝을 가로막고 있는 섬들의 푸른빛 실루엣은 미지의 세계에 대한 아련한 그리움을 솟게 하기도 했다. 걸어야만 볼 수 있고 느낄 수 있는 너무도 멋진 풍광들이었다.

그러나 추위가 문제였다.

오후 들어 모자를 벗길 듯 바람이 강하게 불었는데, 저녁이 가까워지자 바람 세기가 더 강해지고 바람 끝도 더 매서워졌다. 세차게 불어오는 바닷바람에 얼굴이 얼얼해져 배낭 속에서 워머를 꺼내 목과 얼굴을 덮었다. 걷다가 바다 전망이 좋은 언덕 위 쉼터가 있어 잠시 쉬어 가려 했으나, 잠깐 앉아 있는데도 추위가 엄습해 와 다시 일어서서 걸을 수밖에 없었다. 온몸을 휘감아오는 추위에 다도해의 멋진 풍광을 보는 감흥도 점차 식어 갔다. 한시라도 빨리 땅끝마을에 도착해 따뜻한 방에서 쉬고 싶다는 생각이 먼저 들었다.

그래도 옥빛 바다가 너무도 고와 그 바다를 흘끔흘끔 곁눈질하며 걸었다. 그렇게 걸어 윤도산 끝자락을 돌아가니 멀리 바다 너머로 땅끝마을이 바라다보였다. 우리의 따스한 잠자리가 기다리고 있을, 오늘 우리의 목적지였다. 갈두산 산마루에 뾰족 솟아 있는 땅끝 전망대와 그 아래 땅끝마을을 보자 마음이 더 바빠졌다. 거기서 누군가가 따뜻한 밥을 해 놓고 우리가 오기를 기다리고 있을 것만 같았다. 어제 무리해서 걸은 데다 오늘도 이미 9시간 반가량을 걷고 있었고, 걸은 거리도 33km를 넘어서고 있었다.

송지면 통호리마을 입구를 지나는데 또다시 하루해가 저물고 있었다. 바람은 쉬지 않고 세차게 불어 왔다. 세찬 바닷바람을 온몸으로 맞으며 따뜻한 밥과 따뜻한 잠자리가 기다리고 있을 땅끝마을을 향해 산모퉁이를 돌고 또 돌았다. 그러나 그렇게 산모퉁이를 돌고 돌아도 땅끝마을은 좀처럼 눈앞에 나타나지 않았다. 몸은 지쳐 오고 날까지 어두워지고 있어, 이젠 바다 조망을 즐기는 것도 뒷전이었다. 이진마을에서부터 아프기 시작하던 발가락도 살 껍질이 벗겨졌는지 통증이 심했다.

통호리마을을 떠난 지 한 시간쯤이 지날 무렵, 드디어 소나무숲 사이 작은 바다 건너편으로 땅끝마을이 그 모습을 나타냈다. 불빛이 하나 둘 켜져 가고 있는 마을 모습을 보자 마치 고향마을이라도 본 듯 반가운 마음이 들었다. 지친 몸이었지만 걸음이 더 빨라졌다.

땅끝마을엔 평일인데도 관광객들이 많았다. 친구들과 가족들과 우리 땅 최남단을 보려고 전국 각지에서 찾아온 사람들이었다. 길거리에서도, 식당에서도 삼삼오오 무리를 지어 즐겁게 이야기하며 경치를 즐기거나 다정히 식사를 하고 있었다. 우리도 한 식당을 골라 갈치조림을 주문해 따뜻한 밥과 함께 허기진 배를 채웠다.

저녁 식사 후 모텔방으로 들어와 양말을 벗는데, 살 껍질이 벗겨진 발가락에서 피가 흘러나와 양말에 엉겨 붙어 있었다. 양말이 발가락에서 잘 떨어지지 않아, 통증을 참으며 조금씩 조금씩 떼어 내어 겨우 양말을 벗었다. 젊을 때 내게 암벽등반을 가르쳐 주던 이가 인수봉 등반을 마치고 내려오며 한 말이 생각나, 양말을 벗으면서 혼자 씩 웃었다.

"이 짓을 누가 시켜서 한다면 아마 시킨 사람을 때려죽이고 싶었을 거다."

순례 셋째 날인 12월 14일, 아침 일찍 잠이 깼다. 다행히 어제 통증이 심했던 발가락은 자고 나니 말짱히 나아 있었다. 살 껍질이 벗겨지고 그렇게 통증이 심하던 발가락이 하룻밤 사이에 이렇게 낫는다는 게 믿어지지 않을 정도로 신기했다. 이런 일은 오늘만이 아니라 그동안 길을 걸으면서 여러 번 경험한 것이었다. 우리 몸의 자연 치유능력이 참 대단하다는 것을 실감했다.

잠을 잔 모텔 옆 식당이 7시부터 아침 식사가 된다고 하여 정확히 그 시각에 식당 문을 열고 들어갔으나 식당 안의 불은 켜져 있지 않았다. 주방 안에 사람이 보여 언제쯤 식사가 가능한지 물었으나 답이 없었다. 별수 없이 인근 편의점에서 죽과 삶은 계란, 빵, 우유를 사서 모텔방에서 아침 식사를 해결했다.

식당에서 따뜻한 밥으로 배를 채우고 가려고 했다가 괜히 출발 시간만 늦어졌다. 공이 이진을 떠나 나흘간을 머물렀던 어란진항으로 가려고 서둘러 땅끝마을을 나섰다.

땅끝마을 진입로와 77번국도가 만나는 지점에 있는 전망대에 다다르니 때맞춰 동쪽 바다 너머로 해가 떠오르고 있었다. 바다를 붉게 물들이며 떠오르는 아침 해는 그야말로 장엄함 그 자체였다. 이러한 장엄한 일출을 볼 수 있다는 것은 도보여행을 하면서 얻는 보너스 중에서도 아주 두둑한 보너스였다. 우리 옆에선 개 세 마리를 데리고 아침 산책을 나온 마을 아주머니가 그 일출을 경외스러운 듯 한참을 바라보고 서 있었다.

우리 땅의 끝, 땅끝마을을 떠나면서 자연에게 받은 큰 선물이었다.

▶▶ 어란마을에서 만난 어란여인의 이야기

어란진항으로 가려면 먼저 땅끝기맥을 넘어야 했다. 땅끝기맥은 바다에 다다라 몸을 잔뜩 낮추고 있었지만, 그래도 고갯길 경사는 가팔랐다. 해남땅끝호텔이 있는 고갯마루까지 가파른 오름길이 이어졌다. 하지만 아침 공기가 상쾌하고 도로도 한적해 고개를 오르는 발걸음은 매우 가벼웠다. 고개 너머 송호해변은 해송림의 등 굽은 소나무들 사이로 보이는 바다 풍경이 그림 같았다.

콧노래가 절로 나오는 기분으로 아름다운 송호해변 풍경을 뒤로하고 송종마을을 향해 걸었다. 그런데 송종마을이 가까워질 무렵 오른편으로 붉은 맨살이 드러난 산기슭에 검은 시설물들이 늘어서 있는 것이 보였다. 태양광발전시설이었다. 그 시설은 산기슭을 길게 깎아 만든 부지에 계단식으로 설치되어 있었다. 송호리 해변의 아름다운 풍경의 여운을 즐기며 가다가 갑작스럽게 그런 흉물스러운 시설이 눈앞에 나타나니 순식간에 그 여운이 사라져 버렸다.

안타까웠다. 그 시설은 아름다운 해변 길 주변 경관을 해치고 있는 것도 문제였지만, 무엇보다도 태양광발전이 우리나라 현실 여건에 맞는지에 대한 타당성 검토와 제반 에너지정책과의 종합적인 전략 검토 과정도 거치지 않고 졸속으로 추진되고 있다는 점이 가슴을 더 아프게 했다. 그동안 시행되었던 수많은 농어촌구조개선사업들처럼, 자칫하면 막대한 재정낭비와 함께 결국은 이 사업에 뛰어든 주민들에게까지 큰 피해가 발생하게 되는 게 아닐지 우려스러웠다.

그러나 그러한 피해들도 원자력발전시설을 폐기한다는 정부정책 부작용의 극히 일부에 불과할 것이다. 다른 발전시설에 비해 전기 생산단가가 현저히 낮은 원전을 폐기할 경우 발전원가의 급격한 상승은 불을 보듯 뻔하다. 그 경우 전기요금의 큰 폭 인상이 불가피하여 모든 국민들에게 직접적인 경제적 부담을 안겨 줄 것이며, 또한 모든 상품의 생산원가를 상승시켜 우리 기업의 경쟁력을 떨어뜨리고 국민들에게는 물가인상 부담까지 안겨 주게 될 것이다. 또한 우리의 미래 먹거리 중의 하나인 원전산업의 기반을 송두리째 무너뜨림으로써 우리 국가경제에 막대한 악영향을 초래하게 될 것이다.

이러한 심각한 문제를 안고 있는 정책임에도 충분한 실무 검토과정도 거치지 않고 즉흥적으로 추진하고 있다는 것은 아무리 생각해도 이해하기가 어렵다. 국가정책은 관련 부문의 현황 및 실태와 문제점, 그리고 문제 발생 원인에 대한 심층 분석을 통해 개선방안이 도출되어야 하고, 그 방안에 대한 정책적 타당성과 현실적용 가능성을 검토하여 정책효과가 충분히 기대될 경우에만 추진되어야 한다. 이러한 충분한 실무 검토과정을 거치지 않고 추진되는 정책은 대부분 실패를 불러오게 되며, 막대한 국민세금 낭비와 함께 이해당사자 간 갈등 등 큰 사회적 비용까지 초래하게 된다.

송종리 이후로도 길 주변 많은 곳에 그러한 시설들이 설치되어 있었다. 이처럼 파헤쳐진 산야의 태양광시설들은 길을 걷는 내 마음을 몹시 착잡하게 만들었다.

송종리에서 30분 정도 걸어 다다른 중리마을은 바다 경관이 일품이었다. 작은 섬 증도와 죽도가 물이 빠져나간 백사장과 어우러져 한 폭의 아름다운 풍경화를 그려 놓고 있었다. 그 아름다운 풍광을 보자 나도 모르게 가던 길을 멈춰 서서 카메라 셔터를 눌렀다. 이곳은 바다가 서편으로 육지에 연해 있어 일몰 풍경이 매우 환상적일 것이라는 생각이 들었다.

송지면 엄남포마을에서 77번국도와 헤어져 어란진항 가는 길로 들어섰다. 마늘이 심어져 있는 주변 농경지를 힐끗힐끗 돌아보며 5km 정도를 걸으니 어란마을이 나왔다.

어란마을에서 '명량해전과 어란여인 이야기' 안내판이 먼저 우리를 맞았다.

정유재란 당시 왜군은… 어란진에 머물면서 출병날짜를 기다리고 있었다. 이때 포로로 잡혀가 왜장 간마사가게의 연인이 된 어란은 그에게 명량해전의 출병기밀을 전해 듣고 이를 이충무공에게 알림으로써 명량해전을 승리로 이끄는데 기여한 인물이다. 이후 어란은 자신의 첩보로 인해 왜장 간마사가게가 전사했다는 소식을 듣고 명량이 바라다보이는 어낭터 벼랑에서 몸을 던져 스스로 목숨을 끊었다. 이렇듯 조선여인 어란은 나라에는 충절을, 사람에게는 한없는 인류애를 발휘해 평양의 계월향, 진주의 논개와 더불어 임진왜란 3대 의녀로 추앙받아야 할 역사적 인물이다.

어란여인에 대한 이 이야기는 해남의 한 향토사학자가 10여 년의 고증 끝에 발굴해 낸 것이라고 했다. 한 사람의 대단한 집념으로 드러난 감동적인 이야기였다. 이 이야기의 역사적 사실 여부는 알 수 없지만, 사실이라면 이를 널리 알릴 필요가 있을 것이다.

전쟁이 일어나면 전면에 나서 싸우는 것은 남자들의 몫이었지만, 그 전쟁의 뒤에는 여인들의 엄청난 희생과 고통이 숨어 있었다. 남자들이 전장으로 떠나고 없는 자리에서 남은 가족들의 목숨을 책임져야 하는 것은 오롯이 여자들의 몫이었다. 여자들은 누구의 도움도 받을 수 없는 무방비 상태에서 점령군들의 잔학한 횡포를 견뎌내며 전쟁이 끝날 때까지 모진 목숨을 이어가야 했다.

그러는 와중에서도 이 어란과 같은 여인들은 적들과의 싸움을 남자들에게만 맡겨 놓지 않았다. 나라를 위해 목숨까지 내던졌던 그 여인들의 이야기는 크리스틴 한나의 소설 『나이팅게일』*에 나오는 여인들의

---

* 나치 점령하의 마을에 사는 프랑스인 자매의 이야기를 그린 소설로, 언니는 점령지에서 아이들을 지키며 강인한 엄마로 거듭나고, 동생은 레지스탕스에 가담하여 연합국 추락기 조종사를 본국으로 탈출시키기 위

이야기처럼 우리에게 깊은 감동을 안겨 줄 수 있을 것이다. 더구나 어란여인은 나라에는 충절을 지키면서, 비록 적이지만 개인에게는 인간으로서의 의리와 정절을 지킨 여인이라 우리 모두에게 깊이 고민해 보아야 할 또 하나의 화두도 던지고 있다.

▶▶ 이순신 정신과 리더십을 되새길 수 있는 곳, 어란항

어란진마을은 어란진항을 둘러싸고 마을이 형성되어 있었다. 어란초등학교를 지나 작은 골목으로 들어가니 마을회관이 나오고, 그 앞에 작은 어선들이 오밀조밀 정박해 있는 어란진항이 있었다.

어란진항

어란포구는 예부터 제주도 해로와 조운로의 중간 기착지 역할을 했던 중요한 포구였으며, 1409년(태종 9년)에 왜구 방어와 함께 세곡을 징수하고 운반하기 위해 진(鎭)이 설치되었다고 한다.*

해 이들을 안내하여 피레네산맥을 넘는 이야기를 그렸다.

*　　　『명량으로 가는 길』 p175

8월 24일 맑음

… 어란 앞바다에 이르니 가는 곳마다 텅 비었다. 바다 위에서 잤다.

8월 25일 맑음

그대로 어란포에서 머물렀다. 아침 식사를 할 때 당포의 포작(鮑作)이 방목하던 소를 훔쳐 끌고 가면서 "왜적이 왔다. 왜적이 왔다"고 헛소문을 내었다. 나는 이미 그것이 거짓임을 알고 헛소문을 낸 두 사람을 잡아다가 곧 목을 베어 효시하게 하니, 군중의 인심이 크게 안정되었다.

공은 8월 24일 이진을 떠나 이곳 어란포에 함대를 정박했다. 공이 이곳에 도착했을 때에는 다른 지역과 마찬가지로 주민들이 모두 피난을 가서 마을이 비어 있었다.

공이 어란포에 도착한 다음 날, 소를 훔쳐 끌고 가면서 왜가 쳐들어 왔다고 떠들고 다니는 두 사람이 있었다. 공은 정탐활동을 통해 왜군의 동정을 잘 파악하고 있었기에, 그들이 소를 잡아먹기 위해 헛소문을 퍼뜨리고 있다는 것을 이내 간파했다. 그리고 그들을 즉시 잡아다가 목을 베는 등 군법으로 엄히 다스렸다. 그러자 헛소문에 겁을 먹고 동요하던 백성과 군사들이 바로 안정을 되찾았다.

이 사건은 공이 왜군의 동정을 제대로 파악하지 못하고 있었거나 또 백성과 군사들의 심리를 잘 이해하지 못하고 있었다면 이렇게 신속히 상황을 수습하기는 어려웠을 것이다. 어쩌면 왜적이 왔다는 소리에 백성들이 왜군을 피해 도망을 가고 군사들도 덩달아 겁을 집어먹고 병영을 이탈하는 등 극도의 혼란이 발생할 수도 있었을 것이다. 이는 비록 소소한 사례이기는 하나, 공이 얼마나 모든 일에 철두철미하게 대비하고 있는지, 또 공의 상황판단과 수습능력이 얼마나 정확하고 뛰어난지를 알 수 있게 하는 사례이다.

　공은 임진왜란이 발발하기 전 전라좌수사로 있으면서, 전란이 일어
날 것에 대비하여 철저한 대응책을 강구해 왔다.

　당시에는 대리군역이나 허위군역 등으로 병적부와 실제 군사가 일치
하지 않는 등 전쟁대비태세는 전반적으로 거의 무방비에 가까웠다. 위
정자들은 전쟁에 대비하기보다는 권력을 차지하기 위한 당파싸움에 골
몰했고, 지방관들도 대부분 사리사욕과 안이함에 빠져 성을 정비하고
군비태세를 확립하라는 조정의 지시를 묵살했다. 백성들 또한 조선 개
국 후 2백 년 동안 평화가 계속되자 안보 불감증에 빠져 있었다. 그들은
관리들과 결탁하여 군역을 거부하거나 회피했고, 축성 등의 부역에도
온갖 불만을 쏟아내며 참여하지 않았다.

　온 나라가 이러한 상황인데도 공은 1591년 2월 전라좌수사로 부임
하면서부터 묵묵히 전쟁에 대해 철저히 대비해 나갔다. 모자라는 병력
을 충원하고 이를 유지하기 위해 수시로 군사를 점검하였으며, 또한 군
사들의 전투력을 향상시키기 위해 지속적인 훈련도 실시했다. 또한 새
전선을 건조하고 낡은 전선을 수리하였으며, 거북선도 창제했다. 총통
류 등 무기 확보에도 힘을 쏟았다.

　공의 이러한 철저한 전쟁대비는 임진왜란 직전까지 계속되었다.
1592년 2월에는 예하의 5포를 순회하며 전쟁대비 상황을 직접 점검하
였고, 이때 전비태세를 허술히 한 사도진 첨사를 잡아들이고 군관과 색
리 등 책임자를 처벌하는 등 상벌도 엄격히 하였다.

　그러나 공은 항상 이렇게 엄격하기만 한 것은 아니었다. 군사들의 사
기를 진작시키기 위해 가끔씩 따뜻한 밥과 고기로 군사들을 배불리 먹
이기도 하였으며, 휘하 장수들과 술자리도 자주 가졌다. 공은 이러한 술

자리를 통해 부하 장수들과 격의 없는 대화를 나눔으로써 전쟁대비태세의 목적과 취지 등을 자연스럽게 공유했다. 또한 서애 유성룡이 준 전법서를 부하 장수들과 같이 읽고 토론하기도 하며 그들과 실전에 대비한 전법을 같이 익히기도 했다.

이러한 철저한 사전대비와 부하들과의 원활한 소통이 있었기에 전란이 터지자 공은 왜의 침입에 바로 대응할 수 있었고, 이후 해전에서 연전연승하여 육지에서 속수무책으로 당하기만 하던 전세를 역전시킬 수 있는 전기를 만들 수 있었다.

임진왜란의 승리 뒤에는 이렇듯 공의 유비무환의 정신과 함께 나라와 국민을 위한 충정과 완성체적인 인격 및 리더십이 있었다. 마찬가지로 소도둑의 헛소문을 즉시 간파하고 그를 처벌함으로써 겁먹은 백성과 군사들을 바로 안정시킬 수 있었던 것도 역시 공의 그러한 유비무환의 정신과 탁월한 리더십의 바탕이 있었기 때문이었다.

이곳 어란포에는 공의 리더십을 잘 알려 주는 또 하나의 사례가 있었다.

어란포에 머무른 지 사흘째 되던 날, 적선 8척이 나타났다. 이때 왜의 수군 본진은 공이 토사곽란으로 고생하셨던 이진포에 머무르고 있었는데, 그 8척의 배는 조선 수군에 대한 정보를 파악하러 온 왜의 정탐선이었다. 경상수사 배설과 여러 배들이 겁을 먹고 피하려고 하자, 공이 호각을 불고 깃발을 들어 지휘하며 왜선을 뒤쫓으라고 명령했다. 공의 명령에 따라 조선 수군이 적선들을 쫓아가자 그들은 겁을 먹고 달아났고, 조선 수군은 땅끝마을인 갈두까지 그들을 추격하고 되돌아왔다.

이 사건은 칠천량 패전의 트라우마가 깊이 남아 있는 조선 수군에게 자신감을 회복할 수 있는 좋은 계기가 되었다. 칠천량 패전 뒤 왜군과의 첫 조우에서 왜군을 추격하여 쫓음으로써 왜군에 대한 공포심을 완화시킬 수 있었고, 또 그들과 싸워서 이길 수 있다는 자신감도 얻게 되었던 것이다. 소규모의 함대인 데다 아직 운용체제도 제대로 갖춰지지 않았을 텐데도 적선을 만나자 즉시 대응하는 공의 대담성과 또 도망가는 적선을 추격하도록 하여 이를 실전 경험을 쌓고 자신감을 회복하는 기회로 활용한 공의 탁월한 리더십이 발휘된 또 하나의 사례였다.

공의 함대는 이곳에서 8월 27일까지 나흘간 머물렀다.

어란진항은 한낮의 적막 속에 빠져 있었다. 부두를 따라 줄지어 늘어서 있는 작은 어선들은 사람도 없이 텅 빈 채로 일렁이는 바닷물에 몸을 맡기고 있었고, 마을회관 한구석에 숨은 듯 서 있는 만호비만 정유년 그날의 기억들을 끄집어내어 홀로 되새김질하고 있었다.

▶▶ 지름길에서 만난 간척지 마을과 황토밭

어란진항에서 다시 송지면 소재지인 산정리마을로 되돌아와 점심 식사를 하려고 마을 입구에 있는 한 식당에 들었다. 식사를 하며 식당 아주머니에게 화산에 잠잘 곳이 있는지를 물었다. 그랬더니 여관도 민박집도 없다는 대답이 돌아왔다. 미리 인터넷으로 확인해 본 것이지만 혹시나 하는 마음으로 물어보았는데, 대답은 예상대로였다. 화산은 우리의 최종목적지인 진도 벽파진으로 가는 길목에 있는 마을로, 면 소재지라 규모가 꽤 큰 마을이었다. 조선수군재건로는 77번국도를 따라가 화산을 경유하여 황산으로 연결되고 있었다.

화산에 잠잘 만한 곳이 없다는 것을 확인한 우리는 당초 계획했던 대로 화산을 거치지 않고 지름길을 이용하여 황산으로 바로 가기로 했다. 지도를 보니 화산면 석호리에서 월호리까지 농로가 연결되고 있어, 그 구간에서는 77번국도 대신 농로를 이용하면 약 4km 정도의 거리를 단

축할 수가 있을 것으로 보였다.

그러나 그 지름길을 이용하더라도 황산까지의 거리가 오후 한나절에 걷기에는 너무 멀었다. 따라서 가다가 고천암방조제 주변에서 민박할 수 있으면 거기서 머물고, 민박이 어려우면 무리가 되더라도 황산까지 가기로 했다.

산정리마을에서 점심을 마친 우리는 다시 77번국도로 들어서서 황산을 향해 걷기 시작했다. 길 주변으로 넓은 들판이 펼쳐졌다. 중간 중간 나지막한 언덕을 오르내리는 고갯길이 있기는 했지만, 길은 대부분 들판을 따라가는 평지였다.

산정리마을을 떠난 지 1시간 반쯤 후 송지면 가차리 송암마을에 도착했다. 푸른 바다 건너편 작은 섬들 뒤로 우리의 최종 목적지가 있는 진도가 바라다보였다. 진도가 시야에 들어오자 순례의 끝도 같이 보이기 시작했다.

송암마을을 지나자 백포방조제 건설로 조성된 넓은 간척지 들판이 눈앞에 펼쳐졌다. 이곳에서 77번국도는 넓은 간척지 들판을 가로질러 북쪽으로 곧게 뻗어 있었다. 간척지 들판 가운데를 직선으로 달리고 있는 도로는 눈에 몹시 생소했다. 이렇게 긴 직선도로를 도보여행 길에서는 본 적이 없었다. 지도를 보니 간척지 들판 끝까지의 거리가 4km는 족히 되어 보였다.

간척지 도로로 들어서자 시야가 사방으로 툭 틔었다. 앞을 보아도 옆을 보아도 우리의 시야를 가로막는 것이 없었다. 그 들판 가운데로 뻗어 있는 도로는 멀리 산기슭에서 소실점을 만들고 있었다. 이 광활한 들판 위에서 우리는 그냥 직선 위의 작은 점 두 개에 불과했다.

변화가 없는 직선도로는 지루했다. 한참을 걸어도 거리가 줄어든다는 느낌이 들지 않았다. 길을 걸으며, 산지가 70%인 나라에 사는 우리는 우리도 모르는 사이 구불구불 돌아가는 길에 익숙해져 있었구나 하는 생각이 들었다. 거리가 줄어드는지를 확인하려고 들판 멀리 산기슭 마을들을 바라보며 걸었다.

간척지 들판 길을 벗어나자 화산면 안호리 안정마을이 있었다. 이 마을에서 우리가 걷고 있는 77번국도는 깔끔하게 새로 단장된 모습으로 우리를 맞았다. 국도 개량공사가 진행되고 있는 것이었다. 도로 한쪽 변에는 자전거길까지 만들어져 있었다.

석호리 동제마을에서 77번국도를 떠나 황산으로 가는 지름길인 농로로 들어섰다. 이 농로도 관동방조제 건설로 생긴 간척지 들판 가운데로 나 있는 길이었다.

그동안 걸어온 77번국도도 차량 통행이 그리 많지 않았지만, 이 간척지 농로는 차량도 인적도 아예 끊겨져 있었다. 보이는 것은 황량한 들판뿐이었다. 그 한적한 들판 길을 두 팔을 휘휘 휘저으며 걸었다. 어느 누구의 간섭도 없고 어느 누구의 시선도 없는 완벽한 자유의 시간이고 완벽한 자유의 공간이었다.

이렇게 자유로운 마음으로 들판 길을 걸어 들어가니 작고 나지막한 산이 하나 있었고, 그 동산 아래 예닐곱 가구 정도 되어 보이는 작은 마을이 있었다. 지도를 보니 마을 이름이 경도리였다. 산과 마을을 사방으로 들판이 둘러싸고 있는 것을 보니, 이곳이 관동방조제가 생기기 전에는 아주 작은 섬이었음을 알 수 있었다. 지금도 이 마을은 이웃 마을들과는 넓은 들판을 사이에 두고 고립되어 있어 사실상 섬마을이나 마찬가지였다. 이 마을을 지나는데, 마을로 자꾸 눈이 갔다. 밤이면 찾아올 이 마을의 원시의 적막이 내 마음을 붙들었다. 그 적막 속에서 하룻밤이라도 보내고 싶었다.

간척지 길은 인공으로 만들어진 들판길인데도, 역설적이게도 내게 자유를 느끼게 하고 또 원시를 느끼게 해 주었다.

경도리 들판 건너 수채마을이 있었다. 수채마을은 간척지 들판을 흐르는 개울 건너 완만한 언덕 아래에 자리 잡고 있었다. 수채마을 안길을 지나 마을 뒤 언덕길을 올랐다.

그런데 이 언덕길은 길바닥의 색이 붉었다. 시멘트로 포장된 길이었지만 붉은 황토가 시멘트를 덮어 길바닥을 붉게 물들여 놓은 것이었다. 고개를 돌려 길 주변을 보니 주위가 온통 붉은 황토 땅이었다.

황토는 원적외선이 방출되어 신진대사를 촉진시키고 그 속에 함유된 여러 가지 효소성분들이 체내의 독소를 제거한다고 알려져 있다. 또한 황토가 함유하고 있는 효소들은 스스로 비료 성분을 만들어 내고 흙 속 정화작용까지 한다고 한다. 황토는 그만큼 자연과 인간에게 매우 이로움을 주는 토양인 것이다.

언덕 위에 올라서니 넓게 펼쳐져 있는 붉은 황토밭이 눈에 들어 왔다. 이 황토밭은 멀리 건너편으로 바라보이는 무학마을을 지나서까지 길게 이어지고 있었다. 이 밭들을 보면서 우리는 "이런 황토 땅에서 자란 농작물은 얼마나 맛이 좋고 건강에 좋을까?" 하며 황토밭에 대한 이야기를 나누었다. 정읍과 고창 등 그동안 전라도 지역을 여행하며 보았던 넓은 황토밭들이 생각났다. 바다에 연해 있어 구릉지대에 넓게 펼쳐져 있는 그 밭들은 보기에도 넉넉하고 편안했다. 이곳도 마찬가지였다.

"전라도는 참 복 받은 땅이다."

넓게 펼쳐진 황토밭을 바라보며 내가 무심코 말하니, 뒤따라 걷고 있던 여 고문도 바로 동의했다.

황토밭 사잇길을 걸으니 나환자 시인 한하운의 시 「전라도 길」이 떠올랐다. 이 복 받은 땅 전라도 황톳길은 소록도를 찾아가는 그에게는 "숨막히는 더위 속으로 절룸거리며 가는 길"이었고, "가도 가도 천리, 먼 전라도 길"이었다. 한하운은 우리의 또 다른 아픈 과거 중의 하나였다. 이제 이 땅은 그런 아픔뿐 아니라 어떠한 아픔도 없는 완전한 축복의 땅이 되어야 할 것이다.

▶▶ 별빛 보며 걸은 밤길

화산면 월호리 무학입구 삼거리에서 다시 77번국도로 들어섰다.

우리가 황토밭 사잇길을 걷는 사이 해는 어느덧 서산으로 지고 있었다. 땅거미가 조금씩 내려앉고 있는 황량한 겨울 들판은 길을 걷는 내게 또다시 쓸쓸한 객회를 가슴 한가득 안겨 주었다.

화산면 가좌리마을 입구 버스정류장에서 잠시 쉬면서, 지도케이스에 들어있는 도엽을 꺼내 배낭 속에 집어넣고 새 도엽으로 바꿔 끼워 넣었다. 그리고는 산길을 통해 고천암방조제로 가려고 77번국도를 떠나 마을 앞 소로로 들어섰다. 그 산길이 국도보다 약간 지름길이기도 했고, 또 그 끝에 인터넷에서 본 민박집이 있어 혹 민박이 가능한지도 알아볼 요량이었다.

그런데 우리가 들어선 그 소로는 내가 생각했던 방조제 가는 지름길 산길이 아니라, 방조제와 산등성이를 하나 사이에 두고 있는 전혀 다른 길이었다. 소로 초입의 위치를 자세히 확인해 보지 않고 아무 의심 없이 덜컥 들어선 것이 문제를 일으킨 것이었다. 무심코 한참을 걷다 뭔가 이상하다는 생각이 들어 지도를 보니 주위 지형이 지도와 많이 달랐다.

길을 잘못 든 것을 알았으면, 그때라도 길을 바로잡아야 했다. 그런데 우리가 걷고 있는 길은 지금 보고 있는 도엽이 아니라 조금 전 배낭 속에 집어넣은 도엽에 표기되어 있었다. 배낭 속 지도를 꺼내기가 귀찮아 지도 보기를 포기하고 가던 길을 따라 그냥 그대로 걸었다. 왔던 길을 되돌아가기가 싫었고, 또 가다 보면 고천암방조제로 길이 연결되겠지 하는 안이한 생각이었다.

그러나 나의 그러한 안이한 생각은 호된 대가를 치러야 했다. 바닷가를 따라 이어지던 길은 태양광발전시설을 지나 작은 언덕 너머에서 끊어졌고, 거기서 더 이상 길은 보이지 않았다. 주변 지형도 험해 그냥 산을 넘어 방조제로 가기도 어려울 것으로 보였다.

어쩔 수 없이 되돌아서야 했다. 소로길 초입인 가좌마을 입구 버스정류장으로 되돌아 왔을 때에는 마을에 짙은 어둠이 내려 있었다. 내 부주의와 안이함이 우리를 5km 정도의 거리를 더 걷도록 하고, 1시간여의 귀중한 시간을 허비하게 만들었다.

배낭 속에서 헤드랜턴을 꺼내 착용하고 다시 77번국도를 따라 고갯길을 올랐다. 빤히 눈뜨고 길을 잘못 들었다는 자책감에 짧은 고갯길이 유난히 길게 느껴졌다.

고개 너머 고천암방조제 입구에 다다르자 도로에서 조금 떨어진 산기슭에 민박집의 불빛이 반짝이고 있었다. 그러나 우리는 그 민박집으로 가지 않고 곧장 방조제길로 들어섰다. 이 어두운 밤중에 외딴집에 찾아가는 것이 실례가 될 것으로 생각했기 때문이었다.

방조제길은 칠흑같이 어두웠다. 짙은 어둠 속을 헤드랜턴 불빛에 의존하여 걷는데, 내 랜턴의 불빛이 점차 희미해졌다. 집에서 나올 때 새 건전지로 교체하지 않은 데다 이번 순례길 첫날 완도로 가는 밤길에서 건전지를 많이 사용한 때문이었다. 잠자리를 찾을 때까지 건전지가 잘 버텨 주기를 바라며 방조제길을 부지런히 걸었다. 다행히 여 고문의 랜턴 불빛이 밝아 크게 불편 없이 길을 갈 수 있었다.

　방조제는 약 2km 정도로 길이가 꽤 긴 편이었다. 방조제길을 걷는데 바닷바람이 세차게 불었다. 그 차가운 바람에 볼이 얼어 왔다.

　방조제길을 지나니 징의마을이 있었다. 징의마을 집들의 불빛을 보자 그 집들이 몹시 아늑해 보였고 따뜻한 아랫목이 그리웠다. 그 집으로 찾아들고 싶어 자꾸 그리로 눈길이 갔다.

　그러나 우리의 잠자리는 황산까지 가야 마련할 수 있었다. 어둠 속이라 구경할 일이 없으니 자연히 걷는 속도가 빨라졌다. 아직 가야 할 길이 멀어 마음도 바빴다. 하지만 짙은 어둠 때문에 사방을 분간할 수가 없어 우리가 걷고 있는 곳이 어디쯤인지 가늠하기가 어려웠다. 마침 걷고 있는 길이 간척지 길인 데다 마을도 뜸한 구간이라, 한참을 걸어도 길이 줄어든다는 느낌이 들지 않았다.

　문득 고개를 드니 하늘에 별이 총총했다. 그 총총한 별들을 보자 내가 마음이 바빠 별빛도 잊고 있었다는 걸 깨닫게 되었다. 이런 기회를 다시 만나기가 쉽지 않을 텐데 별빛을 보며 밤길을 즐기자는 생각이 들었다. 그러자 바빴던 마음이 진정되고 다시 느긋해졌다. 가좌마을을 떠나면서부터 지루하기만 했던 길이 한순간에 별빛을 받으며 걸어가는 낭만의 길로 바뀌었다.

　징의마을을 지나 그렇게 40여 분을 걸으니 어둠 속에서 어렴풋한 집의 형체들이 나타났다. 황산면 한자리 신정마을이었다. 우리의 현재 위치가 확인되자 마음이 더 느긋해졌다. 남은 거리도 5km 정도밖에 되지 않는다는 것을 알게 되자 마음에 한결 더 여유가 생겼다. 여 고문과 두런두런 이야기를 나누며 황산을 향해 발걸음을 옮겼다. 한자마을 입구를 지나고 신흥마을 고개를 넘어서니 드디어 우리의 따스한 잠자리가 기다리고 있을 황산마을의 반가운 불빛이 멀리 눈에 들어왔다.

▶▶ 열심히 사는 사람들

황산마을에 들어서자 모텔부터 먼저 찾았다. 잠자리를 마련하는 게 급선무였기 때문이었다. 골목길을 몇 번 돌아 찾아간 그 모텔은 밤 9시가 조금 못 미친 시각이었는데도 방이 없었다. 금요일이라 여행 온 손님들이 많나 보다 생각하며 다른 여관을 물어 찾아갔더니 거기도 마찬가지였다. 난감한 마음으로 여관 주인에게 민박집이나 다른 잘만한 곳이 없는지 물었더니, 기다려 보라며 한참을 여기저기 전화를 했다. 그러더니 한 객실의 문을 열어 주었다.

주인아저씨는 우리의 난감한 처지가 딱해 보였던 모양이었다. 여관 두 곳의 객실이 모두 찬 이유는 지금이 배추 수확철이기 때문이라고 했다. 배추를 사러 온 상인들과 배추밭에 일당을 받고 일을 하러 온 사람들이 장기투숙을 하며 객실을 모두 차지하고 있었다. 우리에게 내어 준 방도 장기투숙객이 있는 객실이었으나, 마침 그 투숙객이 다른 곳으로 일을 보러 가서 방이 비어 있었던 것이다.

그 말을 듣고서야 여관 입구에 외국인으로 보이는 여러 사람들이 서성이고 있고, 복도에 사람들이 무리 지어 오가던 모습이 이해가 갔다.

일당을 받고 일하는 사람들은 대부분 외국인 노동자였다. 따뜻한 고국을 떠나 여기까지 와 이 겨울에 돈을 벌겠다고 한 번도 경험해 보지 못한 추위를 감내하며 일을 하고 있는 그들이 몹시 안쓰러웠다. 그들은 새벽 일찍 일을 나가 밤이 되어서야 다시 이곳으로 돌아온다고 했다.

객실은 두 사람이 자면 맞을 정도의 아담한 크기였고, 바닥은 따뜻했다. 그러나 이불은 이 방의 장기투숙객이 자고 일어나 나간 채로 그대로 바닥에 어지럽게 널려 있었고, 오랫동안 세탁을 하지 않아 때가 묻어 있었다. 객실에 딸린 좁은 화장실은 고장으로 물이 나오지 않아 용변은 바깥의 공용화장실을 이용하여야 했다. 시설이 오래된 낡은 여관이었다. 하지만 추운 겨울, 바깥에서 헤매지 않고 이렇게 따뜻하게 잘 수 있게 된 것만으로도 우리에겐 감지덕지였다. 주인아저씨에게 거듭 감사하다고 인사를 했다.

따뜻한 잠자리를 얻은 우리는 남은 과제인 식사를 해결하려고 바깥으로 나섰다. 그러나 늦은 시각이라 식당들의 문은 모두 닫혀 있었다. 밥 먹을 곳을 찾아 고개를 두리번거리며 200m 정도를 걸으니 다행히 불이 켜져 있는 치킨집이 보였다. 그곳에서 프라이드치킨으로 저녁 식사를 해결했다.

객실로 돌아온 우리는 장기투숙객이 쓰던 이불은 우리가 쓰기가 미안해 한쪽으로 밀어 놓고 옷을 모두 입은 채로 잠자리에 누웠다. 자리에 누워 먼 이국땅까지 와 힘들게 일하고 있는 외국인 근로자들을 생각하며, 그동안 내가 얼마나 편하게 살아왔는지를 되돌아보았다. 비록 많지 않은 급여를 받으며 넉넉하게 살지는 못했지만, 그래도 큰 풍파 없이 가족들과 안정적으로 살 수 있었다는 게 얼마나 큰 행복이었나 감사한 마음이 들었다.

외국인 근로자들은 이 좁은 방에서 5~6명이 함께 생활한다고 했다. 두 명이 누워도 그렇게 여유롭지 않은 공간인데, 그 정도 인원이 함께 지낸다면 여러 가지가 많이 불편할 것이다. 그들이 이렇게 고생하며 번 돈을 잘 모아서, 하루빨리 사랑하는 가족들과 만나 행복하게 살아가기를 진심으로 빌었다.

먼 길을 걸어와 피곤했던지 어느새 눈이 스르르 감겼다. 오늘 걸은 거리는 55km, 지금까지 하루에 걸은 거리 중 가장 긴 거리였다.

▶▶ 기적의 승전 현장 울돌목

다음날 새벽, 6시에 잠자리에서 일어났다. 어제 비상용으로 산 식빵과 우유로 아침 식사를 하고 배낭을 챙겨 여관을 나섰다. 거리는 아직 짙은 어둠 속에 묻혀 있었다. 오늘의 목적지는 진도 벽파항, 조선수군재건로 순례길의 종착지였다. 헤드랜턴 불빛이 희미해 가로등 불빛 아래에서 지도를 보아가며 진도로 가는 길을 찾아 걸었다.

우리가 걷는 길은 구 18번국도로 짐작되었다. 출발한 지 30여 분이 지나 연당리 연당마을을 지날 때쯤 여명이 밝아오기 시작했다. 불빛이 희미해질 대로 희미해진 헤드랜턴을 배낭 속에 집어넣고 여명의 새벽 공기를 마음껏 호흡하며 길을 걸었다. 그동안 마음속에 빚이 되어 있던 순례를 오늘 비로소 마무리할 수 있게 된다는 생각 때문인지 마음도 발길도 같이 가벼웠다. 부곡리 소정마을을 지나 관춘저수지가 보이는 모퉁이길을 돌아가자 아침 해가 떠올랐다. 하늘은 구름 한 점 없이 맑았고, 저수지 뒤편 솔숲 위로 떠오르는 태양은 더없이 찬란했다. 온 대지에 축복을 내리는 듯 장엄한 일출이었다. 그 일출은 우리의 순례 마지막 날을 성대히 축하해 주는 것 같았다.

황산면의 끝 마을인 옥연마을에는 길을 따라 옥공예품 판매장들이 들어서 있었다. 유리창으로 들여다본 판매장 안에는 형형색색의 아름다운 옥공예품들이 진열되어 있었다. 옥연마을의 뒷산 이름이 옥매산(玉埋山)인 것을 보니 이 산에서 옥돌이 난다는 것을 짐작할 수 있었다.

옥연마을 끝자락에서 지도케이스에 도엽을 '황산'에서 '문내'로 바꿔 끼웠다. 조선수군재건로 순례길 마지막 도엽이었다. 바꿔 낀 지도를 보니 앞으로 남은 구간의 길이 한눈에 들어 왔다. 순례길 표시인 주홍색 형광펜으로 그어 놓은 선을 따라가니 18번국도 서쪽 끝 지점에 우수영

항이 있었고, 다시 그 선을 따라가니 울돌목이 나오고 이어서 벽파마을
이 나왔다. 주홍색 선은 그 벽파마을에서 그쳐 있었다. 서울 종각에서
시작한 대장정의 끝이 보였다.

　용암리 사교마을 입구를 지나 77번국도로 들어섰다. 여기서 행정구
역이 해남군 황산면에서 문내면으로 바뀌었다. 문내면은 전라우수영이
있던 우수영마을과 명량대첩의 현장인 울돌목이 있는 곳이었다. 왼편
으로 혈도간척지를 끼고 걷는데, 앞에 보이는 청룡산 줄기 너머로 울돌
목 건너 망금산 위에 세워져 있는 진도타워가 눈에 들어 왔다. 한 걸음
한 걸음 걸을수록 우리의 최종 목적지 울돌목과 벽파항도 한 걸음 한
걸음 눈앞으로 다가오고 있었다.

　우수영IC교 아래를 지나 동외리로 들어서서 명량대첩비를 먼저 찾았
다. 오래된 슬레이트 지붕 집을 지나 골목길을 돌아 들어가니, 암반 위
에 세워져 있는 비각이 보였다. 명량대첩비는 긴 세월 동안 세찬 바닷
바람에 깎이고 깎여, 그 긴 세월 풍파의 흔적을 우리에게 있는 그대로
보여 주고 있었다.

> 비문에는 선조 30년(1597년) 이순신이 진도 벽파정에 진을 설치하고 우
> 수영과 진도 사이 바다의 빠른 물살을 이용하여 12척의 배로 133척의
> 왜적함대를 무찌른 상황이 자세히 적혀 있다.

　비각 안내판에 적힌 글 중 일부이다. 명량해전의 전투 상황은 그 날
의 공의 일기에 자세히 적혀 있다. 난중일기는 대부분 그날 있었던 주
요 사항만 간략히 적고 있어 하루 일기의 양이 그리 많지 않다. 그러나

명량해전 당일의 일기는 다른 날에 비해 월등히 그 양이 많으며, 그 날의 해전 상황을 자세히 기록하고 있다. 아마 『난중일기』의 하루 일기 중 가장 기록한 양이 많은 날의 일기일 것이다. 그만큼 이 해전은 공에게도 매우 의미가 큰 해전이 아니었나 생각된다.

그 날의 일기를 요약하면 이렇다.

> 이른 아침 적선들이 헤아릴 수 없이 많이 쳐들어오고 있다는 별망군(別望軍)의 보고를 받고 바로 바다로 나가니 적선 130여 척이 에워쌌다. 다른 배들은 겁을 먹고 피할 생각만 했고, 내 배가 홀로 앞으로 나가 겁을 먹은 병사들을 독려하며 총통과 화살을 쏘아대며 싸웠다. 그렇게 홀로 싸우다 다른 장수들의 배를 보니 뒤로 한참 물러나 있었다. 중군에게 명령하는 깃발과 초요기를 세웠더니 그제야 중군장 김응함과 거제 현령 안위의 배가 전투에 가담했고, 그들이 선전하자 다른 배들도 와서 같이 싸웠다. 부하 김돌손을 시켜 적장 마다시를 갈쿠리로 낚아 뱃머리에 올려 시체를 반토막 내니 적의 기세가 꺾여 후퇴했다.

그 해전에서 적선은 31척이 격침되고 불타 사라졌으나, 조선 수군은 공의 배에 탔던 두 사람만 적탄에 희생되었을 뿐 거의 손실이 없었다. 13척의 소규모 함대로 133척의 대함대를 물리친 것도 대단한 전과이지만, 희생자가 거의 없이 승리했다는 것은 기적과도 같은 일이었다. 공도 일기 말미에 "이번 일은 실로 천행이었다"고 적고 있다.

하지만 그건 기적도 천행도 아니었다. 등선육박전(登船肉薄戰)에 적이 강하다는 걸 잘 아시는 공은 적의 등선육박전술을 무력화하는 전술을 구가했다. 지자, 현자 등 각종 총통을 발사해 적의 전선이 아군에게 다가오기 전에 침몰시켰고, 가까이 온 적선에는 화살을 비 오듯이 쏟아

부어 적군들이 아군의 배에 옮겨 탈 수 없도록 했다. 또한 무엇보다도 울돌목의 지형과 조류의 특성을 잘 이용해 전술을 펼친 것이 승전의 결정적인 요인이었다.

명량해전이 일어나기 며칠 전, 공은 왜의 공격 낌새를 알아채고 이에 대비하기 위해 해전 전날 벽파진에서 우수영으로 진을 미리 옮겼다. 적으로 하여금 조류의 흐름이 강한 울돌목을 등지고 싸우도록 하기 위한 것이었다. 따라서 이날 적선 총 300여 척 중 적의 주력선인 아타케부네는 목이 좁고 암초가 많은 데다 거센 조류가 흐르는 해상 여건상 전투에 참여하지 못하고 작은 전함인 세키부네 133척만 참여할 수밖에 없었다. 기적도, 천행도 아닌 공의 완벽한 전술의 승리였다. 기적도, 천행도 모두 승리할 길을 찾고 최선을 다한 자에게만 주어지는 것이라는 것을 공은 이 해전에서 너무도 분명히 우리에게 보여 주고 있었다.

이러한 명량해전의 승리는 수륙병진작전으로 조기에 조선의 하삼도를 차지하겠다는 왜의 전략에 결정적인 타격을 안겨 주었고, 정유재란으로 또다시 풍전등화 신세가 된 조선을 위기에서 구해 내었다. 이 명량해전은 세계 해전사에도 길이 빛나는 참으로 위대한 해전이었다.

대첩비 아래쪽에 충무사를 옮겨 짓고 있었다. 거의 완공된 것으로 보여 참배를 하려고 사당으로 올라갔으나, 사당은 내부 마무리 공사 중이었고 영정은 아직 모셔져 있지 않았다.

사당에서 내려와 마을 안길을 돌아 망해루로 갔다. 망해루는 우수영항 북쪽 망해산에 있는 누각으로, 정유재란 당시 우수영성의 북쪽 망루였다. 망해루에 오르니 서북쪽으로 임하도 앞바다가 조망되고, 남쪽으로는 우수영항이 한눈에 들어 왔다. 우수영항에는 어디로 가는 배인지, 커다란 여객선이 출항을 기다리고 있는 모습이 보였다. 명량해전 당일

이른 아침, 공은 별망군의 보고를 받고 저곳에서 급히 닻을 올리고 출전하였을 것이다. 그리고 항구 앞 양도를 지나 울돌목과 만나는 곳쯤에서 왜와 맞닥뜨려 전투가 벌어졌을 것이다.

망해루에서 우수영항을 바라보면서 왜군을 향해 진격하는 공의 함대를 그려 보았다. 13척의 배가 공의 명령에 따라 황급히 닻을 올리고 저 바다로 나아갔다. 양도를 지나 울돌목에 이르자 133척의 왜선들이 울돌목을 지나 구름같이 몰려오고 있었다. 그리고 곧이어 전투가 벌어졌다. 누가 보더라도 도저히 승산이 없는 전투….

전투가 벌어지기 전날, 공은 우수영으로 진을 옮긴 후 장수들을 모아 놓고 "반드시 죽고자 하면 살고 반드시 살고자 하면 죽는다(必死卽生 必生卽死), 한 사람이 길목을 지키면 천 명도 두렵게 할 수 있다(一夫當逕 足懼千夫)"고 하며 정신무장을 시켰다. 공은 스스로의 말을 증명하듯 두려움 없이 전투에 앞장섰다. 공의 전함에서 총통들이 우레와 같은 소리를 내며 불을 뿜었다. 홀로 나아가 고군분투하던 공의 전선에 초요기가 올라 펄럭이자 다른 배들도 총통과 활을 쏘며 적선을 향해 달려들었다. 총통 소리와 조총 소리, 활시위 소리가 뒤범벅되어 귓전을 때렸다. 매캐한 연기와 피비린내가 바다를 뒤덮었다.

왜선들이 도망가는 모습이 보였다. 그리고 눈앞의 승리가 도무지 믿어지지 않는 듯 잠시 어안이 벙벙해 하던 조선 수군은 곧 서로 손을 맞잡고 부둥켜안으며 감격의 눈물을 흘렸다. 그러한 장면을 상상하던 나도 가슴이 뭉클해져 그들의 잔영이 남아 있는 그 바다를 바라보고 또 바라보았다.

망해루에서 내려와 울돌목으로 향했다. 우수영마을 안길로 들어가니 방죽샘이 있었다. 방죽샘은 6각형으로, 각 모서리에 기둥석을 세우고 그 사이에 판석이 끼워져 있었다. 정유재란 당시 조선 수군의 식수로 이용되었다고 한다.

울돌목으로 가는 길목에 있는 옛 충무사는 새 충무사 건립으로 폐쇄되어 있었다. 우수영국민관광지에 있는 명량대첩해전사기념전시관에 들렀다가 울돌목으로 내려섰다. 울돌목은 정조 시간인지 생각보다 조류가 빠르게 흐르지는 않았다. 이 시간은 어쩌면 울돌목이 421년 전 그날의 전투를 생각하며 잠시 상념에 잠겨 있는 시간인지도 몰랐다.

울돌목(명량)

▸▸ 벽파진, 2,900리 대장정의 끝

진도대교를 건넜다. 전라남도의 조선수군재건로는 망금산을 올랐다가 바닷가 길로 내려가 벽파마을로 가는 것으로 되어 있었으나, 우리는 진도대교를 건너 명량대첩로라 이름 붙여진 바닷가 길로 바로 접어들었다.

길은 한산했다. 망금산 기슭을 돌아가자 조선수군재건로 안내판이 서 있었다. 안내판에는 "공이 벽파진에 머물면서 군사력을 보강해 나갔고, 진도 주민들이 명량해전에서 전사한 왜군들의 시신을 거두어 왜덕산에 묻어 주었다"는 내용이 설명되어 있었다.

우리나라 사람들은 비록 우리나라를 무자비하게 짓밟은 적이기는 하지만, 그래도 죽은 자에 대하여는 그들의 영혼이 편히 쉴 수 있도록 이렇듯 정성을 다했다. 자신들의 전과를 자랑하기 위해 조선군과 심지어 백성들의 귀와 코까지 베어 간 잔인한 왜군들과 비교해 보며, 우리 민족이 얼마나 인간적이고 아름다운 정신을 가지고 있는가를 새삼 생각해 볼 수 있었다.

벽파항으로 가는 길은 바닷가를 돌고 또 돌았다. 길은 옛날 군사들이 주둔했다는 것을 알 수 있는 둔전리 둔전방조제를 지나 오류리 바닷가를 따라 이어졌다. 명량 쪽을 향해 불쑥 머리를 내민 오류리 끝단을 돌아 작은 산기슭을 돌아가자 벽파마을의 마을비가 보였다.

8월 29일 맑음
아침에 벽파진으로 건너갔다.

9월 2일 맑음
… 오늘 새벽에 배설이 도망갔다.

9월 9일 맑음
제주 소 다섯 마리를 잡아 장병들에게 먹이고 있을 때 적선 두 척이 곧장 감보도로 들어와 우리 배의 많고 적음을 정탐했다.

9월 15일 맑음
… 여러 장수를 거느리고 우수영 앞바다로 진을 옮겼다. 벽파정 뒤에 명량이 있는데, 수가 적은 수군으로서는 명량을 등지고 진을 칠 수 없었기 때문이다.

어란포에서 적선 8척을 갈두(땅끝)까지 추격하다 되돌아 왔던 8월 28일 저녁, 공은 함대를 장도로 일시 옮겼다가 다음 날 아침 이곳 벽파진으로 다시 옮겼다. 벽파진에서는 9월 14일까지 16일간 머물렀다. 이 기간에 공은 여러 가지 어려움을 겪으면서도 전운을 감지하고 이에 대한 대비를 빈틈없이 해 나갔다.

벽파진으로 함대를 옮긴 지 사흘째인 9월 2일, 그동안 공의 눈치만 보며 지시를 잘 따르지 않던 경상우수사 배설이 도망을 갔다.* 병력이 턱없이 부족해 병사 한 사람이 아쉬운 상황에, 병사도 아닌 사령관급 장수가 탈영한 기막힌 일이 발생한 것이다. 그의 도망은 칠천량 패전으로 왜군에 대한 공포감에 사로잡혀 있던 수군의 사기를 더욱 저하시키는 결과를 가져와, 곧 맞닥뜨리게 될 왜군과의 싸움에 대비하느라 노심초사하고 있는 공을 더 힘들게 하였을 것이다.

9월 4일부터는 북풍이 강하게 불어 배가 파손되지 않도록 보전하는데 몹시 어려움을 겪었고, 바람이 그친 7일에는 적선 13척의 기습을 받았으나 격퇴하기도 했다. 이런 와중에서도 공은 중양절(음력 9월 9일)을 맞아 소 5마리를 잡아 병사들에게 먹이는 등 병사들의 체력보강과 사기진작을 위해 애썼다.

그러던 중 9월 14일 정탐꾼이 적선이 어란 앞바다에 들어 왔다고 알렸고, 이어 왜군에게 붙잡혀 갔다가 탈출한 사람이 "여러 배를 불러 모아 조선 수군을 모조리 죽인 뒤 경강으로 올라가자**"고 한, 왜군의 전략회의 논의결과를 전했다. 이에 공은 왜와의 일전이 임박했음을 직감하고 9월 15일 우수영으로 함대를 옮겨 본격적인 전투준비태세에 돌입했다. 그 날이 명량해전 바로 전날이었다.

---

*　　배설은 고향인 경상도 선산으로 도피했다가 정유재란이 끝난 다음 해인 1599년 체포 후 처형당했다.

**　　경강은 한강을 말하며, 곧 수륙병진작전을 펼쳐 한성으로 쳐들어가자는 것이다.

벽파마을은 바닷가 작은 산기슭에 자리하고 있었다. 마을 가운데 솟아 있는 언덕 위에는 노산 이은상의 글이 새겨진 충무공전첩비가 바다를 내려다보며 서 있었다.

충무공전첩비

벽파마을 앞바다

충무공전첩비는 "벽파진 푸른 바다여 너는 영광스런 역사를 가졌도다"로 시작되고 있었다. 충무공전첩비가 내려다보고 있는 벽파진 푸른 바다는 지금부터 421년 전 정유년 9월 16일 불과 13척의 전선을 가진 조선 수군이 300여 척의 대함대를 가진 왜의 수군과 싸워 크게 승리한 바로 그 바다였다. 그 바다는 "민족의 성웅 충무공이 가장 외롭고 어려운 고비에 고작 빛나고 우뚝한 공을 세우신 곳"이고, 육지에 올라 원수를 도와 싸우라던 임금의 명을 물리치고 "신에게 하기도 12척의 배가 남아 있삽고 또 신이 죽지 않았으매 적이 우리를 업수이 여기지 못하리이다." 하고 지키신 바닷목이었다.

전첩비 아래 바위 언덕에 서서 나도 그 바다를 바라보았다. 바다는 잔잔히 숨을 고르고 있었다. 영광스런 역사를 가진 벽파진 푸른 바다는 그 빛나는 영광을 안으로만 고이 간직한 채, 오늘의 우리가 어떻게 살아가야 할 것인가를 다만 침묵으로 말해 주고 있었다.

전첩비에서 노산은 이렇게 글을 끝맺고 있었다.

거룩한 님의 은공 어디다 비기오리
피흘린 의사혼백 어느 적에 살아지리
이 바다 지나는 이들 이마 숙이옵소서

노산의 말을 따라 이마를 숙였다. 그리고 공께 감사드렸다.

벽파정을 지나 벽파항으로 내려섰다. 벽파항 바닷가에 서 있는 조선 수군재건로 안내판은 이곳이 조선수군재건로의 종착지임을 조용히 알려 주고 있었다.

5. 다시 이락사를 찾아서

2018년이 저물어가고 있던 12월 25일, 새벽 4시에 집을 나섰다. 진도 벽파항에서 순례를 끝낸 지 열흘이 지난 때였다. 사위는 짙은 어둠에 잠겨 있었다.

내가 가고 있는 곳은 이락사(李落祠)가 있는 경상남도 남해의 이충무공 전몰유허였다. 이날은 음력으로 2018년(무술년) 11월 19일, 공이 노량해전에서 전사하신 지 꼭 420주기가 되는 날이었다.

내가 남해를 향해 길을 떠난 것은 공의 420주기 음력 기일을 맞아 공이 순국하신 현장에서 공을 추모하는 한편, 백의종군로와 조선수군재건로 순례를 무사히 마친 데 대해 공께 마무리 인사를 드리기 위해서였다. 순례의 시작 인사는 광화문광장에 있는 공의 동상 앞에서 드렸지만, 마무리 인사는 공의 순국 현장에서 드리고 싶었다.

2016년 4월 11일 시작한 순례는 2년 8개월이 지난 2018년 12월 15일 끝이 났다. 백의종군로 순례에 1년 1개월여가 걸렸고, 조선수군재건로 순례에 3개월이 걸렸다. 중간에 1년 4개월의 공백기가 있었다. 일과의 우선순위를 순례에만 두지 못하다 보니 소요 기간이 생각 밖으로 길어졌다. 순례를 마치고 나니 좀 더 집중하여 순례를 이어가지 못했던 점이 진한 아쉬움으로 남는다.

순례 기간 중 내가 걸은 거리는 모두 1,166.9km였다. 백의종군로가 662.3km, 조선수군재건로가 504.6km였다. 이 거리를 우리의 전통 거리단위인 '리'로 환산하면 4km를 10리로 볼 때 2,917리가 된다.*

내가 이 순례를 시작한 것은 공의 노고와 은덕에 감사드리고자 하는 마음에서였다. 따라서 공이 가셨던 길을 따라가면서 공의 자취를 더듬어 보고 또 공의 고뇌와 고통과 회한의 심중도 같이 헤아려 보고자 했다. 하지만 순례를 시작하고 난 뒤 얼마 되지 않아 나는 내가 가졌던 그러한 생각들이 얼마나 어리석고 오만한 생각이었는지 금방 깨닫게 되었다.

공이 가셨던 길을 따라 걸으면서 나는 나라를 지키기 위한 공의 고뇌와 고통을 다소나마 새겨 볼 수 있었다.

그러나 공은 우리와 같은 범인이 감히 그 고뇌와 심중을 헤아려 볼 수 있는 그런 분이 아니었다. 공은 너무도 큰 분이었고, 모든 면에서 넘

---

* 휴대전화기에 설치한 등산용 애플리케이션으로 GPS에 의해 측정한 거리로, 실제 거리와는 상당한 오차가 있을 것으로 생각된다. 정확한 환산단위인 1리=0.393km로 계산하면 2,969리이다.

치거나 부족함이 없는 완성된 인격체였다. 그야말로 하늘이 내리신 인물이라는 것 외에는 달리 이해하기가 어려웠다. 처음에 읽을 때에는 내용이 너무 간결해 그 의미를 새기기가 어려웠던 『난중일기』도, 순례길에서 이를 되새겨 보니 거기엔 내가 감히 짐작도 하기 어려운 무수히 많은 이야기들이 담겨져 있었다.

이러한 공이었기에 내가 순례길에서 헤아려 본 공의 고뇌와 고통과 회한의 심중은 당시 당신이 겪으신 것에 비해 너무도 미미한 수준일 수밖에 없었다. 공의 고뇌와 심중을 헤아려 보려는 생각을 하였던 것 자체가 언감생심이었으니, 나의 그 무례함과 오만함이 공께 오히려 누가 되지 않았나 다만 부끄럽고 두려울 뿐이다.

길을 걸으면서 내가 가장 절실히 느낀 것은, 우리는 공과 같이 나라를 지키기 위해 희생하신 구국 선열들에게 항상 감사하는 마음으로 살아야 하며, 그러기 위해서는 다시는 이 나라에서 임진왜란과 같은 비극이 일어나지 않도록 하여야 한다는 것이었다. 길을 걸으며 임진왜란과 일제강점기, 6.25 전란 등 많은 시기 구국 선열들이 산화한 현장을 만나 볼 수 있었다. 나는 그들이 산화한 현장을 바라보면서, 나라를 지키기 위해 분연히 일어선 그들의 용기와 희생이 얼마나 값지고 거룩한 것인가를 가슴 깊숙이 새길 수가 있었다. 공을 비롯한 그 수많은 선열들의 거룩한 희생이 없었다면 오늘의 이 대한민국이 존재할 수 있었을까?

그들이 지켜 준 이 땅에 살고 있는 우리는 그들로부터 너무도 큰 은덕을 입었고, 그들에게 너무도 큰 빚을 지고 있다. 우리는 그들의 그 은덕에 감사하며 살아야 하고, 그들에게 진 빚도 갚아야 한다.

그러기 위해서는 우리는 이 나라를 조금이라도 더 잘 사는 나라, 조금이라도 더 안전한 나라로 만들어 후손들에게 물려 주어야 한다. 그것은 이 나라를 지켜 주신 구국 선열들에 대한 우리의 도리이기도 하고, 또 앞으로 이 땅에서 우리를 이어 살아갈 후손들에 대한 우리의 의무이기도 하다.

걸으면서 본 우리의 강과 산과 마을들은 너무도 아름답고 평화로웠다. 거기에 살고 있는 사람들도 순박하고 따뜻했다. 다시는 이 아름다운 강과 산과 마을이 외세에 의해 짓밟히는 일이 없어야 하며, 다시는 그런 순박하고 따뜻한 사람들이 가족과 집을 잃고 애타게 울부짖는 일이 있어서는 아니 될 것이다.

또한 나는 이 길을 걸으며 우리의 땅이 간직하고 있는 많은 이야기들을 보았고, 우리 강산의 소리 없는 아름다움을 보았고, 우리 이웃들의 넉넉한 인심과 정을 보았다. 이는 순례를 시작할 때에는 전혀 기대하지도 못했던 것으로, 내겐 순례길에서 뜻밖에 얻은 큰 선물이었다. 따라서 나는 길을 걷는 내내 그러한 우리의 땅을 내가 내 발로 걷고 있음에 큰 행복과 감사를 느꼈다. 공의 은덕에 감사드리고 또 후손으로서의 도리를 제대로 하지 못한 데 대한 속죄의 마음으로 시작한 순례인데, 나는 그 순례 길에서 거꾸로 너무도 과분한 선물을 받았다.

크리스마스날이라서 그런지, 아니면 이른 새벽이라서 그런지 고속도로는 한산했다. 경부고속도로와 순천완주고속도로, 남해고속도로 등 5개의 고속도로를 연결하여 오전 9시가 조금 못된 시각, 남해군 고현면 차면리에 소재하고 있는 이순신순국공원에 도착했다.

공원은 내가 처음 이곳에 왔던 날처럼 사람이 거의 없고 정적 속에 묻혀 있었다. 공원 보수 작업을 하고 있는 것으로 보이는 인부들만 서넛 눈에 띄었다. 텅 빈 공원을 보며 뭔가 허전하고 아쉬운 마음을 지울 수가 없었다. 혹시 추모행사가 열리고 있지 않을까 기대했는데, 내 생각이 빗나간 것이었다.

이락사 앞 계단을 오르자 사람들의 그러한 야속함은 아랑곳하지 않고 이락사 소나무는 여전히 변함없는 모습으로 사당 앞에 도열해 유일한 손인 나를 맞아 주었다.

옷매무새를 고치고 유허비 앞에 서서 눈을 감고 고개를 숙였다. 그리고 "2,900리 순례를 무사히 마쳤습니다." 하고 인사를 드렸다. 또 나의 이 무례를 용서하고 순례길을 받아들여 주신 데 대해 깊이 감사드렸다.

첨망대로 발길을 돌렸다.

첨망대에 서서 그날의 전투가 있었던 관음포 앞바다를 바라보았다. 아침 해가 산머리 위로 떠올라 바다 위를 비추고 있었다.

그 바다를 바라보며 420년 전 그날을 그려보았다. 어둠이 가시지 않았던 시각 시작된 전투는 한낮이 되어서야 끝이 났다. 지금 이 시각쯤에는 아직 전투가 한창이었을 것이고, 공은 이미 운명하셨을 것이다. 불과 몇 시간 후면 길고 길었던 7년간의 전쟁이 조선의 승리로 막을 내릴 터인데, 이제 당신이 할 일은 다 하였다고 생각하셨던 것일까? 공은 나라 구하는 일 당신의 일을 다 하시고, 승리의 기쁨과 영광은 다른 이들의 몫으로 남기고 그렇게 떠나셨다.

관음포 앞바다는 그날의 피비린내 나는 전투의 기억을 가슴 깊숙이 묻은 채 평온을 유지하고 있었다. 잔잔한 그 바다를 바라보며 공께 작별 인사를 드렸다.

"이 나라를 지켜 주셔서 감사합니다. 그 은덕 항상 마음에 새기며 살겠습니다. 지하에서나마 편히 쉬시고, 이제 이 후손들을 긍휼히 지켜보소서."

나는 백의종군로와 조선수군재건로를
우리나라의 성지순례길로
만들 것을 제안한다

1. 충무공 이순신과 제2차 백의종군로

▶▶ 이순신과 임진왜란

공은 1545년 4월 28일(음력 3월 8일) 한성부 건천동*에서 아버지 이정과 어머니 초계 변씨 사이에 삼남으로 태어났다. 어린 시절은 한성에서 보냈으나, 부친이 한성을 떠나 처가가 있는 아산으로 내려감에 따라 공도 관직에 들기 전까지 그곳에서 생활하였다.

공은 32살이 되던 해인 1576년, 두 번째 응시한 무과에 합격해 무관의 길을 걷게 되었다. 첫 직책인 함경도 동구비보의 권관을 시작으로 발포만호, 조산보만호, 정읍현감 등을 역임하였다.

공이 정읍현감으로 임명된 때는 1590년 말경으로, 왜가 곧 조선을 침략할 것이라는 소문이 도는 등 전운이 감돌고 있을 때였다. 이에 조정에서는 전쟁에 대비하기 위하여 대신들에게 훌륭한 장수를 추천하도록 하였고, 공은 47살이 되던 해인 1591년 2월 서애 유성룡의 천거로 전라좌도수군절도사(전라좌수사)에 임명되었다.

그런데 종6품인 정읍현감에서 7품계를 뛰어넘어 정3품 품계로 임명하니, 사간원의 대간들이 부당한 인사라고 심하게 반대를 하며 이를 취소하도록 여러 번 상소를 올렸다. 그러나 공의 인물됨을 잘 아는 유성룡은 왜의 침략에 대비하여야 하는 비상시국임을 들어 대간들을 설득하는 등 슬기롭게 대처하여 인사파동은 무마되었고, 이는 결과적으로

---

*　지금의 서울특별시 중구 인현동 1가 31-2번지. 현재 그 지번에 있는 건물인 신도빌딩에 '충무공 이순신 생가터' 안내판이 설치되어 있다. 중구 초동 명보아트홀 앞에도 서울시에서 세운 생가터 표지석이 있으나 정확한 위치가 아니라고 보고 있다.

조선을 위기에서 구해내는 신의 한 수가 되어 지금까지도 우리나라 역사상 가장 성공적인 인재등용사례로 회자되고 있다.

공은 전라좌수사로 부임하자마자 전쟁이 일어날 것에 대비하여 철저한 준비를 해나갔다. 당시에는 조선 건국 후 약 200년간 평화체제가 지속되어 전쟁에 대한 경계심 이완으로 군역회피가 일반화되고 있는 현실이었다. 그러나 공은 병력을 원칙대로 징발하여 부족한 병력을 확충하고 또 수시로 이를 점검하였다. 또한 휘하 장수들에게 지시하여 전선을 새로 건조하고 낡은 배는 수리하였으며, 이를 어기는 자에게는 엄하게 벌을 내렸다. 이와 함께 총통과 활, 갑옷, 투구 등 군기(軍器)를 철저히 준비하고 점검하였다. 이러한 전쟁대비는 휘하 장수들에 대한 지시에만 그치지 않고 예하부대인 5관 5포를 순회하며 직접 점검하고 확인하였고, 병력훈련 상황도 직접 점검하였다. 또한 다양한 전법이 담긴 병서를 읽으며 전략과 전술도 깊이 연구하고 이를 휘하 장수들과 같이 토론하면서 공유하기도 하였다.

이러한 공의 유비무환의 정신은 얼마 지나지 않아 그 진가를 발휘하게 되었다. 부임 다음 해인 1592년 임진년 4월, 임진왜란이 일어나자 공은 전라우수사 이억기, 경상우수사 원균 등과 연합하여 옥포해전을 시작으로 당포해전, 율포해전, 한산대첩 등 연이은 해전에서 연전연승하며 적을 격퇴하였고, 이를 통해 남해의 제해권도 완전히 장악하였다. 이러한 공의 눈부신 승리는 육지에서의 거침없던 왜의 북진에 제동을 걸었고, 전라도와 충청도 등 서해 연안 지방을 왜로부터 안전하게 지켜내어 패색이 짙던 전쟁을 반전시킬 수 있는 발판을 마련할 수 있게 하였다.

유성룡은『징비록』에서 한산대첩에 대하여 다음과 같이 적고 있다.

왜군은 원래 수군과 육군을 합세하여 서쪽으로 진격할 계획이었다. 그런데 이 한 번의 전투에서의 패배로 마침내 왜군의 한 팔이 잘리고 말았다. 고니시 유키나가의 부대가 비록 평양을 점령하였지만, 고립된 세력이니 감히 다시 진군할 수 없었다. 이 전투로 전라도, 충청도, 황해도, 평안도 연해 일대를 지켜냄으로써 군량미를 적절히 조달할 수 있게 되었고, 명령 및 연락체계를 통일시킴으로써 중흥에 성공할 수 있었다.

이러한 공로로 공은 1593년 8월 충청과 전라, 경상도의 수군을 통할 지휘하는 삼도수군통제사에 임명되었고, 정유재란 때는 명량해전과 노량해전에서 대승을 거두어 꺼져가던 나라의 운명을 구하고 임진왜란 7년 전쟁을 승리로 이끌었다. 임진왜란 때 공이 거둔 23전 23승이라는 빛나는 승리는 어느 나라에서도 그 유례를 찾아볼 수 없는 것으로, 세계 해전사에 길이 남는 위대한 업적이 되었다.

▶▶ 이순신의 백의종군

공은 원칙을 지키고 불의와 타협하지 않는 강직한 성품 때문에 관계가 좋지 않았던 자들의 음모로 파직과 강등을 당하는 등 순탄치 않은 관직생활을 하였다.

훈련원봉사로 근무하던 시절 상사로 있던 병조정랑 서익(徐益)은 자신과 가까운 사람을 승진시키려는 자신의 뜻을 공이 따라주지 않은 데 대해 괘씸한 생각을 가지고 있었다. 그러다 공이 종4품인 발포만호로 근무하고 있을 때 그가 군기(軍器) 검열관으로 발포에 와서 "이순신이 군기관리를 소홀히 하였다"고 장계를 올려 발포만호직에서 파직되었다. 이후 종8품인 훈련원봉사로 복직되었으나, 이어 종9품인 함경북도 권원보권관으로 가게 되었다. 장군으로 불리는 직급인 종4품에서 파직된 데 이어, 복직 후에도 무과 급제자의 초임 직급으로 10품계나 강등된 것이었다.

또한 공은 두 번씩이나 억울하게 백의종군을 하였다.

그 첫 번째는 함경도 두만강 부근의 조산보만호와 녹둔도 둔전관을 겸하고 있던 때였다.

공은 녹둔도가 외롭고 멀리 떨어져 있으며 수비 군사가 적어 걱정스럽다고 하여 상관인 북병사 이일(李鎰)에게 수비 군사를 늘려달라고 요청하였지만 이일은 이를 무시하였다. 그러던 중 여진족이 침범하였고, 공은 적을 공격하여 적 간부를 몇 명 사살하고 사로잡혔던 군사 60여 명을 구출하는 등 최선을 다해 대응하였다. 그러나 그 전투는 결과적으로는 패전이었다. 이일은 패전에 대한 자신의 책임을 면하기 위해 공을 구속하여 심문하였고, 이 사건이 조정에 알려지자 조정에서는 공에게 백의종군을 하도록 벌을 내렸다. 이것이 공의 첫 번째 백의종군으로, 상관의 비겁한 책임회피에 따른 것이었다.

두 번째 백의종군은 삼도수군통제사로 있던 1597년 정유년에 있었다.

당시 임금인 선조는 충청수사로 보냈던 원균을 다시 경상우수사로 임명하는 등 원균에 대하여는 상당한 신뢰를 가지고 있었지만, 반대로 공에게는 큰 불신을 가지고 있었다. 이는 원균과 그를 지원하는 세력인 서인들이 공을 모함하였기 때문이었다. 유성룡도 『징비록』에서 "이순신을 천거한 사람은 나였기 때문에 나를 좋아하지 않는 사람들은 원균과 합세하여 이순신을 공격하는 데 열심이었다"고 전하고 있다.

그러던 중 공을 궁지에 몰아넣는 두 가지 사건이 발생하였다.

그 하나는 부산의 왜군진영 방화사건이었다. 1596년 12월 조선 군사가 왜군진영에 불을 질러 가옥 1천여 채와 미곡창고, 군기 등이 불에 탔다. 이에 공과 부체찰사 김신국이 휘하의 공로자를 포상해 달라는 각기 다른 장계를 올렸는데, 선조는 정확한 실상도 조사해 보지 않고 공이 올린 장계를 허위보고로 단정했다.

나머지 하나는 1597년 1월에 벌어진 왜의 반간계 사건이었다. 이는 왜의 제1군 대장인 고니시 유키나가가 공을 제거하기 위하여 꾸민 이중간첩 작전이었다.

사신으로 조선에 와 조정의 대신들을 많이 알고 있는 요시라는 경상우병사 김응서에게 제2군 대장 가토 기요마사의 도해(渡海)정보를 흘리고, "조선은 수전에 능하니 만약 바다에서 기다리고 있으면 그를 죽일 수 있을 것이다."라고 했다. 그 정보를 보고받은 조정은 공에게 가토를 잡아오라고 명령했다. 그러나 공은 그것이 왜의 유인전술이라는 것을 간파했고, 작전지역인 부산해역의 여러 가지 여건상 출전이 어렵다고 판단하여 신중한 입장을 보였다. 그때 다시 요시라가 와서 "가토 기요마사가 이미 상륙하였다. 어째서 조선은 그들을 공격하지 않았느냐"며 안타까워하는 척 말했다. 이에 여러 대신들이 공을 문책하여야 한다고 주장했고, 선조는 2월 6일 공을 삼도수군통제사의 직에서 파하고 한성으로 압송하도록 왕명을 내렸다. 공은 한성으로 압송된 3월 4일 의금부에 하옥되었다.

공의 죄목은 조정을 속이고 임금을 무시한 죄, 적을 쫓지 않아 나라를 져버린 죄, 남의 공을 가로채고 모함한 죄 등 세 가지였다. 첫 번째 죄는 부산 왜영 방화사건과 관련된 것이고, 두 번째는 요시라의 반간계에 따른 것이며, 세 번째는 원균의 모함에 의한 것으로 보고 있다.

평소 때 공에 대하여 좋지 않은 감정을 가지고 있던 선조는 이 기회를 이용해 공을 처형하려고 하였다. 그러나 유성룡과 도체찰사 이원익, 전라우수사 이억기, 전 종사관 정경달 등 공을 잘 아는 이들이 구명노력을 하였고, 우의성 성탁(鄭琢)의 상소 신구차(伸救箚)가 선조의 마음을 움직여 하옥된 지 28일만인 4월 1일 의금부에서 방면되었다. 공은 도원수 권율의 진에 가서 백의종군을 하라는 처벌을 받았다.

이것이 공의 두 번째 백의종군이다.

▶▶ **백의종군로**

이 책에서 백의종군로는 공이 두 번째 백의종군을 하며 간 길을 말한다.

백의종군로는 크게 두 가지 성격의 길로 나뉜다.

하나는 백의종군의 명을 받고 의금부 옥사에서 나와 권율이 임시 머물고 있던 순천까지 간 길로, '백의종군을 하러 간 길'이다. 이때는 금부도사의 호송을 받았다.

또 하나는 순천에서 최종 백의종군지인 권율의 진이 있던 합천 초계까지 간 길과 초계에서 칠천량 패전 소식을 듣고 상황을 알아보러 남해까지 갔다가 돌아온 길로, '백의종군을 하며 간 길'이다. 이때는 도원수 권율의 통제하에 있었다.

제2차 백의종군 때 공의 행로와 유숙지를 『난중일기』에 근거하여 일정별로 정리하면 〈표1〉과 같다.

〈표1〉 제2차 백의종군 행로 및 유숙지

구분		일정	행로(유숙지)	비고
백의종군을 하러 간 길		4.1~4.2	종각-남대문(2일)	유성룡 등 지인 만남
		4.3~4.18	남대문-수원-평택-아산본가(14일)	모친상
		4.19~4.25	아산-공주-여산-전주-임실-남원-운봉	도원수 조문 정원명의 집
		4.26~5.13	운봉-구례-순천(17일)	
백의종군을 하며 간 길	초계행길	5.14~5.25	순천-구례(12일)	손인필의 집 관아 장세호의 집
		5.26~5.29	구례-악양-두치(하동)-하동읍성(2일)	
		6.1~6.4	하동읍성-남사-삼가(2일)-초계(율곡, 44일)	도원수 진 이어해의 집
	칠천량패전대책길	7.18~7.21	초계(율곡)-삼가-단성-굴동(옥종)-노량	
		7.22~7.26	노량-곤양-운곡(옥종, 3일)	이희만의 집 이홍훈의 집
		7.27~8.2	운곡(옥종)-원계(5일)	손경례의 집 통제사 재수임

주: ( )안은 현재 지명, ( )안 숫자는 유숙일, 나머지 유숙지는 하루 유숙

먼저, 의금부 옥사에서 나와 순천으로 간 행로를 일정별로 간략히 살펴본다.

공은 1597년 4월 1일 옥에서 나와 남대문 밖 윤간의 종의 집에서 이틀을 머물면서 여러 사람들의 위로를 받고 또 영의정 유성룡 등 지인들을 만났다.

이틀 후인 4월 3일 남대문을 출발하여 4월 5일에 아산 본가에 도착하였고, 여수에서 배편으로 오시는 어머니를 기다리며 본가에 머무르던 중 4월 13일 어머니가 배에서 돌아가셨다는 부음을 들었다. 어머니 빈소를 차리고 4월 18일까지 본가에서 머무르다 금부도사의 독촉으로 어머니 장례도 치르지 못한 채 다시 길을 떠났다.

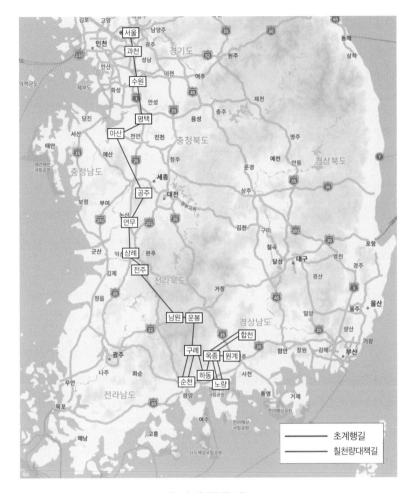

제2차 백의종군 행로

4월 25일 운봉에 도착하였으나, 도원수가 순천으로 떠났다는 소식을 들었다. 이에 사람을 보내 금부도사를 운봉에 머무르게 하고 공도 여기서 하루를 머물렀다. 다음날 운봉을 출발하여 4월 27일 순천에 도착하였고, 이날부터 권율의 통제하에서 백의종군이 시작되었다.

다음으로 순천 초계 간, 초계 남해 간 행로를 살펴본다.

공은 순천에서 도원수 권율의 조문도 받고 지인들을 만나는 등 17일간 머물렀다. 그러다 다시 도원수가 순천을 떠나 본진이 있는 합천, 초계로 이동함에 따라, 공도 초계를 향해 길을 떠났다. 중간에 구례에서 12일을 머무르고, 6월 4일 최종 백의종군지인 초계*에 도착하였다.

공은 이어해의 집에서 기거하면서 군사자문도 하고 둔전도 관리하며 지인들도 만나는 등 초계에서 44일간을 지냈다. 그러다 7월 18일 원균이 칠천량해전에서 대패했다는 소식을 들었고, 도원수 권율의 당부를 받아 패전 상황을 파악하고 대책 마련을 위해 하동 노량으로 떠났다.

공은 7월 21일 노량에서 거제현령을 만나 배에서 전황을 전해 듣고 현지 상황을 살핀 후, 다음날 귀로에 올랐다. 7월 23일 하동 운곡(현 옥종마을)을 거쳐 7월 27일부터 진주 수곡 원계마을에 머무르며, 도원수가 보낸 군사를 점검하고 진주목사 나정언 등과 만나 패전대책을 논의하는 등 바쁜 시간을 보냈다.

그러던 중 8월 3일 이른 새벽, 선전관 양호로부터 삼도수군통제사로 재임명한다는 선조의 교서와 유서를 전해 받았다. 다시 삼도수군통제사가 된 공은 선조의 명에 따라 조선 수군을 재건하기 위해 즉시 길을 떠났고, 이로써 4개월여에 걸친 길었던 두 번째 백의종군도 여기서 끝이 나게 된다.

따라서 백의종군로는 서울에서 전주와 남원, 순천을 거쳐 합천, 초계로 간 길과 초계에서 하동, 옥종을 거쳐 노량으로 갔다가 노량에서 삼도수군통제사 재수임지인 진주, 수곡, 원계까지 되돌아온 길 전 구간을 말한다.

이 백의종군로는 전라남도와 경상남도 내의 구간은 양 도에 의해, 서울에서부터 전라북도까지의 구간은 해군역사기록관리단에 의해 각각

---

* 　　현재 경상남도 합천군 율곡면

고증 작업이 이루어져 구간 전체에 대한 고증이 마무리되었다.

해군역사기록관리단의 용역보고서는 위의 고증 결과를 종합하여 백의종군로 원형노선의 전체 거리를 640.4km로 산정하고 있다. 동 관리단이 고증한 서울에서 운봉까지가 340.2km, 운봉에서 숙성재까지가 15.5km, 전라남도 고증 구간이 123.2km, 경상남도 고증 구간이 161.5km이다.

그러나 이 거리는 서로 산정기준이 달라 기준을 통일하여 다시 정확하게 산정할 필요가 있는 것으로 보인다. 경상남도 구간은 왕복 구간의 경우 편도 거리만 산정하였으나, 전라남도 구간은 구례에서 순천까지의 왕복 구간이 모두 포함되어 있다.

이와 함께 경상남도 구간 중 합천 율곡에서 초계까지의 구간을 백의종군로에 포함할지에 대한 재검토도 필요하다. 권율의 도원수부가 현재의 초계에 실재하였는지 아직 명확히 규명되지 못하고 있어, 공이 그 길을 가셨는지 불명확하기 때문이다.

백의종군로는 서울과 경기도, 충청남도, 전라북도, 전라남도, 경상남도 등 6개 시도에 걸쳐 있다. 이 6개 지방자치단체 중 전라남도와 경상남도만 개별적으로 백의종군로를 정비하여 관광자원으로 관리하고 있고, 나머지 지방자치단체들은 아직 정비나 관리를 하고 있지 않다. 또한 전라남도의 경우 갈림길마다 방향표지나 이정표를 잘 설치하여 도보 순례자들이 길을 찾아가기가 쉽게 되어 있으나, 경상남도의 경우 주요 지점에만 드문드문 표지석을 설치하여 순례자들이 길을 찾아가기가 매우 어렵게 되어 있다.

이러한 점들을 감안할 때 이 백의종군로를 도보 순례길로 만들기 위해서는 각 지방자치단체별로 이 길을 따로 정비하여 관리할 것이 아니라, 국방부 등 중앙행정기관이 통일된 기준과 표준을 정하고 각 지방자치단체와 협조하여 일관성 있게 관리할 필요가 있는 것으로 생각된다.

2. 조선수군재건로

▶▶ **칠천량해전과 조선 수군의 궤멸**

평양성을 점령했던 왜군은 1593년 1월 조명 연합군에게 패하여 한성으로 퇴각했고, 그해 4월부터 명과 왜 간에 강화협상이 시작되었다. 이후 몇 년 동안 협상이 지루하게 계속되다가, 1596년 9월 도요토미 히데요시는 자신의 요구조건이 충족되지 않자 협상결렬과 조선 재침을 선언했다.

왜는 임진년 침략의 실패가 수군 전력의 미흡과 전라도 미점령에 있었다고 보고 '수륙병진'과 '전라도 우선침공'으로 전략을 변경하였다. 이에 따라 왜는 강화교섭기 동안 연안 지역의 다이묘를 수군에 편입시키고 조선 수군의 판옥선에 대항할 수 있는 대형전함인 아타케부네를 대량 건조하는 등 수군의 전력을 대폭 강화했다. 만반의 준비를 마친 왜는 1597년 1월 본토로 철수했던 병력들을 다시 부산에 상륙시켰다.

이러한 상황 속에서 선조는 일부 신하들의 모함과 왜의 반간계에 속아 공을 삼도수군통제사에서 파직하고 그 자리에 원균을 대신 앉혔다.

원균은 부임 후 전투에 소극적 입장을 보여 소규모 전투만 몇 차례 치렀다. 그러나 그는 거듭된 상부의 요구에 따라 어쩔 수 없이 왜의 수군을 쫓아 1597년 7월 14일 부산 앞바다로 출정했다. 하지만 왜의 전술에 따른 전투회피로 별다른 전투는 벌어지지 않았고, 때마침 몰려온 풍랑 때문에 표류하다 가덕도에 도착하게 되었다. 풍랑에 지친 병사들은 물을 구하려고 가덕도에 상륙했는데, 거기엔 이미 왜군들이 매복해 있었다. 결국 매복해 있던 왜의 육군에 의해 400여 명의 병사가 희생되었고, 조선 수군은 식수도 구하지 못한 채 거제도의 영등포 앞바다로 후퇴하였다.

다음 날, 날씨가 더 나빠졌다. 원균은 풍랑을 무릅쓰고 함대를 칠천량으로 이동시켰다. 조선 함대의 이러한 움직임을 모두 파악하고 있던 왜군은 그날 밤 10시경 조선 함대를 기습 공격했고. 이어 조선 함대를 겹겹이 에워싸 포위하였다.

그 다음 날인 7월 16일 새벽, 왜는 조선 수군의 경계가 소홀한 틈을 타 대규모 기습공격을 감행하였다. 전혀 예측하지 못한 왜의 기습공격에 당황한 조선 수군은 전열이 무너지면서 왜보다 우수한 화력들을 제대로 사용해 보지도 못한 채 도망을 치고 말았다. 조선 수군은 세 방향으로 흩어져 도망하였으나 이미 길목을 지키고 있던 왜군에 의해 모두 격파되었다. 배를 버리고 육지로 도망간 병사들은 육지에서 매복하고 있던 왜군에게 대부분 살해당했다.

이 전투에서 포획되거나 침몰된 배는 160여 척이었고, 원균을 비롯해 전라우수사 이억기, 충청수사 최호 등이 전사했다. 공은 사람들에게서 들은 그날의 전투 상황을 7월 21일 일기에 이렇게 적었다.

> 대장 원균이 적을 보고 먼저 뭍으로 달아나고 여러 장수들도 모두 그를
> 따라 뭍으로 올라가서 이 지경에 이르렀다.

한마디로 대참패였다. 이 전투로 조선 수군은 궤멸수준에 이르렀고,

살아남은 전력은 경상우수사 배설이 이끌고 도망친 10척 등 12척의 전선뿐이었다.

조정은 7월 22일 다시 공을 삼도수군통제사 겸 전라좌수사에 임명하고 조선 수군을 조속히 재건하라는 임무를 맡겼다.

▶▶ 조선수군재건로

조선수군재건로는 공이 삼도수군통제사를 재수임하고, 조선 수군을 재건하면서 간 길을 말한다. 백의종군로처럼 개념적으로 명확히 정리되어 있는 것은 아니지만, 현재는 재수임 교지를 받은 진주 수곡 원계마을에서 명량해전 전날까지 머물렀던 전라남도 진도 벽파진까지 간 길을 말한다.

조선 수군 재건을 위한 공의 행로는 크게 육지길과 바닷길로 구분된다. 육지길은 선조의 교서를 받고 원계마을을 출발하여 군영구미(전남 보성 군학마을)까지 간 길이다. 이 구간은 공이 조선 수군 재건을 위해 병력과 무기, 식량을 확보하면서 간 길이다. 바닷길은 군영구미에서 배를 타고 바다로 나간 후 명량해전 직전까지 머물렀던 진도 벽파진까지 간 길이다. 이 길은 배설 등이 거느리고 있던 전선을 인수해 수리하고 군사들을 훈련하는 등 수군으로서의 전력을 정비하며 간 구간이다.

조선 수군의 재건을 위한 공의 행로와 유숙지를 일정별로 정리하면 〈표2〉와 같다*

---

* 『난중일기』와 전라남도의 『명량으로 가는 길』의 견해를 중심으로 현재 정비하여 관리되고 있는 구간만 정리했다.

〈표2〉 조선 수군 재건 행로 및 유숙지

구분	일정	행로(유숙지)	비고
육지길	8.3	진주 원계마을-구례	장세호의 집
	8.4	구례-곡성	곡성현청
	8.5~6	곡성-옥과(2일)	옥과현청
	8.7	옥과-곡성 석곡	임금 유지 받음, 강정
	8.8	석곡-순천	무기·병력확보, 순천부 관저
	8.9~10	순천-보성 조양창(조성리, 2일)	식량 확보, 김안도의 집
	8.11~8.13	조양창-박곡(3일)	식량 확보, 양산항의 집
	8.14~16	박곡-보성(3일)	임금 유지 받고 답, 병력 확보, 열선루
	8.17	보성-진영구미(보성 군학마을)	배설이 오지 않아, 그대로 머무름
바닷길	8.18~19	진영구미-회령포(회진, 2일)	전선 12척 인수, 전선 수리
	8.20~23	회령포-이진(4일)	토사곽란
	8.24~8.27	이진-어란포(4일)	민심 수습, 배에서 잠
	8.28	어란포-장도	적선 8척 격퇴
	8.29~9.14	장도-벽파진(16일)	벽파진에 진
	9.15	벽파진-우수영	해전 대비
	9.16	우수영-당사도	명량해전

주: ( )안 날짜는 유숙일, 나머지 유숙지는 하루 유숙

공은 8월 3일 선조의 교서를 받자마자 송대립, 황대중 등 군관 9명과 병사 6명을 데리고 조선 수군을 재건하기 위해 바로 길을 떠났다. 구례에서 손인필 등과 수군 재건에 관한 전략을 최종적으로 점검하고, 다음 날 바로 구례에서 출발하여 곡성과 옥과, 순천, 보성을 돌며 병력과 무기, 식량을 확보해 나갔다.

교서를 받은 지 14일째인 8월 17일, 공은 그동안 확보한 병력과 병참물자를 싣고 바다로 나가기 위해 진영구미(보성군 회천면 전일리 군학마을)에 도착하였다. 그런데 배설이 거느리고 있는 전선이 오지 않자, 공은 다음 날 어선 10척을 징발하여 병력과 무기, 식량을 나누어 싣고 회령포(장흥군 회진면 회진마을)로 출발하였다. 회령포에서 배설 등으로부터 전선 12척을 인수하여 숙배행사를 진행했고, 이후 회령포와 이진, 어란포를 거쳐 진도 벽파진에 진을 치고 왜와의 일전에 대비하였다.

벽파진에 머무른 지 16일째 되던 날, 공은 왜의 대규모 함대가 공격해 온다는 소식을 들었고, 이에 공은 전투에 지리적으로 유리한 전라우수영으로 진을 옮겼다. 그리고 다음 날인 1597년 9월 16일, 역사적인 명량해전을 치르게 된다.

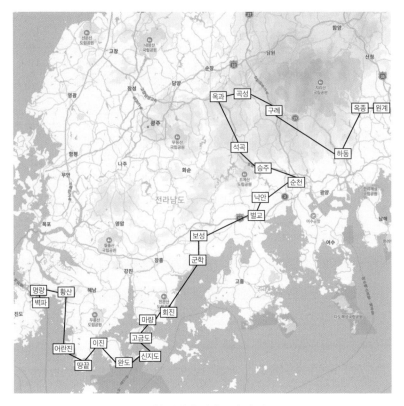

조선수군재건로(걸은 길 기준)

현재 조선수군재건로는 전라남도와 경상남도가 각각 따로 정비하여 관리하고 있다. 전라남도는 구례 석주관에서부터 진도 벽파진까지 약 500km를 조선수군재건로로 이름 붙여 관리하고 있으며, 경상남도는 진주 수곡 원계마을에서 하동 화개까지 약 60km를 '충무공 이순신 백의종군로'에 포함하여 관리하고 있다.

이 길은 도보여행을 전제로 조성한 길은 아닌 것으로 보인다. 경상남도 하동 구간 일부 등 몇몇 구간을 제외하고는 길은 대부분 차도로 되어 있으며, 안내 표지도 중간 중간 주요 지점에만 설치되어 있다. 전라남도의 조선수군재건로 홍보책자인 『명량으로 가는 길』에도 길을 자동차 길과 자전거 길, 걷는 길로 구분하여 정리하고 있다.

앞에서도 말한 바와 같이 이 길은 백의종군로와 같이 개념적으로 명확히 정리되어 있는 길은 아니다. 조선 수군의 재건과정을 어떻게 볼 것이냐에 따라 길이 크게 달라질 수 있기 때문이다.

그럼에도 불구하고 이 길은 순례길로서 매우 의미가 있는 길이라고 생각된다. 길 곳곳에 공의 자취와 함께 조선 수군 재건과정에서의 고통과 고뇌, 백성들에 대한 사랑이 짙게 묻어 있어 역사적으로나 교육적으로나 매우 가치가 있는 길이다.

많은 사람들이 이 길을 걸으며 공을 기릴 수 있기를 바라는 마음이다.

참고문헌

❖ 난중일기(노승석 옮김, 2010년, 민음사)

❖ 징비록(오세진·신재훈·박희정 역해, 2016년, 홍여출판사)

❖ 이순신 평전(이민웅 지음, 2015년, 책문)

❖ 충무공유사(현충사관리소, 2008년)

❖ 충무공 이순신 백의종군로 고증(해군역사기록관리단, 2015년)

❖ 명량으로 가는 길(전라남도, 2015년)

❖ 백의종군로 정비를 위한 기초연구(경남발전연구원, 2007년 10월)

❖ 선조실록, 수정선조실록(국사편찬위원회)

❖ 조선왕조실록(박영규 지음, 2017년, 웅진지식하우스)

❖ 인터넷(위키백과, 나무위키, 한국민족문화대백과사전, 두산백과, 기타 블로그 등)